Anne de Rochas

Créatrice textile, Anne de Rochas a collaboré de nombreuses années avec Yves Saint Laurent. En tant que graphiste, elle a travaillé avec des maisons d'édition musicale et discographique. Elle partage désormais son temps entre l'écriture et ses projets artistiques. *La Femme qui reste* (Les Escales, 2020) est son premier roman.

LA FEMME QUI RESTE

ANNE DE ROCHAS

LA FEMME QUI RESTE

LES ESCALES

DOMAINE FRANÇAIS

MIXTE
Papier issu de
sources responsables
FSC® C003309

L'éditeur de cet ouvrage s'engage dans une démarche de certification FSC® qui contribue à la préservation des forêts pour les générations futures.

Pour en savoir plus :
www.editis.com/engagement-rse/

ISBN : 978-2-266-31893-8
Dépôt légal : août 2022

À la petite interprète

On ne nous a pas demandé
Lorsque nous n'avions pas de visage
Si nous voulions vivre ou non.
Maintenant, je vais seule à travers une grande ville
Et je ne sais pas si elle m'aime.
Je regarde dans les pièces, par les portes et les fenêtres
Et j'attends, et j'attends
Quelque chose.
Si je devais me souhaiter quelque chose
Je serais bien embarrassée
Car ce que je devrais souhaiter
Serait-ce un temps meilleur ou pire.
Si je devais me souhaiter quelque chose
Je souhaiterais être un peu heureuse
Car si j'étais trop heureuse
J'aurais une nostalgie pour la tristesse.

Marlene Dietrich
(Chanson composée par F. Holländer
pendant le tournage de *L'Ange bleu*,
Josef von Sternberg, 1930.)

Prologue

This is a place to come to.
To have come to and to leave or not to leave anymore.

C'est un endroit où il faut venir.
Être venu et repartir, ou ne plus jamais repartir.

Stefan Brecht

Août 1961

Accoudée au bastingage, Clara voit s'éloigner New York. Ce n'est déjà plus qu'une série de minces traits verticaux, une reprise au fil d'argent dans le voile irisé de la brume. La fumée de sa cigarette finit d'en estomper les derniers reflets.

« Tu dois le faire, il n'y a aucune discussion possible… »

Elle n'avait pas répondu. Elle avait regardé sans voir la rive de la Spree, le quai édenté, ses chicots noircis, la gare qui mordait sur le ciel, incisive trop grande, incongrue ; le sourire pathétique de Berlin, à mi-chemin entre les larmes et l'espérance.

Berlin, d'un côté ; les formes incertaines, les trous béants des fenêtres. De l'autre, les arêtes précises du nez et des pommettes, et ce regard d'acier. Le silence de la ville, les mots de la Weigel.

New York. Elle les avait vus partir de l'autre côté de l'Atlantique, les uns après les autres, Theo, Xanti[1], les Gropius, les Feininger, les Albers, ceux du Bauhaus, et ceux de la scène berlinoise, Lotte Lenya et Kurt Weill, puis Brecht et Helene Weigel ; les indésirables… Ils avaient fui la vague brune. Elle était restée. Quand Berlin n'avait plus été que le fantôme d'une ville, elle avait vu revenir Brecht, ramené par la vague rouge, s'était précipitée à l'est, toujours à l'est.

Cinq ans après la mort de Brecht, Helene Weigel l'avait envoyée là-bas, de l'autre côté.

« … Personne ne doit oublier où tout a commencé. »

Cela avait été son tour. Un tour que lui avait joué la vie.

C'est fini, elle rentre. Elle reste un moment à contempler la petite cabine à la fois fonctionnelle et maniérée. Un lit étroit, une coiffeuse, un tissu à grosses fleurs d'une terrible bonne volonté. Elle aurait pu prendre l'avion, comme à l'aller, qui a encore assez de temps à perdre pour préférer un de ces navires qui vivent leurs dernières traversées ? Mais après tout ce fut son caprice, ce retour en bateau, peut-être le seul durant son voyage. Son voyage en Amérique.

---

1. En fin d'ouvrage, « Le monde de Clara » présente les notices biographiques des personnalités devenues personnages de ce roman.

Elle s'est assise sur son lit, a ouvert son sac. Elle feuillette son passeport. Tant de démarches, de part et d'autre de l'océan, tant de formulaires, d'autorisations, de tampons, de visas. Toute cette peine pour quoi ? Un concert, quelques interviews, une conférence… Helene Weigel, veuve de Bertolt Brecht, d'un côté, Lotte Lenya, veuve de Kurt Weill, de l'autre, ont usé de leur influence, organisé son périple, réglé tous les détails. Elles ont traité l'affaire comme s'il s'agissait d'un échange d'espions, de prisonniers, de prisonnières…

Lotte l'a voulu pour Kurt, pour la fondation qui portera son nom. Helene n'a pensé qu'à Brecht. Qu'ils l'entendent, les Américains, sa voix, ses mots qu'ils ont si mal compris, si mal traduits. Elles n'ont pas évoqué les autres, ceux vers lesquels elles l'envoyaient. Ils étaient là, ils sont venus la regarder, ils l'ont retrouvée, témoin de leur passé, photo écornée par le temps, un temps violent qui ne fut pas le leur. Ils l'ont promenée dans leur réalité, fiers de lui montrer le rêve qu'ils ont eux-mêmes oublié. Elle n'en a trouvé que des morceaux épars. Les mots n'ont plus le même sens. Elle a déjà connu cela, avant.

Theo lui a montré la ville américaine. Il a mené Clara par des rues profondes, hautes comme des failles. Elle a vu, sous les ponts, le noir des dentelles d'acier ; aux fenêtres des ateliers, le blanc des écharpes de vapeur prises dans la grisaille des rues basses, tandis que passent les grands trains de nuages. Ils ont pris le ferry pour Staten Island, et l'eau se brisait en vagues courtes, se soulevait comme une peinture qui s'écaille, bleue, et grise en dessous. Il l'a emmenée à Grand Central manger des huîtres, ils se sont arrêtés devant la vitrine où était exposée la maquette du Pan Am Building. Sur le côté s'affichaient des photos de Walter Gropius. Il souriait dans son élégante veste en pied-de-poule noir et blanc, il avait l'air très vieux. Elle n'a pas pu s'empêcher de passer furtivement sa main sur son propre visage, et de chercher son reflet dans la vitre. Elle a entendu les mots acier, verre, mur-rideau, elle a suivi les gestes de Theo qui dessinaient la structure, qui sculptaient l'espace. Elle a imaginé la tour, plantée comme une lame dans l'enfilade de l'avenue. Très haut dans le ciel, un avion laissait une fine déchirure sans gravité. Son regard a glissé le long des parois de l'Equitable Building, sur le rectangle noir du Seagram Building, sur le rectangle blanc du bâtiment des Nations unies, et s'est perdu dans le flot, robes claires des femmes, costumes sombres des hommes, perdu dans le piétinement mécanique de la foule. Un soir, ils sont allés boire un verre. Tout en haut d'un immeuble de Times Square l'enseigne lumineuse tanguait, Clara s'amusait à répéter ses trois syllabes molles et traînantes, « Chevrolet », « Chevrolet », et les longues voitures filaient, poissons habiles dans l'encre de la nuit. America. Leur rêve.

« Reste ! » lui a dit Theo.

Elle aurait pu rester, elle n'aurait eu aucune difficulté à demander l'asile politique. Elle n'a pas eu besoin de quitter l'Allemagne à la fin des années trente, elle n'est pas juive, elle n'était pas communiste. Peut-être est-ce cela qui détermine sa vie. Elle n'est pas. Elle sait ce qui est mentionné sur son passeport : Clara

Ottenburg, née le 19 avril 1908, à Halle, Allemagne. 21, Sophienstrasse, Berlin. Actrice. Célibataire. L'écriture flotte sur les entrelacs verdâtres du filigrane qui entoure les trois lettres DDR[1]. Actrice. C'est ce qu'elle est. Nom de scène, Clara Burg.

Elle défait sa valise. Ce soir, elle remettra la robe noire. Il fera frais. Elle prendra l'écharpe blanche.

À tâtons, elle trouve dans son sac la petite boîte d'un bleu exquis qui l'attendait un soir dans sa loge. Une carte était jointe :

Je ne serai pas là pour t'écouter. On m'envoie à Genève. J'aurais tant voulu te revoir. Prends soin de toi,

Berht.

Sur le coussin de daim gris, une étoile de diamants.

Après le dîner, elle est allée au bar, a commandé un cocktail, celui dont la composition prenait deux lignes entières, en se disant que, peut-être, il tiendrait plus longtemps ses promesses. L'*America*. C'est ainsi que s'appelle ce petit monde d'acier et de velours, de rouages graisseux et d'uniformes blancs, cette cité minuscule qui ronronne et gémit. N'étaient la vibration qu'elle sent le long de ses jambes, le léger balancement qu'elle peut aussi bien attribuer à l'effet de l'alcool, elle aurait l'impression que le bateau s'est arrêté, qu'il a stoppé les machines, que son seul but est d'être là, immobile dans son sillage tandis que la terre tourne lentement.

---

1. DDR : Deutsche Demokratische Republik, Allemagne de l'Est.

« Reste ! lui a dit Theo. Ils le font, ils le font vraiment ! Ce ne sont plus seulement des barrières, c'est un mur ! Des briques et du ciment ! Du fer, du béton ! »

Elle pense à cette aquarelle de Feininger, dans le portfolio que les artistes du Bauhaus avaient offert à Gropius en 1924. Feininger a toujours aimé peindre des bateaux. Un grand ciel turquoise, avec un astre comme un cristal, on ne sait si c'est le soleil ou la lune, en dessous la silhouette bleu de Prusse d'un navire. Il creuse des sillons gris dans l'oblique blanche de l'océan, une large fumée ocre s'échappe en zigzaguant de sa cheminée. De part et d'autre de l'image, deux masses sombres sont dressées, deux blocs qui se font face. Au centre, cette étrange traversée. Au bas de l'aquarelle signée Papileo, le surnom que lui avaient donné les élèves, Feininger avait rajouté deux mots : *Vivat Gropi*. « Que vive Gropius. »

C'est peut-être cela qu'elle est allée chercher. Des morceaux épars d'elle-même. Ceux qu'ils avaient emportés ; malgré eux, ils les lui ont rendus. Il en manque un. Jamais, au sujet d'Holger, elle n'emploiera le mot « perdu ». Elle préfère « égaré ».

Clara plonge son regard à l'avant du bateau, fouille l'obscurité. Elle dépasse Le Havre, Rotterdam. Au loin, passent entre les îles les attelages et leurs grandes roues jaunes, les croupes des chevaux roulent en vagues lourdes aux abords de l'estuaire. Ils savent le chemin ; dans la brume, ils trouvent les gués. Le rivage est un mirage, flaques blondes dans le reflet métallique du sol mouvant, silhouettes alarmées des hautes balises. Elle arrive aux eaux grises de l'Elbe qui tâtonnent et s'oublient entre les rives imprécises. Elle ne veut pas l'oubli, elle veut continuer, au-delà de Hambourg, de ses quais encombrés, de son chaos dompté de brique et de métal, de la ville qui se hâte, qui se rattrape, qui se déverse vers l'ouest. Elle veut que la haute étrave force le lit du fleuve, remonte son cours, reprenne chaque méandre, chaque boucle, elle veut sentir la plaine immense chavirer sous les flancs du navire, jusqu'au soir, jusqu'au bâtiment blanc illuminé, jusqu'à Dessau.

Il n'est d'abord, au fil des méandres, des hésitations du fleuve, qu'un crépitement entre les arbres dénudés. Et puis il est là, le Bauhaus ; électrique. Il a la beauté d'une expérience, d'un instant magique, où l'on est tenté d'oublier que tout cela n'est que le fruit de la conjonction des éléments, de l'enchaînement des mécanismes.

Ce soir-là de mars 1926, soir d'inauguration, soir de fête et de foule, elle en est. Elle en fait partie, elle sent son cœur battre dans sa poitrine, son cœur solide, qui bat à l'unisson de tous les autres cœurs, et tous ensemble ils font cette lumière, tous ensemble ils le font, cet embrasement dans la nuit.

Ce soir-là de février 1929, le soir de la Fête métallique, elle danse sous le ciel de boules argentées. Un décor éphémère qui les contient tous, eux et l'école, leur fantaisie, sa raison. Demain, comme hier, ils y chercheront la forme et la fonction, leur devise commune. Pour quelques heures, ils y laissent glisser leurs peines et leurs joies. Les mirages d'instants suspendus.

Dans le ciel d'Atlantique, cette nuit, elles lui reviennent, ces sphères de la Fête métallique, et leurs reflets ; un visage, un geste, un regard. Certains passent, fugaces, d'autres semblent la fixer, s'arrêtent au bord de ses lèvres, des noms qu'elle sait encore, de ceux qu'elle a oubliés. Leur éclat anéantit l'espace et le temps.
Dans leurs images qui tanguent, et affluent, elle est là, leur histoire partagée. Le chemin qu'elles jalonnent, c'est sa vie constellée.

Le blanc sonne comme un silence,
un rien avant tout commencement.

Vassily Kandinsky

1

Décembre 1925, Halle

Elle vient de si loin, la première boule argentée. Trop pour ce qui s'y veut refléter, trop petite pour ce que les autres, devant elle, voudraient lui faire dire. Il lui faut un peu de temps pour se dégager. Pour n'être qu'elle-même.

L'invitation. Illustrée d'un curieux dessin, une figure qui tient à la fois du mannequin de couturière et du pantin, la tête comme une amande noire, un cercle jaune à la place du cœur, et, à côté, flottant sur le contre-fond géométrique, un visage dessiné au crayon, auréolé d'un étrange pointillé. Une présence irréelle dans son innocence, dans son dialogue avec le masque, dans son attente, peut-être, d'une réponse.

« Je n'en vois pas l'utilité », lui avait opposé sa mère lorsqu'elle avait évoqué la fête qui se donnait à l'école des Arts décoratifs de Burg Giebichenstein.

La Fête de la Nouvelle Objectivité… Un titre plein de promesses. Moderne, excitant, abstrait ; incompréhensible et d'autant plus excitant. « Nouvelle. » Comme était neuf le sang qu'elle sentait battre à son pouls, percussion sur laquelle venaient se poser les notes aiguës de l'impatience. « Objectivité. » Le mot rejetait les lourdes tentures, les stucs, tout le décor wilhelminien, la nostalgie, les deuils avec les bronzes superflus. Clara mettait dans ces deux mots toute sa candeur et toutes les audaces auxquelles elle pensait avoir droit.

« C'est l'occasion pour Clara de se faire une idée de cette école avant de postuler pour une des formations, avait affirmé Tante Louise. Un vrai métier lui assurera son indépendance. Je l'accompagnerai. Et je m'occupe du costume. »

Les yeux gris d'Helga Ottenburg s'étaient posés sur sa fille, l'avaient soupesée, avaient soupesé la dépense évitée, puis, dans un bref battement des cils pâles, avaient acquiescé.

Le 4 décembre 1925, deux écoles d'art, celle de Weimar et celle de Halle, se réuniront pour faire la fête. On dit encore « le Bauhaus de Weimar », même si la ville ne veut plus de ces énergumènes, de cette agitation de mauvais aloi, et s'est évité ce dernier désordre. À ce qu'on entend, le Bauhaus va montrer à Burg Giebichenstein ce que fête veut dire. Certains, ici, craignent que ces jeunes voyous, et leur directeur en tête, tournent les esprits des élèves d'une institution sérieuse, à qui la ville a offert ces murs vénérables. On compte sur l'école des Arts décoratifs pour établir la réputation de Halle, non pour défrayer la chronique !

Mais on veut bien, pour une nuit, accueillir ces oiseaux de passage, et, qui sait, en garder les plus sages. Pour les autres, si Dessau accepte d'accueillir le Bauhaus, ou ce qu'il en restera, grand bien lui fasse !

« Tu verras, ces gens sont comme nous, ils improvisent », avait dit Tante Louise.

Clara avait ouvert le placard du corridor. Sur l'étagère du haut, reposaient, encore ceintes de leur bolduc, quelques piles de linge neuf dont les pliures jaunissantes, comme pétrifiées, dressaient un monument dérisoire aux promesses jamais tenues. À portée de main, se trouvait le linge que l'on utilisait, celui qu'Helga qualifiait d'« encore bon ». En bas finissaient les lambeaux, rongés d'espoirs déçus, du trousseau de mariage. Les taies usées, les draps de toile fine, trop fine, vaincus par trop de lessives, et ceux de lin, épuisés par le frottement des pieds glacés en hiver, par les nuits d'insomnie, lorsque l'été pose sa joue brûlante sur la plaine. L'habitude en était venue pendant la guerre, lorsque, dans l'ambulance, Helga, infirmière bénévole, allait de maison en maison collecter de quoi panser les blessés. Les collectes avaient cessé, mais elle continuait à entasser les chiffons. Pour quelles blessures ? pensait Clara, quelles blessures pansait ainsi sa mère ?

Une robe pour aller danser. Voilà ce que ce lin était devenu. Clara voulait qu'il soit touché par des mains de garçons, de belles mains fortes, chaudes, joyeuses. Elle voulait des bras qui la prennent par la taille, des cuisses qui froissent l'étoffe, la fièvre du jazz dans les corps, la danse jusqu'à l'épuisement. Elle désirait ce que la blancheur du lin, dans le discours encore maladroit dont son corps l'habitait, semblait ne pas promettre. La liberté de mouvement, la simplicité, tout ce qui était moderne, ne faisait qu'accentuer sa jeunesse, la renvoyait à l'état de jeune fille, à l'enfance. Elle se voulait troublante, elle n'était que touchante. Être plus femme… ou n'être plus fille.

Clara passa la main dans ses cheveux, encore étonnée d'éprouver dans sa paume la caresse nerveuse et souple des pointes fraîchement coupées. Sous le carré lisse, elle cherchait la résistance élastique des boucles. « C'est curieux, avait dit Tante Louise, les ciseaux à la main, tu as des mèches frisées dans la nuque. Ton père avait les mêmes, quand il était jeune. Il appelait cela son grain de folie… Tu lui ressembles », avait-elle ajouté dans un souffle.

Elle souleva la tenture qui masquait la double porte du salon, celle qui ouvrait autrefois sur ce que l'on appelait le jardin d'hiver, une sorte de véranda que son père avait peuplée d'orchidées, de palmes languissantes, de lianes aux cosses vénéneuses, de capitons aux couleurs de fièvre. Les carreaux de vitre du double battant, remplacés par des miroirs, projetaient vers l'intérieur de la maison la lumière des larges fenêtres et l'extravagance d'une nature reconstituée, exotique, fragile et vaguement menaçante. Clara s'en souvenait comme d'un monde étrange, se rappelait les mots de sa mère : « Ne touche à rien. » Depuis, la pièce était condamnée. « Un nid à courants d'air ; tous ces reflets blessent les yeux », avait décrété Helga. Mais les miroirs étaient toujours là. Enclose dans leur quadrillage de pénombre, la photo de mariage et son cadre d'argent.

Ses parents. Sa mère, en robe de mariée, ennuagée de tulle et son cou mince et long dans l'étui de dentelle, portant la lourde chevelure relevée très haut sur la tête. Elle ne sourit pas, elle a l'air un peu effrayée, elle ne s'appuie pas sur le bras de l'homme en grand uniforme. Sa mère en blanc. Sa mère en noir, ce jour de 1916, dont Clara avait à peine entrevu l'expression dans la nuit du voile de crêpe. Sa mère en noir, sa mère en blanc, lorsqu'elle revêt son uniforme d'infirmière diplômée, la coiffe bien serrée sur les cheveux grisonnants, les attaches de la lourde pèlerine lui barrant la poitrine d'une croix sombre. A-t-elle eu le temps d'être belle ? Entre la jeune fille et la veuve, si peu de saisons pour fleurir le cou de baisers, pour enfiévrer les joues, pour s'apprendre, pour comprendre la douce géométrie des seins et des hanches ? S'est-elle jamais regardée, a-t-elle eu accès à elle-même, ou est-elle passée du cocon à la gangue, jamais éclose ?

Clara se réfléchissait, petite page blanche découpée en morceaux, rectangles, carrés, trapèzes assemblés, surfaces plutôt que volumes, page vierge, dans l'attente d'une histoire.

« Il y a peut-être quelque chose dans la malle brune du débarras... Je ne sais pas ce que tu cherches, Clara. Ne dérange rien. »

Elle a pris cela pour une autorisation. Elle a soulevé l'un après l'autre les lourds paniers d'osier. La malle ne contenait, tout au fond, qu'une couverture de laine brune, tachée. Clara ne risquait pas de déranger quoi que ce soit, de faire voler dans la lumière les souvenirs et les couleurs de ce qu'avait été la jeunesse d'Helga.

Tout avait été donné, parfois vendu lorsque l'argent venait à manquer, ou qu'il fallait venir en aide à plus pauvres qu'elles. Elle se pencha pour tirer la couverture. Dans ses plis, apparut une boîte ovale, assez plate, qu'elle saisit d'une main, tandis qu'elle secouait la lourde étoffe, encore et encore, espérant, encore et encore, trouver autre chose. L'étui était le seul objet qu'elle enveloppait. Clara le considérait, étrange petit cercueil noir exhumé de son manteau de silence, de cette chape lourde et morne comme la tourbe dont elle avait gardé l'odeur soufrée. Était-ce pour le cacher ou pour le protéger que sa mère l'avait ainsi rangé, enfoui, dérobé à la vue, à la vie ? Elle souleva la ferrure et l'ouvrit. L'intérieur était tendu de soie violette. Sur le fond du couvercle était collée une étiquette dont elle n'arriva à déchiffrer qu'un mot : *Paris*. Un objet noir et luisant reposait dans la boîte, elle le prit, le retourna, aperçut un mécanisme qu'elle actionna. C'était un chapeau claque, qui se déploya si brusquement qu'elle lâcha l'écrin. En se penchant pour le ramasser, elle vit que s'en étaient échappés un mouchoir et une lettre. Le mouchoir portait la trace d'un baiser, dont le fard épais, craquelé, avait pris une teinte brune de sang séché. Les lèvres, légèrement entrouvertes, n'évoquaient pas une promesse de bonheur, mais les bords d'une blessure jamais refermée. Elle tenta de lire la date, *Paris, 1902*, ou peut-être *1908*… Clara approcha la lettre de l'ampoule, elle était couverte d'une écriture inconnue, les lignes, vagues serrées, plongeaient vers le bas, comme si rien ne pouvait retenir, derrière la main qui les avait tracées, un naufrage. À la fin, il y avait ces mots, les seuls qu'elle comprenait de cette langue étrangère, parce qu'elle avait entendu des jeunes gens les prononcer en riant : *Mon amour*. Elle referma lentement la lettre, la replaça avec le mouchoir dans l'étui, remit celui-ci dans la malle, replia la couverture, rangea les paniers.

Elle rabattit le couvercle tout doucement, comme on ferme une porte, sans bruit. Sa mère n'avait pas gardé de souvenirs. Elle avait conservé une preuve. Mais Clara ne dérangerait rien. Assise sur la malle, elle resta longtemps à s'écouter grandir, dans ce monologue indistinct, patient et obstiné des plantes au seuil du printemps. Comme elles guettent la fin de l'hiver, elle guetta la fin de son enfance. Calmement, elle se défaisait de cette mère que la rancœur avait défaite.

Elle fit tourner la clef dans la serrure et l'empocha. Dans le placard à linge, elle attrapa une pile de serviettes neuves, défit le bolduc, reposa les serviettes à l'étage intermédiaire. Elle retourna au salon, se planta devant les miroirs. Elle posa le chapeau sur sa tête, passa le ruban dans la clef, le noua et l'accrocha à son cou. Elle joua un moment avec son image, inclinant plus ou moins le bord du chapeau vers l'avant, puis sur le côté, regardant par-dessous, tendant les lèvres pour un baiser, souriant, les mains sur les hanches, haussant les épaules, croisant et décroisant les jambes.

Dans le cadre d'argent, la jeune mariée se tient droite, ne s'appuie pas au bras de son époux, elle a compris, déjà, qu'elle est seule, qu'elle sera seule. Un nuage de tulle voile la blessure d'être épousée à l'ombre d'un autre amour. Tes kilos de charpie, Helga, ne feront jamais le poids face à ce pays qui a offert à ton mari de vivre une passion, et de mourir en héros.

Pour l'instant, Clara se contemple. Elle n'est plus la petite page blanche, elle est la page de garde, gardienne d'une histoire à venir, elle attend ses personnages, hommes, femmes, ses lieux, ses paysages, le bolduc rouge danse sur sa poitrine comme un signet, elle joue avec la clef, et cela lui suffit.

Il manquait des chaussures pour aller danser. Tante Louise les lui a apportées de Berlin, comme elle le fait d'autres trouvailles, une jolie carte, un illustré, un éventail publicitaire amusant.

« Une affaire », lui a-t-elle assuré. Une folie, plutôt, que cette paire de chaussures vernies à talons bobines. Clara lui a montré le collier improvisé et le chapeau claque. « Ah… Tu l'as trouvé… » Le temps d'un froncement de sourcils. « … C'est bien, mais il faut des nœuds rouges aux chaussures… Oui, c'est bien, a-t-elle rajouté plus bas, tu as complété le personnage. »

Clara mettra les chaussures dans un sac, avec le chapeau, pour ne pas les abîmer.

N'ayant aucun goût pour le mariage et les convenances bourgeoises du milieu familial, Louise Ottenburg avait préféré apprendre la couture et travailler à Berlin comme costumière. La guerre avait emporté la nanny anglaise, ramené Tante Louise, ses mains qui savaient coudre, et couper les cheveux, et consoler. Clara était grande maintenant. À Berlin les nombreuses productions théâtrales manquaient de mains pour fournir tous les costumes. Tante Louise s'absentait parfois pour aider ses anciennes amies. Elle revenait, déroulait pour sa nièce le fil chatoyant des histoires d'ateliers, de coulisses, les intrigues des comédies, et Clara lisait sur ses mains le poids des paillettes, la douceur traîtresse des plumes lorsque la penne rentre sous l'ongle, la sournoiserie du tulle qui noie l'épingle ; elle lisait dans ses yeux une flamme ravivée.

Cette fête n'est pas Berlin, mais la flamme est là, dans le miroir où Louise finit de s'apprêter.

« Eh bien quoi ? Tu sais, Clara, on a le droit de ne pas être toujours la même personne. Ce soir, je suis Louise », a-t-elle rajouté en plaquant un accroche-cœur sur sa joue. Elle a ri, et Clara a ri aussi, et ce rire lui a donné le sentiment d'avoir soudain grandi, d'être passée dans un monde aux contours aussi flous, aussi ombreux que le halo de khôl dont sa tante a cerné ses yeux, quelque peu effrayants aussi, comme l'artifice des lèvres peintes qui ont prononcé ces mots, avec leurs pointes qui s'aiguisent sous la caresse du pinceau… Louise, Louise, Louise, se répète Clara, et le chuintement du vaporisateur, trois fois, Louise, la blancheur de la chair entre la robe soulevée et la jarretière vite rajustée, Louise et l'éclat bref, au creux de la paume, d'un petit disque de verre et de son cordon de soie noire.

Louise. Il faudra s'habituer à ce nouveau personnage comme elle a adopté l'autre figure de son père. Chaussures vernies et chapeau claque ce soir l'emmènent ailleurs.

Ensemble, ils ont fermé la porte de l'appartement.

Burg Giebichenstein repose sur son coussin d'arbres dénudés, fardés de gel. Dans la montée, l'air vif coupe la respiration. L'humidité montant du fleuve pare les hauts murs de luisances sombres, les dilue dans un amas d'ombres obliques. Les premières neiges ont poudré les écailles des toits, ourlant les bords de délicates franges de glace. Au bout du pont qui surplombe les douves, un petit chevalier de pierre contemple, médusé, les lampions accrochés à son bras. Au-delà du portail s'ouvre la cour intérieure du château. Clara se serre contre Louise, frissonnant de froid autant que d'excitation. Une lumière violente balaye les bâtiments. Derrière elles, s'avancent, en procession, trois longues voitures. Lentes et souples, elles glissent sur le chemin, faisant cascader le gravier gorgé d'eau, balançant leurs phares en lunes répétées, elles passent, bientôt réduites au faible signal rouge de leurs feux arrière. Clara a eu le temps d'apercevoir, ponctués de gouttes de pluie, le cylindre d'une cigarette, l'oblique d'un chapeau, l'arc d'un col, et, pâle comme un œuf, un crâne absolument chauve.

— Ce sont les professeurs du Bauhaus, a soufflé Louise.

Ce soir, sous le ciel blanc de la neige annoncée, Clara tient bien serrés le rouge et le noir de sa première fête.

Stridence. Le hurlement des cuivres, entrecoupés de coups de sifflet, d'aboiements de klaxons, de cris d'animaux. Silence. Et la pantomime, la clameur des respirations suspendues, des regards qui n'en font plus qu'un sur le clown musicien, sur sa bouche grande ouverte d'où ne sort aucun son, sur son instrument de papier. Ferveur. La ronde qui se forme, s'étire, se contracte, matériau vivant sculpté par la musique, serpent sous le charme de la clarinette, de ce garçon aux boucles folles. Mouvement. Sphères noires des fesses, sphères claires des seins dans l'orbe du maillot de gymnastique, jeu abstrait des cônes qui s'inclinent, cuisses, mollets, courbes, angles, trois filles et leurs joues comme des fruits. Un curieux navire fait son entrée, fend la houle des danseurs, ses trois hautes cheminées en papier d'argent oscillent entre les groupes, le trombone les accompagne jusqu'à la scène. Les deux filles rient, elles trébuchent en montant les marches, malhabiles dans la structure de toile et de carton qui les réunit et les enveloppe des hanches jusqu'au cou. Deux paires de jambes, mais trois visages, car entre les leurs est posée une tête en papier mâché, un masque aux grands yeux tombants. Clara, de loin, observe la scène. Elle s'est réfugiée loin de l'agitation, contre un pilier. Elle est fascinée par ce visage qui semble, dans la lumière, plus réel que les autres, et dont la petite bouche peinte reste close. Sous son grand chapeau aux reflets métalliques, la tête se balance, suit le mouvement de la danse dont les filles ne semblent être que le mécanisme, les bielles qui s'agitent. Elle porte son regard impassible sur les spectateurs, elle est, dans son assemblage dérisoire de matériaux pauvres, de colle et de peinture, dans sa naïveté grave, sa destinée éphémère, l'esprit du Bauhaus.

Son numéro fini, le navire a quitté la scène. Il se fond dans la foule qui s'est remise à danser. Clara le regarde s'éloigner, guette encore la face claire qui sombre dans le désordre.

— Alors ?

Une voix la fait sursauter. Elle n'avait pas remarqué ce garçon, à l'angle opposé du pilier, dans la pénombre.

— Alors ? répète-t-il avec un geste du menton vers la scène, ça te plaît ?

Les mains dans les poches, il la regarde, l'examine de haut en bas, il ne sourit pas ; rien dans son corps massif, dans la manière dont il s'appuie contre la pierre, dans la régularité austère de ses traits, dans l'implantation des cheveux coupés court sur le front, rien n'encourage la réponse, rien, sinon la densité du regard, son poids.

— Burg ? demande-t-il encore.

Clara ne comprend pas tout de suite la question, elle la retourne dans sa tête, la secoue, voudrait que l'orchestre un instant se taise, que son cœur ne batte pas si fort. Burg… Bien sûr, Burg Giebichenstein. Il lui demande si elle fait partie des élèves.

— Oui…

Le garçon a détourné la tête, il regarde vers la scène.

— … Non, reprend-elle, enfin, pas encore, enfin, je ne sais pas, peut-être…

Elle a fini sa phrase à voix basse, comme pour elle-même, puisque le garçon ne l'écoute plus. Elle se sent stupide, maladroite, elle est un petit animal effrayé, pris dans la lumière trop forte de cette fête. Elle triture la clef accrochée à son cou.

— Très joli chapeau.

Elle a relevé la tête, il regarde devant lui, elle a le temps d'observer son profil, semblable à ceux des empereurs romains dont les plâtres s'alignent au cours de dessin pour jeunes filles de Mme Zugmeier. « Tête d'homme », pense-t-elle, et soudain il lui tend la main.

— Holger.

Sa paume est large et chaude.

— Clara.

— Bienvenue au Bauhaus.

Et puis il se tait, se tourne à nouveau vers la foule. Clara joue avec sa dernière phrase, en reprend chaque syllabe, comme un jeu de cubes, les dérange pour le plaisir de les remettre dans le bon ordre, de se répéter la phrase, oui, c'est cela…

Holger a attrapé un autre garçon par l'épaule.

— Hé, Theo, la jeune dame voudrait danser.

Quelqu'un, au piano, joue des danses hongroises. Chacun y va de ses pas plus ou moins fantaisistes, Theo saisit Clara par la taille, il l'entraîne dans ce qui ressemble à une valse, ou à une polka, elle aime son sourire charmeur, ses grimaces d'enfant rieur, sa fantaisie. « Je m'appelle Clara », lui crie-t-elle dans l'oreille, en se dressant sur la pointe des pieds, manquant de l'éborgner avec le bord de son chapeau. Le pianiste s'est levé, mais aux cris des danseurs, il reprend sa place. Il laisse un moment ses mains levées au-dessus du clavier. Son silence passe sur l'assemblée comme le vent couche les blés, puis, dans le calme soudain, s'égrènent les premières notes d'une fugue de Bach. Alors ils sont tous là, et Clara parmi eux, ils font plus qu'écouter, ils regardent chaque note se poser à sa juste place dans l'espace, convoquer sa couleur dans la grille du rythme. Les thèmes se développent, se juxtaposent, s'entrecroisent, un motif réapparaît sur la trame serrée des sons, sur le rythme obstiné qui soudain trébuche, repart en brèves syncopes, et se laisse gagner par le charleston. Clara danse, danse, et la petite clef danse autour de son cou.

Ils sont retournés auprès d'Holger.

— Elle a failli me tuer avec son chapeau ! Cette fille est dangereuse ! lance Theo.

— Je sais.

Holger n'a pas bougé, il est resté à regarder, les bras croisés. Sa réponse abrupte n'a pas paru surprendre Theo, mais le rire de Clara est resté suspendu.

— Laisse tomber, tu t'habitueras, c'est un ours, un ours bavarois…

« Tu t'habitueras… » Ce garçon, si charmant, si amusant, lui a dit « Tu t'habitueras », avec son regard argenté posé sur elle, sa main sur son épaule, sa chemise blanche un peu froissée et ses drôles de cravates. Il a remplacé l'habituel morceau de tissu par plusieurs écriteaux, coupés en pointe, comme des panneaux indicateurs. Sur les cartons sont inscrits DESSAU, BERLIN, PARIS…

— Et bien sûr, ajoute-t-il, notre Eldorado, la destination ultime, New York ! Tu vois, je suis le trajet, l'avenir, ah oui, j'oubliais…

Il retourne le dernier carton,

— … Moscou ! Mais c'est peut-être eux qui viendront chez nous !… Et toi, où veux-tu aller ?

Il rit, il agite ses directions en tous sens, n'attend pas de réponse.

— Commençons par aller boire quelque chose !

Il l'a entraînée, elle s'est retournée, Holger a eu un geste de la main pour dire « Allez-y sans moi », elle sentait son regard peser sur sa nuque. Une patte d'ours.

— De l'eau ? Tu plaisantes ! Tu vas prendre un verre de bière ! Offerte par Gropi. À Gropi ! lance-t-il en levant son verre.

« À Gropi ! » reprend un groupe d'élèves, et bientôt c'est toute la salle qui hurle « À Gropi ! » Près de la table des professeurs, un homme est debout. Il tourne la tête et lève aussi son verre. Clara le reconnaît. C'est Walter Gropius. Celui dont Weimar ne veut plus, l'architecte controversé, l'ex-époux sulfureux d'Alma la scandaleuse, le trop à gauche pour les uns, trop bourgeois pour les autres, celui des entrefilets mondains, des comptes rendus culturels et des billets politiques. Comme ils ont l'air de l'aimer, tous, ces garçons et ces filles qui semblent n'avoir peur de rien, et comme il les regarde ! Alors elle lève aussi son verre, « À Gropi ! », pour s'insérer dans l'image, pour être une parcelle de ce que la lumière et les ombres façonnent, pour accrocher sa voix à la portée de la clameur, petite tache blanche, petite note noire, elle se glisse là, se cramponne à la scintillation des verres levés, à l'onde électrique, à la vague étoilée suspendue au pôle d'un seul regard.

Y trouver sa place. En être.

Silence. Elles sont redescendues vers la ville endormie, glissée sous son manteau de neige. Tante Louise lui a apporté une bouillotte.

— Tiens, il fait froid.

Elle avait brossé ses cheveux, la mèche blanche tombait sur son visage nu. Elle s'est assise au bord du lit, son vieux châle russe sur les épaules. Elles sont restées un moment, regardant leurs mains jointes jouer avec les franges de laine, leurs pensées errant dans l'entrelacs des fils.

— Je pense que nous devrions aussi prendre rendez-vous avec ce Gropius. C'est toujours mieux d'avoir le choix.

Stridence. Elle a posé la tête sur l'oreiller. Elle serre contre son flanc la bouillotte, elle la tient comme un reste de la chaleur de la fête, elle la presse, au travers du linge qui l'entoure, jusqu'à la brûlure.

La Fête de la Nouvelle Objectivité. Une bouillotte. Le choix. Clara ne sait pas, de l'objet que sa tante a glissé entre les draps ou du dernier mot qu'elle a prononcé, quel est celui qu'elle serre contre elle entre les draps glacés.

Theo. Holger. Lequel des deux prénoms rend sa peau si douce.

2

Janvier 1926, Weimar

Une autre boule. Elle est si loin, et plus petite encore. La taille d'une montre d'homme. À l'intérieur, un reflet de visage. Elle ne sait pas si c'est, dans un éclat de fête, son regard sous le chapeau claque, ou celui du masque sous sa coiffe métallique…

— Bien…

L'homme laissait reposer sa main sur le carton à dessin, sa belle main aux articulations déjà nouées, aux ongles polis, la lumière jouait sur l'arrondi de la montre en or à demi cachée sous les quelques millimètres de popeline blanche qui dépassaient de la veste. Un bijou de précision, d'équilibre, des proportions parfaites, ce gris sombre, ce blanc, et cette touche d'or, pour encadrer cette main d'homme posée sur la toile râpée. Ni avide, ni impatiente, juste posée, juste son poids d'os et de chair, si lourde des mots qui allaient suivre, du verdict.

— Vous savez dessiner, sans nul doute…

Clara avait eu envie d'agripper le carton à dessin, de le reprendre, de secouer cette bête polie, de l'en chasser comme une menace. C'était bien plus que quelques feuilles de papier qu'elle avait déposées sur le bureau de Walter Gropius. C'était un espoir, et le vertige d'avoir, pour la première fois, la possibilité de choisir. Mais la belle main lui disait, dans son immobilité, dans le peu d'espace qu'elle laissait entre elle et la toile, que le choix n'était pas de son côté. Elle disait qu'être choisie, c'était appartenir, et qu'elle, Clara Ottenburg, n'était pour l'instant qu'une ébauche, une esquisse que Gropius pouvait ou non juger utile à son projet. « Prenez-moi, je suis un bon matériau. » Clara s'était entendue formuler silencieusement cette phrase. Mais cette idée même l'agaçait, pourquoi avait-elle, d'emblée, cette attitude de soumission ? Un matériau… malléable ?

— … Il vous faudrait beaucoup désapprendre…

La voix était paternelle, séduisante. Derrière les syllabes calmement posées, il lui avait semblé entendre le froissement du papier, le bruit des dessins déchirés, du travail inutile.

— … Vous êtes très jeune… Dix-huit ans, n'est-ce pas ?

— Oui…

— Bien… Mais dites-moi, pourquoi pas Halle ? Pourquoi le Bauhaus plutôt que Burg Giebichenstein ? Ce serait plus commode, vous pourriez sans doute obtenir une bourse dans votre ville… Si votre candidature devait être examinée, il est préférable que vous sachiez dès maintenant que nous ne logerons pas les étudiants. Ce serait à vous de trouver une chambre à louer.

Tante Louise était intervenue :

— Cela ne doit pas être un problème…

— Les formations qu'offre Burg Giebichenstein sont excellentes, particulièrement dans la poterie et le tissage, avait continué Gropius.

Les coins écornés du carton, ses rubans élimés, leur position ridicule sur le bois verni, combien de fois Clara s'était-elle déjà sentie réduite à cela, lorsqu'elle proposait des leçons de dessin aux jeunes filles des familles bourgeoises, le regard du père s'attardant sur ces mêmes rubans dénoués. Combien de fois les avait-elle resserrés d'un coup sec, les yeux baissés.

— Je ne cherche pas une occupation.

— Ah oui ? Et que cherchez-vous, mademoiselle ?

Clara avait relevé la tête. Son regard était remonté jusqu'au visage qui lui faisait face, avait parcouru les rides qui entouraient la bouche, qui barraient le front, s'était arrêté sur les orbites ombrées, et s'était planté dans celui de Walter Gropius.

— Une vie, avait-elle dit.

— Bien… Mais vous savez que le Bauhaus s'est installé à Dessau, n'est-ce pas ? Ici je ne fais que régler quelques affaires en cours. Ce sont les derniers jours de cet endroit, de ce bureau…

Gropius avait soulevé la main, il désignait les meubles qui l'entouraient.

— … Bientôt, ce sera une nouvelle aventure, une autre histoire… Je ne peux rien vous promettre pour l'instant. Certains de nos professeurs nous quittent, d'autres vont arriver… Nous allons sans doute supprimer certains ateliers… Recentrer nos activités…

Il avait repoussé le carton vers Clara, son geste avait dégagé le poignet, et l'autre moitié de la montre.

— … Au fond, avait-il continué, le Bauhaus n'était pas vraiment chez lui, ici. Plus du tout, désormais. Il entre dans sa maturité, il s'installe dans ses murs… Weimar n'était qu'un début…

Son regard s'était fait plus brillant, intense. Il y avait de la fierté, il y avait aussi de la tendresse, de celle des pères qui sous l'autorité cachent la fragilité de leurs espoirs.

— … Tout cela…

Clara avait suivi le geste qui se déployait dans l'espace cubique du bureau : chaque meuble, chaque objet était disposé d'une manière précise, calculée. Du métal, du bois juste verni, la chaleur d'un tapis et d'une tenture aux motifs géométriques, un canapé et un fauteuil jaunes, également cubiques. Assise dans ce jaune, Tante Louise avait l'air d'un jouet bien présenté dans sa boîte.

— … Tout cela va partir, d'ici quelques semaines, et sera réinstallé à Dessau ; presque à l'identique. Presque… Mais vous viendrez, n'est-ce pas, à notre première fête à Dessau ? Le nouveau bâtiment n'est encore qu'un projet, mais elle aura lieu, nos traditions vont continuer. Et les élèves de Burg Giebichenstein seront les bienvenus… N'oubliez pas vos dessins, mademoiselle…

Il s'était levé, repoussant de l'index le carton vers Clara. Il les avait raccompagnées à la porte, s'était incliné. Elles étaient déjà dans le couloir lorsqu'il avait passé la tête dans l'embrasure et avait ajouté :

— Bonne chance, mademoiselle. Prenez plutôt l'escalier à droite, au bout du couloir, vous pourrez voir les décors réalisés par Oskar Schlemmer… Je ne sais pas ce qu'ils vont devenir… Ils vont se sentir bien seuls.

Elles s'étaient retrouvées sur le pavé glacé. En face, l'enseigne d'un petit café se balançait dans le vent.

— Allons boire un café, ou un chocolat, avait suggéré Tante Louise. Ensuite, nous irons nous promener en ville. C'est une très jolie ville, tu sais, nous irons saluer Goethe et Schiller sur la place du théâtre… Il paraît qu'une nuit les élèves les ont badigeonnés en rouge ! Tu imagines, cette grande statue toute rouge ! Ça a fait toute une histoire !

Au fond du café, un groupe d'hommes étaient attablés. Les coudes sur la table, ils écoutaient celui dont on ne voyait pas le visage, mais seulement une épaule : une épaule vêtue de brun. Ils n'avaient pas tourné la tête lorsque Clara et Louise s'étaient assises près des fenêtres. Elles étaient restées longtemps sans parler, repoussant l'idée que ce voyage puisse n'être qu'une excursion touristique, un petit voyage d'agrément, de ceux que l'on entreprend au mauvais moment, et qui se résument à la mélancolie d'un café inconnu. Une sorte de salle d'attente pour un train qui ne passe qu'à la belle saison, un refuge contre le froid et la déception qui piquent les yeux. Clara avait caché son carton entre ses jambes. De temps en temps, elle jetait un coup d'œil vers les verrières du bâtiment de l'école qui se prolongeaient dans la pente du toit.

— Il doit y avoir une magnifique lumière, là-haut… On aurait pu visiter les ateliers, avait commencé Tante Louise.

— Inutile, avait soufflé Clara.

— Oui, c'est vrai, ils ont déjà déménagé… Il n'y a plus rien à voir… Quand même, il a l'air un peu fatigué, ce Gropius. Et puis, pour être tout à fait franche, ses fauteuils jaunes, je ne les ai pas trouvés si confortables. Tu as vu, tous ces carrés ? Les motifs du tapis, de la tapisserie, du luminaire, et la manière dont il a organisé son espace dans la pièce ? Des carrés dans des carrés, le tout dans un carré !

Elle avait pris son air moqueur, les sourcils haussés, un coin de sa bouche relevé en virgule.

— Après l'exposition de 23, un journaliste a écrit : *Trois jours à Weimar, et on ne peut plus voir un carré de toute sa vie !* C'était assez juste !

Non, Clara n'avait pas vu. Ce qu'elle voyait n'était qu'un vide entre l'escalier par lequel elles étaient montées, celui qui s'envolait en arpège de lumière, et celui par lequel elles étaient reparties, avec ses étranges figures, ni hommes ni formes dont les degrés, brusques ruptures, angles et courbes rythmaient l'espace de la danse.

Un grand vide teinté de jaune, avec cette main d'homme qui, de l'index, repoussait son carton à dessin…

« Bienvenue au Bauhaus… » Les mots qu'avait prononcés ce garçon, ce Holger, s'émiettaient comme le petit pain qu'elle avait commandé. Elle s'en était nourrie, de cette phrase, depuis quelques semaines elle la goûtait, chaque jour elle lui avait paru aussi tentante, chaude, réelle. Elle avait la saveur de la petite enfance, du pain d'avant, quand son père disait en riant : « Quel appétit, pour une fille ! »

Mais là, elle n'avait plus faim.

Burg Giebichenstein restait une option, bien sûr. Elle serait sans doute acceptée, apprendrait un métier. L'Art, ce n'est pas un métier. Les arts, pluriels, perdent leurs majuscules lorsqu'ils sont appliqués. Cela suffisait à son ambition. Mais elle en voulait presque à sa tante de lui avoir donné cet avant-goût d'ailleurs. Elle en voulait à ces gens de Weimar, à cette fête ; au grain de folie de son père. « Ne te laisse pas réduire. » Que pouvait comprendre une petite fille à ces mots ? À l'arrière-plan de la tendresse, elle avait vu passer dans le regard de son père un grand train de nuages.

*

… Il fallait lui laisser le temps, à cette image dans la boule argentée. Elle se précise. C'est le tampon sur l'enveloppe ouverte, sur la lettre dans sa main qui tremble un peu. Un profil, carrés, rectangles, lignes assemblés dans un cercle. Il dit qu'elle est attendue à Dessau.

*

Dessau. Elle en est. En ce matin de mars 1926, elle est un visage qui se lève vers la façade de brique, semblable à toutes les façades de brique qui composent l'enfilade de la rue. Usines et entrepôts ; c'est le quartier industrieux de la ville. Au-dessus du portail on déchiffre encore l'inscription sur le panneau rouillé : SEILER. C'est là.

Elle sera un visage qui s'avancera vers des visages inconnus, un regard qui se posera au hasard, rencontrera d'autres regards, cherchera l'un d'entre eux, repartira, ne saura où se poser, ce sera là, sous une banderole où est inscrit le mot BAUHAUS, dans cette cour d'un rouge terne, dans le froid qui avive les joues et engourdit les mots.

« Bonjour, je suis Clara Ottenburg. » Elle voulait le dire.

La cour est vide. Non, pas tout à fait. Au fond à droite, il y a quelqu'un. Que fait ce garçon accroupi sur le sol froid et boueux ? Clara s'approche. Le garçon tient un objet noir dans ses mains, il se tourne soudain et le lui tend.

— Tu veux regarder ? Ce truc est fantastique. Tu peux photographier n'importe quoi.

— Oui… Non… Je cherche le cours préliminaire du Bauhaus.

— Eh bien c'est là, dit-il avec un mouvement du menton vers les bâtiments.

— Il n'y a personne ?

— Si, ils doivent être quelque part.

Il s'est replongé dans la contemplation d'un reste de neige sale.

— À travers l'objectif, cela devient vraiment autre chose, assure-t-il… C'est mon cours aussi.

— La photographie ?

— Non, le cours préliminaire. Mais Albers n'est pas encore arrivé. On a le temps. Les autres sont déjà rentrés, ils avaient froid. Je les ai expédiés à l'intérieur. Mais si tu veux rester… De toute façon ils vont attendre Gropius et Kandinsky pour le petit discours de bienvenue, Moholy-Nagy va nettoyer dix fois ses lunettes, Schlemmer s'amusera à apparaître masqué, fera peur à tout le monde, Gunta jouera à la maman… Le scénario habituel quoi.

— Tu en parles comme si tu connaissais déjà tout cela. Mais c'est ton premier semestre ?

— Oui, on est des vieux copains, le Bauhaus et moi.

Une femme a entrouvert une porte et a appelé :

— Lux, allez, Lux, rentre, tu vas encore être malade, et ta mère va m'en vouloir !

— Tu vois, dit le garçon en haussant les épaules. Elle, c'est Gunta. Gunta Stölzl. Elle gère l'atelier textile. Elle adore s'occuper de moi. Depuis toujours. Depuis presque toujours.

Le garçon nommé Lux s'est relevé. Sous l'épaisseur de son pull et de sa veste de tweed, il paraît très mince, comme un enfant grandi trop vite. Très jeune aussi.

— Et tu es souvent malade ? questionne Clara.

— Je l'ai été. C'était bien, je n'avais pas à aller à l'école. Au lieu de cela, j'allais à la mer avec mon père et je construisais des maquettes de bateaux.

— Lux Feininger, et la jeune fille aussi, rentrez maintenant !

Cette fois, c'était une voix d'homme.

— Ah ! Ils ont délégué le Premier ministre. C'est du sérieux. Tu vois, c'est toujours comme ça l'école.

— Feininger… comme Lyonel Feininger, le peintre ? demande Clara.

— Tout comme. C'est mon père. Il ne donne plus de cours ; il est juste là en résidence. Une espèce de conseiller. Il y a Gropius, le tsar, son Premier ministre, Moholy-Nagy, son conseiller, mon père, le grand-duc Kandinsky et son éminence Klee, Schlemmer, chargé des festivités, et puis… enfin tu verras, c'est une vraie démocratie ! On peut aussi jouer au jeu des sept familles !

Et il éclate de rire.

Ils sont rentrés, ont rejoint le petit groupe de nouveaux. Cela se passe en effet comme Lux l'avait prévu. Ce n'est peut-être pas aussi caricatural, c'est même assez intimidant, mais Clara ne peut s'empêcher de voir toute la scène au travers de l'impertinence du garçon. Ce ne sont plus des personnalités prestigieuses, un peu effrayantes, ce sont des personnages, Klee avec son drôle de petit chapeau perché sur son grand front, l'air digne de Kandinsky, l'allure mathématique de Moholy-Nagy, Schlemmer et son visage si mobile entre ses grandes oreilles ; ce sont les maîtres, ce sont des êtres humains, grandioses et un peu comiques, terriblement sérieux et un peu bizarres.

Ils se tiennent là, dans leurs habits de respectabilité, entre les murs de cette vieille usine, comme si rien de ce décor n'avait d'importance, comme s'ils y plaquaient un autre horizon.

Il y a de la bienveillance. De l'efficacité. Chacune de ces personnes va rejoindre son cours, son atelier, ses projets. Sa vision. Celle de Gropius les réunit et les soude : l'Art et la Technique. Il y met des majuscules. ET. Il est ce ET qui tient ensemble l'édifice. Il est le regard pénétrant qui les envisage sur le même plan. Ils sont ceux qui restent du premier Bauhaus, celui de Weimar. Les compagnons de la première aventure, quand il s'agissait de marier l'art et l'artisanat. Création et fabrication. Il n'y a plus de compagnons, il y a des collègues, plus de fabrication, il faut songer à la production. Ce ne sont plus des maîtres. Ce sont des professeurs. Reste l'Art. Voilà la Technique.

L'Art et la Technique. Clara regarde un garçon au long cou maigre dont la pomme d'Adam monte et descend sous l'impulsion de ces deux mots répétés. Elle regarde le sourire asymétrique de cette fille, tétanisée, et l'autre qui presse son carnet à dessin contre sa poitrine. Lux Feininger, appuyé d'une épaule au mur, les mains dans les poches, regarde ses chaussures. Sur le plancher, des rectangles plus clairs, cernés de crasse et de graisse, marquent l'emplacement des anciennes machines, des établis. Entre eux courent les ornières du passage des chariots, des pas des contremaîtres. Le sol se souvient, comme certains lieux gardent les traces de villes qu'un cataclysme a rasées. Les hommes étaient partis, remplacés par les femmes, puis quand les hommes étaient revenus, ceux qui étaient encore bons, c'étaient les machines qui étaient parties. Celles qui en valaient la peine chez l'ancien ennemi, comme « réparation », c'étaient le terme exact, et les autres à la casse. Le Bauhaus se tient sur les ruines d'une ancienne civilisation. On a blanchi les murs à la chaux.

— Plus tard, vous visiterez les ateliers. Mais là, mettons-nous au travail.

Les professeurs étaient partis, sauf un.

— Je suis Josef Albers, chargé du cours préparatoire. Vous aurez aussi des cours avec MM. Klee et Kandinsky. Mais pour commencer, ce sera principalement avec moi. Humm… Nous allons manquer de tables… et de chaises… Mais c'est provisoire, n'est-ce pas ? Cela n'empêche pas de travailler. Les meilleures idées naissent de presque rien.

Rien. Clara sait ce qu'elle a quitté. L'appartement enténébré, ses stucs, ses dorures passées ; le corridor, son odeur d'amertume. Sa valise fut légère. Quelques vêtements. Presque rien. Seules comptaient la robe de lin et les chaussures vernies.

Albers parle :

— Si nous sommes honnêtes, nous nous révélerons. Mais nous n'avons pas à faire d'effort pour être individualistes, pour vouloir être différents.

Clara écoute. Parfois, elle rencontre un regard. Faut-il sourire ? Est-ce bien vu, ou faut-il être sérieux ? Différente ; bien sûr, elle souhaite l'être. Elle est différente du garçon à la pomme d'Adam, et de ce Lux qui tripote son appareil photo. « Si nous sommes honnêtes, nous nous révélerons. » En tout cas, s'il y en a un qui ne fait aucun effort, c'est bien lui. Il s'est assis par terre, le dos calé contre le mur, et il a fermé les yeux. Il est honnêtement différent.

Quelque part dans la cour, les bourrasques font tinter une tôle arrachée. Clara lève la tête. Le ciel est vaste au-dessus de la grande plaine du Nord, il ne connaît pas de frontières. Les « ismes » sont arrivés par bouffées, expressionnisme, futurisme, surréalisme, dadaïsme. On y sent passer le vent du constructivisme, d'est en ouest, et celui de la modernité, d'ouest en est. L'un pousse devant lui l'abstraction, et l'autre garde l'empreinte cristalline des gratte-ciel. Les hurlements du jazz y répondent aux slogans désaccordés. Saisir, saisir cet air au creux des mains, le laisser façonner le monde nouveau et ses objets. Ne pas répéter, surtout ne pas répéter, pense Clara.

— Mais je préfère donner les bonnes questions plutôt que les bonnes réponses, ajoute Albers.

Ce vent saura-t-il balayer tout ce qu'elle a, malgré elle, emporté ?

À défaut d'être élus, ils étaient choisis. Provisoirement du moins. À l'issue de ce premier semestre, le conseil des maîtres déciderait lesquels d'entre eux pourraient poursuivre le cursus de l'école.

Saura-t-elle être honnête ? Ces garçons, le beau Theo, et Holger, comment s'étaient-ils révélés ? Les questions restent suspendues dans le courant d'air glacé qui s'infiltre par les carreaux disjoints. Quels sont ces bruits qui s'entrelacent aux paroles du professeur ? Et ces voix, dans le couloir, à qui appartiennent-elles ? Tant de réponses derrière la porte close.

— Une première chose : être créatif, ce n'est pas tant désirer faire quelque chose qu'écouter ce qui veut être fait. J'appelle cela « la dictée des matériaux ».

Albers a sorti un journal de sa serviette. Il le déplie et sépare les feuilles les unes des autres.

— Bien, assez parlé. C'est à vous maintenant, ajoute-t-il. Ah ! J'ai oublié de vous demander vos noms.

3

La ville avait pris des couleurs de gouaches sales. Détrempées d'eaux usées, souillées de particules indécises, elles s'étalaient sur fond de ciel opaque. Parfois, rabattue par le vent, la fumée d'une usine traçait au fusain une vague ébauche, pour aussitôt l'effacer.

L'atmosphère était hésitante, comme elle peut l'être dans les jours qui précèdent le printemps. Après le cours du matin, les élèves du cours préliminaire s'étaient éparpillés. Clara avait eu envie de respirer. Elle contemplait, posée à côté d'elle sur le muret où elle s'était assise, la pomme parmi les miettes du petit pain, son déjeuner. Ou peut-être son goûter, si elle réussissait à garder le fruit pour plus tard.

« N'oubliez pas que nous sommes pauvres. » avait répété Josef Albers ce matin. Pauvres, l'Allemagne, son économie, son industrie, la société en général, et elle-même en particulier. La pauvreté s'étalait en larges taches grisâtres, se constellait en fines éclaboussures, ombrait les visages, les objets. Elle voilait les contours d'une fine croûte de poussière. Jusqu'à cette pomme, d'un jaune mat, grumeleux par endroits, indécis comme peuvent l'être les couleurs sur une palette oubliée. Terne comme les piécettes que Clara posait sur le comptoir de l'épicier, et que ce dernier recomptait d'un air déçu. Elle aurait pu se rendre à la soupe populaire. Elle aurait pu. Gropius avait obtenu de la ville, tant que les nouveaux bâtiments n'étaient pas construits et qu'il ne pouvait offrir une cantine à ses élèves, le droit à un repas gratuit par jour. Certains n'avaient pas d'autre choix que de s'en satisfaire. La soupe populaire… comme les pauvres… Ah oui, c'est vrai, ils étaient pauvres. Mais pas misérables. Ils n'étaient pas de ceux qui avaient tout perdu, ils n'étaient pas en perdition. Ils étaient juste en transit. Dans un entre-deux un peu inconfortable, mais temporaire. Alors, Gunta Stölzl, la jeune maître de l'atelier tissage, avait acheté deux grands bidons, qu'à tour de rôle, chaque matin, des élèves allaient faire remplir chez le laitier. Ils rapportaient aussi des petits pains, un par élève. C'était aussi cela, le Bauhaus, une sorte de famille qui s'était transportée de Weimar jusqu'ici, mais qui gardait, grâce aux anciens comme Gunta, l'esprit de ses débuts. Chaque matin, les murs de la vieille usine s'étoilaient de la blancheur du lait et de l'or des petits pains. La journée pouvait commencer.

Il y avait cette pomme, quelques miettes, il y avait la serviette de lin blanc sur laquelle elles se détachaient. Clara n'avait rien demandé. Une dans chaque pile. Elle les avait prises. Comme elles avaient glissé facilement d'entre les liens de bolduc rouge, celle-ci, et les autres ! On voyait à peine qu'elles manquaient. Cela lui faisait six serviettes. Elle s'amusait à les nommer son « trousseau ». Elles lui servaient de tout. De nappe, de taie d'oreiller, de balluchon pour son maigre déjeuner. Il avait fallu les faire bouillir, et les faire bouillir encore, pour atténuer leur raideur, pour faire disparaître les traces jaunes à l'endroit des pliures. Elles étaient bien trop grandes pour ce fruit ; leur motif damassé, le chiffre brodé auraient mieux accueilli un fruit rare. Quel fruit rare ? Elle se souvenait de la corbeille de mandarines que l'on faisait porter à la maison pour Noël. Leur couleur indécente auprès des joues de sa mère, et le couteau d'argent qui entamait la chair, projetant d'infimes gouttelettes d'un ailleurs dont elle ignorait le nom. Son père découpait de délicates spirales qu'il enroulait sur elles-mêmes, façonnant des coquillages dont l'intérieur, d'un blanc à peine teinté, luisant comme de la nacre à la lumière des bougies, s'ombrait de profondeurs veloutées. Parfois, il faisait apporter par la cuisinière un peu d'huile, et, d'une moitié de pelure adroitement prélevée, il fabriquait une petite lanterne, dont la flamme s'élevait haute et droite. Clara pouvait retrouver la sensation de la peau du quartier de fruit éclatant entre les dents et du jus qui perlait au coin des lèvres. Elle avait oublié l'odeur. Était-ce l'odeur de son père ? Elle se souvenait qu'elle n'avait pas toujours été pauvre. « Cela suffit maintenant », disait sa mère en reposant sur la table la serviette dont les plis empesés, à la lueur de la lanterne, dessinaient un masque grimaçant.

Le Bauhaus était pauvre. Pourtant, là-bas, au-delà des voies ferrées, des terrains vagues, non loin de la piste d'envol des usines Junkers, les nouveaux bâtiments se construisaient. Les croquis publiés dans la presse au moment du lancement du projet n'avaient pas permis d'imaginer l'ampleur de la future école. On ne la découvrait d'ailleurs pas tout de suite dans son ensemble, il fallait s'engager plus loin sur la route boueuse pour en découvrir la structure et les différents corps de bâtiment. La veille, professeurs et étudiants s'y étaient rendus pour la pose du bouquet. L'école ressemblait encore à un gros animal gris, échoué au milieu de la prairie, un monstre couché au regard vide, au front duquel Gropius avait fiché un arbrisseau orné de fleurs et de guirlandes. Clara, comme tous les autres, avait fabriqué sa petite décoration. Elle avait puisé dans la mince pile de papiers d'argent qui avaient emballé les chocolats de Noël. Garder, récupérer, réemployer. « N'oubliez-pas que nous sommes pauvres ! » Le luxe résidait dans le temps passé, dans l'imagination, dans l'invention. Dans la courbure exquise qu'elle avait donnée aux ailes de son petit oiseau. De la pelouse où les élèves s'étaient massés, c'est à ses reflets argentés, autant qu'aux saluts de Gropius, qu'elle avait répondu. Dans six mois, ce serait elle, là-haut, sur la terrasse de la Prellerhaus, le bâtiment réservé aux studios des élèves. Peut-être, ou peut-être pas. Serait-elle admise à l'issue du cours préparatoire ? Aurait-elle envie de rester ? Pour l'instant, la question ne se posait pas. La question était de savoir si elle réussirait à garder cette pomme pour plus tard.

Ce matin-là, comme chaque jour, Albers les attendait déjà dans la salle.

« Alors, ce carton… » avait-il commencé. Rectangle calme sous l'onde de la mèche plaquée, son visage à lui seul incitait à la concentration. Il avait regardé chacun disposer devant lui ce qu'il avait pu glaner. Il y avait de tout : du carton d'emballage presque blanc, mince, un peu cassant, du carton ondulé, d'un beige légèrement tacheté qui roulait sur lui-même avec une élasticité presque animale, des chutes de carton bois, récupérées chez un encadreur, leur tranche lisse et lustrée comme du beurre, du carton gris, pelucheux, dont on sentait encore le moelleux des fibres de chiffon. Certains portaient des inscriptions, des bribes de mots, des chiffres, des étiquettes colorées, d'autres portaient le récit d'irréparables déchirures, des marbrures d'avanies. La virginité de certains en était presque scandaleuse. Albers les avait contemplés, soupesés, ses gestes étaient une leçon en eux-mêmes. Il éprouvait la résistance du matériau, sa souplesse, explorait ses capacités, et le rendait à son propriétaire. À eux de jouer. Avec le moins d'opérations et le moins d'outils possible. Clara se souvenait de la première leçon, du journal dont il avait distribué une feuille à chaque élève. « Allez-y, montrez-moi ! » Chacun s'était efforcé d'être créatif, habile, voire virtuose. Certains s'étaient lancés dans des pliages compliqués, des découpes savantes, d'autres avaient renoncé faute de colle, parce que leur feuille était trop grande, ou trop petite, ou que leur beau projet s'était effondré. Au bout d'un certain temps, Albers avait proposé de commenter les œuvres en commun. Il n'avait émis aucune critique, avait écouté tout le monde, et puis il avait dit : « Je voulais juste que vous compreniez ceci. » Il avait pris une autre page et l'avait pliée par la longueur de manière qu'elle tienne debout. C'était l'opération la plus simple que l'on pouvait imaginer. « Vous voyez, avait-il ajouté, il suffit de plier le papier dans le bon sens pour lui donner de la rigidité. C'est cela que vous devez acquérir. Le sens du matériau. Comprendre ses propriétés ; son comportement ; l'usage qui sera le plus approprié. »

Pour l'instant, Clara avait expérimenté le carton ondulé, dans un sens, dans l'autre, avait compris qu'une pliure en travers est plus rigide qu'une pliure en long. Albers avait approuvé.

« À demain, avait-il conclu, et pensez bien à ce que je vous ai dit : le moins est la meilleure solution. »

Le moins ? Quand certains avaient déjà si peu ? Elle n'a pas suivi ses camarades à la soupe populaire. Pas encore. Et puis il lui semble que le ciel va s'éclaircir. Elle les a regardés s'éloigner. Certains sont très jeunes, comme elle, certains, plus âgés, ont déjà fréquenté d'autres écoles, ont eu un métier. Ils sont une quinzaine, dix garçons, cinq filles. Aucun n'a connu Weimar, n'a vécu ses extravagances légendaires, ses fêtes perpétuelles, ses soubresauts politiques ; du moins c'est ce qu'on en disait. Nouveau, nouveau, nouveau. Demain, demain… Mais hier, cet hier excitant, où est-il passé ? S'est-il éteint avec les derniers feux de la fête à Burg Giebichenstein ? N'était-il qu'une fantasmagorie projetée sur les vieilles pierres des rues tortueuses de Weimar, sur les murs d'un château du Moyen Âge ? Un pied de nez à Goethe, à Schiller ?

À demain, a dit Albers.

Bienvenue au Bauhaus, avait dit ce Holger. Lui et les autres, les plus anciens, devaient savoir. Gunta Stölzl et Anni Albers, de l'atelier textile, Marianne Brandt et Ludwig Hilberseimer, à l'atelier métal, et surtout les garçons de l'atelier scénographie. Et Xanti, le joueur de saxo, et les autres du Bauhaus Kapelle[1]. Ils devaient savoir. S'ils avaient suivi Gropius, s'ils étaient venus dans cette ville triste, s'ils se contentaient de cette vieille usine, s'ils avaient faim, froid, cela devait bien avoir un sens. Ils devaient être persuadés que cela en avait un. Chaque matin, le partage du lait et des petits pains.

Elle voit, de loin, revenir les élèves de l'atelier scénographie avec leur professeur, le crâne d'Oskar Schlemmer luisant comme une boule d'ivoire dans la lumière, puis les filles de l'atelier tissage, les garçons de l'atelier peinture murale, qu'on reconnaissait à leurs vêtements blanchis de poussière et de plâtre, et enfin ceux de l'atelier métal. C'est eux qu'elle guette. Dans le groupe, elle distingue Theo à sa manière de tapoter ses poches à la recherche de son briquet et d'offrir du feu à ses camarades en se penchant un peu de côté pour surveiller la flamme entre ses mains rapprochées. C'est un beau briquet d'argent dont il aime faire claquer le couvercle. Parfois, il le tient un moment au creux de sa paume avant de le glisser à nouveau dans sa poche, toujours à droite. Il tapote malgré tout à chaque fois les deux côtés de sa veste ou de son pantalon, comme si l'objet avait pu décider de lui-même de changer d'emplacement. Clara commence à connaître les petits rituels de chacun, leurs attitudes, leur démarche, leurs rires. Elle sait que Marianne Brandt ôtera les barrettes qui retiennent sa frange et secouera ses cheveux en tous sens, comme pour retrouver sa féminité après les heures passées à faire oublier, à oublier elle-même, qu'elle est la seule femme dans cet univers masculin. Elle sait

1. L'orchestre des étudiants du Bauhaus.

qu'Holger arrivera le dernier, qu'il mettra un peu de temps à se joindre au groupe, qu'il montera lentement, l'une après l'autre, les quelques marches, comme si quelque chose, une pensée, le retenait encore ailleurs.

Theo avait paru heureux de la trouver là, le premier jour, « Tiens, la fille au chapeau claque ! Holger avait raison ! » Elle s'était interrogée sur la raison de cette joie. Était-ce sa présence, ou le fait de constater que son ami ne s'était pas trompé ? « Les deux doigts de la main ! » C'est ainsi qu'il avait qualifié leur amitié. Il avait ajouté : « Il est arrivé à l'école un semestre avant moi, et je ne sais pas si je serais resté sans lui. Ce sera sa faute, si je deviens un très grand architecte ! » Il avait ri. Était-ce une boutade ? Comme pour justifier son propos, il lui avait raconté leur première rencontre.

C'était dans les tout premiers jours de son premier semestre. Theo s'habituait peu à peu au désordre apparent. *Tout va bien*, avait-il écrit à son père. On ne pouvait pas dire que tout allait mal, mais prétendre que la vie était facile, qu'il avait l'impression de progresser, d'avancer, aurait été un mensonge. Il le faisait à son père, faute de ne pouvoir lui expliquer qu'il ne s'était pas attendu à cela. Et qu'il ne comprenait rien à ce qu'on attendait de lui. Dans l'atelier qui abritait le cours préliminaire, il s'était retrouvé seul. Les autres avaient déjà déposé sur l'étagère leurs petites constructions de bois. Certaines étaient jolies, ou drôles, comme cette figurine habillée de copeaux. D'autres n'étaient rien. Des petits riens. Il y avait aussi des gros riens. Theo, assis en tailleur par terre, ne savait que faire de sa chute mal dégrossie. Faire plus avec moins ! Et s'il lâchait tout ? Il avait tourné la tête vers la porte. Un type était appuyé au chambranle. Il bouchait la sortie. Le type le regardait. Theo s'était relevé. De la sciure s'était incrustée dans la flanelle de son pantalon. Il avait voulu la brosser. Le type était plus petit que lui, carré. S'il se baissait pour brosser son pantalon, c'est lui, Theo, qui serait plus petit. Le type le regardait sans rien dire. « Jamais je n'avais entendu un type se taire comme ça ! s'était interrompu Theo. Le genre de silence qui te fait penser que tu n'as pas tout compris de la vie… Et que même avec tes centimètres en plus tu ne seras pas tout à fait à la hauteur… Rassure-toi, ça s'est arrangé depuis ! » Clara n'avait ni besoin d'être rassurée, ni envie de comparer, mais elle avait hoché la tête. Theo avait repris son histoire : quand le type avait démarré, car c'est la sensation qu'il donna, il avait démarré comme un engin, il s'était avancé comme un camion, avec son cou large et sa mèche courte sur son front, avec ses yeux trop clairs, Theo s'était dit qu'il fallait faire quelque chose. Qu'il fallait l'arrêter. Il avait tendu la main. Et le type, au même moment, avait aussi tendu la main. « Holger. » Holger. Point. Comme si c'était un nom générique pour toutes ces choses que Theo venait de rencontrer au travers de cette main tendue, silence compris. Il avait fait la même chose, il avait ravalé toutes les fioritures auxquelles il était habitué. « Theo. » La tête de tout ce qui était Holger avait désigné la planchette de bois. « Les défauts du matériau. C'est aussi ça qu'on peut travailler. » Alors ils s'étaient assis par terre. Ils avaient de la sciure plein leurs pantalons. « Le velours côtelé d'Holger en gardera toujours un peu ! Une enfance à jouer dans les copeaux d'un atelier de lutherie, ça laisse des traces ! » avait conclu Theo, content de sa plaisanterie.

Holger, le Bavarois. Holger de l'atelier métal. C'était curieux, ce choix, pour un fils de luthier. Qu'était-il advenu de la planchette de bois ? « On a surtout parlé. De moi surtout, car pour faire parler Holger… Tu as vu… En fait, le bois ne l'intéressait plus… » avait répondu Theo à la question de Clara.

Theo. « Le type de Hambourg. » L'enfant qui se tenait au côté de son père, sur la terrasse de leur maison de Blankenese. « Nous regardions un navire descendre ou remonter l'Elbe, il voyait ce que le navire transportait, les marchandises, il pouvait juger du tonnage, il évaluait, selon la provenance ou la destination, le profit qu'il engendrerait… » Theo avait eu un petit rire moqueur. « … Et moi, ce que je regardais, c'était le navire. Le bâtiment. Sa structure, ses lignes, l'agencement des ponts. J'imaginais les coursives, les cabines, le carré du capitaine. J'y voyais la beauté. Hambourg… enfin le Hambourg d'où je viens, est une ville de marchands. Mon père y voyait l'usage. Et puis j'ai visité l'usine Fagus[1] qu'a construite Gropius. J'ai choisi de ne pas avoir à choisir… » Theo avait laissé sa phrase en suspens. Clara avait senti que dans ce qu'il énonçait comme sa volonté entrait une part de révolte qu'il n'osait exprimer sans en éprouver une certaine confusion. « Moi ? Le métal, bien sûr ! Et Gropius ! » semblait être la réponse du fils au père.

---

1. Usine Fagus : 1911-1913. En collaboration avec Adolf Meyer, première réalisation de Gropius avec charpente métallique porteuse et façades de verre.

Non. Theo n'aurait rien lâché. Clara l'avait compris. Même sans cette amitié, il serait resté au Bauhaus. Mais il avait dévolu à Holger le rôle d'aîné, cela devait justifier l'admiration qu'il lui portait, et qu'elle même devait lui porter.

Theo n'a pas suivi Holger. Il se dirige vers elle.

— Alors ?

— C'était le jour du carton !

— Ah, le carton…

Il se met à imiter Albers, à singer son air concentré, ses gestes, les expressions de sa longue figure un peu sévère.

— Et toi ? demande Clara.

Il lui met sous les yeux ses mains noircies par l'acier.

— Matinée polissage. Bientôt, à force de frotter, je n'aurai plus de doigts. Si vous voyez clair, mesdemoiselles, quand nous serons là-bas, il désigne de la tête la direction du chantier, ce sera grâce à nous. Nous fabriquons en ce moment tous les luminaires ! Et dire que mon père pense que j'étudie l'architecture !

— Mais… Il n'y a pas de cours d'architecture ?

— Pas à proprement parler. Gropius fait travailler certains élèves dans son atelier personnel, ils participent à ses propres projets, à Berlin ou ailleurs.

Il s'est interrompu. Un petit avion vire sur l'aile juste au-dessus d'eux, sa carlingue accroche un instant la lumière avant de se fondre dans les nuages.

— Un G 24, tout métal, trois moteurs… Un Junkers. On les connaît tous, à force de les voir passer. L'usine et le terrain d'aviation sont là-bas, après les bois.

Il avait désigné la direction du chantier de l'école.

Tout métal… Holger est là, quelque part, ses mains noircies, elles aussi. Qu'écrit-il à son père ? Que sait d'autre Theo ? « Bienvenue au Bauhaus. » Comment Holger pouvait-il savoir qu'elle y viendrait ? Qu'a-t-il dit d'autre ? Clara n'ose pas demander.

— Il fait plus froid que je ne pensais, hasarde-t-elle. J'ai laissé mon manteau à l'intérieur, je n'aurais pas dû…

Sans un mot, Theo a enlevé sa veste et la lui a jetée sur les épaules.

— Mais toi ?

— Oh moi, je n'ai jamais froid, je suis un type du Nord ! Mais dis-moi, tu es prête pour la Fête blanche ? Ça va être du tonnerre ! La première fête ici, enfin ! Il était temps, on commençait à s'ennuyer ! Schlemmer a fait des costumes sensationnels.

— Je ne sais pas, je n'ai pas encore d'idée.

— Allons, reprend Theo, *deux tiers blanc, un tiers à rayures, à pois, à carreaux*. Ce n'est pas si difficile ! Même Holger a trouvé son déguisement !

Il penche la tête de côté et la regarde par en dessous.

— Timide, soudain, notre petite Clara ? Allons, Tu seras la plus jolie ! J'en suis certain !

Il paraît si heureux, si confiant, tout en lui n'est que persuasion. La manière qu'il a de relever le menton, son sourire qui dessine au coin de la bouche deux petites virgules.

Oui, il a raison. Tout cela est exaltant, préparer une fête, suivre les progrès du chantier, sentir sur ses épaules le poids de cette veste d'homme, être assise là, à attendre le printemps, le bras de ce garçon frôlant le sien. Une brise fraîche dresse imperceptiblement les poils de ses avant-bras. Ils semblent terriblement soyeux. Et ressentir, au travers du récit de Theo, la présence d'Holger, de ce tout qui est Holger, de la ressentir non pas avec sa peau, mais d'une manière nouvelle et confuse, dans ce qu'elle ne pourrait définir autrement que l'envers de sa peau.

C'est exaltant, excitant, de faire partie de tout cela, de se sentir tellement vivante, et d'avoir le sentiment de n'y rien comprendre.

— Donc, tu penses que c'est normal de ne rien comprendre au début ?

— Tout à fait normal. Je crois même qu'ils le font exprès ! répond Theo en riant.

Il a rallumé une cigarette. Comme à son habitude, il a fait claquer le couvercle du briquet. Ses doigts ont joué un instant sur le fin guillochage de l'objet. Clara a replié autour du fruit la serviette de lin. Elle a rangé ses questions sans réponse.

Elle a réussi à garder la pomme pour plus tard.

4

Tout va bien. C'est ce qu'il fallait écrire aux proches. Même si on ne comprenait pas tout ; même si tout n'était pas exaltant. Même si, selon Gropius, il fallait commencer par désapprendre.

À quoi devait-on renoncer ? Jusqu'où fallait-il aller dans le rejet de ce que l'on avait été, de ce que l'on avait fait jusque-là ? De ce en quoi on avait cru, et qu'on avait peut-être aimé, même si l'on était conscient qu'il était urgent de changer ? Même si on était venu pour cette seule raison ?

Clara était rentrée un peu plus tôt dans la petite chambre que lui louait Mme Wahrnhelt. Malgré le soin qu'elle avait mis à faire tourner la clef, elle avait entendu le léger grincement du fauteuil, elle avait senti le regard inquisiteur qui se glissait dans l'entrebâillement de la porte du salon. Sur un coussin de velours, le chat dormait. Mme Wahrnhelt veillait. Oui, madame, je suis seule, non, je n'essaie pas d'introduire un garçon dans votre maison respectable. Je ne ferai pas de bruit, je vais juste dessiner. Je sais que vous vous méfiez.

Que si je vais tout à l'heure à la cuisine pour remplir mon verre d'eau, vous y repasserez juste après pour vérifier que je n'ai rien pris dans le garde-manger. Je vous entends, malgré les ronflements de votre mari qui dort déjà. Lui aussi, vous le surveillez. Vous n'aimeriez pas qu'il se fasse des idées, qu'il s'attarde un peu trop sur la longueur de ma jupe. Ne vous inquiétez pas, je ne suis pas son genre. Je l'ai croisé non loin des usines Junkers, il serrait de très près une blonde grassouillette, frisée comme un mouton. Mais vous l'ignorez, cela se passe de l'autre côté de la voie ferrée, plus loin encore que le chantier du Bauhaus, plus loin que les bois, et vous n'allez jamais jusque-là. Là, c'est déjà la banlieue.

Le crayon restait suspendu au-dessus du beau papier blanc, un papier épais, légèrement grainé, qui donnait aux ombres un aspect velouté. Un présent de Tante Louise. Sa présence. Clara ne sait plus ce qu'elle voulait dessiner. Un visage ? Un paysage ? Le chat. Oui, elle aimerait bien dessiner le chat, cette petite forme noire qui se coule parfois entre ses jambes, ou se tient immobile devant la porte, pattes bien rangées, paupières mi-closes sur l'eau verte de ses yeux. Les lignes sinueuses de l'animal se mêlaient aux derniers effluves des gâteaux que la logeuse avait dû faire cuire dans l'après-midi. Vanille. Cannelle. La pâte encore tiède dans ses replis. Les reins cambrés du chat, et sa queue qui danse, qui se fige en point d'interrogation. Toute cette douceur derrière la porte close.

À quoi doit-on renoncer ?

Clara a refermé le carnet. Son regard erre sur les menus accidents du mur, le long des fissures blêmes qui s'aventurent sur la peinture défraîchie. À quoi avait été destiné ce bleu ? Une chambre d'enfant ? Une chambre de domestique ? Elle est juste assez grande pour contenir un lit étroit, une petite armoire et cette table de bois brut sur laquelle elle est accoudée. Accrochée au-dessus du lit, une affreuse tapisserie de cerf dans un sous-bois. Pour rassurer Tante Louise, elle avait dit : « Ne t'inquiète pas, je l'ai apprivoisé ! » Clara n'avait pas osé décrocher le tableau. Mais chaque soir, en rentrant, elle le retournait et se servait du dos pour épingler ses propres exercices. Et chaque matin, avant de partir, elle rendait la pièce au cerf.

Elle a vidé sa besace sur la table.

« Allez donc voir à l'épicerie Möller, avait conseillé un élève de deuxième année, il vous donnera bien quelques emballages vides ! » L'épicier l'avait considérée d'un air méfiant. « Du carton ? Quel carton ? Je ne suis pas papetier ! »

Clara avait promené son regard sur les étagères, à la recherche du produit le moins cher vendu dans un emballage qui pourrait faire l'affaire. La plupart des marchandises étaient proposées en vrac. Sauf les allumettes. Elle avait acheté trois boîtes d'allumettes. Elle tournait déjà le coin de la rue quand un garçon l'avait rattrapée. Il devait avoir une vingtaine d'années, mais ses cheveux coupés très court, sa tête ronde posée à même un corps trop bien nourri le faisaient ressembler à ces poupons de Celluloïd bon marché dans les vitrines des droguistes. Il tenait dans ses mains un paquet oblong qu'il lui avait présenté fièrement. « Sont foutues. Mon père peut pas les vendre. C'est pour toutes les allumettes. » Dans la boîte, reposaient une douzaine de bougies cassées, jetées en vrac sur ce qui aurait dû les protéger ; des bandes de carton ondulé. « Si vous avez besoin… Hansi. C'est mon nom. » Il avait tourné les talons et était reparti en courant. Il avait une manière bizarre de jeter ses jambes de côté et de tenir ses bras loin du corps, comme les canards.

L'histoire amuserait Louise. *Tout va bien*.

Elle replie soigneusement la serviette de lin, en lisse les franges du bout des doigts, puis, les yeux fermés, suit le relief du monogramme. Les initiales de son père. Elle se dit qu'il est curieux que le trousseau des filles, patiemment brodé par des femmes, porte les initiales de l'homme. Du maître de maison. Du maître des mains des femmes ? De leur corps ? Tout à l'heure, sur le muret, avec Theo. Ils ont conversé si librement, d'égal à égal. Son bras et le sien, qui se frôlaient. Sur la face intérieure de l'armoire est accroché un petit miroir. Elle s'amuse un moment à observer le mécanisme de son poignet, de sa main, de la courbure du coude. À chaque fois un morceau d'elle-même. Le mouvement… Ce serait bien d'intégrer le cours de scénographie. Si elle est retenue après le cours préparatoire. Oui, elle se verrait bien travailler avec Schlemmer, et les autres… Oui, son corps, comme matériau vivant. L'espace de la scène, ses lumières… Ils effaceraient le couloir et ses placards, toutes ces choses mortes…

Il faut trouver une idée de costume. Elle sort de l'armoire la robe blanche de Burg Giebichenstein, l'étale sur le lit.

— Toi et moi… Demain je t'offre une seconde vie, murmure-t-elle.

Dans la boule argentée, c'est la chambre étroite. C'est elle, au pied du lit, agenouillée par terre devant la robe blanche. Entre ses mains, dans l'acier des ciseaux, son visage en abyme.

Elle n'ose pas. Elle hésite au moment du saccage. Forcer avec la lame tous ces petits points faits avec amour, les petits points de Tante Louise, si elle avait entre les mains une robe de sa mère, elle n'hésiterait pas. Mais là. Tant d'amour. Elle caresse des yeux les rangées de jours patiemment incrustés, l'enforme de l'encolure. Elle n'a pas d'autre choix. Elle coupe, elle taille, un vrai décolleté, profond ; deux tiers blanc un tiers à rayures, à pois, à carreaux, dans sa main il y a un pinceau, deux tiers blanc, un tiers à rayures, à pois, à carreaux, juste ce qu'il faut, mais pas trop. Un tiers.

Elle se relève. C'était un meurtre nécessaire.

Dans la boule argentée, il y a la Fête blanche.

Le saxophone fait vibrer l'escalier, elle le sent dans ses jambes, ce tremblement, à chaque marche un peu plus fort, chaque marche que descend, pantalon blanc, marinière rayée, calot blanc à pois rouges, Holger. Ils se croisent, ils s'arrêtent.

— Theo te cherche.

Elle rajuste son serre-tête, une bande de carton à laquelle elle a fixé un grand disque rouge qui lui mange une partie du visage.

— Une idée de dernière minute… souffle-t-elle.

— Elle a changé.

Du menton, il a désigné la robe. Elle est surprise qu'il la reconnaisse, malgré la ligne noire peinte sur le devant, d'un côté des pois bleus, de l'autre des carrés rouges, malgré la jupe tailladée qui laisse apercevoir la jarretière de bolduc rouge.

— C'est bien.

Il a déjà descendu quelques marches.

— Tu pars déjà ?

— Je reviendrai plus tard.

— Tu es magnifique ! lui lance-t-elle.

Il ne se retourne pas. Il hausse les épaules. Il est parti.

Cesse de trembler, Clara, Theo te cherche. Plonge avec les autres dans la Fête blanche. Ise Bayer fait ondoyer son tutu, dessiné par Schlemmer. Il a remplacé le tulle par des cornets de carton blanc, dont les ouvertures, fermées de ronds de papier noir, composent une partition mouvante et hypnotique. Salue ces clowns, ces masques blancs, ces maquillages, souris à l'étrange visiteur, chapeau, visage, chemise, veste et nœud papillon entièrement peints de carreaux rouges et blancs, à Xanti, le saxophoniste, en Monsieur Loyal, foulard à pois et minuscule haut-de-forme flottant sur ses boucles folles. Mêle les pois de ta robe aux pantalons à rayures, aux colliers de pompons. Theo, armure en rondelles de caoutchouc, un faux drapeau américain en guise de cape, te prend par le cou, te murmure à l'oreille :

— Ce soir, tu es mon héroïne ; tu es… Othéa.

La Fête blanche. *Deux tiers blanc, un tiers à rayures, à pois, à carreaux.*

Tout était déjà dans la carte d'invitation à la Fête du Printemps : les formes, les justes proportions, et le mouvement, puisqu'il fallait la tourner à 90 degrés pour découvrir le programme de la revue qui commençait par *Pathétique, Typique et Normatif*, et se terminait par *Symphonie criminelle.* Le bal costumé venait après, mais déjà on était pris dans le tourbillon. D'autres indications couraient en rouge sur les côtés : dimanche 21 mars, 11 heures, exposition au Musée, ou 11 h 30 au Palastkino, les films abstraits de Léger, Picabia, Ruttmann. Et comme dernier tour de piste, à 16 heures, visite du chantier de l'école, par Gropius.

Les visiteurs le suivent de salle en salle, serrés les uns contre les autres, attentifs à ne pas se frotter aux plâtres encore frais, déroutés autant qu'amusés par la faune costumée qui a pris possession de ces espaces encore vides. Avant que l'école ne devienne une institution, avant que chaque mur ait reçu sa couleur, chaque pièce sa porte et chaque porte sa serrure, sous les masques et la mascarade, c'est à une cérémonie qu'assistent sans le savoir les bons habitants de Dessau, dignitaires et curieux. Ce n'est pas tant pour eux, mais pour elle-même qu'elle compose cette partition sur les lignes encore abstraites du bâtiment. À toutes ces choses inertes, les poutrelles d'acier, le béton coulé, le verre et le ciment, elle imprime ses gestes, ses voix, son apparente déraison comme raison d'exister. L'École baptise l'école. Désormais les murs et les êtres ne feront plus qu'un.

Les élèves ont construit avec un soin infini une maquette fantaisiste des bâtiments et l'ont baptisée avec ironie – Ise Gropius a trouvé cela très drôle – le Panopticum du directeur. Clara ne connaissait pas ce mot. Lux lui a expliqué : de son bureau, Gropius pourra surveiller toute l'école, et avec la transparence du verre… Le Bauhaus, une prison[1] ? Quelle blague ! Clara en rit avec les autres.

Sur la passerelle, ils ont dressé des autels à la gloire de leurs pères spirituels, de leurs dieux qu'ils peuvent adorer faute de toujours les comprendre. Klee et Kandinsky. L'atmosphère qui régnait, à la fois austère et extravagante, les avait fait entrer dans cette communauté comme on entre dans les ordres. Mais c'est cela, sans doute, la plus grande réussite de Gropius : leur promettre ce lieu qui, par sa beauté moderne, tient à la fois de cathédrale du futur, de monastère laïc et de foyer. Peu importe d'où ils viennent, de quel pays, de quel milieu, le Bauhaus leur donne une nouvelle identité, un nouveau passeport, un nom qui viendra toujours, dans ce lieu même et où qu'ils se trouvent, avant leur patronyme ou leur nationalité : *Bauhaüsler*.

La foi. Ceux qui ne l'ont pas assez seront éliminés à l'issue du cours préparatoire.

Ils n'appartiendront pas au Bauhaus Dessau.

---

1. Panoptique : type d'architecture carcérale qui permet au gardien placé dans une tour centrale de surveiller les prisonniers constamment et sans qu'ils le sachent.

5

Le Bauhaus Dessau. Une nouvelle aventure pour ceux qui ont connu Weimar. Dessau, c'est la modernité. Les ombres des cheminées d'usines sont plus longues que celles du château, les cathédrales sont de fer, les chants ceux des machines. Moins de flûtes et moins d'orgues, mais dans les ateliers Junkers les tuyaux savamment façonnés des meilleures chaudières et le bourdon de leurs avions dans le ciel. Dessau, c'est laisser derrière soi Goethe, Schiller, tout l'encombrement du passé, Weimar, son opposition rétrograde, les bagarres de prétendue moralité, de politique stérile. Theo et Holger sont d'accord, chacun à sa manière : c'est être plus près de ceux qui vont produire leurs créations ; de ceux qui vont en bénéficier. C'est inventer. C'est se réinventer. Ni artiste ni bourgeois. Moderne.

Clara n'a pas de point de comparaison. Elle est heureuse d'avoir échappé à Itten, ce professeur aux costumes et aux pratiques bizarres. À Weimar, ses cours sur la couleur étaient passionnants, à ce qu'il paraît, mais ses soupes d'herbes et d'ail pour se purifier… ? Elle préfère Klee et ses bouillons de poulet. Il passe pour bon cuisinier, du moins quand il en a les moyens ; on dit que les professeurs ne touchent pas toujours leur salaire… De quoi vivent-ils, ces artistes ? De leurs œuvres ? Même pour Klee et Kandinsky, dont la réputation n'est plus à faire, les temps sont durs. Ici ils ont un toit, Gropius assume les loyers provisoires.

— Ce sont vos professeurs ? a demandé Mme Wahrnhelt.

Elle avait dû les croiser dans le parc de Görlitz, ces deux messieurs d'un certain âge, devisant calmement, l'un observant avec attention toutes les espèces de plantes, et l'autre, son beau regard fixé au loin, à peine embrumé par la fumée de sa cigarette.

— Oui, ils sont célèbres, a répondu Clara.

Sa logeuse n'y croit pas trop, mais au moins ils ont l'air civilisés.

— Et le chantier, là-bas ? On dit que la ville a donné beaucoup d'argent… C'est une usine ? Des entrepôts ?

— Non, c'est l'école, et aussi les futures maisons des maîtres…

— Vraiment ?… Junkers aussi a donné beaucoup d'argent…

Elle a pincé les lèvres. Sans doute aurait-elle préféré une prime aux employés, un avantage pour elle et son mari. De quoi s'offrir un extra. C'est sans doute ce que signifie son soupir. Mais tant que le loyer rentre chaque mois…

— L'épicier et le tenancier de la taverne râleront moins quand le monde entier viendra voir ce que nous faisons ici ! Patience, patience ! oppose Theo aux mines dubitatives des habitants.

— Si nos recherches améliorent les conditions de vie, tout le pays s'en portera mieux, assure Holger.

Leur foi en cet avenir est si communicative que parfois Clara oublie qu'elle ne fait pas encore partie de ce « nous ». Elle n'a pas la chance de ceux des ateliers métal, bois ou décoration murale, ou même de celles de l'atelier textile. Aucun objet, meuble, aucun mur du grand bâtiment ne gardera le souvenir de ses mains. Malgré cela, voir l'école se construire, c'est un peu se voir progresser. À la moindre occasion, elle suit les autres sur le chantier.

Les ouvriers de Nordrath ont presque fini la pose des ferrures. Assis sur leurs frêles nacelles, ils ont tissé le fer noir de Rostock, ce même fer et ces mêmes gestes qui savent faire les navires, là-haut, dans le port de la Baltique. Ce matin, toute l'école a accompagné Gropius pour assister à la pose de la première vitre, une vitre immense, spécialement fabriquée, que des ouvriers ajustent à l'une des baies de la cage d'escalier est, celle qui regarde vers la ville. Chacun retient son souffle. La vitre a été hissée jusqu'au deuxième étage. Elle oscille doucement au passage des quelques nuages, elle se cherche, tantôt lac, tantôt miroir, elle cherche sa place exacte. Par la grâce du verre, l'espace s'organise. L'école n'est plus, ouverte à tous les vents, cette abstraction de blocs de béton et de métal, c'est l'est, et c'est l'ouest, c'est le centre du monde qu'ils espèrent, Gropius, et Ise, sa femme, et tous ceux qui l'ont suivi jusqu'ici.

Jour après jour, on hisse sa grand-voile de verre. Tendue sur la fine armature métallique qui monte d'un seul élan du sol au toit plat, elle a progressé, de case en case, a souligné de son éclat le premier angle du bâtiment des ateliers, puis le second. Elle gagne déjà la longue façade. Theo a aussitôt testé le dispositif qui, d'une seule main, fait pivoter une double rangée de vitres : une forte chaîne, qu'il suffit de faire coulisser dans une poulie solidement arrimée au bâti. Elle actionne deux barres horizontales, lesquelles entraînent l'ouverture des fenêtres. Insoupçonnables lorsqu'elles sont fermées, elles animent, ouvertes, de leurs accents obliques, minces comme un trait de plume, le discours régulier de la structure. Un geste simple, évident, efficace.

— Vous avez vu la beauté de ce mur-rideau ? Son audace ? Et ces piliers de soutènement qui nous laissent la possibilité d'aménager chaque atelier différemment ? Elle a fait une petite révolution, à Weimar, notre maison Am Horn, c'était le clou de l'exposition de 1923 ! Mais ça, ça, c'est un manifeste ! Le manifeste de la Modernité !

— Oui. On y sera bien pour travailler, ajoute Holger.

Il voit le béton, dans sa beauté brute, juste badigeonné de blanc. Au sol, le noir minéral du ciment à la magnésite. Entre les deux parois vitrées, les journées de travail. Est, ouest, matin, après-midi, la lumière sur les établis, les métiers à tisser, sur les planches à dessin, sur les dos penchés, sur les mains. Aucun décor, rien que des perspectives. La fabrique de la modernité.

La forme et la fonction. Bientôt, certains pans de mur, certaines parties des plafonds, ici une plinthe, une ligne au sol, une partie d'un escalier seront peints de couleurs différentes. Ce n'est pas un décor qu'a conçu Hinnerk Scheper, un des étudiants les plus doués. Cela a une fonction : se repérer. C'est une signalétique. Mais le rose si subtil autour des portes de l'aula[1], ces larges portes de laque blanche dans leur encadrement noir, la ponctuation des disques de laiton des poignées, c'est autre chose, tout de même, pense Clara. D'ailleurs qui l'a voulu, ce rose ? On dit que c'est Kandinsky. Et ce jaune, là, sur l'autre mur, c'est Klee. Non ce n'est pas un décor, ni juste une signalétique. C'est de l'art au quotidien. Ils le vivront, s'en nourriront. Chacun, à sa manière, imagine ses gestes, ses pas, se rêve déjà des habitudes, une inspiration décuplée, et de folles soirées. Schlemmer en discute déjà avec ses élèves. Quelle impatience il a ! Et quels projets ! Déborder des murs de son atelier, de la scène de l'aula : il envisage, face à ce praticable immense posé à même la plaine, la scénographie du possible.

Le théâtre de la modernité. Le soir, dans sa chambre, Clara s'exerce aux bribes de chorégraphies entrevues dans l'atelier scénographie, se figure revêtue des cerceaux de métal, des tubes de verre, des sphères et des masques du *Ballet triadique*[2]. Rejoint son lit à pas d'automate.

Vite ; il faut faire vite. Le 18 mai 1926, Gropius a fêté ses quarante-trois ans. Ce n'est pas si vieux, mais

---

1. Salle de spectacle de l'école, située entre le hall et la cantine, les trois espaces pouvant être réunis.

2. Le *Ballet triadique*, œuvre majeure d'Oskar Schlemmer créée en 1922. Entre pantomime, abstraction et corps géométrisés par les costumes, ce ballet est considéré comme précurseur de la danse contemporaine.

la guerre, toutes ses guerres… Pour son anniversaire, les étudiants ont monté un petit spectacle. Un des garçons s'était déguisé en hussard, tandis qu'un autre jouait le héraut chargé de lui remettre les messages de félicitations. Les filles n'avaient rien trouvé d'autre que des costumes de l'Armée du salut. Tous avaient fabriqué des cadeaux, parmi lesquels de drôles de cactus faits à partir de légumes, de fruits et de chocolats. L'esprit de Weimar, sa fantaisie ne sont pas perdus.

Ses leçons non plus. Le vent, par intermittence, pousse vers l'école les odeurs et les rumeurs de la ville. Elles peuvent ramper longtemps dans les ruelles courbes, s'insinuer partout, ronger les esprits de leur moisissure brune, et s'abattre soudain. Vite. Il faut éblouir.

Ce soir, Gropius prendra la pose. Debout, une main dans la poche de son veston, rejetant vers l'arrière les plis souples de son pardessus, jouant de l'autre main avec une cigarette. Et toujours le regard, intense malgré les doutes, l'épuisement, ce regard qui tient l'école comme on tient un attelage, chaque doigt refermé sur les rênes, juste ce qu'il faut de fermeté et de souplesse, à chaque instant la bonne tension. Vite. Mais retenir l'impétuosité, et anticiper. Ce soir, le salon du maire regroupera tout ce que la région peut offrir de soutiens, libéraux, progressistes, chefs d'entreprise, figures de la société intellectuelle, épouses jeunes et vieilles. Certains pourraient devenir clients de son propre cabinet d'architecte. Il ne l'oublie pas. Le velours de soie frôlera les guéridons de bois de rose. Cette femme, dont les doigts égrènent les perles d'un sautoir infini, caressant au passage la nacre du décolleté, et dont l'admiration cascadera si joliment, cette femme encore jeune sera-t-elle prête à sentir sous sa cuisse le métal et le crin ? Se sentira-t-elle concernée par l'aménagement d'une cuisine, tandis qu'elle refusera, d'un battement de cils, le plateau de petits fours que lui présentera le maître d'hôtel ? De qui se grisera-t-elle ? De l'architecte célèbre, un artiste en quelque sorte, de l'aventurier des idées, du fringant hussard dont l'allure persiste sous l'habit de grand bourgeois ? Plus tard, en se déshabillant, elle enfouira son visage dans sa robe, elle croira percevoir l'odeur des amours scandaleuses avec Alma Mahler, qui avaient tant fait jaser. Une odeur excitante qu'elle nommera modernité. Elle gardera son salon Biedermeier, mais elle encouragera son mari à soutenir financièrement l'école. Ce soir, M. et Mme Gropius quitteront leurs hôtes. Sur le chemin, Walter Gropius et « Mme Bauhaus », puisque c'est ainsi que l'on commence à nommer Ise, tant elle s'investit dans les projets, commenteront la soirée. Enfin, ils ne seront plus que Pius et Pia.

6

Le semestre se terminait. Déjà. Dans quelques jours, Clara accrocherait au mur de l'atelier le résultat de ces premières semaines de travail. Des semaines qui avaient fait des mois. Dans l'espace qui lui serait réservé, elle disposerait, côte à côte, les dessins, les études, les recherches colorées qu'elle avait réalisés durant les cours. Dans quel ordre ? Comment les mettre en valeur ? Comment faire ressortir sa personnalité, son talent ? Était-il question de cela, d'ailleurs, ou lui avait-on demandé, plutôt qu'un travail de recherche sur elle-même, un travail de recherche sur les matériaux, sur le jeu abstrait des lignes et des couleurs entre elles. Entre elles. Comme si son propre rôle n'avait été que de chercher à les comprendre et à organiser au mieux leurs relations dans un jeu des forces qui lui échappait encore. Diplomate des formes. C'était peut-être cela qu'elle avait commencé d'apprendre. Elle avait envie de définir cette école comme une sorte d'« Organisation des Formes unies », comme il y avait cette Organisation des Nations unies, pour laquelle on construisait un palais à Genève. Elle avait risqué cette plaisanterie lors d'une visite du chantier. La conversation avait aussitôt dévié vers les différents architectes qui avaient participé à ce concours. Holger était intervenu. « C'est Hannes Meyer qui avait le meilleur projet ! Ils n'ont rien compris, ces imbéciles ! » Les garçons prennent tout au sérieux. Holger l'avait-il classée parmi les imbéciles ?

Revenir à son dossier : deux études de mouvement, dessinées à la plume pendant le cours de Schlemmer. Elle aurait parfois préféré travailler d'après un modèle vivant plutôt que d'après ce grand mannequin de bois qu'il trimbalait comme un frère, aussi chauve qu'il l'était lui-même. C'est dans cet exercice, sans doute, qu'elle aurait pu mettre en pratique ce qui lui était familier. Le sens des proportions, des raccourcis. Mais il fallait se défaire de ses habitudes et de cet excès d'habileté. La tentation de l'académisme aurait été trop proche. Elle avait vite perçu qu'il ne s'agissait pas de cela, mais plutôt de comprendre la relation du corps à l'espace. Qu'importe. C'était satisfaisant. Schlemmer était le plus chaleureux des professeurs, toujours disponible, toujours prêt à prendre la tête de quelque fantaisie. Elle espérait bien retenir son attention.

Une gamme colorée. Elle en a réalisé plusieurs, disposant ses petits échantillons en ligne, en cercle, rayonnant du clair au foncé à partir du centre, et l'inverse. C'est celle-ci qu'elle préfère. Un carré partagé entre les quatre couleurs primaires, dont partent quatre côtés en perspective, eux-mêmes quadrillés de cases dans lesquelles elle a peint, avec quel soin pour ne pas déborder, les dégradés de leurs mélanges, du plus saturé au plus clair. Les bleus étaient toujours terreux, elle s'y était reprise à plusieurs fois. Klee regardait pensivement leur travail, ne répondait jamais vraiment aux questions. Il fallait se laisser porter par son discours poétique, ses visions, ses évocations, sa manière de voir dans chaque chose la manifestation d'une chose plus grande encore, et ceci indéfiniment. Alors Clara avait peint ses petits carrés de couleurs, en se disant que oui, sans doute, quelque chose advenait de ce jeu des nuances, quelque chose qui lui échappait, comme un chant silencieux.

Le chant, le langage. Les cours de Kandinsky, plus abstraits encore. Le point, la ligne, le plan. Son cahier de cours était plein de signes, de flèches, de diagrammes, de lignes droites et ondulantes, de formes géométriques lancées dans une conversation dont elle n'avait, au début, perçu qu'un brouhaha confus. Et puis, à force d'essayer, elle avait réussi à produire une phrase simple. Mais traduire les émotions qui l'habitaient en ce moment même serait trop complexe !

Pour le cours préliminaire, celui d'Albers, celui qui compterait le plus dans la décision des professeurs, elle présenterait cette composition de bois et de clous rongés par la rouille, et un collage. Clara avait trouvé, dans un des colis que lui envoyait sa tante, une enveloppe contenant tous les menus emballages du matériel de couturière. Elle en avait fait quelque chose de drôle, bien qu'un peu copié sur ceux de Marianne Brandt. Après tout, qui ne s'inspirait pas du travail des anciens élèves ? Ils étaient les pionniers de l'esprit Bauhaus, marcher sur leurs traces était bien naturel.

Enfin, sa colonne torsadée en carton ondulé. Elle avait fini par lui trouver un usage. Tordues, plissées, entrelacées, montrant tantôt leur face lignée, tantôt leur mince profil, les bandes s'étiraient ou se ramassaient comme de jolis serpents dressés. Elle l'avait photographiée pour joindre le cliché aux deux autres photos prises pendant les séances qu'organisait Moholy-Nagy, en dehors de la direction de l'atelier métal. Ce n'était pas vraiment un cours, mais lui et sa femme jugeaient bon d'initier les élèves à cette pratique. Theo lui avait prêté son Leica. Elle avait adoré tenir entre ses mains cette petite boîte noire et luisante, lourde d'une vie mystérieuse. « Je vais aussi faire une photo de toi ! » avait-elle proposé. Ils avaient trouvé l'endroit, un vieux mur rongé de suie, dont on avait remplacé quelques briques par du ciment. Un côté du visage de Theo, violemment éclairé, se détachait sur les accidents de la brique, tandis que l'autre moitié n'était qu'une silhouette à contre-jour sur le blanc du ciment. « C'est très réussi. » Le compliment était venu de Lux. Clara le trouvait épatant. Il l'avait aidée à faire les tirages de ses photos. Ils avaient passé de longs moments enfermés dans d'anciennes toilettes transformées en chambre noire. C'était aussi l'endroit des grandes confidences et des petits complots. « Je suis né au Bauhaus ! » se plaisait-il à dire. Son père avait été l'un des tout premiers professeurs, son frère un des premiers élèves. « Où qu'elle soit, c'est ma maison, j'en connais tous les secrets, tous les fantômes ! » Aux images qui montaient lentement dans l'eau des bacs se superposaient celles que Lux, par ses récits, faisait flotter dans la pénombre rougeoyante. Les fêtes à Weimar, les carnavals, les Noëls, les bals costumés. Le fragile balancement des lampions dans les nuits de solstice, l'envol annuel des cerfs-volants, toutes ces évocations lui revenaient maintenant, images presque aussi tangibles que, sur sa troisième photo, les franges glacées de la serviette de lin blanc où reposait la spirale d'une écorce d'orange. « Le sujet est très intéressant, le rendu du tissu réussi, mais l'orange est un peu floue. Tu pourrais réessayer en variant l'éclairage », avait commenté Moholy-Nagy. Elle n'avait pas refait la photo. Pour une seule orange, elle avait sacrifié les pommes de toute une semaine.

Clara a renoué les cordons du carton. Elle lève la tête vers les dessins épinglés sur l'envers de la tapisserie. Quelques études du chat et deux petits portraits, griffonnés à la hâte, deux profils saisis lors d'une promenade au bord de l'Elbe. On s'y baigne, on assiste aux essais des Junkers. Les petits hydravions griffent de leurs flotteurs la large étendue d'eau et s'arrachent, comme soulevés par les applaudissements des spectateurs, projettent dans la lumière un fugace arc-en-ciel, virent de l'aile et reviennent se poser, oiseaux dociles, avec un très léger battement d'ailes, sur le miroir tendu du fleuve. À l'approche, leur ombre dérobe au lustre de l'Elbe paresseuse un peu de son éclat qui rejaillit, en un éclair, de leurs flancs de métal.

Clara avait profité de ces instants, où chacun levait la tête, pour faire le double portrait d'Holger et de Theo. Elle s'était trouvée stupide de voler ainsi cette image, comme un enfant chaparde un bonbon, le fourre dans sa poche, et le ressort ensuite, un peu poisseux, poussiéreux, décevant. Son dessin n'est pas très bon non plus. Il est pourtant une présence à laquelle elle tient.

« Bienvenue au Bauhaus », avait dit Holger dans l'éclat de cette nuit de décembre. Il ne lui a presque pas reparlé depuis son arrivée à Dessau. Il est souvent là, parmi les autres, elle surprend parfois son regard posé sur elle, mais, sans pour autant l'éviter, il garde une distance que Theo et les autres remplissent de leurs rires et de leurs conversations. Qu'attend-il ? Qu'elle prouve sa valeur ? Son regard reste indéchiffrable. C'est là qu'elle souhaiterait vérifier ce que, faute de pouvoir leur donner un autre nom, elle nomme ses progrès.

Les élèves sont nombreux à recevoir des colis de leur famille. Ils déballent leurs saucissons, leurs biscuits, ce que leurs estomacs affamés réclament. Ce dont Clara a envie, c'est de nouveaux gestes, une autre manière de bouger. Il lui faut un pantalon large, une robe fluide, un bout de tissu coloré. Louise les lui envoie. Elle s'invente, se réinvente, selon son humeur ; elle habille sa peur. C'est un sentiment étrange, où se mêlent l'appréhension de se perdre, la crainte de se trouver, et celle d'une ombre familière qui lui dirait un jour : « Tu n'as pas choisi, tu n'as pas été choisie, ce n'était qu'un hasard de circonstances. » Oui, elle a beaucoup désappris. Mais pas assez sans doute, et pas encore assez appris pour combler le vide, pas assez pour être certaine de ne pas se retrouver en vain amputée d'une part d'elle-même, une ébauche abandonnée. « Une vie ? » Gropius a dû bien rire de sa naïveté ! Bien rire de ses pauvres dessins ! Et pourtant elle est là. Demain, peut-être, elle n'y sera plus. Cela paraît un jeu. Bonne pioche, mauvaise pioche ! Mais c'est ma vie que je joue, pense-t-elle, à ce jeu dont vous édictez les règles ! Cherche encore, Clara ! Montre-nous de quoi tu es capable ! Lâche la rampe ! Au bout du couloir il y a la lumière. Ou le vide.

Mais qui s'en soucie ? Theo s'étonne, s'amuse souvent de ses humeurs, lui offre sa légèreté, lui apprend à rire. C'est bon d'être légère, c'est un joli costume que le rire, elle ne savait pas comme c'était protecteur, comme il est facile d'y cacher ses doutes, ses chagrins, pour un peu on les oublierait. Rit-elle trop fort pour Holger ? Ou juste assez pour ne pas le laisser déchirer cette fragile enveloppe ? « Bienvenue au Bauhaus » … C'est son portrait parfois qu'elle voudrait déchirer. Mais elle abîmerait celui de Theo. Ils sont inséparables.

Au dos de l'affreux cerf est aussi épinglée une carte postale. On y voit cinq danseuses empanachées qui exhibent leurs jambes. *Mon dernier travail !* a écrit Louise. Clara regarde les détails des costumes, le satin clair orné de perles et de paillettes, les soutaches patiemment posées sur les bottines lacées qui dessinent les mollets tendus, entraînés jusqu'à l'épuisement des forces, regarde encore les motifs, brodés jusqu'à l'épuisement des yeux. Louise a finalement obtenu une place à l'Admirals Palast. Elle paraît heureuse, donne, au fil de ses courriers, des nouvelles de son amie qui l'héberge. Elle raconte Berlin, les magasins qui, chaque jour, ferment pour en voir s'ouvrir de nouveaux, plus beaux, plus modernes, elle s'enthousiasme pour un artiste ou l'autre dont elle est allée voir l'exposition, un spectacle à la mode, une nouvelle chanson, un nouveau film. Clara garde toutes ses lettres, sorte de chronique de la vie berlinoise, futile et drôle. Elle les dévore, comme d'autres leurs saucissons.

Louise laisse parfois entendre d'autres échos, plus sombres, un grondement étouffé sous les plumes.

Clara a ouvert le tiroir où elle range son courrier. À droite, les lettres de Louise. À gauche, celles de sa mère. Il y en a deux. La première date du début de son installation à Dessau, la seconde est arrivée quelques jours auparavant. Il n'y a qu'un feuillet ; elle le connaît déjà par cœur. Sa mère lui annonce qu'on a proposé au docteur Linger, son supérieur, de prendre la direction d'un service à l'hôpital de Dresde. Ce dernier lui a demandé de le suivre dans ce nouveau poste. *Il estime que je lui suis indispensable.* Indispensable ? Pourquoi déguise-t-elle ainsi son envie d'être avec cet homme ? Pourquoi toute cette génération fabrique-t-elle des mensonges, des faux-semblants ? *Si tu n'y vois pas d'inconvénients, j'envisage de vendre cet appartement qui, de toute façon, est bien trop grand maintenant que tu es partie et que ta tante semble avoir opté pour une autre vie.* Si tu n'y vois pas d'inconvénients ! La phrase l'avait exaspérée. Mais pars, pars donc avec toute ta charpie, tous ces linceuls que tu gardes dans les armoires, avec ton amertume, ton cœur tout desséché ! Va, tu t'es assez vengée, et ne joue plus les victimes ! *J'ai remis l'affaire entre les mains d'un notaire de confiance, qui déposera sur un compte à ton nom la moitié de la somme que nous pourrons tirer de la vente. Halle se développe beaucoup en ce moment, et le notaire pense que nous pouvons en espérer une somme qui nous mettra à l'abri des aléas de la vie. Jusqu'à ta majorité, il te versera une rente, et ensuite, tu pourras en jouir pleinement.*

Clara était restée sans voix. Puis elle avait eu envie de courir à la poste, d'appeler sa mère au téléphone, de lui dire qu'elle n'avait pas le droit de liquider toute son enfance comme ça, de la mettre quasiment à la porte de la maison familiale, à la rue ! À la rue. Quelle rue ? Elle n'avait pas bougé, comme si l'immobilité de son corps pouvait préserver encore un peu de ce foyer qui, malgré tout, avait été le sien. Un peu de son enfance.

Elle avait convoqué ses souvenirs, les images de cette maison, de sa chambre. Elle avait regardé celle qu'elle occupait maintenant, et sa chambre d'enfant, celle de Halle, celle qui allait être vendue, lui avait paru soudain tout aussi étrangère. Le salon n'était qu'ombre funéraire, le long couloir semblait ne mener nulle part qu'à ses peurs enfantines, lorsqu'elle se retrouvait seule, attendant le retour de sa mère, et que les portes des placards exhalaient l'odeur rance des ressentiments non exprimés. Elle avait fermé les yeux.

Une lueur, aussi transparente qu'une vapeur, l'invitait à pousser la porte aux miroirs. Elle allait à tâtons, et chaque objet semblait, dès qu'elle allait s'en saisir, se réduire en poussière. La cape de sa mère noyait tout dans une obscurité sans fin.

Quelqu'un avait frappé à la porte. Elle avait entendu la voix de la Wahrnhelt : « Vous veillez trop tard ! Cela me coûte cher en électricité ! »

Clara s'était réveillée en sursaut. Elle avait rêvé. Elle avait passé les mains sur son visage. Elle n'avait pas pleuré. Elle avait ouvert brusquement la porte. « J'ai soif », avait-elle répondu en se dirigeant vers la cuisine. La Wahrnhelt avait reculé. Elle avait bu longuement, l'eau gargouillait dans la tuyauterie comme pour se moquer de la propriétaire. Quand elle était revenue dans sa chambre, le chat la guettait dans le couloir. Elle lui avait tiré la langue.

Bientôt, elle ne sera plus pauvre.

Ce soir, elle répond à sa mère : *je suis très heureuse que tu aies une telle opportunité. tu as raison en ce qui concerne l'appartement, et je te remercie pour les dispositions que tu prends. je t'embrasse. clara.*

Elle a fait exprès de supprimer de son texte toutes les majuscules, aussi bien celles du début des phrases que celle des noms communs[1]. L'après-midi même, elle a assisté à une discussion concernant la nouvelle typographie qu'Herbert Bayer veut instaurer. Aucune majuscule, tout en minuscules. Cela simplifiera considérablement le travail de composition pour les imprimeurs. Le bel Herbert, le chéri de ces dames, comme on l'appelle parfois, est en train de créer ce nouvel alphabet, et de mettre au point les lettres B, A, U, H et S qui formeront le nom de l'école sur le mur maçonné du bâtiment des ateliers, celui que l'on voit en premier en arrivant par la route… Il a montré la maquette. Sur la partie gauche du mur, les lettres, disposées verticalement de haut en bas, légèrement décollées du crépi gris, projetteront leur ombre qui suivra la course du soleil.

Quelqu'un a fait remarquer que c'étaient des capitales, et pas des minuscules. Bayer a toisé l'assemblée, et a répondu, impatienté : « Nous ne parlons pas en capitales ou en minuscules. Mais ici, c'est une enseigne, et c'est le Bauhaus ! » C'était évident.

Clara relit sa courte missive. Sans les majuscules, le texte lui paraît un peu difficile à déchiffrer. Doit-on vraiment tout écrire ainsi, en se passant des repères visuels qui clarifient la structure assez complexe de l'allemand ? Ce sera une habitude à prendre. Sa mère sera sans doute horripilée. Tant mieux.

---

1. Tous les substantifs prennent une majuscule en allemand, ainsi que les adjectifs substantivés, quelle que soit leur place. Supprimer les majuscules est donc un changement qui affecte la lecture de toute la phrase.

7

Clara se sentait flottante, revenait sans cesse à ses projets, hésitait à donner son congé à sa propriétaire, regardait chaque chose comme si c'était la dernière fois. Elle faisait le tour des ateliers, se plantait à l'entrée, repartait, interdite, ne sachant que dire à ceux qui travaillaient plus que jamais à l'aménagement du futur bâtiment. À l'atelier métal, on n'en finissait pas de polir les demi-sphères des suspensions et de souder les attaches des appliques. Les tisserandes avaient trouvé la bonne composition pour la toile qui servirait d'assise aux sièges de l'aula. Indéformable, presque inusable, elle supporterait tous les assauts d'enthousiasme ou de protestation. Maintenant il fallait produire. Les métiers à tisser claquaient en rythme. De loin on aurait dit le bruit d'un bal dont on aurait arrêté la musique, mais dont les danseurs s'obstinaient en polka frénétique. De près, c'était insupportable. L'atelier bois avait presque terminé le mobilier de la Prellerhaus : vingt-huit lits, tables, chaises, niches, étagères, pour les vingt-huit studios-ateliers réservés en priorité aux jeunes maîtres et à quelques élèves chanceux. On débitait maintenant les planches nécessaires à l'équipement de la cantine, de la cuisine, des salles de classe. L'atelier de la scène était vide. Schlemmer était parti travailler sur un spectacle, quelque part. L'orchestre du Bauhaus avait des engagements un peu partout, et le reste de l'équipe prêtait main-forte à l'atelier de décoration murale chargé de peindre les maisons des maîtres. Tout devrait être prêt avant la rentrée d'octobre. Gropius ne faisait que passer, Klee et Kandinsky fuyaient la chaleur sous les arbres du parc. Les élèves du cours préparatoire se retrouvaient entre eux, un peu isolés du reste de l'école.

— Et toi, tu as préparé des projets de tissage ?

Margit prenait toujours l'air très concerné, marchait la tête baissée, à grandes enjambées, comme pour montrer une détermination que venait contredire, parfois, un long gémissement. Sa question avait déconcerté Clara.

— Non, pourquoi ?

— Mais enfin… C'est ce qu'ils veulent, non ?

— Qui veut quoi ?

— Ne me dis pas que tu l'ignores !

Jorg était intervenu. Il les observait en plissant les yeux à travers la fumée de sa cigarette qu'il laissait filer d'entre ses lèvres minces.

— C'est votre lot, les filles, le tissage !

— Tu racontes n'importe quoi ! Si on est pris, on peut choisir son atelier, celui que l'on veut !

— Ah oui ? Tu es sûre de cela ?

Le regard de Clara avait évité le sourire narquois du garçon et s'était fixé sur sa pomme d'Adam qui pointait comme un caillou. Elle avait eu envie de serrer ce cou de poulet, de le secouer pour faire tomber de ce visage le mépris et la fatuité qu'elle y lisait. Elle s'était éloignée en haussant les épaules. De loin, elle avait entendu le garçon s'esclaffer :

— Estimez-vous encore heureuses, les filles, vous avez bien failli passer à la trappe après Weimar ! Gropius ne vous garde que parce que vous faites bien dans le décor !

Elle n'aime pas Jorg, mais ces paroles restent fichées dans sa tête, elle ne peut s'en débarrasser. Elles lui tournent encore autour, comme des mouches obstinées. Ni Theo, ni aucun de ses camarades, ni même Lux, malgré le prestige dont il jouit, ne lui ont fait une remarque de ce genre. Ils sont tous égaux, filles, garçons, ils ont les mêmes chances, la même chance, celle d'être ici, celle d'être des *Bauhaüsler*. D'ailleurs il y a des filles dans tous les ateliers. Enfin… une fille, deux peut-être. Marianne Brandt est la vedette de l'atelier métal. Une étoile solitaire. Il y a Lotte Beese, à l'atelier de conception graphique… Une fille à l'atelier mobilier, et aucune à l'atelier décoration murale. Mais c'est compréhensible : trimbaler des pots de peinture de 30 kilos et grimper sur des échelles à 10 mètres de hauteur, c'est peut-être un peu trop dur. Oui, on peut comprendre. C'est vrai, les mains de Marianne Brandt ne sont pas toujours belles à voir, mais Lotte, Lotte Beese, oui, l'atelier de conception graphique ne paraît pas si dur. Il faut juste plaire à Herbert Bayer. Plaire, jusqu'où ? Et Schlemmer, comment lui plaire ? Jusqu'à présent, il n'y a que des garçons dans son cours. Les danseuses de sa troupe ne sont pas ses élèves. Maintenant, dans ce nouveau bâtiment, il aura la place, assez de place pour les filles, non ?

En fin d'après-midi, elle va attendre les garçons à la sortie de l'atelier. Ils sont exténués. Ils s'échouent dans la taverne où ils ont leurs habitudes.

— D'abord, une bière, après on verra.

Clara leur raconte l'incident de la journée.

— Vous pensez que je devrais faire des projets de tissus ?

Ils haussent les épaules.

— Je ne sais pas, finit par répondre Theo. En tout cas, moi, je n'en avais pas fait.

— Mais cette histoire de filles et de garçons, d'atelier tissage, vous pensez que c'est vrai ?

Holger a fini sa bière. Il se lève, et lâche :

— C'est pas faux… Je suis crevé, je rentre. Salut.

Theo et Clara restent un moment sans parler.

— Je n'ai aucune idée de ce que je pourrais faire, je n'ai jamais fait de tissage…

— Si tu crois qu'elles en avaient fait, la Stölzl, Anni et les autres, quand elles ont commencé ! Elles s'y sont mises, et elles y ont pris goût ! Tu n'es pas obligée de faire quelque chose de réalisable, tu n'as qu'à faire quelque chose qui a de l'allure.

— De l'allure ?

C'est un mot inhabituel. Un peu superficiel au regard des théories qu'elle s'efforce d'appliquer depuis son arrivée. Mais puisque la technique lui fait défaut, autant essayer l'audace. Autant faire confiance à Theo, à son sourire, autant se laisser entraîner par sa main qui a pris la sienne, « Viens, je vais te montrer quelque chose », autant le suivre à travers la grande prairie, deux complices qui vont faire un bon coup, « Tu sais, il n'y a pas que le Bauhaus ! Mais ne le dis à personne ! »

De l'allure, elle en a, cette jolie maison en lisière du bois où Theo a sa chambre. Clara attendra sur un banc qu'il en revienne. De l'audace, certes, mais il faut respecter certaines conventions. On ne trouvera rien à redire à deux étudiants penchés sur une coupure de journal.

« Je ne dirai rien. »

La coupure de journal. Clara l'a épinglée au dos du cerf. Que dit-elle ? Comment le saurait-elle, puisqu'elle ne comprend pas cette langue, le français.

Elle avait déchiffré la date, 1925, le lieu, Paris. « Exposition… internationale… des… Arts… décoratifs. » Theo lui avait traduit les quatre mots. « Oui, je l'ai visitée, avec mes parents. Tu sais, mon père… mon père c'est le genre d'homme qui ne veut pas rater une occasion. Oh, et puis, ne fais pas cette tête, Paris n'est pas exceptionnel, c'est même plus petit que Berlin ! » Elle n'avait pas raconté l'histoire de l'étui trouvé dans la malle, de la lettre de Paris qu'elle avait comprise sans avoir besoin de la lire. Ce n'était pas d'actualité.

D'ailleurs, ce n'est pas le texte qui importe. C'est la photo. Une femme pose devant un petit cabriolet dont la carrosserie est entièrement peinte de carrés de plusieurs couleurs, à en juger par les différentes nuances de gris. Les motifs géométriques de ses vêtements y composent une partition joyeusement abstraite. « Cette femme, c'est Sonia Delaunay. Son mari est peintre, et elle, elle crée des tissus. Ils sont très connus. » Abstraite et joyeuse. Est-ce son sourire, son « allure », qui la rendent si sûre d'elle, qui font paraître cela si facile ? Est-ce Paris ?

L'ombre, pas à pas, avait gagné la lisière du bois. Une coupure de journal, des mots que son père avait su lire, sans doute, une femme inconnue. Que disait-elle encore ? Elle parlait d'un ailleurs. « Raconte-moi Paris », avait-elle demandé. Que lui importaient les belles avenues, la Seine et ses ponts, que lui importaient « les croissants et les éclairs au café » que Theo lui décrivait, et les beaux magasins. À la question « Dis-moi si j'aurai le droit de rester, où je serai, dans quelques mois, ici, ailleurs », aurait-il répondu « Holger est sûr qu'on te reverra » ? Elle avait posé la tête sur son épaule. Elle n'avait pas envie de la présence d'Holger, de son « C'est pas faux », elle avait envie d'une place dans ce monde, aussi instable que soit, sans doute, cette épaule de garçon, aussi lointaine que soit cette ville où les femmes peignaient des voitures. Son père était-il amoureux de l'une d'entre elles ? Non, c'était un autre temps. À la question « Raconte-moi mon père », Theo n'aurait pas su répondre. Au bout de la rue, un réverbère s'était allumé. Un balbutiement de lumière entre les feuillages. Son cœur et sa raison traduits en un clignement désordonné, incompréhensible, Paris… L'empreinte d'un baiser. « Je devrais rentrer maintenant », avait-elle murmuré.

Que disait la femme debout, que disait sa main posée sur la portière, en geste de possession, que disait le petit casque de l'autre femme, la conductrice, sa main sur le volant, le pied, sans doute, déjà sur l'accélérateur ?

Elles habitaient l'image. Elles étaient chez elles dans cette modernité. Elles l'avaient décidée.

Que lui apprend-elle, ce matin, cette photo ? Ces carrés, ces losanges ne sont pas si différents de ceux auxquels le Bauhaus l'a habituée. C'est le même langage. En quoi peut-elle l'aider à trouver une idée ? Theo a-t-il simplement voulu la rassurer, la préparer à l'idée que faire partie de l'atelier textile pouvait aussi être une belle aventure ? L'impertinent petit klaxon dressé au-dessus du capot semble tout prêt à le clamer. Peut-être n'est-elle qu'un « C'est pas faux » plus joyeux, plus excitant ? Peut-être n'était-elle qu'un prétexte.

Dans la boule argentée, ce n'est pas un terrain vague, ni une pelouse, c'est une vague prairie d'herbes folles, mi-citadine, mi-campagnarde, d'une couleur indécise, tachetée çà et là de touffes d'une bruyère rase et sèche. Elle semble jetée sur le sol comme une bâche, dans l'attente d'autre chose. Du Bauhaus, on ne voit que les rectangles blancs des murs, soudain désarticulés. La nuit a dévoré les verrières. Cela peut être un commencement. Cela peut être une fin…

« Viens, j'ai une idée. » Theo l'avait entraînée vers l'école. Il avait frappé à un carreau. Un homme avait passé la tête. Theo avait sorti un billet de sa poche et l'avait glissé dans l'ouverture. La main de l'homme avait tendu une clef et une lampe de poche : « Faites pas de raffut. Et à 6 heures, tout le monde dehors ! »

La clef avait ouvert une porte. Dans le cercle incertain du faisceau de la lampe, un des studios de la Prellerhaus ; des lits entreposés. En fond, derrière la grande vitre, en chute d'étoiles au bas du ciel, les lumières de la ville.

Ils étaient sortis sur le balcon étroit. « Voilà ! Tu pourras dire que tu as habité au Bauhaus ! » C'était si simple, donc, et le gardien semblait habitué. « Chouette, non ? Tout le monde se repasse le tuyau. » Holger ? « Je suppose. » Et lui, Theo ? « Oui, en passant, pour voir. » Tout le monde, et elle, ce soir. Elle en faisait partie, de cette modernité, elle pouvait s'approprier l'idée d'être femme et artiste, d'être reconnue. Ce soir, aucune main n'était là pour repousser son carton à dessin, puisque celle de Theo avait pris la sienne, remontait vers sa taille, s'aventurait… « Je t'avais bien dit que je t'emmènerais en voyage. » Un train était arrêté en gare, ses fenêtres claires comme des points de suspension entre deux ailleurs.

Le soleil levant les avait réveillés. Il était presque 6 heures. Ils avaient dévalé les marches. « Va devant, je rendrai les clefs. » Clara s'était retournée en agitant la page de journal. « Je ne dirai rien, promis ! » avait-elle crié. Theo lui avait fait un signe, avait posé un doigt sur sa bouche. « Moi non plus, je ne dirai rien. » Elle était déjà trop loin pour l'entendre.

Sur le pont de l'*America*

Elle a entendu un briquet crisser. Un homme est adossé à une des fenêtres du bar, à quelques mètres d'elle. Trop près. Il dérange. Elle n'a pas envie d'engager la conversation, pas envie de ce regard qu'il coule vers elle, qui s'insinue sous l'écharpe blanche, qui cherche. Allez-vous-en, il n'y a rien à voir, tout cela ne vous regarde pas.
Elle s'enfonce dans l'ombre. L'Amérique la rattrape.

*

New York, 13 août 1961

Il se tient debout, mince, droit, à contre-jour devant la fenêtre, vertical.

Elle est allongée sur le sofa, les pieds croisés reposant sur un accoudoir, les bras repliés sous la tête. Ses doigts jouent avec la cigarette qu'elle n'a pas allumée, petit signal blanc qui apparaît et disparaît.

— Tu ne peux pas retourner là-bas, plus maintenant, dit-il.

— Je n'ai rien à faire ici, rien à voir avec ici.

— Tu te trompes, il y a une vie ici pour toi. Ils vont t'adorer.

Il l'a dit en anglais. *They will love you.* Theo ne disait pas ce genre de choses, avant. Elle n'aime pas cette formule qui sonne comme un slogan publicitaire, qui lui correspond si peu ; en quatre mots, il a fait d'elle un produit, l'a mise sur le marché, maquillée, éclairée, placardée. Il est devenu tellement américain.

Il s'est retourné vers la ville, vers le chantier du Pan Am Building.

— D'ici on ne peut pas encore le voir, on en est au vingtième étage. Il monte vite, dans quelques mois… Clara, pourquoi es-tu descendue dans un hôtel aussi miteux, aussi…

Elle l'a rejoint. Elle le regarde, les yeux mi-clos, elle a glissé la cigarette entre ses lèvres, et il s'interrompt pour lui offrir du feu.

— Hors du temps…

Elle souffle doucement la fumée contre la vitre.

— … Hors du temps, c'est ce qui me plaît. Je ne suis pas venue pour jouer à « Clara à New York », je suis venue pour être Jenny[1], qui n'est pas d'ici, dans une histoire qui n'est pas d'ici, une histoire d'avant, une histoire en noir et blanc, avec des taches rouges.

---

1. Jenny des Pirates, héroïne de *L'Opéra de quat'sous*, texte de Bertolt Brecht, musique de Kurt Weill.

Elle expire la fumée vers la vitre, à petits coups espacés, avec un léger claquement de ses lèvres arrondies. Elle vise à chaque fois un building différent, dont la silhouette vacille et s'estompe brièvement.

— Tu vois le grand, là-bas ?

Elle aspire une longue bouffée, qu'elle souffle dans sa direction.

— Je l'ai eu !… *Und das Schiff mit acht Segeln und mit fünfzig Kanonen wird beschießen die Stadt*[1] !

Son chant est passé au travers d'un mince sourire.

— Reste, murmure-t-il encore.

Le ronronnement de la climatisation s'entrecoupe de brefs hoquets, s'essouffle, repart. Dans l'encadrement de la fenêtre, la ville se découpe en deux images plates séparées par la barre transversale. En haut, la gouache implacable du ciel d'août. En bas, la masse des immeubles, découpée en petites formes plus ou moins claires, plus ou moins ternes, des sépias et des terres d'ombre, la brique noircie, un jaune de Naples fatigué par l'exil, çà et là ponctués de rouges et de verts acides, violents, délétères. Une crasse somptueuse à force de profondeur, guenilles parées de luisances grasses, rehaussées, le long des trottoirs, de détritus. Et sur les façades court le zigzag obstiné des escaliers de secours, tantôt broderie délicate, tantôt ravaudage,

---

1. « Et le navire avec ses huit voiles et ses cinquante canons bombardera la ville » (traduction littérale). Refrain de la chanson de Jenny. Les textes de Brecht et les titres de chansons cités dans l'ouvrage ont été traduits par l'auteur. Il ne s'agit pas des traductions littéraires que l'on trouve dans les livrets des pièces jouées en français. Elles sont peut-être moins élégantes, mais plus fidèles et signifiantes par rapport à l'histoire.

qui brouille le motif. Peut-être suffirait-il, pense-t-elle, de retourner l'image. Elle revoit les grands métiers de l'atelier tissage ; sur l'envers de l'ouvrage, l'entrecroisement compliqué des fils, les changements d'armure, de couleurs, les passés. Elle se souvient de la joie, des fêtes lorsqu'un tapis était fini. On oubliait les crevasses, le bout des doigts si dur, si rêche, dont la laine avait absorbé la sève, la douceur, et s'en était nourrie. Sur l'endroit du tapis dansaient tous les espoirs. Elle a posé sa main à plat sur la vitre. Le climatiseur y souffle son courant d'air glacé.

Lorsqu'il avait appris la nouvelle, très tôt ce matin-là, Theo s'était précipité à son hôtel. Elle dormait encore. Pour une de ses dernières soirées à New York, elle s'était laissé entraîner, après le spectacle, dans un bar, puis un autre. Dans le Village on pouvait ainsi passer la nuit entière, d'un gin à l'autre, du swing au blues.

— Tu restes, bien sûr, avait-il déclaré.

Elle avait allumé sa première cigarette et l'avait regardé entre ses cils.

— Pourquoi ?

La réponse lui semblait si évidente qu'il avait buté sur les arguments. Ils avaient écouté les nouvelles. Le poste crachotait ses informations. Le présentateur prononçait « Beurlin, Beurlin ». Berlin. Ce nom si familier semblait soudain exotique, lointain. Une sorte d'île, au bout de la terre. On y construisait un mur.

— Tu n'as pas peur de retourner là-bas ?

Clara s'était relevée et s'était rapprochée de lui, de la fenêtre, de la lumière.

— J'ai déjà eu ma part de peur, Petit Theo.

Elle avait posé sa main sur son bras, hésité, si peu, et, remontant jusqu'à sa joue, avait attiré son visage contre le sien. Il avait dû se courber. Il avait oublié qu'elle était beaucoup plus petite que lui. Mais c'est elle qui disait toujours « Petit Theo », et qui le disait encore.

— Pourquoi aurais-je peur d'un mur, Petit Theo ? Je les ai vus se construire, je les ai vus tomber. Les murs, c'est votre affaire à vous, les hommes. Nous, les femmes, c'est d'en faire des demeures. D'y mettre la vie, quelque chose sur la table, des fleurs, des tissus…

Elle s'était interrompue.

— Des tissus, tu sais bien…

Elle avait éclaté de rire, un rire nu, et s'était détachée doucement de lui.

Elle savait qu'il l'entendait mieux en regardant le ciel, la ville lui donnait le courage d'écouter, il se raccrochait au Pan Am Building qui progressait, là, à quelques centaines de mètres de l'hôtel, à ce projet qu'il portait depuis des mois, tout de verre et d'acier ; le plus haut building de Manhattan. Il se dressera au beau milieu de Park Avenue. Oui, il coupera la perspective vers Central Park. Oui, il redéfinira la ville. Ainsi l'a voulu Gropius. Bâtir, pour n'être pas venu pour rien, pour rester. Pour survivre.

Elle parlait d'une voix si basse qu'il était obligé d'écouter.

— Je suis une *Trümmerfrau*, une femme des ruines, Theo. Ils nous chantaient la fierté de la femme allemande, et ils nous ont donné des ruines à bercer… J'ai tenu Berlin entre mes mains, contre mon ventre ; brique après brique, je l'ai portée. Jour après jour, dans le néant des décombres, nous avons retrouvé la trace des rues, la raison d'aller d'un point à un autre ; une brouette de pierres était une promesse, et nous les ramassions, ces pierres, même celles sous lesquelles nous retrouvions un berceau. Et le berceau lui-même nous réchauffait un moment. Nous avons poussé des landaus remplis de gravats, et poussé des charrois comme s'il s'agissait de landaus. Parfois, un vieux venait avec son accordéon ou son violon, et nous dansions autour de nos tas de briques. Quand les hommes sont revenus, nous étions trop occupées pour les voir en vaincus. C'étaient juste des bras, des bras de plus.

*

Sur le pont de l'*America*

L'homme s'était rapproché. Clara a tourné son visage vers lui, l'a regardé en face. Il a hésité. Ce qu'il a vu a dû lui déplaire. Il est reparti vers les lumières du bar.

8

Il ne reste que deux jours avant la présentation. Clara fera le travail préparatoire dans sa chambre, à l'abri des commentaires. Peut-être a-t-elle simplement envie de rester un peu seule, peut-être redoute-t-elle le regard des autres. La nuit à la Prellerhaus se lit-elle sur son visage ? De temps en temps, sous prétexte de vérifier une proportion, elle se rapproche de la photo et passe ses doigts sur le papier, le long des titres, sur les tissus qui paraissent si doux. Paris. Des pensées se superposent, comme si cette page en cachait d'autres, qu'elle évite de feuilleter. Revenir au projet. Une tenture ? Un papier peint ? Un tapis ? Ce sera un tapis. Elle cherche dans un catalogue les mesures courantes de tapis. Deux mètres sur trois. Au dixième, cela fera vingt centimètres sur trente. Un peu petit. Mais plus grand, cela nécessitera trop de gouache. Elle n'est pas sûre qu'il en reste assez à l'école. Au soir, elle s'effondre sur son lit. Le placement des formes est prêt.

Le lendemain, elle arrive tôt.

— Ton pain et ton lait !

L'élève chargé de la distribution l'a rattrapée par la manche. Elle ne sait pas si elle meurt de faim ou si elle a mal au cœur.

Elle ouvre le tiroir aux couleurs. Tout le monde s'est servi. Il ne reste plus que du noir, du blanc, et, tout recroquevillé, un peu baveux, mal rebouché, un tube de gouache rouge. Hors de question d'aller quémander à l'atelier tissage, le seul qui pourrait être mieux fourni. Gunta poserait des questions. Ne rien dire. Ce sera donc un tapis en noir et blanc, elle jouera avec les dégradés de gris, et il y aura un détail rouge. Un carré. Quelque part. Cela aura de l'allure, comme a dit Theo. L'idée lui vient soudain qu'elle n'a pas beaucoup saigné pour une première fois. Moins que ce qu'elle avait entendu dire. Tant mieux. N'y plus penser. Ne pas trembler. Inspirer longuement en laissant le pinceau glisser le long des lignes, là un gris un peu plus clair, et là du noir.

N'être plus que cet outil qui se pose et se relève, c'est lui qui est vivant, tu n'es que son prolongement. La gouache couvre le papier, tes interrogations, ta peur, tu n'as pas de sentiments, tu obéis, tu fais ton travail, chaque nuance n'est rien en elle-même, tu fais partie d'un tout, d'un ensemble qui progresse dans cet après-midi de juillet, dans la rumeur des autres ateliers, le discours des machines et le silence des hommes.

Dans la boule argentée, toutes les nuances de gris. Et la place pour une tache rouge.

Voilà. Clara a fini d'organiser son panneau. Dans le coin, en bas à droite, il y a son nom. clara ottenburg. Elle s'est penchée plusieurs fois pour le relire. Il lui semble étrange, étranger. Pourtant c'est bien son nom. Elle a placé sa dernière maquette à l'autre extrémité, tout en haut à gauche, le plus loin possible de l'étiquette. Au centre, il y a sa jolie gamme colorée, et ses photos. Elle a organisé le reste en fonction des formats et du rythme des espaces clairs que laissent les marges. À côté du panneau, sur un tabouret, elle a posé la composition de carton ondulé. Elle attend. Elle croise les mains derrière son dos ; elles sont moites. Ce ne sont plus des mains, ce sont deux poids inutiles dont elle ne sait que faire. Elle les fourre dans les poches de son pantalon. Ce matin, elle a un peu hésité. Robe, jupe, pantalon ? Elle inaugure le joli petit corsage de georgette blanc que lui a envoyé sa tante. Pas de chichis, juste quelques nervures sous le col souple. Et son pantalon de toile bleue. Pour ne pas faire trop fille. Elle s'est inventé une ceinture en corde et en anneaux de rideau. Elle s'est dit qu'Albers apprécierait. Il y a de l'opaque et du translucide, du lisse et du rugueux, du brillant – elle a mis ses chaussures vernies, avec les nœuds rouges –, il y a son visage qu'elle sent luisant de transpiration. Elle attend. Gropius est entré depuis un moment, suivi par les professeurs. Elle recroise les mains dans son dos. Se redresse. Ils regardent chaque panneau, longuement, laissent échapper quelques « Hum Hum », quelques toussotements, ils sourient, posent quelques questions, « Bien, très bien, merci Gudrun, Margit, merci Jorg, merci, je vois que ce semestre vous a été profitable… »

C'est son tour.

— Alors, Clara, vous ne regrettez pas Burg Giebichenstein ?

Elle veut répondre, les occuper avant qu'ils ne lèvent la tête vers le tapis, mais elle ne sait que dire. Ils s'éloignent enfin. Gropius se tourne vers Gunta Stölzl. Clara entend :

— Encore un peu trop décoratif, non ?

Il avait été décidé que l'annonce des résultats valait un cadre plus officiel que la vieille usine Seiler. Ils sont là, le 18 juillet 1926, à 16 heures précises, les quatre-vingt-un élèves, sous la passerelle qui relie les deux parties de l'école. Gropius y tient conseil. Les ouvriers finissent de poncer les deux grandes portes rouges qui se font face. Enfin Gropius apparaît en haut des marches. Il invite les élèves à monter, à le suivre dans l'aula. Il rejoint les professeurs sur l'estrade.

Il y a des discours, des remerciements, c'est un peu long.

— ... Demain, nous montrerons au monde ce qu'est vraiment le Bauhaus, votre monde !

Il s'est tu. A-t-il fini de parler, doit-on applaudir ? Les anciens élèves se lancent, et s'arrêtent aussitôt. Gropius a levé les mains.

— Je dois ajouter que nous avons le plaisir d'intégrer une grande partie des élèves qui ont suivi, avec beaucoup de courage, le cours préliminaire. Ils sont donc les bienvenus... S'ils désirent, évidemment, nous rejoindre. La liste des affectations vient d'être affichée dans le hall.

Clara n'entend pas la suite, ni les applaudissements, les cris et les bruits d'animaux qui fusent. Theo la tire par la manche, elle se laisse faire, elle le suit en direction de ce rectangle pâle punaisé à même le mur.

— Regarde ! Tu y es ! C'est ton nom, là, clara ottenburg !

Il la prend par la nuque, lui désigne la ligne, là, là, oui, son nom.

Alors c'est cela son avenir. Son nom tapé à la machine, tout petit, sans majuscules, sur une simple feuille de papier. C'est pour cela qu'elle a tout désappris, qu'elle a eu les mains moites, qu'elle a passé des nuits blanches à refaire ses gammes, à relire les cours de Kandinsky, à comprendre l'espace de Schlemmer.

nom : clara ottenburg

affectation : atelier tissage.

Les autres filles aussi sont affectées à l'atelier tissage.

— Eh bien voilà, tu es une vraie *Bauhaüslerin* ! Je l'avais parié ! Holger, elle reste ! Holger ? Mais où est-il passé ?

Theo l'entraîne dehors, il y a toutes ces marches noires à descendre, le blanc des murs, le rouge des portes, une danse, et elle est prise d'un vertige.

En face d'elle, par-dessus l'épaule de Theo, il y a le petit escalier de la Prellerhaus. En haut des marches, on a fini de peindre la porte en gris, du même gris que celui du mur pignon des ateliers, celui qui supportera le mot BAUHAUS.

— J'imagine que je dois te féliciter.

Clara se retourne. Holger est là, les mains dans les poches. Clara ne répond pas. Elle avance, elle avance encore, plus près, à quelques centimètres du visage d'Holger, elle ne cille pas, lui non plus.

— Je mérite mieux que cela.

Elle marque une pause.

— Embrasse-moi.

Elle mérite mieux que d'être l'objet d'un pari.

— Embrasse-moi !

Ses yeux sont un danger. Il baisse les paupières. Se penche.

— Là.

Au dernier moment, elle a tourné la tête et présente sa joue à Holger. De l'index, elle lui indique l'endroit exact, bien au milieu de la joue, elle appuie un peu sur la chair ferme et douce. Il s'exécute. Elle recule. Elle lui sourit.

— Merci Holger, c'est vraiment très gentil !

Le garçon hausse les épaules et se détourne.

Le crissement de la molette d'un briquet, dans son dos, et le couvercle qui claque, que disent-ils ?

— Viens, on va fêter ça à la brasserie.

Theo l'a prise par le bras. En chemin, ils s'arrêtent un instant sur le pont du chemin de fer.

— Qu'est-ce qui t'a pris ?

— Je ne vois pas de quoi tu parles.

— Ton truc du baiser, avec Holger… Il était mort de honte.

— Ah oui ? C'est honteux de m'embrasser ?

— Tu vois ce que je veux dire… Allez, dis-moi ce qui ne va pas.

— Ils ont écrit nos noms trop petits… Tout petits tout moches sur ce moche papier.

Les voies ferrées s'entremêlent au loin dans la zone d'aiguillage. Une locomotive avance et recule, repart, s'arrête. Elle semble essayer de réunir sur une même voie une série de wagons. Elle souffle. C'est harassant.

Un rapide passe, on perçoit le rythme de ses bogies dans la structure du pont. Son cri n'en finit pas. C'est une locomotive électrique. Il n'y aura pas de fumée. On ne pleurera pas.

— Tu es déçue ? À cause de ton affectation ?

Clara hoche la tête.

— Tu pourras peut-être changer, par la suite, et puis ce n'est pas rien, c'est le Bauhaus ! Vraiment, ce serait trop bête que tu rates cette occasion !... Il faut que tu restes !... Le Bauhaus ! Tout ça !

Tout ça... Le bras tendu pour désigner un rêve, la main, prête à le saisir. Le geste de Gropius, dans son bureau de Weimar. Celui de Theo, qui a mis un costume, dont le crissement du briquet a été la seule réponse. C'est un briquet de luxe. Il ne demande aucun effort. On ne s'y écorche pas les doigts. Theo qui n'a pas raté l'occasion.

Ils ont rejoint les autres. Ils ont beaucoup bu. Clara a dansé sur les tables. Elle a repris avec les autres les refrains des chansons lestes, elle a le droit, c'est une *Bauhaüslerin* ! Elle n'a pas voulu retourner à la Prellerhaus avec Theo.

Le lendemain, elle était à Berlin.

9

Berlin, été 1926

Elle avait eu une réaction de petite fille déçue. En arpentant le Kurfürstendamm, en attendant le métro ou sa commande au Romanisches Café, l'air lui manquait soudain, le temps de laisser passer une bouffée de honte rétrospective. Elle s'était donnée en spectacle. Devant toute l'école. Elle s'était ridiculisée. « C'est pas faux », commenterait Holger. Cette réponse l'exaspère. C'est tout ce qu'il avait trouvé à dire. Il savait, pour l'atelier textile, comme il savait qu'on pouvait soudoyer le gardien pour aller passer la nuit dans la Prellerhaus – avec qui, d'ailleurs, y était-il allé, avec qui ? –, comme il savait qu'elle viendrait à Dessau, comme il savait que la demoiselle avait envie de danser, et qu'elle finirait dans les bras de Theo. Qu'avait-elle voulu lui montrer ? Qu'elle n'était pas si gentille, si malléable, qu'elle pouvait échapper, oui, échapper à cette liste de noms écrits si petits, à ce jeu de dupes qui l'avait menée jusqu'à ce toboggan dont elle avait monté toutes les marches, d'où on pensait voir un monde différent, différent de celui de Burg Giebichenstein, qui vous faisait battre le cœur, qui vous grisait, et qui menait au bac à sable, à l'atelier textile, à une nuit comme un larcin qu'il faut cacher ! Un résultat sans majuscules. Alors elle avait voulu sa petite vengeance. Dérisoire. Si elle avait été un garçon, elle lui aurait envoyé son poing dans la figure. Si elle avait été un garçon.

« Le Bauhaus ! Tout ça ! », selon Theo, et Theo lui-même en valaient-ils la peine ?

Refuge temporaire, Berlin l'apaisait et l'excitait en même temps. Il y avait l'appartement, celui qu'occupaient Louise et Hilde. Clara n'avait pas été surprise qu'elles partagent la même chambre. Rien n'avait été formulé de manière précise, mais sans doute le savait-elle obscurément. C'était comme ça. On n'en faisait pas une affaire. Il y avait tant de foyers recomposés à Berlin, tant de gens qui sous-louaient une chambre, on ne faisait plus attention. Elles étaient juste deux couturières qui, chaque matin, allaient travailler, l'une à l'Opéra-Comique, l'autre à l'Admirals Palast. La maison sentait la soupe aux poireaux, la tarte aux pommes, les rideaux étaient propres. Il y avait la grande et la petite. Louise était la petite. Hilde s'était spécialisée dans les costumes d'hommes. Elle racontait des histoires très drôles sur la coquetterie des ténors, leur tour de taille, l'attention particulière qu'ils portaient à la fourche de leurs pantalons, leurs caprices qu'elle calmait d'une bonne tape sur les fesses. Elle avait de grandes mains.

Il y avait les quartiers. L'ouest : le Ku'damm, ses terrasses de cafés ondoyant d'étoles de renard, coulures de cuivre, de plomb fondu, couleur d'argent. L'est :

l'Alexanderplatz. Tantôt c'étaient les voitures, calèches, camions, trams, autobus, qui se précipitaient, tantôt c'était une marée humaine, et tout se mettait à tournoyer sur la place, se mêlait, s'agglutinait, semblait rejeté sur les bords puis aspiré à nouveau vers le centre. Ce n'était pas une respiration, mais un spasme bruyant, violent, douloureux. « C'est la grande ville, répétait Louise, on s'habitue. » Y avait-il une bonde au centre de cette cuvette aux bords ternis par la fumée, la poussière, la pauvreté toute proche, qui, derrière les façades éclairées des commerces, derrière les enseignes, les panneaux publicitaires, derrière la soif de vivre, soufflait son haleine sale de crime et de survie, y avait-il un trou, comme celui par lequel s'écoule l'eau usée dans l'évier, par lequel tous ces gens disparaissaient, une fois qu'ils avaient servi, une fois qu'ils étaient bons à jeter ?

Il y avait les rues qu'il fallait éviter. Celles où racolaient les filles, celles où traînaient les bandes, celles où fascistes et communistes se défiaient, d'un trottoir à l'autre, d'un café à l'autre. Berlin donnait aux mots une sonorité nouvelle. Clara avait déjà vu des manifestations, des banderoles, elle avait entendu des slogans. Mais Halle, Dessau, c'était la province, libérale de surcroît. Certains de ses camarades se lançaient parfois dans des discussions politiques, citaient Marx, Lénine. Elle voyait les compositions des constructivistes russes, elle entendait Malevitch, *Carré noir sur fond blanc*, El Lissitzky, *Battez les blancs avec le coin rouge*. Elle avait entendu les ouvriers de l'usine Junkers taper du poing sur la table, au café, parce que leur club de football s'était laissé mettre deux buts, et rentrer en sifflotant. Elle les avait aperçus, le dimanche, dans les petits jardins qui bordent le chemin vers l'Elbe. Ils leur faisaient des signes, on s'arrêtait, on admirait les haricots, qui avaient tellement poussé, une merveille cette année, on goûtait quelques framboises. Holger s'attardait, accoudé à la clôture. Certains reluquaient les croupes des filles penchées sur les mauvaises herbes, et certaines se retournaient en riant. Voilà les artistes ! Personne n'avait un couteau entre les dents. Un couteau. Entre les dents. Une faucille. Un marteau. Peut-être ailleurs. Ici, à Berlin.

Elle flânait dans le quartier de Prenzlauer Berg, profitait des jardins qui entouraient les églises, admirait les balcons fleuris, regardait les devantures des petits commerces de la Kastanienallee. Ce n'était pas un quartier cossu. Derrière les façades peintes, à l'arrière du premier corps de bâtiment où Hilde et Louise avaient leur appartement, commençait la longue enfilade de cours, de plus en plus modestes, de plus en plus misérables. Là, il n'y avait plus ni arbres, ni soleil, ni joie. Clara s'y était aventurée, un jour. « N'oubliez pas que nous sommes pauvres. » La phrase d'Albers avait résonné à ses oreilles. De quoi parlait-il au juste ? Était-ce être pauvre que de devoir se contenter de carton récupéré pour inventer l'avenir ? Ou bien était-ce, comme dans les yeux de cet enfant – une fille ou un garçon, elle n'aurait su dire, on lui avait rasé la tête à cause des poux –, la certitude qu'il n'y avait pas d'avenir. Clara avait compris ce que voulait dire « caserne locative », l'épouvantail hideux qu'on agitait, au Bauhaus, lors des discussions sur la nécessité de penser au peuple. Lequel d'entre eux était allé jusqu'au fond de la dernière cour ? Gropius ? Son cabinet d'architecte était de l'autre côté de la ville. Anni Albers, la femme d'Albers, une des trois tisserandes qui menaient l'atelier ? Tout le monde savait, même si elle évitait d'en parler, que sa famille possédait un hôtel particulier près du Tiergarten, dans le quartier des ambassades. Elle avait même eu les moyens de s'acheter une aquarelle de Klee ! Pour Klee, justement, ou Kandinsky, ces cours n'étaient-elles que de désolantes abstractions ? Pour Theo, avec son beau briquet, Theo qui était allé à Paris ? Holger avait un jour murmuré : « Et pour l'âme, on fait comment ? » Avait-elle été la seule à l'entendre ?

Clara revient toujours à Holger. Parfois, dans la queue à un guichet de cinéma – elle va souvent au cinéma –, un homme devant elle tend un billet. Il y a un échange rapide, et l'homme se détourne. C'est la fenêtre du gardien, un billet, une clef. Elle croit voir Holger, le dos d'Holger, il gravit les marches, avec quelle fille est-il ? Le rideau s'ouvre sur l'écran où palpitent des étoiles déchirées. Elle ne voit que des nuques à contre-jour. Elle ne voit pas le visage d'Holger, celui dont elle s'est approchée tout près, si près qu'il n'était plus qu'une forme abstraite, la forme de sa propre déception. Elle n'arrive pas à se souvenir, elle ne sait plus. Un instant il y a eu cette ombre qui s'est interposée entre elle et le soleil, le soleil qui embrasait la grande verrière, elle cherche sur sa joue le poids d'un baiser, et elle ne le trouve pas. Il n'y a que l'aveuglante blancheur des murs, et une tache rouge. Sa colère.

Le soir, souvent, elle s'accoude au balcon. Au bout de la rue, le métro file sur le pont de fer, avec ses fenêtres allumées, messieurs les voyageurs, pour quel voyage ? Toutes proches, il y a ces chambres ouvertes sur la nuit d'été où des couples s'enlacent. Les rames y jettent des lueurs fugitives. Ce n'est pas Paris, c'est Berlin. Louise vient la rejoindre. « Ça va ? » « Oui, bien sûr. » Louise sait. Elle n'a rien dit, mais elle a compris. Elle connaît trop Clara pour ne pas savoir. Elle lui caresse doucement la joue. Sa paume est fraîche, le bout des doigts un peu rugueux.

Oui, ça va. Elle n'est pas enceinte. Elle n'a pas eu peur de l'être. Comme si tout cela, ce qui s'était passé devant la grande baie vitrée, devant la nuit de Dessau, n'avait été qu'un jeu abstrait, une expérience parmi les autres, semblable à celles que leur proposait Albers. Fermer les yeux. Toucher. Le bois, le verre, le doux, le lisse, le contact un peu rêche des cuisses, soyeux du ventre, les lèvres sèches comme du carton, humides, et cette sensation, coupante comme une lame, le noir dehors, le blanc dedans, éblouissant ; elle ne sait plus. Elle ne sait plus. Il faudrait refaire la photo, la lumière sur l'orange n'est pas bonne, vite, une idée, vite, trop vite. Son cœur qui battait de ne pas être prise, que cela soit fini avant d'avoir commencé.

C'était tout cela, et c'est son nom, tout petit, sur une liste.

Elle revient encore à Holger. Et lui, qu'a-t-il vu ? Qu'a-t-il regardé ? Ses yeux, sa bouche, ou Theo qui se tenait derrière elle ? Dans le miroir à trois faces de la salle de bains, elle a observé son profil, elle a cherché l'endroit du baiser. Elle a posé son doigt au centre de sa joue. Sa main est retombée. Tout cela est encore « un peu trop décoratif ».

Il a fallu se rendre à Halle. Prendre quelques affaires avant que sa mère fasse place nette. Seule, Clara n'aurait rien pris, rien d'autre que le carton à dessin qui contenait ses anciennes aquarelles et le chapeau de la soirée à Burg Giebichenstein. Louise lui a mis dans les mains la photo de mariage. Le cadre était tout noirci.

— Elle n'y touchait jamais. C'est moi qui l'entretenais, a-t-elle ajouté. Même si tu le trouves démodé, c'est quand même de l'argent… En cas de besoin…

Elle a eu son petit mouvement d'épaule habituel.

Ce serait la seule image que Clara aurait de son père.

Elles attendirent le retour d'Helga. Un cache-poussière gris avait remplacé la cape noire, et la coiffe se réduisait à un bandeau de percale glacée noué sous le chignon plus lâche. Le rouge de la petite croix mettait un peu de gaieté au-dessus du visage. Comme une trace de baiser qui aurait dérapé. Helga ne chercha pas à savoir ce que sa fille avait emporté, elle lui tendit deux enveloppes. L'une contenait de l'argent, l'autre était nouée d'un bolduc noir. « Tes photos d'enfant. » Clara et Helga n'avaient plus rien en commun.

Clara reprend ses promenades dans Berlin. D'est en ouest, d'ouest en est, en tram, en métro, le long de la Spree, des canaux, à travers le Tiergarten.

Elle va dans les cafés fréquentés par les intellectuels, les journalistes, les artistes. Elle a acheté *Les Buddenbroock*, de Thomas Mann, qu'elle lit, en prenant un peu la pose, en écoutant les conversations autour d'elle. On y entend toutes sortes de langues, plus encore qu'au Bauhaus. Du tchèque, du polonais, du russe, du français, de l'anglais. Un jour, deux hommes s'installent à la table voisine. Deux Américains. L'un d'eux pose un livre sur la table. *Manhattan Transfer*. Il surprend son regard sur la couverture et engage la conversation. Il parle l'allemand, avait été interprète pendant la guerre, était resté à Paris, est plus ou moins correspondant d'un journal de Philadelphie. « Et vous ? » Elle a prononcé le mot « Bauhaus ». « *Oh ! Lucky girl !* » Fascinant. Il est fasciné. On pouvait donc fasciner un Américain en prononçant ce mot. Il a brandi le livre. « Il faut que vous lisiez ceci. C'est un grand livre sur la ville, la ville américaine ! » Il tapotait du doigt la couverture. « Dos Passos, retenez ce nom ! Il voulait être architecte, et il a fini romancier ! Cela va vous plaire, croyez-moi ! » Elle lui a promis de le lire, quand il sera traduit en allemand. Elle s'est promis d'apprendre l'anglais. Lux pourrait l'aider. Lux aussi était américain.

Dans un des nombreux kiosques à journaux de la Potsdamer Platz, elle a acheté un numéro du *Querschnitt*. C'est sans aucun doute la revue qu'il faut lire, qu'il faut glisser sous son bras, mine de rien, quand on veut avoir l'air d'une Berlinoise dans le vent ; et d'une intellectuelle. Sous la couverture jaune, inratable, on trouve aussi bien des critiques d'art, des reproductions de tableaux contemporains que des nouvelles littéraires, mais aussi des dessins humoristiques et de la photographie. Quelques pages sont consacrées au monde du spectacle. C'est chic, impeccablement mis en pages, audacieux parfois, moderne. Son créateur, Alfred Flechtheim, possède une des meilleures galeries de Berlin. Clara se rend au numéro 13 de la Lützowufer et pousse la porte de la galerie. Elle est déserte. Non, elle est peuplée d'une quinzaine de figures de bronze, entre lesquelles elle avance, prudemment, de crainte de rompre l'harmonie de leurs mouvements, de les distraire de leur concentration, de leurs rêves peut-être, de l'exercice patient et douloureux de la danse. Elles flottent, à hauteur des yeux, dans la tension d'un effort, dans l'abandon du repos.

— Vous vous intéressez à Degas, mademoiselle ?

Un homme a surgi, mince, son visage aussi sculpté que les corps des danseuses, presque laid, intense.

— Oui… non… Je ne connaissais pas. C'est impressionnant.

— Edgar Degas, sculpteur français. Une collection que j'ai réussi à constituer à Paris.

À Paris, évidemment. Il prend le temps de lui expliquer. Il s'intéresse à elle.

— Le Bauhaus ? Magnifique ! L'architecture de notre époque est passionnante. Nous avons publié un article, il désigne la couverture jaune qu'elle tient à la main, il y a deux ans, de Mies van der Rohe. Il ferme les yeux, cherche dans sa mémoire. Oui, c'est cela. « L'art de construire, et la volonté de l'époque. » Brillant. Gropius aussi. Brillant. Et bien sûr ce cher László, que nous avons connu par Fernand Léger. Vous avez de la chance, mademoiselle, beaucoup de chance ! Vous saluerez bien ce cher Klee, Kandinsky aussi, bien sûr. Ils seront bientôt dans nos murs. Et revenez souvent nous voir !

Elle est repartie en longeant le canal. Les péniches passaient lentement, en provenance du port de l'Est, avec leurs cargaisons de charbon ou de pommes de terre, les canards se réfugiaient un instant sur la rive ;

juste au-dessus, dans les salons des belles demeures, viendraient danser les Degas. C'est par là qu'on avait retrouvé le corps de Rosa Luxemburg.

Les pavés de Berlin ont eu raison de ses chaussures. Elle se rend au Kadewe[1], s'en achète deux paires. L'une pour aller danser, à brides, en chevreau noir. L'autre, des richelieus à bout fleuri, semelle cousue à l'anglaise, presque des chaussures d'homme, comme en portent les femmes qui fréquentent le Romanisches Café. Comme, sur les photos du *Querschnitt*, celles de la sculptrice Renée Sintenis. Ses mains de femme sur le volant de son coupé sport, sur l'encolure de son étalon. Ses mains de femme pour façonner des corps d'hommes, coureur de fond, boxeur, footballeur. Et sur son corps des mains de femmes. Ce n'est pas écrit, mais cela s'affiche. Un uppercut au visage de la bienséance, un coup de pied magnifique à l'ordre des choses. Une foulée glorieuse sur la piste de la liberté. Et des richelieus gold à bout fleuri.

Lorsqu'au travers du guichet elle tend les billets au caissier, Clara a le sentiment de racheter sa dignité.

Elle se retrouve sur le trottoir. Là-bas, au carrefour de la Motzstrasse, le cinéma du Neues Schauspielhaus passe encore *La Rue sans joie* de Pabst. Greta Garbo y tient le premier rôle. Était-ce pour elle, ou pour les scènes que l'on disait osées, en partie censurées, qu'elle était allée voir ce film ? Pour son appartenance à la

1. Le Kadewe (Kaufhaus des Westens), célèbre grand magasin à l'ouest de Berlin.

Nouvelle Objectivité, ou pour son dénouement romantique ? La corruption finissait dans les flammes, et l'héroïne dans les bras d'un officier américain. Pour tout ça, sans doute. Bientôt, dans la grande salle, les opérettes feraient place au théâtre révolutionnaire d'Erwin Piscator. On en avait parlé au Bauhaus. Le Bauhaus allait meubler l'appartement du célèbre metteur en scène.

Le Bauhaus… Tout ça.

Les passants bousculaient Clara, perdue dans ses pensées, immobile dans le flot de ceux qui entraient, de ceux qui sortaient, qui allaient vers le nord, vers le sud, qui s'engouffraient dans le métro ; insensible au bruit des tramways, des klaxons, des sonnettes des triporteurs et des sabots des chevaux ; sourde aux cris du marchand de journaux, de saucisses, du vendeur à la sauvette, au sifflet du policier. Dans son dos, au travers des larges baies vitrées, les mannequins vitrines contemplaient l'humanité tout à sa quête de l'instant suivant, du lendemain, d'un futur. Entre leurs doigts de plâtre, délicatement relevés, elles tenaient le désir, l'impalpable désir ; et rien ne soulevait, sous la soie, leur poitrine moderne.

Elle retournerait à Dessau.

Elle ne retournerait pas chez la Wahrnhelt. Elle trouverait une chambre proche de l'école.

10

S’ils désirent. C’étaient les mots qu’avait employés Gropius.

Clara allait rejoindre le Bauhaus. Elle s’était longuement interrogée sur la signification du verbe désirer. Ce n’était pas un souhait ; ni une aspiration. Au tout début, il y avait maintenant plus d’un an, sans doute avait-elle souhaité être acceptée dans cette école, quand rien n’était moins sûr, quand, sur le chemin de Weimar, elle s’était préparée pour cette première entrevue avec Gropius. Avant, il y avait eu la fête à Burg Giebichenstein. Il lui en était resté un léger tournis fait de bruits, d’ombres et de lumières, de mots qui continuaient de clignoter dans la brume d’un souvenir. Un kaléidoscope d’émotions sans cesse recomposé. Elle s’était fabriqué alors une sorte de petite prière, faite de plus de battements de cœur que de mots, une supplique informulée, brouillonne, un bourdonnement silencieux qui venait battre par intermittence entre ses tempes. C’était plus précis qu’une envie, plus flou qu’un projet. Bien plus irraisonné qu’une volonté. La raison de sa présence serait donc de l’ordre du désir.

Elle fut presque déçue en descendant en gare de Dessau. La ville lui apparut grise et étriquée, une cousine de province dont elle aurait partagé les jeux, autrefois, et qu'elle retrouvait sans ressentir l'excitation, la promesse d'aventure. D'un côté, il y avait la chambre chez Mme Wahrnhelt, de l'autre, une feuille de papier punaisée sur un mur. Entre les deux, il y avait le pont au-dessus des voies ferrées, avec son train qui s'éloignait déjà.

Ise Gropius avait envoyé la liste des chambres à louer. Clara avait souligné celles qui se trouvaient du côté de l'école, pas celles du joli quartier aux abords du bois de pins, sans doute trop chères pour elle, mais celles plus au nord, dans la grande boucle de l'Elbe.

La ville commençait à gagner sur les terrains qui avaient fait partie du vaste plan d'aménagement du parc de Wörlitz, à l'époque où le souhait d'un prince avait asséché les marais, modelé le paysage, et l'avait parsemé de délicates constructions, jalonné de folies, brodant à même la terre un manifeste du siècle des Lumières. Cent cinquante ans plus tard, Klee et Kandinsky prenaient plaisir à parcourir ces mêmes chemins dans un cabriolet mené par deux chevaux. « Du siècle des Lumières au siècle de la lumière ! » avait plaisanté Theo, un soir que, revenant d'une promenade au bord de l'Elbe, ils avaient vu se croiser sur la Burgkühnauer Allee leur gracieux équipage et les Gropius au volant de leur puissante automobile.

Ce sera là. Dans cette grosse maison bien coiffée de ses toits de tuiles, portant les courbes de son perron comme on porte sa gorge, ses fers forgés comme des accessoires de prix, sa pergola comme une coquetterie. Elle se trouve à équidistance de la Mulde et de l'Elbe, non loin de l'endroit où la rivière se jette dans le fleuve, de leur rencontre paresseuse et fortuite, car il faut tant de détours dans ce pays trop plat, tant de ruses, d'hésitations, pour que les cours trouvent leur chemin. Quelque part en aval, se situe l'exact milieu de l'Elbe, celui où le fleuve franchit le point où il lui reste moins de kilomètres à parcourir qu'il n'en a déjà parcourus, moins de rives à frôler, d'herbes à caresser, de reflets à saisir. Où le flot grossit, mais le temps rétrécit.

De sa fenêtre, elle verra, un peu plus tard, Holger sonner à la grille du jardin, converser avec un homme, et se diriger vers le perron.

Elle hésitera, puis descendra sur la pointe des pieds. À mi-étage. Autant que ce soit là, maintenant, hors des couloirs de l'école, des regards, de la présence de Theo. Elle sentira sous sa main la large rampe, sous ses pieds la semelle neuve de ses chaussures, elle sentira en elle tout l'été de Berlin, elle sera au-dessus, au-dessus de son ressentiment, de sa frustration enfantine. « Si vous désirez. » Elle acceptera ce désir, elle l'accueillera, et ce sera un jeu. Elle attendra sur le palier que les deux hommes ressortent de l'appartement du rez-de-chaussée.

— Vous serez très bien dans la petite maison, a dit l'homme. Vous ne regretterez pas la pièce du haut qui est déjà louée à une jeune fille. Étudiante comme vous, je crois.

— Je ne regrette pas. Je n'aime pas les greniers, a répondu Holger.

Une marche a grincé. Il faudra à l'avenir qu'elle s'en souvienne. Pour l'instant, cela n'a pas d'importance. Les deux hommes ont levé la tête.

— Ah, justement, voici sans doute notre nouvelle locataire ? Mademoiselle… Mademoiselle ?

— Clara. Clara Ottenburg.

— Eh bien voici M. Berg. Bienvenue à tous les deux. C'est parfait, parfait, vous pourrez faire le chemin ensemble jusqu'à votre école !

— Nous nous sommes déjà rencontrés.

Holger a interrompu le vieux monsieur.

— Bien sûr, bien sûr, où avais-je la tête ? Je suis M. Jacobus, le propriétaire du rez-de-chaussée, et c'est un bonheur, Mademoiselle, que d'avoir une aussi jolie présence parmi nous. N'est-ce pas, monsieur Berg ? Venez, mademoiselle, venez, nous allons cueillir quelques fleurs du jardin pour votre chambre. Ce sont les dernières, hélas, il faut en profiter.

C'était amusant. C'était bienvenu. La présence du vieil homme donnait à ce moment que Clara redoutait la légèreté d'une comédie de Lubitsch. Elle a descendu l'escalier avec une lenteur calculée, une marche après l'autre, un pied tendu après l'autre. Une mise en scène, le cœur rangé au rayon des accessoires.

— Voilà ; voilà… Vous en haut et ce jeune homme en bas… C'est parfait. Bonjour, bonjour, vous avez eu un peu de soleil aujourd'hui…

Le vieil homme marchait à petits pas dans le jardin, poursuivant son monologue dont on ne savait plus s'il s'adressait aux humains ou aux plantes. Clara regardait les boucles blanches au bas du crâne dégarni, la veste un peu fripée que la voussure du dos projetait vers l'arrière, les mains qui voletaient à la recherche de la rose encore intacte, d'un chrysanthème que la pluie n'aurait pas flétri. Holger les avait suivis.

— J'étais ingénieur chimiste, vous savez, mais les fleurs ont toujours été ma joie. Ma femme, ma chère défunte, elle, c'était le violon. Elle jouait comme personne. Personne. Vous jouez du violon, mademoiselle ? Et vous, monsieur Berg ? Non ? C'est dommage… Ah ! Voilà !

Il s'est penché pour couper quelques tiges.

— J'ai toujours un canif dans ma poche !

Son visage s'éclaire d'un sourire enfantin, on y retrouve le petit garçon curieux, collectionneur de prêles et de bruyères, dénichant sous les feuilles la chenille et l'orvet, ses yeux brillent encore de la fierté de la première plantation, de la première bouture. Il reprend :

— Comme personne… Parfois je crois l'entendre. Il y a des choses irremplaçables… Des êtres…

Il fredonne quelques mesures d'un concerto de Mozart…

— … Tenez, c'est pour vous.

Il a tendu les quelques fleurs à Clara. Lorsqu'elle se retourne pour les montrer à Holger, une émotion est passée sur le visage du garçon. Il en reste un désordre des traits, une dévastation fugace qui a laissé apparaître, comme surgit de la coque brisée l'amande fraîche et pâle, un autre Holger, secret et vulnérable. Ces quelques notes l'ont désarmé. Sont-elles, pour lui aussi, de joie et de chagrin mêlés ? Clara glisse son bras sous celui de M. Jacobus. Ils s'en retournent vers la maison. En passant devant Holger, elle lui prend la main, comme on prend celle d'un enfant pour l'aider à traverser.

Clara est retournée chercher ses affaires à la gare, s'est installée, a disposé les fleurs sur le rebord de la fenêtre. De sa chambre-vigie, la terrasse de la Prellerhaus ressemble à un radeau flottant sur le moutonnement des arbres. C'est une illusion d'optique. L'école est plus loin, en dehors du parc et de son histoire, nue de tout passé. Elle repense à M. Jacobus, à son canif, à l'air qu'il a fredonné. Elle cherche, sans trouver, l'objet, la mélodie, qui la renvoie à sa propre enfance, la présence à portée de main, à portée du cœur, irremplaçable. Elle n'a rien. Louise a ses ciseaux de brodeuse dans leur fourreau de cuir, qu'elle porte tantôt à la ceinture, tantôt autour du cou. Un bel oiseau d'argent au long bec effilé, chasseur habile dans le miroitement du satin et des perles. Hilde aime à caresser l'onyx gravé de la lourde chevalière, un bijou d'homme, qu'elle porte à l'annulaire gauche. Theo a son briquet. Holger a ses silences. À Berlin, elle a joué à être la fille à la revue jaune glissée sous le bras, la fille aux chaussures masculines, elle s'est glissée dans les personnages entrevus au café, dans les rues, elle les a endossés pour entrer dans la comédie de la ville. Au Bauhaus, il y avait eu la robe blanche et le chapeau claque, puis la robe blanche à nouveau, mais peinte, transformée, abstraite. Des costumes. Des accessoires. La vie, peut-être, le lui apportera, cet objet. Pour l'instant il lui plaît d'être légère. Nue comme cette chambre qu'elle a trouvée. Rien de décoratif. Un miroir surmonte une ancienne table de toilette transformée en commode. De l'ongle, Clara cherche la fente entre la glace et le cadre. Elle y glisse le croquis d'Holger et de Theo. Son visage et son buste s'encadrent dans le rectangle où frise un rayon de soleil. Elle défait lentement les boutons de son chemisier. Les bretelles du caraco glissent l'une après l'autre de la pointe des épaules, puis le long des bras.

Elle est nue. Elle est prête. Elle sait que l'un et l'autre, Holger et Theo, Theo et Holger, tourneront la tête. Ils seront son public. Elle ne se perdra pas dans le décor. Elle jouera pour eux.

La raison de sa présence sera donc de l'ordre du désir.

Le vieux appelait cela « la petite maison ». L'autre propriétaire disait « dépendance ». À chacun ses mots. C'était l'ancienne remise ; elle avait abrité la carriole, du temps où M. Jacobus possédait toute la maison, du temps du cheval dont l'écurie jouxtait la chambre, et qui servait maintenant de cabane à outils. Le badigeon n'était pas venu à bout des relents de cuir et de crottin, et le plancher, de larges lattes de bois brut, laissait filtrer une odeur de terre et de paille mêlées que rôtissait le poêle à charbon, gnome noir et trapu, dont les moustaches de laiton, astiquées avec soin, luisaient autour de la gueule rougeoyante. On avait laissé au mur l'ancien râtelier qui avait supporté les brides et la sous-ventrière. Il servirait de portemanteau. Derrière un rideau, la paillasse de pierre faisait office de lavabo, et le vieux Jacobus avait dû puiser dans ses économies pour faire installer des toilettes. « Une vraie petite maison ! » avait-il déclaré fièrement. Il avait, comme d'autres habitants de ce quartier, mis à profit la proximité de l'école et l'arrivée des élèves, toujours plus nombreux. Ici un grenier, une remise, ailleurs la chambre de l'enfant parti. Tout se louait, tout trouverait preneur. Holger a choisi la petite maison, la dépendance. « L'Indépendance », l'a-t-il renommée, à cause de son accès direct à la rue. Cela lui a plu. Pouvoir aller et venir à sa guise, ne pas avoir à franchir la grille, ne pas rendre de comptes. Tant pis pour le confort sommaire. Il pousserait la table sous la fenêtre basse, trouverait bien, à l'atelier menuiserie, quelques planches gauchies pour faire une bibliothèque. Bien sûr, il avait rêvé d'un des studios de la Prellerhaus. Mais il n'était pas prioritaire. Les anciens, les jeunes maîtres passaient avant lui, avant Theo aussi. Il repense à ces quelques nuits volées, volées à la virginité du bâtiment autant qu'à la curiosité des filles, à ces aventures fugitives, à l'obscurité du désir, à la tendresse trop hâtive, à ces corps qu'on ne sait plus caresser, tant le travail du métal a meurtri les mains. Les corps si tendres après le fer, ces souffles tièdes après celui, brûlant, du chalumeau. Des soupirs contre le hurlement de la scie. Tant de patience jusqu'à voir son propre reflet dans le métal poli, tant d'impatience dans la nuit aveugle. Il sait le nom des métaux, des outils, il ne sait plus le nom des filles.

Theo a eu Clara.

Holger s'est allongé sur le lit. Les mains sous la nuque, il contemple le rectangle clair du plafond. Sous l'enduit, le plâtre mal poncé dessine de petites vagues barbues, comme celles qui, après de fortes pluies, viennent lécher les rives sablonneuses de la Mulde. C'était un de ces jours-là, au printemps dernier. Ils étaient partis se baigner, toute une bande, à la rivière. Il les avait suivis, mais n'avait pas voulu nager. L'eau était trouble, Clara était ressortie tout de suite. Elle s'était assise devant lui, un peu sur sa gauche, les bras noués autour de ses genoux. Il avait vu ses chevilles délicatement ourlées d'une petite mousse de vase qui filait entre ses orteils. Le vent bousculait ses cheveux courts, dénudant l'attache de la nuque, sa nuque longue et ronde, que le soleil avait cuivrée, mais pas jusqu'en haut. À la racine des cheveux, la peau était restée claire, presque blanche, son grain serré comme celui de l'érable nouveau, à peine ondé d'un filet bleu qui se perdait dans les premières mèches. Il aurait voulu y poser la main. Il n'avait pas osé. Il y pensait parfois. Il y pensait souvent. C'est là qu'il aurait voulu poser ses lèvres. Pas sur la joue. Il a été tellement maladroit. Il aurait dû. Mais Theo était là. Il était là avant lui.

Il y a toujours quelqu'un avant lui.

Il contemple les murs nus. C'est bien comme ça. « S'ils désirent », a dit Gropius, une périphrase élégante, un mot pour séduire, chantourné comme une petite cuillère pour gâteaux à la crème ; un mot pour offrir du feu, en se penchant élégamment, pour faire jaillir la flamme d'un joli briquet d'argent. L'Indépendance est une cellule. Ce n'est pas une prison, il ne sera pas un moine ; c'est l'espace originel des possibles. De son propre futur, de celui pour lequel il a rejoint le Bauhaus, de celui dont il a rêvé, l'année passée, dans l'arrière-cour où s'entassaient les familles d'ouvriers, de chômeurs, de vieux abandonnés par la guerre, de l'autre côté de la ville, là où la main qui se tendait vers son modeste loyer était si maigre qu'il n'avait pas eu le cœur de chercher autre chose. Le fils était veilleur de nuit. La fille était partie. À Berlin peut-être, ou ailleurs, on ne savait pas. Pour atteindre ce qui leur servait de chambre, il fallait passer près du lit des parents ; la mère y dormait souvent seule, le père n'était pas rentré, ou s'était écroulé sur la table, parmi les miettes du repas, dans les odeurs de chou bouilli et de bière aigre. Holger était resté des nuits entières à regarder les étoiles à travers le carreau fendu, à réfléchir à ce que voulait dire « l'Homme nouveau », à ce terme que Gropius avait inscrit dans son manifeste. « L'Homme nouveau. » Ce profil, constitué de quelques rectangles apaisés qui figure l'emblème du Bauhaus. À l'opposé des volutes de violon, des courbes et contre-courbes des églises de Bavière. À l'opposé de cette famille.

Il sera bien, là.

Il a fermé les yeux. Il sent l'espace autour de lui, les proportions de la pièce, il joue à rapprocher un mur, puis l'autre, plus près, plus loin, il imagine une cloison, des circulations. L'Indépendance devient une petite maison. Le vieux Jacobus a peut-être raison. Il a dit aussi : « Parfois, je crois l'entendre. » Mais il est vieux, il radote. Holger ne veut rien entendre. Il n'entend rien. Il ne croit pas, il ne veut plus croire. Il s'est remis debout. Au moment de pousser la table contre la fenêtre, il s'est ravisé. Sous la frange rouge de la vigne vierge, il y a le jardin, et, juste après, la courbe du perron. Au-dessus, l'alignement des fenêtres, avec leurs rideaux blancs, moins blancs chez M. Jacobus. On ne voit pas celle de Clara. Elle donne sur l'autre rue. Holger a laissé l'espace d'une chaise entre la table et la fenêtre. Lui-même s'assiéra face à la lumière. L'autre chaise sera pour Theo. Car il ne suffit plus d'imaginer une lampe, une théière, un compotier ou un jeu d'échecs. Ils en ont déjà parlé, à plusieurs reprises,

Theo, et son désir d'architecture, et lui, Holger, qui ne sait pas encore mettre de mots sur ce qu'il a à offrir, lui, le fils d'artisan, le Bavarois, lui qui ne sait pas dessiner comme Theo, qui n'a pas son élégance, son discours, mais dont on attend les rares paroles, dont on écoute les silences. Peut-être n'est-il rien d'autre que celui qui aide à penser, une caisse de résonance pour les idées des autres, ce Holger parti sans rien, qui ne possède rien, aucun objet, que traversent parfois quelques mesures d'un concerto de Mozart infiniment répété. Un jour, il cessera de les entendre, les stridences du métal auront eu raison d'elles. Il les remplacera par d'autres chants. Il les attend.

C'est la raison de sa présence ici.

Theo avait pris le dernier train. Pour un peu, il l'aurait manqué, et il avait couru jusqu'à la gare du Zoologischer Garten. Il avait eu envie de cette halte dans Berlin, de cette parenthèse entre Hambourg et Dessau. Il en avait eu besoin. Il s'était promené le long du Kurfürstendamm, dans une vitrine il avait décoiffé son reflet, desserré sa cravate. Il était resté longtemps assis à une terrasse, un peu avachi, croisant et décroisant ses longues jambes, fumant cigarette sur cigarette, malmenant un journal, puis un autre. Il s'était donné l'air américain. Avait beaucoup regardé les filles, leurs jarrets rapides. Il avait le temps. Assez pour se défaire de ce séjour en Angleterre planifié par son père. Un voyage en famille, chez d'autres familles, « pour renforcer les liens », selon son expression. Il s'était efforcé d'oublier l'adoration de sa mère, son regard mouillé lors des diverses réceptions, dîners, garden-parties, bals, parties de chasse, oui, jusqu'aux parties de chasse, de chasse aux papillons, il était trop tôt pour la chasse au renard. Il s'était incliné devant quelque jeune beauté, quelque héritière, quelque fleur à la tête penchée, de celles que produit la campagne anglaise. Elles passaient, remontant les allées, l'enfilade des salons, « Ravissante ! » murmurait son père. « Charmante » signifiait une dot plus légère, des espérances plus courtes. Il avait vu leurs prunelles placides entre leurs longs cils, petites araignées prêtes à tisser leur toile, à dévider le fil du désir. Il était une proie possible. Theodor Schenkel. L'héritier de Schenkel et Grossmann GmbH. Les princes germaniques ont toujours eu beaucoup de succès chez les Britanniques. Les fils aussi sont une monnaie d'échange. Aux mères, il avait raconté son maître, Gropius, il avait parlé, d'un air pénétré, de la spiritualité de Klee, des analyses lumineuses de Kandinsky. Avec les pères, il avait arpenté les domaines, mis sa main en visière pour avancer un avis sur l'agencement d'un terrain. Des profondeurs d'un fauteuil de cuir, il avait soufflé aux fils, à travers la fumée des cigares, la noirceur brasillante des nuits berlinoises. Aux filles il s'était contenté de sourire. Il était épuisé.

Ces quelques semaines d'été étaient le prix à payer pour le Bauhaus. En sortant de la Lehrter Bahnhof, il avait vu, de loin, une bande de ces garçons des rues, ces mauvais garçons qui traînaient en quête d'un coup, moineaux que la vue d'un policier dispersait, et qui se regroupaient bientôt, picorant les poches des passants, grappillant là un sac, ici un portefeuille. Il les avait presque enviés. Ne pas avoir de comptes à rendre, ne se soucier que de l'instant, du ventre qui réclame, de la soif, d'un lit où passer la nuit. Laisser passer l'alcool et le rire entre ses dents mauvaises. Il avait envié leur fraternité, leur complicité charnelle, leur besoin de si peu de mots. Boire, manger, dormir, sauver sa peau. Mais il avait pressé le pas, et serré bien fort son briquet d'argent.

Il savait où aller. Ce soir, il retrouverait sa chambre dans la maison au bord du bois de pins. Il y avait laissé toutes ses affaires. Les vacances d'été n'étaient qu'une parenthèse. Quelle avait été la formule de Gropius, déjà ? Ah oui. « S'ils désirent. » C'est pour ce genre de mots qu'il aimait Gropius. Pour sa courtoisie implacable. Theo ne s'y trompe pas ; il saisit les nuances. Ce désir-là ne cherche pas d'assouvissement. C'est un défi. « Vous êtes avec moi, ou vous êtes contre moi. » Gropius les voulait à ses côtés, de son côté. C'était lui qui tenait les rênes du désir. C'était lui le chef de bande. Gentleman cambrioleur de la république de Weimar, de sa bienséance et de son avidité, pense Theo, comme cet Arthur J. Raffles[1] dont les aventures l'avaient sauvé de l'ennui d'un après-midi pluvieux, en Angleterre. Il avait prétexté un léger refroidissement pour éviter une énième promenade avec les chiens, d'où l'on se devait de revenir, à l'heure du thé, crotté, transi et hilare. Bien à l'abri dans la bibliothèque, il s'était rêvé un moment forceur de coffres-forts. Le soir, au dîner, il avait regardé d'un autre œil les bijoux de la maîtresse de maison. Il en était resté là. Il était rentré de Londres sain et sauf. Et célibataire.

---

1. Personnage de roman policier anglais qui inspirera celui d'Arsène Lupin.

Deux filles étaient venues s'asseoir non loin de lui. Elles promenaient leurs regards entre leur lourde frange et leurs fourrures légères. Plusieurs fois elles s'étaient retournées, joignant leurs mains et leurs joues dans le frôlement d'une confidence qui dévoilait leurs sourires, deux petites blessures soigneusement ourlées dont l'arme était cachée à l'intérieur. Un museau minuscule émergeait d'un des cols. Soudain, le chien avait bondi, il était venu se frotter aux jambes de Theo. « Oh Mützi, vilain garçon, viens ici, vilain garçon… » La fille répétait « garçon » en avançant les lèvres, et l'animal creusait ses reins soyeux, jappait en offrant le triangle corail de sa petite gueule. Vilain garçon. Theo avait sorti son portefeuille. Les yeux avaient brillé dans l'électricité des réclames lumineuses. Il avait payé ses consommations et s'était enfui.

Enfoncé dans le coin du compartiment, il n'arrive pas à se défaire de l'image du chien, de la voix de la fille. C'est ce qu'il est : un objet de désir. Du désir vénal de ces filles ; du désir d'avenir des autres ; de celui de son père : Schenkel, Grossmann et quoi encore ? Il les fuit dans la nuit tombée, dans ce compartiment de première classe, dernier luxe avant Dessau. Il fuit comme un voleur, vilain garçon, emportant leurs espérances, partagé entre un sentiment de culpabilité et de dégoût. Il a envie de retrouver l'atelier métal, envie de ses empreintes honnêtes sur l'acier poli, du chant noir de la meule. Il a besoin de retrouver Holger. Chacun le même établi. Chacun les mêmes écorchures. S'être choisi un frère, un autre soi-même, fait de tout ce qu'on n'est pas, de ce qui ne vous a pas été donné, être tantôt la forme, tantôt la contre-forme, apprendre à reconnaître, bien mieux que sur soi-même, ses contours véritables.

Dessau. La gare est presque vide. Il est déjà tard. Il a faim. Il ne poussera pas jusqu'au Ratskeller où il lui faudrait prendre une bière. Assez d'alcool pour aujourd'hui. Il essaie le buffet de la gare. Le patron lui fait signe derrière la vitre qu'il a fini son service. Il s'engage sur le pont. Au milieu de l'arche, il est pris d'une légère nausée. Il s'arrête. Clara. Le geste brusque qu'elle avait eu pour se dégager de ses bras quand il avait voulu l'attirer vers la sortie, ce soir-là, ce dernier soir. Elle avait beaucoup bu. « J'ai besoin d'une petite consolation », disait-elle en se pendant au cou de tous les garçons. Tous, sauf lui, et sauf Holger. Il n'a pas compris. Pourtant il les connaît, les filles. Il sait ce qu'elles veulent. Mais Clara, il n'a pas compris. Le lendemain, il l'a cherchée dans Dessau. Elle était déjà partie. Pour Berlin, apparemment.

Il avait bien aimé lui faire l'amour. Elle était légère entre ses bras. Ce fut facile. Ils pourraient s'entendre. C'est ce qu'il a raconté à Holger. Holger a haussé les épaules. « Je ne sais pas. Mais ce n'est pas une fille facile. » Soudain une crampe lui tord le ventre. Il s'appuie au parapet. La faim. C'est un gémissement, presque un sanglot. Il a froid. Il pourrait être celui dont on ne veut pas. Il n'y avait jamais pensé.

Il s'est remis en marche. Il ne fera pas le détour ; il traversera la grande prairie qui s'étend jusqu'à l'école. Durant l'été, on a installé des réverbères qui la cernent d'un collier d'or pâle. Elle est magnifique. Lorsqu'il passe l'angle des ateliers, il voit de la lumière aux fenêtres de la passerelle. Son malaise est passé. Il n'est plus très loin. Il se précipite vers le désir de Gropius.

Il faudra des jours, presque un mois, avant que chaque atelier soit installé, que chaque métier, chaque établi ait trouvé sa place, il faudra un nombre incalculable de trajets en charrette à travers la ville. Pour les menus objets, ceux qui sont propres, la laine ou le papier, on utilisera le triporteur de la boulangerie. Les habitants se pencheront aux fenêtres pour voir passer ces drôles de chargements surmontés d'individus costumés, de musiciens, dont l'arrivée s'annonce par une chanson : « Laissez passer, le Bauhaus déménage, laissez passer, le Bauhaus emménage ! »

À chaque chargement, des appels, un claquement de sabots. Parfois, Gropius sort de son bureau, d'une fenêtre de la passerelle il observe ses troupes. Ce sont encore des chevaux au bas des portes rouges, des chevaux devant la façade de verre et d'acier. Les mêmes qui tiraient, dans les champs embourbés, les canons d'une autre bataille, celle que l'Allemagne a perdue. Qui l'a épargné, malgré ses blessures, malgré les trous où il tombe encore, parfois, où il se terre, tous ses désirs posés comme un petit tas de tripes pantelantes, loin, trop loin pour qu'il puisse les atteindre. Vains ses désirs ? Les deux premiers semestres à Dessau ont été chaotiques, beaucoup d'anciens élèves n'ont pas suivi, ils sont partis ailleurs, à Burg Giebichenstein, à Berlin, à Munich. Des déserteurs, a-t-il envie de penser. Non, ce n'est pas juste de les juger ainsi. Lui-même a voulu le départ d'Itten, il en avait assez de son folklore spiritualiste, de sa manière de vouloir à tout prix favoriser l'individu. Individu. Individualité ? Non, l'Homme. L'Homme et la Technique. Finie, la guerre, finie son autre guerre avec Alma, il y a Ise, sa femme d'aujourd'hui. Il y a soixante-treize garçons ; vingt-huit filles. C'est mieux que l'année dernière, c'est encore peu, moins que les premières années à Weimar. Il les voit passer, ses troupes d'aujourd'hui, il les suit derrière les grandes fenêtres, elles progressent, d'étage en étage, elles occupent le terrain. Quand la lumière baisse, quand on allume les suspensions des ateliers, il peut lire, sur la page quadrillée de sa belle façade, le nombre de tables, d'établis, de métiers, de presses ; chaque jour une victoire. Alors qu'importent les chevaux. En bas, à gauche, il peut voir la case lumineuse et chaude de la cantine, les longues tables blanches, les légers tabourets, acier et bois noir, de Marcel Breuer, l'ancien élève passé maître. L'aula n'est pas éclairée. Gropius se rappelle que l'on n'a pas eu assez de tissu pour les sièges. Il avait tardé à payer la facture, le fil n'était pas arrivé à temps, et le déménagement avait interrompu la production. Alors il retourne à son bureau. Il relit les comptes. Il manque toujours un peu d'argent. Beaucoup d'argent. Il relit les statuts de la société dont il a l'idée. La Bauhaus GmbH. Celle qui lui permettra de commercialiser les produits des ateliers, d'en faire une structure rentable. Non seulement un lieu d'enseignement ou un laboratoire d'idées, mais un lieu de production. Dans une petite boîte, sur le bureau, le prototype de l'estampille est déjà prêt. Les produits seront signés, siglés Bauhaus. Tous, jeunes maîtres, élèves, apprentis, devront consacrer un nombre d'heures défini à cette production. L'école leur reversera une partie des gains, ils seront moins pauvres.

L'école sera plus riche, moins dépendante de la ville. D'ailleurs, elle a désormais le statut d'école nationale, et non plus municipale. Elle pourra délivrer elle-même des diplômes à ses élèves, sans passer par d'autres institutions. L'indépendance. Voilà ce que Gropius désire le plus. L'indépendance. Ne plus craindre les revers politiques, ne plus devoir quoi que ce soit à personne. Depuis des mois il attend que la municipalité de Weimar veuille bien lui renvoyer les meubles de son ancien bureau, sa table, ses fauteuils jaunes, son beau plafonnier. Son carré magique, qu'il avait dessiné, et qu'il attend de pouvoir réintroduire ici, dans cette pièce, dans cette nouvelle géométrie que soulignent le gris, le jaune et le noir des surfaces déjà peintes. En attendant, c'est sur une simple planche qu'il annote les projets de contrats de licences, ces partenariats qu'il veut instaurer avec les industriels, les fabricants, de meubles, de tissus, de lampes, avec les imprimeurs, les éditeurs, avec ceux que l'on ne nomme pas encore les publicitaires. Marcel Breuer l'a pris de court en déposant le brevet de sa chaise à tubulure métallique et en créant sa propre société, Standard Möbel ! Gropius s'est juré que cela ne se reproduirait plus.

C'est sur cette même planche qu'il déplie le plan préparatoire de la Cité Törten, le lotissement pour lequel il a signé un contrat avec la ville. Le Bauhaus n'a pas encore de professeur d'architecture. Il faudra en trouver un, bientôt. Mais ce lotissement est, pour les élèves, une introduction à cet enseignement, il les fera participer à leur premier grand chantier, là-bas, de l'autre côté de la ville, où des gens s'entassent dans les cours insalubres, où les ouvriers ont afflué, en quête d'une vie nouvelle. Il la leur offrira.

Sur le coin de ce qui lui sert de bureau, un autre dossier : une chemise blanche, l'écriture d'Ise. La liste des mille invités à l'inauguration, dans moins de deux mois, les 4 et 5 décembre 1926.

Elle sera belle. Elle reposera dans l'écrin de la nuit, parée de lumière comme une idole, surprenante, séductrice, elle se dévoilera, peu à peu, elle révélera ses formes, si blanches, si pures, ils passeront les portes rouges, elle sera, durant trois jours, infiniment désirable.

Son école.

11

Le convoi de la modernité.

C'est ainsi qu'on aurait pu les nommer, ces trois maisons jumelles alignées le long de la Burgkühnauer Allee, emmenée par celle dont le terrain pointait, au carrefour, vers la petite colonnade grecque marquant l'entrée du parc de Wörlitz. Quatre maisons, pour sept familles, leur blancheur rectiligne se détachant contre le bois de pins. Le lisse et le rugueux, le clair et l'ombrageux ; la rationalité des hommes et l'organisation secrète de la nature. Klee, sans doute, trouverait là de quoi méditer. On les nommerait les maisons des maîtres.

— Vous ne savez pas si ma cuisinière est arrivée ?

Non, personne ne savait. Nina, l'épouse de Kandinsky, regardait, petit carré après petit carré, l'or progresser dans l'alcôve de sa future maison.

— C'est joli. Vassily sera content. Vous savez, je ne supporte pas le gaz. C'est très désagréable de cuisiner au gaz. Je veux ma cuisinière à bois.

Elle aurait dû monter rejoindre son mari au premier étage, dans l'atelier, et au lieu de cela, elle s'obstinait à faire éclore ses considérations ménagères.

— Et nos chers meubles, vous ne savez rien non plus, à propos de nos meubles ? Quand ils seront là, vous savez, ce sont de beaux meubles, nous les avions dans notre maison de Saint-Pétersbourg… Nous mettrons un canapé à cet endroit, et devant, notre merveilleux tapis caucasien. Les tableaux de Kandinsky seront très élégants sur le fond d'or… C'est un grand artiste, vous savez…

Elle avait dit Kandinsky. Les tableaux de Kandinsky. Comme si elle séparait déjà l'œuvre de l'homme. Ce qui s'expose, et leur intimité. Ce qui se vend, et ce qui se vit. Elle contemplait le mur doré. Pour elle, il n'était que luxe ; un bijou comme ceux dont elle rêvait de se parer. Un jour son mari lui offrirait tout cela. Il était son grand homme.

L'histoire avait fait le tour de la cantine.

— Les autres maisons, celle de Klee, des Moholy-Nagy, des Schlemmer, sont terminées depuis longtemps. On aurait pu utiliser la peinture métallique, celle qui a servi dans le hall et dans l'aula. Kandinsky aurait pu choisir du papier peint ! C'est bien, le papier peint, c'est moderne ! Quatre lés auraient suffi. Non. De l'or. Posé à l'ancienne !

— Il faut bien ça pour une fille de général de l'armée blanche !

— Il paraît qu'elle a inventé toute cette histoire !

— Kandinsky s'en fiche. Et c'est lui qui voulait de l'or.

— En attendant, ce qu'elle veut, c'est sa cuisinière à bois ! Il a fallu ajouter un conduit de cheminée ! Gropius était furieux.

— Nina va encore s'attirer les foudres de Mme Bauhaus !

— Mais si on ne cède pas, elle va prendre l'air triste qui fait fondre son mari.

— Un manque d'intelligence habilement maquillé de tragédie, ce qui est plus séduisant ! C'est du moins ce que laisse entendre Ise ! avait conclu Lux en riant.

Quelques semaines après la fin des travaux et leur emménagement, les maîtres ont organisé une journée de visite pour les élèves.

La maison des Kandinsky est celle qui provoque le plus de commentaires. Elle est traitée de musée d'Asie centrale, le mur de feuilles d'or jugé « élément de représentation », donc bourgeois, ce que Kandinsky dément. Certains répriment un haut-le-cœur devant la pendule en bronze et les chaises sculptées. La salle à manger peinte en noir, meublée de créations de Breuer, table ronde immaculée et sièges métalliques, surprend, mais rassure. Kandinsky, enchanté, fait la démonstration de chaque placard.

La maison jumelle est celle des Klee. Si, de l'extérieur, les numéros 6 et 7 de la Burgkühnauer Allee semblent identiques, l'intérieur révèle bien la personnalité de chaque occupant. Au rose pâle ponctué de noir de Kandinsky, Klee a substitué, sur chaque pan de mur, chaque élément de l'escalier, toute une palette de couleurs. Les bleus cendrés, lavande, le rouge sang, géranium, les jaunes tournesol, curry, chartreuse jouent de leurs surfaces et de leur densité. Ils se surprennent eux-mêmes. Les Klee, comme les autres occupants, ont opté pour le mobilier Bauhaus. Pourtant, chacun y a apporté son univers, ses nuances, sa manière de disposer fauteuils et tableaux, de structurer l'espace. L'espace. C'est ce qu'ils apprécient tous, le sentiment de se mouvoir en liberté, la sensation que la maison et son environnement, les bois, les terrasses, ne font qu'un. L'espace aussi des vastes ateliers situés au premier étage, chacun le sien, avec sa grande verrière et la petite mezzanine, si commode pour entreposer châssis, toiles, œuvres en cours ou achevées. Un mur clair, un mur sombre, et le verre, à couper le souffle.

Les enfants Schlemmer courent de-ci de-là, attrapent une manche de visiteur, « Viens voir, viens voir comme c'est beau chez nous ! », chipent un gâteau, repartent vers la maison des Gropius.

— Ce n'est pas une maison, c'est un catalogue, souffle Holger.

Theo n'a plus de mots. Le Bauhaus… Chaque objet, chaque lampe, les suspensions, les cendriers, les tissus, la bouilloire installée sur sa petite étagère dans le salon, avec la cafetière et les tasses prêtes pour la préparation du café. Ici, bien visibles, comme si rien ne devait être caché des gestes quotidiens. Et puis le vaisselier, qui s'ouvre d'un côté sur la cuisine, et de l'autre sur la salle à manger. Économie. Économie de temps, d'espace, de gestes. Économie de production, série, série, série, la forme dérive de la fonction, la fonction, la forme ; c'est la réponse à toutes les questions. Theo est heureux.

— Oui, c'est nous, tout cela… Vous vous rendez compte ? C'est nous, c'est… le Bauhaus !

Pour Clara, les mots viennent sur le chemin du retour.

— Elle est la seule…

Elle parle de Nina. De son passé fantasmé, de son besoin de témoins, fussent-ils de bois, de métal, de tissu.

— … Elle s'invente, faute d'autre chose…

Faute d'un exil qu'elle n'a pas choisi, d'un enfant qui n'a pas vécu. Clara ne le dit pas. Elle ne dit pas : Kandinsky n'attend rien d'autre d'elle. Elle dit :

— Nous regardons tous vers l'avenir ! Nous laissons le passé aux autres, à ceux qui ont quelque chose à renier ou à pleurer. Nous allons de l'avant avec notre bonne conscience.

— Qu'entends-tu par bonne conscience ?

Theo fronce les sourcils.

— Notre foi, si tu préfères. Celle qui nous permet de penser que nous allons changer la société. Allez, table rase du passé, place à nos belles créations, à nos beaux concepts ! Mais un jour, peut-être, nos lampes aussi seront objet de nostalgie, peut-être raconteront-elles une histoire personnelle, peut-être, parmi d'autres objets d'un autre temps, ne se rattacheront-elles plus à une fonction, mais à un sentiment ; non plus à un désir de société, mais juste à un individu…

— Oh ! Individu et société… interrompt Holger.

— Je n'ai pas fini !

Clara a haussé le ton. Les garçons la fixent, mi-amusés, mi-curieux. Elle reprend, plus doucement.

— Qui sommes-nous pour critiquer l'or de Kandinsky ? Nous le voyons comme un objet. Passéiste. Des morceaux de sacré, voilà ce que sont ces feuilles d'or ! Ce que Kandinsky nous enseigne, malgré nous, malgré tout. Voilà ce que nous disent aussi Klee, Feininger et Schlemmer, ne faites pas semblant de ne pas comprendre ! Nous avons tous notre fond d'or… Peu importe son nom… Peu importe sa forme…

Elle a prononcé les derniers mots à voix basse. Le rouge aux joues.

— … Sinon que serions-nous…

Holger se tait. Il réfléchit. Bonne conscience ? Clara a raison. La maison de Gropius est un manifeste. Une belle démonstration. Mais un canapé modulable, des fauteuils légers et un passe-plat suffisent-ils pour être libre ? La liberté réside-t-elle dans le tube chromé et le placard intégré ? La légèreté n'est bonne qu'à ceux qui ont assez de mots pour l'apprécier. Et l'habiter.

— J'espère que tout cela n'est pas un magnifique jeu de construction pour enfants gâtés, murmure-t-il.

— Qu'est-ce que tu dis ? demande Theo.

— Je dis que… Laisse tomber.

Theo avait voulu repasser par sa chambre. Les deux autres l'attendraient à la cantine.

— J'ai bien aimé ce que tu as dit, tout à l'heure, commence Holger. Tu es intelligente.

— Merci ! Tu en doutais ?…

Clara est prête à rire. Le regard d'Holger l'en empêche.

— … Et qu'est-ce que j'ai dit ?

— À propos de Nina.

— Mais toi, tu ne racontes pas d'histoires, d'ailleurs tu ne racontes rien. Jamais.

— C'est presque la même chose. Trop dire… Ne rien dire…

Clara a posé la main sur le bras du garçon. Il la prend. Elle croit qu'il veut l'en chasser, mais au contraire il la serre plus fort. Trop fort.

— Holger, tu me fais un peu peur.

— Oui, on me l'a déjà dit…

Ils ne se regardent pas. Ils sentent que quelque chose pourrait réparer le baiser manqué, le baiser ridicule de l'été, et que ce serait irréparable. Ils le savent, et ils restent à fixer la table, l'eau, dans la carafe de verre, impassible, et le blanc de la table noie toutes les paroles. Leurs mains s'habituent l'une à l'autre.

— Je crois qu'il ne faut pas, murmure Clara.

— À cause de Theo ?

— Non. À cause de l'indépendance. C'est ce dont tu as besoin, et moi aussi, peut-être. Nous deux, ce serait trop.

— Trop ?

— Oui, trop. Nous nous demanderions trop, nous nous donnerions trop, et nous finirions par nous en vouloir.

— Et Theo, tu ne lui demandes rien ?

Clara hausse les épaules, se cherche un sourire, le trouve.

— Nous ne sommes pas encombrants l'un pour l'autre… Un peu comme les fauteuils de Breuer. Légers… modernes. On voit au travers. Toi, ce serait profond. Je m'y perdrais, peut-être. Tu serais mon grand homme, et moi je deviendrais une espèce de Nina…

— Tu as de drôles d'idées. Ton grand homme… répète-t-il avec une pointe d'ironie. Ça ne te ressemble pas, ce genre de choses.

— Va savoir… J'ai bien peur que si, dit-elle tout bas.

Holger a réagi au terme de grand homme, mais la comparaison avec Nina ne lui a pas paru saugrenue. Clara est vaguement déçue.

Elle attend un peu, et puis elle reprend sa main.

— De quoi parlez-vous ?

Theo avait surgi derrière eux.

— Des meubles de Breuer. De la légèreté... Finalement Holger est d'accord.

— Ah, tu vois, quand tu veux !

Theo se met à rire.

— Allez, pousse-toi, c'est ma place.

— La légèreté, Theo ! lance Clara. C'est ta spécialité, non ? Alors va te chercher un autre tabouret.

Clara n'a pas encore guéri de sa blessure d'amour-propre, quand aucune autre voie ne lui avait été ouverte que celle de l'atelier tissage. Une petite colère, sourde et tenace, vive comme un furet, merle moqueur, la saisit parfois au cou, et lui souffle des paroles dans lesquelles elle n'est pas sûre de se reconnaître. Elle détourne les yeux pour ne pas les voir tournoyer, dents, becs, ongles, plumes et poils ébouriffés, dans l'espace indécis entre rire et surprise, entre lumière et ombre, avant de fondre au loin, dans l'attention retombée.

L'impertinence lui est ce que l'Indépendance est à Holger, peut-être ce que la légèreté est à Theo. Un refuge qui vient au secours de la fatigue. Ils n'en parlent pas. Ils ont trop à faire. Trouver la forme, la juste forme, qui répond à la fonction. L'Homme nouveau. Bien sûr, il y a les fêtes, les mascarades, les baignades heureuses au bord de l'Elbe ou de la Mulde, bien sûr, il y a les grandes tablées, et les cours en plein air lorsque le temps s'y prête. Il y a les parties de football et les flirts. Le jazz et la danse du Bauhaus.

Il y a les corps, jeunes, minces et aguerris d'avoir déjà enduré tant de privations. Mais l'Homme nouveau. C'est bien plus qu'une histoire de forme et de fonction. Et la femme nouvelle.

Il y a les femmes des maisons des maîtres, et puis il y a les autres. Gunta, Gertrud et Marianne. Pour être acceptée dans l'atelier métal, cette dernière avait dû polir, marteler et polir encore, une quantité incroyable de ces sphères, élément de base des bols, des saladiers, des lampes que dessinaient et produisaient les garçons. Elle s'était ruiné les mains sur ces formes féminines, jusqu'à prouver qu'elle méritait sa place parmi les hommes. Elle était devenue la meilleure. Entre ces mêmes mains naissent désormais les objets qui font la réputation du Bauhaus.

Marianne y a inventé une nouvelle manière d'autoportraits : les boules brillantes sont devenues, à travers la photographie, des partenaires artistiques. Clara aussi voudrait s'y essayer. Ce doit être terriblement excitant de jouer avec les reflets, avec son propre reflet, déformé par la convexité de l'objet. Il suffit d'un accessoire, du cadre d'une fenêtre, d'un tissu rayé, pour faire naître une image étrange, à la fois familière et bizarre. Qu'importent leur visage étiré, leurs traits bousculés, leur corps évanoui. Clara comprend que ces femmes ne cherchent pas leur beauté. Ni sourire ni séduction. Elles scrutent leur place dans le monde. Elles en décident. Il suffit d'un rien pour que la perspective change.

Clara a emprunté l'appareil photo de Lux. La boule de métal, elle ne sait pas encore ce qu'elle va en faire.

La charpente du toit se renverse et se courbe. À droite, c'est le miroir qui danse, et fait danser au loin le reflet de la boule et du double portrait d'Holger et de Theo. Au premier plan, l'œil écarquillé de l'objectif attend. Clara est là, sur le bord. Elle a repoussé Holger. Elle a enlevé sa main et la chaleur d'Holger s'est évanouie. Dans sa poitrine, il y avait un cœur de métal, vide. Elle approche son visage, tout près, son œil est un poisson triste, prisonnier d'une bulle. Elle recule ; son front est un ballon prêt à s'envoler. Elle est laide, elle n'est pas Nina. « Tu es intelligente », a-t-il dit. Il aurait dû lui dire qu'elle ne serait jamais Nina. Elle n'aurait pas enlevé sa main. Elle avait juste besoin d'être rassurée. La chaleur de la main ne suffisait pas. Il aurait fallu des mots. Holger n'a pas de mots. La chaleur pouvait chasser la peur ; les mots auraient chassé le doute. Il serait parti, sale petite bête rampante, les vilaines lettres noires de la liste au bout de ses griffes, il serait sorti par la porte qui s'était ouverte sur Theo.

> Dans la boule de métal, la chambre est un navire, le reflet vrille les contours établis, il n'y a plus d'horizon, plus de raison. Elle flotte au-dessus des larmes non versées. Sur la face opposée aussi, il y a un possible.

Surtout ne pas se laisser aller aux sentiments. Ne pas être un objet pour autant. Trouver sa place ? Surtout ne pas être parfaite ! Et envoyer au diable les cuisinières à bois !

Elle fera la photo un autre jour.

C'est dimanche. Lux est venu rechercher son appareil. Ils se sont retrouvés, Lux, Theo, Holger et Clara, à l'Indépendance. C'est déjà l'automne. Le poêle garde le café au chaud.

— L'association des femmes de Weimar est venue visiter nos maisons, raconte Lux. Le début a été difficile. Ces dames faisaient la grimace, pinçaient le nez et regardaient les murs, l'une d'elles a demandé si les travaux étaient finis. Elle a dessiné dans l'air des sortes d'arabesques, les stucs de son salon, j'imagine. Mais notre Mme Bauhaus a fait elle-même – elle avait caché la bonne – une démonstration épatante de la cuisine ! Nos visiteuses ont adoré le séchoir à assiettes et les tiroirs à épicerie. C'était gagné ! Elles ont essayé tous les sièges, ouvert tous les placards, allumé toutes les lampes, on n'arrivait plus à les faire partir.

— C'est une bonne publicité, ces visites, non ? demande Theo.

— En fait, vous leur avez fait faire un tour de manège. C'est amusant, on en sort un peu décoiffé, mais de là à ce qu'elles acceptent ce mode de vie… Il faudra voir ce que donnent les lotissements de Törten, fait observer Holger. Là-bas, ce ne sera pas le même public.

— Oui, on n'aura pas à cacher la bonne !

— C'est pas drôle, Theo, ces gens ont plus besoin de nous que les bonnes bourgeoises de Dessau.

— Certes, mais pour le moment, ce sont les bons bourgeois qui nous font vivre, et ce sont eux qui vont financer les logements ouvriers, d'une manière ou d'une autre.

— Vous savez que Junkers va offrir tout le matériel de chauffage ? Gropi l'a annoncé à mon père l'autre jour, interrompt Lux.

— Je trouve ça très juste ! Pour une fois les ouvriers profiteront de leur travail.

— Dis donc, Holger, on croirait entendre un communiste !

— Pas de politique ! Pas de politique, les garçons ! Ça finit toujours très mal. Bon, je vais jouer à Mme Bauhaus dans son salon. Qui veut du café ?

— Et si je faisais une photo ? propose Lux. Vous trois, là, sur le lit, allez, asseyez-vous ! La lumière est juste encore assez bonne. Un portrait de groupe !

— Laissons le grand reporter de notre quotidien nous immortaliser ! se moque Theo.

— Profitez-en, je ne ferai pas ça toute ma vie. J'ai demandé à faire partie de l'orchestre du Bauhaus.

— Et ?

— Et Xanti a rigolé. Je n'entends pas les différentes notes ! Il n'a pas voulu.

— Oh… Évidemment, cela paraît compromis.

— Pas du tout ! Vous allez voir, j'y arriverai ! Il suffit d'apprendre les bonnes positions !

— Les bonnes positions ? C'est tout ? demande Clara.

— Absolument ! Holger, rapproche-toi, tu n'es pas dans le cadre. Souriez !

Lux leur a apporté la photo. Il a fait trois tirages. Un pour chacun.

Theo sourit, il a les cheveux en bataille.

« On voit que c'était un dimanche », a-t-il commenté.

Clara se tient très droite entre les deux garçons. Elle lève le menton pour être à leur hauteur. C'était juste avant qu'elle sourie, ou juste après, elle ne se souvient plus. Elle ne savait que faire de ses mains. Holger était trop proche.

« Vous êtes très bien, les garçons. »

Holger est lui-même. Sérieux. Légèrement penché vers l'avant. Il a juste dit merci. Il a sorti un crayon de sa poche, a noté au dos *L'Indépendance, Dessau, octobre 1926*. Et il a rangé la photo dans son portefeuille.

Quelques jours plus tard, Clara croise Holger devant les portes rouges.

— Je ne me suis pas réveillée ! J'ai couru !

Elle rejette son écharpe et le col de son manteau, reprend son souffle avant de grimper les étages.

— J'aime bien ton cou. On dirait une belle bille de bois. Sur la photo aussi, murmure Holger.

Il écrase sa cigarette et se dirige vers trois autres garçons de l'atelier.

— Allez, on monte !

12

4 et 5 décembre 1926

Il fait nuit sur Dessau. Juste avant de franchir le rideau d'arbres, Gropius s'est retourné. Dort le grand escalier, dorment les portes rouges. La grande verrière s'est assoupie, aveuglée de sommeil. L'école respire doucement, l'haleine claire de ses murs s'estompe dans l'air glacé. Sur la scène de l'aula, le silence. Sous la scène, le peuple des masques veille. Parmi eux, dans un coin, la petite tête en papier mâché de la fête à Burg Giebichenstein et son grand chapeau argenté. Elle est débarrassée de sa structure de toile, elle ne naviguera plus, elle presse sa joue contre le mur, elle est arrivée. Ils y sont arrivés. L'école est prête.

Dans les chambres, au creux des lits, peu de sommeil malgré la fatigue. Pas de rêves, juste l'oubli de soi dans le projet commun. Sur son établi bien rangé, Holger a disposé les éléments du bras articulé d'une lampe. Si on lui demande, il pourra montrer comme ils s'ajustent. Mais on ne lui demandera peut-être rien, aucune explication. Trois bouts de métal. Un visage anonyme. Ils passeront leur chemin, les visiteurs. S'oublier, oublier qu'un seul aurait compté. Le bras, la rotule, la vis de serrage. Trois formes qui s'ajustent.

Il fait jour sur Dessau. Un jour qui pourrait bien tomber dans le blanc de la neige, dans l'obscurité qui plombe décembre. C'est juste un matin pâle qui voit arriver le premier train, les premières voitures. D'autres trains, et puis d'autres voitures. Quelques avions comme un coup de ciseau dans le ciel, le même crissement métallique pour déchirer le voile.

11 heures. Le dernier kilomètre, les derniers mètres se feront à pied. Ils avancent, ils seront bientôt là.

Sur la passerelle, une première photo, vite. Sommes-nous prêts ?

11 h 10. Les murs blancs, la lumière blanche, les lourds manteaux d'hiver, le chapeau perché de Klee, celui bien enfoncé de Nina. Les yeux de Kandinsky, la cigarette de Gropius. À l'arrière-plan, un peu flou, Georg Muche regarde par la fenêtre.

C'est un débarquement. Par vagues successives, ils arrivent, ils ne vont cesser d'arriver, les mille invités.

Ils l'ont voulu ; pour soutenir l'école.

Ils y ont tenu ; c'est l'événement à ne pas manquer.

Ils ont fait l'effort ; la curiosité, en ce jour du 4 décembre 1926, a été plus forte que l'ennui de se déplacer jusqu'à Dessau.

Ils ont pu ; en 1923, se rendre à Weimar aurait été financièrement impossible, maintenant la situation s'est arrangée.

Ils sont venus de partout. À la gare un bureau spécial les attendait pour leur indiquer leur chambre réservée. Le Grand Hôtel Kaiserhof est plein, l'Hôtel de la Gare et les autres également, on a réquisitionné les meilleures chambres en ville, les plus modestes aussi. Ce soir, Theo et Clara dormiront à l'Indépendance. Ou ne dormiront pas.

11 h 15. Les visiteurs. Les voilà. On dirait qu'ils hésitent. Ils observent. Quatre grandes oriflammes dansent dans le vent. Rouge, noir, jaune, blanc. C'est là. Dans leurs poches ils froissent le tract qu'on leur a fourré dans les mains. C'était de l'autre côté de la voie ferrée. NON AU BAUHAUS ! Ils avancent par petits groupes sur la pelouse rase. Ils y sont presque. Ils n'ont jamais vu cela. C'est étourdissant. Tout ce blanc, tout ce verre, et les grandes portes rouges.

C'est un miracle flottant. Ce n'est pas un miracle. C'est de l'architecture. Le large bandeau blanc, au-dessus de l'entresol foncé légèrement en retrait, soulève tout le bâtiment, l'arrache au sol, à la pesanteur. Les certitudes, les *a priori*, le conformisme s'envolent. L'architecte ne fait pas de miracles. Il calcule. Dessine.

C'est un embarquement. Sur le perron, Gropius accueille ses invités. En tête, le maire, Fritz Hesse, le conservateur du musée, Ludwig Grote, et bien sûr le professeur Hugo Junkers, puis tous les autres, connus, moins connus, inconnus. Des manteaux, des chapeaux, le pointillé clair des visages. Ils quittent le sol blanchi de givre, ils sont sur les larges marches noires, ils montent. À l'autre extrémité du hall, derrière la grande vitre, il y a la ville, piquée de ses clochers, de ses dômes, de ses cheminées, prise dans le cadre d'acier, dans la transparence. Un insecte inoffensif. Juste une plaque de verre entre elle et l'école, presque rien. De l'autre côté de la voie ferrée, le sol est déjà jonché de méchantes feuilles. NON AU BAUHAUS ! Pas de printemps et pas d'étés pour le Bauhaus, mais la morte-saison ; tout de suite. C'est ce que veulent les associations de défense de la culture allemande. Elles ont astiqué leurs slogans comme des faux. Dans l'aula, les tubes argentés des sièges se déplient, se replient, on s'assied, on se relève, on salue l'un ou l'autre, on laisse passer, on éprouve sous la main le métal des accoudoirs, dans son dos la résistance de la toile. On écoute Gropius, on applaudit, on veut voir. Tout voir.

Professeurs, élèves, chacun a pris en charge un petit groupe. Le Bauhaus montre. Les fils s'alignent comme à la parade, le caoutchouc s'étire, l'acier se plie, le bois s'ajuste, les couleurs s'affichent, les matériaux s'expliquent. « Voilà ce que je suis, voilà ce que je sais faire. Voilà ce qu'on m'a appris de moi-même. Je ne suis pas là pour être caché, maquillé, travesti. Je suis là pour être honnête. Pas pour servir votre orgueil, juste pour vous servir. »

Ils vont, tous les visages, entre la double rangée de métiers à tisser, entre les établis, les presses, ils se renversent pour suivre la ligne brisée des luminaires, la ligne droite de la plinthe, bleue, rouge, ils montent vers le plafond jaune, se devinent dans la laque noire des encadrements, se perdent dans la laque blanche des portes, s'accrochent aux reflets des poignées, des lampes, ils regardent et Gropius les voit faire tout cela. Ils le font bien. Ils sont les figurants de sa mise en scène, du grand spectacle qui s'étalera demain dans les pages des journaux, en colonnes serrées, en milliers de caractères, et tant pis si certains sont encore en caractères gothiques. Tant pis si les visages ne sont que des masques, et que derrière se cache la critique. Ils sont là. Les mille. À la face du monde.

Midi et demi. La visite est terminée ; c'est le reflux. Ne partez pas, pas encore, faites le tour de l'école. Un semblant de soleil vous y invite. L'attraction est à l'extérieur. Regardez comme ce que vous pensiez être un décor change, comme, pas à pas, vous le voyez renouvelé, inattendu, mobile. Les rythmes varient, les hauteurs, les ouvertures, vous vous rappelez ce qui est là contenu ? Vous comprenez ? Ce n'est pas un décor. C'est un langage. Le langage des formes.

13 heures. Ils sont partis déjeuner. L'école respire. Elle s'étire sous le grand ciel d'éclaircie. Elle se tait, se contemple dans le miroitement de ses propres reflets, Narcisse démultiplié par les angles.

15 heures. Pour les intéressés, élus, entrepreneurs, architectes, journalistes, militants socialistes et curieux, car, puisqu'on est venu, autant n'en pas perdre une miette, visite du chantier du lotissement en construction. Theo y accompagne son père. Finalement, c'était loin, et ce n'est pas si drôle. De la boue, de la ferraille, des blocs de béton – sa mère n'aurait pas été dans son élément –, un grand panneau qui montre l'implantation des maisons. Gropius explique les avantages économiques de ce type de bâtiments, le gain de temps que procure l'utilisation d'éléments préfabriqués. Elles ne ressemblent pas encore à grand-chose, ces quelques rangées de cases blanches. Mais le maire en est fier ; alors son père applaudit avec les autres. La seule chose

vraiment amusante est cette espèce de construction métallique conçue par un des professeurs du Bauhaus, Georg Muche, et un architecte, Richard Paulick. Ils appellent cela la « maison d'acier ». Theo s'inquiète. Sous le regard de son père, cela devient un petit sous-marin cubique… ou une boîte à biscuits. Est-ce trop peu pour le convaincre ? D'ailleurs n'est-ce pas l'heure du *Kaffee Kuchen* ? Et puis il faut se préparer pour la soirée.

Clara est rentrée se changer. Ce soir, elle inaugure la robe rouge. « Rouge comme les portes de l'école », a-t-elle demandé à Louise. C'est un peu trop foncé. Mais ce n'est pas important. N'importe quelle couleur aurait convenu. Nu, ce corps dans le miroir le dit déjà : « J'en suis. » Cette force dans les épaules, cette fierté du regard, c'est elle, en partie. C'est le Bauhaus, beaucoup. Ce soir, elle est l'histoire qu'a inventée Gropius. Ils le sont tous. Le même rouge bat dans leurs poitrines.

Il est arrivé en fin d'après-midi. Le temps de trouver l'hôtel, il n'a pas eu le courage d'aller voir l'école. Bâle-Dessau, les attentes aux correspondances, il était fatigué. Toute cette agitation aux abords de la gare, dans les rues… Ces gens qui distribuaient des tracts, qui lui barraient le chemin… De quoi parlaient-ils, déjà ? Quels mots ? Scandale, honte à l'esprit germanique, à la nation, dépravation… Il est habitué. En Suisse, sa conception de l'architecture peine à se faire entendre. Il a jeté la feuille dans la corbeille. La chambre était correcte, sans plus ; on l'a invité – *le BAUHAUS et son directeur, walter gropius, prient monsieur hannes meyer...* –, il est venu.

20 heures !

Les rues, la gare, le pont de chemin de fer, et là-bas… Hannes Meyer marche, il marche avec les autres, tous les autres, vers cette chose, ce phénomène. Cette aberration de clarté dans la nuit noire. Cet astre posé qui vibre dans la buée de sa respiration.

Un groupe d'étudiants descendent l'escalier que lui s'apprête à monter. Un garçon dit : « Eh, Theo, regarde, on dirait… », une jeune fille brune en robe rouge pousse du coude un autre : « On dirait Holger, en plus vieux. » Il va saluer Gropius.

— Meyer ! Bienvenue au Bauhaus ! Alors, cela vous plaît ?

— C'est… éblouissant.

— N'est-ce pas ?

C'est éblouissant. On ne sait plus d'où provient la lumière. De l'intérieur, de l'extérieur, elle joue, elle rebondit, elle fuse, elle est la note tenue du saxo, elle explose, coup de cymbale, s'enroule au corps des femmes, éclate dans les rires, pétille dans les verres, crépite dans le givre, elle s'épand sur la pelouse rase de l'hiver, elle est l'eau du baptême, le feu qui brûle les méchantes feuilles.

Il faudra deux orchestres, le Bauhaus Kapelle ne suffira pas. Toute une nuit à faire tourner les visages.

Il faut tout l'espace. Du hall jusqu'au comptoir de la cantine, tout n'est que rythme, syncope, au plafond du grand hall dansent les croches alternées des fins tubes néons, elles courent sur celui de l'aula ; trois rondes ponctuent celui de la cantine.

Au centre, cheveux plaqués en arrière, col dur noué d'un fin ruban, haut-de-forme et pinceau interminable en guise de fume-cigarette, Xanti Schawinsky joue au présentateur. Il charme, il amuse, il fascine. Du fond de l'aula, Schlemmer le regarde. C'est peut-être son élève préféré, c'est peut-être plus encore. Il y a entre les deux hommes une filiation que l'enseignement seul n'aurait pu créer.

— Il est génial !

Schlemmer écoute les commentaires de trois élèves. Il les connaît un peu, la fille, c'est la petite brune qui voulait intégrer son cours. Elle n'avait pas bien compris de quoi il s'agissait. La scénographie, c'est comme l'architecture. Une affaire d'hommes.

— C'est un ange, dit-elle.

— Un ange ? Pas vraiment…

— Si. Un ange moderne.

Les garçons se sont moqués d'elle. Clara n'a pas trouvé d'autre mot pour définir ce qu'elle ressent chez Xanti comme une qualité de présence différente, une grâce qui émane de son sourire, de cette plénitude du vivant qui habite chacun de ses gestes ; une sorte d'innocence joyeuse, électrique. Une fantaisie sérieuse qui fait passer la poésie dans l'élaboration de scènes abstraites, fait dialoguer l'homme avec les formes géométriques, comme dans le premier spectacle qu'il a monté, machine et personnage allant du même pas. Schlemmer pourrait se dire que cet élève a beaucoup appris de lui, et pourrait s'en contenter. Mais il lui manque. Xanti manque au Bauhaus, et de le voir, là, ce soir, sur cette scène, dandy décalé, funambule en habit noir, musicien, peintre, acteur, au centre des regards, au centre de la lumière, comme s'il en était la source, Schlemmer a pris sa décision. Xanti est parti trop tôt voler de ses propres ailes. Il va le retenir, lui offrir un poste. Sa participation au sein du Bauhaus Kapelle ne suffit pas. Après tout, la petite a peut-être raison. Xanti est l'ange qui manque à cette cathédrale, même si Gropius n'emploie plus le terme et que le Bauhaus est un monument moderne, que les dieux fument des cigarettes et vont à bicyclette. La petite voit juste. Un ange moderne.

Xanti a repris son saxo. Sous ses pieds, dans l'atelier de Schlemmer, la petite tête en papier mâché sent les vibrations de la fête. Elle reconnaît. Derrière ses grands yeux défilent les images. Certains pensent qu'elle n'est qu'un peu de papier collé sur du fil de fer. Qu'elle est vide. Ils se trompent. Elle n'est pas comme tous ces visages qui tournent, se mélangent, se superposent, qui diront : c'était éblouissant ! Ils auront vu l'acier et le béton, les solides piliers, les fortes poulies, le sourire de Gropius. Elle, elle sait la fragilité des choses, elle connaît le pas qui trébuche sur la marche trop haute, le désaccord des corps, le moment de bascule. Elle sait que tout peut arriver. Pour l'instant, le pouls de l'école bat en rythme. Elle se laisse bercer.

À l'autre bout de l'aula, Hansi, le fils de l'épicier Möller, apporte une nouvelle caisse de bouteilles. On l'a engagé pour la soirée. Il regarde, ébahi, tous ces gens qui s'amusent, les filles qui se trémoussent, il attrape au vol un genou, un morceau de cuisse, il sent leur moiteur lorsqu'elles se penchent pour demander à boire, il envie ces garçons qui les font ployer d'une seule main. Il rougit quand on l'appelle par son prénom. Car beaucoup le connaissent, depuis qu'il a aidé au déménagement. Les filles lui sourient, les garçons lui tapent sur l'épaule. L'un d'eux a fait son portrait, juché sur sa carriole. Il ne savait pas quoi en faire. Il l'a plié en quatre et rangé dans sa bible. Les choses précieuses vont ensemble. Ce soir, il fera plusieurs allers-retours pour raccompagner les invités jusqu'aux hôtels. Elle a une drôle d'allure, sa carriole, toute décorée de lumignons et d'étoiles en papier d'argent. Jusqu'au cheval dont on en a parsemé les crins. Le père Möller a levé les yeux au ciel. Sous le comptoir, il garde une liasse de ces tracts qu'on lui a demandé de distribuer. Il ne l'a pas fait. Pas encore ; pas avant d'avoir été payé. Ce serait indélicat.

Klee est parti très tôt, les Kandinsky depuis un long moment. Ise veut encore danser. Gropius est remonté dans son bureau, au calme. Il ne peut se résoudre à rentrer. Il n'a pas allumé la lampe. C'est inutile. Par la fenêtre, il voit Hansi et son équipage quitter le halo lumineux qui entoure l'école. Hannes Meyer en fait partie. La carriole s'enfonce dans la nuit, petite comète laborieuse ; encore visible au passage du pont, la ville l'engloutit. On frappe à la porte. C'est Schlemmer.

— Je rentre me coucher. Demain le spectacle continue. Ise m'a demandé de vous raccompagner.

— La sollicitude d'Ise pour son vieux mari !

— Vous plaisantez !

— Bien sûr… Allons-y. Un peu d'air frais nous fera du bien.

Ils marchent d'abord en silence, le temps que s'épuise l'écho de la fête.

— Finalement, il est plus sympathique qu'il en a l'air, commence Schlemmer.

— Qui donc ?

— Hannes Meyer, avec sa tête de pasteur socialiste. Il s'est bien amusé avec les élèves, il vient seulement de partir.

— Je sais. Je l'ai vu…

Ils sont arrivés au coin de la Burgkühnauer Allee.

— Et Xanti a été magnifique, vous ne trouvez pas ?

Ils sont au bas des marches. Gropius sort un papier de sa poche.

— On l'a glissé sous la porte de mon bureau…

Schlemmer reconnaît le tract NON AU BAUHAUS !.

— Je sais…

— Il y en a eu beaucoup ?

Schlemmer hausse les épaules.

— Ils finiront par se lasser, laissons-leur un peu de temps… Ils ne sont qu'une poignée, et vous avez tout ce qu'il faut comme soutiens.

Ils veulent y croire. Il est tard et la fête a été un succès.

Dimanche. 11 heures. Theo ne viendra pas. Il a grogné un « après… » et s'est tourné vers le mur. Holger avait passé cette nuit trop courte à regarder Clara dormir. À se demander si elle dormait. Elle avait ouvert les yeux, avait demandé : « C'est trop tard ? » Non, pas trop tard. Ils ne rateraient pas la projection de films.

On a refermé la cloison mobile qui sépare l'aula de la cantine, descendu l'écran et fermé les rideaux. Les rangées de sièges sont clairsemées. Autant s'asseoir devant, à deux rangs des Gropius. « Pour écouter leurs commentaires », chuchote Clara. Et être moins tentés de se rendormir.

Gropius se penche vers sa femme.

— Ma chérie, ce n'est pas vraiment la bousculade pour ta première…

— Je crois que les gens auraient préféré être reçus chez nous plutôt que de me regarder jouer à la maîtresse de maison modèle. Je ressemble à une démonstratrice au rayon mobilier du Kadewe, tu ne trouves pas ?

— Tu es parfaite !

— J'ai vraiment l'air de ça ?

Mme Bauhaus, dans sa maison. La bonne, que l'on a fait répéter, interprète le ballet de l'efficacité, de la propreté, du rationnel, de l'hygiénique. Pose les assiettes dans le séchoir à vaisselle, les range dans le placard à porte coulissante, et voilà le réchaud, un sens pour réchauffer, l'autre sens pour présenter, elle manipule, le petit batteur à lait entre ses mains rapides, le balai serpillière entre ses pas rapides, son joli tablier blanc et sa nuque courte, presque masculine. Comme c'est facile. Un instant, Ise imagine son mari effectuant les mêmes gestes. Elle étouffe un petit rire.

— C'est éloquent, non ? lui souffle-t-il.

Il s'est mépris. Et pourtant elle hoche la tête.

Clara observe Ise. Une femme séduisante. Forte. Intelligente. Mme Bauhaus. Il y a quelques jours, Erich Consemüller l'a photographiée, assise dans une chaise modèle B3, celle qu'affectionne Vassily. Elle tourne la tête vers le photographe, elle porte un masque de Schlemmer. Elle est un visage du Bauhaus : un jeu de formes et de lumière. Comment fait-elle pour être tout cela ? Faut-il de l'humour ? De l'amour ?

Mme Bauhaus et ses amies au salon. Les meubles que l'on déplace d'une main, le canapé qui se plie, se déplie, tout est pratique, utile, comme le sourire qu'elle affiche. Elle en fait un peu trop. Elle n'a rien à dire. C'est un film muet : *Wie wohnen wir gesund und wirtschaftlich*[1]. Le commentaire a été enregistré par une voix masculine. Le cinéma du Bauhaus n'est pas celui de Babelsberg[2]. Le réel est son sujet.

Sur l'écran défile maintenant l'image légèrement tremblée d'un ruban de pellicule qui s'enroule et se déroule dans la clarté projetée. Le nouveau champ de travail de Moholy-Nagy. Mise en abyme… hypnotique voudrait penser Clara. Elle se réveille la tête sur l'épaule d'Holger.

— J'ai ronflé ? s'inquiète-t-elle.

— À peine.

— Tu aurais dû me réveiller !

— Ils ont dû penser que c'était moi.

15 heures, dimanche 5 décembre. L'aula encore, espace multiforme de vie, de jeux, de travail et de rêves. Hier soir, les invités l'ont franchie mille fois, ce n'était qu'un entre-deux, quelques marches à monter, puis à redescendre, se hisser hors de la foule, y replonger ; ils ont dansé sur son ventre sombre irrigué de jazz. Ils ne savaient pas encore tout ce qu'elle peut être.

Elle est la scène du Bauhaus. Elle porte les figures étranges de Schlemmer. Humaines par la disposition de leurs membres, par les gestes qu'elles effectuent, abstraites par le costume qui redessine les formes,

---

1. « Comment nous vivons sainement et scientifiquement. »
2. Principaux studios de cinéma de Berlin situés à l'Est du temps de la partition. De nombreux films s'y tournent toujours de nos jours.

par le masque argenté qui couvre leur visage. Elles dansent l'espace redéfini par la présence de l'homme, redessiné par ses déplacements, la géométrie des plans superposés, entrecroisés. Dans le silence, figure rouge rapide, figure jaune lente, figure bleue normale, ce qui précède à la musique. C'est *La Danse de l'espace*… Noir… Surgissent un fauteuil, une chaise, un banc. Il y a des murmures, des rires, des percussions, les figures s'asseyent, s'allongent, s'appuient. C'est *La Danse des gestes*… Noir… Bâton, ballon, quille, banc, podium, et trois figures se composent et se recomposent, abstractions du comique, du grave, du solennel, de l'absurde. C'est *La Danse des formes*… Noir… Quatre panneaux, rouge, bleu, jaune et blanc, un pied, une main apparaissent, ombres projetées, lumières, surprises, *La Danse des coulisses*, imprévisible comme la vie urbaine.

Ils applaudissent, ils se lèvent, ils s'en vont, les manteaux, les chapeaux. Dans le hall, le sol jaune est scandé de lignes blanches et noires. L'escalier joue de ses obliques ; ils cherchent leurs gestes dans leurs poches, cherchent leurs mots au bout des lèvres ; face à eux, trois miroirs leur rendent leurs visages.

Clara est sortie en dernier. Les miroirs lui ont renvoyé les sentiments contradictoires qu'elle a éprouvés tout le long du spectacle : le bonheur d'être là, spectatrice, le regret de n'être que ça.

Elle est soulagée que tout cela soit fini. La vie peut reprendre.

Le dernier train s'est éloigné, le dernier avion envolé. On a remis les tables et les tabourets à leur place. On finit les petits gâteaux, les fonds de bouteilles.

On commente les divers moments de ces deux journées, on raconte des anecdotes, on échange des potins. Avec qui on a parlé, qui on a reconnu. Kurt Weill, bien sûr, il est né à Dessau, Erwin Piscator, le metteur en scène, les acteurs célèbres, et cette danseuse, la Palucca. Les architectes de Berlin, aussi. Les frères Taut, Erich Mendelsohn. Deux jours à n'être que l'école, un spectacle. On se retrouve entre soi, chacun se récupère.

Clara raconte qu'elle a salué Alfred Flechtheim, le célèbre galeriste.

— Tu le connais ? demande Theo.

— Un peu… Nous nous sommes déjà rencontrés…

— Eh bien, tu as des amis très chics, et tu nous les caches, plaisante Theo.

— À propos, hier, tu as disparu tout l'après-midi. Où étais-tu passé ?

— À Törten.

— Törten ? Tu es allé visiter Törten avec Gropius ? Mais on le connaît par cœur, cet endroit !

— Oui… Je devais accompagner quelqu'un.

Clara et Holger se regardent, un peu surpris.

— La vie mystérieuse de M. Theodor Schenkel…

Holger fait une grimace. Theo hésite et lâche :

— Mes parents.

— Tes parents étaient là ?

— Tu sais bien, Clara, le papa de Theo ne rate aucune occasion !

Il y a quelque chose d'un peu méchant dans la manière dont Holger a utilisé le mot « papa ».

— Tu aurais pu nous présenter, quand même !

— Cela n'avait aucun intérêt, coupe Theo. Ils sont très ennuyeux !

Il rit pour masquer sa gêne.

— Et puis vous m'embêtez, à la fin ! Je suis censé être ici pour devenir architecte, il fallait bien que je leur montre de l'architecture, non ?

Il se lève et commence à ramasser les assiettes. Holger retient la sienne.

— Et alors ? Tu as obtenu la permission de rester ?

Theo a haussé les épaules et s'est éloigné.

— Tu as été dur, fait remarquer Clara.

— Il aurait dû nous présenter.

Clara joue avec les miettes de gâteau restées sur la table. Il faut occuper le silence.

— Je rentre, dit Holger.

Clara cherche des yeux Theo qui s'attarde auprès d'une autre tablée, revient à Holger qui est déjà debout.

— Je rentre avec toi… J'ai peur du noir.

D'une main, Holger rassemble les miettes et les fait glisser dans sa paume.

Ils marchent côte à côte. Clara voudrait glisser sa main sous le bras d'Holger. Elle aurait moins froid. Elle voudrait parler. Elle n'entendrait pas la note aigre qui a clos la si belle fête. Elle tente :

— Je t'ai vu. Avec Hannes Meyer. Vous parliez sur les marches de l'escalier…

— Oui…

Aux abords du bois, Holger a répandu les miettes conservées dans son poing. Pour les oiseaux.

Dans la boule argentée, ils sont trois. Theo et ses parents. Theo et leurs manteaux, leurs chapeaux, leur absence de visage.

13

> Lire les longues bandes lumineuses passant dans le temps de la nuit, un geste, un outil, un visage dans chaque case de la grande verrière, une histoire sans paroles pour dire le Bauhaus. Et se reconnaître, peut-être.

Longtemps elle s'était surprise, parfois elle s'était guettée dans l'alignement que reflétait la peau de verre contre le sombre des jours d'hiver. Elle relevait la tête, et c'était elle, Clara, penchée sur un de ces métiers, elle, dans l'entrecroisement des montants d'acier, dans l'oblique des fils tendus, ses mains qui poussaient la navette, ses bras qui actionnaient le peigne, elle, imprécise au matin, plus nette à mesure que le soir tombait, que le verre se faisait miroir, que la fatigue venait dans les reins, montait dans les épaules, dans la nuque, que l'ouvrage avait si peu avancé, que le froid finissait par engourdir les gestes, ce froid dont la rangée de radiateurs ne venait pas à bout. Elle, parmi les autres de l'atelier tissage. Elle relevait la tête, elle se cherchait, elle se trouvait ; c'était donc vrai. C'était la réalité, le reflet l'attestait. Parfois, elle aurait voulu être en bas, sur le chemin qui longeait la grande verrière, lever la tête, et voir où ce chemin menait.

Mais sans doute n'était-ce pas si important. Moins important que de faire partie du mouvement commun, de cette belle machine à fabriquer la modernité, mains, têtes et cœurs, travail et fêtes si justement réglés que l'un ne serait rien sans les autres, moins que de sentir en soi l'ample galop, *Bauhaüsler*, *Bauhaüsler*... Peu importait que le nom de Gertrud ne figure pas sur son grand tapis bleu, acquis par un collectionneur, peu importait que ce soit à elles, les filles de l'atelier textile, que l'on doive, dès 1923, les premiers succès, la première renommée. Seul importait d'en être, et que le Bauhaus gagne ses batailles.

Un jour, tandis qu'ils regardaient les aquarelles de Klee accrochées dans le couloir, Theo l'avait prise par la taille. Des transparences naissaient des petits mondes mystérieux, bêtes, hommes et feuillages mêlés.

— Othéa, avait murmuré Theo, Othéa, tu te souviens, c'est ainsi que je t'ai appelée le soir de la Fête blanche.

— Oui ? C'était un nom bizarre.

— Un nom de fée ou de sorcière, je ne sais pas. Il te va bien.

Sa main était remontée vers la nuque de Clara.

— Cette petite mèche, là... Tu veux bien être Othéa, pour moi ?

— Pour toi seul ?

— Oui.

Elle avait réfléchi un moment.

Un étrange petit pêcheur lançait son harpon dans la gueule d'un monstre rose et blanc. Deux larmes de sang suspendues, et deux autres monstres ; ils allaient sur l'océan dallé de bleus.

— Tu vois, Klee… C'est cela qu'il nous fait ressentir… rechercher.

Theo l'avait attirée contre lui. Il lui avait chuchoté à l'oreille :

— Othéa, dis, je peux t'appeler comme ça ?

— Ce pas à pas de la couleur. Ce n'est jamais un dégradé. C'est une avancée… un saut. Chaque étape a sa propre formule… C'est toujours un mélange. Ce n'est jamais simple. Si tu veux tenir l'intensité, il faut ajouter quelque chose.

Soudain elle s'était tournée vers lui. Elle l'avait regardé dans les yeux.

— Je veux bien. Mais alors je t'appellerai Petit Theo.

— Pourquoi petit ?

— Parce que dans les contes il y a toujours un petit garçon qui se bat contre les monstres.

— Les monstres n'existent pas !

— Alors disons qu'on se bat toujours pour quelque chose…

— Bon…

— C'est à prendre ou à laisser. Petit Theo contre Othéa.

Il avait eu un rire incertain. Il avait désigné l'un après l'autre le pêcheur et le monstre.

— Petit Theo… et Othéa.

— C'est ça.

Elle avait eu un geste brusque pour se dégager.

— Mais toi. Toi seulement auras le droit de m'appeler comme ça.

— Et Holger ?

— Holger reste Holger.

Clara pour l'un. Othéa pour l'autre, dans leurs moments d'intimité, ceux pour lesquels Theo, de son sourire enjôleur et de quelques billets glissés, avait obtenu qu'on fît semblant de ne rien voir. « Ma fiancée », avait-il soufflé, si bas que ce n'était presque pas tricher.

Othéa. Il le dit avec des caresses dans la voix au bord du lit, il le dit dans le vent, au bord du fleuve, ce nom de princesse exotique, il le lui dit dans le cou, comme une morsure, Othéa est à Theo.

Être nommée autrement, c'est aussi, d'une manière plus floue et plus profonde, ne se donner qu'un peu. « Si vous êtes honnêtes », avait dit Albers. Était-ce malhonnête de ne livrer que ce que l'autre veut prendre, d'offrir de bon cœur, et joyeusement, ce que l'autre attend, sans rien demander que le jeu partagé, la complicité du moment. Un pas de côté, une danse, une figure dans la représentation des sentiments. Une création parmi les collages que voit fleurir chaque fête, chaque anniversaire, parmi les photos où l'on joue de la double exposition.

C'est une échappée. Ce n'est pas le quotidien, celui que Lux documente.

Sur le toit-terrasse, Schlemmer fait répéter sa troupe. C'est la pause. Les figures ont ôté leurs masques. Lux photographie.

Sur la pelouse au bas de la Prellerhaus, les parties de football font s'envoler ballon et corps. Lux photographie.

Aux minces balustrades de la Prellerhaus les silhouettes se penchent, solitaires, ou se massent, bras, jambes et sourires mêlés. Lux photographie.

Sur la première volée de l'escalier des ateliers, Lux a photographié les filles de l'atelier textile. Certaines sont immobiles, d'autres un pied sur la marche supérieure, certaines de face, d'autres de dos, elles tournent la tête vers le photographe, Gunta Stölzl se tient au centre. Anni Albers au premier plan. Elles sourient. Elles ont des cheveux courts. Oskar Schlemmer passe par là. Il s'arrête. Il entend un garçon plaisanter : « Tiens, voilà nos *Haller Girls* ! » Il s'en va. Il déteste ces revues clinquantes à la mode de l'Amérique. Elles envahissent les scènes berlinoises. Les *girls*, ces automates de chair et de paillettes.

Tout le monde a voulu voir la photo. En haut, à droite, une des filles a bougé. Elle est floue. C'est Clara.

— C'est dommage, dit Theo. Mais aussi, tu ne tiens jamais en place !

— Elle est insaisissable… rajoute Holger.

Clara rit. Elle est un peu déçue.

Othéa est une forme de Clara que Theo peut saisir, le galbe des seins, des fesses, la distance du cou au nombril, du nombril au sexe, la cambrure des reins, le poids du corps qui s'abandonne ; la largeur du sourire qui suit la jouissance. Les justes proportions de tendresse, de reconnaissance et de victoire dans le regard, dans la voix qui murmure « Petit Theo ». Petit Theo se perd dans les chemins du corps d'Othéa au long desquels

Theo aurait peur de s'abandonner ou d'être abandonné. Petit Theo est invulnérable, il peut aimer, il n'existe qu'ici. Il a adopté l'adjectif, c'est un territoire magique.

Nommer, se nommer autrement, c'est construire un monde parallèle, un espace qui échappe à la grande verrière, à la transparence obligée, aux longues journées de travail. C'est l'intimité retrouvée, une part de soi soustraite à la communauté, à l'alignement des métiers à tisser. Un rideau mouvant, cinq lettres dansantes, entre la fille de l'atelier textile et la petite fille de Halle, entre la *Bauhaüslerin* et la fille à la revue jaune de Berlin. Clara, Othéa, était-elle tout entière contenue dans ces deux-là, ou bien y a-t-il un autre agencement de syllabes, encore inaudible, pour ce qui adviendrait ? Holger reste Holger. Insaisissable.

Peu à peu, les jours s'étaient faits plus longs, le printemps s'annonçait, et la clarté. Clara n'avait plus recours au reflet dans la vitre, elle avait trouvé sa place au sein de l'atelier.

Elle avait appris les complicités, les petites rancœurs, des unes, des autres, elle saisissait les regards échangés au travers des trames tendues, les secrets, les chagrins épongés dans les vapeurs de la teinturerie, les fous rires et les sourcils froncés à l'approche de Georg Muche, le directeur de l'atelier. Le claquement sec de la navette de Gunta, lorsqu'il tentait d'intervenir. Anni, petit faucon sombre dans son nid de bois et de laine. Il reculait, le grand Georg, il battait en retraite, lui, l'homme seul face aux tisserandes. L'homme inutile. Le corps étranger. Le chant des métiers reprenait. Anni, hirondelle joyeuse dès qu'il avait le dos tourné.

Elles ne lui reconnaissaient aucune autorité, ni technique ni artistique ; pour cela elles avaient leur Dieu. C'est ainsi qu'elles nommaient Klee. Ses transparences, ses textures, ses gammes leur étaient des leçons silencieuses qu'elles transcrivaient dans leur langage de tisserandes. Albers leur avait enseigné le toucher, le sens du matériau. Pour le reste, elles expérimentaient, elles progressaient, transformant, seules, et presque à l'insu des hommes du Bauhaus, une occupation décorative en une profession. Un alibi égalitaire en preuve d'égalité. Gropius voulait l'Art et la Technique ? Eh bien qu'on leur donne un conseiller technique, plutôt qu'un vague tuteur ! Qu'on leur donne à chevaucher un centaure de bois et de métal, un de ces grands métiers jacquards au siège haut perché !

Clara a appris les armures, leurs rythmes, les petits pas sautés de la toile, le galop du sergé, l'amble du satin, elle a expérimenté l'élasticité et la tension. Elle a pris le tempo. Ses gestes s'inscrivent dans la partition que répète, jour après jour, le grand bâtiment, bruits et silences alternés, cliquetis, voix, stridences, rires, termes techniques et mots d'espoir. Torfoleum, Cellophane, Ozophane, Duralium, rayonne, Bakélite, confort, société, modernité, demain. Nouveau.

Chaque semaine, il y a les cours, pratiques et théoriques, des cours sur la forme, la couleur, des cours de chimie, de physique, et chaque après-midi les heures d'atelier, de recherche, de création et de production. Clara s'assied avec les autres sur le banc de bois au bas du grand métier vertical, reproduisant les mêmes gestes que ses voisines, suivant la grille que Gunta ou Anni a préparée. Elle a pris goût à ce coude à coude studieux, à l'attention convergente que demandent les croisures de fil, au va-et-vient des mains pour ne pas empiéter sur l'espace de l'autre, au respect du juste balancement des corps, à peine, de droite à gauche, de gauche à droite, aux confidences légères. Au sentiment que de cette entente tacite des muscles et des nerfs quelque chose progressait, allait se révéler, se déployer, qu'au cheminement partagé des fils répondait en elle-même un itinéraire singulier.

Bauhausmädels, comme on les nomme. Les filles du Bauhaus. Clara ne sait pas si elle aime ce terme qui les englobe toutes, *Mädels*, jeunes filles, comme si on leur refusait le statut d'adulte.

En combien de traits Klee les résumerait-il, les *Bauhausmädels* ? De la danseuse Gret Palucca invitée au Bauhaus, de son corps asexué qui se ramasse et bondit sur fond de ciel, condense et divise l'espace – ni sentiment ni séduction dans ce compas glorieux –, il a fait, en quelques coups de crayon, une œuvre d'art.

— À Weimar, on disait, à propos de nos tapisseries, que nous faisions danser « nos fantasmes romantiques de jeunes filles », lui raconte Gunta.

Qui est ce « on » ? Elle préfère ne pas se souvenir.

Il faudrait cesser de rêver ? Cesser de danser ?

— Il faut garder les battements du cœur. Le rythme. Le rythme n'a pas d'âge ni de sexe, a répondu Gunta.

La danse des tisserandes n'est pas glorieuse. Elle ne s'exhibe pas. Le tissage est le code secret de leurs émotions.

— Le cours d'architecture commence le semestre prochain ! se réjouit Theo au déjeuner. On va pouvoir s'inscrire !

— Lotte va être contente, je suis sûre qu'elle va postuler, répond Clara.

— Lotte ? s'étonne Theo. Elle sait que seuls les garçons sont concernés ? Il n'y aura qu'une douzaine de places.

— Ici, à la cantine, il n'y a pas de tables de filles et de tables de garçons, mais l'architecture serait un menu réservé aux hommes ? L'atelier textile est aussi productif que les autres, mais il nous serait interdit de…

— Tu sais bien ce qui se dit, Clara, l'interrompt Anni avec une voix contrefaite de vieux sage : « Les cerveaux féminins ne pensent pas en termes de volumes. Les femmes sont faites pour les projets en deux dimensions. Pour la couleur, oui, elles sont sensibles, leurs yeux perçoivent les nuances, mais l'architecture, non pas l'architecture… C'est comme ça… »

Elle reprend, visiblement agacée, et de sa voix habituelle :

— Notre prétendue « tendance à l'ornementation et à l'imagination présente également chez les peuples primitifs et les enfants ». De qui se moque-t-on ! Construire, construire, le tissage aussi est une question de structure ! J'aimerais bien les voir, ces hommes, aux prises avec un métier jacquard !

— Holger, prends un peu notre défense, aide-moi ! plaide Theo.

Clara lance, de l'air le plus innocent :

— Je vous assure, les garçons, que lorsqu'on vous regarde, on sait très bien voir en trois dimensions !

La tablée éclate de rire.

Elle rougit sous le regard d'Holger. Gunta vient à sa rescousse :

— Ce qui est interdit, aux garçons comme aux filles, c'est de sauter du toit de la cantine ! Ne vous prenez pas pour la Palucca, Gropius ne veut pas de jambes cassées, et ne vous entassez pas non plus sur les balcons de la Prellerhaus pour le plaisir d'une photo ! Combien étiez-vous, l'autre jour ? Une quinzaine ? Sur cette plaque de béton en porte à faux ? Lux, tu entends ? Pas de prise de risque pour l'amour de l'art !

Lux baisse la tête, faussement contrit. La photo est fichtrement bonne !

Holger ne le dit pas, mais il a remarqué que les garde-corps sont un peu bas. Existe-t-il des normes ? Faut-il les revoir en fonction des usages ? De la taille moyenne des nouvelles générations ? Comment faut-il regarder l'architecture ? se demande-t-il.

Il s'est fait embaucher sur le chantier de Törten pour la durée des vacances.

— Je veux voir, dit-il à Theo.

— Mais enfin, tu as vu, nous y sommes allés plusieurs fois. Nous avons étudié les plans d'organisation du chantier, et Gropius nous a projeté le film qu'il a fait réaliser pour promouvoir l'architecture industrielle. Qu'y a-t-il d'autre à voir ?

— Comment les ouvriers vivent cela. Le même geste, toute la journée. La même tâche, toujours. Je veux savoir. Si, un jour, nous devons diriger un projet…

— Gropius n'a pas eu besoin d'en passer par là, et tout marche parfaitement.

— Je ne suis pas Gropius.

Oui, tout marche parfaitement : quelques défauts sont apparus dans la conception et l'organisation intérieure des maisons, mais l'organisation du chantier est parfaite. La fabrication de briques sur place, la grue pivotante, les rails sur lesquels les ouvriers poussent les chariots de matériaux.

— Rapidité, baisse des coûts, baisse des loyers, tu vois, Holger, on appelle cela la taylorisation. C'est comme ça que Ford a mis « l'Amérique sur des roues ! » s'enthousiasme Theo.

— Et nous mettrons un toit sur la tête des mal-logés.

— Bien sûr, mais pas seulement !

Aux hommes le cube, aux femmes le carré, aux hommes l'architecture, aux femmes le tissage. À elles d'en faire un atout.

Il suffit donc d'un rien pour que se redresse la barrière, d'un rien pour rabattre ces idées, comme le vent rabat la fumée. Des idées qui irritent les yeux, qu'on chasse d'un revers de la main, et qui toujours reviennent.

Les yeux d'Anni dans son visage étroit, immenses, si doux dans le bonheur, si noirs dans la colère. Ceux de Gertrud, brillants d'un autre choix.

— Eh bien moi, je ne serai plus là ! Je serai Mme Arndt, j'aurai passé mon diplôme, mais terminé le tissage, terminé tous ces fils ! Et dire que je voulais être architecte !… Au Bauhaus ! Je ne suis pas comme vous deux, vous êtes des tisserandes nées…

L'amour… Elle paraissait heureuse. Elle renonçait joyeusement, malgré le talent dont elle avait fait preuve, à cette part d'elle-même. Gertrud Hantschk, la *Bauhaüslerin* dont le nom n'avait pas figuré au bas de ses créations, serait désormais Gertrud Arndt, l'épouse d'Alfred. Clara écoutait ces femmes, ses aînées, réfléchissait aux choix qu'elles avaient faits, qu'elles feraient, et qu'elle-même, sans doute, serait amenée à faire. Gunta, qu'on voyait souvent en compagnie d'un nouvel arrivant, Arieh Sharon, un Polonais exilé en Palestine, échangerait-elle Stölzl pour Sharon ? Échangerait-elle le Bauhaus contre un kibboutz, de ceux qu'Arieh souhaitait édifier, là-bas, une fois son séjour au Bauhaus terminé ? Annelise Fleischmann, devenue Anni Albers, n'avait abandonné ni le tissage ni le Bauhaus. Laquelle de ses deux passions, amoureuse ou professionnelle, l'avait emporté sur l'autre ? Ou l'avait-elle confirmée ? « Si vous êtes honnêtes, vous vous révélerez. » Quel temps de pose demandait le bain de l'honnêteté avant de pouvoir lire sa propre image, être sûre que c'est la bonne, la désigner, lui donner un titre ? L'amour était-il assez honnête pour s'en mêler ? Parfois, l'idée venait à Clara qu'un ailleurs réglerait la question. Elle ne savait pas si cet ailleurs serait un homme, un lieu où exercer son métier, elle les espérait, l'un, ou l'autre, elle s'espérait. Se désespérait de ses brefs moments de découragement, de l'idée que le Bauhaus, toute cette peine et toutes ces joies ne suffiraient pas.

Gunta, Anni, « des tisserandes nées », avait dit Gertrud.

À quel âge naît-on ? À la première question de Gropius, Clara avait répondu : « Une vie. » Clara. Othéa. *Bauhaüslerin*. Trois noms de baptême, est-ce trop pour être sûre que l'un d'entre eux est le bon ? Elle voudrait ne pas penser à sa mère. Helga, quel que soit le patronyme que l'on accole à ton prénom, les champs de bataille ont-ils été ton berceau, et la charpie tes langes ? N'as-tu attendu que d'être rendue à toi-même pour exister ?

Au Bauhaus on finissait par tout connaître de chacun, ou presque tout. C'était un si petit monde. Enclos de transparence.

— Tu es amoureuse de Theo ? lui a demandé une des filles de l'atelier.

— Mais non, voyons !

— Tu devrais l'épouser un jour. Vous allez très bien ensemble.

— Mais pas du tout ! s'est-elle écriée.

— Tu as tort. Moi, à ta place…

À ta place ! Quelle drôle d'idée ! Elle n'est pas venue ici pour trouver un mari !

Pourquoi avait-elle raconté cet incident à Holger ? Cet après-midi-là, rien n'avait marché comme elle voulait. Un fil de chaîne avait cassé. Pour rattraper le temps perdu, elle n'avait pas pris soin de vérifier la maquette et elle s'était trompée de couleur sur plusieurs centimètres. Il avait fallu défaire et refaire. Le soir, elle était rentrée dans sa chambre pour terminer son projet de fin de semestre. Elle était déçue du résultat. Déçue de Schlemmer qui avait osé dire que « là où il y a de la laine, il y a une femme qui tisse, ne serait-ce que pour tuer le temps » ! « Mais c'était du temps de Weimar », avait tempéré Gunta. Quand même. Alors elle était descendue dans le jardin fumer une cigarette. La fenêtre d'Holger était encore allumée. Elle avait frappé au carreau.

— Tu n'as pas envie d'un thé ?

Il avait ouvert. Elle l'avait regardé mettre la bouilloire sur le poêle, préparer deux tasses. Elle avait commencé à raconter sa journée, d'une manière désordonnée, et soudain tout paraissait dérisoire, enfantin. Il avait posé la tasse devant elle. Brûlante ; la tasse était brûlante, et elle l'avait reposée si brusquement que le thé avait giclé sur les papiers d'Holger.

— Oh ! Je suis désolée, désolée !

Les mots s'étaient perdus dans les larmes qui étaient montées d'un coup. Holger avait épongé le liquide avec son mouchoir. Sans rien dire ; et sans rien dire il le lui avait tendu. Elle avait fermé les yeux. Alors c'est lui qui avait épongé les larmes, maladroitement, par-dessus la table.

— Tu crois que je devrais épouser Theo ?

Les mots avaient trébuché sur un reste de sanglots et la dernière caresse du tissu sur sa joue.

— C'est pour ça que tu es venue me voir ?

Elle avait rouvert les yeux. Holger regardait fixement les auréoles brunes sur ses dessins.

— Non, bien sûr. C'est juste une fille de l'atelier qui en a parlé. C'est idiot, n'est-ce pas ?

— Tu fais ce que tu veux.

— Mais je ne veux pas !

— Alors, où est le problème ?

— Je ne sais pas. Je suis désolée. Je crois que je suis un peu fatiguée.

— Bon. J'aimerais m'y remettre.

Il avait rangé son mouchoir dans sa poche, s'était rassis et avait repris son crayon.

Elle l'avait regardé travailler, avait bu le reste de thé, et s'était levée.

— Merci pour le thé. Bonne nuit.

Il n'avait pas levé les yeux.

— Il n'y a pas de quoi. Bonne nuit.

Elle était déjà à la porte quand il avait ajouté :

— Tu as eu raison de passer.

Tu devrais… Comme si cela dépendait d'elle ! Choisir, être choisie ? Le Bauhaus serait juste une manière agréable d'attendre le mariage, aucune carrière n'était à envisager sérieusement ? Je ne suis pas venue pour ça. J'ai voulu autre chose, pense-t-elle en reprenant son projet. Sa main retombe, elle tourne la tête. Dans le miroir, elle se voit, penchée sur son dessin. Elle voit les deux portraits. Personne ne sait qu'ils sont là. Personne n'a le droit de pénétrer dans sa chambre. Personne n'a le droit de décider pour elle !

Dans le coin opposé, il y a la photo qu'a prise Lux. Elle, entre les deux. Sa raideur, c'était juste pour être à leur hauteur. Leur égale, en toute objectivité. Personne n'a le droit de prétendre le contraire !

Bauhaüsler. Point final.

Dans la boule argentée, elles sont là, serrées les unes contre les autres, les *Bauhausmädels*. Lotte, Anni, Rosa, Gunta, Otti, Lena, Grete, et celles dont elle a oublié le prénom. Leurs regards entre les lourdes pièces de bois, pris dans les fils du grand métier, dans le cadrage en biais, qui cherchent l'objectif, l'interrogent : *Que voit-on de moi ?* L'ouvrage au premier plan.

14

Était-ce le temps, changeant, tantôt on pouvait croire l'hiver terminé, tantôt le froid reprenait, mordant, était-ce le départ prochain des uns, les épreuves de fin de semestre pour les autres, le pouls de l'école était irrégulier, tantôt calme et studieux, tantôt fiévreux, désordonné.

À la cantine, au détour d'un couloir, dans les ateliers, les rumeurs allaient bon train. Dès que Gropius avait le dos tourné les pronostics s'échangeaient, y compris entre ceux qui n'étaient pas concernés. Qui, pour diriger le cours d'architecture ? Ce sera quelqu'un de Berlin, en tout cas. Pourquoi Berlin ? Tous les architectes ne viennent pas de Berlin, il y a Munich, Francfort… Un Russe. Pourquoi pas un Russe ? Pourquoi pas Le Corbusier ? Un Français ? Pourquoi pas ? Gropius l'avait invité à Weimar pour l'exposition de 1923, et ils participent tous les deux au projet de la cité Weissenhof, à Stuttgart… Oui, mais ils sont plusieurs là-bas. C'est peut-être Taut, ou Scharoun, ou… « Ou Mies van der Rohe ! » Un éclat de rire avait salué le dernier nom. Tout le monde connaissait la rivalité qui opposait

Gropius et Mies. « Tu vas voir, Gropi va nous sortir un sombre inconnu. Il veut bien confier le bébé à la nourrice, mais c'est lui le papa ! »

Cela dura encore. C'étaient, encore et encore, les mêmes conversations et la même impatience.

Hannes Meyer. Personne n'y avait pensé. Hannes Meyer. Le Suisse… Ah oui, le projet pour le palais des Nations unies, à Genève. Il n'a pas gagné le concours. Il était venu pour l'inauguration du Bauhaus. Bon, on verra. Mais en tout cas, maintenant, c'est fait. Le Bauhaus est bien une école d'architecture.

Gropius donne la liste des élèves retenus. Par ordre alphabétique. Theo retient son souffle. S, S, le S n'en finit pas d'arriver… Schenkel, Schenkel, Theo ! Il y est, il en fait partie ! Ils en font partie ! Il se tourne vers Holger, et soudain, il réalise :

— Merde, Holger, il a oublié les B. Berg, il a oublié ton nom, Berg !

— Il n'a pas oublié. Je n'ai pas postulé.

— Quoi ? Qu'est-ce que tu dis ?

— Je n'ai pas demandé.

— Mais qu'est-ce qui t'a pris ? Tu es fou ?

— Non. Je termine l'atelier métal.

— Ce type est dingue ! Clara, dis quelque chose ! Bon, d'accord, ce n'est que Meyer, mais quand même ! Holger, t'en va pas comme ça !

— Laisse-le tranquille, tu vois bien qu'il ne dira rien de plus, murmure Clara.

— Merde, Holger, ne me laisse pas tomber maintenant…

Les mots de Theo tout petits ; sa voix si faible, soudain, Petit Theo. Juste assez de force pour un dernier :

— Pourquoi ?

Elle l'a reconnu, de loin. Au bout de l'allée centrale, ils étaient deux. Deux silhouettes arc-boutées, manœuvrant le chariot sur les rails, le grand bac, si lourd, l'un poussant, les jambes écartées, l'autre tirant, son corps en arc de cercle, la tête dans les épaules, tout son poids d'homme pour un poids de briques et d'acier. Il est là. Holger. Il part à peine le jour levé. Le soir, il n'allume même pas la lumière. Sans doute s'écroule-t-il sur le lit. Peut-être ne rentre-t-il pas. Peut-être reste-t-il ici, à Törten, ou dans quelque bar d'ouvriers, toute la nuit, ou avec une fille, il s'en trouve, des filles, pour ces ouvriers. Puisqu'il a choisi de partager leur vie, peut-être partage-t-il plus que le travail. Il en est bien capable. Clara reste un long moment à l'entrée du chantier, à le regarder, et le regarder lui brûle les mains. Elle regarde les mains d'Holger agrippées au métal ; le choc des briques contre le métal, le grincement de l'essieu, elle distingue tout cela parmi les autres bruits, celui de la grue, celui des pelles raclant le sable, des masses enfonçant les pieux, le souffle des chalumeaux, le crissement des couteaux à enduit, le sifflement des peintres. Il y a les façades blanches ; au début de l'allée elles sont d'un blanc éclatant, et plus on avance, plus la grisaille gagne. La poussière, le béton brut, les trous béants des fenêtres, et lui, Holger, là-bas, gris de peine et de fatigue sur la terre retournée.

Un coup de corne retentit. Lentement, les hommes disparaissent, quelque part, derrière les maisons, et puis ils reviennent sur l'allée, par petits groupes, s'arrêtent pour allumer une cigarette, se recoiffent, rajustent leur casquette, se poussent du coude en la dépassant, sourcils relevés, clins d'œil, sifflement au coin des lèvres, sourires de côté. Une fille. Ici. À c't'heure. Holger l'a vue. Il ne se presse pas. Ne veut pas donner l'impression que. Il s'arrête à un mètre. Les mains dans les poches.

— Qu'est-ce que tu fais là ?

— Je t'attendais.

— Pourquoi ?

— Ce soir je t'invite à dîner. Ça te changera.

— Trop fatigué. Et je ne suis pas présentable.

Il regarde par-dessus son épaule. Elle voit les paupières irritées par la poudre de ciment, la lassitude. Elle a un petit geste pour resserrer son manteau. Elle a mis sa jolie blouse. Et du rouge à lèvres. Elle se sent un peu déplacée.

— Oh, je te prends comme tu es, dit-elle. Aucune importance… On rentrera tôt… S'il te plaît.

Elle fait un pas dans la direction de la route. Il la saisit par le bras et la pousse sur le côté.

— Tu vas te salir, grommelle-t-il.

Elle n'avait pas vu la flaque de boue.

Ils marchent un moment au bord de la route. Le tramway ne va pas encore jusqu'au lotissement. Plus loin, le bitume s'élargit pour laisser place aux rails, une seule voie d'abord, puis deux, parallèles, un mince terre-plein au centre signale les stations. Le jaune indécis du tram s'est lentement rapproché, comme à contrecœur, harassé d'avoir fait un si long chemin. Ils se sont assis, Holger a fermé les yeux. Les voix rugueuses des hommes font place, peu à peu, aux flûtiaux des voix féminines glanées aux portes des ateliers, des petites manufactures qui bordent le chemin vers la ville. Les hommes ont épuisé leurs paroles. C'est le tour des femmes. Elles s'accrochent, debout, par petites grappes, autour des barres ternies et des ragots du jour. L'une d'elles a tourné la tête et fixe Holger. Un vague sourire retrousse un coin de sa bouche, elle continue de fixer Holger de ses gros yeux légèrement exorbités. Finalement, elle s'approche.

— Hé, salut Holger !

Holger ouvre les yeux.

— Eh bien, t'as l'air crevé, mon chou.

— Ah ! Bonjour… Non, je vais bien, beaucoup de travail, peut-être.

— C'est pour ça qu'on ne te voit plus trop dans les parages ?

Le regard de la fille est gênant. Deux larges gouttes de glu dont Holger essaie de se défaire, deux flaques d'innocence sous les fleurs fripées du petit chapeau qu'elle soulève.

— Tu as vu, je me suis fait faire une permanente. C'est joli, non ?

— Très.

Deux fenêtres sur un monde insoupçonné. Clara se redresse, à peine, juste assez pour laisser un peu d'espace entre son épaule et celle d'Holger. Les yeux de la fille sur elle, les paupières qui clignent, un bref éclair, comme un mouvement de ciseaux. Ce n'était pas utile. Elle s'était déjà décalée. Les roues du tram hurlent dans la longue courbe avant la ville. Il y a un arrêt. La fille est toujours là, les voyageurs, de plus en plus nombreux, ne cessent de la repousser vers eux.

— Je dirai à Marlies que je t'ai vu.

— Oui, si tu veux.

Clara a baissé la tête. Elle cherche les mains d'Holger, il les a fourrées au fond de ses poches. Les mains d'Holger, blessées, des mains qui s'agrippaient tout à l'heure au chariot métallique comme celles d'un désespéré à une barque ; des mains de tempête.

— Bon… Je suis arrivée, dit la fille. Salut !

Holger a hoché la tête. Les fleurs du chapeau flottent un instant au-dessus des épaules et disparaissent dans le soir déjà tombé.

— Où veux-tu aller ? demande Clara. Profitons-en, je suis riche, j'ai touché mes heures d'atelier, et j'ai fait le guide pour des groupes de visiteurs dimanche dernier. Les gens sont gentils, ils laissent souvent un petit pourboire… Parfois un plus gros…

— Oui, ceux qui s'attardent, et qui vous attendent à la sortie…

Clara éclate de rire.

— Tu penses qu'on a une aussi mauvaise réputation ?

— Ce que les gens croient…

Elle a proposé la petite auberge tenue par des Hongrois, un bon goulasch, pour reprendre des forces. Holger a secoué la tête. Alors, le Ratskeller ? Non plus. La taverne habituelle suffirait. Y avait-il, ici ou là, d'autres Marlies ou d'autres Grete sur qui Holger n'avait pas envie de tomber ? Un si petit monde, enclos de transparence… Il fallait des ailleurs. Holger n'était pas un saint. De quoi s'étonne-t-elle, et de quel droit se serait-elle étonnée ? Les rues lui semblent étranges, elles ont perdu leur aspect familier. Elles appartiennent à Holger, Holger avec d'autres filles, des filles qu'elle ne connaît pas, une vie qu'elle ignore. La taverne lui offre un refuge.

— Prenons au moins une bouteille de vin !

— Il me reste du ragoût, dit l'aubergiste.

Va pour le ragoût. Il ne faut pas d'impatience. Au deuxième verre de vin, elle demande :

— Pourquoi ?

— Pourquoi quoi ?

— Pourquoi n'as-tu pas postulé ?

— Oh, ça ? C'est Theo qui demande ?

— Non. C'est moi.

— Ça ne m'intéresse plus.

Clara regarde le morceau de pain entre les doigts d'Holger, la mie qui s'imbibe de sauce brune, le blanc de la faïence qui réapparaît par taches. Elle attend. L'assiette nettoyée, la faim calmée.

— J'ai besoin d'un vrai travail.

Avec un clin d'œil complice, l'aubergiste avait apporté ses plus beaux verres, ceux qu'il réserve aux moments particuliers, aux tête-à-tête, ceux qui portent très haut leur calice, les fragiles. Clara regarde le pied du verre entre les doigts d'Holger, un long fuseau qui se teinte de l'or du vin, si pur entre les écorchures.

— Mon père est tombé malade.

Pas de colère dans la main d'Holger ; de la résignation.

— On croit pouvoir, et puis finalement… Après tout, j'étais venu pour ça.

— Tu savais, pour Hannes Meyer ?

— Non.

— Cela aurait modifié ta décision ?… Tu ne réponds pas, reprend-elle. Tu es celui, dans toute l'école, qui l'admire le plus. C'est trop bête de laisser tomber. Gropius trouvera une solution. Ta famille…

— Mon frère est sourd et paralysé d'un bras. Un obus dans la Somme. Il avait vingt ans. C'était un bon luthier.

— Oh…

— J'étais la solution de rechange.

— Le chantier, c'est pour l'argent ? Pour eux ?

Il remplit à nouveau leurs verres, soulève le sien et le vide, par lentes gorgées, les yeux fermés, puis le repose, dans un petit choc qu'il étouffe du plat de la main.

— Et toi, ce fameux projet qui te résistait ?

Il sort de sa poche son paquet de cigarettes et une boîte d'allumettes. La boîte est vide. Il grogne :

— Tu vois, quand Theo n'est pas là avec son joli briquet, rien ne va plus.

L'aubergiste apporte une bougie.

— Un dessert ? Une tarte aux pommes ? Un schnaps, peut-être…

Ils refusent.

— Mon projet ? Gunta m'a conseillé de reprendre celui que j'avais fait à la fin du cours préparatoire, et tu sais ce qu'elle m'a dit ? « Il y a de bonnes choses, mais il y en a trop. Tu dois apprendre à choisir. Tu prends un parti, et tu t'y tiens. »

— Et alors ?

— Oui… Mais quel parti ? J'espère avoir pris le meilleur.

Ils rentrent. Les rues s'étaient vidées. Le cinéma fermait sa grille. L'enseigne éclairait encore l'affiche de *Metropolis* et sa déesse de métal. Le film avait été, un temps, au centre des conversations. « Caricatural », avaient dit certains. « Les décors sont quand même impressionnants », « Cette fille qui se tortille est ridicule », « Un beau travail sur la lumière », « Est-ce vraiment une critique de la société ? Juste un spectacle ? » « L'expressionnisme est dépassé » avait été le mot de la fin.

Au bas du perron, il lui dit :

— Ne reviens pas me chercher là-bas, Clara, ne refais pas ça…

Elle le regarde d'un air interrogatif.

— … Tous ces hommes…

Il pose sa main sur sa joue.

— … Ce n'est pas un endroit pour toi.

Dans la boule argentée, le visage d'Holger. Un peu pâle et les traits tirés. La poussière s'est incrustée dans la barbe naissante. Elle persiste dans les plis du cou et frange les lobes des oreilles, si douce, vaporeuse, un velours d'or blême dans la lumière du réverbère. Les bords des paupières inférieures dessinent deux petites lignes rouges. « Ce n'est pas un endroit pour toi. » Il est bien trop jeune pour paraître si vieux. Et déjà il s'efface.

Vite, une autre boule, le retrouver.

15

Avril 1927

Dans la boule argentée, cette silhouette au loin, c'est lui, peut-être. Elle est trop imprécise. Il faut lui laisser le temps d'approcher. Non, ce n'est pas lui, puisque Holger est à ses côtés, avec l'odeur de l'Indépendance, mélange de fumée, de terre, qui imprègne ses vêtements. Une odeur de sous-bois, âpre et moelleuse. Avec, frôlant à cet instant sa cuisse, le velours couleur de mousse, de lichen, les larges côtes, leurs ondulations si douces par endroits, par endroits l'usure qui les gomme, la trame plus claire, et sous l'étoffe, la peau, les muscles. Et sous ses doigts les miettes aiguës du petit pain, qu'elle ramasse, et l'odeur du café.
Dans la boule argentée, c'est Hannes Meyer.

Clara fut la première à l'apercevoir, traversant la cour de son pas régulier, tranquille. Ils finissaient leur petit déjeuner. En se levant pour débarrasser les assiettes, elle avait jeté un coup d'œil par la fenêtre. Il venait vers eux. La porte de la cantine s'était ouverte, et il était entré. Personne ne s'attendait à le voir là, de si bonne heure, et seul. Les visages s'étaient tournés, les conversations s'étaient suspendues. Il était resté un moment sans bouger, considérant la salle, puis s'était dirigé droit vers Holger.

— Je crois que nous nous connaissons, tu es Holger.

Holger avait esquissé un mouvement pour se lever, mais Hannes Meyer avait déjà posé la main sur son épaule.

— Ne bouge pas, je vais m'asseoir là…

Il avait désigné le tabouret de Clara, entre les deux garçons.

— … Si ce n'est pas occupé, bien sûr.

— Non, c'est libre. Je m'appelle Theo Schenkel, et je serai un de vos étudiants. Vous voulez du café ? Clara, puisque tu es debout…

— Ah ! J'ai peut-être pris ta place, Clara.

— Ce n'est pas grave, je peux m'asseoir ailleurs.

Elle était allée chercher la tasse de café. Quand elle était revenue, c'était encore Theo qui parlait :

— Mon imbécile d'ami n'a pas postulé, mais vous devez le prendre aussi, vraiment, je vous assure, il sera formidable ! Vous ne le regretterez pas !

— Écoute, Theo… avait essayé d'intervenir Holger.

Mais Theo faisait son numéro de charme, et Hannes Meyer souriait.

Holger s'était levé.

— Bon. Je vous laisse. C'est l'heure.

Clara l'avait rattrapé dans l'escalier.

— Tu es fâché ?
— De quoi il se mêle ?
— Mais… C'était gentil… Cela partait d'une bonne intention…
— La prochaine fois, laisse Theo aller lui-même chercher le café.

Chaque semestre apporte ses « nouveaux ». Ils ne vivent plus l'expérience de Clara, à son arrivée à Dessau, lorsque l'école était dispersée entre plusieurs lieux. Ils sont immédiatement absorbés par la communauté, adoptés par les uns ou les autres. Les règles n'ont pas changé, il y a toujours le cours préliminaire d'Albers, et, très certainement, les filles se retrouveront à l'atelier tissage. De l'extérieur, le premier étage de la grande verrière ne se différencie pas des autres. La même surface, la même lumière. La même visibilité. Mais enfin une femme à sa tête. Gunta Stölzl est passée jeune maître. Gropius a cédé. À la pression des filles. À l'air du temps. A-t-il récompensé la fidélité de Gunta, la plus ancienne des élèves, celle qui l'avait suivi, ou bien a-t-il voulu reconnaître les succès que remportent les créations de l'atelier textile, et les bénéfices qu'en tire le Bauhaus ? Ise a-t-elle joué un rôle ? Qu'importe. Ce n'est pas seulement une égalité de façade. Une femme a une voix dans le conseil des maîtres.

Peut-être Ise a-t-elle aussi insisté pour qu'un des studios de la Prellerhaus soit attribué à Otti Berger. Ils étaient allongés sur l'herbe, un petit groupe, fumant des cigarettes. Clara avait levé les yeux. Elle était là, cette fille, avec son regard si clair, si doux, dans les obliques des balcons.

Ce fut immédiat. L'amitié. Les moments qui n'ont pas besoin de mots. Otti a dix ans de plus que Clara. Elle est hongroise, a étudié à Vienne. Dans l'enfance, une maladie l'a rendue presque sourde. Clara lui a demandé pourquoi elle était venue au Bauhaus. « Pour la musique de Klee », a-t-elle répondu.

Otti n'a pas besoin d'entendre. Tous les rythmes, toutes les variations, la moindre modulation passent par ce regard à ciel ouvert, un regard à capter le bruit du vent, le chant des oiseaux, à écouter les étoiles. Pour le reste, elle a ses mains. Avec elle, Albers a bientôt plus à partager qu'à enseigner. Anni et Josef Albers, jeunes mariés, occupent également un studio de la Prellerhaus, au troisième étage. Celui de Gunta Stölzl est au deuxième, l'étage des femmes, apparemment, puisque Marianne Brandt y loge aussi. Clara devient une habituée de l'escalier un peu raide, du couloir où donnent les studios, de la cuisine collective, de la terrasse sur le toit où il fait bon prendre le soleil. Elle peut rester des heures entières à les regarder, à les écouter, elle découvre le bonheur d'être, pour toutes ces aînées, une sorte de petite sœur. C'est une place qui lui convient.

Dans son studio, Otti lui ouvre sa malle aux trésors : vêtements anciens, parures traditionnelles, blouses brodées, voilettes et corsets délicatement surpiqués, tout ce que les mains des femmes avaient créé, ce dont elles s'étaient parées, ce qui avait fait leur vie, modeste ou fastueuse. Tant d'histoires, tant de femmes, tant d'amour.

Les garçons, Theo et Holger, ont trouvé d'autres occupations. Lors de la dernière foire de Leipzig, le département graphisme de l'école, Herbert Bayer à sa tête, avait été commandité pour concevoir les prospectus et l'aménagement du stand de chauffe-eau Junkers. Le résultat avait été admiré de tous, mais les engins avaient paru, dans cet environnement si moderne, quelque peu obsolètes. Pourquoi ne pas en faire de beaux objets ? Hugo Junkers avait également proposé à Gropius de redessiner les hublots de ses avions. Il voulait la même élégance fonctionnelle que celle qu'il admirait dans l'architecture de l'école. Holger Berg participerait à ces projets. Il terminerait ainsi sa formation tout en suivant les cours d'architecture. Hannes l'a suggéré, Gropius a approuvé, Hugo Junkers a accepté.

— Tu vois, a conclu Theo, j'ai bien fait de défendre ta cause ! Et maintenant… Je vais devoir, moi aussi, trouver quelque chose à faire. Pour que tu ne te sentes pas seul à travailler quand les autres s'amusent !

Il y a eu une légère fêlure dans l'intonation de Theo. De l'envie, peut-être, et dans son regard une ombre passagère. Celle de qui s'attribue une victoire pour mieux cacher son désarroi.

Theo n'a pas besoin de gagner sa vie. Il veut être reconnu. Gropius terminait son bâtiment pour la cité du Weissenhof à Stuttgart. Vingt et une semaines pour faire sortir de terre un nouveau quartier. C'était un pari que lui et les autres architectes du projet, Mies van der Rohe en tête, voulaient tenir. Les plans étaient prêts et les éléments préfabriqués, mais il y aurait de nombreux détails à finaliser. On avait besoin d'un dessinateur supplémentaire. Theo a sauté sur l'occasion. Voilà de quoi rassurer son père, et même l'impressionner.

— C'est plus qu'une cité, explique-t-il, ravi. C'est un catalogue grandeur nature de l'architecture moderne, de ses possibilités et de ses techniques ! Avant d'être habitée, elle sera une exposition, un manifeste, le lieu à visiter, où puiser l'inspiration. Je ferai venir mon père, il pourra rencontrer ce fameux Le Corbusier ! Celui du pavillon de l'Esprit nouveau, à Paris, en 1925 !

— Petit Theo dans la cour des grands, dis donc, plaisante Clara.

— Oui ! Avec ça, je gagne de quoi finir en paix le Bauhaus !

Clara les écoute partager leurs expériences. Leurs discours alternent, se superposent, se croisent. Se rejoignent. Moins souvent qu'auparavant. C'est normal, ils sont si excités de se confronter à la réalité, de s'y découvrir. Les rencontres qu'ils font, les liens qu'ils nouent sont différents, mais ils se complètent, comme Theo et Holger eux-mêmes. L'école est une chaîne assez solide, pense-t-elle face à son propre ouvrage, pour maintenir une trame composite. C'est justement sa raison d'être. D'où vient alors ce léger pincement au cœur, comme si elle pressentait l'éloignement ? Elle se moque d'elle-même. Je réagis, se dit-elle, comme l'enfant qui voit partir les grands et reste seul à la maison. Les ombres de Halle un instant ressurgissent. Elle les repousse de sa navette. Il a tant de choses à vivre, ici même, tant de découvertes à partager, tous ensemble.

Le Bauhaus, au fil des mois, était devenu le passage obligé des artistes, intellectuels, musiciens, architectes, de tout ce que l'Allemagne comptait de créateurs. L'aula accueillait ces Ailleurs. Un soir, Béla Bartók avait joué les premières pièces de ses *Mikrokosmos*. Un autre soir, Walter Ruttmann était venu présenter son nouveau film, *Berlin, symphonie d'une grande ville*. Berlin, la ville-machine, de l'aube au cœur de la nuit. Des images muettes pour la ville qui chante, vocifère et pleure[1]. Des discussions sans fin à l'issue de la projection, continuées bien après que Ruttmann s'est retiré avec Gropius et les Moholy-Nagy derrière le bois de pins. L'Ailleurs avait rejoint les maisons des maîtres.

Dans le petit groupe, ils étaient deux à écouter. Holger et un inconnu. Les filles avaient remarqué sa présence et se poussaient discrètement du coude.

— Dis donc, tu le connais celui-là ?

— Non. Ce n'est pas moi qui aurais la chance de connaître une telle beauté !

— Quelqu'un peut me dire où on peut trouver de tels spécimens ?

Anni s'était avancée vers lui.

— Et toi, qu'as-tu pensé du film ?

Holger avait répondu à sa place :

— C'est Ulrich, le fils de l'ingénieur Krampe. Je travaille avec son père.

— Et l'ingénieur, il n'a pas trouvé comment faire parler sa belle création ? avait chuchoté Clara.

Le garçon avait entendu. Il avait souri.

---

1. En réaction à l'expressionnisme des années vingt, Ruttmann oppose avec ce chef-d'œuvre, à la fois montage et travail sur le rythme et les cadrages, l'idée du « ciné-œil » à celle du « ciné-drama » des comédies et des drames sociaux.

— Non, je n'ai pas besoin de parler, je préfère vous écouter. C'est très intéressant.

— Ulrich est pilote, était encore intervenu Holger.

— Oh, alors tu as un tout autre point de vue ! J'adorerais voir le monde d'en haut, s'était exclamée Anni. Gropius dit que l'aviation a changé la conception de l'architecture. Pourquoi pas celle du tissage ?

— On arrangera ça un jour, si tu veux.

Ulrich avait été adopté. Son « Tante Ju » dansait dans le ciel de Dessau ; les filles applaudissaient chaque figure. Aux petits bals improvisés chaque samedi soir, c'est elles qu'il faisait danser. Parfois, il amenait une de ses conquêtes. La plupart ne revenaient jamais, effarouchées par les pantomimes sauvages et cette drôle de musique.

— On n'a pas besoin de ces éphémères, décrète Clara.

— Ni de ceux qui viennent en curieux, comme on va au spectacle, grogne Holger.

Quels liens pourraient se tisser de part et d'autre de la voie ferrée ? Qui pourrait se plaire à ces soirées, sinon Ulrich, « Mais moi j'aime vivre dangereusement ! », dit-il ; et Hansi qui n'a pas d'amis parce que « Mon père fait pas crédit. »

— Hansi chipe des caisses de bière à son père ! Il est toujours le bienvenu ! plaisante Theo.

— Les anciens aussi, continue Anni. Les amis de Weimar ou de Burg, on les case ici ou là, on s'arrange, d'ailleurs c'est facile, ils comprennent : on parle la même langue. Bon… Je crois qu'on les impressionne un peu quand même.

Oui. On a de la chance d'être là, pense Clara. Entre nous. De se sentir à la fois si aventureux, et si protégé. De savoir si bien faire la fête !

— Vous voulez entendre la dernière ? chuchote Lux. Ise a voulu faire venir un professeur. Organiser un cours de danse chez elle. Oh, terrrrible colère de Klee, ssscandale au conseil des maîtres ! Elle a renoncé. Herbert Bayer serait volontiers venu, pourtant… Je me demande s'il n'en pince pas pour elle !

Pas de leçons ; alors ils improvisent.

Ils dansent sur le sable de la plage, pieds nus, en maillot de bain, Xanti en tête, une ombrelle à la main, leurs sourires alignés, leurs torses encastrés. Ils improvisent. On dirait une de ces revues berlinoises. Une parodie, cette chorégraphie masculine ! Ils se moquent, bien sûr, ils se moquent, à moins que…

Sur le toit de la Prellerhaus, les pieds glissent, tracent des cercles, des boucles, la musique s'enroule autour des corps, les soude, ventre contre ventre, cuisse contre cuisse, fesses contre hanches, mollets entrecroisés. Le tango laisse une déchirure au cœur par laquelle s'échappe la soif de vivre et s'engouffre la nostalgie. Sur la ligne qui s'étire entre les mains du bandonéoniste, ils dansent. Entre Est et Ouest.

Dans les chambres, les graphismes sautent, s'enroulent, flirtent avec les mots, chahutent une aquarelle, chavirent une photo, ils disent les élans du cœur, l'amitié, ils racontent un voyage, un anniversaire. C'est un jeu, c'est le je, le tu, le nous, c'est la chronique arbitraire de la communauté. Des petits bouts d'ailleurs, le puzzle de l'intime reconstitué.

Clara, comme les autres, est passée voir Herbert Bayer.

— Tu as le choix : rose, bleu, noir…

Elle a enduit ses lèvres d'encre bleue, déposé son baiser sur un petit bout de papier.

Douze feuilles de papier normalisées accolées dans un seul cadre ; certaines colorées, d'autres blanches, ou dorées. Sur deux des feuilles blanches, un quadrillage soigneusement tracé, dans chaque case, une signature : Papileo, Marianne Brandt… Les maîtres. Et sur celle-ci, un fouillis de baisers multicolores : les débutants. Le tout parsemé de slogans, et à gauche, un 44. Énorme. Gropius, le 18 mai 1927, aura quarante-quatre ans.

— Numéro 32. Tu seras par là, a expliqué Herbert en posant le petit papier sur une feuille encore vide.

Par là. Entre le fouillis et l'organisé. Elle aurait préféré un fond d'or. Elle côtoiera *Du chaos au design.* L'année précédente, c'était encore *Dieu bénisse l'artisanat !* sur la grande table des cadeaux. C'était *À Pius, pour le mérite*, gravé sur la médaille géante de fer-blanc. Un baiser, c'est encore la tendresse permise, pense Clara. Elle a essuyé sa bouche. L'essence de térébenthine lui a brûlé les lèvres. Un baiser. C'est aussi l'empreinte d'un souvenir, celui du mouchoir que contenait la boîte à chapeau de son père. L'empreinte d'un adieu. Elle ne veut plus y penser.

La vitrine du Bauhaus expose sa pensée rigoureuse, ses objets fonctionnels, l'unité de ses formes et de son but.

Hannes Meyer l'observe. Son contrat est d'un an, renouvelable. Il ne sait pas encore si le Bauhaus lui convient vraiment. Alors pourquoi faire comme s'il allait s'installer là pour longtemps ? Il aurait besoin, si sa famille le rejoignait, d'un logement plus spacieux, d'un logement à lui. Dans quelques mois, il avisera. Il n'est pas fâché de cette disponibilité temporaire qui lui permet, pense-t-il, de mieux se consacrer à ses élèves. De peser le pour et le contre de cette opportunité qui lui a été offerte. De reconnaître les qualités de l'école. De diagnostiquer ses défauts et d'essayer d'y remédier. Le bâtiment, lui aussi, a révélé ses failles. La fonte des neiges avait occasionné des fuites dans les toits-terrasses, qu'il avait fallu colmater. Avec le retour de l'été, la chaleur est devenue insupportable dans les ateliers. La grande verrière est une serre, certains jours on y cuit comme dans un four. Gropius a commandé des kilomètres de tissu. Désormais, de grands rideaux blancs occultent la façade. Il a fallu sacrifier un peu de transparence.

— *Les besoins du peuple avant le besoin de luxe !* Même dormir devient un luxe !

— Si vous faisiez un peu moins la fête… grogne Holger.

— Si Hannes n'avait pas rajouté tous ces cours ! Sociologie… mathématiques… geint Theo.

Clara, Theo et Holger s'étaient retrouvés à l'Indépendance. Cela faisait longtemps qu'ils n'en avaient pas eu le temps, ni l'occasion. Ils s'étaient installés sur la pelouse du jardin. Theo, allongé dans l'herbe, avait lancé le nouveau mot d'ordre de l'école. Il prenait un malin plaisir à détourner les idées de Hannes, à bousculer le sérieux avec lequel Holger les reprenait. Il avait aussi évoqué Lotte Beese. Une possible liaison entre professeur et élève ?

— Je trouve qu'il s'intéresse beaucoup à elle…

— N'importe quoi, il s'intéresse à tout le monde !

— Oh, Holger nous fait une petite crise de jalousie ! avait raillé Theo.

— C'est impossible ! Il est marié !

— Écoutez-moi ce père la pudeur d'Holger ! Il est marié, et alors ? Le collectif, mon bon ami, le collectif !

Clara avait déjà remarqué leurs chamailleries. À qui donner raison ? Chacun était dans son rôle. Ils s'équilibraient l'un l'autre. Le calme revenait toujours.

Theo s'est assoupi. Holger ne dort pas. Clara le sent. Elle lui parle en silence, les yeux fermés. Elle sait qu'il entend, du moins elle veut le croire. Elle lui parle, comme elle le fait parfois depuis le jour où elle lui a pris la main, dans ce même jardin, le jour de leur emménagement. C'est à l'enfant Holger qu'elle s'adresse, dont elle ne connaît rien que la fugace dévastation apparue ce jour-là ; à propos de quoi ? Des fleurs ? Du violon ? De Mozart ? Elle ne sait pas. C'était avant le Bauhaus. Avant le métal, avant la transparence. En lui parlant ainsi, elle entre dans son silence. Lui prendre encore la main serait trop dangereux. Irresponsable. Elle en perdrait la raison, sa raison d'être. D'être une *Bauhaüslerin*. Les mots silencieux sont préférables :

À quoi penses-tu ? À Lotte ? À Hannes ? Theo se moque, mais il sait autant que toi ce qu'il gagne avec cet enseignement. Toutes ces nouvelles disciplines qu'impose Hannes font de nous des professionnels en accord avec les progrès de notre époque. Mais le travail en usine t'a changé, Holger. Tu m'as raconté que là-bas, chez Junkers, les gens te disent « Ah, c'est toi, l'artiste ! » Et tu te demandes si cela veut dire « l'idiot du village ». Tu n'es ni l'un ni l'autre, Holger. Mais tu te cherches encore. Le monde ouvrier n'est pas le tien, ni le monde des intellectuels, tu te tiens à l'écart de celui des artistes. La société. Voilà ce que te propose Hannes. Il est vaste, ce mot ! Hannes y trace un chemin que tu suis. Parce qu'il te rassure, ou parce qu'il te convient ? Te prépare-t-il, ou te répare-t-il ? Tu ne fais pas, comme certains d'entre nous, que rejeter les formes du passé. Tu n'es pas moderne. Tu es déraciné… C'est pas faux, n'est-ce pas ? Je plaisante… Theo ne peut pas comprendre cela, ses attaches sont bien trop solides, mais à sa manière il te met en garde. Écoute-le. Moi aussi, je t'écoute. Lorsque je t'ai confié que je regrettais de ne pas travailler avec Schlemmer, tu m'as dit « Tu es trop vivante. » Je n'ai pas bien compris. C'est magnifique, les structures métalliques, les tubes de verre, les franges lumineuses, les recherches sur le mouvement, sur l'espace… C'est notre scène ! Mais tu m'as dit « Trop vivante pour qu'on te mette dans une cage. Aussi esthétique soit-elle… » Le mot qu'Hannes emploie avec tant de mépris : « Au Bauhaus, la forme de n'importe quelle tasse à thé est un problème d'esthétique constructiviste ! » C'est plutôt drôle, mais c'est injuste. Avec l'expérience, nous avons appris à préférer une théière qui verse bien à un bel assemblage de ronds et de carrés ; que l'usage compte autant que la beauté. Hannes a beau jeu de clamer : « La modernité ne réside pas dans les toits plats et la structure verticale-horizontale de la façade, mais dans sa relation à l'homme », Gropius n'en veut pas non plus, d'une esthétique ! Törten n'est pas esthétique, il me semble. Notre école ? Nos luminaires ? Nos textiles ? Ils correspondent à des besoins… du peuple, si on veut. Tu crois qu'avec Hannes l'école peut aller plus loin, peut trouver un sens qu'elle n'a pas encore… Un aboutissement. Une raison d'être. Tu crois que nous trouverons notre raison d'être. Tisserande, est-ce une raison d'être ? On se sait utile, et comme dit Anni : « On n'a pas besoin de se sentir artiste », on se sent « encadrée ». C'est elle qui a trouvé le mot. « Encadrée. » Le cadre que souhaite Hannes est-il plus vaste que celui que nous a offert Gropius, à nous, les filles ? Et pour vous, les architectes, est-il plus solide, ou plus rigide ? Si nous oublions l'art pour la technique, l'individu pour la société, serons-nous condamnés à répéter toujours les mêmes phrases, toujours les mêmes motifs, jusqu'à les vider de leur sens ? Ou pis encore, la technique nous imposera-t-elle une société ? Ne te laisse pas non plus enfermer dans une cage, Holger.

— Clara… Il y a une guêpe dans tes cheveux.

La voix d'Holger l'a fait sursauter. Il s'était rapproché. Tout près.

— Tu sais, tu as l'air incroyablement sérieuse quand tu dors…

— Je ne dormais pas. Je réfléchissais. Sommes-nous si peu intéressants individuellement qu'il nous faille tant de principes, tant de règles ? Que nous ayons besoin d'être encadrés ? Sommes-nous, sous notre apparence de liberté, trop disciplinés ? J'aimerais que nos transgressions ne soient pas que des plumes à nos casques de bons petits soldats. Holger… Je n'entends plus la guêpe.

— Je ne sais pas… Elle est toujours là. Ne bouge pas. Je te dirai quand elle sera partie.

Holger a fermé les yeux. Il sent le sourire de Clara flotter dans son cou, son souffle lui monte à la tête.

— Tu me diras ? demande Clara.

— Oui, je te dirai, murmure-t-il.

Au-dessus d'eux, un « Tante Ju » hache de ses hélices ce qu'Holger ne veut pas nommer. Il vole en direction de l'est. Les bruits des fêtes viendront combler les silences.

16

Décembre 1927

Dans la boule argentée, il suspend son vol, ce petit Junkers, il vibre dans la brillance, métal contre métal. Est-ce lui, est-ce un autre de ses frères, le *Bremen* qui, dans quelques mois, sera le premier à franchir l'océan d'est en ouest, et terminera son vol suspendu à la voûte constellée de Grand Central, à New York, ovationné par la marée humaine, aveuglé par les flashes des photographes, et silencieux. Car tout cela n'est rien à côté de la respiration, dérisoire et têtue, de ses moteurs dans la nuit océane. Car rien ne peut dire la violence des vents, la solitude.

Schlemmer avait proposé :

— Et si nous refaisions une Fête des Slogans ?

APOGÉE, CONFLIT, TENSION, PASSION… avaient été ceux de Weimar, en 1924. À nouveau lieu, nouveaux mots.

Dès le lendemain, la date avait été fixée, et tout le monde s'y était attelé. Ceux du cours préparatoire avaient peint de longues banderoles à accrocher tout autour de la cantine. Ils y avaient tracé les sentences d'Albers, celles qu'il répétait chaque année en début de semestre avec tant de sérieux. Et celles de Hannes. Les voilà qui dansaient, à grands coups de pinceaux, farandole désordonnée, devant laquelle certains passaient avec des oriflammes ornées d'autres mots, bousculant le sens premier. D'autres avaient composé des rébus, qu'il fallait résoudre, et toute l'assistance hurlait le mot retrouvé. Clara et huit autres filles avaient préparé un petit numéro dansé. Elles étaient arrivées sur scène vêtues de blouses de travail, et chacune à son tour s'était retournée lorsque l'orchestre se taisait. Sur leurs dos était écrit : *les – besoins – du – peuple – avant – le – besoin – de – luxe.* Lorsque la phrase fut complète, elles laissèrent tomber leurs blouses, dévoilant des dessous de satin.

Alors qu'elles redescendent de l'estrade, Holger murmure à Clara :

— Je parie que c'est ton idée.

— Non, non, répond-elle en riant, c'est une idée… collective !

Le garçon hausse les épaules, cherche du regard Hannes Meyer. Les filles se moquent de lui, c'est évident. Il fait bonne figure au côté de Gropius qui paraît s'amuser de la scène. Theo a trouvé un vieux chapeau melon, l'a peint en globe terrestre et a planté à son sommet un petit avion qui traîne derrière lui une bande de papier sur laquelle il a inscrit : *nous sommes cosmopolites !* Les garçons du cours d'architecture se sont fabriqué des tuniques de papier en forme de maison, sur l'une on peut lire : *nos maisons sont des machines à habiter*. Enfin, le Bauhaus Kapelle a composé une chanson sur *La co-opération gouverne le monde. La co-mmunauté gouverne l'individu.* C'est du moins ce que l'on finit par comprendre, tant les phrases sont entrecoupées de solos impromptus et d'improvisations fantaisistes.

On s'était bien amusés. Le lendemain fut le jour des extinctions de voix. Le calme était revenu. À la question d'Ulrich, lorsqu'ils s'étaient croisés, « Dis-moi, ces slogans… Vous vous moquez, n'est-ce pas ? », Holger avait répondu par un hochement de tête évasif. Un « oui » qu'il n'avait pas envie de prononcer, un geste pour se donner le temps de réfléchir. Pour ne pas désavouer Hannes. Pour ne trahir personne, ni l'école ni Gropius. Les paroles du Bauhaus allaient-elles trop loin pour certains ? Pour Ulrich ? Allaient-elles nourrir d'inutiles rumeurs parmi ses détracteurs ? Il n'avait pas aimé cet entre-deux prudent, il ne s'était pas aimé. Ce genre d'attitude, c'était bon pour Theo, pas pour lui. Theo le diplomate, qui savait si bien faire la part des choses. Theo, qui avait trouvé le petit numéro des filles tellement amusant, et Clara, décidément, épatante ! Holger n'avait pas pu s'empêcher de lui demander :

— Et alors, tes parents n'ont pas voulu venir, cette fois-ci ?

— Non ! Heureusement ! S'ils voyaient que ma « fiancée » montre ses dessous sur scène, tu imagines !

— Ta fiancée ? Ils sont au courant ?

— C'est le terme qu'il faudrait employer... Mais non, certainement pas ! Tu sais que je ne veux pas mélanger les deux côtés de ma vie. Ici, c'est la liberté. Là-bas, tout devient tellement formel, tellement comme il faut. Non ; d'abord l'architecture, après, on verra...

D'abord l'architecture. Theo avait raison. D'abord cette formation, un diplôme, d'abord faire ses preuves... D'abord effacer les bruits d'avant, tout ce qui gronde encore... Prendre soin de l'essentiel...

— ... Mais tu prends soin d'elle, n'est-ce pas ?

— Évidemment, espèce d'idiot !

Prendre soin de Clara. Holger n'a pas précisé. Est-ce pour cela que Theo, le soir de la Fête silencieuse, juste avant Noël, a acheté tous ces tickets – un mot prononcé coûte un ticket –, une pleine poignée, et qu'il ne cesse de lui dire des choses à l'oreille, déposant à chaque fois quelques petits carrés de carton au creux de la main d'un des commissaires de la fête ? Clara rit, fronce les sourcils, les hausse, prend les autres à témoin, tapote sa tempe de l'index, et repart danser, suivie de Theo qui recommence son numéro un peu plus loin. De temps en temps, il regarde Holger, et lui fait un clin d'œil. Holger n'a rien à dire. Il observe. Ici ou là, une parole émerge, se pose sur le frottement des pieds sur le plancher, sur les rires étouffés, sur les respirations reprises après la danse. Il regarde le discours volubile d'Otti, ses doigts rapides, l'impuissance des autres à comprendre son langage des signes – elle en rit –, qui s'y essaient, et lâchent à regret quelques tickets. Un mot est lancé comme un trésor, une nécessité, ou par inadvertance. Il y a ceux qui se mordent les lèvres, les malicieux, les grimaçants. Des échanges que le langage n'aurait pas permis, qu'il aurait habillés, travestis, qui auraient demandé des réponses d'usage, déjà usées. Tout était là, il suffisait de regarder. Holger voit les yeux de Hannes, il voit de la douceur lancée à travers la salle. Pour lui, jusqu'à présent, le regard de Hannes était une règle à calcul, un instrument d'optique réglé sur la société, un outil de précision, clair comme un tube à essais. Hannes et Lotte étaient amoureux. Il ne s'en était pas aperçu.

Que n'avait-il pas vu ? Qu'avait-il manqué ?

Il avait acheté dix tickets ; pour la forme, car il saurait tenir sa langue. Il en avait dépensé trois en s'excusant d'avoir bousculé quelqu'un. « Je suis désolé », avait-il dit. C'était sorti malgré lui, un réflexe. Un commissaire s'était précipité sur lui en riant. Un « merci » lui avait échappé en prenant une bière, trois autres étaient partis pour une phrase commencée, il lui restait trois tickets. De retour à l'Indépendance, il les pose sur la table, l'un à côté de l'autre. Qu'aurait-il pu dire, avec trois mots, qu'aurait-il pu dire qui en valait la peine ? Il revoit Clara, elle s'était approchée, un doigt sur ses lèvres, les yeux pétillants, tout au jeu de ce silence, elle avait posé un baiser sur sa joue, elle avait souri, il lui avait rendu son sourire, mais les sourires comptaient pour rien. Elle était repartie. Qu'aurait-il pu dire avec trois tickets ? Trois mots. Qu'avait-il manqué ? Il les balaye du revers de la main. Ils tombent dans la corbeille à papier. Ne rien jeter. Il se baisse, les ramasse et les glisse dans un livre. Il s'en servira comme de marque-pages. Trois mots, parmi des milliers. Trois petits cartons blancs dans l'enchevêtrement des caractères.

Février 1928

Dans la boule argentée, un grand blanc de silence.

Gropius était sorti. Les professeurs avaient suivi, et les portes noires s'étaient refermées sur le silence de l'aula.

Ils ne bougeaient pas, ceux qui étaient assis, ceux qui s'appuyaient au mur du fond, ceux qui s'accoudaient aux rebords des fenêtres. Ils restaient, comme si la vibration des paroles prononcées pouvait encore se faire sentir, comme si ce n'était qu'un effet de scène, un tour de passe-passe, et qu'il faille attendre la suite, le démenti, comme si ce n'était pas définitif. Les syllabes allaient flotter quelque temps au ras des luminaires, et puis elles redescendraient, dans le bon ordre cette fois. Il fallait simplement attendre que cela se produise. Quelques-uns, dont Theo, fixaient encore la porte, guettaient les reflets sur le disque de métal, son regard hermétique. D'autres s'étaient tournés vers le ciel, étrangement clair en ce jour de février, d'un bleu transparent, glacé, qui s'effritait, le long des montants d'acier, en cristaux impassibles.

Holger, enfin, se décolla du mur, remonta la rangée de sièges. Arrivé à la porte, il hésita, puis repoussa les battants à fond, en prenant soin de bien encastrer les poignées dans les creux de l'embrasure. Il sortit. On entendit le grincement de ses semelles de crêpe sur les premières marches de l'escalier.

Il n'avait rien dit, comme à son habitude. Pas un mot. Les silences d'Holger. Un silence d'Holger parmi tant d'autres. Il n'avait rien d'extraordinaire.

Ce 4 février 1928, Gropius avait démissionné. Hannes Meyer prenait sa suite. Le Bauhaus continuait.

Plus tard, Hannes Meyer est retourné dans l'aula. Il s'est assis sur les marches de la scène, dans la pénombre. Un rai de lumière filtre de sous la cloison mobile, et quelques bruits de conversations, d'assiettes empilées. La cantine est étrangement calme.

« Tu n'as pas le droit ! » La voix de celui qui s'était levé emplit encore tout le vide, elle jaillit de chaque siège, démultipliée, elle reprend comme un canon sans fin. « Mais, Gropius, tu ne peux pas jouer ce coup, c'est impossible que tu t'en ailles ! Pour toi, nous avons eu froid, nous avons eu faim, tu n'as pas le droit, pas le droit ! »

C'est à peine s'ils ont contesté sa nomination. La question n'est même pas là. Hannes Meyer ou un autre, peu importe. C'est Gropius qu'ils veulent. Gropius. Lui-même, Hannes Meyer, qu'a-t-il fait ? Il est sorti avec les autres, Klee, Kandinsky, Schlemmer, il a suivi le mouvement, il a suivi Gropius. Lui, le nouveau directeur, a docilement emboîté le pas de celui qui lâche l'affaire. Il aurait dû rester, faire face aux élèves, les rassurer, s'imposer, faire quelque chose ! Être là ! Comment expliquer cela ? Le respect ? Un moment de panique ? Bon Dieu, il savait pourtant ce qui l'attendait en acceptant ce poste ! Il les connaît, ces *Bauhaüsler* !

Ce n'est pas une école comme les autres, celle dont on lui confie les rênes.

Dessau. Il était descendu du train, gabardine beige, petite valise de cuir gold, casquette de tweed. Hannes Meyer, premier professeur d'architecture du Bauhaus. C'était l'année dernière. Le 30 mars 1927.

Il ne se souvient plus de ce qu'il désirait.

Le soir tombe, et personne ne le cherche. Personne, pas même ses élèves. Personne. En prenant ses fonctions, il s'était rappelé sa conversation avec ce garçon nommé Holger. Il avait été déçu qu'il ne fasse pas partie de sa classe. Il lui avait plu. Holger écoutait. Holger était vierge. Il le comprenait, lui, l'apprenti, l'ancien maçon, ses jours sur les chantiers, ses nuits à recopier les dessins de Viollet-le-Duc. Il n'avait pas voulu une classe, il avait voulu une équipe. Il avait pris Lotte Beese, une tisserande. « Pour la décoration intérieure ? » avait demandé Gropius. Non. Une future architecte. « Ce sera un précédent un peu délicat… » Non, ce ne sera pas un précédent. Ce sera un début. Lotte. D'abord, il n'avait vu que le regard volontaire dans la rondeur des joues. Lotte, sa pensée rigoureuse, Lotte, au fil des mois, bien plus que cela, mais ce soir, malgré tout du côté des élèves. L'heure n'est pas aux sentiments. L'heure est au silence.

Le roi est mort, vive le roi ! Pour un peu, il se dresserait sur scène, il la beuglerait, cette phrase, il le fracasserait, ce silence !

« Tu n'as pas le droit ! » Il lui semble maintenant que ces paroles lui sont adressées. Oh, ils se sont bien moqués, les élèves, le soir de la Fête des Slogans.

D'Albers, et de lui surtout ! Le collectivisme en a pris pour son grade ! Ils ont brandi leurs pancartes, ils ont braillé ses mots… ses propres mots… EN UN TOUT POSITIF, BESOINS VITAUX, RÉALITÉ DU MESURABLE… Mais tout le monde ne peut pas faire flotter de belles images et se laisser deviner, comme Klee. Avec lui, avec Kandinsky, ils n'auraient pas osé. Gropius trouvait toute cette agitation formidable, il disait : « C'est juste un besoin naturel, c'est très sain. Ne le prenez pas mal, Hannes, ils travaillent dur, ils ont besoin de s'amuser, ils en ont le droit. Et puis vous avez compris… Cela fait partie du processus de création. C'est cela, le Bauhaus… » Schlemmer était en smoking, des languettes rouges sortant de ses chaussures, sur lesquelles on pouvait lire : LA LANGUE DÉLIÉE. Un col rouge en papier, une cravate blanche sur laquelle il avait écrit : LE LIEN QUI NOUS UNIT TOUS. Il l'avait envié. C'est cela le Bauhaus ? Il n'était pas sûr de savoir s'y prendre. Pour la fantaisie. Pour l'unité. Le collectif, ce n'est pas nécessairement l'unité…

Soudain il entend du bruit sous ses pieds. La trappe de l'atelier scène se soulève et la tête de Schlemmer apparaît.

— Oh, Hannes, c'est vous ? Mais qu'est-ce que vous faites dans le noir ?

— Rien… Je réfléchissais. J'avais besoin de calme.

Schlemmer s'assoit à côté de lui. Ils contemplent la salle.

— Le cœur battant de l'école, murmure Schlemmer. Ne vous inquiétez pas, reprend-il après une pause. C'est une réaction naturelle.

— Ils ne conçoivent pas le Bauhaus sans Gropius.

— Ce n'est pas important. L'important, c'est que vous, vous le conceviez. Gropius ne veut pas d'une institution établie, dogmatique, figée. Il s'en va pour laisser le Bauhaus évoluer. Vous le comprenez, n'est-ce pas ?

— Oui, bien sûr. Mais il ne part pas seul… Moholy-Nagy, Bayer, Breuer s'en vont également. C'est l'hémorragie.

— Non, voyez plutôt cela comme le renouvellement des cellules… Une mue, si vous préférez. Quelques jours de démangeaisons, et puis tout ira bien… Et si nous rentrions dîner ? Profitons-en, dans quelque temps vous n'habiterez plus chez nous, vous aurez droit à la maison du directeur…

— C'est vrai… Je n'y avais pas pensé.

— Il le faudra… Vous envisagerez de faire venir votre femme et vos enfants ?

— Sans doute… Je me sentais bien chez vous. Tut, vos filles, vous avez été ma famille de remplacement. Vous savez, je n'aurais pas aimé habiter dans une autre maison.

— Vous voulez dire chez les Kandinsky, ou chez Klee ?

— Par exemple… Ce doit être mon côté bourgeois, la famille. Mais il en faut bien un, n'est-ce pas ? Cela n'empêche pas de…

Il a un petit rire pour empêcher que Schlemmer se méprenne.

— Non, cela n'empêche pas.

Trop d'art. Trop d'individualisme. Il n'aurait pas supporté. La famille est un meilleur argument.

Les lampadaires extérieurs éclairaient faiblement la salle. Au moment de sortir, Hannes Meyer se retourne vers la scène.

— Dites-moi, Schlemmer, pour les fêtes…

— Il y aura encore des fêtes… De ça aussi, vous héritez.

Il a besoin de marcher. Il fait le tour de l'école, le tour du propriétaire, ironise-t-il intérieurement. La grande façade jette sous ses pas un tapis de lumière.

… Éblouissante. C'est le mot qu'il a employé le soir de l'inauguration. Révolutionnaire, cette école, mais pas tant que ça, pas assez, selon lui, pour se différencier des autres. Empreinte encore, malgré ce qu'elle prétend, de réflexions esthétiques. Mais il s'est laissé éblouir. Sacré Gropius ! Comme les autres. Séduire, comme les autres. Directeur du Bauhaus… Si on lui avait dit qu'il se retrouverait là, aujourd'hui… Passé l'angle de la Prellerhaus, il lève la tête. Lotte est dans son atelier.

Il repense à la Fête silencieuse, cette autre soirée, juste avant Noël, comme un contrepoint facétieux à celle des Slogans. Un pfennig le mot. Pour cent mots, cent pfennigs. Il a échangé des regards avec Lotte. Les gestes sont venus après. Tous les tickets avaient été vendus. Ils n'avaient déjà plus besoin de mots. Le beau silence étoilé de la nuit de décembre… Il ne s'était pas demandé s'il avait le droit.

Le soir, Gropius est allé trouver Xanti.

— Il faut que vous jouiez. Il faut danser.

Xanti a secoué la tête. Qui aurait le cœur à danser ?

— Il le faut. C'est comme cela que ça doit se passer.

On a ouvert la cloison entre la scène et la cantine. Le Bauhaus Kapelle a pris place. C'est comme ça qu'il faut faire. Commencer à jouer. Le reste suit.

Ils sont revenus, les uns après les autres, et ils l'ont fait. Quand ils ont été fatigués de danser, Clemens s'est mis au piano et il a chanté de jolies mélodies hongroises, un peu tristes. C'est plus facile d'être nostalgique quand on l'est à cause de la musique.

Dans la chambre au rez-de-chaussée de la maison des Schlemmer, Hannes Meyer veille, assis à son bureau. Il a étalé devant lui une grande feuille de papier. Il commence à tracer des lignes horizontales, puis verticales, une grille. Les fondations de son Bauhaus, sa structure. Derrière la vitre, le rideau sombre des pins. S'il relève la tête, c'est sa propre figure qu'il voit, un peu floue : directeur du Bauhaus. C'est à lui de remplir les cases. Autour de lui, tout dort, tout est silence, la grande prairie, l'école, les maisons des maîtres, les Schlemmer. Schlemmer… Que pense-t-il vraiment ? Schlemmer le masque, Schlemmer et son maquillage de clown musicien ; Schlemmer, sa photo, tête chauve, visage nu sous un globe de verre, l'index dressé à hauteur de la bouche : le silence de la transparence. Il faut remplir les cases, mettre des mots sur le vide. En haut de la première colonne, à gauche, Hannes Meyer écrit : *Cours préliminaire.*

Le passage d'un train, au loin, froisse l'obscurité.

Oh, moon of Alabama
We now must say goodbye
We've lost our good old mama
And must have whisky, oh, you know why...

Oh, lune d'Alabama,
Maintenant nous devons nous dire adieu,
Nous avons perdu notre bonne vieille mama
Il nous faut du whisky, oh, tu sais pourquoi...

Paroles de Bertolt Brecht,
musique de Kurt Weill – 1927

17

Elle ne la cherche pas. Peut-être est-ce la boule qui vient d'elle-même, qui se fraye un chemin parmi les autres, se glisse, dans un doux mouvement d'épaule, qui passe devant, terminant son mouvement dans une oscillation lente, dans un balancement de coureur essoufflé, qui tangue.
Il semble à Clara qu'elle ne finira jamais d'en épuiser les reflets. Ceux qui se présentent, ceux de la fête du 31 mars 1928, ne sont que la surface, derrière les nez et les barbes quelque chose se cache, les cœurs ne disent pas tout. Si elle faisait tourner la boule, d'autres images apparaîtraient. Ce ne serait pas suffisant. Quelque chose est là, à l'intérieur, dans l'obscur clos et protégé. D'infimes particules, une poussière de temps suspendu.

Une fête à Berlin. C'était inhabituel. Après tout, c'était mieux ainsi, sans l'ombre de Gropius. Son absence se diluerait dans le shaker de la grande ville, elle ne serait qu'une légère amertume, une trace d'absinthe, un poison minuscule noyé dans l'alcool fort des visages nouveaux. Theo était arrivé de Hambourg dans l'après-midi de ce 31 mars 1928. Il était prévu qu'il retrouve Clara chez sa tante. C'est Hilde qui l'avait accueilli. Cette femme avait vraiment de grandes mains. Il en ressentait encore la pression dans ses phalanges. Et cette lourde chevalière… Hilde, l'amie de… L'amie… Clara n'avait-elle pas voulu préciser, ou bien était-ce si naturel, après tout ? Était-ce lui qui n'avait pas compris ?

Heureusement, les autres étaient arrivées, Clara, tout excitée de sa journée à Berlin, et sa tante Louise, moins déroutante qu'Hilde.

— Nous avons croisé une de ces manifestations pour le droit à l'avortement, a raconté Clara. Nous l'avons suivie un moment. Ce n'est pas à Dessau que l'on voit ce genre de choses. Il faut les soutenir, ces femmes, elles ont raison !

L'avortement ? Theo avait reposé sa tasse avec précaution. Ce n'était pas le genre de sujet qu'on abordait chez lui. Son père, bien sûr, lui avait laissé entendre que s'il devait se trouver un jour dans une situation inconfortable, ce serait envisageable de demander à la fille… de l'aider à trouver une solution, peut-être… Il fallait savoir être élégant. Une solution. C'était le mot. Dissoudre. Dissoudre le problème dans un peu d'argent et beaucoup de secret. Car c'était illégal, mais l'illégalité n'était pas un problème, quand c'était préférable.

— Les femmes ont le droit de disposer de leur corps, tu ne crois pas, Theo ?

— Oui, évidemment, avait-il répondu.

Que répondre d'autre ? Clara aurait-elle besoin un jour de disposer de son corps ? Le lui demanderait-il ? Ou bien le ferait-elle sans le lui demander ? Saurait-il prendre soin d'elle ?

La conversation avait déjà dévié sur la soirée à venir. La Fête des nez, des barbes et des cœurs.

Il tâcherait de ne garder de ce moment que le souvenir du sofa. Inconfortable.

Disposer de son corps. La phrase avait resurgi, comme émerge la bouche moustachue d'une carpe qui vient goûter l'air. Elle laissait des ondes concentriques dans les lueurs sombres, ourlées d'étain, de cuivre, de la foule et du jazz. Elle remontait comme une bulle grasse, qui tarde à éclater, un globe irisé de nuances vénéneuses. Il suffisait de ne pas y penser. De rire de Klee, qui a osé une longue barbe blanche, de reconnaître, enfoui sous la pilosité sauvage ornée d'os de poulet, le regard de Lux, d'admirer les longs favoris roux de l'un, la moustache à la Charlie Chaplin de l'autre, les nez cubistes, les costumes de mages, de persans, de créatures imaginaires ; un défilé extravagant, éphémère, et cette presque blonde, avec ses yeux noyés, qui lui a passé son boa autour du cou, a murmuré : « C'est moi, Barbe Bleue. » La phrase a sombré dans les reflets bleutés des plumes, ressurgi dans le rouge des lèvres offertes. Pourquoi se soucier de cette passante, qui a survolé la fête de sa voix basse et rauque, et s'en est allée, oiseau pêcheur au bec écarlate, lui abandonnant sa parure en souvenir. Pourquoi se soucier de Clara, qui danse, là-bas, avec un autre ? Pourquoi se soucier de ce garçon mince et très brun, apparu avec le tango, qui le saisit par la taille, « Viens, je vais t'apprendre », mêlant, entre leurs joues, la douceur de sa barbe à celle des plumes ; disposer de son corps, et l'abandonner, le temps d'une danse. Trois pas, volte, demi-tour à droite, volte, demi-tour à gauche, Clara continue de danser, il l'aperçoit par intermittence, sa chemise blanche, ses jambes noires, homme en haut, femme en bas, cavalière cavalier, lequel des deux aurait conduit l'autre, s'ils avaient dansé ce tango ensemble ? Trois pas, volte, demi-tour à droite, volte, demi-tour à gauche, le regard perpendiculaire au corps. Pourquoi se soucier, puisque c'est Berlin, et pas Dessau. Puisque tout cela n'est qu'un jeu, une illusion dans la nuit travestie, une échappée au nez et à la barbe des cœurs maquillés. Dans deux jours, tout rentrera dans l'ordre, tout reprendra sa place. Presque tout. Gropius est parti.

Theo avait dit : « Oh toi, tu resteras planté là, comme toujours ! »

Holger s'était fabriqué une barbe et une coiffure de copeaux de bois. Sur une longue blouse de travail, couleur d'écorce, il avait dessiné un cœur percé d'une flèche. « Les arbres restent là où on les plante », avait-il répondu.

Au cours de la soirée, un couple a ajouté un deuxième cœur, des initiales, d'autres l'ont imité. Peu à peu, Holger s'est couvert de ces amours passagères. Une trop blonde s'est approchée, tirant Theo par la main, de la pointe de son bâton de rouge elle a tracé le sien, et la flèche, et un T, et un M. Il les a laissés faire.

Clara voit tout cela. Elle observe la scène par-dessus l'épaule de cette actrice, une fille dont elle a oublié le nom, qui lui dit un poème de Rilke au creux de l'oreille, il est question d'une framboise, un petit fruit rouge et odorant, *Petit Ange en porcelaine…* La fille est trop proche, *couronné d'un fantôme…* les mots prennent une teinte trouble… *ton petit front se souvient.*

> Bien sûr, elle se souvient, mais depuis lors tout bouge…
> Il lui semble qu'elle inverse les vers. Mais depuis lors tout bouge…
> Non, elle n'était pas jalouse.

Un homme a remplacé l'actrice, il se presse contre elle, il sent l'alcool et le déséquilibre, l'urgence, le saxo l'engloutit. Clara danse. Se prête, se reprend. Le fin trait noir, au-dessus de la lèvre supérieure, s'étire et se contracte, s'approche et se retire, ses seins dansent tout seuls sous la chemise d'homme. La musique a changé. C'est l'orchestre de Friedrich Holländer pour la grande parade des figures de Berlin.

Leurs propres spectacles terminés, ils sont venus, la femme à la grande bouche avec l'homme aux lunettes rondes, et l'autre couple, l'homme au cigare et la femme aux traits si purs, si durs. Ils n'ont besoin de rien. Aucun accessoire. La nudité de leurs visages porte l'infini des maquillages. Lotte Lenya et Kurt Weill. Bertolt Brecht et Helene Weigel.

Ils sont assis, ils regardent. Dans leurs yeux se reflètent la fête, sa folie, sa gravité, les lumières, les corps, les visages, et Clara se voit, elle est là, elle voit les autres aussi, chacun à sa place, comme si le désordre apparent s'ordonnait, comme si chaque vie avait un sens, non pour elle-même, mais comme partie du temps, du temps éphémère de ce Berlin-là, du temps sans fin des figures.

Que sont-ils d'autre, les inconnus et ceux sur lesquels on peut mettre un nom ? Qu'est-elle, Anita Berber, nue sous son lourd kimono de soie, flamboyante enveloppe, consumée de l'intérieur ; un mince trait de cendre blanche sous le nuage brasillant de sa chevelure, si près de s'éteindre. Qu'est-elle, Margo Lion, idole brune et longue sertie de pesants bracelets, au nez interminable, son cou ployant sous l'ébène et l'onyx comme une palme sous ses fruits, que sont-ils, Christopher et Jean, que le vent a poussés loin de leur Angleterre, insectes rutilants attirés par l'odeur musquée, excitante, mélange de sexe, d'alcool, de liberté et de dangers. Ils repartiront. Mais pas encore, pas déjà. Il leur en faudra d'autres, de ces nuits comme celle-ci, et d'autres encore, plus troubles, plus noires, et des jours de misère entre deux. Des jours d'ambivalence, des nuits miroirs, que l'aube désenchante.

Ce n'est ni Clara ni Othéa, c'est la fille qui danse, chemise blanche et jambes gainées de noir, cheveux plaqués, fine moustache dessinée au fusain, cœur perdu.

Il y a un bonheur étrange à n'être que cela, une figure. À cesser de se chercher. Poser des gestes sur la musique, accorder ses pas à la pulsation de l'orchestre, cet autre au cœur battant, écrire, là, dans la lumière, en blanc et noir, une autre histoire.

C'est un tango. Elle ne se souvient plus du visage de son cavalier, à peine de ses mains. Elle se souvient de la musique. À l'autre bout de la salle, Theo danse aussi, il enlace son reflet, ou son double, la même silhouette, la même taille, est-ce un homme, est-ce une femme ? Lequel des deux conduit l'autre ? Ils passent et repassent devant les miroirs. Assez de reflets ! Cela blesse les yeux.

Au bout de la nuit, elle a retrouvé Holger. Il s'était endormi. Étendu de tout son long, un bras pendant jusqu'au sol. Un grand arbre abattu sur le rouge moussu d'une banquette. Elle s'est assise par terre, a passé le bras d'Holger autour de ses épaules. Il a marmonné quelque chose dans son sommeil.

— C'est moi, c'est Clara, a-t-elle murmuré.

Le silence les avait réveillés. C'était le jour d'après. Les musiciens rangeaient leurs instruments. Xanti et Clemens faisaient les comptes. Des piles de billets. À droite, ce qu'avait rapporté la vente des fleurs en papier, celles que Clara et les autres filles avaient confectionnées, papier de soie, papier journal, morceaux d'affiches, d'emballages, papier musique, factures. Pétales translucides, colorés, mots déchirés, cœur rigide de carte postale. Improbable floraison qu'une fin de fête avait réduite à un empilement de feuilles grisâtres, plus ou moins froissées. Il faut bien payer ses dettes.

Dans la maison du directeur, la sienne désormais, Hannes Meyer veille, assis à son bureau. Il vérifie une fois encore le nouveau cursus qu'il a établi. Les ateliers ont été restructurés pour être plus productifs : le département architecture, divisé en deux parties, construction et aménagement intérieur ; le département graphisme ; la scène ; et des classes libres de peinture. Les élèves seront amenés à travailler de manière collaborative, en petits groupes interdisciplinaires, dans lesquels débutants et confirmés partageront des projets communs. La créativité individuelle disparaîtrait au profit de la production coopérative. En couverture du nouveau fascicule, il a utilisé une photo de Lux, de jeunes visages levés vers le ciel, serrés en cercle les uns contre les autres. Garçons ou filles mêlés, tous semblables ; un enthousiasme collectif.

Demain, c'est le premier jour du semestre d'été. Il est tard, et les élèves ne sont pas rentrés. Quand il est sorti dans l'allée, tout à l'heure, il a vu de la lumière chez les Kandinsky, et Klee travaillait dans son atelier. Les filles des Schlemmer sont passées devant lui en courant, l'aînée s'est arrêtée.

— Tu ne vas plus habiter avec nous maintenant ?

— Non, tu vois, maintenant c'est ici ma maison.

— Ah oui. Et Gropi, il est aux zamériques.

— C'est ça. En Amérique.

Elle est repartie en poussant des cris d'Indien.

Oui. Les Gropius sont en route pour les États-Unis. Leur première traversée. Hannes Meyer les imagine sur le pont du navire, lui, impatient, et elle, heureuse de l'avoir tout à elle pour quelques semaines. Un couple, parmi d'autres. Qu'est-ce qu'un couple ? Lui, Hannes Meyer, a un peu de mal avec cette notion. Cette maison est suffisamment spacieuse, elle pourrait accueillir une famille, sa famille. Peut-être, d'ailleurs, s'y sentirait-il mieux, moins étranger, moins déplacé. Il a réduit l'aménagement au minimum. Rien n'y fait. Elle garde un caractère luxueux qui le dérange. Il a l'impression que Gropius va surgir de derrière la porte, sa cigarette à la main, qu'il va s'asseoir dans le fauteuil absent, prendre un des livres qui sont partis, et rester là, dans son dos, à le regarder du coin de l'œil. C'est impossible. Gropius est loin, tout a été emballé, expédié à Berlin où l'attend déjà une nouvelle étape de sa vie. Soudain, une crainte s'empare de Hannes. Et s'ils ne revenaient pas non plus, eux, les élèves ? Si cette fête avait été la dernière, une sorte d'enterrement fantasque, un bouquet final, s'il n'y avait plus que la nuit, et au-delà, derrière les pins, plus rien ? Plus aucune lumière ?

Il a entendu un bruit. Non, ce n'est pas Gropius qui remue dans son fauteuil. C'est un train ; le dernier train du soir. Il guette. Il écoute encore. Il se lève et va à la porte d'entrée. De quoi a-t-il l'air ? Il se sent ridicule.

Des voix. Il sort, fait mine de fermer le garage. Un garage… lui qui n'a qu'un vélo. Des pas. C'est Schlemmer.

— Bonsoir, Hannes !

— Ah ! Vous êtes rentrés ?

— Oui. Belle fête, n'est-ce pas ?

— Très. Une réussite… À demain ?

— Oui, à demain.

Un garage bien trop grand pour un seul vélo. Il fera venir sa famille. Il montera une agence à Berlin, avec Lotte.

Ils sont rentrés tous ensemble de Berlin, par le dernier train. Saturés de musique et de bruits. Rompus de rires et de rythmes. Ils ont traversé la grande prairie, cortège silencieux traînant derrière lui instruments, malles de costumes, accessoires, petits paquets de souvenirs cousus dans les doublures, semelles lourdes d'un reste d'ivresse et de nostalgie tue. Là-bas repose la grande forme blanche dans son sommeil d'innocence et ses rêves de raison.

Gropius ne sera plus là.

Ils rentrent chez eux, mais ce soir-là, c'est comme un exil.

18

Le *Bremen*. On ne parlait que de lui. On l'avait cru perdu. Enseveli dans un blanc de nuages ou de neiges, avalé, dissous, avec lui tout l'espoir, toute la fierté ; bien sûr, il y avait les trois hommes, on avait pensé à eux, mais à Dessau, on avait surtout pensé à lui. Au petit Junkers, à son manteau de métal si léger, son cœur obstiné, à lui, l'enfant du pays, l'enfant de l'usine, qu'on avait vu caracoler dans les airs si peu de temps auparavant. Peut-être aurait-il fallu attendre, laisser faire un frère plus puissant, mieux armé. Peut-être était-ce présomptueux. Un si long vol. À New York, on l'avait attendu en vain. Il n'était pas arrivé. Et puis on l'avait retrouvé. Posé tout de guingois sur la glace d'un îlot du Canada. Blessé, mais entier, et les hommes debout à côté de lui. Il l'avait fait : il avait traversé l'Atlantique d'est en ouest. À New York, c'est lui, lui sous la pluie de confettis lancés au passage de l'équipage, lui au milieu de la foule, le long de cette avenue, dans la clameur qui escaladait les hautes façades, lui dans le ciel aligné.

Ulrich a apporté toutes les coupures de presse. Les allemandes et les américaines. Chacun veut les regarder. Surtout les américaines. Même si on ne comprend pas toujours les titres, encore moins le texte. Ce qui importe, c'est les visages levés, ces visages américains, à perte de vue dans l'espace si grand qu'on n'en voit pas la fin. Peut-être est-ce simplement la qualité de la photo. Qu'importe, on imagine. On entend mieux les sons sur les photos américaines.

Le *Bremen*. Et Gropius. Lui aussi a traversé l'Atlantique. C'est à lui, obscurément, qu'on reverse une part des applaudissements. Certes, il n'a pas eu droit à Grand Central, aux gros titres, mais pour plus restreint que soit le cercle de son public, il doit bien jouir du même prestige. N'est-ce pas ? Klee, Kandinsky et Feininger, trois des Quatre Bleus, ce petit groupe de peintres dont Galka Scheyer, une collectionneuse américaine, fait la promotion aux États-Unis, également, non ? Ils ne savent pas. Ils n'ont pas fait le voyage. Pour l'instant, il semble que l'Amérique comprend mieux les exploits aéronautiques que l'art contemporain. Qu'importe. Le petit *Bremen* a tendu un pont par-dessus l'océan sur lequel dansent les images que chacun se choisit. Les dentelles d'acier tissées à même le ciel, le jazz, les films parlants, la publicité… Tout ce que les dollars américains ont commencé à importer en Allemagne, mais plus grand là-bas, plus brillant, plus aventureux.

Hannes aussi voit plus loin. « Voulons-nous être guidés par les attentes du monde qui nous entoure, voulons-nous aider à mettre en forme une nouvelle forme de vie, ou bien voulons-nous être une île ? »

Une île. Theo avait souri. L'Angleterre lui était venue à l'esprit, et, curieusement, l'image des scones dorés sur un plateau d'argent ; avec la crème et la confiture de fraises. Et puis les clubs de Londres, ces îlots masculins, follement élitistes. On l'y avait admis. À quoi Holger pouvait-il bien penser, les yeux baissés ?

Une île. Un haut-fond plutôt, au raz de la conscience. L'établi de son père. Le plumage lustré des violons, leur cou tendu, et le chant qui naissait. Les premières mesures du concerto de Mozart. Les plus beaux oiseaux ne restaient pas longtemps. Ils allaient lancer leurs trilles ailleurs, loin. Parfois, ils partaient à plusieurs, chez un marchand de Munich, de Cologne, ou de Berlin. Certains revenaient, blessés, et son père les soignait. Lui, Holger, avait quitté cette île. Il n'en voulait pas d'autre. Il voulait ce sur quoi on ne revient pas.

Une île. Est-ce ainsi que Hannes Meyer voit le Bauhaus ? Une sorte de lieu protégé, intouché, à l'écart du monde ? Et eux, les élèves, sont-ils une sorte de peuplade indigène, avec ses rites, sa culture, son langage ? De bons sauvages, peut-être ? Le mot entraîne de nombreuses discussions. Non, ce jugement est injuste, le Bauhaus est célèbre, il a sa place dans les grandes foires, on le recherche pour ses objets, son département graphisme, ses spectacles, son orchestre… Gropius a des commandes d'architecture… Oui, mais c'est Gropius. Et les gens qui achètent une lampe, une cafetière ou un tapis, qu'achètent-ils ? Un objet utilitaire, ou un objet du Bauhaus ? Et qui sont ces gens ? Le Bauhaus… Moderne, ou à la mode ? Populaire, ou élitiste ?

Le monde d'Hannes, ce n'est pas l'Amérique. C'est la Russie. Il a décidé d'envoyer Gunta représenter le

Bauhaus auprès du Vkhoutemas, son équivalent né de la Révolution. Elle ira observer comment on y répond aux besoins de la société nouvelle.

Un peu plus tôt, Otti est sortie de la teinturerie. Elle a déposé parmi les autres la laine nouvellement teinte sur la table. Clara l'observe entre les fils tendus de son métier. Elle aime la voir jouer infiniment avec les écheveaux, les disposant par ordre chromatique, par matières, superposant les fils sur son index tendu, par deux, par trois, elle a toujours ce même geste doux et brusque à la fois, de torsion, puis de relâchement, quand la réponse lui est venue. Otti la presque sourde converse avec la matière, le mouvement de ses mains leur sert de langue commune.

Gunta et Anni se sont rapprochées. Trois femmes. Trois silhouettes, si différentes, et l'écheveau. Rose. Dans la lumière d'hiver, c'est un voyage, une échappée, parmi les teintes sourdes, il monte au cœur. Ce n'est pas le Maroc, pas assez crayeux, pas assez de sable, de vent chaud, de jaune. C'est la Perse, le rose humide des fontaines, plus encore, c'est l'Inde, un radeau de pétales sur les eaux ternes du fleuve. Dans la ramure complexe de son propre ouvrage, c'est le reflet d'un récif intérieur.

Et Clara se souvient. Elle revoit le châle posé sur les épaules de sa mère, elle ressent l'ennui de cet après-midi un peu frais, au parc, lorsqu'il avait fallu rester assise sur le banc, à son côté, sage, bien sage, et ne pas salir la robe blanche. Dans la frange du châle, elle avait remarqué quelques fils roses, tentants comme une gourmandise. Elle en avait suivi le cheminement dans les entrelacs du motif, ils serpentaient dans la trame sombre, s'épanouissaient parfois en bourgeons minuscules, repartaient, montaient le long du bras, se noyaient dans les plis, réapparaissaient, pour éclore enfin, fleur étoilée, mystérieuse, ivre de sa couleur, contre le cou de sa mère. Du bout des doigts, elle avait saisi un fil, et tiré, tiré tout doucement, puis plus fort. Pour cueillir la fleur, ou pour faire pencher vers elle ce cou si droit, si raide ? Le châle avait glissé. Elle se souvenait encore de sa main rougie par la tape, elle entendait encore « Mais vas-tu finir, à la fin ! » et de ce rose qu'avait estompé une larme.

Demain, la laine sera reteinte. On manque d'anthracite.

Jour après jour, l'écheveau se dévide, dialogue, sur le métier d'Anni, avec la Cellophane, vibre en accents graves dans le Preciosa d'Otti ; il est le fil de l'époque, il n'est plus un élément de décor. Il ne chante plus, il parle. « Isolation, résistance, fonctionnalité, structure. »

Les bobines tournent, les pages des livres d'échantillons s'empilent. Entre elles, leur travail, en petits carrés bien découpés, référencés. Estampillés Bauhaus.

Dans les usines d'Allemagne, des mains d'hommes tournent les pages des catalogues, choisissent, rejettent, décident.

— Pour eux, nous n'existons pas, se plaint Clara.

— Que voudrais-tu ? lui répond Theo. Avoir ton nom sur la lisière ? Une petite étiquette disant : Mlle Ottenburg y a mis tout son cœur ?

— Tu tournes tout en dérision ! Je ne parle pas pour moi, mais Gunta, Otti et Anni, tu ne crois pas qu'elles mériteraient un peu de reconnaissance ? Au moins de pouvoir défendre elles-mêmes leurs créations ? Cette Delaunay, à Paris, qu'a-t-elle de plus, qu'on lui accorde une notoriété ?

— D'abord, elle était déjà artiste avant de créer des tissus. Avec son mari…

— Ne me dis pas que sans son mari…

— Non, évidemment… Clara, tu te fâches tout de suite… Vous ne faites pas la même chose, elle, ce sont des imprimés, et vous du tissage, c'est technique…

— Et alors ? L'Art ou la Technique ? Nous avons choisi la mauvaise option ?

Theo hausse les épaules.

— Tu vois ? Tu ne sais pas quoi répondre… Eh bien moi, je vais te dire : la Technique, avec son grand T, je l'emm…

— Clara ! tu es vulgaire. Et tu oublies que c'est Gunta qu'Hannes envoie à Moscou en émissaire du Bauhaus.

— Oui. Et qui va-t-elle rencontrer, dans cette « société nouvelle » ? Les femmes du textile !

Souplesse, agilité, résistance, leurs corps aussi doivent répondre à l'époque. Hannes a engagé Karla Grosch, cheveux de paille et sourire éclatant, une ancienne élève de la Palucca. Elle anime le cours de gymnastique féminine. Des injonctions brèves, une longue note tenue, la voix qui se brise sur un essoufflement, reprend, nerfs, muscles, cambrure, élan, les sauts et les chandelles s'enchaînent, composent et recomposent dans le miroir du gymnase ou contre le ciel les figures charnelles de la modernité.

— Eh bien dis donc, a souri Theo en tâtant le biceps de Clara.

Elle a agité le poing sous son nez. Oui, maintenant elle pourrait envisager de l'envoyer à la figure de qui l'agacerait.

À voir les filles se redessiner, entrer sur leur terrain de force physique, les garçons, d'abord moqueurs, ont réclamé, eux aussi, des cours de sport. Hannes leur a trouvé un professeur. Masculin.

Clara n'a pas osé faire remarquer que la « société nouvelle » d'Hannes est pleine de contradictions. Plutôt que Lotte, tout aussi qualifiée, c'est Holger et Theo qu'il avait chargés de régler un problème dans les maisons de Törten. Par curiosité, elle les a accompagnés.

« L'étanchéité. » C'était leur mot du moment. Il était apparu avec la fin de l'hiver, suintant dans les conversations comme l'humidité gagnait les angles supérieurs des pièces des premiers étages. Étanchéité. La femme était montée devant eux, son enfant dans les bras, ils avaient baissé la tête en passant la porte de la chambre. Clara était restée en bas près de la cuisinière. Une odeur de poireau flottait avec la vapeur qui s'échappait du faitout. Il y avait la voix de la femme qui geignait, avec quelque chose d'aigre dans ses intonations, et l'odeur du poireau. Il y avait ce mot qui revenait sans cesse, un mot technique lorsque Holger le prononçait, avec l'accent de Theo cela devenait un mot savant. La femme ne savait que geindre.

Ils étaient redescendus.

— On monte sur le toit. Tu n'as qu'à nous attendre ici.

Alors Clara est restée debout, s'est rapprochée de la fenêtre. La femme est revenue avec son bébé. Elle ne s'est pas assise non plus, elle a pris sa place auprès de la cuisinière. Elle tient son enfant serré contre elle, le petit visage enfoui entre les seins.

— Ça sent bon… hasarde Clara.

La femme se tait. Elle garde son air buté, son attitude hostile. Que peuvent-ils comprendre, ces jeunes du Bauhaus, aux traces noires qui s'étendent comme une menace vers le berceau de l'enfant ? La ville a donné ces drôles de maisons, toutes blanches dehors, et dedans il y a ces traces noires qui sont apparues. La ville a donné ces boîtes remplies de choses étranges et nouvelles, un chauffe-eau, une cuisinière, des placards, on leur a dit qu'ils seraient bien, là. Et maintenant on leur envoie ces jeunes gens et leurs mots savants.

Clara joue distraitement avec le loquet de la fenêtre. Le métal est froid, perlé de gouttelettes. Dehors, les arbres fruitiers sont encore nus, la terre retournée du jardin est noire. À gauche, à droite, derrière les murs, il y a d'autres jardins, d'autres arbres. La même terre noire. On leur a donné tout ça. Et la femme se tait, murée dans son hostilité. La vapeur se condense sur les vitres.

« Ne faites pas attention à moi », pense Clara. Que dire d'autre à cette jeune ouvrière venue de la campagne, cette jeune mère ? Clara n'est rien de tout cela. Elle ne peut ressentir les mêmes frayeurs, éprouver les mêmes sentiments, elle peut décrire cette maison avec des mots, la meubler de concepts. Pourtant, le froid du métal, le verre trop fin, elle peut les ressentir. « Ne faites pas attention à moi. » C'est une manière de lui signifier qu'elle n'a aucune autorité, qu'elle non plus ne sait pas pourquoi le froid, et pourquoi les taches. Elle n'est pour rien dans tout cela. Elle n'est rien.

La femme est passée devant elle et a ouvert la porte qui donne sur le jardin. Clara l'a entendue remuer des choses, elle a entendu la chasse d'eau, puis une série de grognements. De l'index elle a effacé un peu de buée. Elle ne veut pas avoir l'air d'espionner. Mieux vaut être franche. Alors de tout l'avant-bras elle nettoie un grand morceau de vitre.

La femme est debout au milieu du jardin. Devant elle, sa robe de soie rose se détachant sur la terre noire, un porc mange les épluchures de la soupe.

— Cela ne devrait pas se reproduire.

Si l'on aborde les projets d'une manière plus rationnelle, si l'on fait appel à un ingénieur, à des experts en matériaux, Hannes a raison. Cela ne se reproduira pas.

— Et ça, c'est quoi ?

Il a désigné l'hématome violacé qui orne le front de Theo.

— Je me suis cogné dans l'escalier. Les ouvertures sont vraiment basses, là-bas.

— Et toi, Holger, pas de bobos ?

— Non, moi j'ai l'habitude…

— Bien. De toute façon, la deuxième tranche de maisons est terminée, et les fondations des immeubles à coursives avancent bien. Trois étages, un escalier à chaque extrémité, l'accès aux appartements par ces coursives communautaires.

Hannes a déployé le plan de Törten. Du doigt, il désigne l'emplacement, en haut, à droite.

— Voici des croquis préparatoires, et la liste des éléments qu'il faut prendre en compte. Faites-moi des propositions pour la distribution des pièces et leur équipement. Voyez cela avec les départements menuiserie et métal. La semaine prochaine, nous parlerons de l'École des syndicats de Bernau. Wittwer a reçu les relevés topographiques.

— C'est un petit projet, murmure Theo.

— Il n'y a pas de petit projet. Il y a des projets utiles et d'autres non, répond Holger.

Au mur de la salle d'architecture, Hans Wittwer, l'assistant de Hannes, avait punaisé la carte de Bernau. Du doigt, il avait suivi la calligraphie ondulante, l'accentuation chiffrée de ce poème abstrait que l'eau, le vent et le temps ont dicté.

— Je serais curieux de voir comment Gropius aborderait la question… commence Theo.

— Ce n'est pas son projet, le coupe Holger.

Hannes avait retrouvé une copie – Gropius avait emporté l'original – du croquis représentant la structure du Bauhaus à ses débuts. Des cercles concentriques, et dans chacun la présence des peintres. Dans le diagramme qu'il prépare pour l'année prochaine, les cercles se suivent, enfilés comme des perles sur l'axe horizontal qui sépare l'art et les sciences. Le cœur et le cerveau. En haut, les artistes, en bas les ingénieurs, reliés par de très fines lignes aux domaines qui leur sont attribués. Les classes libres de peinture ont une ligne à part.

— Tu as rangé la couleur du côté de la science ? objecte Gunta.

— La teinture est un procédé technique.

— Oui… Évidemment… Ton projet est magnifique… On dirait l'analyse d'une œuvre d'art…

Hannes a froncé les sourcils. Désormais, il recrute moins sur les qualités artistiques que sur l'engagement à comprendre les enjeux sociologiques de l'architecture et des besoins sociaux. Les élèves viennent pour l'excellence de l'enseignement technique. Leur nombre a doublé. Plus de garçons, moins de filles.

Holger et Theo étaient restés travailler à l'atelier jusque tard dans la soirée.

— Je te raccompagne, propose Theo. J'ai besoin de marcher. J'ai besoin de ça, ajoute-t-il en montrant les bois. J'en ai assez des mots et des concepts. Assez du fonctionnalisme.

— Si tu veux.

— Cet été, mon père a décidé de visiter la Côte d'Azur. C'est bourré de villas et de vieux hôtels rococo, cela me changera. Je ne suis pas certain qu'ils aient l'eau chaude dans les chambres, mais la lumière est très belle, paraît-il. Les peintres adorent. Les Anglais aussi.

— Alors, si les Anglais aiment…

— Et toi ?

— La Bavière, je suppose.

— Ton père ?

— Oui.

Ils restent un moment silencieux, ne sachant quel sujet aborder. Redire une fois encore ses doutes quant à l'enseignement de Hannes ? Theo n'en a pas envie. La sociologie, la psychologie, passe encore, la sexologie, pourquoi pas, mais l'analyse marxiste de la société ? « C'est une manière objective d'appréhender les problématiques de l'architecture », avait répondu Holger. La sexualité en première place dans les fonctions que doit remplir l'habitat ? « C'est la condition première de la cellule familiale. Du renouvellement de la société. » Moins de fêtes, et plus de débats ? « Tu veux rester un amateur toute ta vie ? » Les sympathies communistes de Hannes ? Il semble qu'il les a bien cachées à Gropius. Lui qui a toujours évité qu'on colle cette étiquette à l'école… Il n'est pas certain que Dessau… « Weimar n'avait pas besoin de nous. On n'est pas des conservateurs de musée. Ici, on est utiles. » Holger avait réponse à tout.

Ils étaient arrivés à destination. Ensemble, ils lèvent la tête vers la fenêtre de Clara. Il n'y a pas de lumière.

— Elle n'est pas là, dit Theo. Elle a dû rester à la Prellerhaus… Tu as quelque chose à boire ?

— Un reste de schnaps.

Aborder le sujet de Clara ? Le renouvellement de la société… Un jour il faudrait qu'il y pense. Une descendance, c'est aussi ce que son père attend de lui. Mettre au monde un héritier Schenkel. Au monde… Mais dans quel monde ? Le sien ? Celui de Hannes ? Ou celui d'Hitler et des chemises brunes qui gagnent du terrain ? Mettre au monde pourquoi ? Par amour ? Par obligation ? Une sorte d'assurance, de caution, de garde-fou ? Il a encore trop de choses à apprendre, trop de questions sur lui-même. Holger ne peut pas y répondre.

Ils s'installent de part et d'autre de la table. Theo passe les mains sur le bois du plateau débarrassé des papiers qui l'avaient toujours encombré.

— C'est vrai que maintenant nous travaillons là-bas, en équipe. Le collectif ! ajoute-t-il avec un petit rire qu'il éteint d'une gorgée d'alcool.

Il reprend :

— Alors, c'est confirmé ? Je n'arrive pas à croire qu'à la rentrée prochaine nous aurons enfin nos studios à la Prellerhaus !

Holger remplit à nouveau les verres. Il regarde autour de lui, et dit :

— Oui, Clara aussi. Pour vous… Ce sera mieux.

Le vent pousse le chèvrefeuille contre la vitre.

— Si ça continue, cette maison va disparaître sous la végétation, observe Theo.

— Dimanche, j'aiderai M. Jacobus à tailler les haies.

— Tu sais tout faire, toi.

— Il y a des choses qui ne s'oublient pas.

Ils se mettent à rire, doucement, pour ne pas briser les silences qui protègent leur amitié.

— Tu crois que ça va te manquer, l'Indépendance ? demande Theo.

Holger ne répond pas.

Clara n'était pas à la Prellerhaus ; elle ne dormait pas. Elle était là, dans l'obscurité de sa chambre. Elle les avait entendus arriver, elle avait reconnu le grincement de la vieille porte, elle voyait la lueur de la fenêtre projetée sur l'herbe, une tache blonde que faisaient danser les branches du chèvrefeuille.

Elle pense à la femme de Törten. Elle était restée dans son jardin, avait juste tourné la tête de côté lorsque Holger avait dit : « La ville va s'en occuper, nous allons faire un rapport. » Clara avait ajouté « Merci, bonne journée », mais si bas que la femme n'avait même pas cillé. Qu'a-t-elle raconté, le soir, à son mari ? Les garçons… Ils auraient dû… Elle leur en veut. Ils auraient pu avoir quelques mots de sympathie, un peu de commisération, ils auraient dû prendre un peu de temps pour lui expliquer. Rapport. Tout était devenu abstrait, tout était mots. Holger aurait dû comprendre, lui qui avait travaillé sur le chantier, lui dont les mains… De la part de Theo, c'était compréhensible, mais Holger ! Hygiène, hygiène dans la maison, animaux, entretien de la voiture, chauffage, et, ah oui ! Vie sexuelle en haut de la liste ! Enfants ? Non, pas d'enfants. Pas d'enfants dans la liste des fonctions que doit remplir une habitation. C'est ça, Hannes, ton renouvellement de la société ? C'est ça que tu enseignes ? Si tu avais vu cette mère… C'était pour son enfant qu'elle s'inquiétait… Elle s'en fiche, de vos mots ! Vie sexuelle ! Vous ne connaissez pas l'attente des femmes, chaque mois, le soulagement… Et quand même le désir. Quand je te propose de passer un peu de temps ensemble l'été, tu m'opposes ton « prix à payer ». Tu prends cet air attendrissant, tellement énervant. Là, tu sais t'apitoyer, ce n'est pas comme avec la femme de Törten ! Que crains-tu, au juste ? D'être empêché de disparaître, en Angleterre ou ailleurs ? Ton prix à payer ! Tu as pensé à celui de la vie sexuelle ? À celui des femmes ? Oui, tu y penses. Tu as la trouille. La trouille de l'enfant qui pourrait venir ou pas. De ce qu'il faudrait décider. C'est cela, ou autre chose, qui te distrait, depuis Berlin, quand nous faisons l'amour ?

Non, ce soir elle ne descendra pas les rejoindre. Elle les laissera entre hommes. Elle les laissera jouer avec leurs mots. Parleront-ils de Gropius, qui vient de gagner le concours pour l'Office du travail de Dessau ? Theo, enthousiaste, a voulu fêter ça. Holger a prétexté du travail en retard. Ou une réunion avec Lotte. Lotte et Holger ? Non, Lotte et Hannes. Pourtant c'est le genre de fille qu'Holger pourrait apprécier. Il aime tout ce qui plaît à Hannes. Alors pourquoi pas Lotte ? De toute façon, la femme de Hannes vient rejoindre son mari. L'histoire avec Lotte ne pourra pas durer. Lotte sera libre.

Le vent siffle entre les tuiles. Sur l'herbe, la tache blonde est toujours là. Qui était cette blonde avec laquelle Theo a flirté ? Outrageusement. Outrageusement maquillée. Elle lui avait laissé son boa. Après, il avait dansé avec ce type un peu bizarre. Il devait avoir un peu trop bu. Oui, certainement, il était ivre. Ce n'aurait pas été possible autrement. Est-ce qu'en Angleterre on danse aussi avec les garçons ?

Il faut dormir. Il faut cesser d'avoir des doutes. Il faut cesser de craindre que trop de mots empêchent Holger d'entendre ce qu'elle ne lui dit pas. De craindre les silences de Theo.

Que dit le vent dans les tuiles, que veut-il, à pousser ainsi les branches contre la petite maison, à l'entourer de printemps, à la cacher, à protéger cet abri dérisoire, cette amitié…

Dans quelques semaines, ils auront quitté l'Indépendance.

Dans la boule argentée, un reflet vague, et l'eau qui monte aux yeux, qui vient battre les rives de la tache dorée. Une île.

19

Octobre 1928

Ils avaient occupé la matinée à prendre possession de leurs studios-ateliers. Après le déjeuner, ils étaient montés sur la terrasse, avaient tiré deux chaises vers l'angle le plus ensoleillé, s'étaient installés côte à côte. Holger avait posé la nouvelle brochure de l'école devant eux, sur la banquette. Ils l'avaient longuement feuilletée, s'accordant d'un bref regard ou d'un hochement de tête pour tourner les pages. Leurs mains se croisaient au-dessus du papier pour souligner une phrase, indiquer un croquis, celle d'Holger, puissante, carrée, et celle de Theo, fine, nerveuse. Une brise capricieuse soulevait l'odeur de l'encre d'imprimerie encore fraîche. Elle se mêlait à celle des pommes tout juste récoltées. Après l'été, la large plaine respirait. Parfois, dans un soupir, comme un grand corps silencieux traversé par un rêve, elle exhalait les senteurs âcres des usines, là-bas, au-delà de la voie ferrée, et plus loin encore, vers le nord, vers Berlin.

Ensemble, ils avaient tourné la dernière page ; d'un même geste, ils avaient relevé la tête. D'ici, rien n'arrêtait la vue, on pouvait suivre longtemps le tracé noir et rectiligne des rails, les courbes argentées de l'Elbe. À l'écart de la ville, posé sur la prairie, le bâtiment offrait sa blancheur au ciel, se laissait traverser, noce moderne de l'impalpable et de la matière, de la lumière et de l'acier.

— C'est bien…

Theo avait rompu le silence.

— C'est bien, avait répondu Holger. Il avait croisé les mains sur sa poitrine, s'était renversé sur sa chaise, avait fermé les yeux.

Le regard de Theo se fixe à nouveau sur la couverture de l'ouvrage. *junge menschen kommt ans bauhaus*. jeunes gens, venez au bauhaus. Une invitation dans le coin droit de la page. Occupant toute la moitié gauche, la photo d'une main. Une main d'homme, index tendu, qui se détache nettement sur le fond clair. Ni ombre, ni corps, ni regard, juste une main terriblement réelle, avec ses plis, ses poils, le pouce recourbé d'un travailleur manuel. Anonyme et objective. Concrète. Une injonction.

Theo est fasciné par l'image, sa construction rigoureuse, son efficacité, l'économie de moyens pour délivrer le message dont la typographie semble le prolongement de cet index. Venez, ici ; maintenant ; c'est presque un ordre. Il frissonne et relève le col de sa veste. Un nuage masque le soleil. Le costume de flanelle claire que son père a tenu à lui faire faire sur mesure à Londres devient trop léger pour la saison. Son père… Il sourit intérieurement. Son père avait voulu un beau costume pour Monsieur le futur architecte ; un beau costume, comme serait cossu et respectable le bureau qu'il installerait plus tard, comme serait convenable et charmante, ah oui, charmante, l'épouse qu'il se choisirait. Ce que contenaient les entrepôts de la Speicherstadt[1] promettait bien tout cela.

Il se tourne vers son ami. Holger s'est assoupi. Il a la capacité de plonger ainsi dans le sommeil, brusquement, comme on passe une porte. Dans sa veste de grosse toile et son pantalon de velours, son corps semble alors plus massif et plus lourd, un bloc de glaise en attente sous le linge. Il ne s'abandonne pas au sommeil, il s'y livre comme à une occupation aussi productive que celle qu'il a à l'état de veille, mais indéchiffrable à autrui. « C'est bien », a-t-il répondu. C'est à cet instant que Theo a pris conscience de ses propres doutes. Il sait Holger économe de paroles. Mais là, sa phrase lui a été simplement retournée. Il cherche sa question autant qu'une réponse. D'autres mots l'auraient rassuré, auraient balayé ce léger malaise. Un ronronnement attire son attention. Un petit avion roule sur la piste des usines Junkers. Il prend son envol, vire sur l'aile et passe au-dessus de l'école. Theo renverse la tête pour le suivre un moment, le regarde s'éloigner, se perdre au loin.

Il ferme les yeux. Il ressent encore dans ses membres le balancement du bateau, entre Londres et Le Havre, la vibration des machines dans l'acier du bastingage, à laquelle vient se superposer le halètement du train qui l'a ramené de Paris à Berlin. Son corps est un itinéraire, un

1. La Speicherstadt est un célèbre ensemble d'entrepôts du port de Hambourg.

agencement de rails, pistons, engrenages, métal contre métal, son pouls bat au rythme des bogies. Sous ses paupières closes défilent les images syncopées, le noir des docks de Londres, le blanc des élégants *crescents*, les gris infinis des lainages de Jermyn Street, son propre reflet dans l'acier des ciseaux du tailleur, la silhouette claire de sa mère diffractée dans les vitres d'une porte à tambour. À Londres, ou à Paris, il ne sait plus, une porte à tambour encore, et le sourire de sa mère qui se précise, qui s'efface, s'incruste sur des perspectives, et l'image, répétée à l'infini, d'une petite robe noire dans un escalier tapissé de miroirs, des petites robes noires, encore et encore, au Café de Paris, tournant jusqu'au vertige dans le cuivre d'un saxophone.

« Jeunes gens, venez au Bauhaus. » Une voix a chuchoté dans son dos, à peine perceptible, puis plus nettement, de plus en plus clairement. Il se redresse, et déjà Clara est devant eux, souriante, taquine, provocante, les mains dans les poches d'un peignoir d'homme, un pantalon de jersey dessine ses longues jambes. Holger a ouvert les yeux. Elle lève lentement les bras et se met à répéter la phrase, changeant d'intonation, la mimant de gestes de ses mains. Drôle, attendrissante, autoritaire, elle les supplie, les gronde, leur intime un ordre, leur susurre une invite, leur lance une évidence, les mots sortent comme une caresse, comme un lasso d'entre ses lèvres peintes en rouge.

— On a compris.

— Oh, Holger, on peut bien s'amuser un peu !

Elle se pose vivement sur la banquette. Holger s'était précipité pour ôter la brochure. Un instant, ils restent ainsi, elle, lovée dans les plis des étoffes, et lui, projeté en avant, sa large main figée dans son élan. Il se rassoit. Alors elle se soulève à peine, attrape le cahier, le fait lentement glisser de sous ses fesses, le pose sur ses genoux et le lisse longuement du plat de la main. Puis, s'arrêtant brusquement, elle le lance à Theo.

— Bonjour les garçons ! Quoi de neuf ?

C'est bien d'elle, de faire son numéro, puis de passer brusquement à autre chose. Clara, toujours différente, et toujours semblable à elle-même. Dans toutes ses métamorphoses, sous tous ses déguisements, ses poses, Holger a appris à la retrouver. Clara, tout entière contenue dans son profil. L'œil, un peu tombant, au bord du désenchantement, et la courbe presque trop lourde de la mâchoire, soutenue par le cou long et parfaitement cylindrique. Le jour où il a dit : « Ton cou est comme une belle bille de bois, solide », il s'est senti maladroit. Il s'est détourné pour qu'elle ne le voie pas rougir.

— Theo, raconte-nous la Côte d'Azur, demande-t-elle.

— Ma mère trouvait qu'il faisait trop chaud et mon père trouvait épouvantables les routes de la corniche.

— Et toi ?

— Oh, des amis anglais possèdent une voiture. Je pouvais la prendre quand je voulais. J'ai fait quelques balades dans les ports de la côte.

— Tout seul ? Tu trouvais bien quelqu'un pour t'accompagner, tout de même ?

— Si peu, si peu… Mais ça te plairait, Clara, les couleurs sont époustouflantes… Elles valent toutes les leçons de Klee !

Oui, il avait pensé à elle, là-bas, debout sur le rocher qui plongeait dans les bleus. Othéa… Son joli monstre, imprévisible. Il avait eu envie d'elle, là, tout de suite, ils seraient descendus dans cette crique, ils auraient fait l'amour… Il avait fermé les yeux sur l'éblouissement, des taches sombres palpitaient, crinières sauvages des pins parasols, boucles folles sur la nuque désordonnée. Il était resté longtemps, jusqu'à ce que la mer pâlisse, qu'elle s'apaise, qu'elle ne soit qu'une plaque de métal polie.

Maintenant elle est devant lui, Clara. Othéa. Son costume anglais l'engonce, il veut reprendre celui de Petit Theo, du petit pêcheur, la regarder jouer au monstre, ne pas se dire que sans elle tout est itinérance. Ne pas se dire qu'elle est son île. Ne pas se promettre d'y revenir toujours.

Il se penche vers ce qu'elle a noué en guise de ceinture.

— Mais, c'est à moi, cette cravate !

Elle fait l'innocente.

— À défaut de t'avoir… ! J'ai aussi fauché ce béret à Lux, et ça – elle fait voler les manches de son peignoir –, ça, je l'ai acheté une misère à un type à Berlin. Il était là, avec ses affaires sur un trottoir de la Wörther Platz, et il vendait ce qu'il pouvait. Joli, non ?

— Un receleur ? demande Theo.

— Un type dans la dèche, plutôt, grommelle Holger. C'est pas le premier et pas le dernier.

Clara est restée les bras écartés, interdite.

— J'ai fait ce que j'ai pu… Il était gentil.

Elle ne mentionnera pas la manche droite du type, repliée et attachée par une épingle à nourrice, la béquille posée contre le dossier du banc. Elle ne racontera pas comment elle avait fouillé dans le carton, comme d'autres avant elle, avec ce mélange d'avidité et d'indifférence que l'on ressent devant ce qui semble offert non au désir mais à la bonne volonté. Lorsque son regard avait croisé celui du type, elle tenait entre ses mains une chemise à plastron, encore craquante d'amidon, mais toute froissée d'avoir été prise et rejetée, un oiseau abattu en plein vol, avait-elle songé. Alors elle s'était accroupie, et elle l'avait repliée, doucement, comme on soigne. Elle sentait le regard du type sur ses gestes, et elle prenait son temps, faisait durer cet échange qui n'avait pas besoin de paroles. Elle avait reposé la chemise, et le type avait sorti le peignoir d'un sac posé entre ses jambes. « Tu as un petit ami ? » avait-il demandé. Elle avait fait non de la tête, mais elle avait tout de même tendu la main vers la soie crémeuse. C'était un beau peignoir, à col châle, bordé d'un fin passepoil cramoisi, imprimé d'arabesques noires et rouges. « Prends-le. » « Il mérite plus que ce que j'ai », avait-elle murmuré. « Je sais, mais ça ira bien comme ça. Un jour, tu trouveras l'homme qui le méritera. » Elle avait déposé quelques marks dans la main du type et s'était presque enfuie.

Elle avait fourré le vêtement dans son sac. Au creux du bras, il pesait son poids de plaisir et de culpabilité. Bien sûr, elle n'était pas la seule à fréquenter cette allée. Aux beaux jours, chaque tronc se doublait d'une silhouette immobile, écorce grise, guenilles sans couleurs, ombre peuplée d'ombres. Dans les trouées du feuillage, le ciel en morceaux, et, au sol, de maigres flaques de lumière, vitrines de la dernière chance. Certains y venaient pour tenter de trouver le nécessaire, nécessaire qu'ils revendraient peut-être à leur tour, quand la misère gagnerait sur la pauvreté. Ils marchaient vite, courbés. D'autres, comme Clara, promenaient leur jeunesse comme on promène une lampe, la nuit, à la recherche de vies insoupçonnées, de ce que l'histoire semblait avoir éreinté, épuisé – les fleurs d'un chapeau, une blouse russe patiemment brodée, la veste de celui qui n'est jamais revenu. Tout ce bonheur disparu, ils le ramenaient vers la lumière, vers leurs jours, leurs fêtes, vers l'innocence.

Elle n'a pas évoqué tout cela. Elle n'a pas dit qu'elle avait pensé au frère d'Holger, celui qui avait porté les espoirs.

Autour d'eux l'école se remet en marche. Les rires sur les pelouses, les appels échangés de balcon à balcon, les bruits familiers s'entrelacent comme de menus rouages. Personne n'a à cœur d'engager une véritable conversation. Mais qu'importe. Elle est là, Clara, Othéa, dans la douceur de son peignoir de soie, face à leurs désirs qu'elle sait être au-delà d'elle-même, au-delà de la dernière page de la brochure. Leurs rêves sont si forts qu'il lui plaît d'en retrouver le poids sur ses épaules, et le souffle dans sa poitrine.

Quatre filles ont fait irruption sur la terrasse. Deux tisserandes, suivies par une autre, que Karla Grosch leur présente.

— Voilà Ute, leur dit-elle, elle intègre le cours préliminaire. On va faire un peu de gymnastique. Pas question de se ramollir !

Assez vite, Ute, lasse d'être à contretemps, s'est immobilisée, captive des arabesques qui n'en finissent pas de prendre possession de l'espace. Captive apparemment, se dit Clara. Il semble que la plénitude glorieuse des autres n'est là que pour faire ressortir son apparente vulnérabilité, et qu'il lui suffirait d'un claquement de sa longue tresse blonde pour faire cesser le numéro.

De la route cachée par les arbres parvient le timbre discordant d'un klaxon, ponctuant les notes aigres d'un banjo. Une clarinette sème des bouts de mélodie, qui finissent, tandis que la charrette d'Hansi tourne dans l'allée, par s'organiser en une sorte de version sauvage de *Swanee*[1]. En un instant, ils sont tous debout, penchés au-dessus de la balustrade, agitant les bras, beuglant *« I've been away from you a long time »*, appelant « Xanti ! Lux ! », appelant « Hé, Lux, on est là, rejoins-nous ! Montez, les garçons ! », reprenant encore et encore le refrain. Ute a rejoint le groupe, et elle découvre, juchés sur la plateforme du véhicule, parmi les cageots, les casiers à bouteilles et les valises, quatre garçons et deux filles dont l'une leur crie :

— Nous nous sommes retrouvés dans le train ! Vous auriez dû voir l'ambiance ! Les bourgeois faisaient une de ces têtes !

Holger bougonne :

— Et depuis quand y a-t-il des bourgeois en quatrième classe ?

Xanti a aperçu Theo.

1. *Swanee* ; chanson composée en 1920 par George Gershwin sur des paroles d'Irving Caesar. *« I've been away from you a long time »* : « Je suis resté longtemps loin de toi. »

— Salut à toi, Maître du Compas et de l'Angle droit, offriras-tu le gîte à quelques pauvres musiciens ? Nous égayerons ta demeure de nos chants et de nos danses, nous avons avec nous de très gracieuses dames – il désigne les filles derrière lui, qui font la révérence en relevant bien haut leur jupe –, nous ferons apparaître devant vos yeux émerveillés des cités magnifiques – il empile trois cageots –, des temples aux colonnes majestueuses – il aligne, avec une rapidité remarquable, le contenu d'un casier à bouteilles sur le banc de la charrette – et des jardins… – il fouille sous l'amas de colis –, des jardins… – il ramasse une botte de poireaux défraîchie et l'agite sous son nez – aux parfums surprenants !

C'est bien Xanti. Jeunes gens, venez faire la fête au Bauhaus, Xanti est revenu ! Xanti, son sourire, et ses Ailleurs de musique. Lux, qui avait ponctué la scène de coups de cymbales, la conclut d'un déchirant solo de clarinette. Les rires et les applaudissements fusent. Personne n'a entendu l'avion revenir. Il passe très bas au-dessus de l'école, avec un léger balancement des ailes. « C'est Ulrich ! » Les filles scandent le prénom « Ul-rich ! Ul-rich ! » en agitant les bras.

— Pour un peu, elles s'évanouiraient ! se moque Theo.

Il entend Holger grogner avant de s'éloigner :

— Qu'elles s'évanouissent donc, et qu'on n'en parle plus…

L'appareil se pose déjà sur la piste. Ses hublots attrapent un instant les rayons du soleil qui baisse à l'horizon. De loin, il semble un jouet scintillant, une décoration pour arbre de Noël moderne.

— Qui est-ce ? demanda Ute.

— Ulrich, répond Clara. Il veut devenir pilote d'essai. Il s'entraîne.

— Mon père a une fabrique de jouets, à Nuremberg. De soldats de plomb. De jolis petits avions aussi… déclare Ute, comme si, enfin, elle avait trouvé un point de jonction avec la gaieté ambiante.

Les gymnastes roulent leurs tapis de caoutchouc. Holger a disparu. Clara a glissé son bras sous celui de Theo.

— Viens, allons terminer notre installation.

Ils s'éloignent déjà, quand Ute les rattrape.

— Dis-moi…

Elle lui montre sa tresse. « Je n'ai pas envie de jouer à la poupée. » Cette pensée a traversé l'esprit de Clara si vite qu'elle n'a pas le sentiment de l'avoir formulée. Il lui en reste juste une impression étrange. Que vient faire cette fille ici ?

— Dis-moi, insiste Ute, penses-tu que je devrais les couper ?

— Je ne sais pas.

Elle entraîne vivement Theo.

— On dirait que cette fille te fait peur !

— Je ne sais pas !

— Oh ! Clara, que peut craindre la redoutable Othéa ? Cette Othéa qui ose m'emprunter une cravate sans me demander la permission ?

Ils sont arrivés à la porte de la chambre de Theo. Elle dénoue la ceinture improvisée, la lui passe autour du cou, et reste là, un moment, les deux mains posées à plat sur la poitrine du garçon. Le contact avec la flanelle est doux, une tentation au-delà de la caresse.

D'une bourrade, elle le repousse dans la chambre et tourne les talons.

Dans les couloirs de la Prellerhaus, la plupart des studios sont ouverts. Les étudiants vont et viennent, ceux qui ont le privilège d'habiter le bâtiment, et ceux qui rentreront le soir, après le dîner, dans leur chambre en ville. Au troisième étage, la porte d'Holger est entrebâillée. Clara entre sans frapper. Il est assis à son bureau, sa silhouette se détache faiblement en contre-jour contre la baie vitrée que le soir assombrit déjà. Sur la table est posé un violon, de facture assez grossière ; un instrument pour faire danser les villageois. Une légère odeur de térébenthine flotte dans la pièce. Clara voit le chiffon qu'Holger froisse dans son poing serré ; l'étui de cuir, ouvert, où s'alignent les gouges. Ils restent un moment sans parler. Le violon, par endroits, luit comme un miel sombre, un de ces miels de montagne âcres, puissants, qui brûlent la gorge.

— L'atelier est vendu, finit par dire Holger.

Clara ne sait que répondre. La soie du peignoir lui semble lourde et froide. Elle repense à l'invalide. A-t-il dit « Le peignoir est vendu », en posant, le soir venu, les pauvres pièces sur la table ? Elle pense à cet atelier de lutherie dans un village de Bavière, si loin, si petit, à cette famille qu'elle n'a jamais vue.

— Ils sont à Munich, maintenant. Ma mère a trouvé une place de gardienne d'école. Mon frère l'aidera.

Les mots viennent difficilement, si bas que Clara doit tendre l'oreille. Elle se rapproche de la table. Holger se lève brusquement, repousse sa chaise. Il jette le chiffon dans la corbeille à papier.

— Voilà.

Il n'ajoutera rien. Il n'est plus bavarois, comme les autres ici ne sont plus rhénans, suisses ou hongrois. Ils sont tous *Bauhaüsler*.

De retour dans sa chambre, au premier étage, Clara finit de ranger ses affaires. Elle a brièvement salué Gunta, accaparée par ses nouvelles recrues. Plus tard, pense-t-elle, plus tard. Le couloir de l'étage réservé aux filles prend parfois des airs de volière. Elle ouvre le journal, acheté à la gare de Berlin. À la page spectacles, elle trouve un article à propos de la dernière pièce de Bertolt Brecht qui se donne au théâtre am Schiffbauerdamm. Elle a vu les affiches dans la rue, le personnage grimaçant avec le chiffre trois[1] en rouge. Que dit la critique ? Elle repose le journal. Plus tard, pense-t-elle, je la lirai plus tard. Elle sort sur le balcon, laisse le vent jouer avec la soie du peignoir.

Dans la boule argentée, c'est elle. Elle est revenue. Mais Berlin n'est pas loin. Elle danse dans les entrelacs rouges et noirs.

Theo s'est changé. Il a accroché le costume dans la penderie, a fait le tour de la pièce. Voilà, il y est. Ce sera sa chambre, son atelier. À droite de la porte, le lavabo, à gauche, l'alcôve avec le lit, la couverture rayée, la petite table à piètement métallique, contre le mur une bibliothèque, et, devant la fenêtre, la grande

1. Le *Dreigroschenoper* (« Opéra de trois sous » en allemand), *Opéra de quat'sous* en français.

table de travail, avec la chaise et le fauteuil. Il ne se souvient plus qui a occupé cette pièce avant lui. Peu importe. C'est la sienne, maintenant, et sienne la vue sur la ville. Il sort sur le petit balcon. Là, à droite, Törten, et là, à gauche, l'Office du travail, en construction. Sous ses pieds, le béton. Entre ses doigts, le métal ; et dans son dos, devant lui, partout, le verre. Gropius. Gropius n'en a pas fini avec Dessau, il reviendra. Hannes peut bien mettre cette main en couverture du programme de l'école ; sa main, sa conscience politique, sa volonté de servir le peuple… Le peuple et rien d'autre. Il peut bien penser que seul le collectif a de la valeur, qu'individuellement chacun d'eux n'est rien, ne doit prétendre à rien, doit se fondre dans une volonté supérieure, un besoin supérieur ; il suffit de se tenir là, de serrer entre ses doigts la fine rambarde, de regarder s'éteindre le jour et s'allumer, fenêtre après fenêtre, baie après baie, verrière après verrière, l'idée d'un seul homme… À Hambourg, son père l'a emmené au port. À une intersection, la Chilehaus pointait sa proue de brique, aiguisée comme une arme, comme l'orgueil de qui a traversé l'océan. « Les bâtisseurs », lui a-t-il soufflé en lui prenant le coude. Parlait-il de l'architecte, ou du commanditaire qui avait fait fortune avec le salpêtre du Chili ? La brique avait semblé à Theo démodée, le style trop expressionniste. Mais l'idée était toujours valable. Toi aussi, Theo, toi aussi tu rencontreras tes aventuriers. Gropius s'était bien fait connaître par une usine ! Dans la Ruhr, les Krupp alignent les cheminées de leurs hauts-fourneaux. Toujours plus de ces cheminées, pour toujours plus de gloire. « Un jour, c'est l'idée de ce pouvoir qu'il faudra montrer. Tu feras cela », a conclu son père. L'idée. La pureté qui dit l'évidence. Oui, il y aura des choses exceptionnelles à réaliser.

La brochure traîne encore sur son lit. Il l'avait ramassée avant de quitter la terrasse. Il hésite à la rapporter à Holger, décide de la ranger dans sa bibliothèque, avec les autres publications de l'école. Il aime les regarder, passer le doigt sur leur dos, les compter. Il en paraît quatre par an. Elles ont chacune un thème, graphisme, scénographie, architecture… Elles racontent leur vie ; leur vie de *Bauhaüsler*. Il sort le premier manifeste, celui dont la couverture est illustrée de la cathédrale de Feininger. Gropius est revenu de l'idée de compagnonnage. Il est retourné à son atelier. Il signe. Ce n'est pas un péché. Aucun doigt accusateur ne va vous désigner. Aucune main ne va s'abattre sur vous. Jeunes gens, venez à ce Bauhaus ! Prenez tout ce qui est bon à prendre, et continuez votre chemin !

Le sien sera de rejoindre Gropius.

Gib uns doch Licht auf die Bühne, Beleuchter ! Wie können wir Stückeschreiber und Schauspieler bei Halbdunkel unsere Abbilder der Welt vorführen ? Die schummrige Dämmerung schläfert ein. Wir aber brauchen der Zuschauer Wachheit, Ja, Wachsamkeit. Lass Sie in der helle Träumen.

Donne-nous la lumière sur la scène, éclairagiste ! Comment pouvons-nous, nous, les auteurs, et nous, les acteurs, présenter notre vision du monde dans l'ombre ? L'obscurité du crépuscule endort. Mais nous avons besoin de l'attention du spectateur, oui, de vigilance. Emmène-les dans des rêves de lumière.

Bertolt Brecht

20

Novembre 1928, Berlin

Clara avait rajusté son béret sur la tête. « Comme ça, vous me verrez, si on se perd ! » Le feutre, d'un rouge éclatant, faisait paraître plus claire sa peau, et plus sombre la mèche de cheveux qui suivait l'ovale de sa joue. Ses yeux brillaient dans le halo dont elle avait voilé ses paupières, du même gris plombé que celui du ciel de Berlin en cet après-midi de novembre. Theo l'avait laissée arranger l'écharpe autour de son cou.

— Tu serais bien capable d'attraper un rhume, Petit Theo, et de te moucher tout le long du spectacle !

Elle avait posé la main sur l'épaule d'Holger.

— Avec cette casquette, tu ressembles tout à fait à Brecht ! Vraiment, tu es parfait ! Formidable ! Allez, emmenez-moi au théâtre !

Elle avait pris chacun des garçons par le bras, ils s'étaient engagés dans la Friedrichstrasse.

À vrai dire, c'était elle plutôt qui les menait, qui imposait la cadence sur le pavé luisant, et eux qui réglaient leur pas sur les reflets intermittents des petits souliers vernis. Ils s'arrêtaient devant les vitrines illuminées, devant les étalages savants de cravates, de gants, de boîtes de cigares, guettaient, derrière les rideaux à demi tirés des cafés, floutés par la fumée des cigarettes, les visages de célébrités du cinéma, visages que l'on retrouvait en photos quelques pas plus loin, floutés là aussi par l'humidité et la hâte des rotatives, dans les kiosques à journaux qui ponctuaient la rue de leurs amas de feuilles imprimées, moisson du jour de nouvelles éphémères, contradictoires, qui s'envoleraient dans la nuit pour se refaire le lendemain, inlassablement. Berlin, dévoreuse de papier, où chaque pas, à chaque instant, semblait faire naître une opinion, un article, une chronique, une publication, une affiche, Berlin, assoiffée de l'encre des mots, des images, des graphismes, Berlin et l'écarlate de ses babines retroussées, de ses slogans, de ses cris.

— Ah ! Voilà ce qu'il nous faut ! lance Clara.

Les deux garçons ne s'attendaient pas à devoir s'arrêter là, devant cette vitrine. Ils se tournent vers elle, sourcils levés, sourcils froncés. Deux masques de comédie, pense-t-elle.

— Puisque les tissus de l'atelier ont tellement de succès, vous savez, n'est-ce pas, que tout le monde veut des tissus Bauhaus, il est question de signer un partenariat avec une entreprise de lingerie… Plutôt inspirant, non ? Toutes ces jolies couleurs… Ces petits jours échelle… Très Bauhaus, non ?

Sur des présentoirs s'étalaient mousseline et crêpe de chine, dentelles chantilly et satin peau de pêche, toutes les nuances du blanc à l'abricot, du vanille au rose thé, de l'ivoire à l'ébène. C'était un magasin de dessous féminins.

— Vous n'allez quand même pas transformer l'école en *boudoir* ! Tu plaisantes ! lâche Theo.

— Je ne plaisante pas, la direction pense qu'il serait bon de féminiser un peu l'atmosphère. *Boudoir*, quel joli mot ! Oh Theo, tu rapportes de si jolis mots de tes voyages à Paris… *boudoir*… On dira : depuis cette année, le Bauhaus a pris des allures de *boudoir*…

Clara a pris son air innocent, son air de petite fille sage, elle lève vers eux son regard où toutes les lumières, toutes les tentations de la ville se mettent à danser. Theo tente un rire un peu contraint.

— On a failli te croire.

Holger marmonne :

— Je te l'ai déjà dit, Theo, cette fille est dangereuse…

Ils reprennent leur marche. Elle avance, portée par son sourire, légère, si légère.

Elle a fait plus que les taquiner ; elle les a provoqués. Elle ne sait pas ce qui leur a paru le plus incongru, l'idée même d'une telle collaboration, de la féminisation de l'école, ou bien cette station obligée devant la vitrine. Elle a bousculé Theo, pour qui ce genre de choses relève de la sphère intime, voire d'une extravagance de fête, mais en aucun cas des objectifs du Bauhaus. Holger, lui, est bien capable, pense-t-elle, de rejeter toute idée de douceur et tout fantasme pour ne voir que des dos gris, anonymes et penchés, pour ne penser qu'aux ouvrières confectionnant, en échange d'un maigre salaire, ce luxe inutile. Mais, en les liguant contre elle, elle les a rapprochés. En cet instant, elle a senti, dans leurs regards qui se sont croisés, leur fraternité, leur solidarité masculine. Féminiser le Bauhaus ? Elle a joué de leur vanité de mâle. Oui, elle s'est jouée d'eux, elle les a vus se redresser, et elle les a fait danser, comme des pantins, au bout de la même ficelle. Qu'apprennent-elles d'autre, les filles de l'atelier tissage, devant leurs lourds métiers de bois, que font-elles d'autre que de tirer les fils, que de les tendre, les entrecroiser, les organiser, les resserrer, jusqu'à parvenir au motif désiré ? Elles seules voient l'envers de l'ouvrage, connaissent les nœuds, les reprises quand le fil casse, elles seules savent ajuster la tension. Dangereuse ? Si tu savais, sous la force demandée, la tendresse dans nos mains, Holger…

Cette tension, elle la sent depuis quelques jours. Ils sont eux-mêmes, ces garçons. Mais plus que d'habitude, trop peut-être, Theo trop insouciant, Holger trop acharné au travail. Elle a dû insister pour qu'il se laisse distraire une journée. Et puis soudain, il a accepté.

Ils avaient repris leur marche, ils avaient repris leur place, Clara s'abandonnant tantôt sur l'épaule d'Holger, tantôt sur le bras de Theo. Il lui fallait de la force pour s'effacer derrière le masque de la jolie fille entre deux garçons. Câline, sa joue s'appuyait sur eux, mais son cœur s'appuyait sur la ville, sur son pavé sans merci, sur la peau froide et grise de Berlin, dont elle savait qu'elle ne recouvrait que du sable détrempé, incertain, et qui, pourtant, portait la charge de ces millions d'âmes, de leur orgueil, de leurs peines, qui portait sans fléchir ses lourdes parures de pierre et d'acier, qui exultait, éructait, Berlin si blonde, si brune, fille des marécages. « Il faut rester à sa place », lui disait sa mère. Clara avait fui Halle, son destin de demoiselle vivant de cours de dessin auprès d'une bourgeoisie raide qui l'aurait considérée comme un fournisseur, à peine plus qu'une bonne d'enfants ; au mieux un divertissement de bon goût. À Dessau, les parois de verre du Bauhaus, elle commençait à le sentir, renvoyaient l'image séduisante de la femme créatrice, mais les filles s'y heurtaient aux sourires paternels des professeurs, au mur de l'ambition masculine. Dans le miroir les couleurs étaient plus fortes, certes, mais qu'étaient-elles, les tisserandes ? Une fleur dans le vase ? Une caution de modernité ? Ou simplement une rente ?

Pour l'instant, elle marche entre ces deux garçons, ils remontent du même pas la Friedrichstrasse, et, dans cette ville qui n'appartient à personne, qui donne sa chance à tous, dont chacun, quelle que soit sa nationalité, peut se prétendre, elle se sent suffisamment forte pour se montrer inoffensive.

« Dangereuse », a dit Holger. Pas pour lui, pas au point de le faire dévier de sa trajectoire, mais c'est à Theo qu'il a lancé cet avertissement, Theo, cet autre frère qu'Holger ne veut pas perdre, qu'il désire tant, de sa manière bourrue et silencieuse, convaincre, et dont il souhaite, plus que de l'admiration, une adhésion. L'admiration l'aurait encombré, engoncé comme un trop beau vêtement, il poserait ses grosses mains sur le tissu, et il ne trouverait pas les poches. Ce qu'il aime, lui, c'est sa canadienne. Pourquoi cette image lui est-elle venue, là, maintenant ? Une image idiote, pense-t-il. Berlin le rend idiot, et toutes ces vitrines dans lesquelles ils se reflètent, qui les habillent, comme ces silhouettes découpées, avec leurs sous-vêtements ridicules, sur lesquelles on accroche des habits de carton. Il avait vu les filles de Schlemmer jouer avec ces figurines. Voilà ce qu'ils étaient. Des jouets pour la grande ville. Qui les écornerait et qui les oublierait. Et ces deux-là qui se prenaient au jeu. *Tenues de ville pour Madame et Monsieur*, voilà ce qu'aurait dit la légende sous l'image. Qu'avait besoin Clara de se cramponner ainsi à son bras, il aurait suffi qu'elle desserre un peu son étreinte, et il aurait glissé du cadre, sans bruit. S'il avait fait moins froid, il n'y aurait pas eu la grosse toile ni la doublure épaisse sous la pression de ses doigts. S'il avait fait moins froid, elle se serait moins blottie contre lui. Serrait-elle aussi fort le bras de Theo ? Alors il ralentit, à peine, juste assez pour sentir la pression se raffermir au travers de sa manche, pour qu'elle tourne son visage vers lui, pour un sourire qu'il fait semblant d'ignorer. Parce qu'il n'est pas venu pour elle, parce qu'il n'est plus très sûr de savoir pourquoi il est là, dans cette ville qui leur jette à la figure toutes ses marchandises, toutes ses lumières, dans laquelle on ne peut avancer tout droit, où il faut sans cesse louvoyer entre les obstacles. Non, ce n'est pas pour cela qu'il a accepté de passer cette journée à Berlin. Ce n'est pas non plus pour *L'Opéra de quat'sous*, pour Brecht, pour ce spectacle qui attire trop de monde, et dont le succès lui paraît un peu suspect. Un spectacle à la mode ! Il se sait de mauvaise foi. Brecht est un écrivain engagé, pacifiste ; communiste, non, mais ouvertement anticapitaliste ! Et malgré cela, fasciné par l'Amérique ! Alors quoi ? Un bourgeois déguisé en prolétaire ? Oui, rien qu'un bourgeois déguisé en prolétaire ! Holger se répète la phrase, rageusement, il fait peser de tout son poids ses larges semelles de crêpe sur les trottoirs, il voudrait des clous, des coups, au lieu de ce faible couinement du cuir gras, il martèle de ses mots l'odeur d'iris qui monte contre son cou, il piétine le sourire qu'il sent flotter si près de sa joue, qui embue la laine de son col, il écrase ce rire qui lui fouette le visage comme un grésil et lui fait monter les larmes aux yeux. Mais il serre, jusqu'à en étouffer, la main glissée au creux de son bras.

« Dangereuse… » Il met toute sa force, du jarret au talon, du talon aux orteils, chaque pas lancé comme un poing à la face de cette ville, et le crêpe qui amortit ses coups, lui renvoie l'impact, la douleur qui remonte vers le ventre, et Berlin qui s'en fout, qui ne sent sur sa peau que le léger baiser de ses semelles et ne lui offre rien qu'une joue indifférente.

Il est venu pour Theo. Il l'a suivi pour l'empêcher de s'éloigner, d'oublier l'amitié. D'oublier d'être un *Bauhaüsler*. Pour qu'il voie, à travers ses yeux, toute la folie et toute la désespérance de cette ville, tout ce qui leur incombe de reconstruire, ce qui devrait être autrement. Leur devoir. Il est venu parler. Mais il y a trop de bruits pour les mots. Il entend le staccato des talons de Clara sur la basse continue de ceux de Theo, il entend le rire clair qui brise devant eux l'air glacé, qui le fait éclater comme une vitre, il regarde les lèvres rouges, et ce n'est pas du sang, c'est un fanal dans la nuit, il s'y accroche, l'air glacé s'enfonce comme une lame dans sa poitrine, et il ferme la bouche pour s'en protéger, les mots, les phrases gisent, fracassés, en mille éclats coupants au fond de son cœur.

Ça n'est pas du sang. Le sang, ils le foulent aux pieds, celui de cette ville qui ne cesse de se révolter, et ne cesse d'être écrasée, grande flaque rouge qui se perd dans les sables, dans l'odeur de la poudre, dans les grèves brisées, balayée par les régiments bien dressés, lavée à grande eau dans la Spree et les canaux, évacuée comme le pauvre corps de Rosa la Rouge, Rosa la boiteuse, l'amoureuse, Rosa Luxemburg qu'il a fallu assassiner pour qu'elle cesse de si bien parler et de vouloir repeindre l'avenir dans la couleur qui fait peur. Pour qu'ils puissent tous trois, insouciants, remonter la Friedrichstrasse, avec toutes ces lumières et la pâleur de la soie sous les robes des femmes.

Il marche les yeux fixés sur le sol, sur les pas de Theo, et il voit l'élégance du bout fleuri, la patine soigneusement entretenue, les petites blessures du cuir qui disent l'habitude, rien qu'on puisse qualifier de négligence, juste une certaine nonchalance. Deux jolis animaux de cuir gold qui trottent en jappant, deux chiens de race dociles, que la ville n'effraie pas, qui précèdent leur maître, une fierté, une complicité partagées. Des chaussures de ville. Taillées pour Theo, pour le type de Hambourg, c'est-à-dire de partout, de toutes les villes vers lesquelles les navires ou le caprice appareillent, ici, ailleurs, toujours à l'aise, confiant. Debout, elles s'ajustent, les chaussures ; assis, il peut croiser les jambes, les mettre en avant, elles attrapent bien la lumière, on sait tout de suite d'où il vient, on imagine où il ira. D'habitude, il ne les voit pas, ces chaussures, il n'y fait pas attention. Ce soir il les hait. Pourquoi fallait-il remonter ainsi cette rue interminable, ils auraient pu prendre le tram, serrés les uns contre les autres, ils auraient pu aussi s'asseoir dans une taverne, glisser les pieds sous la table. Tenir une chope entre les mains, éprouver la stabilité du lourd plateau de chêne. Ici ou ailleurs ; une table, une chaise, une chope ; la lumière ambrée de la bière, les phrases qu'on échange par-dessus, en se penchant un peu, le mot juste qui vient et son reflet dans le regard de l'autre. Il aurait trouvé les mots. Il n'aurait pas cette colère. Demain, il trouvera les mots.

Il marche en regardant au loin.

Au-delà des lumières, au-delà de la nuit, en Bavière, la première neige avait dû tomber. Le givre accrochait ses guirlandes au bord des toits, aux montants des fenêtres. Au petit matin, il prendrait au creux de la paume les délicats cristaux, il se perdrait dans leur géométrie, dans l'organisation parfaite de ces mondes minuscules. Sur le chemin de la forêt, il suivrait la trace étoilée d'un oiseau, celle soyeuse du lièvre ; il mettrait ses pas dans les pas de son père.

Clara le tire brusquement en arrière.

— Holger, tu rêves ! Fais attention !

Ce n'est déjà plus qu'une forme frangée d'argent dans la procession mécanique. Ils étaient arrivés au coin d'Unter der Linden. Une voiture l'avait frôlé.

— Je regardais ailleurs. C'est fini maintenant.

De l'autre côté de l'avenue, l'enseigne du café Kranzler déroule ses arabesques entre les branches dénudées des tilleuls.

— Allons prendre quelque chose, cela nous réchauffera. C'est moi qui invite ! propose Theo.

Devançant les protestations d'Holger, il ajoute :

— Regarde, Clara est toute gelée, elle tremble !

Holger est fatigué d'être furieux, fatigué de se battre avec cette ville, avec lui-même. Il accepte.

— Allez, on traverse ! Il ne faut pas se faire écraser, toi, tu regardes à gauche, et moi à droite.

— Et moi ? demande Clara.

— Toi ? Rien. Tu avances et tu nous fais confiance.

Novembre a vidé la terrasse du café. À l'intérieur, la chaleur saute au visage. Les clients dînent déjà, l'odeur lourde de viande fumée et de chou flotte au-dessus des nappes blanches. Ils s'installent au bar.

— Un verre de vin chaud ? suggère Theo

— Tu es chez toi, c'est toi qui invites.

La remarque d'Holger reste suspendue dans les effluves de cigares et de parfums de luxe. Quand la serveuse dépose devant eux une corbeille de bretzels, Theo la pousse en souriant vers son ami.

— Vas-y, sers-toi, il paraît qu'ils sont excellents. C'est toi le meilleur juge !

Du pur Theo, pense Clara. Tellement délicat, et tellement agaçant. Comme ses dessins. Parfait, parfaitement lisse. Elle a envie de le boxer, de lui dire : « Allez, vas-y, fais craquer les coutures, fissure la façade, c'est ce qu'Holger attend de toi, et toi, Holger, parle ! Avale cette bouchée de bretzel et crache le morceau ! Arrêtez ce petit jeu de fausses politesses ! »

D'énervement, elle a donné un coup de pied dans le bar.

— Ça va ?

Theo s'est tourné vers elle.

— Non, rien, j'ai glissé, je reviens, je vais… me repoudrer le nez.

Elle se faufile déjà vers les toilettes.

— Tu crois qu'elle se poudre le nez ? Ce n'est pas tellement son genre. Elle a une bien trop jolie peau.

— Elle fait ce qu'elle veut. Si tu crois que je regarde sa peau, répond Holger en fixant le bretzel entamé. Ils sont pas mal. Manque un peu de sel, mais pas mal.

Les toilettes pour dames sont tendues de cotonnade vieux rose, avec un motif pampre stylisé. Le même tissu habille deux petits fauteuils disposés de part et d'autre d'une coiffeuse. *Boudoir*, pense Clara, ça doit ressembler à ça, le style *boudoir*. L'un des fauteuils est occupé par une femme. Elle fouille dans son sac. En sort un poudrier de laque noire qu'elle pose sur la coiffeuse, sans retirer sa main. Elle considère Clara, la dévisage, la soupèse. Puis elle soulève la main. Sur le couvercle du poudrier, il y a un petit sachet de poudre blanche. Clara, gênée, se détourne, et s'approche du lavabo.

— Et alors ? dit la femme. Il faut bien tenir, tu sais – elle parle comme pour elle-même, à voix basse –, tu sais ma petite, cela m'aide à me sentir jolie. Jolie, il faut que je le sois, il faut au moins que je le croie. Par ce froid, si je ne me sens pas jolie, autant aller tout de suite me jeter dans la Spree. Le client, il faut lui montrer combien tu es jolie, il est tout prêt à te croire, il faut juste que tu y croies toi-même… Toi, tu es jolie, ça se voit tout de suite, peut-être même que tu ne le sais pas, que tu n'as pas besoin de le savoir. Pas encore. Les hommes, il faut qu'ils te disent que tu es jolie, ils te le disent, hein, ils te le disent ? C'est la moitié de leur plaisir, de te dire que tu es jolie. Ils te le disent les yeux fermés, mais pour ça, il faut d'abord que toi tu le croies…

Pendant ce monologue, elle a disposé la poudre sur le miroir, savamment, un rite que son discours a accompagné comme une prière. Elle aspire la poudre, presse son poignet contre ses narines et, d'un geste brusque, le tend vers Clara. Les veines y dessinent des routes d'un bleu sale.

— Elle est bonne, tu en veux ? C'est Cocojohnny[1]… Cocojohnny, à cette heure, il tourne autour de l'Admirals Palast.

Elle lui sourit, d'un air vague, sous l'effet de la drogue son corps s'est détendu. Quel âge peut-elle avoir, se demande Clara. Trente ans, quarante ans ? Plus jeune ? Une grande sœur… Les pans du manteau avaient glissé, dévoilant, sous le tissu trop fin de la robe, les os pointus des hanches, les cuisses maigres, et les jambes, curieusement jetées de travers, sans vie, deux bouts de ruban d'un paquet posé là, dont on aurait défait l'emballage. Un cadeau négligé.

Clara recule jusqu'à la porte et se hâte vers la salle, finit son verre d'un trait.

— Partons, il faut encore passer prendre nos billets.

Louise avait réussi à leur procurer trois places, elle les attendait à l'Admirals Palast. Ils reprennent donc la Friedrichstrasse en direction de la gare. C'est bientôt l'heure des spectacles, la foule est plus dense dans cette portion de rue. Les cinémas, les théâtres, les cabarets aspirent le flot qui s'est déversé un peu plus tôt des bureaux, des usines, des magasins. Chaque métro,

1. Cocojohnny, surnom d'un dealer de cocaïne immortalisé par une photo d'époque.

là-haut, sous la verrière bombée de la ligne aérienne, en apporte une nouvelle vague qui dévale les escaliers et se répand dans la rue. Holger marche en tête, remontant le courant, les autres dans son sillage, ils se glissent entre les groupes, entre les odeurs musquées de transpiration et de parfum bon marché, les relents de saucisse grillée de l'Imbiss, là-bas, sous l'arche métallique, entre les sourires qui disent la graisse luisante, bienfaitrice, l'énergie retrouvée, dans l'atmosphère électrique de l'attente du plaisir, de l'oubli éphémère.

L'Admirals Palast se voit de loin. Violemment éclairés, les stucs et les statues de la façade sur rue accrochent le regard, que la haute enseigne verticale mène droit vers le ciel, vers les nuages teintés d'un rose de chair dénudée. « Cocojohnny, à cette heure, il tourne autour de l'Admirals Palast. » Les paroles de la femme tournent dans la tête de Clara. Elle ne peut s'empêcher de guetter, parmi toutes ces faces qui lui arrivent dessus, tous ces profils qui surgissent de la pâte visqueuse de la foule, dans un col relevé, dans l'inclinaison d'un chapeau, la phrase qui viendrait l'envelopper de ses vapeurs sales. « Elle est bonne, tu en veux ? »

La file des spectateurs avance doucement sous le porche qui mène au théâtre, aveuglée par les ampoules qui entourent l'affiche des *Haller Girls*, fascinée par l'alignement parfait de leurs jambes, aussi lisses et polies que des fusils. Clara s'est faufilée par l'entrée des artistes. Quand elle ressort, elle voit Holger s'éloigner.

— Que s'est-il passé ?

— Oh rien, Holger n'aime plus le peuple ! La théorie est plus facile que la pratique, ricane Theo.

Clara le rattrape, lui barre la route, pose les mains sur ses épaules.

— Tu verras, ce sera bien…

Avec ces bras autour de son cou, ce petit corps mince qu'il sent peser légèrement, si légèrement sur sa poitrine, cette nuque ronde qui s'offre, le frottement mezzo des cordes vocales…

— Holger, s'il te plaît… pour moi… pour nous trois…

Il ferme les yeux, pose le menton sur le front de Clara. Il goûte la vibration de la voix, jusqu'au calme revenu.

— Partons d'ici, murmure-t-il.

Il est venu pour Theo. Il est venu pour Brecht, un peu. Il ne veut pas être venu pour Clara.

Il suffit d'emprunter le Weidendammer Brücke, et déjà on aperçoit, derrière le gigantesque Großes Schauspielhaus, la tourelle d'angle du Theater am Schiffbauerdamm.

— Vous êtes sûrs que c'est là ?

L'affiche de *L'Opéra de quat'sous* est bien là, placardée au centre de la verrière qui surplombe le porche. Les figures aux couleurs violentes ricanent au-dessus du joli petit balcon en demi-cercle, de ses fleurs entretenues, et des deux colonnes de style troubadour. Tout en haut, dans sa niche, une sorte de sainte, pudiquement voilée, semble bénir la place et ses passants.

— Eh bien, allons-y, allons entendre la bonne parole de frère Brecht !

Ils avaient laissé leurs manteaux au vestiaire. Il faisait chaud, le tapis était doux sous les pieds. Du marbre, des miroirs. Clara a surpris son reflet. Jolie ?

Voilà, ils y sont. Au premier rang du deuxième balcon, presque au centre. De bonnes places. On peut poser les mains sur le rebord tendu de velours rouge, on peut se pencher et contempler la salle, ses loges, ses dorures, le motif rococo du plafond, et le lustre, comme un gros fruit dans l'entrelacs des fins cordages de stuc, un gros fruit mûr, et ses grains de lumière.

— Regardez les cariatides !

Clara pouffe en agitant les bras.

— Après la vierge sage de la tour, voilà les vierges folles !

Theo s'est penché pour observer les positions bizarres que le sculpteur a données aux statues.

— À mon avis, elles essaient d'échapper à Brecht ! J'espère qu'elles pensent à tenir le balcon !

— Arrêtez, les sermonne Holger, on dirait que vous n'avez jamais rien vu.

— C'est vrai que toi, le Bavarois, avec tes églises, tu t'y connais en dorures et en grandes envolées baroques !

Tu t'y connais en églises baroques… Tu t'y connais en bretzels… Ce soir, à petits coups précis, Theo ne peut s'empêcher de provoquer son ami, le renvoyant à tout ce dont Holger veut se détacher, tout ce qui réveillerait le naufrage familial. Il a dans le regard une gaieté un peu hautaine, une aisance que l'on devine bien entraînée. Il est poli, comme un miroir. L'image renvoyée est cruelle.

Holger hausse les épaules.

— C'est ça, Berlin, une caricature.

— Non, ce n'est pas une caricature, c'est une somme de contradictions, un jour elle sera un tout.

Clara a chuchoté les derniers mots. L'orchestre avait pris place. La lumière avait baissé.

Le rideau s'est levé sur un décor de foire. Au deuxième balcon, presque au milieu, trois visages parmi les autres. Tout le temps du spectacle, ils resteront immobiles. Mendiants et prostituées feront danser leurs guenilles sur ces petites taches blêmes, plus ou moins sombres, plus ou moins claires au rythme de l'orgue illuminé. Ils seront le pavé de Londres, Mackie y promènera son couteau, Peachum son haut-de-forme. Ils seront, dans ce que l'obscurité réunit, un seul corps qui vibre au coup de cymbale et que déchire l'accordéon. Ils seront les quilles vers lesquelles roulent les mots dans un grondement sourd, les paroles qui ne sont pas chantées, mais projetées, ils seront les cibles que l'on remet debout dans l'attente du prochain coup.

Ils seront le public tel que Brecht le veut. Un partenaire de jeu.

Il y a Holger, penché en avant, les coudes sur les genoux. Au bout d'un moment, il appuie son menton dans le creux de la main, plus tard il appuiera les lèvres, parfois le front sur son poing replié. Il est là, il s'absente… Mackie l'apostrophe :

— Regarde, toi, là-haut, regarde ceux que je t'envoie, ma belle compagnie, des voleurs et des catins, tu sais bien qui ils sont, toi, je sais que tu le sais. Ils ne te font pas rire, comme ceux des premiers rangs, ils ne te font pas horreur non plus, comme à ces dames des loges, qui se tortillent d'un air un peu gêné. Tu pensais que je ferais mieux. Tu penses que cela ne suffit pas. Tu m'écoutes ? Dis-lui, Brecht, dis-lui, toi, qui nous sommes... Désolé camarade, Brecht te dit qu'il y a d'autres salles en ville, et qu'ici c'est un théâtre. Pour les discours politiques, il y a des cafés, des arrière-salles. Son truc à lui, c'est la boxe. Le coup de poing sur la tempe. Paf ! Toi, tu esquives, tu es là, mais tu ne t'engages pas. Tiens, il a quand même un truc pour toi, un beau coup dans les côtes, tu vois, je vais m'asseoir sur la table, avec mon ami Brown, et les trois petites lampes vont descendre des cintres, tu as compris maintenant que lorsque les trois petites ampoules descendent, et que l'orgue s'allume, c'est l'heure de la petite chanson, pardon, du *song,* eh ! On est à Londres ! On va te chanter *Le Chant des canons*. Rien que pour toi.

Des trois petites ampoules, aucune n'a vacillé. Jim est tué, Johnny est mort, Georgie disparu de ce monde... Les trois petites taches blêmes, au deuxième balcon, n'ont pas bougé. C'est ailleurs que la musique a frappé, avec ses notes de saxophone lancées comme des couteaux, ses percussions comme des marteaux, c'est juste en dessous. Holger a posé les mains sur ses genoux. La musique est habile, pas de sentimentalisme, on ne va pas pleurer.

— Eh, toi, là-haut, et vous tous, vous avez vu ce qu'on a fait de vos frères ? *De la purée, du hachis, du steak tartare !* Et puis je vais te dire encore une chose : tu crois qu'il n'y a que les gens bien qui ont des amis, que c'est un truc de « purs », que c'est désintéressé. Je vais te dire ce que c'est, l'amitié. C'est des petits arrangements. Bon, tu n'es pas tout seul, je vais m'occuper un peu des autres. Heureusement, on se partage le travail, nous les personnages !

Peachum a terminé de se lamenter sur le sort de sa fille et de houspiller ses mendiants. Une pause avant la prochaine scène. Il contemple la salle, toutes ces petites taches blêmes, les spectateurs. Ils ne valent pas beaucoup mieux que sa confrérie d'éclopés, eux non plus ne font pas très bien leur travail, leur travail de spectateur. Brecht, lui, a fait du bon boulot. Mackie, Tiger Brown, Polly et tous les autres, ils sont épatants ! Et puis cette musique ! M. Kurt Weill, allons, on peut bien avoir du respect, de temps en temps, M. Kurt Weill, il s'y connaît pour réveiller une salle, pour rassembler le troupeau, un petit *song*, et ils repartent tous dans le même sens. Parce que je vois bien que parfois il y en a certains qui pourraient s'égarer, partir tout seul sur leur petit chemin de pensées, comme si c'étaient des brins d'herbe plus tendres. Tiens, celui-là, au premier rang du deuxième balcon... Le petit jeune homme tout joli... Ferait un beau mendiant, aurait du succès avec un moignon bien ficelé ! Ou plutôt aurait fait un bon mari pour ma petite Polly. Pas assez bien pour toi, ma fille, mon trésor ? On n'est pas si différent, ton père et moi. Entre hommes d'affaires on se comprend. Et puis Londres, il connaît, Londres, le paradis des marchands et des voleurs ! Qu'est-ce que tu crois qu'il va faire dans les entrepôts du bord de la Tamise... C'était quoi ces rendez-vous, quand il vous laissait vous promener avec ta chère Maman ? Hambourg, Londres, les mêmes briques rouges, les mêmes eaux sales ! Il est malin, ton père, il est prévoyant, tout comme moi. Il serait bien content que tu lui donnes de jolis petits-enfants avec une bru et sa dot toutes mignonnes. Bon, ça va être à moi, j'y retourne. Mais je te le dis, il est prévoyant, ton père !

... Il ne reviendra sûrement pas.

Jenny chante :

C'est bien tant que ça dure,
Puis il faut partir.
Dire "adieu", c'est dur !
À quoi bon gémir,
Vierge, écoute ma prière
Puisque ma mère
Avait su le prédire...

Voilà l'intermède. Une réplique, et je vais laisser Mme Peachum chanter *La Ballade de l'esclavage des sens*. Moi aussi, je pourrais la chanter, cette chanson. Mais je ne m'en plaindrai pas, c'est mon gagne-pain, après tout ! Jenny des Lupanars... Je vous fascine, beaux messieurs, et les moins beaux pareils, d'ailleurs. Je vois bien comme vous me regardez, vous êtes tous bien gentiment assis sur vos sièges, bien calés, mais il suffirait d'un geste, hop là !, comme Polly le chante dans son premier *song*. Hop là ! Pourtant je ne suis pas jolie, non, pas jolie, avec ce corps que Brecht m'a choisi, ce visage avec lequel il m'a fait naître sur scène. Il a trouvé que j'avais, enfin qu'elle, l'actrice, Lotte Lenya qu'elle s'appelle, avait du tempérament. Tempérament. Ça doit vouloir dire quelque chose. Et puis il aimait cette voix, il a pensé que c'était ma voix. Moi, je ne sais pas si je l'aime. Elle a des sonorités de fer-blanc, de lait caillé, un peu aigre, claire et coupante, coupante comme un canif. C'est cela. Mackie a son couteau, et moi, ma voix. Brecht et Weill ont eu raison. Ce n'est pas une voix qui porte, elle est un peu faible, alors ils s'arrêtent tous de respirer, je les contemple, tous ces visages, ils restent suspendus comme des ballons décolorés, et moi, hop là !, je leur envoie mon petit canif. Il y en a un, ce soir, là-haut, au premier rang du deuxième balcon… la fille, elle se penche, lèvres entrouvertes. Je vois bien comme elle boit ma voix. Le son traverse toute la salle, tranquillement, et ça coule à l'intérieur de sa gorge, comme un lait tiède. Je n'ai pas eu de petit à moi, Mackie n'en a pas voulu, je ne sais pas ce que c'est, mais c'était comme si elle me tétait. Elle ne s'est pas demandé si j'étais jolie ou pas, ça ne l'intéresse pas. Ce qu'elle voit, je crois, c'est la lumière, ses yeux boivent aussi la lumière, celle de la rampe, devant, celle de l'orgue, derrière, et celle des trois petites ampoules. Quand tout s'éteint, elle revient, cette lumière, elle fait briller mon petit canif. Allez, ma jolie, maintenant c'est le moment où je vais trahir Mackie. Tu verras, c'est facile. Ça ne fait même pas mal, tout cela, c'est de la comédie. À la fin, tout le monde sera content, les spectateurs, parce qu'ils pourront en parler, Brecht et Weill, parce qu'on parle d'eux, nous, les personnages, d'avoir vécu, et aussi l'éclairagiste, car ce soir aucune ampoule n'aura lâché.

C'est fini. Le rideau est tombé dans un bruit de sièges rabattus. Maintenant, il faut de l'air. Il faut du temps pour que cessent de brûler les trois petites ampoules, pour que les vagues de l'orgue arrêtent de secouer. Ils avaient repris leur marche le long du quai en direction de l'appartement de Louise.

— Nous pourrions aller à la brasserie des Hackesche Höfe, suggère Clara. J'ai faim.

Ils traversent la Spree à la pointe de l'île aux Musées. Le vent a fini d'étaler les nuages et Berlin repose dans la brume. On dirait un photogramme, pense Clara. Moholy-Nagy leur avait enseigné la technique. En laissant suffisamment longtemps un objet posé à même le papier, l'invisible travail de la lumière avait fait apparaître le négatif de cet objet, non pas dans sa réalité, mais comme un fantôme, dans son rayonnement. Elle avait pensé « sa vie intérieure ».

— C'est pour ça qu'elle s'enivre…

Clara l'a dit à mi-voix.

— Qui donc ?

— Berlin… C'est pour ça qu'elle s'enivre de lumière, de mouvement, de bruit… Pour se sentir belle. Pour supporter tout le reste. Pour éblouir. Pour que les hommes ferment les yeux, et se disent qu'elle est belle, car c'est la moitié du bonheur de se dire qu'on vit dans une belle ville.

— Mais qu'est-ce que tu racontes ?

La voix de Theo se perd dans les plis de son écharpe. Il fixe quelque chose au bas du pont.

Holger, lui aussi, ne parle que pour lui-même.

— Ils appellent ça une belle ville ? Ça ? Les *Plattenbauten*, les quartiers sordides, les trous à rats ?

Ses mots, flottant sur ce qui est devenu invisible, semblent eux-mêmes la trace floue d'une pensée déjà formulée, ici, au même endroit, il y a longtemps.

— Une putain de ville, oui, c'est une putain de ville !

Au milieu du pont déserté, accoudées au parapet, il y a trois petites silhouettes que le froid tient bien serrées les unes contre les autres. Au-dessus d'elles, l'image décentrée du souvenir.

C'était un jour de septembre, trois ans auparavant. Clara se rappelait être passée là avec sa tante. Elles s'étaient arrêtées un instant pour laisser un jeune homme faire une photo. Elles avaient repris leur marche. Vers le Großes Schauspielhaus. Trois mille cinq cents spectateurs dans cette caverne constellée ; un seul corps éclaboussé de lumières, submergé de musique ; une seule vague panachant les piliers d'écume de plaisir, encore et encore, retombant en cascade des stalactites du dôme ; et elle, dans le frisson de ce premier théâtre. Qu'oserait-elle penser maintenant de la folie de cette salle ? « Expressionnisme. » L'antithèse du Bauhaus. Inutile d'en parler. Comme tout avait changé, si vite... Mais l'émotion toujours intacte.

Son premier voyage à Berlin, avec ses parents. Theo les avait photographiés là, dans l'encorbellement de pierre. Il s'était tourné vers le fleuve. Juste en dessous, les deux bras se rejoignaient, encombrés de péniches. L'une d'entre elles larguait les amarres. Un garçon assis sur les cordages. La vigueur des muscles dans le maillot de corps qui bâillait, le sourire d'aventure ; le geste de la main, comme une invite, qu'il n'avait pas osé rendre. La photo qu'il n'avait pas osé prendre. Il était retourné à la voiture. L'émotion jamais tirée au clair.

À la demande de son père, Holger avait fait le détour par Berlin, avait trouvé le musée, livré le violon commandé, rempli sa dernière mission. Il était libre. « Vous allez à Weimar, très bien... sur les traces de Goethe ! » « Non monsieur, je vais au Bauhaus. » Le conservateur avait eu l'air décontenancé. « Ah ? Eh bien... tant pis. » Il lui avait indiqué la porte. Holger s'était attardé devant une fenêtre. La ville, vers le nord, se perdait dans les fumées d'usines, la poussière des chantiers. En surface, elle se construisait, déroulait ses rues, étalait ses faubourgs, avalait les villages ; dans les profondeurs, le métro étendait ses nerfs d'acier. Le Grand Berlin, et ses millions d'êtres humains. Dans la lumière qui descendait sur le pont, des silhouettes, comme des marionnettes sur une étagère. La ville. Personne pour lui indiquer le chemin.

La brasserie était chaleureuse, bruyante, elle ne demandait rien d'autre que mordre dans les pommes de terre fumantes, faire craquer sous la dent la peau des saucisses, les mains des serveuses passaient, parées des lourds cabochons ambrés qu'elles portaient sans peine, et qu'elles faisaient danser au-dessus de la soif de vivre. Avec la lassitude venait l'abandon, et avec l'abandon le bien-être.

— C'était bien, tout de même, avance Clara.

Les garçons opinent. Le « tout de même » leur convient. Il est la corbeille dans laquelle ils peuvent déposer les sentiments informulés, les questions sans réponses, les occasions manquées, tous les poids minuscules qui se sont accumulés au cours de la journée. « Tout de même », comme un vide-poches où tinte la monnaie des efforts dépensés.

De l'arrière-salle s'échappent parfois des bribes de chansons, le bourdonnement des voix ponctué par des éclats, trois syllabes gueulées. Un bref instant, la grande salle se fige. Regarder ailleurs, ne pas vouloir ou n'avoir pas besoin de regarder, ne pas tourner la tête vers le rideau épais ; ne rien montrer. Pas ce soir, pas maintenant, juste sentir la caresse sur les lèvres de la mousse innocente. Il y eut le raclement des chaises sur le plancher, le rideau soulevé. Ils sortirent, un par un, lente coulée brune, laissant flotter au-dessus des têtes baissées, sur l'écarlate de leurs brassards, les bulles blanches ornées de la croix noire.

Rouge… noir… blanc, pense Holger, toujours rouge-noir-blanc… Eux, et aussi la typographie du Bauhaus. Comme s'il n'existait plus d'autre couleur. Comme si tout devait se résumer à ces trois couleurs, tout et son contraire. Eux et nous. Et Clara… Rouge-noir-blanc. Rouge sa bouche, noir le dessin de ses yeux, blanche sa peau. Tout et son contraire. De quoi s'y perdre…

— Holger ?

… Clara, son béret rouge, Clara qu'il a perdue faute d'avoir osé.

— Holger ? À quoi penses-tu ? Ça va, ils sont partis, tu peux arrêter d'être transparent !

Holger s'ébroue.

— Allez, une dernière, dit-il en levant sa chope vide. Une dernière et on rentre. Theo ?

— Une dernière.

Le petit groupe de SA ne s'était pas vraiment éloigné. Ils rôdaient dans la Grosse Hamburger Strasse, se déployaient par deux ou trois jusqu'à la hauteur de la Sophienstrasse, interpellant les passants, leur barrant la route, faisant mine de faire régner l'ordre.

— Prenons par l'autre côté, propose Theo.

Ils continuent l'Oranienburger Strasse. Sur la gauche, les statues du petit château de Monbijou, perchées sur leurs colonnades incurvées, veillaient aussi par petits groupes, s'échangeant des écharpes de brume.

— *Monbijou, Monbijou*, j'adore ce mot, répète Clara en essayant de prendre l'accent français. Je veux aller au château de Monbijou, s'il vous plaît, *garçons* !

Elle est légèrement ivre, elle s'amuse avec ce mot comme avec un nouveau jouet, elle a froid et se serre contre ses compagnons. Elle s'arrête net.

— Allons à Paris. Il faut que nous allions à Paris, tous les trois. Maintenant.

— Oui, oui, Clara, je te promets, nous irons à Paris, mais pas ce soir, bientôt, mais pas ce soir.

Theo se met à chantonner, n'importe comment, une chanson qui lui est restée en tête de son dernier séjour :

— *Paris, c'est une blonde, qui plaît à tout le monde*...

— Tu as un accent épouvantable !

— Bon ! Alors allons à Londres !

— D'accord pour Londres, et Paris, et Venise, non, pas Venise, New York ! New York et Chicago. Chi-ca-go.

Elle détache les trois syllabes, les balance dans l'air glacé en petits nuages de buée, tchou, tchou, Chi-ca-go !

— Moscou.

La voix d'Holger a tranché net les plaisanteries.

— Oui, bien sûr, Moscou…

Theo s'efforce de reprendre son sérieux pour continuer :

— … Bien sûr, il faut aussi aller à Moscou.

Voilà. C'est le moment. Holger se lance :

— Le voyage d'étude à Moscou. L'été prochain. Tu sais qu'Hannes compte sur nous. Tu dois faire passer ça avant… le reste. Je lui ai assuré que tu viendrais. Il y a tant de choses à apprendre de là-bas !

Il l'avait dit. Il l'avait finalement dit. Il se contentera d'une réponse vague ; après tout, ils sont tous épuisés.

— Moscou ?… Pourquoi pas… Et maintenant, on prend quelle rue ?

Dans la nuit, elles se ressemblent toutes. Partout des porches ombreux, des silhouettes glissantes dans la lueur des réverbères. Dangereuse, pense Theo, dangereuse, cette ville trop vaste, et qui n'a pas de sens. Pas comme Hambourg, que l'Elbe guide, pas comme New York, si ordonnée, pas comme Paris, si cultivée. Berlin n'a pas de centre, ou plusieurs, alors le vent tourne sur lui-même, s'engouffre, comprend qu'il est allé trop loin, revient, furieux, tourne encore, brassant les idées, éparpillant les certitudes, soufflant le souvenir d'un garçon à la péniche, ébouriffant les plumes d'un tango. Dangereuse. Et excitante…

— Ne t'inquiète pas, c'est par là. Je connais, répond Clara, brusquement dégrisée.

Ce que Moscou fait de son vent, Theo ne veut pas le savoir.

Quand même, c'est fait, je l'ai dit, pense Holger. Demain, je trouverai les bons mots.

Ils ont ôté leurs manteaux et leurs chaussures, et se sont jetés tout habillés sur le lit, Clara entre les deux garçons.

— On ne bouge plus, on ne ronfle pas, on dort, souffle-t-elle.

Oui, c'est possible. C'est possible de s'endormir ainsi comme des enfants, comme des camarades. C'est la rançon de la liberté, pense Theo, c'est le prix qu'ont à payer les filles comme Clara, d'être désirées, mais aussi de ne pas l'être, parce qu'elles sont trop fortes, trop complices. D'être aimées aussi, mais que cela ne soit jamais dit. Il avait regardé Clara, si jolie sous son béret rouge. Il avait regardé ses yeux. « Dangereuse », avait dit Holger. Trop de feu pour le Theodor Schenkel de Hambourg. Mais lumineuse, juste assez pour que Theo ose s'avouer sa part d'ombre ; la tenir à distance, ou lui donner sa liberté. Othéa, lampe-tempête du petit pêcheur, lampe de ses tempêtes désirées dans les nuits de Berlin. Alors oui, il faut ne plus bouger, profiter de cet instant, de ce temps suspendu, sentir ses pieds contre les siens, et dormir pour ne pas se sentir abandonné à soi-même.

Oui, c'est possible de sentir l'épaule de Clara tout contre la sienne, et le cœur d'Holger se serre de savoir sa nuque posée sur le même oreiller, son cou à portée de ses lèvres, si elle se tournait dans la nuit. Oui, c'est possible, parce qu'il y a Moscou, et qu'il est venu pour cela. Que maintenant l'idée de Moscou repose dans le cerveau de Theo, qu'elle va grandir, faire son chemin, et que lui, Holger, y veillera. Dès demain. Maintenant il peut dormir.

Oui, c'est possible de ne plus bouger. C'est la seule chose à laquelle Clara aspire, ne plus bouger, laisser ses membres peser de tout leur poids sur le drap, enfin ne plus avoir à tenir ensemble les deux garçons, à les tenir comme on retient, dans les remous, deux barques qui s'éloignent l'une de l'autre. « Nous ne sommes pas une île. » Si, Hannes, le Bauhaus est une île. Il y a trop d'horizons, et déjà trop de vents contraires. Les plus violents sont ceux qu'on porte en soi.

C'est possible d'être seule avec Berlin, et de couper les liens qui l'attachent à eux… Hop là ! Mais ce soir, elle sait que c'est encore trop tôt. Ce soir, elle ne dormira pas.

Août 1961. Sur le pont de l'*America*

Ce soir, elle ne dormira pas. Elle ira jusqu'au bout du voyage.

Un groupe a fait irruption sur le pont. Des Américains. Bruyants, un peu ivres. Ils ont regardé les étoiles, un peu, et puis ils l'ont regardée. Un des hommes a fait un pas vers elle, mais une des femmes l'a retenu. Peut-être se sont-ils demandé ce qu'elle faisait là, seule, appuyée au bastingage, peut-être voulaient-ils savoir si elle attendait quelqu'un, qui elle était ?

Qui est-elle ? Clara ? Othéa ? Ottenburg ou Burg ? Elle-même ne le sait plus. Elle est la femme en robe noire, celle que le public est venu voir, si peu de jours auparavant.

*

Elle se tient debout, mince silhouette dressée sur l'horizontale claire des feux de la rampe, ses mains posées à plat sur le haut de ses cuisses pour seul ornement. Elle porte sur ses épaules la grande figure rouge que l'Amérique avait mise sur liste noire[1]. Elle chante la chanson de Jenny. Il y a elle, et il y a cette salle de velours cramoisi qui ne la connaît pas. Elle est l'étrangère, la chanteuse venue de Berlin, pour rappeler que c'est de l'autre côté de l'Atlantique que l'œuvre est née. Qui veut s'en souvenir, quand tant de voix ont repris cette chanson, quand, dans ce théâtre new-yorkais, elle a été chantée, en anglais, durant plus de six ans, deux mille sept cent sept fois.

Lotte Lenya est là, assise au premier rang, parmi les spectateurs. Elle a accepté le rôle que l'Amérique lui offrait, et elle a endossé les personnages qu'Hollywood lui a proposés. Dans le prochain James Bond elle sera une espionne russe, sanglée dans un uniforme brunâtre, implacable derrière d'épaisses lunettes, une arme redoutable cachée dans ses chaussures. Méconnaissable. Elle a changé sa voix, a gommé son accent. À force de volonté, elle a domestiqué les grandes scènes de Broadway, elle a appris à s'y mouvoir avec juste ce qu'il faut de sa gouaille passée. Le public voit en elle l'énergie propre à l'Amérique. Elle sait ce qu'elle doit à l'autre grande ville, plus sauvage et dévorante encore que New York, sauvage comme sa bouche trop grande, ses dents trop écartées, une bouche à croquer les villes, les maris, les amants.

1. En 1947, Le FBI établit la liste noire des « dix-neuf d'Hollywood », acteurs et scénaristes communistes ou anciens communistes. Brecht en fait partie. Il décide de quitter les États-Unis avant de passer devant la Commission sur les activités antiaméricaines.

Clara le sait aussi. Elle sait que Lotte veut retrouver le velours rouge du Theater am Schiffbauerdamm, le martèlement des mots jetés d'un trait aux spectateurs, puis la mélodie qui s'élève, et qui enfle, et s'enroule comme une prière.

Mais Clara ne chante pas comme Lotte Lenya. Elle n'est pas la Marie-couche-toi-là du bordel de 1928. Elle se tient droite. Elle n'est pas la fiancée du pirate ordonnant le massacre, elle est la survivante. À la fin, elle chante : *Und das Schiff mit acht Segeln und mit fünfzig Kanonen wird entschwinden mit mir*[1]. Elle tourne juste un peu les paumes vers la lumière. Les dernières notes semblent couler comme du sable entre ses doigts. Elle est, à elle seule, toute l'histoire. Le navire s'est enfoncé dans la brume. Elle a chanté ce que Lotte n'a pas vécu. Berlin massacrée. Elle a chanté ce que Theo ne voulait pas entendre. Othéa disparue.

La lumière s'est rallumée. Pas tout de suite. La salle et la scène sont restées à l'unisson pendant quelques instants, le temps que la dernière note finisse de résonner dans le fond des loges. Deux gueules noires face à face, et la lueur de la rampe comme un mince sourire. Elle est revenue saluer. Ils ont applaudi encore juste ce qu'il faut, un peu par politesse, un peu par soulagement, juste assez pour faire comprendre qu'ils n'applaudiraient plus. Theo a applaudi avec les autres.

Il est venu la chercher dans sa loge. Ils entrent dans le foyer. Elle marche devant lui. Elle sent les regards

---

1. « Et le navire avec ses huit voiles et ses cinquante canons disparaîtra avec moi » (traduction littérale). Dernier refrain de la chanson de Jenny.

qui s'accrochent à elle, des regards poisseux de curiosité, de compassion, de méfiance. Elle les traverse, elle sourit, elle porte, la tête haute, la phrase de la chanson de Jenny : *Und sie wissen immer noch nicht wer ich bin*[1]. Non, ils ne savent pas qui elle est et ne le sauront jamais. Elle n'est plus l'étrangère, elle est une fois encore l'indésirable. Ils sourient, avec toutes leurs dents bien rangées, dans leurs yeux elle voit un chaos d'images projetées.

Elle s'éloigne, vacillant soudain sur ses talons trop fins. Lors de la tournée avec Lotte des magasins de New York, elle n'avait pas cédé sur la robe. Elle avait choisi le fourreau de crêpe noir. Elle avait cédé sur les chaussures, des Chanel. Dont l'étroitesse lui meurtrit les pieds.

— Viens, on va faire la fête…

Quelqu'un lui a saisi le coude, une voix familière a chuchoté à son oreille, elle reconnaît l'accent légèrement chantant, l'allemand roulé dans les flots du Danube et du Rhin. Xanti. Elle plonge dans ce regard comme dans un bain chaud. « Tu t'es fait tout beau ! » Elle rit, émue qu'il ait si peu changé. Les cheveux ondulés sont moins noirs, les boucles moins folles, les traits sont plus graves, mais il y a toujours ce sourire qui vous emporte comme un manège, l'élégance des gestes qui dit la vie comme une danse, un rythme dans lequel elle se cale. Elle retrouve où poser ses pas, il l'entraîne. Il a attrapé une bouteille de champagne, deux verres et fait signe à Theo de les rejoindre avec les frères Feininger. Ils ont poussé les portes battantes.

1. « Et ils ne savent toujours pas qui je suis. »

La salle les accueille dans sa pénombre, à chaque marche de l'allée centrale les veilleuses leur montrent le chemin, ils descendent vers la scène, ils remontent le temps, ils ont vingt ans.

Ils se sont installés au premier rang. Ils ont levé leur verre. « À Kurt ! » a lancé Xanti. « À Kurt ! » ont répondu les autres. Puis viennent d'autres toasts, portés silencieusement, chacun les siens, au fur et à mesure que défilent leurs souvenirs, dans un mouvement qu'aucun d'entre eux ne peut retenir. Ce que chacun ressent n'a pas à être dit, ils laissent leurs pensées monter et disparaître, comme les bulles prisonnières dans le reflet doré des verres, petits mondes séparés, réunis dans la griserie commune.

Le théâtre est maintenant peuplé de fantômes, ils les sentent derrière eux, ils en ont reconnu certains, mais beaucoup ne sont là que pour chacun d'entre eux. Ils s'insinuent entre leurs épaules qui pourtant se touchent, les isolent, voilent les paroles, les sourires qu'ils échangent. Venant des coulisses, un rai de lumière les chasse brusquement. Le claquement d'un projecteur qui s'allume sur le claquement des pas qui s'approchent. « Ah ! Vous étiez là… » Lotte Lenya les regarde, enfouit son visage dans ses mains, et, quand elle se redresse, son profil est un halo de tendresse autour de la bouche qui s'arrondit sur les premières syllabes : *O it's a long long while…* Elle chante le temps qui passe, le temps passé, les promesses perdues. S'est-elle rendu compte qu'elle a changé les paroles ? C'est presque imperceptible, juste un changement de temps, le passé au lieu du futur. *Those precious days we spent together*… Ces jours précieux que nous passions ensemble[1].

*

Sur le pont de l'*America*

Un des hommes du groupe a renversé son verre sur la robe d'une femme, alors ils ont quitté le pont. Ils ne sauront jamais qui elle est. Ils ne sauront rien des jours précieux.

Elles reviennent, les boules argentées. Leur fragilité de verre n'est qu'illusion ; elles sont plus fortes qu'on ne croit, plus fortes que ces voix américaines, plus fortes que l'oubli. Celles qui s'avancent sont juste un peu plus sombres.

1. *September Song*, musique de Kurt Weill, paroles de Maxwell Anderson (1938).

21

1929

Finalement, elle l'avait fait. Ute avait coupé ses cheveux. Allégé des lourdes torsades, le crâne révélait un bombé sans défaut que soulignait le lustre de la coiffure. La fille s'était façonné une beauté comme Marianne Brandt concevait ses théières. Elle en avait enlevé tous les ornements, tout ce qui était superflu, elle était arrivée à l'essentiel. Elle l'avait fourbie. La divinité métallique de Metropolis était plus étrange que terrifiante. Ute, au contraire, n'était pas étrange. Elle était même incroyablement réelle. Elle était parfaite.

Au cours du déjeuner, la conversation s'était engagée à propos d'Ute et de la bande qui s'était formée autour d'elle, « élargissement du recrutement » selon Gunta, « erreur de recrutement » selon Holger pour qui ces gens n'adhéraient pas du tout aux idées de l'école. Ils n'étaient là que pour acquérir des techniques. « Un groupe se forme. Un groupe qui n'existait pas avant. » Theo lui avait fait remarquer qu'un autre groupe se formait autour de Hannes, avait cité plusieurs noms, avait ajouté, après une légère pause : « Et toi ? » Ce « Et toi », dont on n'aurait pu dire si c'était une question ou un reproche, avait contrarié Holger. « Si tu veux les appeler les communistes, tu peux, tu sais, ça ne les gênera pas. En ce qui les concerne, c'est vrai. Pour une fois, ce n'est pas un ragot. Et pas non plus une injure ! Et ce n'est pas autour de Hannes, comme tu dis. En tout cas, ce ne serait pas eux qui feraient des remarques sur les… » Lux était intervenu : « Ute l'étoile filante ! » avait-il plaisanté. Selon lui, cette fille ne resterait pas longtemps au Bauhaus. « Il y a de la romance dans l'air, de la vraie, comme au cinéma ! avait renchéri Anni. Vous ne savez pas ? Qui croise-t-on, roucoulant dans la décapotable de notre beau pilote ? Notre petite Ute, avec ses grands yeux bleus, et Ulrich qui plonge dedans, tu vois, comme il fait avec son avion… imaginant toutes ses cabrioles… » Au « Tu exagères ! » de Gunta, elle avait répondu d'un éclat de rire.

« … des remarques sur les… » Le mot n'avait pas été prononcé, mais tout le monde l'avait compris. Tout le monde, et Anni certainement. Faisait-elle semblant de ne pas s'apercevoir des allusions méprisantes de certains à propos des Juifs, se sentait-elle assez protégée, ici, au Bauhaus ? Elle avait plaisanté, elle avait ri, « notre petite Ute », comme si l'école effaçait toutes les différences. *Bauhaüsler*. Une communauté. Pour finir, comme une main tendue à son ami, Theo avait tenté de revenir sur le premier sujet, « On peut adhérer aux idées de l'école sans adhérer à toutes celles de Hannes… » Mais Holger quittait déjà la table. « Oui, ça, Theo, tu es bien placé pour le savoir ! »

Gunta et Anni avaient fini leur repas. Lux était reparti travailler. Clara regardait Theo chipoter dans le bol de fromage blanc. Il jouait à dessiner quelques formes, puis les effaçait. À nouveau de petites vagues, de petites falaises, un paysage de blancheur, puis plus rien. Il écrasait tout.

— Ça ne va pas ? lui demande-t-elle ? Holger t'a vexé ?

Theo secoue la tête.

— Non, c'est autre chose.

— Eh bien raconte !

« Vous ne servez à rien. » C'est ce qu'avait dit ce type à la taverne, la veille au soir.

— On était assis tranquillement, Holger et moi, on parlait du chantier, et voilà ce que ce type nous sort : « Vous ne servez à rien. Vos trucs, ça tiendra pas longtemps. » Il y avait plus que du mépris dans ses yeux d'ivrogne.

— Il avait bu ?

— Bien sûr, à cette heure-là ils boivent tous. Mais ce n'était pas seulement cela. Il a continué : « Mais qu'est-ce que vous croyez ! Vous allez tous sauter… Sauter avec vos cages à lapins ! »

— Sauter ? Tu veux dire qu'il vous menaçait ?

— Je ne sais pas… Lui-même avait l'air trop veule, trop abîmé pour agir. Pour lui c'étaient des mots.

— Tu penses qu'il y a d'autres gens derrière ces mots ?

— « Vous n'y comprenez rien, vous ne comprenez pas l'Allemagne, vous n'aimez pas l'Allemagne… Vous n'êtes pas allemands, vous n'êtes qu'un ramassis de bourgeois, de bolcheviques et de Juifs ! »

Theo avait violemment planté, par trois fois, la cuillère dans le fromage blanc.

— Voilà ce qui se dit.

— Mais Holger, comment a-t-il réagi ? Il n'a rien dit, il s'est tu ?

— Il a voulu intervenir : « Camarade… » « Je ne suis pas ton camarade, je suis monsieur ! a répondu l'autre en tapant du poing sur la table. Un monsieur qui va botter les fesses des camarades, qui va vous faire valser hors d'ici, hors du pays ! Camarade de rien du tout, va ! » Holger était tout pâle. Je ne l'avais jamais vu comme ça. Pourtant il avait l'air d'un ouvrier, ce type, peut-être d'un contremaître, mais pas d'un bourgeois. « Camarade ! Laissez-moi rire ! a ajouté l'autre. Vous n'êtes que la poule de luxe du maire, sa putain, sa putain qui nous coûte cher, à nous, les honnêtes citoyens ! »

— Je ne peux pas croire qu'ils soient si nombreux, en ville, à avoir ce genre d'opinion. Ce type était fou, ou ivre, c'était un incident…

— Je ne crois pas, Clara. Les plaisanteries d'hier tournent à l'aigre. Et pas seulement chez les conservateurs, tu vois, chez les autres aussi, ceux qui devraient nous soutenir. Mais là où j'ai pensé qu'Holger allait exploser, c'est quand le type a dit : « Et votre directeur, on aura sa peau ! » Il a ricané, cela faisait froid dans le dos. « C'est comme si c'était fait ! Il est cuit, le Meyer, il est cuit ! »

Clara fait tourner le café dans la tasse.

— Tu veux dire qu'ils pourraient décider de le mettre à la porte ? De s'en débarrasser ?

— « Allez, zou, dehors tout ça ! » Il a balayé la table du revers de la main et il a envoyé valser sa chope.

Le bruit qu'elle a fait en s'écrasant par terre, c'était tellement violent… Tous les gens ont levé la tête, et le patron aussi.

— Et ?

— Et tout le monde a rebaissé la tête. Personne n'a bougé. Le silence après l'explosion… Je t'assure, Holger était tout pâle, et tu le connais, il ne se laisse pas facilement impressionner. J'ai eu peur pour lui. Quelle idée, aussi, d'appeler le type « camarade » ! S'il s'est fait repérer… Tu sais que je ne suis pas toujours d'accord avec lui, mais… Mais c'est mon frère, un peu mon grand frère… Enfin, il l'a été, je crois. Depuis l'arrivée de Hannes… Si les choses tournent comme ça, il vaut mieux qu'il se tienne tranquille.

— Vous êtes partis ?

— Oui, tu vois, nous sommes lâchement partis.

Theo a un sourire amer.

— Quand nous nous sommes levés, le type a roté toute sa bière. « Bon vent ! Et bon vent ! » C'était obscène.

— Alors c'est tout ? C'est tout ce qu'a fait Holger ? Vous vous êtes levés et vous êtes partis.

— Oui, c'est tout. Et il a fallu marcher sur tous ces débris de verre qui crissaient sous nos pas.

« Je ne suis ni juive ni communiste. » C'est la première fois que Clara formule clairement cette pensée. Elle lui procure un sentiment honteux de sécurité. Une immunité qu'elle voudrait étendre à tout ce qui l'entoure, l'école, les *Bauhaüsler*, Holger en premier. L'insouciance de Theo n'est plus un refuge. Othéa. Tisserande. Le recours à ces mots ne suffit pas à cacher son nom dans la liste des élèves du Bauhaus. clara ottenburg. Son nom pourtant en minuscules. Elle en veut à Gropius d'être parti, à Hannes de les exposer ainsi. Elle redoute cette transparence qui fait d'eux des proies, des nuisibles prêts à être épinglés. « Ce n'est pas un endroit pour toi », lui a dit Holger. De quel endroit parlait-il ? De quel terrain sur lequel il se laisse entraîner, dont il veut la protéger ? Et quel autre endroit, Holger, y avait-il pour moi que le Bauhaus ? Burg Giebichenstein, la protection de ses hauts murs ? Mais Ute et sa bande n'ont pas besoin de hauts murs. Ils ont trouvé, Clara le sent, d'autres protections.

— Theo s'inquiète pour toi, tu sais.

— Non, il s'inquiète pour l'école. Pour l'image de l'école qui pourrait lui coller à la peau. C'est mon ami, mais il est du genre à ne pas vouloir se mouiller. Si l'Elbe débordait, il resterait sur les hauteurs, pour ne pas abîmer ses belles chaussures.

— Et toi ?

— Oui, il resterait en haut pour regarder les autres construire le barrage.

— Les autres… c'est toi ?

Holger se tait.

— Alors… reprend-elle.

Elle a soudain la nostalgie du temps de l'Indépendance, quand on s'enflammait pour décider si le carré devait être rouge, le cercle bleu, le triangle jaune, ou le contraire, quand seul comptait le travail partagé à la même source de lumière. Elle se lève et allume la lampe sur le bureau, repousse quelques papiers et s'y assied.

— … Alors… C'est fini, l'Indépendance ? Il va falloir choisir son camp ?

— Tu devrais comprendre ça, toi, avec les cours de Klee sur l'équilibre de la composition. Une force qui compense l'autre, une direction qui rectifie l'autre, tout ça pour que l'ensemble tienne debout.

— Oui, on peut voir ça comme ça. Évidemment.

— Et puis Theo s'inquiète pour rien. Ce n'était pas si grave, ce type à la taverne. Il a eu peur, d'accord ! On ne va pas en faire toute une histoire, non ?

Il a posé sa main sur la sienne.

— Allez, je te promets d'être sage. Ça te va ? Tu ne me crois pas ?

Il lui prend l'autre main.

— Avec tes petits doigts de tisserande… Toujours en train de t'assurer que les fils sont solides… Mais tu sais, Hannes a raison. Le Bauhaus est une île… Un peu trop au ras de l'eau. De toute façon, un jour ou l'autre, il faudra bien la quitter. Toi aussi. Et toi aussi tu y penses, ne me dis pas le contraire. Je vois bien comme parfois tu regardes ailleurs, au loin, comme tu prends le vent, comme un oiseau sur la rambarde de ton balcon, le bord de ton nid… Et déjà le vol dans tes plumes.

Il lève les yeux au ciel, pousse un soupir.

— Désolé pour ma poésie de paysan. Allez, je resterai tranquille jusqu'à ce que tu t'envoles.

— Bon… Eh bien je te laisse travailler.

— Tu pourrais prendre un livre, ou du papier et un crayon, et puis tu t'installerais là, en attendant que j'aie fini. Tu faisais souvent ça, à l'Indépendance…

Oui, mais comme tout semblait plus clair dans la pénombre de cette petite maison.

Reste. C'est ce qu'elle a envie de lui dire. Elle tient en ses mains le programme de la représentation des *Tableaux d'une exposition* de Moussorgski. Décors et mise en scène de Kandinsky. Théâtre de Dessau, avril 1928. Elle fait semblant de tourner les pages.

Mais c'est lui qu'elle regarde. Les percussions de la musique frappent à la vitre, les lumières clignotent, à gauche, à droite, au centre du décor elle surgit, la cabane de la sorcière Baba Yaga. Quels dangers fuis-tu, Holger, dans cette forêt, quel temps aux aiguilles de l'horloge à pattes de poules ?

C'est lui qu'elle regarde. La musique s'est faite plus lente, solennelle. Ne franchis pas cette porte, là ; cette arche sous la lune, cette ville sont une mise en scène, ce n'est pas Kiev, c'est la vision de Kandinsky. C'est l'ancienne âme russe dans la mélodie. Ces discours qui t'emportent aujourd'hui, ce sont d'autres accords, et d'autres désaccords. Reste. Ne détourne pas la tête. Regarde-moi.

Dans la géométrie de la grande verrière, il est là, profil perdu, et le silence tombe avec douceur, un peu de biais.

— Tu as vu, il neige, dit Holger.

Et puis quoi, la Russie ! Gunta en était revenue, au propre comme au figuré. Elle avait été très bien reçue, ses homologues du Vkhoutemas étaient très compétentes, Varvara Stepanova, la responsable du département textile, très enthousiaste, très convaincue de sa mission : former de jeunes artistes dans l'idéal socialiste, créer des dessins pour la principale usine de cotonnades de Russie, et concevoir des vêtements de travail et de sport les plus simples à fabriquer, si possible unisexes, dont les variations jouaient de la couleur et du placement de bandes géométriques. Son vocabulaire se limitait à trois formes, le cercle, le triangle et le rectangle. Les petits imprimés constructivistes étaient jolis, mais pas plus que ceux que l'on trouvait déjà en Allemagne.

L'actualité de l'école s'était tournée vers ce nouveau contrat avec la fabrique de papiers peints Rasch, dont le directeur était le frère de Maria, une ancienne *Bauhaüslerin*. « Quoi ! Le Rasch des bouquets et des feuilles d'acanthe ? Quelle horreur ! » s'était écriée Anni. Cela lui rappelait les pièces de l'hôtel particulier de ses parents, à Berlin. Mais Rasch souhaitait des produits qui s'intègrent aux intérieurs modernes. « Nous avons déjà de bons tissus, alors... Allons-y pour les papiers peints ! Nous travaillerons sur les textures et les vibrations colorées », avait-elle admis. Gunta avait aussi évoqué la demande faite par une société de lingerie. « Hannes a dit non. » Clara avait éclaté de rire. « Je vois très bien la tête qu'il a dû faire... Comme si j'y étais ! »

On avait à nouveau évoqué le Vkhoutemas à propos de la naturalisation allemande des Kandinsky. Une fête avait eu lieu dans leur maison des maîtres, mais ils étaient passés à l'école. Les invités, vêtus en représentants de l'autorité de l'État, leurs costumes réinterprétés par la fantaisie du Bauhaus, avaient formé une haie d'honneur autour de Kandinsky, toujours aussi grand-duc, en queue-de-pie sur culotte bavaroise, et de Nina dans un curieux costume orientaliste à la Paul Poiret. « En tout cas, je ne pense pas qu'elle regrette son pays. Tu l'imagines, coquette comme elle est, dans la Russie d'aujourd'hui ! Elle veut bien d'une toile russe, mais au mur, signée Kandinsky ! Et de la soie pour son derrière ! » avait plaisanté Clara.

On avait discuté des raisons de changer de nationalité. Les Feininger étaient restés américains. « Mon frère est né à Paris et moi à Berlin. Finalement, le seul pays que je ne connais pas, c'est celui de ma nationalité. C'est sans importance. On appartient à celui où l'on se sent chez soi, non ? » Lux avait raison. « Hannes dirait qu'une société ne se construit pas autour du nationalisme, mais de l'intérêt commun », avait ajouté Clara. À Theo, qui s'était étonné : « Tu te mets à parler comme Hannes, maintenant ? », elle avait rétorqué : « Pas du tout ! Mais on est tous d'accord, je crois ! Sinon, nous ne serions pas là, tous ensemble ! *Bauhaüsler* avant tout, n'est-ce pas ? »

Elle s'entend le dire, fort, et avec conviction. « C'est pas faux », devrait répondre Holger. Mais pour une fois il n'est pas là.

L'exposition itinérante du Bauhaus est un succès. Hannes Meyer a voulu n'y présenter que les meubles et les objets conçus depuis sa prise de direction. Du préfabriqué vite monté, adapté aux logements populaires, et bon marché. Le métal est trop cher, alors du bois, à nouveau ; mais c'est pour la bonne cause, estime Holger. Des tissus aux propriétés modernes, lavables, inusables, qui réfléchissent la lumière, ou l'occultent, qui isolent du bruit. « Les championnes de l'innovation, c'est nous, les filles ! » chantonne Clara.

Bauhaüsler avant tout !

Les commandes affluent au département publicité. Affiches, papier à lettres, catalogues, graphismes efficaces, Theo a convaincu son père de moderniser l'image de Schenkel et Grossmann. Il visualise aussi sa future carte de visite : Theo Schenkel… Architecte… Ne manque plus qu'une adresse. « Et le diplôme », lui rappelle Holger.

La Scène du Bauhaus. Au festival de Donaueschingen, à Berlin, elle fait salle comble. Certains rectifient, en grinçant des dents : « La Scène de Schlemmer. » Trop artistique, trop intellectuel, pas assez social, pas assez populaire. Hannes préfère laisser les élèves recréer une troupe Co-op, comme celle dont il avait fait partie avant de venir à Dessau. Canaliser et organiser la parole politique avant qu'elle ne perturbe la marche des ateliers.

Bauhaüsler avant tout !

La publicité délaisse le graphisme et s'empare de ce nouveau médium qu'est la photographie. Place à une vraie formation. Walter Peterhans sera l'homme de la situation. Sa maîtrise des techniques est indéniable, et sa réputation internationale sera un atout pour l'école. La Nouvelle Vision fouillera le réel dans ses moindres aspects, couchera scientifiquement sur le papier le poids des choses, leur densité, leur dureté, leur élasticité. Etel s'est inscrite à son cours. Une fille ? Peterhans veut une classe de futurs professionnels, pas d'amateurs.

Bauhaüsler toujours !

Quelqu'un a punaisé la page de la *Vossische Zeitung* sur le panneau de la cantine. Un grand trou de brûlure à l'emplacement du feuilleton. *À l'Ouest, rien de nouveau* ne plaît pas à tout le monde. Erich Maria Remarque et son récit de la guerre dérangent, perturbent le récit national. On le fait savoir à ceux qui l'ont lu. Clara avait pensé à l'inconnue de Paris, le premier amour de son père, le seul peut-être. Contre qui se bat-on, quand l'aimé est devenu l'ennemi ? Contre soi-même ? Holger avait imaginé son frère, la baïonnette à la main, sa main encore valide, sa main qui ne savait pas faire ça. Tuer. Qui l'avait fait, sans doute. Qui n'en avait jamais parlé. Theo avait pensé à Gropius. Voilà ce qu'il avait reconstruit. Un monde sans frontières, sans nationalités ; si vaste, et si petit, enclos de transparence. Que lui avait dit son père, déjà ? « Fais attention. » Fais attention, on ne sait pas ce qui peut resurgir. Son père, si prévoyant, si peu idéaliste. Quel genre de guerre avait-il fait, loin du front ? Qu'avaient contenu les entrepôts de la Speicherstadt ? Theo n'avait jamais demandé. Ils avaient regardé les bateaux descendre et remonter le fleuve. Il s'était tenu au côté d'un père qui lui avait toujours semblé avoir autorité sur l'Elbe et les ans qui passaient. Quel âge avait son père ? Juste assez vieux pour ne pas avoir été mobilisé, ou simplement vieux comme un père l'est pour un fils ? « Soldats qui revenez invaincus… » avait dit Hindenburg, et c'est aux libéraux, aux civils, que l'on avait attribué la défaite. Aux Juifs, aussi. « Fais attention. » Noël approche, le cœur serré. Un jour, il faudra qu'il pose des questions à son père.

Noël, pour Clara, c'était de nouveau quelques jours à Berlin. Son monde parallèle, comme elle se plaît à le nommer. Un collage bizarre entre la douceur du foyer et l'âpreté des rues. Un cocktail, comme ceux qu'elle a pris l'habitude de commander dans les bars du Kurfürstendamm, sucré et astringent. Louise et Hilde s'étaient installées Fasanenstrasse, à l'ouest de la ville, près du fameux boulevard. Tout, les cinémas et les cabarets, les cafés à la mode, les boutiques rutilantes, tout était là, à quelques pas de cette rue étrangement calme derrière ses jolies façades. Elles s'y sentaient mieux qu'à l'est de la ville, où l'on ne pouvait plus sortir sans rencontrer une échauffourée quelconque.

Hilde avait demandé : « Et le fameux Holger ? Toujours pas décidé à faire notre connaissance ? » Clara avait haussé les épaules. Oui, elle aurait bien voulu passer la soirée de Noël avec Holger. « La femme de Meyer est à Dessau, avec leurs enfants. Ils l'ont invité, je crois… Et puis il continue à travailler chez Junkers… Peut-être une autre fois. »

Elle ne voulait pas imaginer Holger seul à Dessau. Que ferait-il de ce temps libre, avec qui le partagerait-il ? Elle avait changé de sujet. « Mais la Bauhaus Kapelle a plusieurs engagements ici, et je pourrai aller à leurs soirées ! Ce sera amusant ! »

« Fais attention tout de même », concluait invariablement Louise.

Elle faisait attention.

Le froid. La nuit tombée. Elle n'était plus très loin. Comment avait-elle pu perdre un gant ? Dans le métro, peut-être, en cherchant sa monnaie. Elle avait mis sa main dans sa poche. La doublure était percée, on pouvait y passer l'index, mais la couture résistait encore. Demain, ou un autre jour, il faudrait recoudre… Une vibration, un souffle, avait suspendu le jeu de son doigt avec les effilochures. Une brève cavalcade. Il y avait eu un bruit de vitre cassée, un hurlement de femme, et puis la cavalcade à nouveau, cette fois toute proche, bien réelle ; huit garçons l'avaient frôlée. C'est là que la couture avait lâché. C'était maintenant quatre doigts qu'elle pouvait passer dans la déchirure. Elle n'avait pas ralenti, n'avait pas dévié lorsque les huit chemises brunes l'avaient dépassée. Des gamins. Elle ne savait plus s'ils chantaient quelque chose ou s'ils criaient, elle revoyait l'image fugitive de leurs bouches grandes ouvertes, de la haine qui trouait leur face, de la cruauté qui déchirait la rue, de la frange immonde d'imbécillité qu'avait laissée leur passage.

Elle a réparé la couture. Renfoncé la peur au fond de la doublure.

Elle aurait dû vérifier sa robe.

La fête qu'animait ce soir-là la Bauhaus Kapelle rassemblait des gens du spectacle un peu blasés et des journalistes qui ne semblaient intéressés que par les entrées de telle ou telle vedette… De quoi alimenter l'article qu'ils livreraient à la première heure, le lendemain. Cela arrivait parfois. Ils se massaient par petits groupes, indifférents, mais souriants parce que, n'est-ce pas, il faut se montrer pour exister. Une telle atmosphère ne présageait pas de gros pourboires. À la pause, Clara avait rejoint les musiciens.

— Ils ne veulent pas de musique, ils veulent du spectacle ! a soupiré Lux.

— Du spectacle ? Eh bien on va leur en donner ! a répondu Xanti. Allez Clara, grimpe sur la scène ! On va faire comme chez nous.

— Mais…

— Il n'y a pas de mais.

Lux a posé sa clarinette, a empoigné Clara, et ils ont fait comme chez eux. La danse du Bauhaus. Lorsque les fines bretelles de la robe ont lâché, ils ont tous fait « Ohhh ! » Ils ont applaudi. La soirée était sauvée, les pourboires aussi.

— Eh bien ! On sait qui appeler à la rescousse, Clara à la robe qui lâche ! Et ne rougis pas comme ça, ce que tu as montré était tout à fait honorable ! s'est exclamé Xanti.

Clara s'est faufilée vers les toilettes. La dame pipi aurait peut-être une épingle à lui donner.

— Avec des seins comme ça, tu devrais monter sur scène, ma jolie.

Elle s'est retournée, une femme lui souriait, un peu moqueuse. Elle l'a reconnue : Margo Lion, l'idole au trop long nez, aux sourcils épilés comme deux ailes rapides, celle qui chantait *Wenn die beste Freundin*[1]… avec cette autre, cette Marlene Dietrich. Cette autre qu'elle reconnut ; la fille au boa.

Pendant quelques jours, elle a été « la fille à la robe qui lâche ».

---

1. « Quand la meilleure amie… » Chanson évoquant l'homosexualité féminine.

— Et alors, a questionné Holger, comment c'était ?

— Terriblement gênant, a-t-elle répondu.

— Non. C'est moi qui te pose la question. C'est pas Theo.

Elle a hésité, et puis elle a commencé :

— C'était…

— Bon. Alors c'était bien.

La fille à la robe qui lâche n'est pas nue. Elle n'a pas peur, elle n'a pas froid. La lumière de la scène l'enveloppe comme un lange.

22

> Des centaines de boules argentées. Elles s'envolent, une à une, et vont rejoindre la splendeur d'une constellation géométrique. Celle qui s'échapperait, prise à son propre vertige, fracasserait les visages levés, et tout l'espace autour, et les sourires.

Chocs des marteaux, crissements des scies à métaux, raclements sur le sol des échelles et des panneaux métalliques, bruissement du papier d'argent.

Une idée avait été lancée, celle des cloches et des carillons. Mais elle avait été écartée. À la perspective du vacarme que provoqueraient toutes ces sonnailles, Schlemmer avait conseillé de se cantonner au thème du métal. Une belle idée, encore jamais exploitée, et tellement Bauhaus !

Souder. Dans l'atelier métal, Marianne Brandt fixe deux anneaux au disque de laiton dont elle se coiffera. Elle y passera un ruban de gros-grain, en jugulaire. Souder. Ressouder. Elle connaît ces mots. Elle était à Weimar, en 1923, lors de la première exposition du

Bauhaus. Un grand projet. Gropius l'avait décidé bien avant que la municipalité ne lui demande de rendre des comptes. Une seule flamme, pour ressouder l'école.

Polir. Étaler la pâte blanche sur les masques métalliques. Du bout des doigts, en petits cercles insistants, puis plus larges, plus doux, effacer les oxydations. Éblouir. Hannes ne le formule pas, mais il le pense. Il le veut, son coup d'éclat, comme Gropius lors de l'inauguration.

Composer avec les caractères. À l'atelier de composition graphique, ils s'alignent. Ils forment des phrases, ils lancent l'invitation, cloutée de jeux de mots :

> « vous entrerez, à huit heures **sonnantes**, à l'appel des **trompettes et des cuivres**, dans **l'âge d'or** du bauhaus, trois orchestres seront là pour **dérouiller** votre cœur, soyez **l'orfèvre** de votre plaisir, vous sortirez de votre peau normalisée, vous pourrez **polir** votre façade au vestiaire, qui vous fournira, au besoin, toutes sortes de parures, sur les buffets, froids et chauds, coulera **l'or du vin et des liqueurs**... renvoyez au plus vite la petite carte **rivetée** à l'invitation... »

Quatre petits feuillets, la date imprimée à la feuille d'argent, le 9, énorme, les textes de biais, et à l'intérieur le programme. En quatrième page, les correspondances ferroviaires pour rallier Dessau, de toute l'Europe, et même de R-U-S-S-I-E !

Refléter. Sur la scène de l'aula, des paravents de métal. Schlemmer est en répétition. Il dirige les gestes de la danseuse. « Avance-toi, tu dois être au centre. » Replacer l'art au centre de l'image. Nous allons vous le montrer, l'école est ce qu'elle a toujours été, un lieu de création.

« ATTENTION FRAGILE », imprimé en lettres rouges sur les caisses que Xanti était allé chercher à la gare, avec le nouveau camion qu'Hansi conduisait fièrement à travers la ville, bien lentement, pour que tout le monde puisse l'admirer. Un beau camion vert.

Il avait surveillé le chargement d'un air soupçonneux.

— Mon camion aussi est fragile.

— Oui, tu allais plus vite avec ton cheval et ta carriole.

— Le camion, il faut qu'il s'habitue à la neige. Le cheval, il connaissait ça… Tu crois que la fille va descendre pour voir mon camion ? J'aimerais bien lui montrer.

— Quelle fille ?

— Ute. Elle est beeelle.

Il l'avait dit en écarquillant les yeux, et en faisant durer le « e », comme un enfant, et cela lui donnait l'expression comique d'un acteur de cinéma muet. Quelles images se projetait-il exactement ?

— Je ne crois pas qu'elle ait le temps de venir cette fois-ci, mais…

— Elle aime bien la voiture du pilote. Mais mon camion, il est beau aussi, hein ? Tu crois que je pourrais l'inviter à faire une promenade ?

— Je ne sais pas, Hansi.

— Mon père, il dit que toutes les femmes allemandes devraient être comme elle.

— Ah oui ?

— C'est vrai. Elle est pas comme… d'autres. Et le pilote aussi, il est beau. J'aimerais bien être beau comme ça… Mais mon camion, il est beau.

La conversation avec Hansi demandait toujours un peu de patience. On ne l'écoutait qu'à moitié.

Des mots, des phrases. Lux avait raconté qu'à la quincaillerie, où les garçons de l'atelier de la scène étaient allés acheter des rouleaux de câble métallique, trois types avaient ricané et avaient lancé : « Alors ? Il paraît que vous préparez une fête ? Eh bien comme ça, il y a au moins des communistes qui auront le droit de se réunir ! »

Des bruits joyeux d'atelier pour assourdir les rumeurs de Berlin, les émeutes de décembre et l'interdiction de rassemblements dans les rues, pour ne pas commenter une probable interdiction de la célébration du 1er mai. Mai… c'est encore loin.

Seul compte le 9 février 1929. Il aura son ciel de métal. Sous la mince couche argentée, on oubliera la fragilité du verre.

Dans la malle aux déguisements, Clara a trouvé une chemise brodée de passementeries dorées, tout droit sortie d'une Russie de fantaisie, et un vieux costume de Pierrot, avec une lune et des étoiles or et argent. Theo s'est jeté sur la chemise russe.

— Tu vois, je fais des efforts, dit-il avec un clin d'œil. Vive la Russie ! Holger, tu prends l'autre, ça te va ? C'est juste ta taille.

— Tu auras l'air d'un magicien ! s'exclame Clara. Ce sera splendide !

— Un magicien ? Pourquoi pas.

— Il y a un accroc, là, et une des étoiles est un peu décousue. Je vais t'arranger ça.

— Pas besoin. Je me débrouillerai.

— Pfft, Holger déteste qu'on s'occupe de lui. Moi, je trouve ça très agréable !

— Oui, mais toi, tu as l'habitude, Petit Theo, le taquine Clara.

— Et ça, qu'en penses-tu ?

Il a posé une tiare sur sa tête et fait des grimaces dans le miroir du lavabo.

— En ce 9 février 1929, Petit Theo se fera couronner, et deviendra Theo le Grand… Qu'en dis-tu ?

C'est drôle, mais dans le regard du garçon, ce défi minuscule… Un reflet, peut-être…

— Theo !… C'est un truc de fille !

— Et alors ?

Dans le miroir, c'est le reflet du temps qui passe, du temps qu'il leur reste, de ce temps d'innocence.

Sur la scène, il n'y a pas de mots. Il y a des éclats. Des éclats de lumière, des sons tonnerre, feu d'artifice, des sons fracas, cliquetis, tintement, cloches, grelots, sonneries, ici et là un cri, de joie, de surprise, de frayeur, lorsqu'il faut se laisser glisser sur le toboggan pour pénétrer au cœur de la fête : un long chemin de fer-blanc, tendu dans le couloir, on n'y coupe pas. Pas de toboggan, pas de fête. Même pour M. le Maire, et même pour M. le Conservateur du musée, et pour tous les autres. Faut qu'ça brille, faut qu'ça sonne ! Il faut, c'est impératif, se laisser accrocher autour du cou, si l'on n'a rien prévu, une clef à molette, une chaîne, une sonnaille, un collier d'épingles à nourrice pour les plus timides, un nœud papillon en laiton, au moins une collerette en papier d'argent. Les plus audacieux oseront un couvercle de casserole, retenu par une chaînette, ou une poignée de cuillères glissées à la place du mouchoir, en guise de pochette. Faut qu'ça brille, faut qu'ça sonne ! Voici Marianne Brandt, une cymbale en guise de chapeau, autour du cou une de ses créations. Voici un hussard noir, son képi est un seau de fer-blanc, son aigrette une louche, et voici Lis, avec sa tunique composée de rondelles de cuivre, une petite clef à molette accrochée au poignet – qui veut resserrer mes boulons ? Allons, pas de timidité ! On ne sait plus très bien où on en est, avec tout ce bruit, et l'orchestre qui – et le jazz, d'ailleurs est-ce bien du jazz ? C'est comme au cinéma, un mélange de notes et de sons ; peut-être faudrait-il, comme au cinéma, un écran noir avec un texte blanc, qui tremblerait un peu, pour s'y retrouver ?

Et cet escalier qui sonne à chaque pas, une marche, une note, on le descend, on le remonte, à chacun de faire sa propre mélodie. Une respiration. On ne sait plus où on est ? On lève la tête, on est là, dans cette boule, et dans celle-ci aussi, et là-bas, minuscule, et on est là, dans les panneaux de métal qui gondolent un peu, un coup plus petit, un coup plus gros, un coup plus long, zigzaguant comme un éclair. On est là, dans la bulle dorée du verre de vin blanc, dans le cylindre cuivré de la chope de bière, et dans le bronze du cognac. Boire ! Faire comme Hannes Meyer, là-bas, oui, c'est lui le directeur de l'école, drapé dans du lamé, le front ceint d'un cercle brillant. Une couronne ? Non, il ne faut pas exagérer. Une parure de gladiateur, de barbare. Il enlace les filles, il rit. Suivre ce clown, ou ce magicien, avec la lune et des étoiles, et une étoile qui pendouille, qu'a-t-il écrit en rouge autour de la déchirure de son manteau ? *Glotzt nicht so romantisch*[1] *!* Non, l'heure n'est pas au romantisme, à la mièvrerie, au joli. L'heure est au métal !

Pourquoi ce silence, tout à coup ? Sur la scène est apparue une figure blanche entourée de grands miroirs, l'un ondulé, l'autre en accordéon. Quatre encore derrière elle, et un sous ses pieds. Elle danse, ses reflets multiples dansent, l'entourent, jouent avec sa silhouette, jouent de ses gestes, les déforment, les fragmentent, un feulement de cuivre et elle se recompose, une percussion, elle explose. Les lumières se rallument, elle a disparu.

L'orchestre joue à nouveau. Il faut danser !

Faire vibrer la grande verrière et les vitres tendues de papier d'argent, montrer comme il respire, le Bauhaus, comme il est fort, et joyeux, comme il n'a peur de rien !

Durant la nuit entière l'école avait brûlé de tous ses feux. Dans une orgie de lumière brusquement déversée, elle révélait l'énergie qu'elle avait engrangée du frottement des outils et de la friction des esprits.

L'orchestre s'était déchaîné. Lux avait entraîné Clara dans un quickstep. Il était suffisamment bon danseur pour guider sa cavalière entre les groupes, pour adapter

---

1. Citation de Bertolt Brecht. Traduction : « Ne fais pas ces yeux de merlan frit. »

les pas à l'espace que leur laissait la foule massée dans l'aula. *Quick, quick, quick, slow, quick, quick, quick, quick*... Si Lux ne l'avait pas fait tournoyer aussi vite, si son pied n'avait pas roulé sur un boulon tombé d'un costume, elle n'aurait pas été projetée contre Erich, qui n'aurait pas lâché son verre, le verre ne se serait pas brisé, elle ne se serait pas coupée en ramassant les morceaux, elle ne serait pas allée chercher un pansement à l'infirmerie. Elle ne les aurait pas vus, dans le hall déserté, reflétés sans fin dans les boules suspendues au plafond, dans les panneaux, dans les masques métalliques.

Dans ce théâtre d'illusions qu'était soudain devenue l'école tout entière, elle les a vus. Ute et Ulrich. Dieu qu'ils sont beaux. Si droits, si clairs, Ute, son corps comme un envol dans l'argent qui coule le long de son dos et tombe jusqu'au sol, et Ulrich. Ils se font face, Ulrich lui tient les mains, sur la nuit de son costume brillent ses jeunes galons de pilote. Ils vont s'embrasser. Non. Ils se tournent vers le miroir. C'est une autre promesse que prononcent leurs bouches, un autre serment que signent leurs bras droits tendus. Une allégeance à l'évangile de la haine, au dieu brun des marches aux flambeaux.

Le geste. Reflété à l'infini, démultiplié, il prend Clara au piège de la réalité.

Elle n'a pas vu, son sourire imbécile écrasé contre la vitre de la grande porte rouge, gnome hideux, masque effrayant d'un prochain carnaval, Hansi Möller, transi de froid, de jalousie et d'adoration.

Elle est revenue dans l'aula. La tête lui tourne. Elle continue jusqu'à la cantine, croise Holger.

— J'ai besoin d'un remontant, dit-elle simplement.

Il la suit.

— Tu devrais manger quelque chose. Je parie que tu n'as fait que danser. Tu es un peu pâle.

Elle prend un verre de Danziger Goldwasser, le boit, en reprend un autre, regarde Holger à travers le liquide où tournoient, avec une grâce infinie, quelques paillettes d'or, le boit, et le repose violemment.

— Comme un homme, tu as vu, comme un homme ! Cul sec !

Elle titube un peu. Holger avance la main. Elle pourrait poser la tête sur son épaule, se laisser aller, elle voudrait ne pas avoir cette nausée, cette chose qui lui tord le ventre, elle pourrait lui dire qu'elle a peur, pour lui, pour eux, mais quelque chose cloche. Elle pose le doigt sur l'étoile décousue, va, très lentement, jusqu'à l'endroit de la déchirure, et déchiffre les lettres rouges :

— *Glotzt... glotzt nicht so... romantisch.*

Elle éclate de rire.

— Sacré Brecht, toujours le mot qu'il faut !

C'est un rire qui sonne faux, et qui laisse un goût de métal dans la gorge.

On décrocha les boules de Noël. On se les partagea. Clara n'en voulait pas. Mais quelques jours après, Holger lui apporte une boîte en carton.

— Je ne saurai pas quoi en faire.

Il tient l'objet entre ses grandes mains, devant lui, il le regarde fixement, comme si quelque chose d'extraordinaire pouvait en jaillir. Ou quelque chose de dangereux. Il le pose avec précaution sur la table. Clara soulève le couvercle. Reposant dans la paille, il y a trois boules de Noël.

— Elles sont trop fragiles. Je suis trop maladroit pour ce genre de choses. Je suis désolé.

— Désolé ?

— Oui. Pour le costume. J'ai pensé que c'était drôle. Ça non plus, je ne sais pas faire. Être drôle… Et je ne sais pas coudre.

Les boules ont l'air tellement innocentes. Pourquoi irait-elle raconter ce qu'elle a vu, ou cru voir ? Après tout, c'est vrai, elle était déjà un peu grise à ce moment-là.

— D'accord. J'en prendrai soin pour toi.

Elle s'approche de lui et noue ses mains autour de son cou.

— Je prendrai soin de tout ce que tu me confieras. Jusqu'à ce que tu en aies besoin. Aussi longtemps qu'il le faudra.

Il a refermé les bras sur elle. Il serre et desserre son étreinte, comme s'il avait peur de la casser, comme s'il testait sa résistance, comme s'il n'était pas sûr de la sienne, alors il reste dans cet entre-deux, comme il a tenu la boîte en carton à son arrivée. Ne pas laisser échapper. Ne pas briser. Extraordinaire. Dangereux.

— Alors prends soin de toi, murmure-t-il.

Il a tourné les talons. Elle a failli répondre : « Jusqu'à ce que tu saches coudre ? » Pourquoi faut-il tout le temps qu'elle se force à être drôle ? Pourquoi n'a-t-elle pas le droit d'être comme ces boules, fragile ? Pourquoi lui demande-t-on toujours trop ? Elle a refermé le couvercle. Elle a eu le temps d'apercevoir le reflet de son sourire. Elle ne sait plus très bien ce qu'il signifiait.

Elle ne sait plus si elle aurait dû raconter. Dans sa solitude, ce sont d'autres paroles qui viennent.

Que m'as-tu confié, Holger ? De quoi prendrai-je soin ? Dans la paille trois boules… Nous trois ? Nous, les *Bauhaüsler* ? Ce mot qui nous unissait tous est percé de trous et il est déjà trop tard pour les combler. Des déchirures que Hannes refuse de voir, et que les autres, à coups de bras tendus, vont agrandir. Gropius n'est plus là pour assurer les raccommodages.

J'aurais voulu une autre fête que celle du métal. J'aurais voulu recoudre l'étoile à ton costume, Holger, j'aurais voulu que tu trouves une autre phrase que celle de Brecht. Je ne veux pas de ces boules que tu m'as confiées. Si je soulève le couvercle, c'est Ute et Ulrich que je vais voir. Et ces mots : *Glotzt nicht so romantisch*.

23

Dessau, mai 1929

« Combien de morts ? Trente-trois à Berlin ? »

« Oui. Treize mille policiers contre dix mille manifestants ! »

Quelqu'un avait installé une radio à la cantine. Les journaux s'étalaient sur les tables. En première page, les gros titres. « Mai Sanglant ! » « Mai sanglant pour la démocratie ! »

Selon certains, c'était prévisible. Mais quand même, tirer dans la foule ! Selon d'autres, c'était une folie d'interdire le rassemblement des ouvriers, et il fallait leur apporter un soutien. À Dessau, pourtant, les chefs des syndicats appelaient au calme. Ce n'était pas au Bauhaus de faire de la provocation. Les avis étaient partagés. Communistes ou sympathisants, combien étaient-ils, parmi les élèves ? Les trois quarts ? Pas plus des deux tiers. Et puis Hannes… « On se fout de Hannes ! » Un silence suit l'intervention d'un type de l'atelier publicité. « Je veux dire… On n'est pas obligés de l'impliquer. Il ne va pas soutenir ces salauds de démocrates, quand même ! » Holger se lève, se dirige vers le type. « Qu'est-ce que tu veux, toi ? continue l'autre. Tu n'as rien à dire, tu n'as même pas ta carte du Parti ! » Holger se tait. Il domine de toute sa masse et de tout son silence. Un silence d'Holger. « J'ai ma carte du Bauhaus, et depuis bien plus longtemps que toi, répond-il enfin. Si tu es venu ici juste pour faire de la politique, tu t'es trompé d'adresse. La cellule du parti communiste, c'est de l'autre côté de la ville. Tu veux que je te dise le numéro de la rue ? » Il est retourné s'asseoir et s'est replongé dans le journal.

— Nom d'un chien, Holger, comme tu l'as mouché, le gars ! s'étonne Theo.

— Écoute, Theo. Je pense exactement la même chose qu'eux, mais pas de la même manière. C'est tout.

— Tu as pris ta carte ?

Holger fait comme s'il n'avait pas entendu.

— Tu as pris ta carte ! Holger, je croyais…

— Je n'ai pas pris ma carte. Pas tant qu'un accord avec les socialistes ne sera pas envisagé.

Il regarde Theo droit dans les yeux.

— Des deux côtés, ajoute-t-il.

— Tu rêves, soupire Theo. Tu rêves, mais je suis soulagé.

— Pourquoi ?

— Parce que… Tu n'es pas comme eux, Holger, tu n'es pas comme eux…

— Et qu'est-ce que je suis, pour toi ? Tu crois que je suis comme toi ? Qu'un avenir bien chaud et confortable m'attend, un pied ici, un pied en Angleterre, une fille dans chaque port…

— Qu'est-ce que tu dis ?

— Rien.

— Si. Tu as dit « une fille dans chaque port ». Explique-moi ce que tu entends par là.

Theo a rougi. Holger voit une petite veine battre sur son front. Il se sent vieux. Theo a toujours le même visage adolescent que quatre ans auparavant, quand il l'avait trouvé assis dans l'atelier, avec sa planchette de bois. Un gamin. Un frère, comme il s'en cherchait un. Un meilleur que lui, mais qui ne s'en rendrait pas compte. Pas tout de suite. Cela comptait. Plus que leurs différences. Clara… Il l'avait laissée à Theo, s'était posé en aîné qui regarde les enfants jouer. Il n'aurait pas supporté qu'un jour elle retire sa main et dise « Tu trouveras… » Il ne voulait plus aborder le sujet de Clara. Il y a des choses sur lesquelles on ne revient pas.

— Rien, je ne sais pas pourquoi j'ai dit cela. C'était juste, je crois… Ne t'inquiète pas. Je ne suis pas fou.

Theo avance en shootant dans les cailloux du chemin. Holger le pousse du coude.

— Arrête, tu vas abîmer tes chaussures !

Theo avait besoin d'autres chemins, de larges rubans de bitume, mieux éclairés que les voies desservant Törten.

Le ministère du Travail avait adopté le projet de Gropius comme modèle pour la construction de tous les bureaux de placement en Allemagne. « Oui, avait ironisé Holger, du beau travail. Et maintenant ce sont les chômeurs qui le lui fournissent. »

Theo avait proposé de participer au concours pour la reconstruction du Kornhaus[1]. Holger lui avait opposé le retard qu'avait pris l'École des syndicats de Bernau et la préparation de l'exposition de Bâle.

— Hannes ne veut pas que l'école se disperse.

— Et toi, évidemment, tu ne veux pas prendre le risque de le fâcher ! Tant que ce n'est pas un équipement social, ça ne vous intéresse pas.

— Et puis je travaille encore pour Junkers.

— C'est vrai… J'avais oublié.

Theo avait besoin d'oublis. D'absences temporaires qui le ramenaient vers Gropius. De chemins de traverse qu'il savait où trouver.

Il avait besoin de Clara.

— Laisse tomber Gunta, Lux, Otti et les Albers, allons à Berlin !

— Gropius te manque ?

— Pas seulement… Allons vivre un peu !

Le programme avait été établi : rendre visite aux Gropius, voir un film au Woga-Komplex, faire le tour des galeries. Le soir, ils essayèrent le Resi. C'était un endroit extraordinaire, où l'on pouvait communiquer de table à table par des téléphones, et même commander un cadeau qui arrivait à la table désignée par un système de tubes pneumatiques. « Je me cache, tu te montres bien, et on verra combien de cadeaux tu reçois », avait suggéré Theo. Au bout d'un quart d'heure, elle avait déjà un éventail, une broche de pacotille et trois coups de téléphone. Ils échangèrent les rôles. Theo ne récolta

1. Ancien hangar à blé, au bord de l'Elbe, converti en guinguette.

qu'un seul cadeau, des boutons de manchettes fantaisie, mais cinq appels. Jamais ils n'avaient autant ri. Ils se mêlèrent aux bandes des cafés du Kurfürstendamm, écoutèrent les batailles des journalistes, des critiques, aperçurent cette blonde, justement, Marlene Dietrich, au bras de son réalisateur, Josef von Sternberg, qui tournait un film, *L'Ange bleu*.

Clara n'avait eu d'yeux que pour Brecht et sa bande. Brecht qui palabrait, la Lenya qui se moquait, qui lui lançait les petits couteaux de son rire en fer-blanc.

Holger écouta distraitement le récit de leurs aventures.

— C'est là que ça se passe ! assura Theo.

— On ne peut pas rater ça ! renchérit Clara.

— Comment veux-tu travailler sur la ville, si tu ne la connais pas ! Holger, réfléchis !

— Hannes a son cabinet à Berlin, et ici nous travaillons ensemble sur l'école de Bernau. Cela me suffit. Je n'ai pas le temps pour autre chose.

— Mais enfin, Holger, s'impatienta Clara, Hannes n'est pas le seul architecte au monde ! Tu devrais voir… Les frères Taut, par exemple ! Ou Mendelsohn.

— Mendelsohn ? Tu crois que je me sens concerné par les grands magasins Schocken ou le Woga-Komplex ? « Les temples de la consommation et du divertissement » ? « Temples ! » Quel mot ! Ce n'est pas la société que je veux ! Franchement, non ! Berlin ! Ce parc d'attractions qui se prend pour New York !

— Mendelsohn a aussi construit des logements communautaires juifs…

— Grand bien lui fasse…

Holger regardait Clara partir avec Theo. Des enfants ! Lequel pour tenir la main de l'autre ?

« Theo, allons voir Valeska Gert et sa danse de la mort ! » « Theo, allons écouter Claire Waldoff chanter *Tout Berlin est fou de tes jambes* et les chansons coquines de Tucholsky ! » « Tout Berlin est fou de tes jambes aussi, Othéa ! »

Allons voir, Theo, ces femmes qui ont un nom en majuscules ! « Tes monstres ! » lui répondait-il en riant.

Monstres ? Parce que le monde du spectacle offrait à certaines femmes la même notoriété qu'aux hommes ? L'indépendance ? Comment ça, mademoiselle ? Le Bauhaus vous offre des compétences professionnelles de haut niveau, une référence, comment ça, mademoiselle, cela ne vous suffit pas ? Regardez cette lampe, et ce tissu, regardez bien l'étiquette, mademoiselle, que lisez-vous ? Bauhaus. Bauhaus ! Mademoiselle !

Bauhaüsler avant tout ?

— Essayons l'Eldorado, propose un soir Theo.

— L'Eldorado ? C'est un peu bizarre comme endroit, non ?

— Pourquoi ?

— Je crois que la clientèle est plutôt… masculine, non ?

— Et alors ? Beaux comme nous sommes ?

Ils font une entrée très remarquée. Plus exactement, Theo fait une entrée très remarquée. Certains le saluent. Il répond d'un clignement de l'œil.

Theo, la manière dont certains garçons le regardent, et lui, qui s'en amuse. Pour les garçons d'Angleterre, il les avait inventées, ces nuits de Berlin. Avec Othéa, il les vivait enfin. Seul, il n'aurait pas osé. Avec elle, il peut laisser approcher celui qui se tient derrière lui, qui lui ressemble, auquel il ne sait pas s'il doit résister, ou succomber. Othéa sait jouer à ce jeu-là. Dans l'océan dallé de sombre de Berlin, c'est Clara le petit pêcheur, Clara qui le protège, qui le retient au bout de sa ligne, qui l'absout d'un rire noyé dans l'alcool et la danse, au Kadeko, ou ailleurs, plus tard, jusqu'au bout de la nuit.

Ils rentrèrent par le dernier train, le dimanche soir. La veille, ils n'avaient pas fait l'amour.

Un des derniers week-ends avant les vacances, Theo prit une chambre à l'hôtel Adlon.

— Tu es complètement fou, c'est…

— J'en ai marre du collectif et du prolétariat.

Le réceptionniste avait fait remplir la fiche. M. et Mme Theodor Schenkel.

— J'ai l'impression d'être une femme entretenue.

— Et alors ? Ne t'inquiète pas. Ils enverront la note à mon père.

— Ah…

Ah. C'est tout ce qu'elle a trouvé à répondre. Elle attendait quelque chose, sans savoir quoi au juste, une explication à cette prodigalité soudaine, à cette complicité différente de celle qu'ils avaient à Dessau, à cette ronde dans laquelle il l'entraînait, dans laquelle elle l'entraînait aussi, d'une certaine manière, parce que tant d'endroits lui avaient été interdits, inaccessibles, et qu'avec lui ils s'ouvraient si facilement. C'était cela, être au bras d'un homme. C'était cela, regarder ailleurs quand la note arrivait. C'était cela, rester éveillée à attendre l'explication quand l'autre s'est déjà endormi. Ne rien oser attendre de plus que le sommeil.

Le samedi suivant, tout le monde avait du travail en retard. Mais le temps s'était remis au beau et on étouffait à nouveau. Certains optèrent pour le Kornhaus, d'autres pour la plage de la Mulde, moins fréquentée parce qu'il n'y avait pas de buvette, et qu'il fallait passer à travers champs. Theo y suivit Lux et les garçons de l'atelier scénographie, Clara suivit Theo, et Holger suivit Clara. Ils se baignèrent un peu, puis, quand le soleil commença à décliner, s'en retournèrent.

Clara, voyant Holger se laisser distancer, avait ralenti son pas. Traînant les talons au bord de l'étroit chemin, il faisait lever des petits nuages de poussière, explosions minuscules d'une humeur massacrante.

— Ça ne va pas ? demande-t-elle.

— Ah ! Tu es là, toi.

— Je suis là depuis le début de la promenade, et toi, tu restes dans ton coin. Tu n'as parlé à personne.

— Rien à dire.

Holger finit quand même par lui raconter ce qui s'était passé sur le chantier de l'école de Bernau. Hannes voulait que ses étudiants comprennent les raisons de son choix quant à l'orientation et à la structure des bâtiments. Il s'agissait d'habiter le site. L'homme, le bâtiment, sa fonction, et l'environnement. Ces notions semblaient lui tenir désormais particulièrement à cœur. L'école, entre lacs et bois, se prêtait à ce genre d'exercice. Theo n'avait rien trouvé d'autre que de critiquer des détails. Hannes s'était impatienté, et Theo avait quitté le groupe.

Loin devant, on entend, éparpillées par le vent qui a forci, les notes du banjo de Xanti et le vol éperdu de la clarinette de Lux. C'est peut-être pour cela, parce qu'il se sent soutenu par ce contrepoint désordonné, qu'il continue, lui, si laconique d'habitude. Les bourrasques lui donnent une impression d'impunité, comme si rien ne devait rester.

— Oui, c'est cela, Theo est un être de détails. Une somme de détails. Il ne sait pas voir grand, il ne sait pas voir au-delà… Une somme de détails parfaits, cela ne fait pas un tout !

Holger, en passant, arrache des poignées de ces herbes hautes que le vent courbe. Il les brandit, son large poing levé, et les lance au loin.

— Les détails, ricane-t-il, comme si on en était là, comme si les élèves avaient besoin de détails ! Ils ont besoin de clarté, de structures, d'organisation !

Il s'est arrêté.

— Tu te rends compte, non mais, tu te rends compte ? Et M. Theo qui pique une crise ? M. Theo, les deux pieds dans une flaque, avec la ceinture de son imperméable qui traînait dans la boue !

Il enfonce les poings dans ses poches et reprend sa marche. Il ajoute, à voix basse :

— Ce couillon, avec sa ceinture dans la boue.

Clara a failli rire. Mais c'est curieux de voir Holger attacher autant d'importance à cette ceinture dans la boue, comme si Theo se réduisait brusquement à cette image. Elle ne sait pas s'il éprouve simplement de l'agacement, ou si cette vision a cristallisé chez lui un sentiment d'éloignement, si elle marque un bouleversement de leur relation.

Le vent porte encore l'écho aigre de la clarinette. Il ramène les mots d'Holger ; déshabillés de leur véhémence, ils parlent de pitié. De celle qui vous déchire un peu le ventre, qui n'appelle pas la compassion, mais ouvre sur ses propres doutes, un manque de confiance en soi que la présence de l'autre avait pansé, que l'on croyait guéri. Theo avait réveillé la douleur. Theo avait failli. La faille de Theo se multipliait, fine et coupante comme ces herbes qu'Holger avait arrachées, piétinées, et il y en avait encore et encore, il n'en viendrait pas à bout.

Et puis soudain, comme s'il en avait assez de cette douleur, il opte pour la méchanceté :

— Franchement, ce type, je ne sais pas ce que tu lui trouves.

S'arrêtant brusquement, il lui barre la route.

— Mais oui, bien sûr, vous vous ressemblez, vous êtes pareils, tous les deux, avec vos manières. Lui, une jolie cravate, et toi, toi, avec ce petit foulard noué autour du cou ! C'est tellement chic d'être là, hein, au Bauhaus, quel joli passe-temps, quelle belle étiquette vous vous êtes collée sur le dos ! *Bauhaüsler* ! Bravo ! On applaudit des deux mains ! Oh oui, on va faire de jolies maisons, de jolis tapis, mais c'est qu'on est des artistes, nous !

— Arrête, c'est stupide.

— Non, ce n'est pas stupide. Gropius s'est tiré parce qu'il n'avait pas envie d'aller au bout de son idée. Pour cela, il aurait fallu prendre des risques, alors « non merci, je laisse cela à Hannes Meyer, qu'il se débrouille, je m'en lave les mains ! »

Elle reculait, se détournait, cherchait ses pas loin de lui. Il regardait ses pieds qui hésitaient. Il revoyait les chevilles délicatement ourlées d'une petite mousse de vase qui filait entre ses orteils. Stupide !

Il l'attrape par les bras.

— Arrête, tu me fais mal.

— Eh bien tant mieux ! De toute façon, c'est tout ce que je sais faire. Mal.

Il rapproche son visage tout près de celui de Clara, siffle entre ses dents :

— Allez… Allez, dis-le que jamais tu ne pourrais être avec moi. Dis-le !

— Tu me fais peur, Holger.

— Ah tu vois, je fais peur à la demoiselle.

Il allait la repousser, mais c'est elle qui le retient.

— Je suis avec toi. Maintenant.

Elle a glissé ses mains jusqu'à la nuque du garçon, elle l'attire vers elle, défait le nœud du foulard, le force à se pencher, à poser ses lèvres sur son cou, à se taire.

— Maintenant, répète-t-elle. Ici, tout de suite. Parce qu'après il y aura toujours une bonne raison pour ne pas le faire. Là-bas, nous sommes les *Bauhaüsler*. Ici, il n'y a que toi, et moi. Personne pour nous dire qui nous devons être, quels mots nous devons employer. Ici, ce sera notre silence. Ici il n'y a rien. Rien à prouver. Après, ce sera trop tard. C'est maintenant. Regarde. Ils nous ont oubliés. Regarde-moi.

Elle dit cela si doucement, c'est le vent qui souffle les mots, qui fait ployer les arbres et le fait se pencher ; c'est lui, que rien n'arrête, ni le béton, ni les grandes verrières, lui, au bord de la rivière, de ses détours, de ses hésitations ; lui qui les fait glisser, lentement, parmi les herbes sèches.

Toucher, prendre, caresser, se laisser caresser, ne rien chercher à définir, puisque tout est l'autre, tout est l'envie de l'autre, ne pas se demander quoi faire de toute cette douceur, de cette résistance qui ne demande qu'à céder, ne rien s'interdire, savoir d'avance que chaque geste sera juste, chaque respiration, chaque rythme. Parce que tout était là, depuis longtemps, en latence. Holger contemple Clara, au-dessus de lui, il pose les mains sur ses seins, sa taille, ses hanches, il sent la pression cadencée des cuisses, guette les soupirs, les notes du plaisir, tantôt sourdes, tantôt aiguës, pose les doigts sur le cou où s'est mise à battre une fine corde bleue, il est là, et tout cela sonne juste. Ce qu'entend Clara, ce que ces mains d'homme lui disent, ces mains qui la redessinent, qui remettent chaque chose à sa place, la complètent, ce vers quoi son ventre se tend, ce que lui dit le sexe d'Holger, c'est « bienvenue chez toi ».

Le vent était tombé, le soir avec. Ils se sont relevés. Le paysage était si grand, et le silence aussi.

— Qu'allons-nous faire ? a murmuré Clara.

— Nous dirons que je me suis tordu la cheville et que tu ne pouvais pas me porter. Nous avons attendu que cela passe.

— Oui… C'est une idée… Fais voir, essaie de boiter un peu.

Holger a fait quelques pas.

— Pas très crédible. Attends !

Elle a défait le petit foulard qu'elle avait remis autour de son cou et s'est agenouillée pour l'enrouler autour de la cheville d'Holger. Avant de se relever, elle a noué une dernière fois les bras autour des jambes du garçon. Il n'a pas eu le temps de faire un geste qu'elle était déjà debout.

Ils sont rentrés. Leurs doigts se touchaient à peine.

24

Berlin, été 1929

D'un geste du poignet, Clara a relevé la mèche de cheveux qui lui tombe sur l'œil. C'était devenu chez elle un geste automatique, elle l'effectuait sans même y penser, même quand elle n'avait rien dans la main, ni crayon, ni outil, ni aiguille. Elle n'était pas de ces filles qui glissent un doigt, l'annulaire de préférence, dans une chevelure lisse, juste pour faire apprécier le poli des ongles, la blancheur de la main, la finesse du poignet. Elle avait oublié ces manières, ou plutôt ces manières l'avaient quittée depuis son entrée au Bauhaus. Elles ne sont pas plus utiles ici, dans les coulisses d'un théâtre.

Les vacances d'été avaient ramené Clara à Berlin. Seule. Le voyage en Russie avait été annulé, mais Hannes avait convié certains élèves à réfléchir à « l'habitation minimum », sujet du prochain congrès de la CIAM[1]. Sa tante avait juste dit :

1. CIAM : Congrès international d'architecture moderne, présidé par Le Corbusier, dont Hannes Meyer était membre.

— Si tu veux travailler, on cherche quelqu'un pour remplacer une des filles. Elle est repartie à la campagne. Elle était grosse.

— Grosse ?

— Oui. Enceinte. Elle n'y arrivait plus. Il faisait trop chaud pour elle là-haut.

Là-haut, c'était l'atelier accessoires.

Elle ferme les yeux un instant. À côté d'elle, Maria travaille le feutre. La vapeur siffle au-dessus des miaulements d'une scie, des attaques répétées d'un marteau. Dans les trouées de silence, lui parvient la voix du metteur en scène, quelques bribes de mélodie. À d'autres moments, les appels des machinistes, ou la cavalcade des danseuses.

Clara retrouve dans chacun de ces bruits la résonance de ceux qui l'ont accompagnée durant ces trois dernières années. Les mêmes sons d'atelier, de travail manuel, les mêmes respirations. Jusqu'à la même qualité de silence, lorsque après le spectacle le théâtre se vide, et qu'au Bauhaus les ateliers sont rendus à la présence fantomatique des objets inachevés.

— Bienvenue dans la malle aux trésors, lui avait dit Maria. Là c'est les strass, là c'est les perles, là c'est la mixture, et là la colle. Tu ne dois pas te tromper de formes. Il y a les carrés, les ronds, les losanges… Tu suis le modèle. Tu sauras ?

Oui. Elle savait reconnaître un carré, un rond…

— Et les couleurs, avait ajouté Maria. Tu dois bien respecter les couleurs. C'est important. Tu sauras faire ?

Elle lui avait tendu un bijou déjà fini, avait puisé dans une caisse un squelette de bracelet, lui avait désigné un flacon de peinture métallique.

— C'est déjà passé à la dorure. Mais parfois, il y a des manques. Alors tu maquilles avec ça.

C'est ça, la vie. Il y a toujours des manques. Alors on maquille, avait-elle pensé. C'est ça, la vie, un squelette, avec plein de petits trous, il faut juste ne pas se tromper. Trouver la bonne forme, et la fixer. Bien droit. Les plus petites sont les plus difficiles. On croit qu'elles se voient moins. C'est faux. En pleine lumière, c'est un trou noir. Alors on prend des pincettes. Et on retient son souffle pour ne laisser échapper aucun de ces minuscules morceaux de verre coloré qui feront illusion.

C'est ça, la vie. S'asseoir sur le vieux tabouret, écouter les bruits, écouter les filles à la pause raconter leurs histoires d'amoureux, leurs histoires de gosses.

Une des habilleuses ressemblait un peu à la fille qu'elle avait croisée avec Holger, le jour où elle était allée le chercher à Törten. Les cheveux frisottés, la poitrine déjà lourde, avec la gouaille du peuple de Berlin. Elle était venue voir Maria.

— Je ne peux pas aller au Resi samedi soir. Mon Peter dit qu'on sort trop souvent.

— C'est dommage… Toute seule, c'est pas drôle. Ma mère voulait bien garder le petit.

— Eh bien, emmène la nouvelle ! Tu t'appelles comment déjà ?

Elle s'était tournée vers Clara.

— Clara.

— T'es d'accord, Clara ?

— Oui… Pourquoi pas.

— T'as pas l'air de savoir de quoi je parle. Le Resi. Tu connais, non ?

Clara avait fait non de la tête.

— Non mais, d'où est-ce que tu sors, que tu connais pas le Resi ! Ben dis donc, faut apprendre à vivre, ma fille !

Clara connaissait toutes les théories sur la couleur et les formes. Toutes les théories de sociologie. Elle connaissait les constructivistes russes et Sonia Delaunay. Elle connaissait l'Eldorado et l'hôtel Adlon. Elle connaissait le Resi avec Theo. Elle ne connaissait pas leur Resi.

« Mon Peter », avait dit la fille. Il y avait Theo. Petit Theo. Et Holger. Il n'y avait pas de « Mon ». Othéa. C'est ainsi que Theo voulait qu'elle se présente, quand ils rencontraient des gens dans les bars du Kurfürstendamm. « Fais les rêver ! Othéa, c'est plus mystérieux que Clara, plus original ! Ils s'en souviendront ! »

À l'Adlon, il y avait eu Mme Theodor Schenkel. Qui voulait-il faire rêver ? Qu'importait maintenant. C'est Clara qui avait fait l'amour avec Holger. Holger arrachait les herbes du chemin, elle avait arraché ce surnom, elle l'avait jeté au vent, elle avait voulu être nue. « Maintenant », avait-elle dit. Et après ? Après ils s'étaient mis à l'abri de la transparence. À l'abri dans leur silence. De quoi avaient-ils peur ? De la réaction de Theo, sans doute, de faire éclater une amitié qui avait tant compté, et qui ne tenait plus, peut-être, que par elle, Clara. Craignaient-ils de voir cette évidence prendre toute la place, faire voler en éclats la grande verrière et tous les beaux principes ? Clara et Holger la cachaient au cœur de rares nuits, les couloirs enfin déserts, les portes closes, leurs pas nus ne faisaient aucun bruit sur le sol de béton. Rideaux tirés. N'en parlons pas. Même à nous-mêmes. Ce serait trop de trahisons. Au Bauhaus, il n'y a pas de « Mon ».

Les faux diamants ne sont qu'un peu de verre sur une froide couche de métal. Leurs feux sont un leurre. La transparence est un leurre. La vie est ailleurs, dans ce que l'on cache. Derrière la mèche que l'on ne relève pas, quand on sent les larmes monter.

Vers la fin du mois, Otti s'annonce à Berlin. Après le dîner, Clara lui propose d'aller au cinéma. L'Universum passe encore *La Ruée vers l'or*. Elles finissent la soirée par un verre au Kadeko, juste à côté.

— Ce cinéma est vraiment incroyable ! Cela nous change des logements sociaux !... À propos, ajoute-t-elle, tu as des nouvelles de Theo ?

— Non. Pas récemment.

— Moi non plus... Rien depuis sa carte de Barcelone.

Barcelone. Otti, parfois, avait quelques difficultés avec les mots étrangers. Mais elle a bien dit Barcelone. Clara en est sûre.

— Moi, aussi, continue Otti, j'aurais bien voulu le voir, ce fameux pavillon de Mies van der Rohe[1] ! Du verre et un plan libre, mais du marbre, de l'onyx, du cuir blanc, un bassin... Une statue ! Notre transparence

1. Pavillon allemand construit par Mies van der Rohe pour l'Exposition internationale de 1929. Les autorités allemandes y reçurent le roi Alphonse XIII et son épouse. À cette occasion, Mies van der Rohe créa la chaise Barcelona.

en version luxe ! C'est dommage, sur la carte il a l'air tout petit, tu ne trouves pas ?

— Plutôt petit, oui, tu as raison.

Invisible, même ! Le silence de Theo est un trou noir qui saute aux yeux. Un trou qui la blesse.

À la fin des vacances, Clara reçoit une carte de Londres. *Je m'ennuie. Berlin me manque, et toi aussi. Je t'embrasse. Theo.*

Big Ben dans la brume. Elle la décore d'une croix de faux diamants. Pour les faire tenir, il faut bien enfoncer la base pointue. À chaque verroterie, un coup sec pour percer le carton. Cinq strass. Cinq trous dans Big Ben.

Dessau, octobre 1929

— Ah ! Tu es rentrée !

Theo a fait irruption dans son studio. Il l'a prise dans ses bras, l'a serrée très fort. Le nez écrasé sur sa poitrine, elle sent une odeur inhabituelle. Une odeur d'Angleterre, pense-t-elle.

— J'ai pensé à toi !

Il lui tend un petit paquet emballé de papier laqué blanc. Elle s'assoit et défait le ruban noir. *Cuir de Russie. Chanel.*

— Inspiré, paraît-il, de l'odeur des bottes des officiers de l'armée blanche. Cette Chanel en avait un pour amant ! Une bonne blague, non ? Et puis il n'est ni féminin ni masculin. Il est… fait pour toi !

Clara retourne la petite bouteille entre ses doigts. Elle ne sait pas ce qu'elle doit en penser. Et puis ça lui échappe :

— *Cuir de Barcelone*, ça n'existait pas ?

— Ça ne te plaît pas ? C'est quand même Chanel… Paris…

Theo a l'air déçu, un peu vexé. Il a rougi à l'évocation de Barcelone.

— J'aurais préféré savoir où tu étais. Peut-être passer un peu de temps avec toi. Tu pars, pas de nouvelles, et puis voilà. Une bonne blague, comme tu dis.

— Je t'ai envoyé une carte de Londres.

— Je sais…

Elle fait un signe de tête en direction de l'étagère. La carte est là, barrée de sa croix de strass.

— … Elle me fichait le cafard. Toute cette brume.

— Oui, tu vois, c'est pourquoi je t'ai écrit, moi aussi, cela me fichait le cafard.

— Arrête, Theo. Tu es grand, maintenant. Tu as le droit d'être autonome. Tu n'as pas à suivre ton père comme un petit chien ! Tu pourrais imposer tes choix, je ne sais pas moi…

— Quoi ? Tu voudrais que je t'emmène partout ? Eh bien non. Je ne peux pas. C'est tout. Tu n'avais qu'à demander à quelqu'un d'autre… À Holger, pourquoi pas ? Hein ? Pourquoi pas Holger ? Parce que c'est moins amusant ?

— Holger, c'est autre chose.

Quelle intonation a-t-elle mise dans sa réponse ? Clara est incapable de s'en souvenir. Incapable de la rattraper. Elle sait juste qu'elle a élevé la voix, qu'il y avait un peu de mépris. Une vague menace ? Theo la regarde, indécis, incrédule, et il attaque.

— Qu'est-ce que tu veux ! On ne peut pas tous être orphelins !

Non. Ce n'était pas la bonne réponse. En se dépêchant, il pourrait la gommer, effacer en même temps l'expression de Clara quand il a évoqué Holger. Il enchaîne.

— Tu n'es pas la seule à attendre des choses de moi…

La phrase est restée suspendue, comme un orage passe, passera pas, si le vent est assez fort, il crèvera plus loin, il disparaîtra, ce n'était rien, rien qu'un peu d'obscurité soudaine, ce ne sera rien, avec un peu de chance, ce n'est rien. On n'a pas entendu le tonnerre. Clara n'a pas bougé. Elle n'a pas relevé la tête, elle a continué à fixer ses mains jointes, et puis disjointes, ses mains à plat sur ses genoux, l'index de la main droite qui se crispe un peu, le bout du doigt qui trace des petits cercles au creux de la rotule. Et Theo pense qu'elle a de jolis genoux, qu'il a toujours aimé les genoux d'Othéa, minces, bien dessinés, des genoux qui appellent la caresse. Il se concentre, la blancheur des genoux d'Othéa pour laisser s'estomper le rouge qui est monté au front, leurs courbes pour combler le vide soudain au creux de l'estomac. Ses genoux, ses mains, son doigt pour ne pas voir le visage de son père, pour ne pas sentir sa présence, son propre père, Hugo Schenkel, dans l'ombre qui n'en finit pas de passer. Si seulement elle pleurait, rien qu'un peu. Si seulement un peu d'eau pouvait laver tout cela ; si seulement un flot de larmes, pour les entraîner loin de ça. Non. Si elle pleurait, il aurait pitié. Ou pas. Il se sentirait coupable.

Pour l'instant, il ne ressent ni culpabilité ni pitié. Elle ne pleure pas. C'est un malaise passager. Elle n'a peut-être pas entendu.

— Tu as sans doute raison, dit-elle.

Si elle avait pleuré, il l'aurait prise dans ses bras. Il aurait trouvé des mots pour la consoler, des mots un peu trompeurs, comme ceux que son père emploie, ceux qui font sourire sa mère, ceux qui font croire en leur force les hommes. Theo Schenkel aurait été capable de protéger Clara Ottenburg, une fille qui pleure. Il ne voyait qu'Othéa.

Le lendemain, Clara a vidé la bouteille de *Cuir de Russie* dans le lavabo. Elle a rejoint la troupe de la Revue du Bauhaus.

Sur le côté de la scène l'accordéoniste rangeait son instrument. Clara avait sauté du plateau et remontait la rangée de sièges, Theo apercevait son sourire par intermittence derrière le mouchoir dont elle s'épongeait le front.

— C'était bien, non ? lui lance-t-elle.

Il voit les petites mèches collées sur les tempes, un peu de sueur aussi dans le décolleté de la blouse de coton, une de ces blouses que portent les ouvrières. Ou les bonnes. Un vêtement qu'il n'aime pas. Pas sur elle. Elle est tout près de lui, les joues rosies, une flamme dans le regard. Un incendie minuscule, joyeux, un signal de danger.

— Tu ne devrais pas.

— Je ne devrais pas quoi ?

Theo sent son rire tout proche, prêt à lui sauter à la figure, son rire d'indépendance, celui qu'elle a quand toute discussion est inutile. Il continue. Parce que lui aussi est têtu, parce que ce qu'il a à dire est juste, sensé, raisonnable ; tout ce qu'elle n'est pas disposée à entendre.

— Faire ça.

Il a un geste du menton vers la scène. Pour l'instant mieux vaut garder les mains dans les poches. Il lui semble qu'elles demandent du drame, qu'elles applaudiraient à la réplique définitive. Elles exagéreraient la situation.

— Ça ? Tu veux dire monter sur scène ? Je suis si mauvaise que ça ?

— Non. C'est ce truc. Ce… Cette revue… Tu sais ce que c'est, quand même, comment on appelle ça ?

— C'est amusant.

— Non. Ce n'est pas amusant. C'est de l'agit-prop[1].

— Tout de suite les grands mots !

Clara lève les yeux au ciel.

— M. Theo, toujours rabat-joie !

— Je suis désolé, mais…

Oui, il est désolé, désolé d'éteindre le petit incendie joyeux, désolé d'avoir à se battre contre quelque chose qui lui tient à cœur, d'avoir peur pour elle. Agacé aussi.

— Tu te laisses entraîner.

— Je prends ce que l'on m'offre ! Si Schlemmer avait un peu plus toléré les femmes dans son équipe, sans doute n'aurions-nous pas cette discussion ! Hannes Meyer encourage cette troupe, il soutient ce spectacle, alors d'accord, c'est peut-être moins artistique que le

1. Théâtre d'agit-prop : théâtre populaire à usage politique et de propagande.

Ballet triadique[1], mais on s'amuse. Tu comprends, je monte sur scène et je m'amuse ! Je suis une fille et je m'amuse !

La rougeur progressait vers le décolleté.

— Pour l'instant, tu t'amuses… Mais si ce petit jeu te colle une étiquette, tu t'amuseras moins. C'est si drôle que ça de faire la communiste ?

— Arrête avec tes craintes et tes réflexions de bourgeois ! En tout cas, cela fait plaisir de se sentir soutenue… Heureusement, tout le monde n'est pas comme toi !

Clara lui mettait sous les yeux les battements de la veine dans le cou, et cette rougeur qui avait gagné. Mais l'autre lui brûlait les paumes. L'autre qui n'attendait que ça. La jalousie. Il suffirait d'un rien, il suffirait de prononcer le prénom d'Holger. Ils ne le font ni l'un ni l'autre. Ils attendent que viennent d'autres mots, qu'ils poussent vers la sortie cette présence indésirable.

— Tu sais, j'aime vraiment être sur scène. Cela me sort un peu de l'atelier, c'est l'occasion d'être autre chose qu'une tisserande, de respirer.

Theo n'y arrive pas. Il sent que la brûlure ne passera pas assez vite pour continuer la discussion. Il sort les mains de ses poches et les applique contre les plaques métalliques de la double porte. Elles sont froides, bienfaisantes.

---

1. Œuvre chorégraphique créée par Schlemmer sur une musique de Paul Hindemith en 1922. Spectacle « total » alliant métaphysique et abstraction dans l'exploration de l'espace et des formes. Voir note page 75.

— Respirer ! ricane-t-il. Dans une blouse de bonniche !

Une poussée suffit. Il se retrouve dehors. Peut-être est-il parti trop tôt. Sa jalousie marche devant lui, comme une belle femme en robe rouge.

Il s'habituait à sa présence. Il s'asseyait avec sa jalousie d'un côté de la table, Holger en face d'eux. Elle posait sa main sur sa cuisse. Il aurait préféré la main de Clara. D'Othéa. Il cherchait le regard d'Holger, qui levait la tête, et lui disait :

— Que penses-tu de la notion de cité ouvrière telle que l'a conçue Fourier au XXe siècle ? Crois-tu que c'est valable ? La cité-jardin de Taut, celle en forme de fer à cheval, s'inspire de celles qu'on trouve en Angleterre, mais elle est nettement plus adaptée à l'implantation dans un territoire déjà urbanisé…

De tels discours ennuyaient sa jalousie. Elle partait.

Un autre sentiment prenait sa place. La nostalgie. D'une amitié, sans doute, dont il sentait les fils se distendre, mais aussi d'un mot, qu'on n'osait plus prononcer : beau. Un mot tout simple, pourtant, mais dont les quatre lettres avaient été ensevelies sous celles qui composaient le discours de Hannes. Il y en avait, pourtant, de la beauté, dans les objets que créait Marianne Brandt, dans les graphismes de l'atelier publicité, dans les tissus de l'atelier textile. Elle n'osait plus se laisser penser, simple et joyeuse comme elle l'avait été du temps de Gropius, où chaque naissance était une fête. Un événement. Un avènement. Theo imaginait, parfois, comme dans un cauchemar, les concepts de Hannes se matérialiser en milliers de petites cases, toutes semblables,

les mêmes meubles pour les mêmes gestes, les mêmes mises en pages pour les mêmes pensées, la même fonction. Un univers normalisé, fonctionnalisé. Une grille. Chacun y trouverait son compte. Les communistes, les fascistes aussi. Et même les capitalistes, débitant à la chaîne ce qu'ils vendraient en minces tranches de modernité. Jeunes gens, venez au Bauhaus… Theo n'était plus très sûr d'adhérer à tout cela. Il doutait. De Hannes, d'Holger, devenu si dogmatique, de lui-même, de ce Bauhaus qu'il aimait pourtant, dont chacun de ses pas dans le grand bâtiment, chaque perspective entrevue à travers les verrières continuait de porter une promesse. Ce Bauhaus qui avait été sa liberté, et qui ne l'était plus. Ce qu'Holger, ce que Clara peut-être prenaient pour de la superficialité était la souffrance d'une trahison dont il n'arrivait pas à savoir s'il en était l'auteur ou la victime. Ce doute était une douleur. La blouse d'ouvrière de Clara était une douleur.

C'étaient trop de contradictions. La robe rouge avait de nombreuses poches.

Clara venait, lui passait la main sur le front, dans les cheveux, terminait d'une petite tape sur l'épaule. Elle partait. Il regrettait de ne pas la retenir. Une autre main serrait son bras ; l'en empêchait ; le caressait. Elle n'était pas plus douce que Clara, ni qu'Othéa ; elle était plus habile. Elle savait s'y prendre avec les hommes. « Tu as offert à Clara un magnifique personnage de femme, fantasque, amoureuse et libre, tu as aimé la mettre en scène, ici, au Bauhaus, et à Berlin aussi, quel beau spectacle, quelle belle histoire ! Othéa ! Ton héroïne. Tu as eu tant de plaisir à lui donner la réplique, et voilà qu'elle te préfère cette autre compagnie !

Qu'elle t'abandonne pour se perdre dans cette mascarade prolétaire ! » Elle riait, comme seules savent rire les femmes en robe rouge.

C'est ainsi que la jalousie lui présentait les nuits de Berlin. L'amener à penser qu'il produisait Clara comme alibi, aux autres autant qu'à lui-même ? C'était risqué. Et ce n'était pas vrai. C'était beaucoup plus compliqué. Sa jalousie ne mentionnait jamais Holger ; elle était bien trop maligne pour ça. Cette histoire de théâtre était plus commode. Ce benêt de Theo s'en contentait. La Revue ! Quel beau paravent ! Holger même lui prêtait main-forte : « Fiche-lui la paix, Theo, avec cette histoire de Revue. Elle est contente. Et puis ils n'iront pas très loin. Tu connais Clara, elle a besoin d'essayer les choses… Et ça te plaît, qu'elle soit comme ça. »

Oui, il aimait ça. Clara faisait monter en lui un sentiment qu'il se refusait. Qu'il se refusait depuis toujours, depuis le premier matin qui avait suivi leur première nuit, quand il avait pensé qu'elle était arrivée trop tôt, qu'il n'était pas prêt. Après le cours préparatoire, elle était revenue. Différente. Juste assez pour qu'il lui trouve ce surnom, Othéa, et qu'il s'arrange d'être Petit Theo. Que pouvait offrir Petit Theo, sinon la part la plus légère de lui-même ? La plus divertissante ? La tendresse suffisait. Il ne l'aurait pas voulue autre. Clara était un compte à part, qui n'entrait pas dans sa dette, un cadeau qu'il s'était fait en cachette, en économisant sur la responsabilité.

Pendant quelques jours, la jalousie était partie promener sa robe rouge ailleurs. La raison avait tenté sa chance. Il avait essayé l'indifférence. Tristes figures, qui ne l'amusaient pas. Enfin vient un chagrin, encore tout petit, un enfant chagrin, qui ne sait pas dire son nom, mais lui fait dire, comme une excuse à l'errance de ses sentiments :

— Tu sais, Holger, ils attendent autre chose de moi.

— Qui, ils ?

Theo ne répond pas. Il baisse la tête. Comment pourrait-il expliquer ce que lui-même a tant de mal à démêler ? Quand une part de lui n'existe qu'à Berlin, et lui semble, une fois revenu à Dessau, si irréelle ? Un jeu dont il interrompt toujours la partie à temps, mais pour combien de temps encore ? Quand se trouver, c'est peut-être se perdre ? Comment expliquer qu'il ne se reconnaît plus dans ce Bauhaus. Que le temps vient d'être prévoyant, de quitter, là aussi, la partie. Son instinct le lui souffle, son désarroi ne trouve qu'un refuge. Ses parents. Le regard d'Holger pèse sur lui, un certain temps, puis plus du tout. Il l'entend dire tout bas :

— Oh, Theo…

Il n'y a pas assez de mots pour comprendre si c'est de l'agacement ou un reproche.

— Je sais, murmure-t-il.

— Non, tu ne sais pas.

Cette fois le ton était tranchant. Il a touché l'os.

Theo relève la tête. Sur le petit balcon, derrière la vitre, elle sourit. Elle est revenue, sa robe rouge danse dans le vent.

25

La Revue avait été présentée à Berlin. Elle avait eu son petit succès. On n'avait pas très bien su si c'était son contenu, sa qualité artistique ou son estampille Bauhaus qui avait attiré du monde. Mais sans doute avait-elle accéléré l'arrêt de la Scène du Bauhaus. Désormais, la rupture entre Hannes et Schlemmer était consommée. Durant l'été, ce dernier avait démissionné.

Clara a rejoint Lux à l'atelier scénographie.

— Ça vous fait de la place, hein ? dit-il avec un sourire tout cassé.

— Ce n'est pas ce que nous voulions…

Au nom de qui parle-t-elle ? Nous, la Revue ? Nous, le Bauhaus ? La Scène de Schlemmer n'avait pas voulu d'elle. Sans doute devrait-elle se réjouir. Au moins être indifférente. Mais ce vide ? Schlemmer a tout emporté, ses costumes, ses décors. On lui offre d'autres scènes, et une exposition. On s'intéresse à lui. Ailleurs. À Berlin, à Breslau. A-t-il perdu au change ?

Lux est venu prendre ses masques, ses quelques affaires personnelles. Les Feininger s'en vont.

— Tu reviendras nous faire danser ?

— Je crois que nous ne sommes plus dans le tempo du Bauhaus…

Pourquoi le Bauhaus Kapelle viendrait-il encore animer les fêtes ? Quelles fêtes, d'ailleurs, puisque Schlemmer n'est plus là ? Puisque Xanti a trouvé un poste de scénographe à Magdebourg.

— Tu n'as pas à te sentir coupable, tu sais bien que ça ne marchait plus entre Hannes et Schlemmer. Tout cela nous dépasse, soupire Lux.

Oui, elle le sait. Individualisme, esthétisme. Hannes n'en veut plus. La peinture, déjà, était devenue une pratique privée, en dehors de l'enseignement… Mais la scène était au cœur du bâtiment. Lui, Schlemmer, était au cœur de l'école. Une cible trop facile, que le « collaboratif » pointait d'un doigt accusateur. Ils ne voulaient pas de maîtres, de donneurs de leçons ! Ils brocardaient l'intuition artistique, ils célébraient les certitudes sociologiques. Plus de spectacles. Des représentations. Theo avait raison, peut-être, de la mettre en garde. Il s'y était mal pris. Elle n'avait pas compris. Mais lui non plus n'avait pas compris que choisir la Revue, c'était le provoquer, lui signifier qu'elle n'attendait rien de lui, de leur histoire. Une vengeance ? Non, Theo n'avait pas compris son aveu déguisé. C'était choisir Holger. « Trouve autre chose ! » Oui. Elle avait trouvé. Ailleurs.

À regarder Lux vérifier qu'il n'a rien oublié, elle réalise ce qui est perdu. La Revue n'a plus le même goût. Elle a pris celui des absences. Il n'y a rien pour combler ce vide.

En sortant, Lux a bousculé un panneau. Clara a eu le temps d'apercevoir une forme ronde, avec deux grands yeux et une bouche en cœur. Elle était toujours là, la tête en papier mâché, celle de la fête à Burg Giebichenstein. Personne n'avait jugé utile de l'emporter. L'époque n'a plus le même visage.

Le Bauhaus se veut désormais au cœur de l'action, bouche ouverte, pleine de mots. Un flot d'encre rouge.

Ernst Kállai, chargé de la communication de l'école, l'utilise-t-il trop bien, ou au contraire d'une manière maladroite ? Trop de conviction, ou trop d'imprudence ? Il en met partout, elle déborde, fait tache. Des taches rouge sang lors d'une mauvaise rencontre. Mieux vaut se faire discret lorsqu'on se réunit en ville chez les Mittag.

On dit « les » Mittag. Ernst, ce grand gaillard, toujours affamé, débarqué en bateau à voiles à Dessau parce que le train était trop cher. Etel, arrivée de Zagreb avec sa soif d'aventure. Un coup de foudre au Bauhaus, un mariage. Ils partagent les mêmes idéaux et les colis de saucissons que la famille d'Etel envoie. Et les autres, Isaak Butkow, avec son visage de jeune poète, Ivana Tomljenović, surnommée « Koka », la madone brune du Kostufra[1]. Holger vient, parfois. Malgré leur insistance, il ne veut pas s'engager. Il l'a promis à Clara. Il n'est pas certain, d'ailleurs, d'être concerné par l'aspect purement politique que prennent ces réunions. Hannes, lui non plus, n'est pas inscrit au parti communiste. C'est sa manière de protéger l'école. De se protéger d'attaques qui nuiraient à d'éventuels projets. On n'est pas en Russie, ce n'est pas obligatoire, c'est même plutôt déconseillé. Les besoins du peuple… Aux

1. La fraction communiste étudiante au Bauhaus.

discours, Holger préfère les logements, les écoles ; il préfère Bernau à l'idéologie. Malgré tout, il les admire, il aimerait avoir leur audace. Quelque chose le retient. Clara, bien sûr… Mais parfois, la violence de leurs imprécations le terrifie, comme s'il lui revenait d'en porter tout le poids. Il s'évade. Le silence de la neige qui tombe. Le silence intérieur. Il les regarde, leurs mots rouges plein la bouche, dans cette cuisine dont Lux a peint les murs de poissons et de crustacés. Autour d'eux, les créatures fantasques se taisent, spectateurs hallucinés de la cellule communiste du Bauhaus. Holger aussi se tait.

De l'autre côté de la ville, le G 38 était sorti de son hangar. Aucun des bâtiments de l'aéroport n'avait été assez grand pour l'abriter entièrement. On finissait de monter les ailes sous des auvents.

Personne n'avait encore vu un avion si gros, si grand, si étrange, avec son empennage triangulaire, et l'épaisseur des ailes, de chaque côté du poste de pilotage. Derrière les vitres qui en suivaient la courbure, six passagers voyageraient en plein ciel. Deux autres trouveraient place dans le nez même de l'avion, juste sous le cockpit. Les moins aventureux auraient droit à la cabine de luxe. Les garçons commentaient les moteurs, deux de douze cylindres et deux de huit. Vitesse ? 225 km/h. Autonomie ? L'Allemagne, la Hollande, et bientôt l'Angleterre !

On allait voir l'avion, et on tombait sur lui. Le gamin. On le trouvait accroupi dans les herbes, le nez collé au grillage. Au début, il se faisait plus petit encore qu'il n'était, neuf ou dix ans peut-être. Il était brun, très maigre, des yeux immenses. Un jour, il leur sourit. Il avait de grandes dents, plutôt mal plantées. Tous ensemble, ils observaient les premiers tours de roue du mastodonte. On ressentait la puissance des moteurs jusque dans les os. Le gamin pointait du doigt vers la piste et disait « avion ». Dans le désordre de ses dents, cela donnait « afion ». Il levait la main et la faisait tournoyer dans l'air, tout en produisant un son très grave et très doux, bouche fermée, une sorte de vibration qui montait d'entre ses flancs fragiles. On ne savait pas d'où il venait. Peut-être d'une maison de correction. Peut-être s'était-il enfui d'un orphelinat. Quelqu'un lui avait trouvé un nom. Froum. « Froum ? » « Vous savez, afion… froum froum… » Quand elles collectaient à son intention quelques friandises, les filles agitaient leur main au-dessus de leurs têtes en faisant « froum froum ». C'était drôle. Presque tout le monde avait fini par être au courant de l'existence du petit garçon qui aimait les avions. « Mais pourquoi ce "froum froum" ? » avait fini par demander Ute. Depuis qu'elle fréquentait Ulrich, elle ne venait plus avec les autres se promener le long du grillage. La grande porte lui était ouverte. On lui avait raconté le petit garçon. Elle avait haussé les sourcils. « Ah oui ? Un rien vous amuse. »

On ne revit plus Froum.

Le 24 octobre, un jeudi, la Bourse de New York s'est effondrée. Un cataclysme lointain. On attend sa réplique. La secousse s'arrête aux portes du Bauhaus. Aucun contrat ne sera rompu. Rien ne semble devoir entraver la marche des métiers à tisser, ni celle des presses d'imprimerie. Les papiers peints sont un succès sans précédent. Quelles lézardes masquent-ils ?

Le 6 novembre 1929, le G 38 a pris son envol pour la première fois. La stupéfaction a figé l'image de ses ailes immenses et de son ventre gris. Son rugissement a tout effacé, arraché le décor et le souvenir du petit garçon.

Le 18 décembre, un petit Junkers roule sur la piste d'envol. Lentement, puis plus vite. À chaque gravier, à chaque trou dans l'asphalte, il tressaute, son rythme s'accélère, avec lui, le cœur de Clara. Dans le cockpit, elle est la quatrième. Où est passé son cœur ? Il semblait bien retenu par le harnais qui lui barre la poitrine. Mais plus rien. Une longue respiration, le sol qui s'éloigne, une expiration qui repousse les arbres, et les toits, et l'Elbe, toujours plus loin, à la verticale, le bruit du moteur a remplacé celui de son cœur. Tout va bien. Il tourne rond. Le nez de l'avion dans le ciel de décembre. Gris pâle – blanc – il a neigé – argent fondu du fleuve – quelques taches sombres – la couture de la voie ferrée. Le paysage pivote comme un carton piqué au bout d'un compas, fixer l'axe, la tête d'Ulrich, son casque de cuir, quatre points alignés, quatre filles. Gunta. Anni. Ruth. Elle. Plus rien que du gris suspendu au hurlement du moteur. C'était un looping. L'école se précipite, court vers l'avion de tous ses membres à angles droits, l'avion l'a déjà dépassée. La ville. Un tricot sale ; pris dans ses mailles, quelques fils d'or et de menus éclats luisants. Un long virage sur l'aile, le parc, et puis des toits, Clara a aperçu sa fenêtre, et l'Indépendance. C'était celle-ci, elle en est sûre. L'avion est passé juste au-dessus, tout près, si près, presque au raz des pins. Il fait froid, le vent gèle les cris, c'est maintenant ! Ulrich a fait signe. Sous la poussée d'Anni, il bascule, il bat des ailes, il tombe comme une pierre vers les maisons des maîtres. L'ange. Sa tête ballotte, disparaît sous le petit parachute qui refuse d'éclore totalement. Vire, Ulrich, vire, que nous puissions voir s'il arrive entier, s'il ne se prend pas dans quelque branche, s'il ne se fracasse pas sur le toit, si le vent ne l'emporte pas trop loin, trop loin de la maison de Klee. Cinquante ans ! Un tel anniversaire mérite bien cela ! Un colis en forme d'ange, qui descend du ciel ! Tant pis s'il s'éventre un peu en touchant le sol, s'il vomit dans la neige la petite lampe et tous les cadeaux, les objets en bois, l'aquarelle de Feininger, les cartes et leurs vœux.

Un ange pour un ange. C'est ce qu'elles disaient, les filles, tandis qu'elles peignaient sa bouche rouge et ses yeux bleus, qu'elles le coiffaient de copeaux de cuivre, qu'elles l'habillaient de blanc, qu'elles lui confiaient tous les cadeaux ; un ange.

Il souriait dans sa chute, ignorant la maladresse des hommes et celle des parachutes. D'ailleurs il ne tombait pas, il allait juste à la rencontre de celui qui lui ressemble.

Klee peindra sa tête ronde telle qu'il l'a trouvée, couchée par terre, avec son sourire intact.

Anni n'osera pas avouer à son mari qu'elle était de « ces imbéciles avec leur avion » qui ont frôlé le toit de leur maison.

Clara a noté ces trois dates dans son petit carnet de teinturerie. Le départ de Lux lui a fait prendre conscience du temps qui passe, que rien ne dure. Des fils s'épuisent, le motif ne s'interrompt pas, mais jamais on ne retrouvera la nuance exacte. Qu'y avait-il, ce jour-là, dans le mélange, quelle trace invisible a donné tant d'éclat, tant de douceur à l'ouvrage, ou l'a terni irrémédiablement ? Est-ce une pensée, un sentiment, ce pigment que la balance ignore ? Le sédiment d'une expérience vécue ? Faut-il le consigner en regard de la formule chiffrée ?

Trois dates. Dans un ouvrage futur, elles affleureront. Hannes se trompe, qui veut tout rationaliser. Aucune pesée n'est assez précise, aucune formule.

Dans son berceau de givre, l'école de Bernau étire ses courbes dans un dernier sommeil. Adossée au bois de sapins, elle semble n'être là, dans sa concavité, que pour veiller aux deux petits lacs, silencieux sous leurs paupières de gel. Hannes a voulu vérifier. Vérifier quoi ? Qu'il n'a pas commis d'erreur. Quelle erreur ? Elle est telle qu'il l'a voulue. Elle est pensée, raisonnée. Elle s'inscrit dans la nature. Elle respecte la nature. La courbe du terrain, la course du soleil. Ce n'est pas une machine à habiter, c'est un corps social. Nature, fonction, éducation, un corps, pour l'éducation de l'esprit et du corps, il n'a pas commis d'erreur. Un refuge. Il s'est réfugié là. Lotte Beese est enceinte. L'enceinte de l'école, sa courbe, c'est dans la nature des choses ; il a besoin de réfléchir. À l'école. À son plan, à l'enchaînement des différents corps de bâtiments, sa concavité… Un enfant de Lotte Beese. Ses enfants. Natalie, sa femme. L'enchaînement de sa vie. Sa femme, Natalie, ses enfants, Lotte, un enfant. Bâle. Dessau. Berlin. Bernau. Quand Natalie est venue s'installer à Dessau, Lotte a quitté le Bauhaus pour Berlin. Hannes l'a engagée dans son bureau personnel. Elle a participé au projet de Bernau. L'école est presque terminée. Lotte est enceinte. Un fait s'enchaîne avec l'autre, naturellement. C'est facile à énumérer. La vie est compliquée.

26

Juillet 1930

Il faisait une chaleur à crever. Le soleil à travers les verrières tapait sur les nuques, les épaules, les avant-bras. Les fers à souder faisaient le reste. Theo sentait les gouttes de sueur perler sous les lunettes de protection, la buée troublait les verres fumés.

— Quand même…

Theo ne finit jamais ce genre de phrase. Il n'aime pas ne serait-ce qu'évoquer un défaut de conception que les grands rideaux blancs, en cette fin juillet, n'arrivent pas à faire oublier.

Il repose les tiges d'acier qu'il était en train d'assembler. Il n'est pas encore satisfait de son prototype. Il voudrait quelque chose d'encore plus léger, que rien n'arrête la transparence. Un profil invisible. Il ôte ses gants, ses lunettes, et se lève. Il se dirige vers les poulies qui actionnent l'ouverture des châssis.

— Merde ! jure-t-il entre ses dents.

Il n'avait pas pensé que le métal serait aussi brûlant. Il écarte le rideau. La verrière donne sur la route d'accès à l'école, juste avant qu'elle ne s'incurve pour mener à l'entrée principale. Dehors, les arbres s'épuisent dans leur vert indécis. Une voiture est stationnée dans le tournant. Il la reconnaît à sa malle arrière cubique qui supporte les deux roues de secours. Une Spohn Maybach DS7 Zeppelin. Celle que son père projette d'acquérir. À Dessau, il n'en a croisé qu'une. Celle du maire. Saisissant un chiffon sur un établi, il entreprend d'actionner la chaîne. Le mécanisme refuse de fonctionner. Il grimpe sur son tabouret et, avec un maillet, tape doucement sur l'attache de la tige horizontale. Puis plus fort. Ses camarades qui travaillent à proximité lèvent la tête.

— Qu'est-ce que tu fais ?

— C'est coincé. Je voulais ouvrir les autres verrières pour faire un courant d'air.

— Attends, j'arrive.

Ils sont bientôt six ou sept autour de Theo.

— Attends, attends, j'essaie.

Chacun y va de son optimisme, de sa poigne virile, de sa chance.

Près de la voiture, il y a un homme. Il fume, appuyé au garde-boue, les jambes croisées, le chapeau baissé sur les yeux.

Chacun essaie de pousser, de tirer, de soulever ou d'abaisser la tige. Les réflexions s'échangent de plus en plus mollement.

— Pff… il fait trop chaud pour faire des efforts comme ça.

— Ouais, mais si on pouvait ouvrir, on aurait moins chaud.

— C'est pas pratique, quand même, une seule tige pour toutes les fenêtres… Saleté de truc !

Werner s'acharne.

Soudain, on entend un claquement sec. La charnière a sauté hors de son attache. Elle pend mollement au bout du gond qu'elle n'a pas réussi à actionner.

— Merde, Werner, c'est foutu !

Dehors, près de la voiture, le type a disparu.

— Pas encore, tu vois, maintenant on va pouvoir faire tourner l'écrou. Passe-moi une clef de 15…

Theo observe les progrès du coin de l'œil, il s'essuie les mains avec son mouchoir, d'un geste machinal, répétitif. La voiture a un peu reculé. À peine, suffisamment pour que Theo aperçoive, au travers de la vitre arrière baissée, un passager, ou plutôt la main d'un passager. Elle repose sur le cuir de l'accoudoir, satisfaite. Theo pousse son voisin du coude.

— Tu as vu, qu'est-ce qu'ils font là, encore ?

— Ça vient, ça vient, j'arrive à décoincer l'écrou ! Deux minutes, les gars, on va pouvoir respirer !

La voiture a manœuvré. Son long capot pointe au coin du bâtiment. La flèche renversée de son bouchon de radiateur lance un éclair bref.

— J'y suis presque !

La clef à molette dérape et va cogner l'armature métallique. L'écrou bascule vers l'avant, rebondit et glisse dans l'interstice qui, du troisième étage au rez-de-chaussée, sépare la structure du bâtiment de sa peau de verre. Theo le sent tomber, comme si quelque chose de lourd et de brutal tombait à l'intérieur de lui-même, dans l'espace ménagé entre le conscient et l'inconscient, entre ce qui est le corps et ce qui est l'esprit. Il entend très distinctement l'écrou heurter le sol, rebondir et finir en roulant sur lui-même. La voiture a tourné dans l'allée.

— Qu'est-ce que vous faites tout près de la fenêtre ?

Marianne Brandt était revenue. Ils ne l'avaient pas entendue approcher.

— Il y a un problème… dit Werner.

Ils restent là, groupés, penauds. Dans le regard de Marianne, il y a un tout autre problème.

Le reste de la journée se passe dans le silence. Chacun est retourné à son poste de travail. De temps en temps, le hurlement de la meuleuse ou la plainte d'une ponceuse est presque un soulagement. Continuer. Aller au bout du projet, s'y accrocher comme si les objets en devenir, le poids du métal dans la main évitaient de sentir l'école se dissoudre dans la touffeur de cette journée et le bleu opaque du ciel. L'accablement a refermé son poing sur les mots.

Ce fut le soir, à la cantine. Quand Hannes Meyer entra, toutes les têtes se tournèrent vers lui.

Ce qu'il dut voir, ce furent les îlots mis à nu, les récifs entre lesquels l'école naviguait à vue, au jour le jour ; les anciens, ceux que Gropius lui avait légués, et ceux qui s'étaient formés depuis son arrivée. Des blocs. Il pouvait les nommer. Communisme, nationalisme, formalisme, individualisme… Et cet autre, qu'il nommait pragmatisme, sur lequel il se tenait, seul, sans réaliser qu'il n'était que la coque retournée d'une épave, l'idéalisme. Il dut se voir, face au mur liquide des regards.

Le début de la phrase a été englouti par le silence de tout l'après-midi, par la chaleur, par le soleil qui avait pesé sur les nuques. Comme ces vagues trop hautes dont on n'attend que le déferlement, que l'on observe de loin, qui gonflent, se rapprochent. Une longue apnée.

A-t-il dit : « J'avais décidé », ou « On m'a demandé » ? A-t-il eu le temps de finir sa phrase ? Le grand navire blanc chavire d'un coup.

Holger a attrapé Clara par la main. Ils sont sortis. Se sont arrêtés sous la passerelle. À gauche, la cantine, éclairée de violence. À droite, l'aula, toute sombre. Et la grande verrière, ses rideaux en désordre.

— Des drapeaux blancs de reddition, souffle Clara.

Holger secoue la tête. Non. Non. Non. Sa main, qui serre si fort celle de Clara, dit le contraire.

— Les cons, murmure-t-il.

De qui parle-t-il ? De Hesse et de Grote, venus à deux dans la grosse voiture noire ? Hesse avait exigé la démission d'Hannes Meyer. Depuis trois mois, depuis la première visite du maire, ses premières menaces voilées, on le guettait, on attendait le faux pas décisif. Il l'avait pourtant dissoute, cette fameuse cellule ! Parle-t-il de ceux qui, en se revendiquant de la cellule communiste du Bauhaus, avaient participé à cette collecte de fonds pour soutenir des ouvriers en grève ? La presse s'était emparée de la nouvelle, trop heureuse de ce nouvel épisode rouge de l'école. Les cons. On avait prétendu qu'il avait, en tant que directeur de l'école, donné sa contribution. C'est à cela que servait l'argent de l'école ? À soutenir la propagande communiste ? C'était faux !

— Il n'a même pas cherché à se défendre !

— Il s’est laissé dépasser, tu n’y peux rien, Holger. Il était pris entre deux feux, et toi aussi. Tu n’as pas à te sentir coupable !

— Si. J’ai laissé faire.

Dans l’obscurité de la nuit tombée, Hannes est venu s’asseoir sur la terrasse de sa maison. Sa maison ? La maison du directeur.

Dans celle d’à côté, Kandinsky peint. La fenêtre de l’atelier projette un grand rectangle clair sur les arbres. C’est de lui que sont venues les plaintes. Lui, qui est allé voir le conservateur du musée, son ami Grote, et puis le maire, Hesse, pour les avertir de la tournure que prenait l’école. Que craignait-il ? D’être assimilé à cette agitation, ou bien que l’école soit dissoute, de perdre sa maison, sa sécurité ? Est-ce par fidélité à Gropius qu’il a agi en gardien du troupeau ? Pas trop à gauche, mes brebis, la route est dangereuse ! Revenez dans le rang ! Défense d’aller brouter les herbes empoisonnées de la politique !

Il rentre dans la maison. Directeur du Bauhaus ! À chaque coin de mur c’est à Gropius qu’il se cogne, à chaque marche c’est sur lui qu’il trébuche. C’est sa voix qu’il croit entendre :

— De mon temps on se disputait pour déterminer la proportion d’art, d’individualité, dans la création. Tu as pensé que la science apaiserait les conflits, qu’elle réglerait une fois pour toutes les questions personnelles, l’imaginaire, trop intime, et même le talent, notion discutable. Il t’a semblé que le Bauhaus était un tout, et qu’il te suffirait de l’amarrer à la réalité, que le besoin serait un filin plus solide et plus sûr que le désir, la science plus forte que l'art, ce terme vague et fluctuant…

— Où veux-tu en venir ?

— À Bernau, tu as pris en compte tous les paramètres. L'environnement, la topographie, l'usage, les facteurs sociaux, humains, le budget. Tu n'as pas prévu la crise monétaire. Tu as pensé les salles de cours, les dortoirs, la cantine, le gymnase, les circulations. Tu n'as pas prévu le chômage qui gagne du terrain, partout, à Dessau également, de l'autre côté de la voie ferrée. Tu n'as pas fait attention au durcissement de la cellule communiste du Bauhaus. Tu as vu le parti national-socialiste remporter six sièges aux élections régionales et rejoindre la coalition nationale. J'aurais pu te dire ce qui allait arriver. Mais tu ne m'aurais pas écouté.

— T'écouter ? Le Bauhaus, c'est toi ? Toujours toi ? Tes règles ? Je sais que tu as regretté de m'avoir confié la direction. Qu'Ise a prétendu que j'avais bien caché mon jeu ! C'est toi, Gropius, qui m'as sous-estimé… Toi qui t'es arrêté en chemin. Non, je ne t'aurais pas écouté ! Ce lieu n'a jamais été le mien. « Comme concepteurs, nous accomplissons la destinée du paysage. » C'est ainsi que j'ai présenté Bernau. J'irai plus loin. Je trouverai d'autres paysages.

Un regard étonné l'interroge. Peter, l'enfant de Lotte. Son fils. La photo est sur son bureau. Il se rend compte qu'il a parlé à haute voix.

— Non Gropius, tu ne m'aurais pas prévenu. Tu es satisfait de me voir rendre les armes.

À peine une semaine. Encore quelques journées de chaleur étouffante, quelques heures décomptées en silence, et ils seraient partis.

Holger et Theo étaient allés s'asseoir à la terrasse du nouveau Kornhaus, inauguré quelques semaines auparavant[1]. Il était tard, ils étaient les derniers. Une dernière bière. Tous les deux. Loin de l'agitation des allées et venues, des derniers coups de chiffon sur les établis, des fils enroulés, des bagages descendus. L'école était propre, rangée. Certains se rendaient dans une famille. Un lac, une montagne, un bord de mer en attendaient d'autres, chaque départ était un voyage… Chez eux, c'était ici.

— Alors, cette année c'est l'Italie ?

— Oui, une envie de mon père. Nos amis anglais y ont une maison… Près du lac de Côme.

Theo a ce petit rire qui lui tord la bouche.

— Ma dette annuelle ! Tu connais déjà.

Holger faisait tourner son verre entre ses doigts. Ne savait comment tourner sa question.

— Tu pousseras jusqu'à Ascona ?

— Tu me demandes si j'irai voir Gropius et sa bande ?

— Par exemple…

— Tu me demandes si je vais essayer d'en savoir plus ?… C'est probable, finit par répondre Theo.

Oui. Gropius était très certainement en train de préparer la suite, de prendre des contacts, d'organiser la

---

1. Conçu par Carl Fieger, un des assistants de Gropius. Ce bâtiment est typique du Bauhaus, notamment par ses lignes géométriques et l'emploi de l'acier et du verre.

succession. Il ne reviendrait pas. De cela ils étaient certains. Mais alors qui ? Les manifestations de soutien à Hannes n'avaient servi à rien. Tout ce qu'ils espéraient, maintenant, c'était pouvoir terminer leur diplôme. Il ne leur restait qu'un semestre. « Ça devrait tenir jusque-là », assurait Theo. « Quand même, Holger, vous avez mis une sacrée pagaille ! » Holger n'avait pas le sentiment que ce « vous » s'adressait à lui. Oui, il avait pris part aux manifestations de soutien à Hannes, mais il avait déconseillé à Clara de s'y rendre. « Ce n'est pas un endroit pour moi ? » Ce n'était pas pour Hannes qu'elle avait suivi le cortège. C'était pour Holger.

La serveuse leur tournait autour, impatiente de les voir partir.

— C'est un bel endroit, quand même, soupire Holger.

— Hé ! Je ne te savais pas si nostalgique !

Theo lui donne une bourrade sur l'épaule. Il poursuit :

— Allez, tu verras, ce sera formidable ! On pourrait se trouver un autre fleuve, ou un lac, ou un bord de mer, on y construirait un beau restaurant comme celui-là, ou même un hôtel, un truc moderne, avec des villas autour, les gens feraient la queue pour y séjourner…

— C'est ton rêve, ça ?

— Je plaisante, tu sais bien, je plaisante, j'essaie de te faire rire.

— Mmm. Et tu t'encombrerais d'un rouge comme moi ?

— … On pourrait monter notre agence, tous les deux… Schenkel et Berg… ou Berg et Schenkel. Cela sonne bien, non ?

— Où ça ?

— Tu détestes Berlin, et Munich est hors de question… Hambourg ? Tu vois, je suis raisonnable, je ne te propose pas New York !

— Je ne te proposerais pas Moscou.

C'étaient des paroles en l'air. Ils le savaient tous deux. Mais c'était bon de les poser dans le voile épais de la nuit. Au matin elles auraient disparu.

Burgkühnauer Allee, il y avait encore de la lumière chez Klee. Les Albers et Gunta veillaient aussi dans la maison voisine. Un chapelet de rectangles paisibles. Hannes était reparti pour Breslau. Au-delà des pins, l'école reposait, entourée de ses lumières, comme un Noël hors saison. Elle semblait déserte.

Au bas de l'escalier de la Prellerhaus, Theo laisse échapper un petit rire.

— Qu'est-ce qui est drôle ? demande Holger.

— Rien. Rien, c'est ce silence…

Il a failli dire : « Tu te souviens, quand nous y emmenions des filles et qu'il fallait demander la clef ? » Il ne l'a pas dit. C'est lui qui y avait emmené Clara.

— Et toi ? Tu pars demain ? ajoute-t-il.

— Je pense.

— Tu t'es décidé, finalement ?

— Je ne sais pas encore. Chez les Mittag, sans doute… chez les uns ou les autres.

Holger ne dit pas : « À Berlin. » Ils se donnent une longue accolade. Une fois encore, Theo constate qu'il dépasse Holger de quelques centimètres. Mais il se sent toujours le petit frère, le Petit Theo.

— Je t'envie, tu sais.

— Ah oui ? s'étonne Holger. Et pourquoi ?

— Parce que tu es libre.

— Oui, on va dire ça… Theo ?

— Oui ?

— Tu me le diras ?

Theo hoche la tête. Il aurait déjà pu lui dire. Il le savait. Son père s'était renseigné. On lui avait demandé de se taire.

Quelques jours plus tard, Hannes Meyer reçoit sa lettre de licenciement. Le conseil d'administration de la ville avait voté pour son remplacement. Paul Klee et Gunta Stölzl, seuls représentants de l'école restés à Dessau, s'étaient abstenus. On lui signifiait que désormais il était *persona non grata* dans la ville.

Malgré leur antagonisme personnel, Mies van der Rohe a accepté la proposition faite par Gropius. Il sera le prochain directeur du Bauhaus Dessau.

Dans l'été de Berlin, une chambre à Kreuzberg. C'est sa nouvelle adresse. Peu reluisante, mais le loyer lui convient. De sa fenêtre, Clara regarde la curieuse station de métro de la Schlesisches Tor, perchée sur ses arches de brique rouge et de pierre blanche, sa toiture de tuiles surmontée d'un oignon, ses murs décorés de céramiques, ses allures de pavillon de foire, de décor d'opérette. Une breloque sur le fil suspendu des rails. Elle attend Holger.

Dans les mots de Berlin, il y a cette salle où Clara suit les cours de théâtre d'Helene Weigel. Juste quelques semaines. Brecht est parti quelque part, avec une autre femme, et Helene Weigel teste son idée d'école. Elle veut du matériau brut. Du nature. La petite Ottenburg lui a plu. Clara rentre à pied, son corps résonne encore de sa voix qu'elle apprend à poser, ses gestes habitent le soleil et l'ombre de la ville. Elle va sous les regards des hommes, et elle s'en fiche. Holger l'attend.

Dans le bruit de Berlin, il y a cet immeuble que les frères Taut construisent à Kreuzberg. La Grande Coopérative. Une idée neuve. Une idée socialiste. Holger s'est fait engager pour l'été dans le bureau des deux architectes. De belles perspectives se dessinent. Sur le chemin du retour, il achètera des fleurs. Pour Clara.

Dans la nuit de Berlin, les trois boules métalliques renvoient les lumières de la ville. Clara les a voulues au-dessus du lit. Holger l'a aidée. Quand passe le métro, d'est en ouest, d'ouest en est, elles tremblent imperceptiblement. Trois points de suspension dans le ciel de Berlin.

Ils sont, pour un été, un amour à Berlin.

27

Octobre 1930, Dessau

On sent à Moscou, que ce soit de manière artificielle ou profondément justifiée, les signes avant-coureurs d'un monde nouveau.

Hannes Meyer

C'était trop. Trop de travail, trop d'heures, trop d'encre dans le tire-ligne, trop de lignes sur le calque, trop de calques superposés. Quelle heure pouvait-il être ? À l'est, le ciel s'éclaircissait déjà. Le silence avait changé de matière. Il n'était plus l'absence de bruit, il en était l'envers. Aussi rond. Aussi plein.

Holger posa son crayon, s'étira, se leva, ouvrit la porte et sortit sur le petit balcon. Il prit l'air comme un coup, qui lui ôta toute pensée. Il posa les mains sur la fine rambarde. Il n'avait pas peur de tomber. Peut-être un peu de vertige, mais peut-on tomber, lorsqu'on n'est soi-même que de l'air ? Il pourrait grimper le long de la façade, de balcon en balcon, en rythme, se percher sur la terrasse, se laisser couler jusqu'en bas, sur la pelouse.

Là-bas, c'était la ville. Elle courait à l'horizontale en une vague fumée. Il était l'air. Elle était la fumée. Il pourrait s'amuser à la disperser. Il était fort. Il avait acquis cette force au contact du grand bâtiment blanc, il était invincible, et pur. Il était plein de mots qui guettaient la bonne heure, le bon moment, il était gonflé de fureur possible, et de douceur. Dans le ciel qui blanchissait, il pouvait suivre la trace du lièvre, ses sauts dans la neige fraîche, et les pas de son père. Il pouvait être la respiration de Clara sur la toile un peu moite de l'oreiller. Il était multiple, partout et nulle part.

Holger frissonna. Dormir un peu.

Il se réveille nauséeux, courbatu. De la fièvre, peut-être. Il n'aurait pas dû sortir sur le balcon, au petit matin. Y rester… Il ne se souvient plus combien de temps il y est resté. Du café. C'est ce qu'il lui faut. Il descend l'escalier de la Prellerhaus. À mi-étage, il décèle une agitation inhabituelle derrière les fenêtres de la cantine.

Tout le monde avait le regard fixé vers la cloison du côté de la scène.

Un spectacle ? Un collage, avec ces mots :

Bonne chance, camarades du Bauhaus et de Berlin !

Nous nous retrouverons après la révolution !

Ce n'était pas signé. Mais tout le monde avait compris. Koka. Son au revoir, en lettres rouges. Elle l'avait épinglé là pour son dernier petit déjeuner. Sa dernière journée. Elle partait. Elle n'attendait pas que Mies nettoie le Bauhaus de ses éléments perturbateurs. Elle l'avait décidé d'elle-même, après l'échec des manifestations de soutien à Hannes. Les regrets étaient stériles. Plus utile que des larmes, Koka laissait cet avertissement : ce collage, de gros nuages noirs autour de la photo de l'école, des éclairs jaillissant de la tour de la radio de Berlin. Et cette figure de jeune pionnière à foulard rouge, qui semblait dire : On vous aura prévenus !

Il est parti. Marcher. Droit devant lui. Respirer, juste respirer.

Cette villa a failli le rendre fou : Hilberseimer, le second de Mies, s'était presque excusé de la trouver inadéquate. Ou mal proportionnée. Ou je ne sais quoi. Les circulations fluides – jamais assez fluides –, leurs perspectives élégantes, les ouvertures savamment calculées, les cloisons disposées de telle sorte qu'elles ménagent les espaces privés et les espaces de réception… Les espaces… Un mot pluriel, qui le fait enrager. Il n'est pas doué, comme d'autres de l'atelier, Theo par exemple, pour imaginer, posés – le mot n'est pas juste, disposés – entre le mur de travertin et les piliers habillés d'acier chromé, les fauteuils capitonnés de cuir blanc. Les Barcelona ! Leurs Altesses Royales d'Espagne ont posé leurs derrières sur ces mêmes sièges ! C'est tout dire ! Luxe et volupté ! Au rebut les besoins du peuple ! Holger sait qu'il n'en a rien à faire, le peuple, de ce Bauhaus-là ! Mais Mies, sans doute, connaît sa clientèle. Il suivra l'argent. Car l'argent le comprend. Une voix interrompt ses réflexions.

— Monsieur Berg ! Il y a si longtemps !

Ses pas l'avaient ramené à l'Indépendance. Le vieux Jacobus était dans son jardin, penché sur ses dahlias.

— Ce sont les derniers… les pauvrets… Vous aussi vous avez l'air chagrin… Mais entrez, entrez donc…

Que suis-je venu faire ici ? se demande Holger. Il n'allait pas se confier, tout de même, et que dirait-il ? Par où commencer ? Son regard cherche un point d'appui autre que celui du vieil homme.

— J'ai un nouveau locataire, poursuit le vieux, mais… Vous me manquez, vous, et la demoiselle…

Holger se tourne vers la petite maison. La façade est envahie de branchages en désordre.

— Vous voulez que je taille le chèvrefeuille ?

— Si vous pouviez… Cela m'aiderait beaucoup.

Ce n'est pas la bonne saison pour la taille. Ils le savent tous les deux.

— Il est d'accord, dit Jacobus en désignant l'arbuste. Je vous laisse chercher les outils… Je n'ai pas fini avec les dahlias…

Démêler les tiges, couper les rameaux morts… Laisser ses mains faire le point à sa place… Le certificat de bonne conduite – pas de politique, pas de réunions dans la cantine, assiduité aux cours et tenue discrète en ville – il l'a signé. Pas de Bauhaus Revue et pas de bulletin du Kostufra, il a accepté… Le chèvrefeuille s'est pris dans la gouttière, elle penche… On plie ou l'on s'en va, comme Koka. Kandinsky a dû se battre pour sauver les classes de peinture libre. Klee est parti.

Les gestes familiers reviennent, dénouent la nuque et les épaules. Du bout des doigts, Holger suit le tronc, les branches charpentières. Gropius. Hannes. Mies. Le Bauhaus de Mies, sans l'humus des sciences sociales. Sans nuisibles, ni parasites… À la troisième fourche, le nid du rouge-gorge est vide. Plus de chansons… Holger prend un peu de recul, il faut encore dégager la fenêtre. Le nouveau locataire… Qu'est-il venu chercher au Bauhaus, ce type ? La modernité ? L'enseignement technique ? L'esthétique ? Holger colle son front au carreau. La bibliothèque est toujours là, mais la table a changé de place. Sa place à lui, Holger Berg, où est-elle ?

Il a presque fini. Il ramasse les branches coupées.

— C'est mieux, n'est-ce pas ? commente Jacobus avec son regard d'enfant malicieux. Mettez tout ça là-bas… Je ferai un feu plus tard.

La nuit trop courte, l'effort physique, Holger ferme les yeux. Un vertige à retardement. Le « Bonne chance » au mur de la cantine. Une main se pose sur son épaule.

— Merci, mon garçon.

Ils savent tous deux que c'est un adieu.

Il marche vers la ville, cette chose vivante et indéfinissable, toujours en mouvement, mélange de pierre et de chair, de solitudes et de communautés. Un corps social. Il les fera, ces fichus projets de villas. Il prendra ce qui est bon à prendre, le diplôme ne sera qu'une formalité, et puis il partira. Le temps n'est plus aux concessions. Il ira à Moscou rejoindre Hannes et sa brigade rouge du Bauhaus.

Il marche, un bouquet de dahlias à la main. « Pour la jeune fille », a murmuré Jacobus.

— Tu es dingue ? s'exclame Theo.

— Non, c'est là que les choses se passent en ce moment. Tout le monde va en Russie. C'est là qu'il faut être.

— Tout le monde ? Qui, tout le monde ? Hannes et sa bande ?

— Des Français, Le Corbusier par exemple, et même des Américains !

— Ah… Vraiment, des Américains ?

— Eh oui, le beau pays dont tu rêves n'a pas de quoi nourrir ses enfants ! Alors ils partent construire le socialisme ! Plutôt comique, non ? Un type qui s'appelle May, et un autre, de Detroit, tu dois connaître, il a construit des usines d'automobiles là-bas : Albert Kahn. Ils ont aussi le soutien d'Henry Ford. Ils sont tous d'accord pour aider la Russie.

— À devenir capitaliste ? ricane Theo.

Holger met du temps à répondre.

— Allez, amuse-toi avec tes petites villas. Tu fais ça très bien. C'est tout à fait assorti à tes jolies cravates en soie d'Italie…

Theo a blêmi. Jamais Holger n'avait employé ce ton condescendant. Ce n'était plus Holger, mais c'est, plus que jamais, Petit Theo.

— Toi aussi, Holger, tu veux être à la mode, la mode du communisme ! Tu achètes sur catalogue, un catalogue d'idées. « Comme elles sont belles et neuves, mes idées, achetez, messieurs les architectes, achetez mes idées, tenez, on vous en donne deux pour une achetée, pas besoin d'essayer, elles vous iront comme un gant, si vous voulez on vous fait même des rabais, et une carte de fidélité ! »

Theo s'est tu, un pli amer figé au coin des lèvres. Holger ne peut en détacher son regard. Certains mots provoquent des dérapages incontrôlables. Theo ne freine pas. Il s'engouffre dans la voie ouverte :

— Et Clara ?

— Quoi, Clara ?

— Elle ne partira pas avec toi… Tu le sais… Tu ne lui as même pas demandé…

Theo parle tout seul. Il laisse juste assez de temps entre ses morceaux de phrases pour une légère réaction, un battement de paupières, un signe quelconque, pas assez pour une réponse.

— … Je sais pour Berlin. Elle m'a dit que vous aviez passé l'été ensemble… Et toi, tu n'as même pas osé m'en parler… Ni avant… ni après… Elle est honnête, elle, au moins… Cela m'a à peine étonné… Il fallait que ça arrive, n'est-ce pas ?… Je n'avais qu'à être là, c'est ce que tu vas me répondre. Alors ?… Tu crois que tu vaux mieux que moi ?… Tu crois que tu la mérites plus que moi ? Que tu l'aimes ?…

Les coins de la bouche se relèvent, mais c'est un sourire mauvais.

— … Ou bien qu'elle t'aime ? Et cela te suffit ?… Tu ne vaux pas mieux que moi, Holger. Tu es peut-être pire. Les idéalistes sont toujours pires, et plus dangereux. Ils sont bien commodes, tes silences, hein ? Qu'est-ce qu'ils cachent d'autre ? Quels mensonges ? À elle aussi, tu mens ?

Theo a ramassé ses affaires. Au moment de sortir du studio d'Holger, il se retourne et jette :

— Si tu lui fais du mal, je te casse la gueule.

C'était ridicule. Il en rougit dans le couloir. Mais cela lui a fait du bien. Il respire un grand coup et desserre sa cravate. Il s'installe à sa propre table, arrange avec soin son matériel et se tourne vers la fenêtre. Au même moment, Holger regarde aussi par la fenêtre. La même vue ; vers la ville. La même pensée ; vers Clara.

Clara. Theo s'y raccroche. Pour éviter d'aller fouiller au fond des mots qu'il a prononcés, comme on tâte du bout de la langue le creux laissé par la dent arrachée, ce goût de fer dans la bouche, ce manque. Pour ne pas voir se refermer l'histoire qu'on a aimée, ne pas avoir à tourner la tête et retrouver sa chambre à Blankenese, et la terrasse au bord de l'Elbe, et entendre la voix de son père, les mots qu'il aurait pu prononcer.

Clara. Pas maintenant. C'est trop tôt. Holger veut d'abord faire ses preuves. Non, il ne lui fera pas de mal. Il lui donnera le meilleur de lui-même, et le meilleur est encore à trouver. À Moscou. C'est juste assez loin pour rompre les derniers fils avec la Bavière, les dernières entraves. Elle ne sait pas, mais elle comprendra. Elle comprend toujours.

On leur avait laissé quinze jours pour quitter leurs studios et trouver un logement en ville. Chacun chez soi, et les studios transformés en salles de classe. Mies en avait décidé ainsi… Certains le regardaient comme un messie. Les messies ne s'occupent pas des contingences. Quand certains avaient demandé à garder leur atelier, avaient expliqué que cela faisait partie de l'esprit de l'école, que tous n'avaient pas les moyens financiers, il avait tourné le dos. Ce n'était pas lui qui gérait ce genre de choses. C'était sa compagne, Lilly Reich, brillante décoratrice d'intérieur, une seconde Mme Bauhaus, plus discrète, plus puissante. La politique, pour eux deux, ce n'était pas faire du charme, convaincre, c'était comprendre la ligne qu'il ne faut pas dépasser.

L'Indépendance était déjà louée. La chambre sous les toits aussi. Holger était allé voir chacun des ouvriers avec qui il avait travaillé chez Junkers. Certains lui avaient fermé la porte au nez. Il avait fini par trouver une chambre pour lui et une autre pour Clara. Personne ne voulait de couples illégitimes. Theo était retourné chez son ancienne logeuse, trop contente de le récupérer. Le précédent locataire n'avait pas voulu signer la charte de bonne conduite. Ils n'avaient même pas le temps d'être nostalgiques. Pas le temps d'être tristes. Pas le temps de profiter des derniers beaux jours au bord de l'Elbe et de la terrasse du Kornhaus. Il semblait qu'il n'y aurait plus de temps pour rien. Plus de temps pour se réconcilier. Rien que des cours techniques et des plans de villas. Hilberseimer faisait son possible pour arrondir les angles et maintenir un peu d'enthousiasme. Mies arrivait, regardait le travail réalisé, s'asseyait sur une table, énonçait sa sentence et repartait. À chaque fois, dans les heures qui suivaient sa visite, l'équipe se ressoudait, se concentrait sur le projet en cours, s'efforçait de suivre les directives. Et comme à chaque fois, au bout d'un moment, lorsque l'essentiel paraissait fait, la cohésion se défaisait. Aucun incident particulier ne provoquait cette désagrégation, cela venait tout doucement. Des chutes minuscules. C'était chacun pour soi. À chacun sa villa.

Theo, Holger, peu à peu, chacun veillait à ses frontières. Ne pas avoir à demander, ne pas avoir à lever la tête, ne pas avoir à répondre. Feindre la concentration.

« Je suis occupée », disait la lame du grattoir sur le trait mal venu. Et elle grattait, elle grattait.

« Je suis occupée », disait la gomme qui poussait en râlant ses rouleaux grisâtres.

« Je suis occupé », sifflait le tire-ligne entre ses dents.

Ils étaient occupés. On ne pouvait pas les déranger.

Chacun se réfugiait dans son propre silence tandis que les objets campaient sur leurs positions.

C'était à qui partirait le dernier. Pour avoir, ne serait-ce qu'un moment, l'impression d'avoir gagné la bataille. Il ne s'agissait pas de faire plus, de faire mieux, il s'agissait d'avoir raison. D'avoir raison de l'autre.

Le face-à-face silencieux n'en finissait plus, la colère et le chagrin non plus. Pour Theo, les objets garderaient toujours la sonorité des mots qu'il avait ravalés. Pour Holger, de ceux qu'il n'avait pas trouvés.

C'est plus difficile que Clara ne l'avait pensé. Il faut le dire à haute voix :

— Je vais passer mon diplôme.

— Tu veux partir ? lui répond Gunta en haussant les sourcils.

Mais c'est encore trop tôt pour en être certaine.

— Je pourrais rester, aussi, et aider. Toi aussi, tu restes. Et Anni… Et Otti…

— Anni, Otti et moi… Les gardiennes du temple… dit Gunta avec un drôle de petit sourire, mi-amusé, mi-amer.

— … Il faut bien que quelqu'un entretienne l'esprit de la maison…

Gunta a baissé la tête. Clara regarde les premiers fils d'argent qui dansent dans sa chevelure. Combien d'années les séparent, dix, onze ans, le temps qu'il a fallu pour tracer ces fines lignes au coin des paupières, pour se marier, pour être mère d'une petite Yael. Son mari, Arieh Sharon, travaille à Berlin, dans l'équipe de Hannes Meyer. Ils se voient peu. Est-ce cela, la vie ? Est-ce cela, un couple ? Gunta et Arieh, se répète-t-elle ; ces deux prénoms en recouvrent d'autres qu'elle ne formule pas, mais qui sont là.

— … Tu as raison, ne tarde pas trop. Tu vois bien, les choses ont changé.

Elle fait allusion à Klee, qui a démissionné. Peut-être aussi aux menaces qu'elle sent peser sur elle depuis le départ de Hannes. On lui reproche d'avoir adhéré à ses principes, d'avoir été trop proche des élèves. On lui reproche sa « conduite ». Arieh Sharon est juif.

— Quand tu auras obtenu le vrai, je ferai comme j'ai fait pour chaque tisserande. Je dessinerai le faux diplôme de la vraie Clara ! Tu vaux mieux qu'un formulaire daté et signé. Et on fera la fête !

Clara est retournée à son métier. En passant, elle a senti le regard inquisiteur de Grete Reichardt, une des nouvelles représentantes des élèves. Une de celles qui veulent le départ de Gunta. Peut-être celui d'Otti également. Celui d'Anni ? De tous les anciens ?

Fil après fil, l'ancien atelier se défait.

Passer son diplôme. Plus encore que de devoir quitter la Prellerhaus, cela signifie la fin de ça. Son regard fait le tour de la pièce. Le lit, avec la couverture rayée, l'armoire, la table à dessin, les papiers, rien qui lui ait appartenu. Les dessins, peut-être, mais si peu. Pour la plupart, ce sont des dessins de commande, des esquisses pour l'atelier. Ce qu'elle pourrait emporter tient dans une valise, peut-être deux.

Alors « ça » ?

C'est dans l'habitude des pas, dans la rencontre familière d'une perspective, dans les lignes gravées de la grande verrière, dans la transparence, les reflets, la lumière qui éblouit. Dans le bruit qui court, prisonnier de la grande façade, qui rebondit, s'étoile de poussières, qui s'incruste en fines particules, qui sent l'encre d'imprimerie, l'acétylène et la laine mouillée, l'écho des fêtes et du passage des avions.

C'est tous les instants que retrace sa grande pièce d'examen, presque terminée, jamais finie, son dossier incomplet, si peu de temps à y consacrer. Si peu de volonté pour se décider, trancher, et la peur de ne pas s'aimer. Peur de ce face-à-face.

« Si vous êtes honnêtes, vous vous révélerez », a dit Albers. Honnête ? Avec qui, avec quoi ? Je me suis bercée, pense-t-elle, de vos théories, vos belles paroles, vous, les hommes ! Du va-et-vient de ma navette sur le métier à tisser. De la Revue. Il y a eu la Scène du Bauhaus, la vraie, la seule, l'aristocrate si l'on peut dire. Et puis il y a eu la prolétarienne, la Revue du Bauhaus. Le discours des formes et des masques d'un côté, les muscles et les slogans de l'autre. Spectatrice de l'une. Protagoniste dans l'autre. J'emploie ce mot parce qu'actrice serait trop fort. En fait je ne sais pas comment nommer ce que j'ai été. Ce n'étaient pas des personnages. C'étaient des emplois. Pas l'ouvrière, une ouvrière. Ni la femme, mais une femme. Je n'ai pas été unique, j'ai été une parmi les autres. J'ai joint ma voix aux autres voix, à une voix plus grande, mon corps a suivi le mouvement d'autres corps, un mouvement plus vaste. Au fond, cela n'était pas si différent de l'atelier textile. Qu'importe… J'étais celle qu'Holger regardait. Je n'étais pas Othéa.

Clara, Othéa, que contient son dossier de l'une et de l'autre ? N'est-il que l'application plus ou moins réussie de principes et de techniques ? Un ouvrage commun, un modeste manifeste du Bauhaus ? Qu'a-t-il de si unique qu'il mérite l'attention ? Seule, de quoi sera-t-elle capable ? Seule. Sans le regard d'Holger.

C'est ici qu'il faut la terminer, la grande pièce. Ce soir elle l'étalera par terre. Elle rentrera les fils, la gansera de rouge, avant de quitter la Prellerhaus elle organisera ses échantillons, mettra au propre ses esquisses, les rangera dans un dossier neuf. Il n'y aura rien à rajouter.

À Berlin, ce sera Clara Ottenburg, C et O majuscules, diplômée, compétente. Clara Ottenburg sans autre cadre que le sien propre, celui de ses créations. Quoi ! Vous pensez qu'elle n'est pas capable ? Vous pensez qu'elle a peur de quitter tout cela ? Non. La « fille à la robe qui lâche » n'a peur de rien. Bienvenue à Berlin, Clara Ottenburg !

Non, elle n'a pas peur. Elle est juste un peu triste.

« Je reviendrai. » Tu me tenais contre toi, Holger, tu venais de m'annoncer que tu allais rejoindre Hannes. Ce ne sont pas ces mots qui comptaient. Ce sont tes mains, c'est ta peau, c'est tout ton corps que j'ai écoutés. Je crois que tu es honnête. Je te crois. Tu n'as jamais rompu ton silence pour rien.

Je saurai t'attendre.

Depuis qu'elle lui avait dit : « Si je ne trouve pas de poste tout de suite, je pourrai me faire employer ici ou là dans les théâtres », Clara espérait en vain le soutien de Theo. Il avait répondu : « Au besoin, tu pourras toujours faire de l'agit-prop. » Elle avait préféré en rire. Quand elle allait le voir dans son studio, il ne levait presque pas la tête. Il « travaillait ». Elle s'était intéressée à ses projets. Il avait daigné expliquer : « Finalement, mon père veut réorganiser ses locaux à Londres. Il m'a demandé de faire des plans. Cela fait longtemps qu'il y pense. Il est temps… C'est bon d'avoir des projets. Il faut que nous commencions à préparer l'avenir. » Il avait fait claquer son équerre sur la table. Clara avait sursauté. Il faudra qu'elle s'habitue aux portes qui claquent.

Quelques semaines avant Noël, Mies annonce qu'il a accepté un nouveau contrat avec la ville de Dessau. Des lotissements. Il confiera le projet à des élèves avancés, qui pourraient ainsi rester après l'obtention de leur diplôme. Il compte également faire édifier une buvette à l'angle de la Burgkühnauer Allee, au bout du terrain de la maison du directeur. Les promeneurs du parc et ceux qui se rendent au Kornhaus pourront s'y désaltérer. La première proposition est tentante. Reculer, pour une aussi bonne raison, le moment de rentrer à Hambourg plaît à Theo. Mais la buvette… Que dira Gropius ? Peut-être rien. Il est occupé ailleurs. Après Paris et l'Exposition de la Société des artistes décorateurs dont il a organisé la section allemande, il est déjà en train d'organiser la première exposition des artistes du Bauhaus à New York. Entre ces deux événements internationaux, il prépare, avec Herbert Bayer, l'exposition du Werkbund[1] à Berlin. Que lui importera cette buvette ? Quelqu'un murmure : « Les hommes ne résistent pas au besoin de marquer leur territoire. » « Au moins, c'est pas une pissotière ! » conclut Gunta.

Peu de temps après, on apprend que tous les tableaux modernes ont été enlevés du musée de Weimar. *Exit* Kandinsky, Klee, Feininger... À Weimar, dans l'escalier du premier Bauhaus, les figures de Schlemmer vont disparaître sous une couche bien épaisse de peinture unie. La nouvelle est parue dans les journaux. Personne, pas un journaliste, pas un critique d'art, ne s'en émeut. L'ordre et la propreté restaurés satisfont l'opinion générale.

Il est désormais interdit de rester à la cantine en dehors des heures des repas.

— Allons pleurer ailleurs, suggère Theo. Ratskeller ? Ou Kornhaus ?

— Chez moi, propose Gertrud Arndt. On sera plus tranquilles. Pour l'instant, personne ne remet en cause les maisons des maîtres.

— C'est bizarre, souffle Clara. On dirait des fantômes.

— Mies n'est pas souvent là, Klee est parti, Kandinsky est morose depuis qu'il a perdu son ami... Les Arndt et moi avons repris la maison des Schlemmer, leurs enfants ne courent plus dans les allées, celle des Feininger est vide... énumère Gunta.

— Vous avez des nouvelles récentes de Lux ?

---

1. Le Werkbund, créé en 1907, regroupe des représentants des arts et métiers, de l'industrie et du commerce. Il contribua à l'épanouissement du design et du style international.

— Oui, il part peindre à Paris. J'ai aussi reçu une lettre de Lotte Beese. Elle va rejoindre Hannes à Moscou avec Peter, leur petit garçon. Mais ce n'est pas pour vivre avec lui, c'est pour travailler dans son équipe. Hannes a divorcé d'avec sa femme. Elle est retournée en Suisse. Il va épouser Lena Bergner, sa secrétaire…

Clara n'écoute pas. Elle regarde, accrochées sur un fil tendu entre deux clous, une suite de photographies, des portraits. Des autoportraits. Gertrud en ses métamorphoses.

— Alors, tu l'as fait ?

— Oui, répond Gertrud. La malle d'Otti recelait des trésors. Je me suis amusée.

Poupée de foire, femme fatale, vierge noire, héroïne sous les plumes, le graphisme d'une dentelle, captive d'une voilette, noyée de fleurs artificielles, facétieuse, tragique, lointaine, comique, romanesque…

— Des masques, dit-elle. Je suis mon propre matériau. Le support.

Gertrud n'était pas devenue architecte. Elle avait abandonné le tissage. Elle n'avait pas, comme dans les boules argentées, cherché à se trouver. Son visage était la page blanche, elle y avait composé des figures.

Ce n'était pas disparaître. C'était continuer.

28

Holger regarde les murs nus, les multiples traces de punaises, de papier collant, la peinture qui n'avait cessé de s'écailler chaque jour un peu plus autour du lavabo. Au début, cela n'avait été qu'une fente, puis des morceaux avaient sauté, de plus en plus grands. Parfois, ils étaient restés accrochés par un tout petit côté, s'étaient écartés lentement du mur, et, au matin, il les avait trouvés au fond du lavabo. La topographie des dégâts s'était agrandie. Le propriétaire s'en fichait. Il y avait toujours eu un de ces étudiants bien content de lui louer la chambre. Holger aussi s'en était fichu. Hannes l'attendait… Dans trois semaines, il serait à Moscou.

De quoi avait-il besoin ? De quoi aurait-il vraiment besoin là-bas ? Une planche à dessin. Ses livres, ses cours, ses notes du Bauhaus, quelques vêtements, cela ne faisait finalement qu'une valise. Qu'allait-il regretter de ne pas avoir emporté ? Il avait pris sa boîte de compas. Y aurait-il, là-bas, d'aussi bons compas, l'acier russe était-il aussi bon que l'acier allemand ? Il contemple son diplôme. D'austères feuilles que retient une agrafe. Semblable à celui de Theo. Seul le nom diffère. Ce ne fut pas aussi joyeux qu'on l'espérait. Une formalité.

Holger tourne en rond dans cette chambre. C'est fini. Fini, Dessau, fini le Bauhaus. Il ne fera que passer à Berlin. Quelques jours, le temps de réunir tous les documents. De partager encore un peu de temps avec Clara. Moscou. Des villes nouvelles, en périphérie. Là où l'on peut enfin faire quelque chose de juste, pas de compromis, de courbettes. Des villes pour le peuple ! Hannes Meyer est très écouté. Alors que faut-il pour construire une ville ? Une table, un crayon, une boîte de compas. Une équerre. Un té. Pour le peuple, que faut-il ? Des idées, de l'expérience. Il en a. Ce seront de belles villes. C'est quoi, la beauté ? C'est la structure, comme ces cristaux de neige qu'il aime contempler, tous différents, tous parfaits. De quoi a-t-il besoin ? Bien sûr, il veut le bonheur des gens. Il a déjà passé des heures à regarder les cartes, à imaginer les meilleurs emplacements, la lumière, il a tout appris à Bernau ; il sait y faire.

Il pourrait abandonner son violon ici. Il hésite. Peut-être le laissera-t-il chez Clara. Mais pas à ce type, il serait capable de le vendre. Et cela, Holger ne le veut pas. Il le couche dans sa valise. Fait claquer les serrures. Il est prêt.

Holger est arrivé trop tôt à la gare. L'Ostbahnhof de Berlin. C'est écrit sur la façade. Il a trouvé une place sur la banquette qui court le long du mur. La grosse pendule égrène ses secondes. Il ne la voit pas. Pas plus que sa montre, puisqu'il a glissé ses mains dans ses poches. Il a le temps. Un temps qui n'est ni celui de la gare, ni celui de l'attente, ni le sien. Un temps pour rien, de celui qu'on ne compte pas. Qui appartient peut-être à cet homme qui court, à l'employé qui pousse le chariot à bagages, à la valise éreintée de ce voyageur de commerce. À ce visage dont il ne voit que la moitié derrière le pilier. Un visage de femme, pommettes hautes, teint pâle ; en dessous, l'abstraction du col de drap sombre, et un empilement de formes cubiques. Ses bagages.

Elle regarde dans sa direction. Vaguement, sans le voir. Il bouge un peu, se penche, espérant qu'elle aussi se penchera. Il verra l'autre partie du visage. S'il lui donnait un peu de son temps, elle pourrait le faire. Elle ne bouge pas. Elle reste une moitié. S'il se lève, il perdra sa place. Il n'en a pas envie. Il se contentera de ce qu'il voit. Il peut cesser de la fixer, regarder autre chose, mais il y revient : cette demi-forme claire. Il manque l'autre côté. C'est ainsi qu'allaient toujours par deux les fonds de violons à l'atelier de son père. Deux formes identiques, symétriques. Si une moitié était gâchée, tant pis pour l'autre. Tout, ou rien. Son frère avait été parfait. Avant. La guerre l'avait gâché. Tant pis. On ne ferait rien de bon de l'autre moitié.

Il a cru entendre l'annonce de son train. Qu'a dit le haut-parleur ? Moscou ? Breslau ? Il regarde sa montre. Ce devait être Moscou ; il est presque l'heure. Il se retourne vers le pilier ; le visage a disparu. Il ne saura jamais rien de cette femme. Comment a-t-elle fait, avec tous ces bagages ? Elle est là, quelque part dans la gare, avec ses deux moitiés de visage, et lui avec le temps qu'il ne lui a pas donné, le temps qui a passé plus vite qu'il ne l'aurait pensé, et lui avec sa montre, son billet dans sa poche, sa valise achetée d'occasion. L'occasion de partir encore plus loin, d'oublier les formes parfaites, celles qui s'ajustaient.

Clara a fait de la place sur la petite table entre les deux fenêtres. Elle pose la cafetière, les deux tasses, le sucrier et la plaque de chocolat. « Jolie lampe », dit Theo. Dans le petit réflecteur laqué noir passe un instant l'image de Marianne Brandt. C'est une des cinquante mille Kandem. Fonctionnelle. Bon marché. Un des plus grands succès du Bauhaus.

Theo est venu voir les Gropius. « Oui, ils vont bien, toujours aussi occupés. »

Il regarde ailleurs, un peu plus à droite, vers le coin où elle a empilé les papiers qui, un peu plus tôt, encombraient la table.

— Tu veux du chocolat ?

— Oui, je veux bien.

Elle glisse l'ongle sous le papier glacé, d'un beau rouge profond, gourmand, voluptueux. Elle aime le bruit minuscule, millimètre après millimètre, du rabat qui se soulève. Cela fait partie du plaisir. Ne pas déchirer ; juste décoller. Un bruit comme un aveu occupe le silence.

— J'ai reçu une lettre d'Holger.

Theo avait vu. Bien sûr. L'enveloppe n'était pas cachée, elle était là, sur la pile de papiers, parmi les notes, les esquisses, la facture de l'épicier, celle du gaz. Elle était là avec ses timbres, ses tampons ; son odeur grise de voyage, bientôt masquée – le papier rouge s'était suffisamment soulevé – par celle du chocolat, noire et dure.

— Tu veux la lire ?

Il ne sait pas. Il préfère qu'elle raconte. Holger est à Moscou, il travaille avec Hannes sur le plan d'urbanisme des banlieues. Rien que du prévisible, en sorte. Clara casse deux morceaux de chocolat, cela fait deux petits coups secs au milieu du chuchotement du papier d'argent, puis repose la plaque au centre de la table. Theo regarde ailleurs.

— Vraiment ? Tu ne veux pas la lire ? Tu peux, tu sais, il n'y a rien de si personnel. C'est, disons… assez factuel.

Elle avait cherché le mot, à cet instant un sourire avait flotté sur ses lèvres. C'est cela que voulait lire Theo. Le sourire de Clara. Il y avait vu une légère déception, plus, peut-être, un peu de chagrin emballé dans le froissement d'une moue, et puis un semblant de rire, un peu cassé.

— Non. J'attendrai qu'il m'écrive.

Il tend la main vers la plaque de chocolat.

— Juste un morceau, dit-il.

Clara caresse la lampe. Dans le petit réflecteur noir, les mains d'Holger, lorsqu'il l'avait installée. Là. Sur la table. « Pour lire, et répondre au courrier. »

Theo est revenu quelques semaines plus tard. Il cherche un pied-à-terre à Berlin. Le projet de lotissements a avorté. Il lui raconte le départ de Gunta. « Sordide. Un jour, elle a trouvé une étoile juive dessinée sur sa porte. Toute la bande voulait sa peau ; ils ont fini par gagner. » Mies avait estimé qu'étant donné les tensions que cela provoquait, il valait mieux qu'elle s'en aille. À cause d'Arieh, en partie, même si celui-ci était rentré en Palestine participer à l'édification de la

Ville blanche[1]. Elle ne voulait pas aller vivre là-bas. Elle allait s'installer en Suisse, avec sa fille. Elle y monterait son propre atelier.

Et puis ce fut le tour d'Otti. Lilly Reich avait pris la direction de l'atelier textile. Découragée, elle avait démissionné.

— Et toi ? Toujours le théâtre ? demande-t-elle à Clara.

Clara raconte les ateliers, qu'il faut fournir en matériaux divers, où il faut parfois « mettre la main à la pâte », à genoux, ou sur une échelle, peindre un rideau de scène, maquiller un costume, pour le faire paraître plus riche, ou plus pauvre, récupérer, réemployer, c'est souvent le cas dans la troupe de Brecht, ou au contraire dépenser une fortune pour un seul tissu, parce que Friedrich Holländer n'en veut pas d'autre pour sa revue. Et Pabst l'a engagée sur son prochain tournage, *L'Opéra de quat'sous*, avec Lotte Lenya dans le rôle de Jenny, et Margo Lion pour la version française ! Et puis… elle prend des cours de comédie, pour s'amuser.

— Tu vois, je ne m'ennuie pas !

— Et tu attends Holger…

— Oh ! Ça, c'est une occupation à plein temps !

Clara a un petit rire de gorge.

— Et le tissage ?

— Tu crois que j'ai envie de jouer les Pénélopes ?

---

1. Tel-Aviv accueille nombre d'architectes juifs dans les années 1930, dont certains formés au Bauhaus. Ils vont édifier un des plus grands ensembles modernistes au monde.

Le rire s'était fait plus brusque. Otti a-t-elle perçu la nuance ? Elle est venue pour autre chose :

— Fasanenstrasse. J'ai repris le bail d'un ancien atelier.

Otti lui propose de travailler avec elle.

— Ce n'est pas facile toute seule dans certaines situations… Quand je n'ai pas les gens en face de moi… Si toi aussi tu as besoin d'une oreille amicale…

Elles ont éclaté de rire. Toutes ces années en commun, cette complicité, ces souvenirs. Certains souvenirs que Theo n'a plus envie d'évoquer… Et Louise, juste à côté.

— … Nous signerons nos créations !

Finalement, Theo a trouvé un petit deux-pièces près de l'aéroport de Tempelhof. Le bruit des avions ne le dérange pas. C'est comme à Dessau. « Et le système pour tondre le gazon des pistes est plutôt silencieux ! Ils y font paître des moutons ! »

Il a croisé plusieurs fois les Mittag, qui habitent le quartier. Ernst travaille chez un architecte, Fred Forbát, Etel a des commandes de photos pour des catalogues, dont un gros contrat avec les usines Siemens. Ils lui ont laissé entendre qu'ils continuaient leurs activités communistes. « Ils ne sont pas raisonnables. Un jour… »

Un jour, la nouvelle tombe. À Dessau, pour répondre aux attaques de la municipalité, à sa demande de licencier les enseignants et les élèves juifs et de placer les élèves allemands dans d'autres établissements, Mies avait renvoyé trois élèves impliqués dans le Kostufra. Les autres avaient occupé la cantine, aux tables de droite les nationalistes, à celles de gauche les communistes. Aucun camp ne souhaitait la fin de l'école. Unis dans l'adversité, ils avaient décidé, en guise de protestation, d'annuler l'exposition de fin d'année. Désemparé par cette rébellion générale, Mies avait voulu frapper les esprits. Il avait fait appel à la police.

Le 22 août 1932, la municipalité a voté la fermeture du Bauhaus Dessau par vingt voix contre cinq. Les sociaux-démocrates se sont abstenus. La ville est venue à bout du « bolchevisme culturel ». Elle peut être fière d'elle.

Berlin. Pour Theo, c'était toujours l'étape ferroviaire, celle qui lui promettait Weimar, puis Dessau ; celle qui le ramenait à Hambourg, son point de départ. Maintenant, il suffit de prendre le tram. Theo y va seul. Sans Clara. « Non, je ne t'accompagne pas. Je veux bien revoir les Albers, et Kandinsky, bien sûr, mais pas là. Pas dans ces conditions. » Sans Otti, sans ceux qui sont déjà ailleurs, dans une autre vie. Il y a espéré un dernier îlot de liberté. Ce n'est qu'un camp de réfugiés.

Une vieille usine de téléphones, à Steglitz, au sud-ouest de Berlin. Ils l'ont retapée comme ils ont pu. Ils y ont installé leurs tables et leurs planches à dessin. Ils sont le Bauhaus Berlin. C'est une institution privée, qui tire ses ressources des trois contrats qui courent encore. Trois produits, parmi ceux qui ont fait le succès du Bauhaus : les lampes, les papiers peints et les rideaux. Mies n'a pas lâché l'affaire que lui avait confiée Gropius. Albers veut encore enseigner. Il veut continuer la dictée des matériaux, le seul vocabulaire dont le sens ne peut être perverti. Kandinsky croit encore qu'il n'a pas quitté la Russie pour rien. Que l'Allemagne, le pays qu'il s'est choisi, a une âme. Que l'art est nécessaire. Sa confiance est indéfectible. Elle est ce fond d'or invisible sur lequel toute sa vie repose.

29

Il était presque l'heure. 18 heures 52 minutes. 21 décembre 1932.

Clara se tenait prête. Trois doigts appuyés sur le bois de table. Trois doigts que le poids du dos, des épaules, du bras fait ployer, mais pas trop. Il ne faut pas que le corps parte en avant, il faut que ce soient les jambes qui donnent la poussée, il faut qu'elles soient libres, fortes. Qu'elles ne tremblent pas. Prêtes. Quand le signal retentirait. Les coups sur la porte comme un coup de feu. En plein cœur.

Elle a ouvert. Dans l'encadrement, trois visages. Parfaitement disposés, semblables à l'illustration d'un conte ancien. L'homme, à l'arrière-plan, le fardeau du voyage dans les yeux, devant lui la femme, les tresses en couronne autour de la tête, les pommettes hautes, sur lesquelles l'artiste aurait apposé trop de rouge, trop pour qu'il exprime la joie, trop pour qu'il vienne contredire, au creux du sourire, l'ombre des dents gâtées. Au premier plan, dans le halo d'or de sa blondeur, un elfe ; l'irréalité d'un enfant.

Clara a reculé lentement, aspirant dans son mouvement l'image qui se détache du cadre, se déploie, emplit toute la pièce, la repoussant au-delà de la table, au-delà des mots.

— Nous voici. Je te présente Ekaterina, et notre fils, Oskar.

Le reste viendrait plus tard, peut-être, sous le regard placide de la jeune femme qui se tiendrait là, assise dans ses rondeurs, dans le silence confiant de qui a remis sa vie dans d'autres mains, les grandes mains de l'homme auquel elle s'est donnée, et plus encore dans celles de l'enfant qui dort, repu. Son poing minuscule refermé sur les fils invisibles des vies qu'il ne soupçonne pas.

Plus tard, lorsque la mère et l'enfant seraient couchés dans son lit, qu'elle aurait tiré le rideau qui sépare la pièce en deux, Clara viendrait s'asseoir à la table en face d'Holger. Entre eux, il y aurait la bouteille de vin, presque vide, leurs verres, et le silence d'Ekaterina.

— Elle ne parle pas l'allemand ?

— Non.

— Tu as appris le russe ?

— Oui. Il fallait bien.

— Qui est-elle ?

Oui, qui est cette fille que tu ramènes ainsi, sans prévenir, que vient-elle faire dans notre histoire, dans notre monde, dans notre vie ? De quel droit l'as-tu amenée chez moi ? Dans les interrogations muettes de Clara se cachent d'autres questions qu'elle ne veut pas poser, dont elle craint les réponses, dont elle pressent qu'aucune réponse ne lui semblera juste.

— Je vais repartir.

Ce n'est pas une réponse, et Clara en est presque soulagée. Tout ceci n'est qu'un mauvais rêve, ou plutôt, comme au théâtre, une entrée ratée. On remettra tout en place. Les chaises, la table, avec la bouteille de vin encore bouchée, les doigts de Clara légèrement appuyés sur le bois, de l'autre main elle rectifiera l'échancrure du corsage, elle remontera la mèche qui tombe sur les yeux. Il sera bientôt l'heure.

— Ekaterina et l'enfant vont rester ici. Je voudrais que tu t'occupes d'eux.

L'enfant. Clara l'avait presque oublié. Ce n'est pas le bon terme, mais à cet instant, son existence est abstraite, elle ne l'a pas encore détaché de la mère, il n'est qu'un motif brodé au fil d'or parmi les fleurs et les croix du châle. Quand Ekaterina dégage un sein pour le nourrir, il n'est que la réplique lumineuse de la sphère pâle veinée de bleu tendre.

— Ce sera trop dur, là-bas, pour eux.

Là-bas, ce n'est pas Moscou. C'est, sur les rives du fleuve Amour, aux confins de la Russie, juste avant que celle-ci ne bascule dans la grande steppe chinoise, cette ville que Staline veut voir édifier, et dont il a confié le plan à Hannes Meyer. Une belle et grande ville, avec ses avenues, ses rues, des bâtiments administratifs, des commerces, des logements, et même un opéra. Là-bas, au cœur des montagnes et des lacs sauvages, la capitale de l'oblast de Birobidjan, le somptueux cadeau du petit père des peuples aux Juifs de Russie.

— Nous serons deux, un Russe nommé Aljiocha et moi, pour diriger les travaux.

— À l'est, toujours plus à l'est… murmure Clara.

— Une ville, tu te rends compte, Clara, une ville ! Cette fois-ci il ne s'agit plus d'une école, d'un lotissement, il s'agit d'une ville entière ! Nous y sommes ! Nous pouvons construire une nouvelle patrie pour ces gens ! Le présent et l'avenir !

— Drôle de cadeau pour les Juifs…

— Hannes a enfin pu mettre nos idées en pratique. Törten, Bernau, tout ceci n'était rien, rien que des exercices, des esquisses. Là, c'est autre chose. Tu comprends, tu comprends, n'est-ce pas ?

— Theo envisage de partir pour les États-Unis. Si Hitler arrive au pouvoir.

Comprendre. Voilà ce qu'ils lui demandaient. Comprendre. Ni l'un ni l'autre n'avaient à comprendre, ils décidaient.

— Sacré Theo. Cela ne m'étonne pas de lui. C'était à prévoir, non ?

Ce n'est pas de l'indifférence. C'est une rancœur tenace, où affleure peut-être un chagrin, l'élancement d'une ancienne blessure, celle-là même que Theo avait laissé entrevoir lorsque Clara lui avait annoncé le retour d'Holger pour Noël. « Cela tombe mal, je passerai les fêtes à Hambourg, avec mes parents. » « Je pense qu'il restera un peu plus longtemps », avait hasardé Clara. « Mon père veut que je l'accompagne à Londres. Je ne sais pas quand je serai de retour. » Theo avait eu ce sourire désarmant, celui dont Clara savait qu'il usait comme d'une arme. « Tu me raconteras… »

Holger a sorti de son portefeuille deux photos. Du blanc, du noir, des traînées sombres, des trouées claires, des lacs figés et des flaques de sapins. Un paysage comme on en trouve ailleurs, plus contrasté peut-être, mais cela vient sans doute du tirage de la photo.

— Tu vois, c'est là.

Comme s'il suffisait de contempler cette image pour réduire l'éloignement, pour apprivoiser l'idée, pour ne pas hurler. Derrière le rideau, étouffée sous la couverture, la toux d'Ekaterina. L'enfant se met à pleurer faiblement. Et puis à nouveau le silence.

Clara aurait dû se souvenir. C'est ainsi qu'il avait toujours été. Tu vois, c'est là. Tu vois, c'est eux. L'infiniment loin et l'infiniment proche. Il y a quelque chose de vertigineux et d'oppressant dans ce que Holger lui demande de regarder. Clara n'arrive pas à faire le point.

— Je crois que j'ai un peu trop bu, dit-elle en passant les mains sur ses yeux.

Sous la table, elle essuie ses doigts humides aux fleurs de sa robe. Une robe bien trop légère pour la saison. Elle avait voulu la porter comme un printemps revenu. Elle avait eu tort. Elle a froid. Holger se penche au-dessus de la table. D'un geste, il l'oblige à lui donner ses mains, qu'il prend entre ses paumes.

— J'ai besoin de toi, Clara, j'ai toujours eu besoin de toi.

Ils restent un moment silencieux, puis Clara relève la tête.

— Demain, dit-elle, j'irai acheter un petit sapin. C'est Noël, après tout.

Ici, là-bas, Clara ne comprenait pas. Holger non plus, apparemment :

— Tu es conscient que nous sommes au bord de la catastrophe ? Qu'Hitler est sur le point de gagner ? Qu'on ne sait pas de quoi demain sera fait ? Tu sors cette fille d'une situation qui n'est peut-être pas brillante, mais qui est stable, plus stable que celle dans laquelle nous sommes, et tu l'amènes ici, dans cette autre tourmente ? Tu sais au moins que les communistes seront pourchassés, qu'il ne sera même plus question pour eux de faire le coup de feu de café à café, de rue à rue, tu sais ce qui s'est passé pour le Bauhaus, à Dessau ? Fini, le Bauhaus, ce n'est plus qu'un simulacre que Mies essaie de sauver en faisant antichambre auprès de ceux qui veulent bien encore le recevoir ! Que Gropius n'a plus aucune commande, que tout ce à quoi nous avons cru…

— J'y crois encore. On ne nous a simplement pas laissé assez de temps ! Tu te rends compte tout le chemin parcouru en treize ans ! En 18, les usines fabriquaient encore des engins de mort, et nous leur avons appris à fabriquer des objets de vie meilleure ! Et Dessau, dans cette histoire, seulement sept ans ! Qu'on nous en donne sept de plus, et tu verras comme le monde aura changé ! Ce qu'on ne peut pas faire ici, il suffit de le réaliser ailleurs. L'important, c'est de continuer. Tout cela reviendra. Le Bauhaus… tout ça…

— Et toi ?

— Je reviendrai.

« Nous ferons comme d'habitude. »

Tante Louise en a décidé ainsi. La veillée de Noël se passerait Fasanenstrasse.

Clara a quand même acheté un petit arbre qu'elle a commencé à décorer. Quelques mandarines, dont elle a incisé la peau pour y nouer une ficelle, des étoiles en papier doré et trois boules argentées. Lorsqu'elle les a sorties de leur boîte, Holger s'est approché. Elle a dit :

— Je te les ai gardées. Je n'en ai pas d'autres.

Ce n'était pas ce qu'elle voulait dire. Elle se serait voulue plus légère, plus objective. « Boules de Noël. » C'étaient, toujours aussi brillantes, celles qui avaient décoré le plafond du Bauhaus. Celles qu'Holger lui avait confiées. Celles de leur été. Elles étaient un peu lourdes pour les branches de l'arbre.

— Il faut les mettre plus haut.

Holger a raccroché celle que Clara avait déjà installée. Son geste est resté suspendu. Il ne cherchait pas le meilleur emplacement. Il contemplait, déformé, à la périphérie de la sphère, son propre reflet, et au centre, minuscule et précis, celui de Clara. Clara, si loin, et toute proche.

— J'ai laissé des traces de doigts…

Il a frotté la boule du revers de sa manche. S'est éloigné. Clara seule est restée. Ekaterina s'est avancée avec Oskar.

Dans la boule argentée, c'est Ekaterina, avec Oskar. Il tend sa petite main, sa toute petite main, et la pose sur cette chose qui brille. Elle prend toute la place.

Ekaterina ne semblait pas intéressée par ce que l'on découvrait à travers les vitres du métro. La ville, pourtant, avait sorti ses plus belles parures. Trop peut-être, toujours plus ostentatoires lorsqu'on approchait de l'ouest, presque blessantes à force d'éclat. Ekaterina gardait les yeux fixés sur son enfant. Parfois, elle relevait la tête, regardait Holger qui fixait, entre les genoux des voyageurs, quelques centimètres du sol gras et poussiéreux du wagon.

« Et moi, pensait Clara, je suis l'âne. Fichue Sainte Famille ! Oh, tu peux jouer les saint Joseph, Holger, avec tes mains de menuisier, et ton air bourru, et ton pantalon de velours… Tu me les confies, tu les mets sur mon dos. Mon dos ! Vas-y, trotte gentiment, petit âne Clara ! Dans quel sens as-tu regardé le ciel, Holger, que tu n'aies trouvé que cette étoile, Berlin ! Cette crèche tout enguirlandée ! Et le bœuf, Holger, qui va faire le bœuf ? Qui va souffler de ses naseaux sur le nouveau-né ? Et les Rois mages ? Ils ont changé de nom, Holger ! Ils s'appellent Hitler, Goering, Goebbels, ils apportent tout plein de cadeaux, mais ce ne sont pas ceux que tu crois. La moitié du peuple les suit déjà, les bergers, avec tous leurs moutons ! Aurais-tu pu imaginer qu'il y avait tant de moutons ? Alors voilà, c'est à moi de porter cette vierge naïve, avec ses seins trop ronds, ses fleurs peintes, et, comme collée par-dessus, une bille claire, avec tes yeux. N'y avait-il pas une autre couleur pour peindre ces yeux, n'y avait-il qu'un seul pot de peinture ? Le même bleu… Une autre couleur, et j'aurais dit non. Non, je ne veux pas. Débrouille-toi. Ce n'est pas mon problème. Ne me dis pas que je suis la seule personne au monde qui puisse t'aider. Ne me dis pas que je suis la seule… »

— Ah ! Voilà l'enfant, a simplement dit Hilde.

Elle a tendu les bras, au bout il y avait ses grandes mains qui ont attrapé le petit paquet sous les aisselles.

— Allez, allez, il faut le laisser respirer un peu, ce petit ! Oui, tu es un beau petit gars ! Eh bien, comment t'appelles-tu, mon bonhomme ?

— Oskar. Il s'appelle Oskar, répond Holger.

— Très joli, Oskar.

Ekaterina suivait des yeux les gestes d'Hilde, qui jouait à rapprocher puis à éloigner son visage de celui de l'enfant tout en émettant de drôles de bruits avec la bouche. Le bœuf, pensa Clara, c'est elle le bœuf. Elle pensa aussi qu'elle-même n'avait pas encore prononcé le prénom de l'enfant ; qu'elle ne l'avait même pas touché.

Oskar, le fils d'Holger.

« Il vous faudra beaucoup désapprendre », avait dit Gropius. Elle avait trouvé cela difficile. Elle l'avait fait. Apprendre aussi est difficile.

Il y eut du Stollen[1], et des étoiles à la cannelle. Il fallut chanter. *Mon beau sapin…* Elle avait entendu Holger mêler sa voix aux slogans des manifestations contre le départ de Hannes. Elle ne l'avait jamais entendu chanter.

— Je chante faux, objecta-t-il.

— Mais il le faut, insista Louise. Il le faut ! Il faut une voix d'homme. Pour ton fils.

1. Gâteau de Noël traditionnel.

Holger chanta. Il ouvrit la bouche comme il avait ouvert son poing, le soir qui avait suivi l'inauguration de l'école, juste avant Noël, pour jeter les miettes aux oiseaux. Des notes, longtemps retenues, pour son fils.

Ils échangèrent leurs cadeaux.

Trois petits paquets semblables. Holger les avait sortis des poches de sa canadienne.

— J'ai fait ce que j'ai pu... C'est assez compliqué de trouver quelque chose de bien, là-bas... Cela dépend... des arrivages.

Trois paires de gants. Deux noires et une rouge. La rouge était pour Clara.

— J'avais pensé à un châle, mais je n'en ai plus trouvé sans faucille ni marteau dans les motifs, ajouta-t-il, un peu gêné. C'est la nouvelle tendance imposée par... J'ai pensé que cela pourrait être mal vu ici.

Il y eut un instant de silence, et puis ils éclatèrent de rire. Hilde, Louise, Clara, et Holger. Ils ne savaient pas très bien pourquoi cette gaieté soudaine. Ekaterina non plus. Elle n'avait pas compris. Elle se contenta de sourire en tortillant les pans de son châle dénoué. Dans les angles, parmi les fleurs et les épis de blé, un char d'assaut dressait son canon. Tout autour, les étoiles étaient rouges.

Clara emmènerait la mère et l'enfant chez le médecin, dans le Hansaviertel. Ekaterina ne saurait pas s'y rendre toute seule. C'est comme ça qu'il faut faire. Comme si de rien n'était. Comme si rien de spécial ne devait avoir lieu. S'embrasser. Se serrer dans les bras, juste un peu plus longtemps que d'habitude. C'est bien. Ça ira.

Holger a refermé la porte, descendu l'escalier. Il s'est retrouvé dans la rue. Il faut marcher tout droit, vers le pont, traverser la Spree, de l'autre côté il y a l'Ostbahnhof. Un pas après l'autre. Une vitrine après l'autre, un reflet après l'autre. Il les a ignorés. Il est monté dans le train, a trouvé sa place, s'est assis. A attendu. Il ne sait pas si ce fut long ou court. Et puis il a senti la première secousse. La fenêtre s'est mise à dévider le paysage sombre des usines. Une image après l'autre. Et toujours son reflet dont il ne peut détourner les yeux, qui lui raconte ce qu'il a essayé d'oublier. Comme si on pouvait sauter une page, reprendre la lecture, et ce serait une autre histoire, comme si jamais on ne voyait la fin d'un chapitre. Il a voulu l'ignorer, mais son reflet la lui dicte, cette histoire, et maintenant elle défile, une image après l'autre, un geste après l'autre :

Tu es déjà parti une première fois. Tu as regardé tes pieds au bord de la courtepointe, tes deux pieds joints tandis que sur le lit la valise est encore ouverte. Elle bée, il y a des trous, des bosses, il y a de la place encore, mais pas tant que ça. Il y a du temps encore, mais plus tant que ça. Plus que quelques heures. Tu es là, au-dessus de ce petit tas de toi-même, tes effets personnels. Un drôle de mot. Effets. Toutes ces choses qui ont à voir avec ton aspect extérieur, l'image que tu vas donner. Effets. Comme le contraire d'affects. Ceux-là, tu ne sais pas où les ranger. Il faudrait un autre bagage. Mais non, j'oubliais, tu en es toi-même le bagage. Tu vas quitter cet endroit. Quatre pas jusqu'à l'armoire, six pas du lit jusqu'à la porte. Ils sont inscrits en toi. Deux pas vers l'armoire, huit vers la porte. Ceux-ci, c'était pour le premier départ, c'était il y a longtemps. Plusieurs années. C'était hier, ton corps n'a pas oublié, tes bras, tes mains, ton regard qui sait faire le tour de la pièce, qui sait ne pas se poser sur les endroits douloureux. Tu as déjà quitté d'autres chambres en sachant que tu ne reviendrais pas. Tu sais que les murs sont une peau. Qu'ils gardent la trace des baisers, des griffures, des coups. Tu avais bien fait de les laisser là, accrochés au clou, dans l'ombre claire de l'image que tu avais déchirée.

Tu sais que là où tu vas, ce n'est pas toi que l'on attend. Ni ce toi de la première chambre, ni ce toi de celle-ci. C'est un autre toi qui va descendre du train, là-bas, et la première personne que tu devras trouver ce sera encore un autre toi-même que tu ne soupçonnes pas.

Ce n'est pas la première fois que tu glisseras une clef dans une serrure, et que, derrière la porte, tu iras à ta rencontre.

Tu as actionné les deux ferrures. Clic. Clic. Tu regardes une fois encore la masse de cuir jaune, ses coins éraflés, la poignée légèrement graisseuse.

Tu es l'homme à la valise.

Tout au fond, il y a les gouges de ton père, et ton violon de colère. Tu as hésité. Tu aurais pu le laisser à Berlin. De toute façon, tu n'en joues jamais. Depuis des années, il dort dans sa housse. Peut-être est-il mort. Tu n'en es pas bien sûr. Alors non. Ils ne le méritent pas. Ils ne méritent pas le poids de ton chagrin, tu ne le leur mettras pas sur les bras. C'est à toi de le porter. Tu emportes l'instrument.

Peut-être est-ce lui qui t'emporte.

birobidjan, 31 janvier 1933

clara,

enfin arrivé à birobidjan. aljiocha, l'ingénieur avec qui je vais travailler, m'attendait à la gare. j'emploie ce mot puisque le train s'est arrêté, et qu'aux mouvements des quelques voyageurs j'ai compris que j'étais arrivé à destination. c'est tout juste s'il y avait un auvent noyé sous la neige. pas vraiment de quais. tout à faire. hormis quelques bâtiments plus anciens, la ville est une sorte de ramassis de maisons de bois, pour la plupart assez misérables. on ne sait pas si ce sont des ruines ou déjà un chantier. certaines ont une sorte de terrasse couverte. ce doit être agréable en été. la nouvelle population, tous les juifs à qui on a offert cette terre promise, anciens commerçants, médecins, intellectuels, a du mal à se faire à l'idée de retourner à la terre, ce qu'espérait lénine. alors ils s'entassent ici. le plan de hannes résoudra tous ces problèmes. les gens parlent le yiddish et j'arrive à suivre les conversations. mais il va falloir que j'apprenne à le lire. pour les panneaux indicateurs et le journal. pour l'instant j'habite chez aljiocha. nous avons à peu près le même âge. quand la première tranche des nouvelles maisons sera finie, je m'y installerai... en attendant, c'est ici que j'ai posé ma valise... un lit, une table, une chaise, une étagère pour mes affaires, et l'odeur du poêle... presque l'odeur de l'indépendance...

Trois petits coups à la porte. Aljiocha est entré pour lui proposer une tasse de thé. De ce thé noir et âcre qui lui tourne un peu le cœur mais lui permet de tenir dans le froid. Holger surprend le regard du jeune homme sur l'étagère.

— C'est un violon ? demande Aljiocha.

— Oui, il est très mauvais.

— Il n'y a pas de mauvais violon.

Holger fixe le liquide ambré. Finalement, il se décide à parler.

— Merci pour le thé.

— Tu en joues ?

— Non…

Pourquoi pas ? pense-t-il.

— … Et toi, tu en joues ?…

Oui, pourquoi pas. L'idée fait son chemin.

— … J'avais un violon. Il a brûlé. Un pogrom… en Ukraine. J'étais encore un enfant. J'avais commencé à apprendre.

Holger s'est retourné. Il contemple la petite forme muette. Peut-être aurait-il dû le brûler. Par la fenêtre, au loin, au-delà des méandres de l'Amour, il voit la frange enneigée de cette autre forêt, plus vaste et plus vierge que celle qui l'a vu naître.

Alors oui.

— Prends-le, je te le donne.

Aljiocha n'ose pas. Holger s'avance, saisit l'objet, le lui pose entre les bras.

— Tu verras. Il est affreux.

— C'est un violon.

— Oui.

Il ne dira pas qu'il l'a fabriqué. Il ne dira rien. Ce sera juste un violon.

Il pousse le jeune homme vers la porte.

— Va jouer dehors, si tu veux, maintenant j'ai besoin de dormir.

Plus tard, il l'entendra. Mais pas pour le moment. Il n'est pas encore sûr d'être prêt.

30

Clara a replié le journal. Un petit morceau de la photo dépasse encore, un rectangle gris, au bord de la pliure. Et la date : 11 avril 1933.

Louise avait repris son aiguille, plantée à mi-chemin de l'emmanchure.

Clara s'est levée, s'est dirigée vers la fenêtre. La vitre est fraîche à son front qui s'y pose.

— Un tissu de mensonges ! Tout est faux ! Faux !

Contre le bois de la table, il y a cette photo. Un mur éclaboussé du froid soleil d'avril. Contre le mur, assis en tailleur, clignant des yeux, les derniers *Bauhaüsler* de Berlin. Au premier plan, plusieurs SA, arme au poing. Sur la droite, la porte de l'atelier est grande ouverte. Dans le rectangle sombre, plus sombres encore, un pan de manteau et une botte sur un amas de papiers froissés. *Perquisition au Bauhaus !... Noyau central bolchevique de désagrégation.*

— Ils nous volent notre vie, ils la violent ! Désagrégation ! Elle est là, sous leurs bottes, la désagrégation, avec notre histoire réduite à néant !

— Non, Clara. Pas à néant, puisque tu es là pour en témoigner. Pour la dire à ta manière.

— Ma manière est sans importance. Tout le monde s'en fout, désormais.

Louise avance encore quelques points bien serrés. L'embu. Au sommet de l'épaule, la courbe de la manche est plus longue que celle du corps du vêtement. C'est une question de répartition. De doigté.

— Nous sommes tous les gardiens d'une histoire, dit-elle. Nous en conservons les objets, et quand il n'y a pas d'objets, nous en conservons les mots.

— Et quand les mots sont interdits ?

— Il y a ceux qu'on prononce à voix haute, et les autres.

— Mais tu vois, je ne sais plus ! Tout s'embrouille !

— Alors dis-moi. Je t'écoute. Raconte.

Raconter… Elle laisse passer un long silence.

Peut-être faut-il juste se souvenir, chercher à l'intérieur de soi. Cesser de s'abîmer les yeux sur ce qui brûle, sur les perspectives fuyantes, trompeuses. Les mois de bonheur sont en elle, elle les a vécus. Pourquoi faudrait-il que tout soit mis en page, redécoupé, retravaillé ? Revenir aux photos de Lux. Oublier les obliques, les torsions, les surimpressions, les exercices de style. Juste être honnête.

— Lux était honnête. Il n'a jamais considéré ses photos comme de l'art. Il saisissait l'instant. Et nous ? Nous avions nos mains, nos yeux, nos gestes appris, répétés chaque jour. Nous avions nos doutes et nos espoirs, nos amitiés. Cela mérite-t-il d'être raconté ? Nos fêtes… murmure-t-elle. Elles passaient si vite. Qu'en reste-t-il ? Des images figées. Ce que nous éprouvions, derrière les masques… Qui s'en soucierait ? Les objets… Ils auront le sort des idoles. Adorés, abhorrés, brisés un jour, portés aux nues le lendemain… Non, je ne saurais pas quoi raconter. Le reste…

— Le reste ?

— Oui… Nous. Nous… Notre vie. Ma vie.

Elle voudrait une boule de verre, transparente, naïve, de celles qui préservent un monde en réduction. Il y aurait, posée sur un bout de prairie, un bâtiment de verre et de blancheur, non loin une rivière, en la secouant, elle ferait voltiger tous les moments heureux, ils tourbillonneraient, retomberaient, et elle recommencerait, encore et encore, et ce serait joli.

— Une vie de *Bauhaüslerin* ? demande Louise.

Clara réfléchit longtemps. Le temps pour Louise de fermer la couture. De vérifier, sur son poing, l'arrondi de l'épaule, et de couper le dernier fil.

« … La forme de n'importe quelle tasse à thé… » raillait-Hannes. Pas plus qu'une tasse à thé elle n'est une œuvre d'art. Elle n'est pas Othéa. Elle est Clara. Qu'est-elle ? Elle essaie de se souvenir de ce qu'avait un jour formulé Otti : si l'on est déjà artiste, on vient au Bauhaus, et l'on refait de cet artiste un être humain.

— *Bauhaüsler*, murmure-t-elle. Si nous n'étions que cela, tout serait fini.

La photo d'Holger sur le toit d'un bâtiment. Il a maigri, il s'est laissé pousser une barbe drue qui lui mange la moitié du visage. À côté de lui, un jeune homme brun aux cheveux bouclés, un violon coincé sous le menton. Il y a du soleil.

Au dos, l'écriture d'Holger : *inauguration du premier lotissement. mai 1935.*

En dessous : *pour que tu me reconnaisses.*

Clara se tourne vers la chambre. Derrière le rideau, tout est silencieux. Ekaterina dort. Oskar aussi. Clara surveille la lessiveuse. Demain, elle leur montrera la photo. Demain, elle répondra à Holger. Elle regarde encore le ciel sans taches derrière les deux hommes. Le bel avenir socialiste. Depuis quelques semaines, il y a d'autres étoiles rouges sur le châle d'Ekaterina. Clara ne les a pas vues tout de suite. Elles étaient si petites. Et puis il y en a eu sur les mouchoirs, sur la taie d'oreiller. Les pommettes d'Ekaterina, si vives quand elle était arrivée, et maintenant si pâles, et ce rouge partout. La vapeur se condense sur le miroir de la salle de bains. À Dessau, les vapeurs de la teinturerie étaient promesses de couleur, promesses de vie. Celle-ci efface tout ce rouge ; la couleur est promesse de mort. Le médecin n'est pas optimiste. C'est celui dont avait parlé Helene Weigel. Il soignait à ce moment-là Margarete Steffin, une des maîtresses de Brecht. Helene s'est toujours occupée des maîtresses de son mari. Clara avait trouvé cela très généreux. Maintenant, c'est son tour. Elle n'est pas certaine d'être très généreuse. Elle est responsable. Elle pense à sa mère. Responsable. Non, ce doit être un peu plus que cela. Mais qui soigne-t-elle ? La femme d'Holger, la mère d'Oskar, ou tout simplement cette gentille fille qui la regarde comme une grande sœur ? Sa mère n'a pas ce genre de questionnement. Elle soigne, c'est tout. C'est plus simple. Et la Weigel ? Elle gère l'entreprise, avec ses à-côtés.

« J'ai toujours eu besoin de toi », lui a dit Holger. C'est cela qu'on appelle des mots d'amour ? Et cela devrait mériter qu'elle se retrouve là, à tourner la grande cuillère en bois dans la lessiveuse, à sentir des gouttes perler sur son visage, suivre les ailes du nez, descendre jusqu'au menton, où elle les efface du revers de la main ?

Et maintenant il écrit : *pour que tu me reconnaisses*. Et toi, pense-t-elle, est-ce que tu la reconnaîtrais, la fille que je vois dans ce miroir, avec un fichu sur la tête, et une mèche de cheveux mouillés qui lui colle au front, et cette vapeur qui ne console rien ? Combien de lotissements faudra-t-il encore ? Combien de printemps, et combien d'automnes ? Je ne connais plus qu'une saison. L'hiver de l'attente. Tu t'es laissé pousser la barbe, plus pratique sans doute, et moi, pour ne pas laisser cette morte-saison habiter mon visage, pour que tu aies une chance de me reconnaître un jour, je me laisse pousser une petite colère. Je ne sais même pas si elle t'est adressée. Je la mérite autant que toi. Hannes, le Bauhaus la méritent aussi. Qui d'autre ? Qui t'a fait si obstiné, si idéaliste, si… stupide ? Pour qui, sauveur d'un peuple qui n'est pas le tien, te perches-tu sur ce toit ridicule, comme un Christ avec son ange musicien ? Rentre, maintenant. Rentre ! Va en Suisse, où tu veux, mais reviens ! Tu entends ? Avant, quand je te parlais ainsi, de tout mon silence, tu m'entendais. Tu m'entendais de tout ton corps. Mais tu es trop loin. Tes mains, tes bras, ton cou, tes yeux… tout est trop loin. La ville, ce corps social… Tu n'écoutes plus qu'elle. Ce ne devrait pas être à moi de l'éprouver, cette colère. Ce devrait être à ta femme, que tu as amenée ici, et que tu as laissée. Ce devrait être à elle de t'appeler. Elle est trop faible pour le faire, et Oskar trop petit. Si seulement tu pouvais être un peu inquiet, mais non, tu ne le seras pas, car je suis là, et tu me fais confiance. Si seulement tu pouvais t'inquiéter de moi… Mais tu me connais trop bien. Tu m'entends te dire que je t'attendrai.

Theo, lui, la connaît autrement. C'est un avantage. Quand il est à Berlin, entre deux voyages, deux séjours à Hambourg ou à Londres, il ressuscite Othéa.

Lorsqu'il avait fait la connaissance d'Ekaterina, après le départ d'Holger, il s'était exclamé :

— Nom d'une pipe, je ne pensais pas qu'Holger me battrait sur ce terrain !

— Quel terrain ?

— Eh bien, la paternité ! Tu te rends compte ! Holger père !

— Tu sais, avait avancé Clara, je ne crois pas qu'il s'agisse d'un concours.

Theo avait considéré Oskar, puis Ekaterina, qui le regardait comme si une vedette s'était décollée d'une des affiches aux devantures des cinémas et avait atterri là, entre la cuisine et la chaise où elle était en train d'allaiter son fils.

— Oui… Tu as raison. Ou alors un concours de circonstances…

Malheureuses. Il ne l'avait pas dit, mais Clara l'avait lu dans le pli qu'avait pris le coin de sa bouche.

— Bon ! avait-il enchaîné. Je pense que tu as besoin de distractions !

Il avait surenchéri dans le charme et l'humour, sa manière à lui de reprendre l'avantage sur Holger, de dissiper, aussi, une image paternelle encombrante.

— Je t'emmène dîner ! Dis à ta protégée que nous rentrerons tard !

Ils étaient souvent rentrés tard. Parfois pas du tout. Elle avait pris l'habitude de laisser une tenue de rechange à l'atelier de la Fasanenstrasse. Elle n'avait de comptes à rendre à personne. Otti avait froncé les sourcils.

— Quoi, Theo ? Tu t'inquiètes pour moi ? Tu as peur que j'y laisse des plumes ?

Son rire avait traversé l'atelier comme un claquement d'ailes dans un arbre. On lève la tête. On ne voit rien.

— Il y a longtemps que je n'ai plus de plumes, Otti ! J'ai de jolies écailles. Lorsque nous sommes ensemble, Theo et moi, nous sommes deux petits spécimens à sang froid. Et le plus drôle, c'est qu'il ne le sait pas… Je suis Othéa, et je suis Clara. Mais plus jamais en même temps. C'est cela qui compliquait tout.

— C'est dangereux, ces deux personnes en toi.

— Pas du tout.

Plus du tout. Elle l'a compris un soir qu'ils descendaient la Friedrichstrasse. Elle s'est revue entre les deux garçons, un à chaque bras, chacun leur poids. Elle avait alors essayé de les tenir ensemble, de les retenir, comme si un faux mouvement de sa part pouvait tout déchirer. « Hop là ! » chantait la Jenny de Brecht. « Hop là ! » La vie s'en était chargée. Un sacré joli coup de canif, la vie. Les morceaux ne se recolleraient jamais. Tant pis pour la déchirure. Tant mieux. Chaque moitié avait sa vie propre.

Theo avait voulu Othéa. Il la voulait encore, telle qu'il se l'était faite, sur mesure, telle qu'il la reconnaissait. Désormais, dans les miroirs du Kadeko, dans le rouge glacé des bloody mary, dans le *flip book* des portes à tambour, dans le métal des fauteuils, le rétroviseur de son petit coupé Horch, dans la lumière aveuglante des réclames, il l'a. Mais il n'a qu'elle.

« Hop là ! »

Sur le pont de l'*America*

Sometimes I wonder why I spend
The lonely night dreaming of a song
The melody haunts my reverie
And I am once again with you...

C'est l'heure où l'*America* range les partitions. On aère. La porte du bar est restée ouverte. Un dernier couple est encore sur la piste. Ce n'est plus une danse, c'est un bercement minuscule sur le fil de la clarinette, soutenu par la pulsation feutrée de la batterie.
Le chiffon du barman glisse en rond sur les tables.

*

New York, août 1961

Theo a proposé de la raccompagner. Le taxi remonte à toute allure la 6e Avenue. L'orage qui menaçait a fini par éclater, une pluie lourde s'écrase sur les vitres, la ville est un amas de lumières liquides coulant sur le bitume, un fracas multicolore.

Au croisement de Broadway le taxi a ralenti. Il y a foule sur les trottoirs, les autres taxis s'arrêtent pour charger, les limousines stationnent en double file. Une vague odeur de hamburger s'insinue et flotte dans l'habitacle, une odeur qui soulève le cœur, qui réduit l'instant à ce qu'il est, sans passé ni futur, juste ce léger inconfort, cette viande grillée prête à être consommée, là, dans la nuit éblouissante et moite.

— Quand repars-tu pour Chicago ?

Clara a posé sa tête sur l'épaule de Theo. Elle contemple, sur le plancher sale de la voiture, les chaussures d'homme, fines, lustrées, et le bout vernis, aiguisé, des chaussures Chanel. Au-dessus, l'étoffe souple du pantalon, très sombre, mais pas tout à fait noire, d'un gris anthracite doux comme la cendre, contre la luisance abstraite des bas nylon, plus haut encore, contre le noir profond du crêpe, lourd et secret, qui s'attache aux épaules par un nœud minuscule.

— Demain… Gropius… Je dois aller…

— Chez toi… Allons chez toi.

Clara l'a dit calmement. Theo s'est penché, a frappé à la vitre qui les sépare du chauffeur, a dit *« 747 Madison, please »*. Les mots sont passés facilement à travers le guichet ouvert dans le Plexiglas, les quelques dollars aussi.

Ce fut un couple derrière une fenêtre. Ils se sont longtemps tenus debout contre la nuit, grains de poussière, semblables, dans leur danse immobile, à tous les autres grains de lumière saisis dans le rayonnement de la grande ville. Ils ne parlèrent pas de ce qui avait été, de ce qui pourrait être, il n'y avait ni passé ni futur, plus de question sans réponse, plus de questions. Ce fut un couple sur le lit défait, dans la tendresse intacte. Jusqu'aux premières lueurs du jour, se sont donnés ce qui n'a pas de mot. Nommer serait tenir le Temps, comme une froide épée, entre leurs deux corps, qui les ferait frissonner, ce ne serait plus le minuscule nœud noir qui glisse sur l'épaule, la chemise froissée, le grain de peau.

Tous les événements survenus pendant leurs années au Bauhaus, tous ceux qui sont venus après, ce qu'ils ont partagé, ce qu'ils ont vécu seuls, ce qu'ils savent et ce qu'ils ignorent, les confidences et l'inavouable, tout est là, aboli, déposé comme un bagage. Il n'y a plus, au-delà de la terrasse, suspendue entre le grand ciel noir et l'asphalte luisant, que la ville étoilée.

Dans la nuit s'ouvrent toutes ces autres vies qu'ils n'ont pas vécues. De leurs mains, de leurs bouches, ils parcourent tous les chemins qu'ils n'ont pas pris, goûtent toutes les occasions qui leur ont échappé, ils sont l'autre, et eux-mêmes, ils s'offrent l'infini des possibles puisqu'ils ont enfin renoncé à être différents, à vouloir, à espérer. Ils sont, dans ce moment qui jamais ne se répétera, tous les instants et tous les destins qui scintillent, là, et qui viennent à leur rencontre, entrent et se posent silencieusement sur leurs épaules.

*

Sur le pont de l'*America*

... Love is now the stardust of yesterday
The music of the years gone by[1] *...*

L'ombre a gagné le pont du navire. Derrière la porte refermée, seule brille la lueur rouge de la sortie de secours.

---

1. *Stardust*, chanson composée en 1927 par Hoagy Carmichael, paroles écrites en 1929 par Mitchell Parish. Reprise par de nombreux interprètes, dont Frank Sinatra en 1951.

31

1936

Clara ne savait pas comment s'y prendre avec les enfants. Ils restaient de longs moments face à face, à se regarder, sans trouver aucun geste de rapprochement.

je te le confie, avait écrit Holger. *en attendant.*

C'était un bel enfant, pourtant. Vigoureux, avec un regard clair et intense. Orphelin. « Maman » était un rôle que Clara ne savait pas jouer.

Peut-être ne comprenait-il pas l'allemand. Sa mère lui parlait en russe. Il avait été bercé par des chansons russes. Elle l'avait emmailloté si serré dans cette langue, de la même manière qu'elle l'emballait dans les fleurs de son châle. Un paquet. Voilà ce qu'il était, un petit paquet humain, un petit paquet que Clara manipulait parce qu'il fallait bien le changer, le coucher, lui donner à manger. Toucher. C'est pourtant cela qu'elle avait appris. La peau était douce. Les cheveux épais. Oui. Mais encore. C'était un matériau qui lui résistait.

De temps en temps, elle faisait une tentative.

— Clara. Je m'appelle Clara. Cla-ra… Claaa… ra. Tu peux le dire ? Allez, dis-le. Cla…

Il ne pleurait même pas.

— Tu es bien comme ton père, toi ! Deux têtes de mules ! Oh, c'est plus facile de ne rien dire, hein ? On laisse les autres chercher, on les laisse…

On les laisse seuls. On les abandonne. Elle ne voulait pas prononcer ces mots-là. Elle ne voulait même pas les penser. Mais peut-être était-ce ce que le petit garçon lisait dans ses yeux. Qu'elle n'avait rien d'autre, rien de mieux à lui apporter que son propre sentiment d'abandon. Elle le niait. Alors il le niait aussi.

Elle avait acheté des livres pour enfants. Elle les lui lisait en montrant les personnages du doigt.

— Lui, c'est Emile, il se promène dans Berlin… Toi, tu es Oskar, et tu vis aussi à Berlin… Oskar… C'est un beau prénom, je connais un autre Oskar…

Et puis l'idée lui était venue. Elle était allée prendre la boîte où elle rangeait les photos. Elle avait cherché, et elle avait trouvé. Une photo de Schlemmer.

— C'est lui, c'est Oskar.

L'enfant avait longuement regardé le clown dans son étrange habit blanc. Il y avait beaucoup de choses à nommer : l'accordéon sur la poitrine, le cœur au côté droit, les clochettes, la coiffure de grelots, sur la cuisse un petit violon, et dans la main l'ombrelle étoilée. Puis il avait regardé la boîte, comme s'il en voulait encore.

— Une autre ? D'accord… Tiens, celle-ci.

Une fille, en robe scintillante, une fille dont le rire se reflète dans une boule argentée.

— C'est moi… C'est Othéa.

Le nom avait surgi, sans prévenir. Othéa, son nom de fête, son nom qui n'appartenait pas à Holger, à l'abandon. L'enfant avait posé un doigt sur la photo et il avait répété : Othéa.

Il avait pris les deux photos, les avait soigneusement mises l'une à côté de l'autre et avait clairement dit :

— Oskar et Othéa.

Il avait pris sa main, l'avait regardée dans les yeux et avait répété : Oskar et Othéa.

— Voilà. C'est ça, avait murmuré Clara.

Il suffisait d'une légende.

— Il faut que quelqu'un prenne légalement en charge cet enfant. Un jour, il faudra l'inscrire à l'école, il ne peut continuer à être un passager clandestin.

Louise avait soulevé le problème.

— Mais il a un nom, il est allemand, Holger l'a reconnu !

— Oui. Mais son père…

Ne sera pas là de sitôt, ne pourra revenir sur le sol allemand, prendre son enfant et aller Dieu sait où. Clara n'aurait pas le droit non plus de le faire sortir du territoire. Inutile de développer. Sa grand-mère ne voulait pas en entendre parler. Clara devait avoir l'autorisation de s'occuper de lui. Légalement. Louise avait raison. Clara écrivit à Holger pour obtenir une lettre par laquelle il le lui confiait. Il la nommait tutrice.

— Tu crois que cela suffira ? demanda Otti.

— Je ne sais pas.

— Je pense que… Il faudrait trouver quelqu'un pour appuyer ta démarche.

Clara voyait très bien ce que le mot « quelqu'un » signifiait. Un genre de personnes qu'elle ne fréquentait pas.

Otti avait relancé son métier. Assis par terre, Oskar entortillait un fil autour d'un carton. Il était toujours si sage lorsque Clara l'emmenait à l'atelier. Il chantonnait une mélodie un peu répétitive, à laquelle il entrelaçait des mots russes et des mots allemands.

— Ute, avait repris Otti.

— Quoi, Ute ?

— Tu dois aller voir Ute. Elle t'aidera. Elle saura ce qu'il faut faire.

— Tu plaisantes ?

Otti ne plaisantait pas. Ute et le bel Ulrich. Clara avait préféré les chasser des souvenirs de la Fête métallique. L'idole glacée avait quitté le Bauhaus lorsque la direction de Hannes avait été mise en question. Elle avait épousé son héros.

— Il a fait carrière, à ce que j'ai entendu dire. Ils habitent Dahlem, cela ne doit pas être difficile à trouver.

Otti la sourde entendait des choses auxquelles Clara ne prêtait pas attention.

Ce n'était pas difficile. C'était simplement étrange d'écrire l'adresse, de poster une lettre, d'attendre une réponse et de lire que oui, elle pouvait venir mercredi prochain.

La rue était bordée de grosses maisons fin de siècle. Certaines plus récentes. Toutes pompeuses, entourées de grands arbres, de plates-bandes soigneusement entretenues, flanquées d'un large garage. Les oiseaux chantaient. Juste ce qu'il faut. La domestique ne la fit pas entrer au salon. « Madame est dans la salle de jeu. »

Jeu : tentures grenat, roulette, tables de bridge, satin des robes de soirée. Champagne. Une idole.

Ute s'était levée. Elle ne fut d'abord qu'une silhouette sombre à contre-jour dans la clarté de la pièce. Puis Clara reconnut la blondeur, vit le collier de perles autour du cou, l'impeccable robe noire. Sur le sol, un grand train électrique. Un petit garçon le regardait tourner. De l'autre côté, un énorme ours en peluche, d'où dépassaient deux petites jambes, des socquettes blanches et une paire de minuscules chaussures à barrettes.

— C'est gentil de venir me voir, dit Ute. Nous allons prendre le café.

Parfait ; tout était parfait. La tapisserie avec ses frais bouquets, les étagères de bois laqué blanc, les mains d'Ute sur la cafetière en argent, sur les serviettes damassées, brodées d'un U et d'un K. Les jambes d'Ute soigneusement jointes, les enfants sages, la régularité du train passant sur les aiguillages.

— Ce sont de très jolies serviettes, hasarde Clara. Très jolie broderie.

— Merci.

Le sourire d'Ute est parfaitement ourlé.

— Le café est excellent…

— Ulrich n'est plus avec nous.

Quelque chose cloche. Tout est trop calme, trop mesuré, et ce train qui n'en finit pas de tourner.

— Son avion s'est abîmé en mer.

C'est à peine si elle a cillé. Elle a l'air d'une poupée de cire, avec ses grands yeux fixes, son teint pâle, ses gestes un peu raides dans la bergère à fleurs, et sa voix qui ne trahit aucune émotion. Un jouet parmi tous les jouets de cette pièce où s'alignent automates et Guignols, modèles réduits de voitures, de camions, peluches de tout poil, figurines en bois, en tissu, en métal, en carton, en caoutchouc, en Celluloïd, tout ce que peut offrir l'usine du grand-père.

— Je suis désolée, Ute, nous n'avons pas su.

— Ils n'ont pas voulu que cela s'ébruite.

Elle a baissé la voix.

— Je ne devrais pas en parler… C'était pendant un essai, au nord, vers Travemünde, il y a une base… Ulrich passait presque tout son temps entre Dessau et cet endroit. Junkers avait de nouveaux projets… Je ne sais pas… Je ne sais pas. Je n'avais pas le droit de savoir. Il y avait des essais… Sans doute un essai mal préparé.

Un instant, la mécanique s'était déréglée, à peine.

Clara savait que le vieux Hugo Junkers avait été dépossédé de ses usines, contraint de quitter la ville, que les bâtiments du Bauhaus, après avoir été une école ménagère pour une génération de bonnes et authentiques Allemandes, étaient devenus un centre de formation pour les officiers nazis. Elle avait vu une photo de la grande verrière coupée par des bandeaux de brique, massacrée.

— Il n'est pas revenu… Il n'y a pas eu de funérailles officielles…

Pauvre Ute. Une boîte vide, pour le cadeau perdu.

— Mais tu as voulu me voir… C'est que tu as quelque chose à me demander. Les gens qui viennent me voir maintenant ont toujours quelque chose à me demander.

Clara explique. Ute regarde son fils qui regarde le train.

— Tu vois, je ne veux pas qu'ils jouent avec des avions. Il n'y a plus d'avions dans cette maison.

Elle laisse passer un moment, puis se tourne vers Clara :

— Holger est fiché, n'est-ce pas ?

C'est une autre Ute. Précise, aiguë ; un juge. Clara acquiesce.

— Un père communiste, une mère étrangère… Et toi ?

— Moi ? Rien…

— Tu travailles ?

— Oui.

— Où cela ?

— Je travaille avec Otti Berger, dans son atelier.

— Juive.

— Oui, enfin, pas tant que ça…

— Juive et étrangère. Elle et toi anciennes élèves du Bauhaus. Otti plus qu'élève, si je me souviens bien.

— Oui.

Ute laisse planer un long silence. Le bruit du train est lancinant.

— Je ne peux rien faire. Trouve un autre tuteur. Quelqu'un de moins compromis. Je verrai.

Ute s'était levée. L'audition était terminée.

— Et ne tarde pas ; je vais quitter Berlin. Je retourne à Nuremberg, chez mes parents.

« Tu es compromise, tu es compromise. Bienvenue au Bauhaus, tu es compromise. » Dans le métro qui la ramène vers la ville, elle presse sa main sur sa bouche comme pour contenir les mots qui tapent dans sa tête, qui cherchent la sortie, qui veulent être hurlés, crachés, vomis, avec ce café et ce train qui n'en finissait pas de tourner.

Elle se précipite chez Louise. « Je le ferai, moi. Je serai la tutrice, dit simplement Louise. Je suis respectable, moi. Et j'ai l'habitude. »

Clara a écrit à Holger, Holger a refait la lettre. Clara l'a renvoyée à Ute. Louise n'a rien raconté de ses rendez-vous avec les autorités. « J'ai fait cela très bien. Tu es restée en dehors de toute cette histoire. Maintenant, Oskar, je suis ton ange gardien. En général, il vaut mieux obéir à son ange gardien. Mais tu peux continuer à m'appeler Tante Louise. »

Clara les a photographiés, Oskar a fait un dessin : un ange en pantalon noir, tenant une ombrelle et une forme indécise qu'il déclare être le violon d'Oskar. Clara a juste écrit : *Tout va bien. Ne t'inquiète pas. Baisers.* Elle s'était demandé si le courrier ne commençait pas à être surveillé.

Peu de temps après, Otti est contrainte de fermer son atelier. « Otti Berger », dont elle avait réussi à faire une signature, l'avait imposée aux fabricants, la griffe que portait des lainages commandés par Chanel, n'a plus le droit de travailler en Allemagne. Elle décide de tenter sa chance en Angleterre.

Cela n'avait sans doute aucun rapport avec la démarche qu'avait faite Clara auprès d'Ute. Otti Berger n'était qu'un nom dans la longue liste d'indésirables, un décompte établi depuis longtemps sans doute.

Clara a décliné l'offre. Reprendre l'atelier, seule, se retrouver chaque matin devant l'absence, une autre absence, une absence de plus, lui était insupportable. Au chant du métier à tisser se serait jointe la voix glaçante d'Ute, « juive et étrangère, si je me souviens bien », mais aussi « anciennes élèves du Bauhaus ». Elle aurait tissé la chape de culpabilité et de peur qu'elle sentait s'étendre autour d'elle. Comment aurait-elle pu lutter, seule, puisque c'est en elle-même que s'ourdissait ce fil. Ottenburg ne valait pas mieux que Berger. Tant de magasins, de bureaux avaient changé de nom, un beau jour, sans crier gare, on savait trop bien ce que cela voulait dire. Elle n'était pas comme ça, jamais elle ne supporterait d'entendre quelqu'un lui dire, avec un sourire entendu : « Ah ! C'est vous la patronne, maintenant ? Eh bien tant mieux ! »

Et puis Otti avait besoin d'argent, c'était une raison qu'elle pouvait énoncer clairement, objectivement. « Je me débrouillerai, je trouverai autre chose, ne t'inquiète pas pour moi. »

Otti n'a gardé que ses livres d'échantillons, les pièces auxquelles elle était attachée, Clara a emporté ses dessins, quelques tubes de couleur entamés, les pinceaux usagés, tout le reste a été vendu.

Ensemble, elles ont refermé la porte de l'atelier de la Fasanenstrasse.

Quelques jours plus tard, Clara l'a accompagnée au train. La verrière de la gare se reflétait dans la vitre du wagon derrière laquelle Otti lui a fait un dernier au revoir. Elle avait le même regard que sur cette photo où son visage s'incruste sur la façade de la Prellerhaus, ce regard de lumière dans les ombres grandissantes.

32

1937

Si l'on arrivait à faire abstraction des insignes qui flottaient non seulement sur la façade, mais aussi le long des quais de la gare de Dessau, rien n'avait changé. Peut-être les locomotives étaient-elles plus modernes, plus puissantes. Mais le pont était le même. Theo ferait le tour, comme il l'avait fait tant de fois. Il commencerait par l'Indépendance, irait saluer l'Elbe au Kornhaus, retournerait par le bois de pins, passerait devant la maison où il avait vécu et finirait par l'école. Oui, il finirait par l'école, ainsi il arriverait par le bon côté, celui d'où l'on voit l'enseigne, les grandes lettres blanches du Bauhaus.

Rien ne l'obligeait à faire ce pèlerinage. Peut-être avait-il l'impression de pouvoir renouer avec le jeune homme d'avant. Avec l'insouciance.

De loin, il reconnut la fenêtre dans le toit, celle d'où Clara lui faisait signe, « Je descends. » Elle ne descendrait pas. Pas aujourd'hui, ni demain, plus jamais. En tournant au coin de la rue, il crut s'être trompé.

Un pavillon sans grâce avait remplacé l'Indépendance. Fini les fenêtres basses, le double vantail sur la rue et sa petite porte sur la droite, fini les murs chaulés. Pourtant, là-haut, c'était bien la fenêtre, et là le perron coquet, et là encore le jardin. Mais on l'avait organisé en pelouses bien rangées.

Theo sonna à la grille. Une femme étendait du linge à l'arrière. Elle finit par s'avancer. Theo se présenta.

— J'ai habité ici, enfin, des amis à moi ont habité ici, j'y venais souvent… Très souvent. Est-ce que M. Jacobus est là ?

— Monsieur ?

— Jacobus. Le vieux monsieur du rez-de-chaussée. C'était un des propriétaires. Il s'occupait du jardin.

— Vous dites ?

Elle fixait le linge dans la bassine qu'elle tenait calée sur sa hanche. Sa main soulevait un pan de serviette, une manche de chemise. Un pli soupçonneux s'était formé au coin de ses lèvres.

— M. Jacobus… Et là… du doigt Theo indiqua l'emplacement des anciennes écuries.

— Quoi, là ?

— Là. Il y avait un autre bâtiment. Les anciennes écuries. La petite maison.

— Eh bien quoi, c'est une maison, non ?

Elle avait posé la bassine et tenait entre ses mains une chemise d'homme, l'inspectait. Elle pointa du doigt une tache.

— Mais qu'est-ce qu'il a fait, qu'est-ce qu'il a encore fait avec cette chemise…

— M. Jacobus…

Theo avait recommencé à la questionner. Elle avait baissé les bras. Le vêtement pendait devant ses genoux, les deux poignets traînaient par terre.

— Qu'est-ce que vous voulez que je vous dise. Je ne sais pas, moi, je ne sais rien. Il n'y a pas longtemps que je suis là. Ce qu'il y avait avant, je ne le sais pas. Je ne veux pas le savoir.

Ses yeux allaient de gauche à droite, fuyaient les questions, le regard de Theo.

— Nous étions élèves au Bauhaus, le Bauhaus, vous savez, l'école…

Elle acquiesça, mais à peine, à moins que ce ne fût qu'un mouvement de tête vers la bassine.

— Mes amis habitaient ici.

— Ah oui ?

Theo avait saisi à deux mains les barreaux du portail. Il pressait son front sur le métal. Comme si quelque chose pouvait céder.

— Ah ! C'est du propre ! Vous avez vu le résultat !

Elle fourra sous le nez de Theo les deux poignets tachés de terre.

— Faut tout relaver maintenant, tout !… Et puis, vous savez, des gens comme ça, on n'en veut plus.

Elle tourna les talons et s'éloigna, tenant à bout de bras, le plus loin possible de son buste, la bassine dans laquelle elle avait fourré la chemise.

Le Kornhaus était fermé. Pourtant il aurait eu bien besoin d'un café, ou même d'un petit remontant, comme disait sa mère. D'un schnaps, d'un coup à boire, d'une rincette, de combustible, comme disait Holger. De quelque chose pour faire passer l'image de ce pavillon minable, pour avaler la disparition de l'Indépendance. Ce n'était pas possible. Il la tenait entre ses mains, la petite maison, il envoyait balader l'affreuse construction, et il la reposait à sa place, la place qui lui revenait. Il s'agenouillait devant, éparpillait un peu de mousse au bas des murs, regardait par les fenêtres, frappait de l'index au vieux vantail. Il fermait les yeux. Il était à l'intérieur, dans la chaleur du poêle, Holger assis en face de lui. Comment avait-il pu oublier tout cela ? Être si distrait ? Et voilà qu'elle n'existait plus, que cette femme allait jusqu'à nier son existence, qu'on les avait condamnés à l'oubli, la maison et M. Jacobus. Les fleurs du jardin. Et voilà que lui-même avait oublié de s'en occuper. De prendre des nouvelles, de faire signe. Il avait été négligent. Ils en avaient profité pour tout saccager. Lui aussi avait tout saccagé, comme un enfant gâté qui pense qu'il y aura toujours d'autres anniversaires, d'autres Noëls, que les jouets à venir seront toujours plus beaux, plus grands, comme un enfant qui se hâte d'être adulte. Comme un fils dont les costumes de prince, de magicien, de héros ressemblaient de plus en plus, au fil des ans, à ceux de son père.

C'est dans cette maison pourtant, qu'agenouillés par terre, Holger et lui avaient confectionné leurs plus belles tenues de fête. C'est sous le même robinet qu'ils avaient frotté les taches d'encre sur leurs doigts.

Theo regardait ses mains, aujourd'hui si blanches, si soignées. Il avait presque été soulagé lorsque Holger était parti rejoindre Hannes Meyer. « Aujourd'hui, il ne fait pas bon avoir des amis communistes », avait lâché son père derrière les pages du journal qui relatait les échauffourées de Berlin. Un capitaine avait été soupçonné à Hambourg de cacher des armes dans la cale de sa péniche. On l'avait arrêté à une des écluses du canal. Il plaidait son innocence ; mais les armes étaient bien là. Theo se souvenait encore de la manière dont son père avait refermé le journal. « Je ne donne pas cher de sa peau. »

Lorsque Holger était revenu passer Noël à Berlin, en 1932, il était resté à Hambourg. Il avait prétexté un voyage à Londres. Ce n'était pas tout à fait vrai. Il était bien allé à Londres, mais un mois auparavant ; et il avait revu Camilla. Ils s'étaient compris. Sur les dots. Sur les cautions partagées. De longues fiançailles, pour commencer. Si, un jour, sa part d'ombre devait gagner, s'il retrouvait, ailleurs, ses nuits de Berlin, ce serait moins grave. Après tout, ce n'était pas de l'amour. Ce serait un petit arrangement. Alors il s'était dit qu'il pouvait bien laisser sa chance à Holger. Ne pas s'immiscer entre lui et Clara. Il s'était presque senti chevaleresque, « Je te laisse la Dame, je m'efface », avait-il pensé. Oui, il s'était effacé, avait effacé ses traces, avait effacé l'amitié. Tout cela proprement. Et pour rien. Holger était reparti. Depuis combien de temps n'avait-on pas eu de ses nouvelles ?

Sous ses yeux l'Elbe glissait lentement, toujours aussi lisse. Il aurait suffi d'un rien pour voir s'y refléter tant d'images passées. Curieusement, elles s'étaient évanouies, balayées par le vent et la disparition de l'Indépendance. On distinguait à peine le sens du courant aux friselis de quelques herbes. Mais Theo ne s'y trompait pas. Là-bas, c'était Hambourg. Il y avait accompagné Gropius et sa femme qui embarquaient pour Londres. Dans quelques jours, ce serait son tour, ce serait lui sur la passerelle. Il ne se retournerait pas, car il faudrait alors regarder trop loin en arrière, et déjà Camilla l'attendait.

Mais avant, il écrirait à Holger.

À quoi s'attendait-il ? Sur le mur-pignon des ateliers on avait enlevé les belles lettres blanches. Il portait bien haut l'insigne nazi. De grands bandeaux de brique aveuglaient la verrière. Theo ne s'approcha pas, des silhouettes brunes montaient la garde. De l'autre côté de la rue, on avait construit, autour d'une place carrée, un ensemble d'immeubles aux vagues réminiscences classiques, dont le crépi d'un jaune pisseux jurait avec les toits de tuiles rougeâtres. Au centre, trônait, sur une épaisse colonne carrée, l'aigle de bronze.

Le départ d'Otti… Aucun autre n'avait été si douloureux. Celui de Brecht, dès 1933, avait été un coup de théâtre. Du jour au lendemain, il n'était plus là. Envolé avec sa suite vers la Suède. Et puis ce fut le tour de Kurt Weill, suivi de près par Kandinsky. New York pour l'un, Paris pour l'autre. Pour Klee, ce fut la Suisse, pour Moholy-Nagy, les Pays-Bas, pour les Albers les États-Unis. Pour Xanti l'Italie, avant de rejoindre les Albers. Clara, parfois, repensait à Theo et à ses drôles de cravates, le soir de la fête à Burg Giebichenstein. Les noms de villes insouciants, tous ces possibles qu'elle avait sentis au travers du lin blanc, lorsque Theo l'avait entraînée dans la danse. Maintenant Theo était parti.

Clara restait sur ce souvenir : ils s'étaient assis dans l'encorbellement du pont au pied du Kaiser Friedrich Museum. Il faisait beau. Theo avait étendu ses longues jambes, renversé la tête en arrière. Il fumait, par petits coups, s'amusait à faire des ronds de fumée.

— Pourquoi ? avait-elle demandé.

— Tu vois bien qu'il n'y a plus rien d'intéressant à faire ici. Je n'ai pas envie de collaborer à ça.

Il avait eu un geste vague qui avait fait tomber un peu de cendre sur son pantalon.

— Tout le monde part, Gropius est parti.

— Oui… Tout le monde renonce, avait murmuré Clara.

D'une pichenette, Theo avait jeté son mégot par-dessus le parapet.

— Tu plaisantes, j'espère !

Elle s'était sentie prise en faute, maladroite.

— Non, bien sûr, je comprends les raisons de certains. Je sais bien qu'on se méfie de nous, les *Bauhaüsler*… Mais toi, tu pourrais rester.

— Qui te dit que je n'ai pas de bonnes raisons de partir ?

Theo jouait avec son briquet. Le vent couchait la petite flamme, l'éteignait, Theo la rallumait, encore et encore. Gropius. L'architecture. Une autre fille, peut-être. À moins que… L'Eldorado ? Theo avait été comme chez lui à l'Eldorado. Clara se demandait parfois s'il y était retourné seul, s'il y avait noué d'autres liens. De ceux qui n'avaient pas besoin d'elle.

— Mon père a vendu la maison de Blankenese. Ils partent aussi…

Theo s'était redressé. Il avait épousseté la cendre sur son pantalon.

— … D'où penses-tu que provient la fortune Schenkel et Grossmann ?

Il avait eu un rire mauvais.

— Mlle Grossmann ! En cherchant bien, va savoir ce que l'on pourrait trouver. Et ils chercheront, crois-moi, ils chercheront.

Il était resté un long moment silencieux. Et puis il avait dit tout bas :

— C'est une idée nouvelle pour moi. Je ne savais pas. Personne n'en parlait chez nous. C'était… oublié… Je ne savais pas, répéta-t-il, comme s'il devait s'excuser de quelque chose. Trois ou quatre générations, on se marie au temple, on fait sa confirmation, on fait tout comme il faut, et on oublie. On regarde les bateaux qui arrivent, les bateaux qui repartent, on regarde le fleuve, on regarde toujours vers l'embouchure, on oublie la source…

Theo avait haussé les épaules.

Il ne renonçait pas à Berlin, à l'Allemagne. Il renonçait à l'idée qu'il avait de lui-même. Aujourd'hui, finalement, il était bien l'architecte que son père attendait. Mais on lui faisait enfiler sa vie à l'envers, doublure apparente, avec une nouvelle étiquette. Il fallait qu'il s'habitue. Clara avait posé sa main sur son bras.

— Je ne sais même pas si c'est vrai. Il n'y a pas de preuves. Mais pas non plus de preuves contre. Mon père m'a simplement dit qu'il n'arrivait pas à remonter assez haut.

— Une chose est sûre, Petit Theo, tu vas faire des projets magnifiques avec Gropius…

C'est à lui qu'elle l'avait confié, à ce père dont elle connaissait le visage, ce père qui n'avait pas menti. Cette famille qu'ils avaient en commun.

— … L'important, c'est de continuer.

Comme Holger. Continuer. Ailleurs.

Le jour de son départ, elle avait pensé à lui, à l'eau du fleuve qui se perd dans la mer du Nord, à la mer du Nord qui se mêle à l'Atlantique, à ce que le soleil en prélève, à ce que le vent renvoie vers les terres, à ce que la terre recueille et filtre, aux sources des fleuves. Il n'avait pas dit qu'il reviendrait. Il ne lui avait pas demandé de le suivre.

Il faudrait qu'elle s'habitue. Elle ne saurait jamais la vérité de Theo.

Il lui en était resté de la tristesse, imperceptiblement mêlée de déception, juste ce qu'il faut pour ne pas regretter. Le départ d'Otti avait fait poindre la peur. C'était nouveau, inattendu, incontrôlable. À qui se fier désormais ?

Elle écrit à Gunta, en Suisse. À ses phrases anodines elle joint un petit collage. Gunta comprendra. Elle sera sa poste restante, son relais vers la Russie. Gunta comprend. Il y a plusieurs échanges de lettres. Dans l'une d'elles il y a une photo, annotée au dos par Gunta : *Mon cousin Fritz, qui aura bientôt fini de construire sa maison. Il passera me voir dès qu'il pourra. Ce serait bien que tu le rencontres.* La photo avait été recoupée. Sur un fond de sapins, un visage barbu.

— Qui est-ce ? demande Lux, lors de l'une de leurs dernières soirées ensemble.

— Tu le reconnais, quand même ?

Bien sûr, il avait reconnu Holger, mais pas tout de suite. Il avait ri, un peu embarrassé.

Lux, revenu de Paris, pour aussitôt repartir.

— Nous rentrons chez nous, et je ne sais même pas à quoi ressemble ce « chez nous ».

— Où allez-vous vous installer ?

— À New York, je suppose. Mon père est content. Des galeries sont déjà prêtes à l'exposer.

— Et toi ?

— Theodore Lux a affronté Paris, il saura bien se débrouiller à Manhattan.

Clara avait oublié que Lux, lors de son séjour à Paris, n'avait pas voulu utiliser le nom de son père pour commencer une carrière de peintre. Il avait fait de ses deux prénoms son identité d'artiste.

— Le Bauhaus a aimé Lux Feininger. Je suis sûre que Manhattan va adorer Theodore Lux. Moi, je garde Lux, j'en prendrai soin, lui dit-elle en le serrant dans ses bras.

Hilde lui avait trouvé un remplacement d'ouvreuse à l'Opéra-Comique. Durant la représentation, elle devait se tenir dans le couloir des loges. La plupart du temps, elle n'était qu'un accessoire, une robe noire sur laquelle se détachait la blancheur des programmes, et devant lequel défilaient d'autres accessoires, les spectateurs. Lorsque tout le monde était bien rangé, elle restait à contempler le grand escalier vide.

Un jour de vent qu'elle remonte la Friedrichstrasse, elle s'arrête à une vitrine pour rectifier sa coiffure. « Dangereuse. » Le mot lui revient à la mémoire. C'est le magasin de lingerie devant lequel elle s'était moquée des garçons, le soir de *L'Opéra de quat'sous*. On n'y vend plus de dessous de soie, mais du linge de maison. Des nappes, des draps, des serviettes brodées. Sur une étagère sont disposés de délicats bavoirs et des garnitures de berceaux. Une petite pancarte porte ces mots : *Cherche dessinateur pour motifs de linge de maison. Urgent.* Elle entre. La vendeuse la toise, pince les lèvres et griffonne une adresse sur une carte.

— Vous demanderez M. Freiss.

En sortant, Clara lève les yeux vers l'enseigne. « Les Toiles du Vieux Berlin. » L'enseigne paraît trop neuve pour un tel nom.

Elle se rend à Friedrichshain. Entre deux cours elle trouve les établissements Freiss. Un petit bâtiment sur le côté, la partie commerciale et le bureau du directeur. Au fond, une sorte d'entrepôt vitré, quelques silhouettes penchées sur des machines.

— C'est de la broderie moderne, dit le petit bonhomme qui la reçoit. Vous pensez pouvoir comprendre quelque chose aux contraintes techniques ?

— Je suis tout à fait compétente. Je m'adapte très vite.

— Tant mieux, tant mieux. On vous montrera. Moi, mon domaine, c'est les chiffres…

Il a l'air un peu gêné. Il ne lui a pas demandé de références. Il a juste regardé ses dessins et demandé :

— Ottenburg… Vous êtes de Berlin ?

— Non, je viens de Halle.

— Vous avez de la famille à Berlin ?

— Oui, ma tante. Elle m'a élevée…

Elle a compris. Ils tournent autour d'une question qu'il n'ose pas poser directement et à laquelle elle se refuserait de répondre.

— … Mon père était officier. Il est mort en 1916. Ma mère… ne s'en est pas remise.

— Ah ? Notre fils aussi est mort à cette fichue guerre. Nous avons élevé notre petit-fils, ma femme et moi…

Il reste debout devant la table, cherchant encore la bonne formule. Clara regarde la peau luisante à l'endroit de la calvitie, le col dur qui scie le bas des joues, les élastiques qui font bouffer la popeline autour des bras trop courts. Il prend une profonde inspiration, qui n'arrive à produire qu'un filet de voix hésitant et pathétique. Un accordéon percé, pense Clara.

— La personne que vous remplacerez ne convenait plus.

Il cherche son regard. Il la supplie de comprendre.

— Est-ce que… vous conviendrez ?

Clara cligne des yeux. Un léger hochement de tête. C'est tout ce qu'elle arrive à faire. C'est assez, sans doute, pour le rassurer. Lui dire qu'elle n'est pas dangereuse.

Les plus proches étaient tous partis. Reste le courrier. Clara reçoit encore les lettres de Gunta, mais aucune ne semble contenir de nouvelles d'Holger.

Que devient le cousin Fritz ? écrit-elle.

Je ne sais pas. Sans doute n'a-t-il pas le temps d'écrire.

C'est la réponse.

Je ne sais pas. Je ne sais pas. Je ne sais pas.

33

1938

Un paquet est arrivé, emballé de kraft beige. Une étiquette, son adresse, écrite à la main ; des timbres suisses. Expéditeur Gunta Stölzl. Clara l'a posé sur la table, a rapproché une chaise, s'est assise. Les mains sur les genoux, elle le contemple. Le ruban adhésif, la ficelle, bien nouée, l'écriture. Il vient de Suisse. Gunta lui a envoyé un paquet. Elle prend son temps. Elle dénoue la ficelle, l'enroule autour de ses doigts, la pose à côté. Ne pas déchirer le papier ; il pourrait resservir. Peut-être. Elle en écarte les plis qui laissent apparaître le beige grisâtre d'un fourreau de carton ondulé. Le dernier ruban adhésif saute, cède avec un petit bruit de surprise, révélant un beau rectangle noir, aux angles nets, un rectangle emballé de papier glacé, lourd et muet. Elle a tout son temps. Il lui en faut pour comprendre que ce paquet ne vient pas de Russie, pour replier l'espérance, rembobiner sa déception, bien serrée, et les mettre de côté. Le papier est bien trop luxueux, il dit l'autre côté, il dit l'Amérique. Il prête à la jouissance, à l'abondance. Alors tant pis. Elle l'arrache. Il se déchire, noir dehors, blanc dedans, sa blessure est une frange mousseuse, sur un fond rouge l'angle de la Prellerhaus, ses balcons et les figures de Schlemmer. À gauche, à droite, en bas, trois arcs de cercle couleur crème, et ces mots : *Bauhaus 1919-1928.* C'est le catalogue de l'exposition qui se tient au musée d'Art moderne de New York, en cette année 1938. C'est l'image qu'ils ont choisie pour la couverture. La Prellerhaus, Schlemmer. Du rouge, du noir, et ces trois plages crème. Eux ; Gropius, Ise, et Herbert Bayer. Qui d'autre ? C'est étrange, ces plages arrondies ; ils n'auraient pas fait cela dix ans auparavant. Pas comme ça. Cela sent déjà autre chose. Une autre époque ; un autre continent. Clara contemple cette couverture, l'image familière devenue étrangère. 1919-1928. Et après ? Cela s'arrête au départ de Gropius. Le reste n'existe pas. N'a pas le droit d'exister ? Compte pour rien ? Elle se sent amputée d'une partie d'elle-même, tout ce qui s'est passé après n'a pas droit de cité, pas de raison d'être cité, exposé.

Hannes avait fait la même chose, en 1931, à Moscou. Une exposition du Bauhaus qui ne présentait que ce qui avait été créé du temps où il dirigeait l'école. 1928-1931. À chacun le sien. Holger avait laissé entendre qu'on l'avait vite oublié.

Le Bauhaus, c'est Gropius. Il a tout emporté ; emporté tout le bonheur, peut-être ; toute l'espérance. C'était donc vrai. Il avait rempli les cales d'un navire de ce qu'on l'avait laissé prendre. On. Goering, les responsables culturels du parti, on avait dû le laisser faire des courbettes, des politesses, et on avait bien ri en le voyant empaqueter tout cela, toutes ces juiveries, cet art bolchevique. Bon débarras ! Allez, M. Gropius, allez répandre vos immondices ailleurs, puisque vous y tenez tant ! Allez jeter vos mauvaises graines sur un autre continent ! Mais qu'as-tu fait, Gropi ? Nous as-tu tous dépossédés de notre travail, de nos créations, pour la gloire du Bauhaus, pour ta propre gloire ? As-tu voulu emporter les preuves que l'Allemagne pouvait être autre chose que ce qu'elle est devenue ? Que cette terre pouvait aussi porter de beaux fruits ? Ou bien as-tu pressenti le danger, celui de voir détruit, massacré, tout ce en quoi nous avons cru ?

Au long des pages, alignées comme pour un constat, des photos de lampes, de chaises, de théières, de plats ; des photos du bâtiment, la verrière, le bureau de Gropius à Weimar, à Dessau. Une photo du jour de l'inauguration, la photo des professeurs sur le toit-terrasse, la photo des filles de l'atelier textile dans l'escalier de Dessau. Elle est là, Clara, c'est elle, celle qui bouge, la figure floue. Des dessins de Schlemmer, de Klee, de Kandinsky, des exercices d'élèves. Au détour d'une page, elle est parmi eux, dans la litanie des objets immigrés, sa petite construction en carton ondulé. On l'a rephotographiée. Elle se tient bien droite, dans la lumière plate, pièce à conviction dans le procès-verbal d'un assassinat. Elle n'a pas de nom. Pas de noms sous les autoportraits dans les boules brillantes, sous les photos des fêtes, les photos prises par Lux, celles des spectacles. Pas de noms. Seuls figurent ceux des maîtres et de ceux qui sont là-bas. Et quel visage sous le masque métallique de la femme assise dans le fauteuil de Breuer ? As-tu voulu nous protéger, Gropi ? Ne pas nous reconnaître là-bas afin qu'ici nous ne soyons pas identifiés, fichés, inquiétés, poursuivis ? Peut-être. Peut-être est-ce préférable ; c'est malgré tout douloureux. *Et le bateau disparaîtra avec moi.* N'est-ce pas ce que chantait Jenny des Pirates, il y a dix ans, au théâtre am Schiffbauerdamm ?

Oui. Le bateau a disparu avec nous. Nous sommes devenus transparents.

À Dessau, on a muré la grande verrière.

Elle s'habituait. Au ronronnement des machines, aux frises répétitives, aux initiales toujours recomposées des monogrammes, à celles auxquelles elle accrochait un souvenir, un prénom suggéré, et qu'elle retraçait avec une tendresse insoupçonnable. Elle s'habituait aux lettres absentes.

Elle pensait à Schlemmer. Il avait cru possible de vivre de son art. Il avait peint le grand escalier et ses figures étagées, leurs nuques cylindriques, les courbes des épaules, des tailles, dans la géométrie orthogonale de l'architecture. Escalier bleu, palier jaune, dos rouge, dos blanc, dos noir. Lumière au travers du quadrillage des verrières. Lux avait capturé l'instant, Schlemmer avait saisi l'esprit. Son bleu n'avait pas de limites. Il était l'espace du mouvement. En 1932, il n'était déjà qu'un souvenir. Tout au sud de l'Allemagne, employé d'une entreprise de peinture, Schlemmer peignait des enseignes.

Ils s'habituaient aux vociférations que crachaient les postes de radio installés dans les ateliers, aux rumeurs de conflit.

Ils ne furent pas étonnés quand la guerre arriva. C'était écrit.

1942

Oskar était rentré de l'école plus tard que d'habitude. Il s'était glissé dans la chambre, sans dire un mot. Mais il avait laissé la porte entrouverte, ou plutôt, comme il le faisait souvent, tirée jusqu'à ce que le pêne ne soit qu'à moitié enclenché dans la serrure. Une poussée suffisait à l'ouvrir. C'était comme cela depuis le début de la guerre. Il avait entendu quelque part, à l'école sans doute, qu'ainsi on évitait de prendre dans la figure les éclats de bois si un obus touchait l'appartement. C'était arrivé au père d'un garçon d'Oranienburg. Les autres disaient qu'après cela il ressemblait à un hérisson. Oui, un hérisson. Beaucoup de bruits circulaient parmi les gamins. Ils se racontaient des histoires horribles, à moitié pour faire les intéressants, à moitié pour avoir moins peur.

— Tu as faim ?

Clara a parlé assez fort pour qu'il l'entende. Il n'a pas répondu. Elle pose le pull qu'elle raccommode pour la quatrième fois. Bientôt, de toute manière, il sera trop petit pour Oskar. Il est maigre, ce gamin, bien maigre, mais il grandit tout de même. Bientôt, enfin si Dieu… Ah non, pas Dieu, Dieu n'a rien à faire avec tout cela… Alors qui ?… Alors la vie, oui, si la vie le voulait, il serait plus grand que son père. Comment peut-on se souvenir aussi exactement de la taille de celui qu'on n'a pas revu depuis si longtemps ? Comment peut-on, en levant les yeux, savoir que c'est là, à cette hauteur précise, que se trouvait la courbe de l'épaule, la bouche, le regard, la petite mèche drue… Être sûre qu'en avançant la main, là, comme ça, on rencontrerait sa main…

Oskar était allongé sur le lit. Elle devrait dire : « Mais enlève tes chaussures, tu mets de la poussière partout ! » Elle s'assied à côté de lui. Elle dit :

— Ça a été, l'école ? Tu as faim ?

Il reste un moment sans répondre. Et puis il murmure :

— Ils ont dit que c'était formidable, qu'il avait bien raison…

— De qui parles-tu ?

— Les garçons, Hampel et Schlandhof…

— Oui, et alors, qu'est-ce qu'ils trouvaient formidable ?

— Construire une ville pour les Juifs… Ils ont dit que c'était bien fait.

Clara se mord les lèvres…

— Ah oui, et quoi d'autre ?

— Ils ne disaient pas une ville, ils appelaient cela un camp.

Oskar s'animait, sa voix se faisait plus aiguë, plus tendue.

— Mais c'est beaucoup mieux qu'un camp, ce que fait mon père, c'est une ville, n'est-ce pas, une vraie ville, avec une mairie, un parc, des magasins, et ils ne voulaient pas me croire ! Ils ont ricané quand je leur ai dit tout cela. Et puis Schlandhof a demandé s'il y avait une gare. Bien sûr, que j'ai répondu, il y a une gare ! Alors il m'a tapé sur l'épaule et il a dit « Parfait, c'est parfait, alors c'est bien une ville pour les Juifs. » Et ils ont continué à rire.

Le silence s'était installé.

— Ton père construit vraiment une ville, une belle ville même… Il ne fait que des choses bien. Ne t'inquiète pas.

— Je ne suis pas inquiet.

— Alors tout va bien. Tu as faim ?

— Non, ce que je me demande, c'est pourquoi, s'il y a une gare, il ne revient jamais nous voir.

« Tu as faim ? » Bientôt elle n'ose plus poser cette question. Bientôt elle n'a plus de réponses aux questions d'Oskar. Hilde propose de quitter Berlin et d'aller s'installer à la campagne dans la maison dont elle a hérité.

— En Bavière ? Dans la gueule du loup ? proteste Clara. Le berceau du nazisme ?

— Il y a longtemps qu'il a trouvé un plus grand lit, assène Hilde.

Clara réfléchit quelques jours.

— Je reste. Je garderai votre appartement. Emmenez Oskar avec vous. Au moins il mangera à sa faim.

Ils étaient partis. Louise, Hilde et le petit Oskar. Sa tante avait essayé de la convaincre, mais Clara avait refusé de quitter Berlin. Pas tout de suite, pas encore, plus tard, peut-être. Elle n'avait pas donné de raison. Elle était déraisonnable. Aucun des arguments qu'elle aurait pu avancer n'était défendable. Elle le savait, et c'est pourquoi elle s'obstinait à garder le silence.

Berlin était sa vie. Aller se terrer dans un village l'effrayait bien plus que de rester dans la ville qui s'ensauvageait. Elle entendait encore l'expression de sa mère : « Cela suffit maintenant. »

Non, cela ne suffisait pas. Il lui fallait encore du bruit et de la lumière, elle n'était pas encore sortie du corridor, elle n'avait pas déplié tous les linges du placard. Il lui fallait voir, un à un, tous ses chagrins détruits. Alors, peut-être, Holger reviendrait.

Elle retraverse la ville. Plusieurs fois, à chaque trajet quelques affaires. Les photos. Celles de la Fête métallique. Holger, avec son costume, et l'étoile qui pendouille. *Glotzt nicht so romantisch !* Les étoiles désormais sont de peur et de honte. On les distribue au commissariat. Il faut qu'elles soient bien cousues. Elle retrouve le carton dans lequel étaient rangées les boules argentées. Elle le reconnaît sans l'ouvrir. Elle l'emballe dans le peignoir de soie et le fourre au fond de la valise. La lumière était mauvaise. Elles n'auraient reflété que sa solitude.

34

1943

En tournant au coin de la rue, elle les aperçoit, de loin, petit tas pétrifié au bord du trottoir. Ils levaient la tête vers le ciel parfaitement limpide. Au-dessous, les immeubles semblaient intacts. Mais derrière les fenêtres de celui des Freiss, il n'y avait plus que lui ; le ciel. Le bleu du ciel, comme des plaques d'émail enchâssées dans des cadres d'argent noirci.

C'est à peine s'ils font attention à elle. Quand elle pose sa main sur l'épaule de Mme Freiss, elle l'entend murmurer :

— C'est notre punition. C'est notre punition. Nous n'aurions pas dû.

— Madame Freiss, où est votre mari ? demande doucement Clara.

La vieille femme sursaute, lui jette un regard apeuré, hagard.

— Nous n'aurions pas dû, répète-t-elle.

— M. Freiss va bien ?

— Oui… Il est derrière. Elle a un vague geste de la main. Tout est parti. Tout est parti…

— Le stock. Le stock, intervient une femme. Ils ont tout perdu. L'atelier aussi. Plus rien. Une bombe. Juste une bombe sur l'immeuble. Ou plutôt sur l'arrière de l'immeuble.

Clara imagine l'objet lisse et luisant tombant dans les piles de lin, de coton, dans la blancheur moelleuse des draps, des serviettes, rebondissant entre les torchons, les tabliers, glissant sur les napperons, et s'immobilisant, emmailloté comme un petit enfant dans ses langes. « Ce n'est rien, mon enfant, rendors-toi. » L'éclair aveuglant de l'explosion ; le rouge des flammes ; le noir des cendres.

— Venez voir, venez.

De l'atelier et de l'entrepôt ne restaient que des poutres calcinées et des tôles tordues. Derrière la façade sur rue subsistaient encore la moitié des appartements et, vers les étages supérieurs, des bribes de la cage d'escalier. La façade sur cour s'était effondrée, entraînant une partie des planchers. On aurait dit une maison de poupée, on voyait les papiers peints, quelques tableaux au mur. Au troisième étage, Clara reconnaît le salon des Freiss, à côté ce devait être leur chambre à coucher. Le lit penchait au bord du vide. Un beau lit d'acajou. Inaccessible.

La vieille femme tend les bras vers ce qui avait dû être sa fierté, mais aussitôt se replie, cachant son visage dans ses mains.

— Nous n'aurions pas dû ! reprend-elle.

— Mais vous étiez dans l'abri, vous ne pouviez pas savoir que ça tomberait sur votre immeuble, vous n'auriez rien pu faire, de toute façon. Au moins, vous êtes sains et saufs.

— Ça a été facile. Ils sont partis, et Heinrich nous a apporté les clefs. On l'avait bien mérité, non ? Toutes ces années à s'échiner pour eux...

Sa voix n'est qu'un souffle.

Heinrich. Leur petit-fils. Clara se souvenait de l'apparition, un jour, dans son bureau, de l'homme en uniforme noir. Il avait tendu le bras vers elle. « *Heil Hitler.* » Elle était en train de gouacher un monogramme particulièrement compliqué et elle avait sursauté. Elle avait répondu au salut, le pinceau qu'elle tenait s'était dirigé droit vers la bouche du visiteur, vers les dents longues et jaunes qu'avaient découvertes les lèvres retroussées. Elle avait eu envie de barbouiller ce faux sourire, ce rictus dégoûtant. Elle avait lâché le pinceau. « *Heil Hitler.* » Elle s'était penchée pour le ramasser, mais une botte avait écrasé le petit fourreau de métal qui enserrait les poils.

— Alors, vous vous plaisez ici ?

Elle avait été obligée de lever les yeux vers lui.

— Oui, bien sûr.

— Il est gentil avec vous, mon grand-père ?

— Très gentil.

Il s'était mis à feuilleter les projets rangés sur la table à dessin. Il léchait son index pour faire glisser les feuilles les unes sur les autres. À chaque feuille, il léchait son index et l'apposait sur le papier, tout contre la gouache. Elle sentait son regard sur sa nuque, ses épaules, il devait plonger dans l'échancrure du décolleté, vers les cuisses.

— Vous venez d'où, déjà ?

— De Halle.

— Ah oui. Halle. Burg ?

Elle lui avait jeté un bref regard. Que voulait-il dire ?

— Vous avez suivi quelle formation ?

— Oui, Burg. Burg Giebichenstein, avait-elle répondu en rebaissant la tête.

— Et avec qui ?

C'était un interrogatoire. Heureusement elle savait qui enseignait à Burg à l'époque où elle aurait dû s'y trouver. Il savait faire durer ses silences. Il continuait à observer les dessins.

— On dirait presque… Ce style, là, comment s'appelait déjà cette école…

— C'est la mode, vous savez, c'est ce que les gens veulent, et votre grand-père…

— Mon grand-père veut ce que veut notre Führer, et les gens aiment ce qui plaît à notre Führer.

— Naturellement, c'est ce que je voulais dire.

— J'ai trouvé. Le Bauhaus ! Il avait ricané. On dirait… Vous devriez… avoir un style un peu plus allemand.

Il avait ramassé le pinceau et avait écrasé le reste de gouache sur son dessin.

— Je suis en permission. Je repars ce soir. J'aurais pu vous inviter à dîner. Vous auriez accepté, n'est-ce pas ?

— Bien sûr.

— La prochaine fois ?

Elle avait hoché la tête. Ils avaient à nouveau échangé le salut, et il était parti.

Burg. La peur fait mentir, et mentir attise la peur. Burg ! À quoi fallait-il renoncer ? Que fallait-il trahir ?

En quoi devrait-elle encore se travestir pour ne pas déplaire ? Elle était à la fois en colère contre Heinrich, contre elle-même, contre sa lâcheté, contre ceux qui avaient donné à cette école, à son école, une si mauvaise réputation. Une tache. Heinrich avait taché son dessin. Le Bauhaus était une tache sur sa vie. Une bavure, une souillure qu'elle devait cacher, qu'elle devait nier. Burg. « Si vous êtes honnêtes… » Je n'ai rien à révéler ! Moi je peux être ici, j'ai le droit, je ne suis pas juive, pas communiste. Pas communiste. Je ne suis pas comme celui pour qui je suis restée ici, à qui je pense sans cesse, celui que j'attends, comme j'attends que la guerre se termine, que l'Allemagne perde, que tout cela soit fini, le style allemand, les uniformes noirs, la peur.

Le mensonge. La trahison. Suffit-il d'une fidélité pour masquer toutes les taches ? Elle frissonne au souvenir de cette scène. La Freiss lui saisit le poignet :

— Vous vous rendez compte, nous, la guerre nous avait pris notre fils, et il y avait le petit !

Le petit. L'affreux sourire. Clara avait repensé ce jour-là à toutes les traces qu'elle avait pu laisser. La troupe de la Revue avait été un collectif. Un seul corps. Pas de noms. Ses cours de théâtre à l'école d'Helene Weigel, puis de Max Reinhardt… Elle n'était jamais officiellement montée sur scène. Une chance, sans doute. Elle avait été soulagée à la pensée que Gropius avait emporté toutes les archives, ou presque, et que celles de la dernière époque, l'époque de Berlin, avaient été saccagées par les SA.

Et maintenant ? Clara regarde les ruines fumantes du hangar où avaient été entreposées les pièces de tissu, où l'on préparait les commandes. Quelque part sous les décombres de l'atelier, il y a les cendres de ses dessins, la cendre des jours passés, d'une partie de son existence. Il lui semble qu'avec elles disparaît aussi sa tache. Il ne reste aucune trace de son passage.

Elle était une fille comme les autres. Une fille qui avait dessiné des monogrammes pour une société de blanc. Voilà ce qu'elle était devenue.

— C'est notre punition. C'est notre punition. Nous n'aurions pas dû…

La voix de la Freiss a changé. Ses paroles s'étaient accélérées, elles venaient par saccades, comme un bolduc que l'on dévide, un ruban noir et glacé, qui coupe les doigts.

M. Freiss s'était approché.

— Ah ! Vous êtes là.

La vieille continue en secouant la tête.

— Mais tais-toi donc, lui lance M. Freiss. Tais-toi ! Tu dis n'importe quoi !

Il a un geste d'impuissance.

— Ma petite Clara… Il soupire. Je crois que… Je ne peux plus rien pour vous, maintenant.

Il a l'air sincèrement désolé. Clara a presque pitié.

— Mais vous, dit-elle, qu'allez-vous faire ?

Il n'a pas le temps de répondre.

— Nous sommes bien punis, il ne fallait pas, il ne fallait pas les dénoncer !

— Ne l'écoutez pas, ne l'écoutez pas, elle perd la tête. C'est le choc… L'émotion…

Il secoue sa femme par le bras.

— Arrête, pour l'amour de Dieu !

Quand il se retourne vers Clara, elle voit de la peur au fond de ses yeux. Une peur jaune et sale.

— Il faut prévenir Heinrich, il faut qu'il nous aide, il faut lui dire de venir tout de suite !

Mme Freiss s'est mise à crier, elle appelle son petit-fils, encore et encore.

— Arrête ! Tu sais bien qu'il est à Paris !

Elle n'est plus pressée. Nul besoin de chercher quelle ligne de tram n'a pas été endommagée, quelle ligne de métro circule encore. Elle rentre à pied.

À sa ville devenue friable, Clara superpose d'autres perspectives. Paris, la ville rêvée, New York, la ville mythique. Les blancs qu'avait créés le bombardement de la veille laissaient place à d'autres images qui glissaient comme des calques sur la trame encore intacte. Ce n'était qu'un premier coup de gomme. Ce n'est que le début, Clara le sent, de la destruction programmée de Berlin. De toutes les villes. Un coup de gomme sur les lourdes façades wilhelminiennes, sur les stucs, les pâtisseries, les atlantes, un coup de gomme sur les casernes locatives, les masures, les taudis. C'est ce que vous vouliez, non ? Regardez, dit son pas égal le long des trottoirs, regardez comme on vous prépare le terrain, comme on l'aplanit au-delà de vos espérances ! Regardez comme ils tombent, ces murs épais, place à la transparence ! C'est ce que vous vouliez, non ? Vous, les *Bauhaüsler* ! Que proposez-vous ? Qu'allez-vous faire ? martèle son pas. Ah oui, c'est vrai, vous n'êtes pas là. Vous êtes partis, vous arpentez d'autres villes, New York, Boston, Chicago ; Moscou, Birobidjan, Jérusalem, et moi je marche ici, parmi les gravats.

Encore une centaine de mètres, elle sera à la Potsdamer Platz. Au centre, le petit édifice du feu rouge se tient debout, bien droit sur ses quatre pattes. Clara vacille. Elle pourrait tomber à genoux, là, sur la chaussée : ses forces la trahissent. Une bombe a éventré le Haus Vaterland. Elle a crevé les plafonds du Café Turc, du Salon Japonais, réduit en miettes l'Italie, la Hongrie, l'Autriche et le Far West, ces rêves accolés, ces voyages d'une heure, elle a balayé l'illusion. Ce qui se voulait « le monde sous un toit » n'existe plus. Ce n'était qu'un restaurant, un lieu d'amusement, frivole et trompeur, où Theo l'avait emmenée pour leur dernière soirée. « Le monde sous un toit, c'est ce que nous avons été ! » avait-il plaisanté. « Américains, Français, Hongrois… Italiens… tu te souviens d'Iwao, le Japonais ? » Elle se souvient. Les visages passent, leurs sourires et le son de leurs mots, *szövet*, *prospettiva*, *enpitsu*, *cepillo*, *loom*, *karmir*, *klatka schodowa*[1]… elle voudrait les retenir, le trou noir d'incendie les aspire. Elle voudrait qu'ils l'entendent, elle voudrait expliquer ce chagrin qui la tient figée à ce carrefour, ce désarroi qui l'envahit : « Ce n'est pas le bâtiment pompeux et démodé que je pleure, sa coupole en figure de proue et son maquillage de lumières tapageuses. Vous aussi, vous l'auriez volontiers sabordé, ce grand navire d'évasion. Laissez-moi pleurer la déraison, l'extravagance, l'imagination, la fantaisie, laissez-moi pleurer ce rêve perdu, puisque vous êtes partis, que je suis seule, que Berlin est seule. Le Vaterland n'existe plus. Le Bauhaus n'est

1. *Szövet* : tissu (hongrois). *Prospettiva* : perspective (italien). *Enpitsu* : crayon (japonais). *Cepillo* : pinceau (espagnol). *Loom* : métier à tisser (anglais). *Karmir* : rouge (arménien). *Klatka schodowa* : escalier (polonais).

plus. Notre monde réuni sous un même toit n'est plus. Laissez-moi pleurer la perte de nos illusions. »

Un à un, ils s'effacent. À l'angle opposé de la place, la Columbus Haus[1] dresse sa blancheur, ses angles nets, sa rationalité. Dix étages. Mais tout en haut, s'étale la réclame pour la *Braune Post*, et on ne sait ce qui s'est passé dans certains de ses bureaux. Elle ignore le Haus Vaterland. Il n'est qu'un peu de poussière aux rebords de ses fenêtres que la prochaine pluie lavera. Non, la Columbus Haus n'est d'aucun secours, sa pureté n'est qu'une façade.

« Elle n'est plus celle que tu aimais, Theo. »

Une cigarette. Cela vaut bien une cigarette. Clara souffle la fumée qui pique les yeux. Dans son sac, elle a retrouvé le papier sur lequel elle a inscrit le nom que lui a donné M. Freiss. « Allez voir ce monsieur de ma part, au Kadewe. Il pourra peut-être vous trouver un emploi. »

Elle y va. Le nom de Freiss lui ouvre les portes. « Hélas, mademoiselle, nous n'engageons personne. Nous sommes déjà trop nombreux... » Il a l'air désolé, vraiment triste de ne pouvoir faire quelque chose pour aider une amie de ce cher Freiss. Il écarte ses mains blanches et grassouillettes et les réunit comme pour une prière, plusieurs fois de suite. Des mains de prêtre manucurées. « Mais... Attendez... Suivez-moi. » Il l'entraîne dans les corridors du grand magasin, il trotte comme un joli rat tout propre dans le dédale secret réservé au

1. La Columbus Haus, œuvre d'Erich Mendelsohn, icône de l'architecture moderniste, édifiée en 1931-1933.

personnel, s'arrête, regarde à gauche, à droite, sort un trousseau de clefs de sa poche, ouvre une porte. D'abord elle ne voit que des ombres, serrées les unes contre les autres. Il appuie sur l'interrupteur. « C'est notre réserve. Prenez un manteau, celui qui vous plaît, et – il désigne des piles de boîtes ouvertes – des chaussures. On ne sait pas de quoi l'hiver sera fait. » Clara choisit ce gros lainage gris, avec un col de fourrure. Elle hésite. Trop luxueux, peut-être. « Allez-y, allez-y… Profitez, profitez… Aussi bien demain tout cela sera réduit en cendres. » Une paire de chaussures lacées, à semelles épaisses, plutôt que ces jolis escarpins de daim bleu nuit. Elle les essaie. Ce sera bien. « Très bon choix, mademoiselle. » Elle se tient au milieu des portants, un peu embarrassée, il lui tend un pochon de papier marron, anonyme, elle y fourre le manteau et les chaussures. Elle est un peu… Elle ne sait comment le remercier. C'est très gentil de sa part… « Ne me remerciez pas, c'est la moindre des choses. Les amies d'Heinrich Freiss sont nos amies. » Elle a rougi, violemment. Il a eu un drôle de sourire en coin, un peu obscène. « Mais non, mademoiselle, c'est bien naturel. » Il a éteint la lumière, a refermé la porte, regardé à nouveau à droite, à gauche, est reparti, tortillant ses fesses dodues dans le tissu anglais.

Clara a erré un moment dans les rayons presque déserts. Elle a essayé une robe, puis une autre. La cabine d'essayage lui semble une petite bulle d'impunité. Entre le rideau tiré et le miroir à trois faces, c'est Clara démultipliée. Laquelle est la vraie ? Où est l'imposture ? Où est la trahison ?

Clara se souvient. Elle pose les mains sur sa taille ; juste au-dessus du léger renflement du ventre. Léger, juste assez de rondeur pour indiquer la féminité. Elle remonte le long des côtes, et ses paumes cueillent la courbe des seins. « Avec ces seins-là, tu devrais monter sur les planches ! » Elle se souvient de Margo Lion. Elle se souvient de la fine bretelle qui avait lâché sous le poids des franges, du souffle tiède de la mousseline sur sa peau, de la griffure à peine perceptible des paillettes sur son téton. « Avec ces seins-là. » Theo avait ri. Mais peut-être est-ce cela qu'il faut être, un corps parmi des corps, des jambes parmi d'autres jambes, des seins parmi d'autres seins. Peut-être est-ce la meilleure façon de ne rien montrer. Un rouage anonyme dans la mécanique bien huilée d'un théâtre. Une deux, une deux, son pas résonne sur les trottoirs de Schönefeld, elle dépasse la Potsdamer Platz, remonte l'Ebertstrasse. Elle ne voit rien, que son but, elle marche, comme elle a marché autrefois, comme elle marchera encore, voilà la Friedrichstrasse.

Tous les petits cabarets ont fermé, condamnés par la censure. Reste, une fois encore, l'Admirals Palast, et le Wintergarten. D'abord celui-ci, c'est le premier sur son chemin. Elle se présente au régisseur. Non, on n'a pas besoin d'habilleuse. Ni d'ouvreuse. Il s'impatiente. Les lignes téléphoniques ont été endommagées, il n'arrive pas à joindre ses correspondants. Il soupire.

— Une fille m'a lâchée. Je crois qu'elle est morte.

Il en parle comme d'une ampoule qu'il faudra changer. Une lumière s'est éteinte. Qu'importe. Il y en a tout un stock prêt à l'emploi, là, dehors.

— Je peux le faire.

Il la regarde, surpris.
— Vous êtes déjà montée sur scène ?
— Oui.
Il la détaille.
— Vous avez quel âge ?
— J'ai l'âge où l'on a appris à faire beaucoup de choses.
Du bout des doigts, elle fait remonter sa robe, juste ce qu'il faut pour dévoiler ses genoux et une partie des cuisses.
— Profil.
Elle se tourne. Les seins. Les fesses. Tout cela a l'air de tenir.
— Si vous êtes capable d'apprendre une routine en un après-midi, je vous engage. Je vous préviens, pas question de jouer les vedettes.
Elle pourra. Ce n'est pas si difficile. Il suffit de suivre.
— Votre nom ?
— Clara. Clara Ottenburg.
Clara Ottenburg, demeurant 36, Fasanenstrasse. Tisserande née ? Non. *Bauhaüslerin* disparue.

S'exhiber. Se cacher. Revêtir un maillot à paillettes qui renvoie la lumière artificielle ; une robe si transparente que sa nudité n'est plus qu'un fantasme. Elle est un leurre. Quand elle pose sur sa tête la casquette à galons dorés, qu'elle agrafe sur ses épaules les barrettes de franges, qu'elle se met à leur ressembler, elle est un leurre. Dans l'odeur sûre de la loge commune, il y a toutes ces peaux rosies par l'effort, toute cette sueur qu'éponge le fard. Il y a tout ce que cette pâte épaisse occulte, les bleus, les coups, les égratignures, ce que masque le maquillage, le même pour chacune, yeux agrandis, bouche soulignée de rouge, d'un rouge criard, violent, une encre qu'il faut appliquer chaque soir, et qui persiste, dont il reste toujours la trace malgré le savon. *Girls*. Bien sûr, on n'emploie plus ce mot. C'est la langue de l'ennemi. *Mädels*. Elles sont les filles.

Elle n'est pas celle qui s'élance sous le plafond constellé, qui vole, elle a peur du vide. Elle n'est pas celle que vont rattraper de fortes mains, là, juste au milieu, au-dessus de la respiration suspendue de la foule. Il n'y a personne pour la rattraper. Alors elle se fond dans la ligne. Dans la rangée de filles. À gauche, à droite, on tourne, on se croise, on s'entrecroise dans la chorégraphie répétitive, peu importe sa place, on tisse, on tisse un peu de rêve, chaque soir un peu de rêve pour ceux qui sont là, ceux qui partent, ceux qui sont déjà partis, ceux qui ne reviendront pas. Chaque soir on se remet à l'ouvrage, on est l'ouvrage, un voile devant l'horreur de l'époque.

Elle est quelques centimètres du ruban irisé qui s'enroule et se déroule le long du grand escalier de lumière, qui apparaît et disparaît au détour du décor… S'efface et revient… Les petites chaussures vernies glissent, glissent sur le plancher, devant, derrière, les talons frappent, frappent, les nœuds volent, volent. Clara n'entend pas la musique, elle n'entend que le rythme, et le martèlement des pas. La scène est un métier à tisser l'oubli.

Elle pose sur sa tête le diadème de verroterie, l'ajuste devant la glace. Illusion. Il n'est pas plus sincère que le fichu de coton bleu qu'elle nouait bien serré autour de son visage, à Dessau, il y a si longtemps. Princesse, prolétaire. Elle pensait alors qu'endosser un costume, c'était vivre. Ce qu'elle fait aujourd'hui, ce pour quoi elle vérifie les attaches, les boutons, les coutures, c'est survivre.

C'est écrit dans le règlement. Chacune doit prendre soin de ses costumes. Mais l'Allemagne est à nouveau ruinée. La vague brillante d'objets, luisante du beurre et du gras confisqués aux pays occupés, s'est tarie. On a faim à nouveau. Et on a peur. On rentre dans le rang, il ne faut pas qu'une seule tête dépasse. Déjà il a fallu donner du métal. Si on ne le faisait pas de soi-même, ils enverraient quelqu'un le chercher. Elle a donné le cadre de la photo de mariage de ses parents. Son poids de chagrin a acheté sa tranquillité. Partout on entend le cliquetis des collectes, à chaque coin de rue ces boîtes en fer-blanc dans lesquelles on glisse son effort, sa pièce, en lui donnant un élan pour qu'elle fasse assez de bruit, pour qu'elle paraisse plus grosse, plus lourde, pour que le regard soupçonneux du fonctionnaire ne s'attarde pas sur vos pas ; on sourit pour qu'il garde le souvenir de ces lèvres joyeuses. Illusion. Les filles se rendront en bande à ces repas que le parti organise, chaque dimanche, ces soupes populaires payantes, obligatoires, car les boîtes en fer-blanc ne génèrent pas assez d'armes, pas assez de canons, d'obus, de balles, il en faut toujours plus. La guerre est une grande Fête métallique.

Avec les autres, elles s'assiéront, jolies, pétillantes, elles feront leur numéro, et autour d'elles les gens souriront entre deux cuillerées de bouillon infâme, ils se redresseront pour mieux les voir, ils n'auront pas de mal à donner aux hommes en noir qui passent entre les tables l'illusion que pour eux ce repas est une fête. Ils ne seront pas soupçonnés. Pas ce jour-là. Tiens-toi droit, peuple allemand ! À leur revers, le petit insigne de fer-blanc ne se noiera pas dans les replis du découragement, du doute, du défaitisme. Chacun arborera la preuve de sa bonne volonté, le signe de sa soumission. Il faut prendre soin de son costume.

La nuit, le ciel se strie des faisceaux des projecteurs. Leur danse est désordonnée, erratique. Ils dérapent et se cognent au décor ravagé. Le plafond du Wintergarten est un firmament stable, ordonné. Sous sa voûte constellée de centaines d'ampoules, il préserve un petit monde d'ordre et de beauté. La scène est un leurre, la salle est un leurre, il ne s'agit pas de tromper l'ennemi. Il s'agit de mentir à Berlin.

Certaines de ces filles sont sincères. Elles y croient. Elles pensent que la victoire est proche. Qu'elle va venir comme ce joli soldat, ce bel officier qui les attend à la sortie, après le spectacle, qui leur offre son bras et ce qu'elles n'arrivent plus à se procurer. Des cigarettes. Un saucisson. Une protection. Certaines ont peur. Peur de déplaire, de froisser l'uniforme noir. Alors pourquoi pas. Clara esquive. Elle se dérobe jusqu'au jour où elle est suivie, harcelée, où la menace murmurée contre son cou lui a fait ouvrir sa porte. Juste une fois. Après, le type avait allumé une cigarette. Il n'avait même pas reboutonné sa braguette. La chemise chiffonnée laissait entrevoir les poils. Elle avait détourné les yeux.

— Alors comme ça, tu vis seule ?

— Non, je suis fiancée.

— Ah oui ? Et il est où ton fiancé ?

— Le front de l'Est, avait-elle murmuré.

— Tu as des nouvelles ?

— Non. Pas pour l'instant. Mais je sais qu'il est vivant.

Il n'avait pas dû la trouver à son goût. Elle ne l'avait pas revu.

Deux mois après, il lui faut traverser toute la ville, vers l'est, aller au-delà de Pankow, jusqu'à Gesundbrunnen. « La source bienfaisante. » Elle a failli rire en prenant l'adresse que lui a tendue une des filles. Il faut s'allonger sur une table, et fermer les yeux.

— J'ai fait ce que j'ai pu, dit le vieil homme derrière ses lunettes. Je pense que ça ira.

Non, ça n'ira pas. Plus jamais. Clara le sent, elle le sait. Elle est massacrée. Elle ne pleure pas. Pendant plusieurs jours, il y a tout ce rouge, ce flot de sang qui coule sans retour possible. Un meurtre nécessaire.

Le 25 août 1944, Goebbels décide la fermeture de tous les théâtres. Clara rentre chez elle.

L'appartement de la Fasanenstrasse donne côté rue sur les quelques immeubles restés intacts. Le travail des habitants puis celui des maçons tentent de rendre un semblant de cohérence à ce qui semble irrécupérable.

Clara commence à ranger les quelques affaires, puis époussette les livres sur les étagères. D'un seul geste, elle déploie sa couverture à rayures. L'usure, les trous lui sautent aux yeux. Comment ne les avait-elle pas remarqués auparavant ? Il y avait tant d'autres urgences.

Elle se souvient d'une des dernières fois où Gunta était venue la voir dans sa chambre de la Prellerhaus. Elles avaient bavardé, assises sur ces mêmes rayures. Il était question de supprimer les studios des élèves. Quelques semaines encore et ils seraient transformés en salles de classe. Ainsi le voulait Mies. « Tu la prendras, avait-elle dit en caressant la couverture. Que vont-ils en faire, de toute façon, puisque tout semble leur déplaire désormais. Elle n'est plus toute jeune, mais elle peut encore servir, avait-elle ajouté avec un sourire où se lisait autant de courage que d'amertume. Quand on pense à tous les derrières qui s'y sont posés ! À toutes les petites fêtes qu'elle a vues, tous les chagrins qui s'y sont épanchés. Tu la prendras. »

Finies les journées chez le vieux Freiss. Terminées les répétitions et les soirées au Wintergarten. Elle se dit qu'elle doit absolument réparer cette couverture, combler les trous, rentrer les fils arrachés, les renouer. Elle sort la plus grosse aiguille du nécessaire à couture, s'assied en tailleur et empoigne l'étoffe. En récupérant un peu de la trame aux extrémités, elle pourrait retisser les parties manquantes. Combien de fois avait-elle refermé les mains sur la laine sèche et raide. Combien de fois l'avait-elle ainsi tirée vers son visage, parfois même au-dessus de sa tête, quand elle avait froid, quand elle avait peur, quand elle aurait voulu le silence. Mais là, l'aiguille à la main, tandis qu'elle commence à former un semblant de chaîne, faisant aller les fils de haut en bas puis de bas en haut, testant du bout des doigts la résistance de l'étoffe, comptant, au passage de l'ongle, les croisures, dessus, dessous, dessus, dessous, le vide angoissant de la maison se remplit, goutte à goutte, comme d'une eau revenue.

Aux mouvements de va-et-vient de ses doigts répond le va-et-vient des conversations. Au contact de la laine ressurgissent les voix, les intonations. Dans le froissement à peine perceptible des fibres, il y a l'écho des portes, ouvertes, fermées, le grincement de la poulie actionnant les fenêtres, le claquement des métiers.

La matière est plus mince, certes, mais les gestes sont les mêmes. Les mains de Clara sont plus abîmées, moins habiles, parfois la communication s'interrompt, elle perd le fil. Alors elle renfile son aiguille, guide l'ouvrage, jusqu'à percevoir le moindre bruit, le moindre mot, jusqu'à entendre, lorsqu'il venait la regarder travailler, les silences d'Holger.

Il y aurait encore d'autres alertes, Clara descendrait avec elle à la cave, s'y envelopperait encore, elle serait encore son refuge, sa protection, son armure.

Quelques semaines plus tard, un bombardement de jour la surprend loin de chez elle. En rentrant, elle trouve la porte dégondée, les vitres soufflées. Quelqu'un était passé. La couverture a disparu. Ne reste plus, déchirant, que le silence d'Holger.

On a ouvert un nouvel abri près de la Fasanenstrasse. Une nuit, Clara est assise à côté d'une petite fille.

— Tu es qui, toi ?

— Je m'appelle Clara.

— Et tu fais quoi ?

— Je suis artiste.

Comment définir ce qu'elle fait, qui elle est devenue ? Pour la petite, artiste, c'est à la fois vague et précis.

— Montre-moi.

La gamine ne connaît que les affiches aux devantures des cinémas, les photos des magazines que sa mère a gardés pour faire du feu. Il n'en reste d'ailleurs presque plus. Alors Clara se met à chanter. Tout doucement. Les gens relèvent la tête, se tordent le cou pour comprendre d'où vient ce bruit inhabituel.

— On n'entend pas ! Qui chante ? Plus fort !

Alors elle grimpe sur la table. Dans le halo de l'ampoule qui clignote, elle chante. Les mélodies qu'elle a chaque soir entendues au Wintergarten, que chacun de ses pas, le rythme de ses cuisses, de ses bras ont gravées dans sa mémoire. Elle entonne *Liebe kann nicht Sünde sein*[1] et tous les succès de Zarah Leander, *Einmal wirst Du wieder bei mir sein*[2]... Dehors, le grondement de batterie est toujours à contretemps. Parfois, la lumière s'éteint. Elle s'en fiche. Elle chante Marlene, *Ich bin die freche Lola*[3], et n'importe quoi.

Les Russes sont à cent kilomètres.

Un soir, elle se met à chanter les chansons de Brecht. La chanson de Jenny. La complainte de Mackie. La lumière s'éteint. Ils sont là, tous dans le noir, elle au milieu, et ils se joignent à elle, l'un après l'autre, ils reprennent le refrain, la rengaine que Berlin n'a pas oubliée. Un fracas de cymbales ponctue la musique.

1. « L'amour ne peut pas être un péché. »
2. « Un jour, tu seras à nouveau près de moi. »
3. « Je suis Lola l'impertinente. »

Parfois, brièvement, dans un moment de calme, la lumière revient. Ils continuent, ils s'en fichent, ils acculent de leurs voix la commissaire de l'abri contre le mur du fond. Qu'importe.

Les Russes sont à cinquante kilomètres.

Un soir, un homme ouvre l'étui de son violon et saute sur la table. Il joue, il joue, ses boucles brunes caressent le bois, l'archet dévide un long ruban de larmes qui serre la poitrine, qui noue la gorge, la commissaire de l'abri détourne les yeux, elle ne sait pas d'où vient cette musique, elle ne veut pas savoir, elle ne veut pas reconnaître. L'homme joue, et joue, plus rien ne compte, au-dessus de leurs têtes le silence s'est fait.

Les Russes sont là.

Sur le pont de l'*America*

— Tout va bien, madame ?

Clara sursaute. Elle ne l'a pas entendu venir. Il est là, prêt à lui saisir le bras, elle recule, ses mains agrippent le bastingage. Il lui faut un moment pour réaliser que c'est un des officiers du navire. Il fait sa ronde, calmement, sur ses semelles de gomme.

— Oui, merci, tout va bien.

— Le mal de mer ? s'inquiète-t-il.

— Non. Tout va bien. Juste l'envie d'être un peu seule.

Il lui sourit, fait un petit salut militaire et s'éloigne. Elle ne veut pas retourner à sa cabine. Pas encore. Elle resserre sur ses épaules l'écharpe blanche. Ses doigts se prennent dans les franges.

*

New York, août 1961

L'orage a fait tomber la température. Au matin, il fait frais et gris.

— Je vais t'appeler un taxi.

— Non, je vais marcher un peu, dit Clara.

— Tu vas prendre froid, c'est mauvais pour ta voix… Attends…

Il a ouvert un tiroir et revient, tenant entre ses mains une boîte à filets argentés. À l'intérieur repose l'écharpe de soie blanche. Il arrange autour de son cou l'étoffe douce comme une caresse, du bout des doigts s'attarde sur les petites boucles rebelles auxquelles la nuit a rendu la liberté. Aucun prénom ne lui vient aux lèvres, ni Clara ni Othéa, car nommer serait déjà se séparer, rendre l'autre à lui-même, reprendre ce qui a été partagé. Il laisse simplement glisser ses mains le long des pans de l'écharpe qui tombent tout droit, séparés par quelques centimètres, deux chemins parallèles qu'il parcourt jusqu'en bas, jusqu'aux franges qui ennuagent la robe noire. Clara a arrêté son geste. Front contre front, ils regardent sans voir leurs doigts entrelacés qui retiennent, encore et encore, la soie lourde et vivante qui veut leur échapper.

Elle redescend Madison Avenue. Au coin de la 44e Rue, un camion manœuvre devant des palissades. Dans un moment d'inattention, un de ses talons s'est pris dans une fissure de la chaussée. Elle n'a pas tourné les yeux vers le chantier du Pan Am Building. Devant elle, l'avenue rectiligne file vers l'horizon, ombre et lumière juxtaposées en coups de pinceau approximatifs, perspective toujours inachevée. Elle veut marcher encore, ou plutôt marcher enfin. Elle ne veut pas les mots des autres sur la ville, suivre le pas des autres. À quelques mètres de là, une boutique de chaussures de scène est en train d'ouvrir. À l'intérieur, l'odeur chaude du cuir se mêle à celles, âcres, de la colle et de la transpiration. Le vendeur n'a pas eu un regard pour la robe du soir, il a juste remarqué les pieds meurtris. « Ah, la danse !… » a-t-il dit, comme pour lui-même. « Oui… » a répondu Clara dans un souffle, en ramenant malgré elle ses jambes sous le tabouret. Au-dessus du comptoir se pressent à touche-touche des images de sauts, d'arabesques, de portés héroïques, de pas de deux déchirants. La grâce accumulée devenue chaos. Le vendeur a considéré longuement le mur garni, du sol au plafond, de petits casiers en bois. Dans chacun d'entre eux repose une paire de chaussures. Clara attend. Toutes ces vies possibles, ces pas en attente d'existence dans la régularité du quadrillage. L'image de la grande verrière a failli ressurgir. N'a pas eu le temps. Il revient et dépose devant elle une paire de ballerines rouges. Elle va pour esquisser un geste de refus, mais, d'un léger signe de tête, d'un demi-sourire, il l'encourage. La doublure de toile est douce et fraîche. « Cuir d'Italie », murmure le vendeur. Elle a entendu « cuir de Russie ». Un souvenir lui traverse l'esprit, qu'elle ne laisse pas s'installer, mais qui a décidé pour elle. L'homme lui donne un sac en plastique. Elle y fourre les chaussures Chanel.

Maintenant, à travers la mince semelle, elle sent les aspérités du trottoir, la dalle descellée, le goudron que la chaleur a fait gonfler, le ciment qui accroche. De bloc en bloc, dans cette portion d'avenue, il n'y a rien à voir, aucun décor où pourraient s'exprimer l'orgueil ou la nostalgie. Dans la banalité même de ces façades, que seuls un badigeon terni, l'étroitesse ou la hauteur différencient, elle trouve la possibilité d'un apaisement, d'une réparation. Elle voit le rideau qu'un courant d'air agite, le store qui se soulève, les maigres plantes accrochées au garde-corps. Elle aperçoit la main qui secoue un plumeau, une cage à oiseau. Un chat qui la regarde passer, du linge qui sèche. Elle voit les signes de la vie, elle regarde surtout, dans l'encadrement de chaque fenêtre, la profondeur ombreuse, l'inconnu, le territoire retrouvé de l'imaginaire. Elle marche, elle comble un à un les trous béants qui ouvrent sur le ciel, sur d'autres trous béants, percés du cri lancinant des corneilles. Qu'importe le chemin, qu'importent les façades. Elle cherche dans l'épaisseur de la ville l'épaisseur de la vie, du quotidien, les fragments d'existence d'autant plus précieux qu'ils sont invisibles, les légumes épluchés, le journal déplié, le lit refait, l'enfant accroupi sur le plancher qui joue à être grand. Les ruines de Berlin, ses lambeaux de façades tombent comme des peaux mortes, elle réapprend la douce chair de la ville, sa respiration lente, ses silences qui ne durent pas. Quelque part, d'une des fenêtres au-dessus de cette échoppe, de sa quiétude malodorante de fruit trop mûr et de lessive, s'échappe, s'étire et s'enroule le son d'un violon. Il bute, il reprend, monte la gamme.

Elle est cette femme en robe du soir qui marche, rouge, blanc, et noir au milieu, raison et déraison, passé et avenir, qui ne suit pas, qui ne fuit pas. Elle ne cherche pas son chemin, qu'importe d'ailleurs le chemin.

*

Elle l'a entendu revenir, l'officier. Peut-être a-t-il fait exprès de siffloter, pour ne pas l'effrayer encore. Délicate attention. Plus délicate encore :

— Je vous ai apporté ceci. Si vous permettez…

Il a déplié une couverture et la lui a posée sur les épaules.

— Merci, murmure-t-elle.

— Bonne nuit, madame.

— Bonne nuit.

That's when you realize at last
They won't return – those phantoms of the past
A brand new spring is to begin
Out of the ruins of Berlin !

In den Ruinen von Berlin,
Fangen die Blumen wieder anzublühn,
Und in der Nacht spürst du von allen Seiten,
Einen Duft als wie aus alten Zeiten.

C'est quand enfin tu réalises
Qu'ils ne reviendront pas – ces fantômes du passé,
Qu'un printemps tout neuf va surgir
Des ruines de Berlin !

Dans les ruines de Berlin,
Les fleurs recommencent à fleurir,
Et dans la nuit tu sens, de tous côtés,
Un parfum, comme celui du temps passé.

The Ruins of Berlin, chanté par Marlene Dietrich
dans le film *A Foreign Affair*, Billy Wilder, 1948

35

Berlin, 1946

C'était cela, sans doute, dont il fallait se souvenir. De sa douceur, quand elle rentrait. Quand elle avait fait sa journée de *Trümmerfrau*. Quand elle cessait d'être une ombre grise parmi les ombres grises, un maillon de la chaîne, une somme de gestes répétitifs, sous le danger des éboulements, au-dessus de ceux qui, peut-être, étaient encore dessous. Une femme de pierre, de celles qui tenaient encore debout, et dont les épaufrures, les fêlures étaient à l'intérieur, invisibles sous la poussière et l'acharnement silencieux. Certains jours, elle avait l'impression que le moindre faux pas pourrait la briser, la réduire à quelques gravats cascadant parmi les autres, méconnaissables. Alors elle faisait attention à poser ses pieds bien à plat, elle répartissait son poids, elle s'assurait, se réassurait, continuait.

Alors oui, la douceur. Ses mains, mordues par la brique et la ferraille, s'approchaient avec crainte de la soie. De peur de la blesser, elle fermait les poings pour passer les manches, et elle laissait couler le peignoir le long de son corps, comme une eau bienfaisante. Elle renaissait. Ses entrelacs rouges et noirs dansaient sur son corps épuisé ; sous la croûte de poussière, sous la carapace d'effroi, elle se retrouvait.

Trümmerfrau. Une femme des ruines. Elle s'était enrôlée dans le secteur russe. C'était le plus dur. Il suffisait de traîner un peu autour des chantiers et on venait vous recruter. Contre quelques bons d'alimentation, on rejoignait la file des femmes, on prenait un seau, une pelle, quand on en manquait, on avait toujours ses mains nues. On l'avait affectée sur Unter den Linden. Il n'en restait pratiquement rien. Au loin, vers l'est, on pouvait voir la silhouette lourde et affaissée de la cathédrale. Elle semblait veiller sur la ville comme une grosse bonne femme tout en noir qui aurait jeté des miettes aux oiseaux. Clara était une de ces miettes ; au-dessus planaient les corbeaux. Noirs. L'avenue était la voie royale dans le parc du désastre. *Une eau-forte de Churchill d'après une idée d'Hitler*. C'est ainsi que Brecht allait bientôt la décrire. Mais ce n'était pas lui qu'elle attendait, qu'elle guettait, qu'elle espérait quand se profilait une silhouette à l'horizon, venant de là-bas, de l'île aux Musées, du quartier des Granges, de Prenzlauer Berg, de plus loin, de Bernau, d'au-delà de l'Oder, de Russie. Ce n'était jamais lui, Holger, ni à pied, ni conduisant une GAZ-67B, ni monté sur un char. Ce ne serait pas lui à l'arrière de l'Emka passant à vive allure, vitres relevées, entre les ornières et les trous d'obus. Lorsqu'elle restait un instant de trop à scruter l'horizon, il y en avait toujours une pour lui dire : « Le front de l'Est ? » Elle ne répondait pas, elle hochait la tête. Au même moment, d'autres comme elles regardaient vers l'Ouest. Et certaines restaient à contempler les pierres.

Et puis il était arrivé, le jeune sergent américain. Sa Jeep avait soulevé la poussière. Encore de la poussière, avait-elle soupiré en s'essuyant le front. Il avait montré un document d'affectation au secteur américain et il avait sorti une photo de son portefeuille. « C'est vous ? » Elle avait hoché la tête. Il avait déchiffré le document. « Clara Ottenburg ? » « Oui. »

Il n'en était pas très sûr. Clara voyait bien qu'il cherchait la ressemblance. Elle aussi, un instant, avait douté. Cette fille, là, entre deux personnes… On avait dû agrandir l'image, elle était un peu floue, et, des autres, on n'apercevait qu'une épaule et l'amorce d'une joue. Le reste avait été recoupé pour tenir dans le portefeuille.

« O.K. » Il l'avait emmenée. Les autres femmes n'avaient rien dit. Cela ne les regardait pas. Le soldat russe qui gardait la portion de chantier l'avait laissée s'éloigner sans rien dire. Les papiers étaient en règle. Haut commandement. Clara n'avait rien à dire. Ce bout de papier lui avait semblé un acte de propriété, une facture que l'on produit pour justifier d'un achat. L'Américain l'avait achetée, elle se retrouvait dans la voiture, et c'est elle qui soulevait la poussière.

— Cigarette, chewing-gum ?

Il conduisait d'une seule main et de l'autre fouillait dans sa poche, en sortait deux paquets un peu froissés. Comme elle ne répondait pas, il les lui posa sur les genoux.

— Garde-les, j'en ai d'autres. J'ai eu du mal à te trouver. Je viens de la part de Lux.

Elle n'avait pas tout compris. L'accent, sans doute, et puis trop de bruit, trop de poussière. Les derniers mots gisaient sous les débris qu'elle n'avait pas eu le temps de déblayer.

— Lux. Lux Feininger, mon pote. Il m'a demandé de te retrouver et de m'occuper de toi. Si c'était possible…

Il la regardait du coin de l'œil. Elle se sentait laide, sale. Lux. Si beau, si charmant… Et elle… Elle comprenait l'hésitation de l'Américain, ses doutes, sa gentillesse un peu forcée. Il lui tendait un briquet. Il lui souriait. Il l'amadouait. Elle avait l'impression qu'il la considérait comme un chien perdu à qui l'on tend une friandise. Elle avait avancé la main, et il l'avait regardée comme on regarde une bête blessée. Elle avait fermé les yeux un instant et avait pensé très fort au peignoir de soie.

Lux ? Elle était là, dans une Jeep, elle fumait une cigarette au côté de cet Américain tiré à quatre épingles.

— Lux Feininger, articula-t-elle finalement. Oui, un très bon ami. Un vieil ami.

— Eh bien, il s'est engagé dans les forces de soutien, le renseignement. Évident avec son allemand, non ? Nous nous sommes connus à ce moment-là. Il m'a dit : « Si tu vas jusqu'à Berlin, essaie de retrouver mon amie Clara, et occupe-toi d'elle ! » Alors me voilà.

Here I am. C'était sa phrase. Me voilà.

Il était drôle, débrouillard ; avec lui tout semblait facile. Il suffisait de se laisser faire. « Tu ne vas pas continuer à trimbaler ces pierres ! Tu ne vas pas continuer à habiter ce trou à rats ! Tu es trop loin d'un point de ravitaillement ! On va te trouver un endroit plus confortable. Il faut que tu manges ! Je t'ai apporté des donuts. Tiens, j'ai demandé à ma mère de m'envoyer une crème pour les mains. Il paraît qu'elle est très bien. C'est celle qu'utilise Rita Hayworth, c'est ce que dit la publicité. Tiens ! *Here I am !* »

Parfois, il disparaissait quelques jours. Et puis il revenait, l'air un peu contrit, une lueur coquine au fond des yeux. « J'ai eu une petite aventure. » disait-il. Il l'embrassait sur la joue. Jamais plus. « Tu es mon amie, tu es l'amie de Lux. Et je suis fiancé. »

Cela semblait être assez de raisons pour qu'il n'essaie jamais autre chose. Il ne plaisait pas vraiment à Clara, elle le trouvait un peu gamin, un peu rustre, avec ses manières de cow-boy, ses grandes dents et ses oreilles décollées, sa manie de toujours mâchouiller un chewing-gum. Mais elle aurait bien voulu lui plaire, rien qu'un peu. Juste pour le plaisir de plaire. De se sentir jolie. Elle se souvenait de cette rencontre, au café Kranzler, des années auparavant, et de cette femme qui lui avait dit : « Il faut d'abord que tu y croies. » Alors elle enfilait son peignoir et se disait qu'elle était jolie.

« Tu es plutôt jolie, tu sais. » Un jour, il lui avait sorti ça comme ça. Sans prévenir. *Here I am*. « Il avait raison, Lux. Il m'a dit : "Tu verras, elle est super." » Super. Ce n'était pas tout à fait comme jolie. Mais Clara avait souri.

Il l'emmenait le soir dans les endroits fréquentés par l'armée américaine. On y buvait du whisky, des cocktails. Le long du bar on trouvait généralement une rangée de filles. Elles avaient sorti leur plus jolie tenue, et elles exhibaient leurs jambes gainées de nylon ; le butin d'autres soirées semblables. *Here I am* les regardait en passant. Elles étaient jeunes. Elles riaient un peu trop fort. Plus fort encore quand elles étaient moins jeunes. Mais il avançait tout fier avec Clara à son bras, et la présentait à ses amis : « Clara Ottenburg, une grande artiste berlinoise. *Very famous*, très connue ! » C'était touchant. Les autres opinaient, la saluaient respectueusement. Ils n'avaient aucune idée de qui elle était. Mais *Here I am* avait dit son prénom et son nom. Cela voulait dire quelque chose, très certainement. En tout cas qu'elle n'était pas une « fille ».

Et qu'elle méritait une table. Ils s'asseyaient. Parfois, on lui demandait de raconter Berlin avant. « Vous avez rencontré Marlene Dietrich ? » Certains d'entre eux l'avaient vue descendre d'une Jeep, quelque part, en France, ou ailleurs, l'avaient vue monter sur une estrade de fortune, sanglée dans son uniforme américain, avaient regardé ses jambes, les jambes de Marlene, et l'avaient entendue chanter. Cela finissait toujours pareil. Ils entonnaient *Lili Marleen.* En anglais. C'était devenu leur chanson de guerre. Et Clara souriait, elle ne chantait pas, elle connaissait les paroles en allemand. Mais ils lui demandaient quand même de chanter. Elle chantait une autre chanson de Marlene, *Surabaya Johnny.* Cela convenait à sa voix devenue plus rauque, ou *Alabama Song*, de Kurt Weill, parce que les paroles étaient en anglais, et qu'ils comprenaient tous, *Well, show me the way to the next whisky bar, Oh, don't ask why, Oh, don't ask why*, et que c'était l'occasion de reprendre un autre whisky. Parfois, quand il y avait peu de monde, très doucement, elle chantait *Ich weiss, es wird einmal ein Wunder geschehen...,* « Je sais qu'un jour un miracle se produira... », une chanson de Zarah Leander. Très doucement, pour ne pas réveiller trop de souvenirs. Mais ces garçons de l'Alabama, de l'Ohio, du Texas ou d'ailleurs ne connaissaient pas Zarah Leander. *Und ich weiss, dass wir uns wiederseh'n.* « Je sais que nous nous reverrons. » Elle traduisait la dernière phrase, et le regard des hommes se faisait plus brillant. Ils n'applaudissaient pas. Ils restaient là, à sourire, ils étaient ailleurs. Qu'importait que cette chanson ait été tirée d'un film de propagande. Les filles au bar aussi avaient entendu. Elles fermaient un peu plus fort les yeux en se laissant embrasser. Partout dans le monde il y avait le même espoir. Que tout finisse ; rentrer chez soi. Retrouver son autre.

Ensuite, *Here I am* sortait ses photographies. Celle de sa fiancée, une petite blonde à mâchoire carrée, au sourire impeccable, sa queue-de-cheval sagement rangée en boucles sur l'épaule gauche. Elle était vêtue d'une chemise et d'un pantalon bleu qui dessinait ses formes. Un *blue jean*. Clara avait appris un nouveau mot. Il y avait aussi le ranch familial. Le cheval préféré, la crinière et la queue bien coiffées elles aussi. Sa mère et la dinde de Thanksgiving. Le père et son nouveau tracteur. Rouge. Cela ne se voyait pas sur la photo en noir et blanc. Cela se voyait sur la mine tellement fière du père. Il ne pouvait être que rouge.

— Tu as toujours ma photo ?

Un jour, Clara avait fini par le lui demander.

— Oui, pourquoi ? Je l'aime bien cette photo – il l'avait sortie de son portefeuille. C'est Lux qui l'a prise. C'était un bon photographe, vraiment ! Maintenant, il peint, il ne fait plus beaucoup de photos. Dommage. Celle-là, il l'a agrandie au maximum, pour que je te reconnaisse. J'ai recoupé les autres gens ; ils avaient l'air sympa.

Et il avait rangé la photo.

Il avait cette manière d'être tellement américaine, qui laisse croire à l'amitié, et qui, soudain, trouve ses limites au bord de l'intimité. *Here I am* ne savait probablement rien de l'histoire des trois personnages. C'était moins important qu'une dinde ou un tracteur. Ou beaucoup plus difficile à comprendre.

Un jour, il avait dit : « Je rentre. » *Here I am* ne serait plus là. Au dos d'un paquet de cigarettes il lui avait griffonné son adresse. Il s'appelait Joe Watson.

Avant de partir, il l'avait emmenée au QG. Il avait frappé à une porte. Ils étaient entrés.

— Monsieur, je vous présente Clara Ottenburg. C'est une personne très spéciale. M. Feininger, du bureau des renseignements militaires, me l'a confiée. Je rentre à la maison. Alors je vous la confie. S'il vous plaît, monsieur. Merci, monsieur.

L'officier était resté silencieux. Il avait regardé Clara.

— Dangereuse ? Il avait dit cela avec un léger sourire.

— Non, monsieur. Précieuse. Je dirais précieuse.

— Très bien. J'en prends note. Bon retour, sergent.

— Merci monsieur.

Ils refermaient la porte quand ils entendirent :

— Mademoiselle Ottenburg, je crois que nous devrions dîner ensemble. Je passe vous prendre après-demain.

C'était sans appel. Clara haussa les épaules. Sur le bois de la porte, on avait punaisé un bristol : Colonel Robert G. O'Leary.

— Vous êtes bien installée ?

— Tout va bien, merci…

C'était la seconde fois qu'il lui posait la question. Une première fois, dans la voiture, et là, dans ce petit restaurant de quartier où il semblait avoir ses habitudes. Le colonel O'Leary lui avait désigné cette table, et la serveuse était arrivée tout de suite. Elle avait apporté une bouteille de vin blanc et une bouteille d'eau minérale. Réserve personnelle, avait pensé Clara.

— Le plat du jour, ça vous va ? Tout est très bon ici.

— C'est parfait.

Il n'était pas discourtois. Il était efficace. Ou plutôt ailleurs. Il avait klaxonné, elle était descendue, le court trajet en voiture s'était fait en silence. « Tout va bien, merci. » Que répondre d'autre ?

Il avait eu tous les gestes de la bonne éducation, il lui avait tenu les portes, l'avait aidée à enlever son manteau, à prendre place. Lui avait laissé la banquette de peluche rouge. On sentait une mécanique bien huilée. Clara comptait les décorations sur sa poitrine, telles un petit clavier de touches colorées. Sur laquelle fallait-il appuyer pour le faire parler ? Il servit le vin, d'un geste lui demanda si elle désirait aussi de l'eau, Clara acquiesça d'un hochement de tête. Ils regardèrent un moment les bulles remonter à la surface. Puis il se frotta les yeux du pouce et de l'index, les laissa glisser le long des plis qui entouraient sa bouche. Son visage exprimait une certaine lassitude que son geste tentait d'effacer sans y parvenir. Il avait de grandes mains, avec des taches de rousseur, il portait une alliance. Il rajusta son nœud de cravate, passa les doigts dans la mèche brune qui ondulait sur son front. Il lui offrit une cigarette, en prit une, lui offrit du feu, alluma lentement la sienne. On entendait un léger bruit de vaisselle remuée. À l'autre bout de la salle, un homme dînait en lisant son journal. C'était intime, chaleureux comme pouvaient l'être les restaurants avant la guerre, un peu mélancolique. Il laissa se dissiper la fumée de la première bouffée de cigarette, se cala sur le dossier de sa chaise et fixa son regard sur elle.

— Alors, qui êtes-vous ?

C'était déconcertant. Il avait certainement eu son dossier sous les yeux, il avait même, sans doute, apposé sa signature sur quelque autorisation, recoupé les informations. Elle avait dû, en quittant la Fasanenstrasse, lorsque *Here I am* lui avait trouvé ce petit logement dans la Motzstrasse, se faire enregistrer dans le secteur américain. Il devait savoir. « Qui êtes-vous ? » Pour le petit sergent, elle était l'amie de Lux, et une artiste. Cela suffisait. Elle était aussi, et cela avait compté, sa protégée, sa prise de paix comme il peut y avoir des prises de guerre. Elle était une formidable histoire à raconter au Tennessee, une légende à transmettre aux petits-enfants. Pour l'officier aux étoiles, elle était juste une étrangère. Un instant, elle se revit dans le bureau de Gropius, à Weimar, son carton à dessin sur la table. « Alors, que cherchez-vous, mademoiselle ? » Une vie ; elle avait répondu une vie. Et là, c'était le même genre de question, de celles auxquelles il est de plus en plus difficile avec le temps de répondre. Gropius avait ajouté : « Vous êtes très jeune. » Elle s'apprêtait à entendre l'officier dire : « Vous êtes très vieille. »

— Je suis celle qui est restée.

Voilà ce qu'elle avait trouvé à répondre. Voilà les mots qu'elle s'était entendue prononcer, qui étaient sortis de sa bouche sans qu'elle y ait jamais vraiment pensé. Le petit restaurant s'était soudain empli de fantômes, de tous ceux avec qui elle avait vécu, avancé, épaule contre épaule, les *Bauhaüsler*, la troupe de la Revue, celle du cabaret. Tante Louise, Hilde et Oskar. Sa mère. Son père.

La serveuse avait apporté le bœuf aux pommes de terre.

— Mangez, c'est chaud.

Il s'était rapproché. Les décorations à sa poitrine, histoire sans paroles, s'ombraient de deux ailes d'argent qu'embuèrent les assiettes fumantes.

— Après, vous me raconterez. Nous avons tout notre temps.

Ils avaient pris leur temps. Ils n'avaient, ce soir-là, qu'effeuillé quelques banalités, sur la température, sur les différences entre Anglais, Français et Américains, leurs uniformes, leurs voitures, leurs distractions préférées. Sur la manière de préparer le ragoût de bœuf. Il y avait eu de longs moments de silence, un silence qui curieusement ne pesait pas, qui était juste une manière de s'habituer à l'autre, à sa présence, au volume qu'occupe son corps, à l'espace, à la liberté de mouvement qu'il laisse. C'est comme habiter une nouvelle chambre d'hôtel. On teste le matelas, on ouvre les robinets, juste pour voir s'ils coulent, on passe la main sur les meubles.

On a des choses à faire. On les fait. De temps en temps, on lève les yeux, on prend conscience de la distance entre les murs, de la perspective, du nombre de pas qu'il faut pour aller du lit à l'armoire. On n'est pas chez soi, mais on pourrait l'être. Il suffirait de peu. Il suffirait d'un peu de temps.

Il l'avait raccompagnée jusqu'à sa porte.

— La semaine prochaine, même heure, avait-il dit.

Ce n'était ni une question ni un ordre. Elle avait dit oui.

Elle s'était déshabillée, avait enfilé son peignoir, s'était regardée dans le miroir du lavabo. C'est à cet instant qu'elle avait pris la mesure de l'officier. Comme si elle ressentait sa présence en creux. Sa taille, sa corpulence, la largeur de ses épaules ; les paupières légèrement tombantes, le méplat des joues. Ses silences. Oui, jusqu'à ses silences dans lesquels elle se promenait librement. Il n'avait posé qu'une seule question. Qui êtes-vous ? Il s'était contenté de sa réponse. Il avait simplement créé ce creux dans lequel elle pouvait accueillir ses fantômes, leur redonner vie, et se retrouver elle-même. Peu à peu les mots glisseraient les uns sur les autres, se recomposeraient, elle pourrait dire : je suis restée celle que je suis.

Mais ils avaient tout leur temps.

La semaine suivante il sortit une enveloppe de sa veste.

— J'ai quelque chose pour vous.

C'était une lettre de *Here I am.*

— Allez-y, ouvrez-la !

Le petit sergent racontait son retour et expliquait qu'il passait par l'intermédiaire du colonel pour être sûr que la lettre arrive à bon port.

— Eh bien, on dirait que Watson veut absolument que j'aie affaire à vous.

Clara remarqua les petites rides au coin des yeux, et celles, plus marquées, du front. Il paraissait tout à la fois amusé et agacé de jouer les messagers. Deux photos étaient jointes, l'une du jeune homme à cheval et l'autre de Clara, prise peu de temps avant son départ. Au dos, il avait écrit : *Tu es mon meilleur souvenir !*

Elle se sentit obligée de les montrer à l'officier.

— Jolie photo !

— Oui, c'est un beau cheval…

Elle replia la lettre, prit le temps de regarder le timbre et l'adresse au dos de l'enveloppe.

— Tennessee… c'est un beau nom… Et vous, d'où venez-vous ?

— Massachusetts. Boston, si vous préférez.

Oui, elle préférait. Changer de sujet, et l'écouter plutôt que parler. La Nouvelle-Angleterre. Elle comprenait mieux sa raideur qui n'était pas que militaire, son éducation plus européenne que celle d'autres Américains qu'elle avait croisés. La géographie était un terrain sûr. Ils y restèrent pour la soirée.

Il la raccompagna, et juste au moment de la quitter, il ajouta, imperturbable :

— N'oubliez pas de remercier Watson pour les soirées que nous passons ensemble.

La troisième fois, ils avaient parlé histoire. Sans la Grande Dépression qui avait ruiné sa famille, il serait devenu historien. Journaliste peut-être. L'armée avait été une solution.

— Une manière de rentrer dans l'histoire, avait-elle suggéré en désignant les galons sur sa manche.

Les rides sur son front s'étaient creusées un peu plus.

— Je suis désolée, avait-elle murmuré.

Le silence s'était installé. Elle l'avait rompu.

— Nous, moi et les autres, nous avons voulu courir devant l'histoire, nous avons cru qu'il était possible d'être devant, loin devant. Nous avons été comme ces insectes que l'on fait sortir d'une boîte et qui se précipitent. Mais elle nous a rattrapés. Dispersés du revers de la main.

Il avait mis longtemps à répondre.

— Vous savez à quoi servent les insectes ?... Ils transportent des graines. Ils se dispersent, et dispersent leurs graines. Vous, vous êtes restée pour qu'ici aussi les choses repoussent. Il le fallait.

Il avait renvoyé son chauffeur. Il faisait doux pour un soir d'avril. Ils rentrèrent à pied. Au-delà de la Wittenbergplatz, une portion de la Tauentzienstraße n'était plus qu'un terrain vague. On apercevait au loin le clocher décapité de la Kaiser Wilhelms Kirche, la « dent creuse », comme on commençait à la nommer. Il s'arrêta.

— Un paysage désolant, n'est-ce pas ?...

Il la serra contre lui.

— ... Moi aussi je suis désolé.

Le peignoir de soie. Elle avait l'impression qu'elle le portait en elle, elle était sa douceur.

Sur le pas de la porte, il l'embrassa sur les lèvres. Longtemps. Il partit. Elle avait eu envie de lui dire :

« Maintenant, je peux te raconter. » Mais ils avaient encore tout le temps.

Ils en auraient d'autant plus que les Soviétiques venaient de mettre en place le blocus de Berlin. Il n'était plus question de permissions. « Je suis ton prisonnier », disait-il en posant la tête sur sa poitrine. Elle l'entourait de ses bras, caressait les épaules parsemées de taches de rousseur, « tes étoiles », disait-elle, « ta comète », ajoutait-elle en suivant du doigt la longue cicatrice qu'il avait sous l'omoplate ; elle jouait avec les boucles brunes dans lesquelles la lueur de la bougie allumait des reflets fauves. Ils s'enroulaient dans le peignoir, et elle lui racontait. Il racontait aussi. Ils entrelaçaient leurs corps et leurs histoires.

— Tu vois, ce que nous faisons, lui dit-elle un soir, cela me fait penser à ce que je faisais derrière mon métier à tisser. Nous sommes l'un pour l'autre tantôt la chaîne, et tantôt la trame. Il faut de la patience. Un jour, nous aurons fini. Nous pourrons voir le motif.

— Nous n'aurons jamais fini. *Never*.

Elle souriait. Elle savait que tôt ou tard chacun emporterait la moitié de l'ouvrage. Il ne serait jamais défait, mais tous deux, peu à peu, oublieraient le dessin de la partie manquante. Caressant la déchirure, ils se diraient : « Et là, c'était beau aussi. » C'était beau, mais qu'est-ce que c'était, déjà ?

Ils ne quittaient presque plus la petite chambre de la Motzstrasse. Il apportait des journaux américains, lui lisait les pages culturelles. C'est ainsi qu'elle apprit les problèmes auxquels Brecht était confronté. Qu'il risquait l'expulsion : communiste… Au hasard des pages, un nom d'autrefois réapparaissait, lui faisait signe de loin, de si loin.

Très loin, là-bas, Robert G. O'Leary avait une épouse et trois enfants. Le bruit incessant des avions couvrait leurs voix. Le seul endroit où l'on pouvait les entendre était ce bureau, au QG de l'armée américaine. Clara n'y allait jamais. Elle avait oublié le colonel Robert G. O'Leary. Elle ne connaissait plus que Berht. « Berht », qui en vieil allemand signifiait « brillant », elle le disait en allongeant le « e », il devenait comme un soupir.

Un jour, Berht lui apporta une autre lettre.

Très chère Clara, j'ai été heureux et soulagé de savoir que Joe t'avait retrouvée et s'était occupé de toi. Je n'ose imaginer ce qu'ont été ces années pour toi. J'ai le cœur serré quand je pense à Berlin. Nos années… J'ai arrêté la photographie, c'est maintenant le domaine de mon frère Andreas. Il est bien plus doué que moi. Je peins. Comme mon père. Tu devrais venir voir ça. J'espère que tu viendras. Tu nous manques. J'ai cru comprendre que tu aurais aimé avoir cette photo. Joe ne voulait pas s'en séparer. Elle fait partie de son histoire, maintenant. Tu fais partie de son histoire ! J'ai fait un autre tirage. Pour toi. Je t'embrasse. Lux

— C'est Lux, dit-elle, Lux Feininger…

— Oh, le fameux Lux ! Votre photographe ! Il t'envoie des photos ?

— Oui… Une photo.

Robert G. O'Leary vit très bien qu'elle ne regardait pas l'image, que ses yeux étaient fixés juste quelques centimètres au-dessus du petit rectangle de carton, au-dessus des trois visages qu'il contenait, qui se serraient entre les bords blancs, une fille entre deux garçons. Il vit la main de Clara qui cherchait refuge, qui ne voulait pas toucher l'épaule de celui qui se tenait à sa gauche, du garçon à la mèche drue qui fixait l'objectif et ne souriait pas. Dans la gorge de Clara, il vit passer silencieusement un prénom, ce ne fut qu'un léger spasme, et il sut que ce n'était pas le sien. Berht… son nom n'était qu'un soupir, l'autre, celui qu'il n'entendait pas, était un sanglot.

L'automne était arrivé. Il commençait à faire froid. « Tu devrais venir travailler pour nous, lui avait suggéré Berht, on a besoin de bras pour les distributions de vivres. L'entrepôt n'est pas chauffé, mais bouger te réchauffera. »

Elle se retrouvait donc, plusieurs jours par semaine, derrière ce comptoir où défilaient les mères de famille, les enfants aux yeux agrandis par la faim, les isolés, les filles qu'elle avait vues accoudées aux comptoirs des bars. Un bon d'alimentation, un paquet de farine, un bon d'alimentation, un paquet de sucre, de riz… Devant elle ces mains tendues.

Un jour, un officier américain fit visiter l'entrepôt à un officier français. Ils étaient accompagnés d'un civil et d'une interprète. L'homme était vêtu d'un imperméable. La jeune femme de l'uniforme des auxiliaires de l'armée française. Clara envia le blouson ajusté, la jupe assez courte pour dévoiler les jolies jambes, le petit calot crânement posé sur la blondeur permanentée. D'où sortait cette fille ? Avec ses lèvres d'un rouge parfait, elle traduisait les explications de l'Américain. De temps en temps, l'homme en civil portait discrètement une main à son flanc droit. Il était fin, trop fin peut-être, un peu perdu dans cet imperméable. Il avait une manière de se tenir légèrement à l'écart, d'écouter, avec un mélange de bienveillance et d'indifférence, une ironie douce et distinguée dans sa manière de considérer la situation. Clara avait déjà vu cela. Il y a longtemps. Dans les yeux de son père. Et puis la fille s'était tournée vers elle, lui avait posé des questions. En allemand. Dans un allemand impeccable, qu'elle parlait avec des rondeurs graves. Une voix de cinéma, avait pensé Clara. « Ah, la petite interprète, avait répondu Berht avec un sourire. Il n'y a que les Français pour trouver une fille comme ça ! » Il la connaissait, donc, comme il avait croisé l'homme à l'imperméable au mess des officiers. « Un type brillant. Ancien officier, lui aussi. Cinq ans de captivité en Allemagne. Hors d'usage pour l'armée. Il s'occupe du service des réparations-restitutions. C'est une drôle d'idée des Français. Ils récupèrent les trucs cassés. »

Hors d'usage. La guerre avait rendu certaines personnes hors d'usage. Clara le savait. Elle s'était regardée dans son miroir. Était-elle le truc cassé que Berht avait récupéré ?

Le soir, Berht apportait des chocolats, des raisins secs. Il lui faisait livrer du charbon, qu'ils regardaient se consumer dans le petit poêle. Le ronronnement des avions ne s'arrêtait jamais. Ils décollaient de Tempelhof pour les Américains, de Gatow et de Tegel pour les Anglais et les Français. Ils repartaient par le même couloir aérien qui passait juste au-dessus de la Motzstrasse. Clara les reconnaissait tous, les C-47, les Handley Page Hastings, et les Junkers de l'armée française. Les vieux « Tante Ju », ceux qu'elle avait entendus si souvent à Dessau. Une version améliorée, certes, mais qui avait gardé son nez de clown, et la même voix. Les Français les avaient récupérés, eux aussi. Clara fermait les yeux, et elle racontait l'aérodrome, le premier vol du G 38 ; elle raconta Ute et Ulrich, et le petit Froum.

— Junkers fabriquait aussi des chauffe-eau. Ils étaient à la pointe du progrès. Oh, Berht, je voudrais tellement prendre un bain, un bain très chaud ! Crois-tu qu'un jour on pourra de nouveau prendre des bains ?

Derrière la vitre du petit poêle, il y avait cette lueur rouge, éphémère. Les avions repartaient, toujours et encore. Au creux du sommeil, elle les entendait, et elle voyait Otti Berger, perchée tout en haut du grand métier jacquard, Otti qui souriait, Otti poussant sa navette, tissant l'infini d'un ciel étoilé. En 1938, Otti Berger était rentrée chez elle, en Hongrie. Elle avait écrit à Clara qu'il lui avait été trop difficile, à cause de sa surdité, d'apprendre l'anglais. Beaucoup d'anciens du Bauhaus étaient déjà partis pour les États-Unis ; seule elle n'y était pas arrivée. Et puis sa mère était tombée malade. Otti était juive. Un dernier signe de vie en 1941, et puis plus rien… Otti, quels fils avait-elle trouvés, dans son silence, elle qui voulait « des tissus qui scintillent et chatoient, comme l'hiver, avec un arbre dénudé, et un corbeau ».

— Tu vois, avait-elle dit à Berht, je n'ai pas compris pourquoi personne ne l'a aidée. Elle était merveilleuse. Dès qu'ils ont été là-bas, elle disait cela avec un geste vague vers l'ouest, c'est comme si tout s'était défait.

Clara avait eu ce regard d'enfant perdue qui surgissait parfois quand elle évoquait le Bauhaus, non pas le travail, les réalisations, mais les personnes. Elle se reprenait. Elle arrivait, souvent avec talent, à faire de certaines d'entre elles des personnages, à les mettre en scène, à les animer. Berht la regardait, amusé par sa manière de pouvoir être l'un ou l'autre, l'une ou l'autre. Pour lui, elle renouait avec elle-même. D'autres pans restaient dans l'ombre de ses yeux, il ne percevait, dans ses pupilles, que le reflet fugace du désenchantement et de l'abandon.

Parfois, Berht ne faisait que passer. Il était attendu à quelque dîner d'officiers, à quelque réception organisée par les Anglais, quelque tournoi de bridge dont les Français raffolaient. « Je vais encore boire, et être lamentable ! Un vrai Yankee… Peut-être finiront-ils par ne plus m'inviter ! » plaisantait-il. Clara le regardait partir, elle rajustait le peignoir de soie sur son ventre et ses bras, lourds de caresses non données.

Parfois, il s'autorisait une nuit entière. « On sait où me trouver… » Il emplissait la pièce de sa présence, de son grand manteau, de son uniforme qu'il accrochait à la porte de l'armoire et qui se tenait tout raide. Clara riait :

— La chambre est trop petite pour vous deux !

— Elle est immense, disait-il, elle est tout notre univers. Regarde.

Du bout du pied, il repoussait la porte. Dans le miroir fixé à l'intérieur du meuble, il n'y avait plus qu'eux. Il l'attirait vers lui, la soulevait, elle l'enlaçait de ses jambes. Ils exploraient le moindre recoin de la pièce, ils exploraient la moindre parcelle de leurs corps, l'exiguïté provoquait leur imagination, l'enfermement était leur liberté.

Un jour, dans l'errance des caresses partagées, un sursaut de plaisir l'obligea à chercher appui sur la table. Sa main glissa sur le bois et fit tomber une boîte qui y était posée.

— Je suis maladroit, s'excusa-t-il.

— Non, tu es juste trop grand. Ce n'est rien.

Ils étaient retournés s'étendre sur le lit. Plus tard, quand il fut endormi, elle se dégagea de ses bras et s'accroupit près de la table. La boîte avait laissé échapper son contenu. Douze petits carnets de moleskine noire.

— J'aime tes reins. Tu es mon petit violon… Encore quelques donuts et tu seras bientôt mon alto.

Clara s'était retournée, surprise, elle avait suspendu son geste.

— Eh bien, que caches-tu là ? Ton journal ?

Il s'était penché vers elle et l'avait attrapée par le bras, l'obligeant à regagner le lit.

— Ton journal ou bien tes notes, petite espionne, ma petite communiste ?

Il riait, il aimait plaisanter sur son histoire, sur le Bauhaus. Il plaisantait, peut-être pas autant qu'il voulait le faire croire. Après tout, il y avait cette ombre rouge. Clara ouvrit le petit carnet au hasard. C'était bien un journal, il y avait des dates. 1er avril, 12 mai… Sur d'autres pages figuraient des listes de mots, alignés les uns sous les autres, et puis le journal reprenait. Berht ne connaissait pas assez l'allemand pour les comprendre, ils semblaient comme un code, des messages chiffrés.

— C'était pour ne pas oublier.

Clara suivait d'un doigt une liste, tournait les pages, faisait de même avec une autre.

— Oublier quoi ?

— Le sens des mots. Les mots. Elle désigna le petit tas sur le parquet. J'ai commencé à faire cela en 1933, quand j'ai compris que certains mots étaient remplacés par d'autres, ou qu'ils changeaient de sens, qu'ils perdaient leur signification pour devenir des outils. Je me suis acheté un petit carnet et j'ai commencé à noter tous ceux auxquels je tenais, les phrases que j'aimais. Les idées. J'ai noté aussi tous les nouveaux mots, ceux dont il fallait se méfier, qui rampaient dans les cendres de ceux qui avaient été brûlés. Je les mélangeais avec des remarques sans importance, de celles qu'on attend d'un journal de femme. Une recette de tarte, une remarque sur la robe d'une fille, sur le temps qu'il faisait… C'était un jeu. Je suis seule à pouvoir m'y retrouver.

Berht s'était levé et avait ramassé les carnets. C'était lui maintenant, agenouillé au bord du lit, avec les douze petits témoins entre ses grandes mains, il tenait le dérisoire muret que Clara avait élevé contre le flot de haine, contre la boue brune et collante, contre la vague noire. Une résistance de chaque jour, invisible et tenace. Elle avait roulé jusqu'à lui, glissé son exemplaire parmi les autres. Elle était restée là, allongée sur le ventre, à le regarder dans le désordre de ses cheveux, dans l'abandon de son corps nu. « Précieuse », avait dit le petit sergent. Précieuse.

— Tu t'es retrouvée, n'est-ce pas ? Tu ne t'es jamais perdue…

Elle avait secoué la tête.

— Les mots, je ne les ai jamais perdus.

Elle avait repoussé les carnets d'un revers de main et attiré son amant contre elle.

— Pour le reste, il y a toi. Apprends-moi encore.

« Tu ne peux pas rester ainsi, sans savoir. » C'est ainsi que Berht avait réagi. Parce que, justement, elle trouvait que lui ne devait pas rester sans savoir, elle avait fini par raconter Theo, et Holger. Et aussi le petit Oskar. Berht avait pu mettre un nom sur ce qui serrait la gorge de Clara, sur le garçon de la photo. Elle avait haussé les épaules. « S'il doit revenir, il reviendra. »

Berht avait malgré tout commencé des recherches. Il existait des listes, des registres, des noms, des prénoms, des dates. Il avait retrouvé celui d'Otti Berger. Auschwitz, 1944. Les camps commençaient à livrer leur funèbre litanie. Holger n'était pas juif. Alors, communiste. Opposant au régime. Suspect. Espion, peut-être. Il avait fait jouer ses contacts, ses relations. Nulle part. Nulle part ne figurait le nom d'Holger Berg. Disparu. Il ne figurait même pas dans cette liste. Victime. Sans doute était-ce la dénomination sous laquelle on pouvait l'inscrire. Mais victime de qui, de quoi, où, quand, comment ? Berht avait fini par abandonner. Des victimes, il en voyait tous les jours, et celles-ci étaient vivantes, elles le regardaient avec reconnaissance, il était leur héros provisoire, celui qui donnait du pain, celui qui faisait tomber des bonbons du ciel. Victime, comme cet ancien officier français, l'homme à l'imperméable. Trop pâle pour faire tout à fait partie des vainqueurs. Une part de lui-même avait été fauchée et il cachait ce vide sous son imperméable. Le colonel Robert G. O'Leary, lui aussi, cachait des blessures sous son bel uniforme. L'une avait guéri. L'autre lui était précieuse. Elle se creuserait encore longtemps.

Clara avait fini par recevoir une autre lettre. De Theo cette fois-ci.

« Tu as beaucoup d'amis aux États-Unis, et ils pensent à toi. » Berht avait-il voulu dire que Clara avait plus d'amis là-bas qu'ici, à Berlin ? Était-ce une manière de lui suggérer, qu'après tout, elle pourrait les rejoindre. Y réfléchir, du moins. Était-ce une invitation ?

Theo racontait sa vie. Son père était mort dans les bombardements de Hambourg. Un dernier voyage, un voyage de trop. Sa mère, réfugiée à Londres, ne lui avait survécu que quelques mois. Jusqu'à ce décès, il avait fait de nombreux voyages entre Londres et Chicago. Il avait finalement opté pour cette dernière et continuait à travailler avec Gropius et le TAC[1]. Il y retrouvait ce qu'il avait aimé, l'esprit de communauté, le modernisme, le verre et l'acier. Il enseignait aussi. Les anciens du Bauhaus, la plupart du moins, avaient plutôt bien réussi leur implantation aux États-Unis. Au début de la guerre, il avait épousé Camilla, la jeune Anglaise rencontrée en Angleterre. Ils habitaient une grande maison dans la banlieue de Chicago. *La vie au bord du lac Michigan me fait parfois penser à celle*

1. The Architects Collaborative. Groupe d'architectes américains réunis autour de Gropius à partir de 1946.

que l'on pouvait avoir à Hambourg. C'est parfait. Autre chose : tu as su, sans doute, que Brecht était reparti pour l'Europe avec la Weigel. La commission anticommuniste a eu sa peau. Ils sont en Suisse pour le moment. Une série de faits, nets et précis, que venait adoucir la dernière formule : *Je te serre sur mon cœur, ton Petit Theo.*

Oui, Clara avait des amis aux États-Unis. Chicago. Ce nom qui l'amusait tellement, avant, qui portait en lui toute une mythologie de voyous, d'alcool, de jazz, de train filant dans la nuit, dans l'immensité d'une nuit de métal, de bois verni, de linge amidonné, dans le doux balancement à trois temps des bogies, Chi-ca-go, ce nom se réduisait soudain à une maison dans une banlieue chic.

Elle avait lu la lettre assise sur le lit. Derrière elle, Berht, allongé, lui caressait le dos, la nuque, jouait avec ses cheveux qu'elle avait laissés repousser, et qu'elle remontait, parfois, en chignon.

— Tu as toujours une mèche rebelle, là, on dirait qu'elle refuse de suivre le mouvement…

— Brecht est en Suisse.

— Je sais.

— Tu penses qu'il veut revenir ?

— Pas ici, en tout cas. Nous ne l'autoriserons pas.

Nous. Les Américains, les Anglais, les Français. Pas dans cette Allemagne qui est la nôtre, à qui nous donnons nos dollars, des cigarettes et du chocolat. Nous avons le droit de choisir nos invités. Nous ne voulons plus de Brecht au château, nous n'allons pas non plus l'accueillir à l'annexe.

— Non, bien sûr.

Des lettres, il y en eut. De nombreuses lettres, qui arrivaient de partout, de Suisse, d'autres villes d'Allemagne, la plupart à l'Ouest, d'Angleterre, d'Israël, des États-Unis ; la plupart des États-Unis. Elles transitaient par le bureau de Berht. Parfois, une photo était jointe, elle reconnaissait le Bauhaus dans les plus anciennes, parfois même elle y trouvait un visage qui avait été le sien. « C'est toi, là », disait Berht.

Oui, c'était son profil derrière la trame d'un métier à tisser, ses bras, attablée à la cantine, sa silhouette lors d'une fête. Parfois, c'était une photo récente, Gunta dans son atelier en Suisse, les Albers à Black Mountain, l'école qu'ils avaient créée, ou l'Institute of Design de Moholy-Nagy, Xanti dans un bar de New York, en train de jouer aux échecs, ou l'un de ses spectacles. Xanti, ange au masque de poupon sous le sapin métallique de 1927, qu'avait-il fait de ses boucles brunes et de ses belles notes cuivrées, quels Noëls de chagrin cachaient désormais son masque de sourire ? C'était parfois un article de journal, une critique, la photo d'une maison, celle des Gropius à Lincoln, Massachusetts, une plus grosse enveloppe avec un catalogue d'exposition, c'étaient leurs vies, c'était le Bauhaus des vivants. Klee, Kandinsky, Schlemmer n'en faisaient plus partie. Elle les imaginait, glissant leur lettre dans la boîte et retournant à leur paysage devenu familier, n'osant pas se figurer le sien, n'osant pas, même en souvenir, parcourir ces itinéraires qui n'existaient plus. « Je suis celle qui est restée. » C'est la manière dont elle s'était présentée à Berht, lors de leur premier dîner. Elle ne savait plus ce qu'elle avait voulu dire. Était-elle la gardienne de ce qui avait été, s'était-elle chargée de la tâche de prendre soin de ce qu'ils avaient abandonné, ou bien était-elle celle que la vie n'avait pas choisie, qui était simplement restée là parce que rien ni personne n'avait voulu d'elle, ni ne l'avait rejetée assez fort ?

Berht l'attirait contre lui et lui murmurait : « Ce soir, je t'emmène à Chicago. » Ou à New York, ou à Boston, à Paris, ou ailleurs. Il lui offrait l'astre rond du plaisir, façonné de caresses, et elle pressait son front à l'horizon de ses épaules. Après l'amour, il s'endormait et elle restait éveillée, elle contemplait ce grand corps d'homme solide, ce corps de guerrier, les muscles longs sur une charpente large, caressait du bout des doigts l'aine claire et douce, suivait les entrelacs soyeux, presque roux, de la toison, remontait vers la poitrine, vers le cou où la peau se faisait plus foncée, presque grenue, suivait l'angle de la mâchoire, la courbe des paupières, et plongeait dans la vague ambrée des cheveux. Chicago, Boston, New York… Et ce qu'il portait en lui de l'Irlande, ce qu'elle devinait de sauvage, de ce qu'elle avait pris pour de la rudesse. Elle voyageait sur ce corps qu'il lui abandonnait, dont elle ignorait tout ce qu'il en avait prélevé, jour après jour, comme le sculpteur prélève une poignée de glaise et la dépose sur la statue, la lisse, répare un manque, jour après jour, caresse après caresse. Elle ne voyait pas, sous le manteau soyeux de sa peau, le vide qu'il ne pourrait plus jamais combler.

Brecht était à Berlin. Il était passé par la Tchécoslovaquie, avait rejoint Berlin-Est. Le blocus avait pris fin. L'incessant va-et-vient des avions s'était tu, le calme était revenu au-dessus de la Motzstrasse. L'entrepôt avait fermé. Clara se sentait soudain désœuvrée. Elle regardait ses mains, posées sur le peignoir de soie, des mains redevenues présentables, avec lesquelles elle n'hésitait plus à le caresser. Elle explorait les courbes de ses seins, de ses hanches, de ses cuisses. Elle avait presque repris son corps d'avant, elle n'était plus aussi maigre. Elle tirait le fauteuil près de la fenêtre, s'asseyait dans le rayon de soleil, fermait les yeux. C'était mieux ainsi. Elle savait que si elle les ouvrait, il y aurait quelque chose d'insupportable à regarder le ciel. Il bouchait les trous béants des fenêtres et se répétait, bouchant et rebouchant, dans la perspective sans fin des ruines. Il pendait en lambeaux obliques, s'effilochait, s'éparpillait en charpie. De la charpie, sous laquelle sa mère reposait, là-bas, dans les cendres de Dresde. L'été accentuait la théâtralité de la vue que sa fenêtre lui offrait comme sur un plateau. « Donne-nous de la lumière, éclairagiste !... » Elle se remémorait la phrase de Brecht. Mieux que l'hiver, brouillon et paresseux, avare de ses effets, l'été envoyait ses jeux d'ombres et de lumières, savait donner de la profondeur au décor, il en soulignait les arêtes, on avait presque envie de dire bravo à la mise en scène. C'était le désir réalisé de Jenny, la fin de sa chanson, ou plutôt l'après. Un épilogue que Brecht n'avait pas écrit mais qui s'était écrit sans lui, et pour lequel il n'y avait pas de chanson possible.

Pourtant, Brecht était revenu.

Alors elle s'habillait et elle sortait. Elle éprouvait le besoin de marcher, elle remontait jusqu'au Kurfürstendamm, jusqu'à la Lehniner Platz. Dans la bande centrale de l'avenue, elle regardait les femmes arroser les petits potagers qui avaient remplacé les massifs de fleurs. Elle aimait ce grand lé de broderie, tous ces verts, leur texture de laine ou de coton, le point lancé des feuilles de topinambour, le petit point des fanes de carottes piqué du blanc des fleurs de pomme de terre, elle aimait la trame brute de la terre qui appelait la patience des femmes, qui disait l'impatience de Berlin.

Renaître. Se réinventer. Redevenir celle qui va.

Les potagers nourrissaient bien plus que les corps.

On avait commencé à restaurer le cinéma Universum. La grande barque des rêves d'Erich Mendelsohn était toujours là, sa structure presque intacte, et sa quille toujours dressée. C'est comme cela que l'architecte l'avait voulu, un paquebot retourné, posé sur les fonds mouvants de la ville, dans l'obscurité duquel brillaient, tels des poissons d'argent pris dans le scintillement de l'écran, les yeux des mille huit cents spectateurs. Les bombes n'avaient pu se résoudre à effacer les lignes qu'avait tracées l'architecte d'une main si sûre. Une longue courbe, ponctuée d'une verticale : une inspiration profonde, une courte expiration. La rangée de vitres avait volé en éclats, l'intérieur avait brûlé ; des décors de fresques, des autres lieux qu'il abritait, le Kadeko, où elle avait chanté, le café Leon, où elle avait si souvent dansé, il ne restait plus rien, mais il était là, le Woga-Komplex, comme on l'appelait, sous la coque de béton, quelque chose renaissait déjà.

Près de chez elle, le théâtre am Nollendorfplatz, plus loin l'Admirals Palast, le théâtre am Schiffbauerdamm, la Volksbühne, le théâtre des Westens, tous étaient debout. La façade du Metropol avait été soufflée, mais la salle était toujours là, comme si une main mystérieuse avait protégé ses ors et ses stucs.

Elle alla les saluer, l'un après l'autre, d'un bout à l'autre de la ville. Ils respiraient, ouvraient l'œil de leurs guichets, se paraient d'affiches colorées, distribuaient les rôles, ils vivaient. Clara rôdait dans les alentours, passait et repassait au bas de leurs marches, s'arrêtait et repartait.

Enfin le Deutsches Theater. En secteur soviétique.

C'est le milieu de l'après-midi quand elle y pénètre. Il n'y a personne pour l'empêcher d'atteindre la salle, d'ouvrir doucement les portes battantes, personne pour lui barrer le chemin dans l'allée centrale, personne pour faire attention à elle, pour la regarder descendre jusqu'aux premiers rangs faiblement éclairés. Helene Weigel interrompt sa tirade. Sur la grande scène vide, elle semble à la fois minuscule et immense. Fragile et puissante.

— Je te reconnais, toi, dit-elle.

Elle n'a pas parlé fort, mais sa voix s'est immiscée dans tout le théâtre, dans les angles des loges, entre les pampilles du lustre, dans les fibres du velours grenat. Elle est entrée sans frapper dans la chair de Clara.

— Regarde qui est là.

Helene Weigel s'adressait à l'ombre, son regard fixait un point derrière Clara, qui ne savait pas si elle lui parlait, ou si elle avait repris son texte. Elle tourne néanmoins la tête, et aperçoit, dépassant d'entre deux rangées de fauteuils, la casquette de Brecht.

— Eh bien puisque tu es venue, assieds-toi et écoute.

Clara ne reconnaît pas le texte, elle reconnaît le rythme, elle en retrouve la scansion dans les muscles de ses mâchoires, elle retrouve l'endroit où le son prend sa racine, juste au-dessous du cœur, l'endroit où il va chercher la force, la sève, dans le ventre. Elle connaît tout cela. C'est la Weigel qui le lui a appris.

Elle est revenue plusieurs fois, est entrée dans le théâtre, s'est assise parfois à l'orchestre, parfois au balcon, d'autres fois tout en haut, invisible dans la pénombre, dans l'haleine de la grande bouche rouge. La poussière de Berlin est retombée comme un voile sur sa chute, elle est ce dont le ciel n'a pas voulu. Ici, dans l'univers circulaire du théâtre, elle flotte, elle danse, ses grains sont les mots restés en suspens, ils scintillent dans le rai de lumière de la poursuite, sur la rive éclairée de la scène.

Tantôt la troupe est là, ils répètent *Maître Puntila et son valet Matti*, Brecht règle les déplacements, compose avec les acteurs. Parfois, il n'y a que Brecht et la Weigel. Elle arpente le plateau, s'arrête, repart dans une autre direction, tourne, elle est son instrument de mesure. Il y a eu tant de lieux, tant d'autres femmes, et elle est toujours là ; plantée comme un compas, elle délimite leur territoire commun, la scène.

— Tu cherches un travail ?

Il a fallu que la Weigel répète « Tu cherches un travail ? », pour que Clara comprenne que la question s'adressait à elle. La phrase a mis du temps à lui parvenir, elle a d'abord fait résonner une autre question : « Que cherchez-vous, mademoiselle ? »

— Oui, répond Clara.

C'était le plus simple. Cela coupait court à toutes les explications qu'elle aurait dû donner, à toutes les justifications qu'elle n'avait pas envie de se trouver. Il serait toujours temps de réfléchir, de chercher ce qui pouvait la pousser à venir là et revenir encore, à courir après une trace perdue, comme une bête, à humer la trace retrouvée, il était plus simple de ne répondre qu'à son instinct, plus facile d'être celle qui chasse, et qui attrape la chance au cou.

— Tu sais y faire avec les tissus, tu t'occuperas des costumes.

Voilà. Ce n'était peut-être pas ce qu'elle espérait, mais avait-elle eu le temps d'espérer autre chose ?

— Il y a onze personnages et pas beaucoup d'argent. Tu te débrouilleras. Tu auras un contrat.

« Je vais travailler pour Brecht. » Elle lui avait donné l'information, elle n'avait pas pris de précautions, pas fait de périphrases, pas de peut-être. Elle ne lui demandait pas son avis. Elle l'avait dit tout bas, dans un souffle, comme elle avait dit, quelques instants auparavant, ses mots d'amante, les mots du désir et de la jouissance. Il reposait, la tête sur sa poitrine, il tenait son corps entre ses mains, entre ses jambes, et il n'avait presque rien ressenti. À peine une légère piqûre, non pas celle d'un insecte, d'une guêpe, plutôt celle, traître, de la chenille en habit de velours. La brûlure viendrait plus tard, elle ferait battre son cœur plus vite, il voudrait se défaire de ce dard invisible qui avait l'apparence de la soie, sa douceur.

Plus tard, il faudrait l'accepter. Pour l'instant, il fallait juste caresser cette hanche, descendre jusqu'à la cheville dont ses doigts faisaient si facilement le tour. Il ne fallait rien dire.

Clara aussi avait accepté sans rien dire de ne pas chercher à se produire dans les cabarets, de ne pas chanter, de ne pas se donner en spectacle. Lorsque les théâtres avaient recommencé à fonctionner, elle n'avait pas eu besoin que Berht, le colonel Robert G. O'Leary, le lui demande. « Je ne peux pas me permettre une liaison, mais je suis capable de vivre une histoire d'amour », lui avait-il simplement dit. C'était peu de temps après leur rencontre, au milieu de la nuit, il s'était rhabillé, s'était assis au bord du lit, et avait délicatement rabattu sur ses jambes un pan du peignoir de soie.

Ce soir-là, il était reparti, avait marché dans les rues silencieuses, sous le regard aveugle des fenêtres, il refaisait les chemins du corps qu'il avait quitté, le corps sinueux, alangui, qui s'était coulé contre lui et dans lequel il s'était fondu, ce corps cambré comme le fleuve qui traversait la ville, la Spree lascive, avec lui il s'était échappé dans les landes, dans la plaine infinie. Lui, l'Américain, l'homme des grands espaces, des gratte-ciel, de tout ce qu'on lui avait enseigné à conquérir, à posséder, avait retrouvé, au confluent du corps assoiffé de Clara, du corps bouleversé de Berlin, sa liberté.

Il marchait, il la tenait dans ses mains, sa liberté, il s'arrêtait, et elle était là, sauvage et curieuse, comme l'écureuil qui venait, à Boston, le regarder travailler, qu'il avait presque réussi à apprivoiser. Il se souvenait. Il déposait quelques graines sur le rebord de la fenêtre. Le petit animal restait là, derrière la vitre, derrière lui le grand chêne déployait l'infini de ses refuges et de ses jeux. Il avait essayé, parfois, de lui donner à manger au creux de sa main, de le caresser. Sans doute n'était-il jamais resté assez longtemps. Il était toujours temps d'autre chose, le temps du dîner, le temps d'étudier, d'aller à l'église, de s'engager, le temps de se marier, d'être courageux.

Ce soir-là, entre ces façades sans vitres, dans ce paysage de poussière, il avait senti au creux de sa main sa chaleur, ses douces griffures, et il l'avait nourri de ce qu'il découvrait en lui, de toutes ces graines oubliées.

Lui, Robert G. O'Leary, colonel de l'armée américaine, lui, le libérateur, l'occupant, avait rendu les armes.

Elle a déplié la feuille qu'elle avait sortie de son sac. C'est le contrat. Plutôt une lettre d'engagement. Juste quelques lignes typographiées, dont l'encre bave un peu sur le papier de mauvaise qualité. Il y a son nom, une date, deux phrases, l'une pour décrire le travail dont elle va être chargée, l'autre pour indiquer le montant de sa rémunération. En dessous, il y a la signature de Brecht, suite d'obliques pressées, sans majuscules, on ne distingue presque pas les lettres. On dirait une écriture musicale, une suite de croches, un staccato peut-être. En haut, deux mots, Berliner Ensemble, entourés d'un cercle rouge.

— C'est peu, dit Berht.

À quoi fait-il allusion, au salaire, à ce contrat sommaire, à cet avenir qui semble si précaire ?

— Oui… C'est tout, répond Clara.

Elle fixe l'en-tête, le cercle rouge.

— *Ensemble*, c'est un beau nom, n'est-ce pas ?

— Très beau.

Il aurait voulu pouvoir dire que tout cela était pathétique, que ce n'était qu'un pauvre bout de papier, il aurait voulu le lui arracher des mains, le jeter en boule dans la corbeille, ou plutôt le déchirer, le réduire en miettes. Il aurait souhaité ne pas comprendre ce que signifiait pour Clara ce cercle rouge, ce mot, ensemble, quand lui, Berht, n'avait pas cet autre mot à lui offrir, cet autre ensemble, celui où elle ne se dissoudrait pas dans une communauté, celui où ils seraient réunis, elle, Clara, et lui, Robert. En anglais il y a un autre mot pour cela. *Together*.

— Tu n'as pas encore signé ?

— Non, j'ai le temps, la première est en novembre, et ils n'ont pas encore besoin de moi. Et je crois que la Weigel veut faire quelques économies… Tu sais, elle est redoutable comme administratrice.

Clara a un petit rire, de ceux qui viennent quand on les appelle, quand on a besoin d'eux, qu'on arrive à produire parce qu'on en connaît le mécanisme. Elle replie la feuille en quatre ; des mots, de la date, des crochets noirs de la signature, du cercle rouge, ne reste qu'un petit rectangle de papier de mauvaise qualité.

Ils sont assis l'un contre l'autre. Elle sent, contre sa jambe, contre son bras, la toile forte et douce de son uniforme, elle sent sa cuisse et son épaule si familières qu'elle pourrait les dessiner, les yeux fermés elle pourrait tracer toutes les lignes, tous les méandres, les landes et les sources de ce grand corps, le corps vulnérable de l'homme aimé. Elle se laisse glisser au bas du lit, entoure ses genoux de ses bras, pose la tête sur ses cuisses. Entre l'arc délicat de ses épaules, elle lui offre sa nuque, dévoilant la mèche rebelle qu'il couvre de sa main, comme pour les protéger, lui comme elle, d'une blessure. Puis il la prend par les bras et, basculant lentement vers l'arrière, l'allonge contre lui.

— Alors nous avons tout notre temps.

Il la porte, comme une barque porte un naufragé, il l'enlace, il veut, encore et encore, de leur dérive dans la nuit, il ferme les yeux pour ne pas voir les récifs de la ville qui se reconstruit, de la vie qui reprend, pour ne pas voir la lettre posée sur le bureau du colonel Robert G. O'Leary.

Le jour de la première avait fini par arriver. « Tu peux venir, si tu veux », avait dit Clara en lui tendant l'invitation.

En cette soirée du 12 novembre 1949, il avait traversé la ville, avait monté les marches du théâtre, avait soutenu les regards méfiants de l'homme qui contrôlait les billets, de l'ouvreuse, des spectateurs des rangs qu'il avait dépassés, de son voisin qui s'était levé pour le laisser atteindre sa place. Il avait surpris, dans les grands miroirs du foyer, ces interrogations muettes, ces visages fermés, ces lèvres pincées, il s'était vu passer, trop grand, maladroit dans ce costume sombre qu'il avait sorti pour l'occasion, et qui ne ressemblait pas, ni par sa coupe ni par la qualité de son tissu, à ceux qui l'évitaient, qui se détournaient. Ne pas paraître en uniforme. C'était stupide. Tout est uniforme, tout raconte une appartenance. Même sur cette jeune femme, qu'il aperçut de loin, et qu'il reconnut. Elle était vêtue d'un simple sweater et d'une jupe noire. Sa blondeur pouvait la faire passer pour une Allemande, l'austérité de sa tenue pour une Allemande de l'Est, puisque, maintenant, Allemagne de l'Est il y avait. Mais non, elle n'était pas une ressortissante de la toute nouvelle DDR. C'était la petite interprète française, la Parisienne. Lui, il était l'Américain. Elle était plus douée que lui. Elle semblait indifférente aux regards un peu lourds qui s'accrochaient à elle, à sa démarche, à sa manière de monter l'escalier. Elle était habituée, sans doute. Ici ou ailleurs, c'étaient les mêmes. Et puis elle, au moins, semblait concernée par la pièce, curieuse d'être là. Lui ne pouvait même pas avoir l'air d'un journaliste, d'un correspondant, d'un intellectuel. Il avait juste l'air déplacé.

Il n'avait pas tout compris. Il avait vu maître Puntila s'agiter sur scène, être bon, être méchant, il avait regardé le valet Matti s'abaisser et se relever, il avait écouté la musique de Paul Dessau. Il avait senti l'attente de la salle, la ferveur, il avait vu ces visages illuminés, ces dos penchés vers l'avant, cet élan commun. Berht n'était pas sûr qu'ils comprenaient tout, eux non plus, mais ils entendaient ce qu'ils attendaient : la reconstruction de leur théâtre, de la grande scène socialiste.

Au-delà du plateau, derrière le mur du fond, il imaginait Clara. Il n'était là que pour elle, pour la part qu'elle prenait, invisible, dans la pénombre des coulisses. Sur le programme qu'on lui avait remis, tout en bas, il y avait son nom. Il y pressait son pouce, de toutes ses forces, comme pour l'en effacer, comme pour l'imprimer dans sa propre chair.

À la fin, ils étaient tous venus saluer. Les onze personnages, puis Brecht et les onze personnages. Il y avait eu plusieurs rappels. Au troisième, le rideau s'était relevé, et ils étaient là, tous ensemble, Brecht, les acteurs, et Clara. Ensemble. Tous sur une même ligne. Brecht avait dit quelques mots de remerciements, puis le rideau était retombé.

Berht était reparti vite, et seul. Ce soir, il la leur laissait, il la confiait à une famille qu'il ne pouvait lui offrir. À ce qu'elle avait aimé, et perdu. La chaleur d'une communauté.

Il avait retraversé la ville. À la porte de Brandebourg il avait franchi la frontière. Il avait marché tout droit jusqu'à la colonne de la Victoire, puis s'était retourné. Berlin reposait, silencieuse, sous son manteau de neige qui lui rendait une sorte de virginité. Une page blanche, à peine griffonnée par le dôme incendié du Reichstag. Une double page, agrafée en son centre par le rouge et noir de la barrière qui s'était refermée.

En lui résonnait encore la clameur des rappels.

Lui aussi était rappelé. C'était ce qu'annonçait la lettre qu'il avait mis du temps à ouvrir. C'était un ordre. On le rappelait à l'ordre. Cette année, il passerait Noël en famille.

Il avait obliqué vers le secteur américain. La neige s'était remise à tomber, alourdissant ses épaules d'étoiles glacées. Il s'était fait la réflexion qu'à l'Ouest la ville se reconstruisait bien plus vite qu'à l'Est. Lui, l'Américain, y était pour quelque chose.

Ils ont continué à se retrouver dans la chambre de la Motzstrasse. Un soir, ils ont voulu retourner dans le petit restaurant de leur premier dîner. Il était en travaux. Ils sont restés un moment devant son rideau fermé, à déchiffrer à travers leurs souffles rapprochés la petite pancarte qui disait « Nous rénovons ! À bientôt ! » Cela avait l'air si gai.

Même les ruines de la rue avaient un air bien rangé.

Serrés l'un contre l'autre, ils contemplaient leurs jours et leurs nuits, leurs semaines, leurs mois, ils en faisaient le tour, comme on fait d'un ouvrage terminé.

— C'est terminé, mais ce n'est pas fini, n'est-ce pas ? avait demandé Berht.

— Rien n'est jamais fini. Le temps adoucit les reliefs, les couleurs passent, parfois il faut quelques raccommodages… avait répondu Clara en souriant.

Elle avait montré la fine reprise, sur la manche du peignoir, qui brouillait un peu le dessin.

— Il y a des choses dont on ne se sépare jamais…

— Holger ?

— Oui, Holger aussi. Mais peut-être qu'Holger n'est que cela.

Elle désignait, en en suivant du doigt la ligne rouge, le passepoil qui bordait le peignoir.

— Il dessine les contours de ma vie, mais il reste toujours sur les bords. Peut-être ne sera-t-il jamais que le trait de crayon initial, mais le motif…

— Je fais partie du motif ?

— Non, le motif, c'est ma vie. Toi, tu es la douceur. Tu es partout. Tu es ce qui est là quand je ferme les yeux.

Le Bauhaus ? Au marché noir de la Columbus Haus, un type vendait un stock de lampes. « Qualité d'avant-guerre, une aubaine », disait-il. Des Kandem, et, couchés dans la paille, les globes de verre des Wagenfeld. Elle avait hésité. Était repartie. C'était trop cher payé.

La dernière nuit, le léger grincement de la porte de l'armoire l'avait réveillée. Dans le noir, il s'était penché au-dessus du lit, elle avait senti le poids de son manteau sur son bras, et il avait rajusté le peignoir de soie sur son épaule. Il était parti.

Elle avait attendu un moment, puis avait allumé la lampe. Accrochée à l'armoire, une guirlande d'étoiles en papier doré scintillait faiblement. À une extrémité était accrochée une petite boîte oblongue. Elle contenait un stylo-plume. C'était un objet magnifique, lourd et luisant, son corps satiné ceint d'une bague en or, dont l'extrémité du capuchon s'ornait d'une étoile blanche. Un Montblanc Meisterstück. Clara avait déplié le petit papier posé au fond de l'étui.

Si tu as trouvé ce que les mots ne disent pas, ne l'oublie jamais. Berht

36

Noël 1949, Schongau – Berlin

« On ne se refait pas, on change de matériau. »

La phrase qu'avait prononcée sa tante lui revenait tandis que le paysage défilait, endormi sous le ciel de neige qui n'arrivait pas à faire de celle déjà tombée autre chose qu'un drap grisâtre. De temps en temps, un village pointait son nez, puis, fatigué d'exister, retournait se cacher. Ce serait un long voyage.

Elle ne savait plus très bien ce qu'elle était allée chercher là-bas, à Schongau, où Louise et Hilde s'étaient établies avec le petit Oskar. La Bavière. Le pays d'Holger, qu'il avait tant souhaité quitter pour n'y pas revenir. Le hasard y avait envoyé son fils.

« C'est Noël, après tout », s'était justifiée Louise.

La Sainte Famille, avait pensé Clara, et ses santons disparates. Ils avaient fait ensemble le chemin jusqu'à l'église.

Oskar, l'enfant inattendu, dont Louise avait brodé les nuits d'insomnie et de chagrin du fil de ses propres histoires, ce garçon dont elle avait embelli la vie comme elle avait embelli de perles et de plumes les costumes des *Haller Girls*… « On ne se refait pas. On change de matériau », avait-elle dit, et Clara avait reconnu son léger balancement d'épaules. Oskar, l'adolescent qui a oublié les comptines russes et fredonne *White Christmas*[1] à l'unisson de l'Amérique.

Johanna, Mathias. La mère et le frère d'Holger. Parce qu'un jour, Mathias avait mis son manteau et avait ouvert la porte : « Où vas-tu comme ça ? » « À Schongau. » Il avait fait semblant de ne pas entendre ce que Johanna, d'ailleurs, n'avait peut-être même pas dit. Il suffisait qu'il tourne le dos pour être inaccessible. De son bras valide, il serrait l'étui du dernier violon qui n'avait pas été vendu. Tout le long du chemin, il l'avait tenu sur ses genoux. Il n'avait pas eu de mal à trouver l'adresse d'Hilde. Et l'enfant avait posé sa joue sur l'épaule du violon.

L'église faisait donc partie de la vie de Louise. Comme ses gants de laine brodés. Comme tous ces gens qui saluaient Louise et Hilde. À la fin de la guerre, elles avaient repris la petite mercerie de la place du marché. Les rayonnages et les tiroirs à bobines étaient presque vides. Mais combien de cols n'avaient-elles pas retournés, combien de poignets, combien de robes n'avaient-elles pas retaillées. On s'était mis à les aimer, ces deux femmes qui savaient faire du neuf avec du

1. *White Christmas. Noël blanc.* Composée par Irving Berlin, enregistrée en 1942 par le crooner Bing Crosby, chanson favorite des GI, elle est le titre le plus vendu de tous les temps.

vieux. On manquait de tout. Alors on venait chez elles, et on remportait une vie presque neuve, entre les plis bien repassés, on trouvait juste ce qu'il faut de futilité pour croire au lendemain.

Oskar avait rejoint avec son violon le petit orchestre de paroissiens. Clara s'était tassée avec les autres sur le banc de bois.

L'église de l'Assomption brillait de tous ses ors, exultait de toutes ses courbes, contre-courbes, de l'envol de ses rinceaux, de ses anges suspendus, du printemps de ses fresques, de blancheur. Tout autour, la basse continue de la chaire, des stalles, des confessionnaux de bois sombre soutenait la montée de la nef vers la voûte ouverte sur le ciel. Là-haut, une femme en manteau bleu – tout en rondeurs, des joues comme des pommes neuves, une Johanna jeune – avait rendez-vous avec son amoureux, un chevalier diaphane, aux longues boucles blondes, qui lui ouvrait les bras. Cachés dans les nuages, deux chérubins riaient beaucoup. En dessous, comme mis entre parenthèses dans une petite niche, un crucifix ; le fils sacrifié. C'était une manière étrange de figurer l'Assomption de la Vierge. Frivole, se disait Clara. Cette mère qui n'avait pas un regard pour son fils, qui volait vers sa propre gloire, la dérangeait. Au centre du maître-autel, elle était là, encore, immense, Marie rayonnante, le regard perdu au loin ; le centre du monde, et absente. Clara n'écoutait pas les prières, ni le sermon du curé. Lui revenait la phrase que Theo avait lancée, au théâtre am Schiffbauerdamm, c'était en 1928, près de vingt ans auparavant. « C'est vrai que toi, le Bavarois, avec tes églises, tu t'y connais en dorures et en grandes envolées baroques ! » Avec les mots remontaient les images de cette soirée, les moqueries de Theo, la colère contenue d'Holger. Elle se retrouvait, assise avec les autres dans la touffeur du théâtre, elle écoutait le désir de vengeance de la fiancée du pirate, elle entendait Lotte Lenya dérouler son texte de prostituée magnifique, trahir, mentir ; Jenny lançait son petit canif, elle visait juste. Peachum comptait ses prochaines recrues, Mackie ses prochaines victimes. La salle tanguait dans sa nuit rouge, vibrait du tonnerre de la grosse caisse, des éclairs du trombone, et encore la voix de Jenny, comme un vent mauvais, et encore l'orgue, et la lueur intermittente des trois petites ampoules. Cette nuit-là, quelque chose s'était rompu.

De temps en temps, le violon d'Oskar se frayait un chemin dans le ressac des souvenirs, Clara s'accrochait à ce filin tendu au-dessus des larmes qu'elle sentait monter – il y avait si longtemps qu'elle n'avait pas pleuré – et le violon se taisait. Ne pas pleurer. Ne pas pleurer. Ne pas se laisser submerger. Se raccrocher encore à l'instant, à la rumeur qui a remplacé le violon. « Je confesse… je supplie la bienheureuse Marie toujours vierge… pardonnez-nous nos offenses… » La voix des fidèles enfle et retombe, celle de l'officiant roule ses litanies, Marie, les entends-tu ? Toute cette blancheur, et cette lumière, et, au plafond, les vagues immobiles, ourlées d'or. « Voyez cela entre vous. Vous m'avez faite trop belle, et trop pure, je ne sais pas de quoi vous parlez. Et j'ai déjà mes musiciens. » Pourtant Johanna chante avec application. La petite croix d'or se soulève entre les ailes blanches du col amidonné. Clara n'entend ni la voix de Louise, ni celle d'Hilde, et pas non plus celle de Mathias. Ils n'avouent pas. Leurs vies sont faites de mensonges, d'omissions, de petits arrangements vis-à-vis de cette communauté ; ils ne sont fidèles qu'à eux-mêmes.

Après tant d'années écoulées, Holger murmure sa réponse à Brecht. Il est là, profil perdu dans la blancheur théâtrale de la nef. Elle n'entend pas bien. Holger ! Je veux savoir ! Demande-leur, répond-il.

« Magnifique, avait déclaré Johanna. Un vrai Berg. » On ne savait pas si elle parlait du violon ou d'Oskar. Ainsi, il y avait des vrais Berg et des faux Berg. Johanna entendait ce qu'elle voulait entendre, regardait ce qu'elle voulait voir. Et tant mieux si ce garçon ne ressemblait pas à Mathias, encore moins à Holger, puisque pour elle Holger n'existait plus. Ce garçon lui ressemblait, à elle. Il n'était ni handicapé ni communiste.

Le lendemain, elle avait retrouvé Mathias à la taverne.

— Votre mère ne m'aime pas, avait commencé Clara en s'appliquant à bien articuler. Elle avait compris qu'il lisait sur les lèvres.

D'un geste à la serveuse, il avait commandé des bières avant de répondre.

— Il faut bien un coupable ; tu rachètes la dette.

— Quelle dette ?

— Tout ce gâchis. Toute sa vie… Un paysan ou un luthier ; il n'y avait pas d'autre choix. Elle avait choisi le luthier. Elle s'imaginait mieux au chaud dans la boutique que dans les champs. Je crois…

Mathias s'était interrompu d'un rire silencieux qui avait secoué ses épaules.

— … Je crois que pour elle, les violons pendus dans la vitrine étaient comme des jambons, en plus noble : on n'avait pas besoin de tuer le cochon… Mais les violons, ça se nourrit d'ébène et de vernis précieux, des coupes les plus rares, ça se nourrit d'amour. Elle n'avait droit qu'aux restes. Parfois, elle montait au grenier, là où notre père stockait son bois, et elle crachait sur les billes… Elle maudissait le trésor de notre père, à voix basse, pendant des heures. J'étais avec lui à l'atelier, mon frère se cachait pour l'écouter et me racontait. Je pensais qu'il inventait tout cela, mais après la guerre, sa colère avait gagné. Sa colère contre ce bois. Contre les mains des hommes, toujours occupées ailleurs.

De la main gauche, il avait soulevé son bras droit et l'avait posé sur la table.

— … Quand…

Mathias avait baissé la tête. Une raie droite et fine traçait son chemin dans la chevelure argentée. Un paysage d'hiver, tout de silences, de choses cachées.

— … Holger a pensé qu'il devait revenir.

— Revenir d'où ?

— Du petit séminaire.

— Du quoi ?

— Tu sais, ici, si tu ne veux pas être paysan ou luthier, c'est une solution. Et elle plaisait à notre mère. Donner son fils à Dieu, pour s'absoudre de toute cette colère.

Holger ? Au séminaire ? L'idée lui paraissait extravagante. Quoique… Tous ces silences… Et Holger sur son toit, là-bas, pour quelle rémission ?

— Mais votre père ?

— C'est moi qu'il avait choisi. Depuis toujours, bien avant la naissance d'Holger. Ensuite, il a pensé que la guerre se terminerait assez tôt pour que je n'aie pas à partir. Il se trompait. Voilà. Ça ne s'explique pas. Quand Holger a fait son premier violon, personne n'en a voulu. Le son n'était pas seulement mauvais, il était… maudit… Ce n'était pas sa faute. Il faisait les gestes, il faisait tout comme il faut, et… C'était sa colère à elle, qu'on y entendait.

— Maudit ! C'est grotesque !

— C'est la Bavière, tu sais, avait ricané Mathias. Et la lutherie, c'est un art un peu magique, les violons ont une âme, tu le sais ?

Il y avait dans la voix de Mathias, dans son élocution étrange, quelque chose qui la mettait mal à l'aise. Grotesque. Il y avait dans son dos le lourd bois sculpté de la chaise, la collection de chopes anciennes, leurs exploits polychromes, chevaliers, villes imaginaires, le bestiaire fantastique de leurs couvercles d'étain, il y avait le jour qui baissait à travers les carreaux de verre cathédrale, il y avait la main de Mathias, très blanche, presque transparente, la peau faisait comme une mince couche de cire sur les os. Il y avait cet enfant caché sous l'escalier, sous les imprécations de la mère.

— Mais votre père aurait pu lui donner une autre chance !

— Holger était le choix par défaut. Il le lui a toujours fait sentir. Il disait que c'était lui qui aurait dû partir à la guerre. Qu'il n'avait amené que de mauvaises choses à l'atelier.

— C'est monstrueux !

— Il avait commencé à avoir ses douleurs. Il lui a dit : « Laisse, je finirai tout seul. » Holger a compris qu'il ne pouvait pas rester. Il est parti ; quand il est revenu, il parlait comme un communiste. Il n'avait pas été capable de sauver l'atelier, il n'était plus en mesure de racheter les péchés. Voilà la dette.

— Je n'y suis pour rien !

— Il t'avait confié son fils, c'est donc que tu étais la personne la plus proche de lui. Il faut bien un coupable, maintenant qu'il a disparu.

Grotesque ! Elle avait besoin de le crier.

— Ah oui, la Bavière, le pays de Wagner et d'Hitler ! Hitler était très fort pour départager les coupables et les victimes !

— C'est plus commode d'être une victime.

Mathias avait eu un mince sourire qui n'invitait pas à la pitié. Clara s'était souvenue de celle qu'elle avait éprouvée pour cette femme à la mort du père d'Holger. À quelles compromissions s'était pliée la veuve éplorée ? Quel pacte inclus dans le contrat d'embauche ?

— Pour oublier qu'on a terrifié un enfant, ou pour obtenir un poste à Munich ?

— Tu vois, c'est facile, la colère, avait-il répondu doucement.

Elle avait pris une cigarette pour occuper ses mains glacées, pour mettre une distance entre lui et elle, pour que ses lèvres soient occupées, qu'elles se referment autour du mince cylindre blanc, et rien d'autre. Elle n'était pas une victime. Ni les décombres du Bauhaus ni ceux de Berlin n'avaient eu raison d'elle. Mais elle ne s'était battue ni pour l'un ni pour l'autre, ni pour ni contre une idée. Ni pour retenir Holger. Et elle avait confié son fils à d'autres. Alors cela, oui, elle pouvait bien le faire. Se sentir coupable. Mathias le lut dans ses yeux.

— À moins que tu ne trouves un refuge… Cette colère, par exemple… Ou le renoncement…

Elle avait ôté la cigarette de ses lèvres, arrachant un petit morceau de peau, léché rapidement la blessure avant de répondre.

— Et toi ?

De sa main valide il avait désigné ses oreilles. Il ne voulait pas entendre la question, et en même temps il y répondait. Johanna et Mathias. La haine muette et la cruauté sourde. Elle en avait assez.

— Nous devrions rentrer maintenant. Il est tard.

Elle se levait quand il lui avait saisi le bras.

— Tu devrais renoncer. Holger est parti trop loin. Il ne reviendra pas. Il n'est pas bon d'attendre les morts.

Elle s'était dégagée un peu brusquement, avait heurté la chope. Mathias l'avait rattrapée d'un mouvement étonnamment vif et précis. Ce n'était pas un geste de victime.

Clara est repartie. Elle n'est pas seule. Elle fait le trajet avec Holger, elle refait les trajets d'Holger. Le premier, celui de septembre 1924. Posé à côté de lui, il y a ce violon attendu à Berlin, qui dort dans son berceau de satin blanc. Son père y a mis tant d'amour. Il est comme un frère parfait. Un vrai Berg. Par-delà le temps écoulé, Clara se penche et murmure :

« Toi aussi tu es attendu. Ceux que tu ne connais pas t'attendent. Moi qui ne le sais pas encore, je t'attends. Écoute le bruit des roues sur les aiguillages, il érode tes regrets. Regarde, dans le dernier tournant, les rails qui filent droit à travers la plaine, ils n'hésitent pas. À l'est le soleil est déjà levé. Weimar. Tu n'es jamais allé si loin. Respire. Cette buée légère sur la vitre, ce n'est pas mon souffle, c'est le tien. Ce reflet, c'est ton profil. Je ne vais pas dormir. Je veillerai sur toi. Laissons le sommeil aux villages. Cesse de regarder ce violon, mais oui, il est bien là, cesse de te sentir tellement responsable. Dans quelques heures, tu le remettras à son destinataire, et ce sera fini. Dans ta besace, il y a le manifeste du Bauhaus. Prends-le, relis-le une fois encore. Quand tu as montré cela à ton père, il a hoché longuement la tête. Il n'a pas dit si cela valait mieux pour toi, ou pour lui, pour la réputation de ses instruments. Il a simplement posé la main sur ton épaule, a ajouté "Tu trouveras un autre chemin", puis il est retourné à son établi.

« En septembre 1928, tu fais pour la dernière fois le même trajet. Posé à côté de toi, il y a ce violon, ce violon sombre et maladroit, le premier que tu avais fait. Tu n'as pas voulu le laisser derrière toi, tu n'as pas pu te résoudre à le détruire, car tu veux te souvenir toujours de la raison pour laquelle tu es parti. Mais tu le laisseras dormir dans sa housse de feutre qu'étrangle une lanière de cuir. Dans ta besace, un petit étui, juste quelques gouges, leurs manches de bois gardent encore l'empreinte de la main de ton père. "Tu trouveras un autre chemin." Les rails gravent leurs sillons parallèles, semblables au double filet d'ébène, mais c'est le métal qui t'entraîne à travers la plaine. Hannes Meyer t'attend. Il compte sur toi. À la fin du dernier semestre, il t'a dit : "La société a besoin de gens comme toi." Tu es attendu. Le métal t'attend ; je t'attends, et tu le sais.

« Réveille-toi, on est presque arrivés. »

On ne se refait pas. On change de matériau. Il suffit de trouver les bonnes positions.

Clara n'a pas hésité. En descendant du train, elle est allée directement au théâtre. La Weigel était dans sa loge. Clara est entrée sans frapper ; s'est avancée jusqu'à frôler son dos, jusqu'à ce que leurs deux visages s'encadrent dans le miroir.

— Je ne veux pas m'occuper des costumes. Je veux jouer.

La Weigel n'a pas cillé. Deux masques blancs suspendus dans le cadre lumineux. Deux femmes dans l'odeur de poussière et de poudre de riz.

— Je veux être Jenny.

— Tu seras d'abord Kattrin, la muette. Plus tard, tu seras Jenny.

Elle s'est retournée et lui a pris la main.

— Tu as ta place au Berliner Ensemble… Allez, file chez toi, ajoute-t-elle en désignant la valise de Clara, et sois là demain à 10 heures.

Clara est déjà sur le pas de la porte, la Weigel a levé la voix pour dire :

— Ottenburg, c'est trop long ! Ce sera Burg.

Clara Burg monte sur la charrette de Courage[1] et Kattrin la muette suit sa mère sur les chemins de la guerre. Sous les murs de Halle, elle bat le tambour pour réveiller les habitants. Elle bat le tambour, bat,

1. *Mère Courage et ses enfants,* une des œuvres phares de Bertolt Brecht, écrite en 1938-1939, qui dénonce les horreurs de la guerre. Helene Weigel fut une interprète iconique du rôle-titre.

bat, pour les sauver, et elle tombe, touchée d'une balle en plein cœur.

Clara se relève.

Du fond de la scène ils avancent, serrés les uns contre les autres, elle n'est plus sur le bord, elle est au milieu, sur le grand plateau nu, sans décor ; de l'obscurité qui abolit les murs, qui noie les cintres et rejoint la nuit, où seule brille la petite ampoule de l'éclairagiste, ils descendent, tous ensemble, vers la lumière de la rampe.

Je ne suis rien. Je suis celle qui renaît chaque soir, Jenny qui chante, ou Kattrin, la muette.
Je suis actrice. Je suis le fil qui danse dans la lumière, le matériau dont le metteur en scène façonne le personnage, celui par qui le spectateur façonne sa vision du monde. À travers moi, il touche la dureté de la vie, ses aspérités, se blesse et se guérit.
Je suis le reflet, et dans mon existence éphémère je suis la vérité entrevue, celle qui, derrière les mots que je prononce, derrière les sons de mes pas sur les planches, frappe à votre cœur.
Je suis l'insoupçonné de vous-même.
Je suis la matière de votre âme, prise et façonnée au feu du projecteur, et lorsqu'il s'éteint, lorsque, devant mon miroir, j'essuie le fard, ces traces grises et brunes sur le coton, ce sont les cendres de votre passage.

37

Ils étaient réapparus. Peu à peu, ici et là. Les anciens du Bauhaus. Dans une ville, dans une autre. Il y avait tant de villes. Holger, sais-tu qu'il y a toutes ces villes à reconstruire ? De ce côté, de l'autre. Beaucoup restaient de ce côté. Le secteur soviétique. Il n'y avait pas plus de travail ici qu'ailleurs. Mais les idéaux ont la vie dure. De l'autre côté, ils avaient des idées. Ce n'est pas la même chose. Parfois, elle en trouvait un à la sortie des artistes. Il l'attendait. « Alors, finalement, tu fais du théâtre ? » Il n'était pas étonné. Rien n'était plus étonnant que le fait d'être toujours là.

Un soir, un homme l'aborde.

— Tu te souviens de moi ?

Elle hésite.

— Hubert Hoffmann. Nous étions ensemble au Bauhaus, de 26 à 29… Du temps de Hannes, je travaillais sur les mêmes projets que Theo et Holger. Tu étais à l'atelier textile…

Oui, elle se souvient.

— J'ai essayé de recontacter les anciens, il y a deux ans. Hesse est à nouveau maire de Dessau. Je voulais faire renaître le Bauhaus. Il était d'accord…

Il l'entraîne un peu plus loin, là où l'ombre est plus dense.

— … J'aurais besoin de voir Brecht, peut-être de trouver du soutien… Le SED[1] me fait des histoires. Ils sont contre l'idée du Bauhaus. Maintenant, ils qualifient l'école d'élitiste et de réactionnaire. On m'a dénoncé. Réactionnaire… moi ! Tu te rends compte ? Révolutionnaire autrefois, et maintenant réactionnaire. Ils n'ont donc que l'image de Gropius et de Mies en tête ? Des Américains ? Ils ont oublié Hannes. Ils nous ont oubliés… J'aurais mieux fait de ne pas me soucier de cette école… J'espère ne pas avoir compromis trop de monde avec mon utopie. Mais qu'est-ce que tu veux, elle nous colle à la peau, non ? Et puis ces bâtiments… Toujours du mauvais côté de la voie ferrée.

— Ils ne ressemblent plus à rien, n'est-ce pas ?

— Une bombe sur la maison de Gropius. En plein dans le mille. En miettes. Mais le reste, si on voulait… Apparemment on ne veut pas. Il faut que je parte à l'Ouest. Et vite. C'est pour cela que je cherche de l'aide.

— D'accord. J'en parlerai à la Weigel.

Elle hésite, puis se lance :

— Tu mentionnais Holger, tout à l'heure… Tu ne sais pas où il est par hasard ?

— Non. Il ne fait pas partie de ceux que j'ai pu contacter. Il doit toujours être en Russie… Merci pour

1. Parti socialiste unifié d'Allemagne, d'obédience communiste, qui joua le rôle de parti unique en Allemagne de l'Est.

ton aide. Tu vois, finalement je n'ai plus le choix qu'entre les artistes et les gangsters.

Il a un petit rire amer. Clara le serre dans ses bras.

— Bonne chance ! lui dit-elle.

Il ne revint pas et elle n'entendit plus jamais prononcer son nom. Sans doute avait-il réussi à passer de l'autre côté.

Dans la boule argentée, ces mots,
Bonne chance, amis du Bauhaus et de Berlin...
Le reste s'est effacé.

Sur le pont de l'*America*

C'est l'aube déjà. Elle est cette femme debout, raison et déraison, passé et avenir, qui ne suit pas, qui ne fuit pas. Elle ne cherche pas son chemin, qu'importe d'ailleurs le chemin. Elle a fini de remettre le ciel à sa place.

Zwei fremde Augen, ein kurzer Blick,
die Braue, Pupillen, die Lider –
Was war das ? Kein Mensch dreht die Zeit zurück...
Vorbei, verweht, nie wieder.

Deux yeux inconnus, un bref regard,
Le sourcil, la pupille, la paupière –
Qu'est-ce que c'était ? Personne ne remonte le temps.
Passé, emporté, à tout jamais.

Kurt Tucholsky

38

1972, Berlin

Si votre contribution a été vitale,
il y aura toujours quelqu'un pour reprendre
là où vous vous êtes arrêtés,
et ce sera votre droit à l'immortalité.

Walter Gropius

Theo avait franchi le dernier portillon. Le policier avait longuement feuilleté son passeport américain, vérifié le visa, l'autorisation, revérifié le passeport, consulté des fiches dans un classeur de métal peint d'un vert sale ; le vert du soupçon. Contre quelques marks, il avait fait glisser sur le comptoir trois billets et quelques piécettes. L'argent d'ici. Berlin-Est. Dont il n'aura pas besoin, ou si peu, deux ou trois tickets de métro, un café, peut-être. Ce qui lui restera restera ici. Ici, on ne rend pas la monnaie aux étrangers. Enfin, comme si cela lui coûtait, le policier avait donné un coup de tampon sur l'autorisation provisoire. 1er novembre 1972.

Provisoire. Vingt-quatre heures. Vous n'êtes pas les bienvenus. Au suivant.

En descendant du train, tout de suite il y avait eu un couloir défraîchi, des grilles, des ombres de fusils, heureusement, peu de gens devant lui. En face, des portes, comme dans les cabinets médicaux, entrez et déshabillez-vous, on va venir vous chercher. Il s'est senti nu devant ce type. Nu et coupable. Qu'allait-on lui trouver ? Dans une autre pièce, quelqu'un fouillait sa valise. Pourvu qu'on ne lui confisque pas le dossier du Bauhaus. Il avait eu le temps d'observer le caramel foncé du vernis qui habillait le bois du comptoir et de la cloison derrière le fonctionnaire. Chaud et glaçant. Aussi laid que le liquide visqueux dont on nappait les ice-creams dans les fast-foods aux États-Unis. Des textes officiels encadrés, un cintre accroché à une patère. Le type aussi devait se déshabiller de temps en temps. Et puis la porte du fond s'était ouverte, et maintenant il était de l'autre côté.

Devant lui, une grande baie vitrée, trop grande, trop claire après cette cabine, il n'avait pas assez d'air dans les poumons pour affronter tout cela, pour être ainsi jeté dans la lumière. Derrière la vitre, il y avait des gens, en ligne, qui attendaient. À gauche, il y avait d'autres gens. Ils faisaient la queue, certains s'étreignaient, il y avait des valises au bout des bras, et des mouchoirs dans les mains. On appelait cet endroit le Tränenpalast. Le palais des larmes. Ceux qui partaient ne reviendraient plus, ou alors dans longtemps. Ceux qui restaient, restaient. La grande verrière de la façade, sa légèreté, sa transparence étaient un leurre. Comme les miroirs sur lesquels les oiseaux se fracassent, un morceau de ciel prisonnier ; des arêtes coupantes. Devant eux, il y avait la séparation. Derrière eux, il y avait la Spree. Sur l'autre rive, en face, une enseigne qui tournait lentement, un cercle comme un tampon sur le ciel blafard, qui contenait des mots : Berliner Ensemble. Theo ne s'était pas attendu à le voir aussi vite. Il ne savait pas que le vieux Großes Schauspielhaus avait été démoli, qu'à sa place il ne restait qu'un vide. Un autre vide, là, et là, et là aussi. À Hambourg, tout s'était reconstruit si vite. À l'Ouest aussi. Ici, la ville ressemblait à une partie d'échecs abandonnée. Quelques pions, le sombre des parcelles en friche, le clair des tas de pierres laissés là.

Ce serait sans doute son seul séjour à Berlin. Son premier depuis la guerre, et son dernier. Après la mort de Gropius, il avait continué de collaborer avec l'équipe, moins souvent, mais on lui avait demandé de prendre part au projet de construction du bâtiment qui abriterait les archives du Bauhaus. Gropius avait laissé des dessins, des plans, finalement ce ne serait pas Darmstadt, ce serait peut-être Berlin. Theo était apte à juger si le terrain proposé pouvait convenir, à estimer le volume réel et l'importance des archives. Et puis il parlait l'allemand. De toute façon, Gropius aurait préféré Berlin. C'était sa ville natale, et c'était à Berlin de payer pour l'assassinat du Bauhaus. Theo s'était rendu à Darmstadt, et de là il avait pris le train. C'était une drôle d'idée de commencer par Berlin-Est. Il s'était dit qu'ensuite il n'aurait plus le temps, plus l'envie, il avait pensé que ce qui était fait n'était plus à faire. Ce soir, il dormirait à l'hôtel Kempinski, il serait sur le Kurfürstendamm, à l'Ouest. Mais avant, il était curieux de voir de ses yeux ce qu'était la nouvelle architecture socialiste, la Stalinallee et le palais de la République. Il prendrait le métro jusqu'à l'Alex, et de là… ou alors il irait à pied.

C'était cette partie de la ville que les socialistes avaient érigée comme vitrine. La capitale de la DDR. Il suffisait de prendre à droite, de longer le quai, il serait tout de suite à l'île aux Musées, il traverserait la Spree à la hauteur de la cathédrale, l'Alex était juste là. Même avec sa valise, ce ne serait pas très loin. Il l'avait fait tant de fois. C'était une chouette promenade.

Ou alors il pourrait laisser sa valise à Clara. Il commencerait par voir Clara, et après il irait voir l'Alex[1].

Il s'engagea sur le pont. Prudemment. Est-ce qu'il était encore assez solide après tout ce qui s'était passé ? C'était stupide. Bien sûr qu'il était solide, il avait même été restauré. Ce n'était pas le pont qui tremblait. La valise était un peu lourde, finalement. Theo réalisa que l'enseigne rouge avait remplacé la statue qui surmontait la tour. Les autres figures aussi avaient disparu. Le théâtre avait été rendu à une nudité première, mais le petit balcon était toujours là. Il n'y avait aucune affiche. Devant l'entrée se tenait un grand type roux. Il fumait une cigarette. Un adolescent extrêmement roux lui racontait quelque chose qui le faisait rire. Theo s'était approché et le grand type finit par se tourner vers lui.

— Vous cherchez quelque chose ?

---

1. Diminutif utilisé par les Berlinois pour désigner l'Alexanderplatz.

— Je voudrais… Quel spectacle jouez-vous en ce moment ?

— Mais rien !

— Rien ?

— La troupe est en tournée, on ne joue pas. On refait le velours des fauteuils…

Dans les profondeurs du théâtre, on entendait quelques coups de marteau.

— J'espérais… Je suis venu exprès.

— Exprès ? Et vous venez d'où comme ça ?

Il désignait la valise.

— De Chicago.

— Chicago ? Eh bien, dites donc, drôle de voyage. Remarquez, moi je suis bien venu du Danemark, un jour, et je suis toujours là !

Il fourragea dans les cheveux roux du gamin.

— On reste, et puis voilà… J'en ai trois comme celui-là. La Weigel, elle les appelait ses petites bouches d'incendie. Alors vous êtes américain ?

— Oui… Avant j'étais allemand. J'ai habité ici. Je suis venu plusieurs fois dans ce théâtre. En 1928, *L'Opéra de quat'sous*.

— Eh bien, ça fait un bail !

Il avait le langage du peuple de Berlin, mélange de gouaille et de familiarité, de bonhomie teintée d'impertinence. Theo se demanda s'il avait su parler comme cela, un jour, ou bien si son accent de Hambourg avait été plus fort ; si les intonations américaines avaient eu raison de tout.

Ils restaient là, sans savoir comment continuer la conversation. Le type avait fini sa cigarette.

— Vous êtes acteur ? demanda Theo.

— Je l'ai été, maintenant je suis régisseur. Je m'occupe de la maison. C'est notre maison, vous comprenez… On la bichonne, comme du temps de la Weigel.

— Je comprends… J'aurais voulu…

— Vous voulez voir la salle ?

Ce n'est pas ce à quoi Theo s'attendait, mais le type avait l'air content de montrer sa maison, comme il l'appelait.

— Laissez votre valise là, dans un coin.

À l'intérieur, rien n'avait changé. Les guichets, en face, et les vestiaires, à droite. Les colonnes, les miroirs, l'escalier…

— J'aimerais aller au deuxième balcon.

— Allons-y, allons-y… C'est pas le meilleur endroit pour voir la salle, mais si vous y tenez…

Le lustre, et en se penchant, les cariatides. Le grand rideau de fer était baissé.

— … Le tissu, il faut le changer tous les dix ans. C'est fou ce que ça s'use. C'était la Lenya qui jouait Jenny, non ?

— Oui. Je l'ai connue, j'ai connu Brecht aussi, à l'époque. J'avais une amie…

— Vous voulez voir le bureau de la Weigel ? On l'a gardé tel qu'il était, ou presque. Celui de Brecht aussi. Ils sont toujours là. On n'y arrive pas… On n'arrive pas à se dire qu'on ne va pas les entendre, un matin, elle avec sa voix si basse, et lui, toujours geignant, cherchant après elle…

Il les imite, il rit, il a les larmes aux yeux.

— On peut pas, vous comprenez, on peut pas.

Au premier étage, le bureau d'Helene Weigel donne sur l'espace qu'avait occupé le Großes Schauspielhaus.

Il y fait clair, bien plus clair qu'à l'époque. Une table, une chaise, quelques dossiers, et sur le mur face à la fenêtre, plusieurs rangées de masques de plâtre, disposés les uns sous les autres. Des visages blancs, de toutes tailles, de toutes formes, certains comme des amandes juste pelées, d'autres larges et plats, d'autres dont on ne saurait dire avec certitude s'ils sont masculins ou féminins. Les yeux et les bouches sont clos. Aveugles et muets. Blanc sur blanc, sculptés par la lumière, ils sont l'âme sous la forme.

— Ce sont les acteurs de la troupe. La Weigel, elle les voulait tous, là, dans son bureau, c'est comme ça qu'elle distribuait les rôles. Oui, c'était comme ça. J'ai eu le mien, à une époque. Je ne sais plus où il est, il y en a tant… Et puis les femmes de ménage n'arrêtent pas de les changer de place. Elles raccrochent tout n'importe comment. C'est pas très grave. La Weigel, elle s'y reconnaissait.

Theo cherche le visage de Clara. Elle doit être là, quelque part, certainement, son regard court de masque en masque, revient en arrière, plus petit, non, plus grand que celui-ci, non, non, là peut-être, ou là…

Il ne sait pas voir comme Helene Weigel.

Le gamin a tiré son père par la manche et lui a dit quelque chose à l'oreille.

— Ah oui, il a raison, je vais vous montrer encore quelque chose. Deux choses. Là. Vous voyez, là. C'est un éclat de grenade qui a frappé ce miroir. Il ne l'a pas cassé, comme tous les autres, il a juste fait sauter un petit morceau. La Weigel, elle a refusé qu'on le change. Elle a dit qu'il fallait savoir garder les traces. Il faut pouvoir se souvenir.

Le gamin trottait devant, ses cheveux rouges comme une torche dans la pénombre des couloirs plus étroits, des escaliers plus raides, dans l'embrasure d'une porte basse. Theo ne voyait rien qu'un chaos de poutres entrecroisées, de solives, d'étais, de câbles qui filaient ; tout cela finissait par se réunir, bois, métal, caoutchouc, au centre de l'espace en un tronc épais, une sorte d'axe difforme, ni cube ni cylindre, mi-arbre, mi-machine.

— Nous sommes sous la scène tournante. Regardez, on voit très bien les bords du cercle. Et là, vous savez ce qu'elle a fait, la Weigel ? Elle trouvait que l'ancien mécanisme, celui que vous avez connu, faisait trop de bruit. Eh bien elle a récupéré des roues de T-37, oui, les chars russes, et ce sont elles qui font tourner la scène. Impeccable ! Pas un bruit ! Et on en a tout un stock de rechange, grâce à nos amis soviétiques ! C'était tout elle, ça. Une femme comme ça… La patronne, quoi, notre mère à tous. Vous n'avez pas ça, en Amérique, non ? C'est ça, le théâtre… Les choses cachées racontent autant d'histoires que celles qu'on montre.

Ils sont remontés à la surface. En passant, Theo a aperçu la gueule noire du plateau. Il ne pénétrera pas par effraction dans l'espace de Clara.

— Voilà ! N'oubliez pas votre valise ! Je ne vous ai pas demandé votre nom !

— Theo. Merci pour cette visite.

— Moi, c'est Werner ! Revenez quand ils seront tous là !

— À propos, je ne vous ai pas demandé : ils sont en tournée… Où ça ?

— À Paris ! Ils ont un de ces succès chez les Français ! Vous n'imaginez pas !

Il retraversa le Weidendammer Brücke. Ses dentelles d'acier étaient impeccables. En dessous, la Spree semblait morte. Du plomb fondu. Theo s'engagea sur le quai, à gauche. Après le tournant, il apercevrait la proue du musée, avec au fond le dôme de la cathédrale. Ce n'était pas si loin. Alors pourquoi cela était-il si noir ? Noirs les dômes, les murs, le pont et son double enjambement. Noires les ruines calcinées du petit château de Monbijou. Noir, désert, vide. Un alignement de choses noires flottant dans un grand vide, et le ciel qui s'assombrissait déjà. Il ne pouvait pas retourner sur ses pas. Le Tränenpalast était la frontière ferroviaire. Et puis personne ici ne le regrettait, personne pour pleurer. Il fallait trouver un autre point de passage. Il ne voulait plus aller voir l'Alex, ni les grandes avenues du socialisme, rien de ce que le grand doigt dressé de la tour de télévision lui désignait, là-bas, qui semblait dire « Jeunes socialistes, venez à l'Est ! » Il y avait trop de vide à traverser. Clara était à Paris, et il ne voulait pas imaginer son visage parmi toutes ces formes noires. Il avait peur de se perdre. Le plus sûr était de rejoindre Unter den Linden, d'aller jusqu'à la Friedrichstrasse et de passer par Checkpoint Charlie. Il aurait donné n'importe quoi pour un café. Sur la grande avenue, il n'y avait aucun café, aucune terrasse, quelques magasins, peut-être, mais tellement sombres, opaques comme ceux que les décorateurs de cinéma construisent à l'arrière-plan. Rien que des façades socialistes, lisses comme le vernis de la cabine du policier ; et celle de la grande bibliothèque, un squelette brûlé, avec ses béances, et des cris de corbeaux. Un décor, et lui, Theo, comme un figurant arrivé trop tard, quand le tournage est fini, qu'on a déjà remballé les lumières. Sa valise lui brisait le dos. Au point de passage, il prendrait un taxi. Il serait de l'autre côté. Il jetterait son bagage dans le coffre d'une Mercedes, les sièges en cuir seraient confortables. En Allemagne et aux États-Unis, les taxis étaient toujours confortables. Ce n'était pas le cas à Paris.

Il y eut de nouveau des grilles, des couloirs en chicane, des ombres de fusils, il rendit les billets et les pièces. Il n'avait rien dépensé.

Après le dîner, il alla prendre un verre dans un bar. Dans un coin, des Américains parlaient affaires. Theo attrapa sur la table voisine la hampe de bois autour de laquelle était roulé le journal du jour.

1er novembre 1972. Hier, à Kreutzberg, un petit garçon d'origine turque s'était noyé dans la Spree. Il avait glissé sur la rive, à l'Ouest, mais le fleuve était en zone Est. Personne n'avait sauté à l'eau pour le sauver, de peur d'être fusillé par les gardes de la DDR. Après cinq heures de négociations entre les deux polices, le petit noyé avait été repêché par les pompiers de l'Est. Sa mère avait été autorisée à se rendre à Berlin-Est pour identifier le corps.

« Putain de ville ! » aurait dit Holger.

Son rendez-vous l'attendait à la réception. Un responsable des services culturels. Il lui a proposé de faire un petit tour en voiture des bâtiments que les architectes étrangers avaient réalisés depuis la reconstruction. Il s'est repris : les architectes allemands. Ceux qui… Il s'embrouillait un peu. Les grands noms a-t-il fini par dire. C'était sans doute plus simple comme cela. Les grands noms n'ont pas besoin de patrie. Leur patronyme suffit.

Pourquoi pas. En route pour le Hansa Viertel. Il le connaissait, ce projet. Combien d'heures avait-il passées avec Gropius, penché sur le plan, à réfléchir à la meilleure implantation de l'immeuble dont ce dernier avait la charge, de l'effet qu'il aurait sur les autres, ceux de Bruno Taut, d'Alvar Aalto, de Le Corbusier… Des cinquante-deux architectes chargés de montrer, au travers des trente-cinq programmes réalisés, le meilleur de l'architecture contemporaine. L'Interbau de 1957, la grande exposition d'architecture. Il n'avait pas eu l'occasion d'accompagner Gropius à Berlin pour suivre le chantier ; ou peut-être pas l'envie. Il était empêtré dans son histoire de divorce. Il avait vu les photos. C'était donc là, juste au nord du Tiergarten, dans une boucle de la Spree. Bien sûr, c'était là. Alors pourquoi ce sentiment d'étrangeté ? Où étaient passées les belles avenues bourgeoises qu'il avait fréquentées, les façades où l'imagination avait accolé dans un discours fantasque tout ce que le vocabulaire des Arts décoratifs pouvait fournir, vocalisant à coup de balcons, de frises, de tourelles, de clochetons ; le comble de l'historicisme ! Ils avaient tout pour lui déplaire, ces immeubles tarabiscotés. Et voilà qu'il les cherchait derrière le rideau d'arbres d'où émergeaient quelques rectangles clairs. Une démonstration claire, nette et précise, à l'aide de droites, d'angles, de formules, de modules assemblés.

— Les habitants sont très heureux, dit l'homme. Ce quartier est très prisé par les artistes, les intellectuels… Les hauts fonctionnaires…

— Tant mieux, tant mieux… répond Theo.

— Le calme, et la proximité du parc…

Avant aussi, il y avait le calme et la proximité du parc. Mais l'homme ne semble pas s'en souvenir. Avant aussi, il y avait des artistes, des médecins, des avocats… beaucoup de noms juifs. L'homme l'ignore-t-il ? Est-il si jeune, que pour lui rien n'a existé avant ces immeubles-là, ces cubes, certains plus hauts que d'autres, certains plus larges, ces immeubles sans histoire ? Rue après rue, le quartier avait été « nettoyé ». Lavé de tout soupçon. Et puis lessivé par les bombes.

Aujourd'hui, des immeubles prônant la clarté, la transparence. Le style international, comme oubli du passé, et qui ne raconte rien d'autre que cet oubli.

Est-ce cela qu'ils avaient voulu ?

L'homme a regardé sa montre. De toute façon, Theo en avait assez. Direction la Neue Galerie. L'enfant tardif que Mies a fait à Berlin. La sœur du pavillon de Barcelone. Il faut traverser le parc en diagonale. Comme dans les contes, déboucher dans l'étrange contrée qui longe le mur. Quel sortilège y ont déposé ces deux météores, le bloc charbonneux du musée et le cristal soufré de la Philharmonie ? Dans ce qui peine à n'être qu'un terrain vague, ils semblent tombés du ciel, d'un ciel que des dieux se seraient partagé.

L'homme veut absolument monter sur la terrasse de la Philharmonie. D'un côté, il y a le moutonnement sombre du parc, de l'autre la sinistre couture brodée au point de croix, et puis la plage dénudée du *no man's land*. Une forme y git, comme un navire échoué. L'homme s'aperçoit que Theo n'écoute pas ses explications sur le chantier tout proche de la nouvelle bibliothèque. Theo regarde ailleurs, il regarde la masse grise, là-bas.

— Oh, ça, ce n'est rien d'intéressant. C'est l'ancien Haus Vaterland. Il a brûlé avec la Columbus Haus pendant les émeutes ouvrières de 1953. Il a mieux résisté qu'elle. Vous l'avez connue je suppose, la Columbus Haus… Mendelsohn… Il faut croire que ce genre de construction n'était pas fait pour durer. Et puis le Haus Vaterland s'est retrouvé en plein milieu du *no man's land*. L'année dernière, il y a eu un échange de terrain avec l'Est. Le tracé du mur a été modifié. Maintenant, il est de notre côté. On va enfin pouvoir le démolir. Ce n'est plus qu'un fantôme.

L'homme a dit tout cela très vite, comme pour se débarrasser du sujet, pour revenir à ce pour quoi ils sont sur cette terrasse. Theo s'est rattrapé à la rambarde. Pendant un instant, il n'avait plus senti ses jambes.

— Tout va bien ? Vous vous sentez mal ?

L'homme s'en était aperçu.

— Non, non, tout va bien.

— Vous êtes sûr ? Vous êtes un peu pâle…

— Non, ce n'est rien, ce n'est rien… La fatigue du voyage…

L'homme le regarde, vaguement inquiet. Il ne faudrait pas que l'Américain tombe malade ici, ce n'est pas le moment. Il n'est pas si vieux, pourtant, mais plus très jeune non plus. La génération du Bauhaus, cela fait quel âge, déjà… ?

— Non, tout va bien, je vous écoute… Je vais juste m'asseoir là… un instant… sur le rebord de ce muret.

L'homme avait repris son discours et Theo ne l'écoutait pas.

Un fantôme… Juste avant son départ, il avait invité Clara à dîner, elle avait passé son bras sous le sien, avait suggéré un des restaurants du Haus Vaterland, la Bodega, peut-être, ou le Saloon du Far West, un petit voyage. « Allez, viens maintenant, avait-elle dit, ne restons pas plantés devant la Columbus, elle ne va pas s'envoler ! » La Columbus était là, si claire, si honnête, si évidente au milieu de tous les autres bâtiments, Theo percevait sous son revêtement de verre la structure métallique, elle poussait son chant moderne jusque dans sa chair, elle l'habitait comme une promesse. Elle était déjà un ailleurs. Pendant tout le dîner il avait cherché le bon moment. Il avait raccompagné Clara chez elle et était monté. Comme souvent. Il n'avait pas trouvé le bon moment. Il n'avait pas réussi à dire qu'il venait de se fiancer avec Camilla. L'Anglaise. Plus tard, il s'était dit qu'il n'avait pas voulu gâcher cette soirée, qu'il avait voulu en faire un beau souvenir. Et puis qu'Holger finirait bien par rentrer…

L'homme lui touchait le bras.

— Nous avons rendez-vous avec les architectes sur le site du futur musée.

Theo s'est remis debout. C'est cela. Regardons vers l'avenir. Erich Mendelsohn était mort aux États-Unis. Lui aussi, Theo, mourrait aux États-Unis.

— Eh bien, qu'en pensez-vous ?

Ils étaient de retour dans les locaux provisoires que l'institution du Bauhaus Archiv avait trouvés à Charlottenburg. On avait offert des cafés, et puis très vite on avait repoussé les tasses pour faire de la place pour les plans. Ils s'étalaient sur le marbre blanc veiné de noir. Un grand plateau monté sur quatre pieds en inox dont le contact lui avait été désagréable. Il lui avait fait froid dans le dos. Ce marbre glacé. Alors Theo gardait les mains sur ses genoux, se tenait à distance. Il n'aimait pas non plus cette chaise, une coque de plastique blanc dont le coussin de similicuir noir avait émis un bruit incongru lorsqu'il s'était assis. Un vent. Un pet. On peut le dire. Personne n'avait semblé le remarquer. Heureusement. Pour un peu, il serait passé pour un vieux qui se lâche. Il n'était pas si vieux, tout de même. Ce qui l'avait agacé, c'était ce jeune type, un assistant conservateur, peut-être l'assistant de l'assistant, qui lui avait montré une sorte de catalogue, « pour qu'il se fasse une idée ». Theo avait détesté la manière qu'il avait de s'approprier ces documents, de les lui expliquer. « Notre collection », disait-il. « Ma vie, ducon ! » avait-il eu envie de lui répondre.

Le gars avait sorti d'un classeur quelques photos. « Les étudiants… » L'une d'entre elles avait été prise à l'atelier métal. Au premier plan, c'était lui, Theo. « … Mais ce ne sont pas les plus intéressantes », avait-il continué, et il les avait rangées. Il ne l'avait pas reconnu. Il n'avait pas fait le rapprochement entre le jeune homme de l'image et l'homme qu'il avait en face de lui.

« Ah ! Voilà ce que je cherchais ! » Évidemment. La photo des professeurs sur le toit-terrasse. « Alors là, c'est Gropius, à côté c'est Kandinsky… » « Je sais. J'y étais. » Theo l'avait interrompu sèchement, plus encore qu'il n'aurait voulu le faire, et le type l'avait regardé un peu surpris. Étonné qu'un monsieur distingué puisse prendre un ton aussi brutal. Mais après tout, c'était un

Américain. « Oui… Bien sûr… » Ensuite il l'avait laissé feuilleter le classeur tout seul.

Alors voilà ce qu'il était. Un visage parmi d'autres visages. Pas très intéressant. Il y avait ce jeune homme dans le classeur, et l'homme vieillissant assis devant ce marbre. Avait-il déjà tellement vieilli ? Tellement changé qu'il était méconnaissable ? N'y avait-il plus rien de commun entre le jeune homme de Hambourg, l'étudiant de Dessau, et l'Américain grisonnant de Chicago ? Il ressentait une étrange douleur au niveau du ventre, comme si on l'avait coupé en deux. Une partie de lui était déjà de l'histoire ancienne, on pouvait bien l'exposer dans un musée, on pouvait bien l'étaler sur ce marbre, elle était déjà morte. Une archive. Une archive comme la petite construction de carton ondulé de Clara, comme le nuancier d'Otti, le masque de Schlemmer, une tapisserie de Gunta, et tous ces exercices, point, ligne, plan, les cartons d'invitation aux fêtes, les collages, les photos, toutes les photos… Cela n'avait rien à voir avec les expositions du Bauhaus qu'il avait connues, celles qui célébraient le Bauhaus vivant. Ici, il s'agissait de célébrer le Bauhaus disparu. Chez lui, aux États-Unis, il n'en avait jamais eu conscience. Après tout, Gropius avait continué, et les Albers également, à Harvard, à Chicago, à Black Mountain, on avait continué à prononcer ce nom, à le faire vivre, il recouvrait une réalité. Même si elle n'avait plus grand-chose à voir avec ce qui s'était passé à Weimar et à Dessau, on pouvait retrouver le fil conducteur, on pouvait y croire encore. Mais ce sur quoi ils se penchaient aujourd'hui, ici, à Berlin, c'était un mémorial.

Putain de projet.

— Eh bien, qu'en pensez-vous ?

Theo n'ose plus bouger, de crainte de provoquer une nouvelle éruption, une flatulence des matériaux contemporains.

— Étant donné la déclivité du terrain, nous avons pensé que l'accès pourrait se faire par une rampe. Elle n'existe pas sur le projet original de Gropius, mais sans doute l'aurait-il appréciée. En revanche, comme vous pouvez le voir, nous avons respecté l'essentiel, les signes forts de sa création.

Les signes forts… Il parle sans doute des toitures.

Theo opine, hoche la tête de haut en bas, de bas en haut, oui, bien sûr, la déclivité du terrain, légèrement en contrebas de la chaussée, bien sûr, le terrain qui descend en pente vers le Landwehrkanal. Qu'y avait-il, là, avant ? Theo ne se souvient plus. Plus rien ne ressemble à rien de ce qu'il a connu. Ce creux lui fait l'effet d'une fosse.

— En tout cas, nous avons réussi à garder le maximum de surface de conservation. C'est important. Il faut prévoir d'accueillir tous les legs qui vont nous parvenir au fil des ans.

Theo le regarde avec l'œil fixe du gallinacé à qui on va tordre le cou, qu'on va plumer, ficeler…

— La boutique sera là, près de la sortie.

Ben voyons. Je vous en mets un peu plus ? Non ? Non, ça ira comme ça. Merci bien.

— Eh bien, qu'en pensez-vous ?

Mais oui, c'est très bien, tout est très bien, ils sont tellement enthousiastes, ils ont tellement envie de bien faire, ils sont tellement contents qu'il approuve. La réunion s'est bien passée. Ils sourient. Même le jeune, au bout de la table, qui le regarde en se demandant soudain s'il ne l'a pas déjà croisé quelque part. Il vaut mieux ne pas trop leur dire que ce sera difficile, que cela va coûter cher, qu'ils ne sont pas au bout de leur peine.

Qu'ils ne savent pas ce qui les attend, eux non plus.

Il s'est retrouvé sur le trottoir. Au bout de la rue, il y a le jaune tout frais saupoudré de blanc du château. Une part de tarte au citron, pense Theo. Il avait fallu près de vingt ans pour restaurer la demeure historique des Hohenzollern. Vingt ans ! Où sera-t-il dans vingt ans ? La dernière fois qu'il était passé devant ces grilles, c'était il y a… trente-cinq ans. Et la première fois, c'était lors de ce voyage avec ses parents, en 1925. Historique. Il faut se résoudre à faire partie de l'histoire. Il pourrait se consoler en allant manger une tarte au citron sur le Kurfürstendamm. Ou plutôt un de ces gâteaux au pavot, presque noirs, qui laissent un goût de terre entre les dents.

— Je peux vous déposer quelque part, monsieur ?

Soudain il y a cette gamine à côté de lui.

— Je fais partie de l'équipe. J'étais dans la pièce à côté. Je suis l'assistante de l'assistant de…

Elle a un geste de la main…

— Enfin c'est moi qui prépare les cafés !

Elle sourit derrière les mèches brunes qui se prennent dans la monture de ses lunettes rondes.

— Ah ! Merci. Le café était très bon.

— Ma voiture est là, tout près, si vous voulez, je vous dépose quelque part. Cela vous évitera d'attendre le bus.

Un gilet en peau de mouton, une jupe en velours très courte, vaguement orange, une paire de bottes marron. C'est un peu moche. La fille n'est pas vraiment jolie. Enfin, va savoir, peut-être pourrait-elle l'être. Elle fouille dans son sac à bandoulière, finit par en extraire un trousseau de clefs.

— Je l'ai trouvé !

Elle le regarde en souriant. Il croit l'entendre dire « Allez, je ne vais pas vous manger ! »

— D'accord. C'est très gentil de votre part. Je suis au Kempinski.

— Je sais, c'est moi qui ai réservé votre chambre.

Vraiment ? Il va oser monter dans cette Coccinelle toute cabossée ? Celle-là aussi est historique, sans doute. Les ressorts du siège lui rentrent dans la colonne vertébrale. Au moins, il ne risque pas le même incident que sur les chaises de la salle de réunion. Il y a longtemps que le rembourrage a rendu son dernier souffle.

Elle conduit les deux mains très haut sur le volant, elle s'applique, et la jupe remonte sur les cuisses au rythme des coups de frein et d'accélérateur.

— Je sais qui vous êtes, lance-t-elle brusquement.

Évidemment, elle le sait. Elle a réservé une chambre à son nom, elle sait pourquoi il est venu, pourquoi il est là, elle a certainement entendu les conversations, même si son rôle s'est limité à préparer les cafés.

— Vous êtes le beau gars de l'atelier métal !

C'est monté tout d'un coup. Il a rougi. Et elle l'a vu.

— Excusez-moi. Je suis désolée. Je ne voulais pas vous manquer de respect.

Mais non, ma belle, vas-y, j'en ai assez qu'on me considère comme une antiquité… Si seulement ce siège était moins défoncé… Se redresser…

— C'est moi qui ai préparé le classeur. C'est le boulot d'une assistante. Je vous ai tout de suite reconnu. Ça m'a bien plu.

Qu'est-ce qui lui a plu ? De classer ces photos, ou de regarder le beau gars, comme elle dit. Elle a de jolis genoux, très dessinés. Il a toujours été sensible aux genoux des femmes. Ils s'arrêtent à un feu rouge au croisement du Kurfürstendamm. Déjà.

— Vous avez vu ?

Elle fait un signe de la main vers la droite.

— La Schaubühne, sur la Lehniner Platz, ils l'ont bien reconstruite… C'est là que se trouvait le cinéma Universum, n'est-ce pas ? Ça devait être terrible, dans ces années-là.

— Terrible ?

Que veut-elle dire, et de quelles années parle-t-elle ? Les jeunes ont un vocabulaire qu'il n'est pas sûr de comprendre.

— Oui, terrible, génial, quoi !

Il la regarde. Elle s'est tournée vers lui, dans ses yeux il lit comme une prière.

— Ça vous plaît, tout cela ?

Il lui a posé la question avec douceur. Peut-être devrait-il arrêter de se sentir agressé, de ne penser qu'à lui, il pourrait essayer de s'envisager comme un père… il ne trouve pas le mot. Comme un père « intact ». Un père qui n'a pas été dévasté, qui ne porte pas la culpabilité de la nation. Il lui est arrivé de se sentir coupable, coupable d'avoir fui, d'être parti, de n'avoir pas eu à côtoyer, cautionner toute l'horreur, mais cette culpabilité-là ne la concerne pas, elle s'en fiche. C'est son problème à lui, pas le sien. Le sien, ce sont ses parents, son pays. C'est une enfant de l'après, de l'après-guerre, après le désastre, après la défaite. Comme lui. Comme Clara, Holger, et les autres. Elle a soif d'innocence, comme eux. Comme ils avaient soif de nouveauté, elle a soif d'un avant. Le beau gars de l'atelier métal est son frère. Elle l'a reconnu. Ce qu'elle cherche, c'est à renouer le fil.

— Oui, c'était génial. Et terrible. C'était magnifique et dangereux. Ce n'était pas juste amusant, même si certaines photos le laissent à penser. Mais vous l'avez déjà compris… Vous avez raison, c'est un beau projet que ce musée. Et je suis content que vous y participiez.

La Coccinelle a renâclé pour redémarrer. Theo a fermé les yeux. Le souvenir d'une chanson lui est revenu, si on pouvait appeler ça une chanson. « Le Bauhaus déménage, le Bauhaus emménage ! »

Uhlandstrasse. Le Kempinski à gauche. Ils sont arrivés.

— C'est de l'autre côté, vous pourrez traverser ?

Oui, il pourra traverser.

— Vous reviendrez nous voir à Berlin ?

— Je ne sais pas encore. Mais vous vous débrouillerez bien sans moi…

— C'était chouette de vous rencontrer !

Spontanément, elle l'a embrassé sur la joue. Une petite fille. Alors il l'a aussi embrassée, un peu maladroitement, il ne savait pas s'il pouvait poser sa main sur son épaule. Il allait ouvrir la porte, quand il s'est ravisé.

— Je ne vous ai pas demandé votre prénom.

— Madeleine. Je m'appelle Madeleine.

— C'est un prénom français ?

— Oui, c'est mon père qui en a eu l'idée. Pendant la guerre, en France, il a lu tout Proust ! *À la recherche du temps perdu.*

Elle le prononce avec un accent épouvantable, mais Theo l'a compris. Il hoche la tête.

— Il avait bien aimé cette histoire de madeleine. Le gâteau… Vous avez lu ce livre ?

— Non. Je n'en ai jamais eu le courage.

— Moi non plus, pas encore !

Elle rit.

Il a posé un pied puis l'autre sur le trottoir, s'est redressé, a refermé la porte de la voiture, et il l'a regardée s'éloigner, légère. Si légère.

Lui aussi, il a bien aimé cette histoire de petite Madeleine.

Il a décidé de se promener un peu avant de rentrer à l'hôtel. Il marche en direction de la Gedächtniskirche. L'église du Souvenir. On a construit une nouvelle nef, une sorte de pavé octogonal, et, à côté, un clocher assorti. Entre les deux, on a sauvegardé l'ancienne tour en ruine. Pourquoi pas. C'est un peu moche, comme la manière dont était habillée Madeleine. En face, le centre commercial de l'Europa Center est aussi un peu moche. Aurait-il été capable de faire mieux ? Dans la percée qui s'ouvre sur le jardin zoologique, se dresse, au loin, la tour de télévision de Berlin-Est. Sa grosse boule brillante tourne lentement, très haut, en plein ciel, elle fait défiler toutes les images, et Theo reste là, à les regarder se former, se déformer, glisser vers les bords, se détacher et se poser en une autre boule brillante, certaines sont petites, à peine lisibles, d'autres larges et pleines, elles flottent, elles viennent vers lui, les unes à côté des autres, et il reste là, debout, jusqu'à ce qu'elles remplissent tout l'espace du ciel. Jusqu'à la dernière larme contenue.

Il ne reviendra pas à Berlin. Il a vu tout ce qu'il devait voir.

39

Novembre 1989, banlieue de Chicago

Lorie était entrée dans sa chambre, elle avait relevé le store.

— Allez, Theo, vous avez assez dormi. Il fait un temps magnifique. Froid, mais un temps magnifique.

Elle avait posé sur la table la tasse de café avec le gâteau. Elle s'agitait, ramassait le livre tombé par terre, repliait le plaid.

— Ça va ? Vous avez besoin d'aide ? Tenez, pour changer, je vous ai pris une part de cheese-cake. Les muffins étaient un peu brûlés… Dites-donc, il s'en passe des choses en Europe… Berlin… C'est là d'où vous venez, non ?

Elle se trompait toujours. Certains jours, elle restait un peu plus longtemps, tirait un deuxième fauteuil près de la table, « Je vais prendre mon café avec vous », annonçait-elle, et elle casait ses grosses cuisses dans la fine armature métallique du siège. Theo n'aimait pas vraiment cette incursion dans son domaine, dans ses souvenirs. « Allez, racontez-moi, ça me fait un peu voyager. » Il ne croyait pas qu'elle s'intéressait vraiment à l'Allemagne, il était sûr qu'elle ne saurait la situer sur une carte, dans le puzzle trop compliqué pour elle de l'Europe. C'était juste de l'autre côté de l'Atlantique. Alors Hambourg ou Berlin… Elle restait, avec ce mélange de bons sentiments et d'esprit de communauté américain. Ils meublaient leurs conversations comme on meuble un abri temporaire, de choses disparates, un peu bancales.

Il n'a pas relevé la tête, a marmonné un « oui ». Enfiler ses chaussons était déjà toute une occupation.

— Ils disent que le mur est tombé. Le mur avec l'Est. L'Est, c'est les Russes, c'est ça ?

Elle retape à grands coups de poing les oreillers, tire la courtepointe. La Russie, l'Amérique, les grands blocs, ça, elle comprend.

— Voilà ! Vous voulez voir ?

Theo a déjà allongé la main. Il cherche la télécommande.

CNN ou Fox News. De toute façon, c'est partout. Alors CNN. Elle n'aurait pas dû relever le store. Le ciel de l'après-midi se reflète sur l'écran de la télévision. Il marche jusqu'à son fauteuil. C'est un peu mieux. Il voit quelque chose qui avance. Il voit la foule. Des visages, des visages, des visages… Ils traversent l'écran ; ils traversent le mur. Les barrières rouge et blanche se lèvent, et ils traversent. Une pioche se lève et s'abat, soulève un nuage de béton, et ils traversent.

— Bon, j'ai fait le ménage et j'ai laissé de la soupe pour ce soir. Si vous avez encore faim, il y a un sandwich à la dinde dans le réfrigérateur… Mais je pense que ça ira.

Elle a prononcé les derniers mots à voix basse, comme pour elle-même.

— Merci Othéa.

Theo lui a fait un vague signe de la main, un signe qui disait à la fois « taisez-vous, partez, merci, c'est bien »… Othéa, il l'a appelée Othéa.

— Ça va aller, Theo ?

Le geste a recommencé, plus sec cette fois-ci, plus autoritaire. Alors elle est partie.

Il était resté toute la nuit dans son fauteuil ; avait dormi par intermittence. Les correspondants avaient laissé place aux envoyés spéciaux, les envoyés spéciaux aux commentateurs, à quelques hommes politiques, puis la ronde avait recommencé. Envoyé spécial, une femme cette fois-ci, et puis Willy Brandt, et à nouveau la rue. Une pioche, le rouge et blanc d'une barrière, une fissure dans des peintures multicolores, des sourires sur les visages. Une procession de silhouettes sans couleurs dans un couloir, le long d'un mur immaculé. Un point de passage réglementaire. Encore quelques dizaines de mètres de soumission avant la liberté. Theo ne sait pas où il est. Ils écorchent tous les noms, les correspondants un peu moins que les autres. Et puis il ne reconnaît rien, sauf peut-être la porte de Brandebourg. De temps en temps, une carte s'affiche, avec des ronds rouges aux endroits de passage. Il est perdu. Perdu comme ce père de famille que l'on voit déplier un plan de Berlin-Ouest, un plan qu'il vient d'acheter, et sur lequel son monde n'existe pas. À peine quelques centimètres d'à-plat gris, et tout de suite la marge blanche.

Au petit matin, il s'était rendu compte qu'il n'avait rien mangé. Il avait béni le four à micro-ondes qui lui permettait de réchauffer la soupe sans quitter le téléviseur des yeux. Il l'avait bue devant les images de Berlin-Est. Des rues grises, des barres d'immeubles, des trottoirs déserts, une vitrine où trônaient trois téléviseurs d'un autre âge. Enclos dans l'écran de son propre appareil, ces objets de désir lui avaient semblé dérisoires. Et l'attitude de ce passant, qui s'était retourné vers le cameraman, son sourire apeuré, et sa volonté, malgré tout, d'être fier, de ne pas se sentir humilié, observé comme une bête, lui avait serré le cœur.

Il ne voulait rien manquer. Il voulait voir, voir et revoir la foule, les jeunes debout sur le mur, avec leurs coupes de cheveux bizarres, leurs vêtements bon marché, leurs Trabant, leurs mains qui ne savaient vers quoi se tendre, et ce vieux, avec ses deux cannes, qui franchissait Checkpoint Charlie, qui reprenait possession de la Friedrichstrasse. Comme si de rien n'était. Comme si, pour lui, le mur n'avait jamais existé.

Il vit les pans de mur abattus, les plaques de béton soulevées par les grues. Il entendit, à l'arrière-plan des commentaires et des traductions, sa langue maternelle. Elle lui arrivait par vagues, roulant des rires et des pleurs, chantée, ou brisée d'émotion. Ce qu'il n'aurait pas formulé en anglais, il se le chuchotait au fond du cœur, en allemand, une prière, un espoir, la peur d'être définitivement seul au monde.

Il entendit le silence qui se fit autour de Rostropovitch, autour de cette suite de Bach dont les notes anéantissaient le béton plus sûrement qu'aucune pioche, qu'aucun pic, qu'aucune masse. Et puis à nouveau la foule, un passant que le journaliste avait arrêté, un témoin que Theo n'écoutait plus. Il entendait juste la voix. Un Américain. Il s'en fichait de cet Américain, avec son accent de… Mais d'où pouvait-il être, avec cet accent ?

Elle se tient debout, entre deux pans de mur, elle se tient toute droite, et elle regarde droit devant elle. Elle sort de là, dans le halo du projecteur, elle prend toute la lumière, elle est toute la lumière. Theo voit tout cela, les cheveux blancs sous le béret rouge, la mâchoire un peu lourde, il voit l'écharpe blanche autour du cou. L'espèce d'Américain s'avance devant l'objectif, on ne voit plus que son dos. Non ! Pousse-toi ! Imbécile ! Qu'on pousse cet imbécile ! Il va la cacher, la dérober à la vue, mais que fait-il ? Il la prend dans ses bras. De quel droit ? Arrêtez ce type ! Il la prend dans ses bras, et Theo voit le visage de Clara au-dessus de l'épaule de l'homme, sa joue contre sa joue, il voit ses bras qui se referment autour de l'homme, qui l'étreignent, il ne voit plus l'écharpe blanche, mais seulement le regard sous le béret rouge, et le sourire. Elle se noie, elle est noyée par la vague de cheveux drus, par ce dos large sur lequel flotte l'étui d'un violon. Tout ce qui monte là-bas, cette émotion, fait ici un grand creux, un gouffre de chagrin. Qu'on passe à un autre plan, il y a d'autres choses à montrer, que fait le cameraman ? Il dort ? Arrêtez de tourner ! Je sais déjà la fin !

L'homme s'est retourné, au ralenti, dans le halo du projecteur, il tient Clara par le bras, et ils s'avancent, tous les deux, parmi les gravats, Clara et ce qu'Holger lui a donné, lui a confié. Clara et Oskar. Theo la regarde, elle fouille l'œil de la caméra, intensément, le vent agite doucement l'écharpe blanche, un instant ils sont ensemble. Il lève la main pour lui faire signe. Mais pris dans le mouvement, le couple se mêle à la foule, encore un peu le béret rouge, ils sortent du cadre.

Il a éteint la télévision. Il s'est levé de son fauteuil, a cherché un instant son équilibre et s'est dirigé vers le bureau. Dans le tiroir, il a trouvé la boîte au graphisme argenté, en a soulevé le couvercle. Sous le papier de soie reposent des lettres. Celles de Clara, et celle d'Holger. La dernière. L'enveloppe est froissée, plusieurs fois raturée, le papier a pris une teinte jaunâtre, sale, il la déplie avec précaution. Il va près de la fenêtre, il cherche la lumière. Il la relit une fois encore. Il hésite, puis la replie et la remet dans la boîte. C'est sa place depuis si longtemps. Depuis ce temps-là.

*

New York, août 1961

Il se tient debout, mince, droit, à contre-jour devant la fenêtre, vertical. Il s'abstrait. Du bout de sa pensée, il goûte l'acier des fines armatures. Un si beau profil. Un calcul parfait qui tient ensemble tout l'édifice. Aller à l'essentiel, pense-t-il, gommer tout superflu. Son esprit caresse le verre, s'insinue dans le béton, suit chaque poutrelle, peau, chair, nerfs et vaisseaux, corps magnifique dressé contre les nuages, contre le ciel, contre le soir qui tombera.

— Reste, dit-il.

Il sait que Clara l'a entendu. Elle ne peut pas ne pas l'avoir entendu, elle a l'oreille si fine. Elle a toujours entendu ce qui n'était pas dit. Elle veut simplement qu'il tourne la tête, qu'il la regarde.

— Reste, répète-t-il.

— Non.

Il la devine plutôt qu'il ne la voit. La lumière crue de l'après-midi l'a ébloui. Une forme livide, sans contour, et sa réponse comme une lame qui fend l'air humide et chaud. Elle est allongée sur le sofa, les pieds croisés reposant sur un accoudoir, les bras repliés sous la tête. Ses doigts jouent avec la cigarette qu'elle n'a pas allumée, petit signal blanc qui apparaît et disparaît.

— Tu ne peux pas retourner là-bas, plus maintenant.

— Je n'ai rien à faire ici, rien à voir avec ici.

— Tu te trompes, il y a une vie ici pour toi. Ils vont t'adorer.

Il l'a dit en anglais. *They will love you*. Il sait que ce ne sont pas les bons mots, il ne disait pas ce genre de choses, avant. Avant qu'il soit américain.

Il s'est retourné vers la ville. Son regard plonge entre les immeubles, cherche la trouée vers Park Avenue, vers Grand Central et le Pam Am Building. Les grues tournent lentement, effleurent le Chrysler Building. De leurs pattes hérissées, elles tricotent un nouveau nid. On a crevé l'ancien, dispersé ses restes, et la terre mise à nu a semblé brièvement une blessure obscène. Manhattan cicatrise vite. Dans le bruit, la poussière, le danger et l'audace, dans les poignées de main, les pactes entre pouvoir et désir, argent et imagination.

Il ne l'a pas entendue approcher.

— C'est là ? demande-t-elle.

Surpris, il a baissé les yeux. Il voit ses pieds nus sur la moquette dont les arabesques douteuses persistent malgré l'usure du temps et les assauts de la lumière. Désenchantement, solitude se mêlent à la poussière et aux taches de nourriture mal nettoyées. Un frisson de dégoût crispe ses orteils dans ses chaussures bien cirées. Est-ce la pâleur de ces pieds, le réseau des veines trop apparent sous la peau trop fine, sèche, légèrement crevassée aux talons ? Il voudrait un marbre doux et poli plutôt que ces fibres usées. Un bois finement poncé qui ne retiendrait pas toutes ces miettes de vie, ces vies en miettes, les pas perdus des habitants provisoires, entre deux trains, entre deux contrats, entre deux amours, entre le lit et la fenêtre, entre l'insomnie et le sommeil d'oubli. Il voudrait des ongles vernis. Il voudrait ne pas voir, dans la déformation des orteils, les longues marches dans Berlin dévastée, le froid, les chaussures rapiécées.

— Oui. D'ici on ne peut pas encore le voir, on en est au vingtième étage. Il monte vite, dans quelques mois… Clara, pourquoi es-tu descendue dans un hôtel aussi miteux, aussi…

Elle le regarde, les yeux mi-clos, elle a glissé la cigarette entre ses lèvres, et il s'interrompt pour lui offrir du feu.

— Hors du temps, répond-elle.

Elle expire la fumée vers la vitre, à petits coups espacés, avec un léger claquement de ses lèvres arrondies.

Elle vise à chaque fois un building différent, dont la silhouette vacille et s'estompe un instant.

— Tu vois le grand, au fond ?

Elle aspire une longue bouffée, qu'elle souffle dans sa direction.

— Je l'ai eu ! *Und das Schiff mit acht Segeln und mit fünfzig Kanonen wird beschießen die Stadt*[1] !

Son chant est passé au travers d'un mince sourire.

— Tu n'as pas peur de retourner là-bas ?

Elle éclate de rire, un rire nu, qu'il a envie de mordre, comme il a envie de mordre cette nuque pleine et droite, et blanche. Il sait ce que cache la ligne sombre et nette des cheveux coupés au carré.

— Pourquoi aurais-je peur d'un mur, Petit Theo ? Je les ai vus se construire, je les ai vus tomber. Les murs, c'est votre affaire à vous, les hommes. Nous, les femmes, c'est d'en faire des demeures. D'y mettre la vie, quelque chose sur la table, des fleurs, des tissus…

Elle s'est interrompue.

— Des tissus, tu sais bien…

… La robe noire avait glissé si facilement…

La porte s'était refermée. Devant le tiroir ouvert, Theo avait contemplé la boîte béante, avec ses rabats de papier cristal jaunis rejetés à la hâte, impuissants autour d'un creux qui n'était plus qu'un vide. Il les avait repliés soigneusement, s'était apprêté à rajuster le couvercle, s'était souvenu que l'inscription Alsterhaus avait remplacé Warenhaus Hermann Tietz, le nom d'une

1. Voir note page 98.

époque révolue. Il l'avait retourné. Au dos, il avait retrouvé les quelques mots, écrits à la plume. « À Theo, mon fils chéri, pour l'accompagner dans ses plus belles soirées, Maman. » Et une date : Hambourg, le 1er mars 1935. Ils parlaient d'un autre temps, avec leur élégance surannée, d'une autre vie, presque la vie d'un autre. Pourtant, quelques instants auparavant, c'était bien son écharpe, son odeur incrustée dans les fibres. Sa mère avait dit : « Tu sais, rien n'a changé, juste le nom. »

Clara était debout sur la scène, déchirure sombre dans l'orbe de la poursuite. *Und das Schiff mit acht Segeln und mit fünfzig Kanonen wird entschwinden mit mir*[1]. Clara avait chanté ce que Theo ne voulait pas entendre : Othéa disparue.

Il avait remis la boîte à sa place, repoussé d'un doigt le tiroir de l'enfilade en teck. Les meubles contemporains ne demandaient plus aucun effort.

Il aurait pu dire « reste avec moi ». Il ne l'a pas fait.

*

Lorie ne va pas tarder. Il fait un temps magnifique.

---

1. Voir note page 291.

Épilogue

Je m'appelle Kate O'Leary. Je suis journaliste. Je suis née en 1951, un peu plus d'un an après le retour de mon père. Je suis celle qui devait réunir un couple trop longtemps séparé. Six ans d'absence. Les quelques permissions n'avaient permis à mes parents que d'effectuer un joli tour de piste ; si je voulais être méchante, je dirais d'épater la galerie. Il était si beau, mon père, dans son uniforme d'officier, si romantique, lorsqu'il avait été photographié avec son bras en écharpe. Où est ma mère ? Sa robe toute gonflée de jupons est bien là, son étole de tulle, ses chaussures à bouts pointus sont là. Les couleurs sont là, il y a du rose sucré, le miel de ses cheveux, le framboise de son sourire, mais ma mère n'est pas là. Elle regarde ailleurs. 1944. La date est inscrite au dos de la photo. Il y a l'autre, celle de Noël 1950. Il y a du rouge, du vert, des guirlandes, des boules multicolores. Ma mère assise dans un fauteuil à grosses fleurs. Des fleurs aussi sur sa robe, un grand col blanc pour équilibrer le ventre rond. Mon père se tient debout, derrière elle. L'uniforme de mon père. Tout ceci est d'une raideur accablante.

J'ai retrouvé ces photos dans le bureau de mon père. Ma mère était morte dans les années 1970, mes frères étaient au loin. J'étais celle qui était restée. J'étais venue m'occuper un peu de lui, il commençait à décliner. Nous les avons regardées ensemble. Il s'est attardé sur la seconde. Il m'a dit :

— Elle était dans le bon sens.

Il désignait l'étoile accrochée tout en haut du sapin. Sur le moment, je n'ai pas compris ce qu'il voulait dire.

— Je l'avais tournée vers Berlin. Je voulais qu'elle puisse la voir.

Je me suis dit qu'il commençait à perdre un peu la tête.

Alors il m'a tout raconté. Berlin, Clara, la Motzstrasse, ses taches de rousseur sur le dos qu'elle appelait « ses étoiles ».

— Je voulais lui dire que j'étais toujours là…

Je me suis souvenue alors que mon père attachait chaque année une très grande importance à cette étoile, qu'il voulait toujours le sapin le plus haut, et qu'il tenait à la fixer lui-même.

Il m'a raconté le blocus, le retour de Brecht. Je me suis souvenue d'un exercice qu'on nous avait demandé de faire, en deuxième ou troisième année d'école de journalisme, à New York. J'avais choisi d'écrire une critique du film de James Bond, *Bons baisers de Russie*. Je revoyais le visage terrifiant de l'espionne russe. Lotte Lenya… J'étais tombée sur une autre photo d'elle, lorsqu'elle était encore allemande, à Berlin, et qu'elle jouait *L'Opéra de quat'sous*. Elle avait été très belle. Et j'avais été surprise d'apprendre que cet œuvre n'était pas une comédie musicale américaine. C'est vrai qu'on ne parlait pas tellement de ce genre de choses à la maison. Et puis, à la radio, c'était Louis Armstrong qui chantait *Mack the Knife*. Nous sommes doués, nous, les Américains, pour nous attribuer ce qui vient d'ailleurs. Quant au Bauhaus, bien sûr, j'étais passée mille fois au pied du building qui coupait la perspective de la 5e Avenue, et sur combien de chaises à structure métallique avais-je traîné mes fesses, sans savoir ?

Il m'a raconté ce qu'il savait de la fin du Bauhaus, de l'exil de ses membres. Je me souvenais avoir lu cela quelque part, mais soudain l'histoire prenait corps, je voulais tout savoir. Savoir ce que mon père avait tenu dans ses bras, et ce qu'il avait gardé secret.

Il m'a raconté Holger, le disparu.

— J'aurais voulu le retrouver, pour elle, ou bien pouvoir lui dire qu'il ne reviendrait jamais. Pour moi. Parce que, peut-être, elle aurait accepté de me suivre. Elle est venue une fois à New York, en 1961, juste avant la construction du mur. Nous nous sommes ratés. Après, c'était trop tard.

Nous sommes restés un moment sans parler.

— Je suis désolé, Kate. Désolé.

Évidemment, cela m'a fait quelque chose d'apprendre pourquoi j'avais été une tentative de réparation qui n'avait pas tenu. Les deux parties ne correspondaient plus depuis longtemps. En même temps, cela va peut-être vous surprendre, j'étais fière de mon père.

Des étoiles, il y en avait eu, une, puis deux. Petite fille, j'aimais passer mes doigts dessus, « C'est froid », disais-je, et je les frottais pour les réchauffer un peu. « Tu les as bien gagnées, tu es un héros ! » Mon père souriait, « J'ai fait mon devoir. » Cela me paraissait si simple, trop simple. Il ôtait ma main de son épaule. Comme si elle avait été le petit poids de trop.

Oui, ce soir-là, j'ai été fière de mon père, de cette part de lui qui portait un nom inconnu, Berht. J'ai aimé cet homme, ses étoiles intimes, et j'ai aimé cette femme qui avait su les découvrir.

J'ai mis mes bras autour du cou de mon père. Cela ne m'était pas arrivé depuis longtemps.

Quelques semaines après, il a eu une attaque, et il est mort.

Et puis il y a eu la chute du mur. Toute cette histoire m'est revenue. J'ai même scruté, aux informations, les visages de vieilles dames qui apparaissaient sur l'écran. Peut-être y reconnaîtrais-je Clara. J'ai fait des recherches. Après tout, je suis journaliste, c'est mon métier. J'ai d'abord contacté Lux Feininger. Il m'a montré la photo qu'il avait prise en 1926. « Ils habitaient là, tous les trois… Non. Seulement Holger et Clara. Theo habitait ailleurs. Mais ils étaient toujours ensemble. » Il m'a aussi montré une photo de groupe, prise devant une grande porte. « Ça, c'était en 1976, à Dessau. La ville s'était décidée à restaurer l'école. Après l'ouverture du musée de Berlin-Ouest, les autorités de l'Est ont compris que le Bauhaus était un patrimoine. On m'a fait parvenir un tirage. Les anciens… Du moins ceux qui étaient restés de ce côté-là. Mais ils n'y sont ni l'un ni l'autre. »

J'ai fini par retrouver Theo. Il vivait toujours à Chicago, dans une de ces résidences pour personnes âgées. Chacun son petit bungalow, son bout de jardin. Un semblant d'indépendance.

Au téléphone, il a d'abord été réticent.

— Vous êtes journaliste ?

— Non, je suis historienne. J'enseigne.

— Ah…

À l'intonation qu'il avait eue en prononçant le mot journaliste, j'avais pressenti qu'il n'était pas indiqué si je voulais aller plus loin. Il a accepté de me rencontrer.

— Parce que vous savez, ça, a-t-il déclaré d'emblée en me montrant d'un doigt accusateur un magazine de décoration qui traînait dans l'entrée, ça, c'est de la merde !

Bullshit. Il le disait avec force et mépris, et ce mot était assez surprenant dans la bouche de ce très vieux monsieur.

— C'est ma garde… mon employée de maison qui me les apporte. Elle croit me faire plaisir ! (Il ricana…) *Demeures et décoration*, *Votre décoration*… Décoration, décoration… Ils n'ont que ce mot à la bouche. N'importe qui se prétend décorateur d'intérieur. Ils prennent un fauteuil de Mies ou de Breuer, ils vous collent une copie de lampe des années vingt, trois bouquins sur une étagère et ils appellent ça le style Bauhaus. Le style Bauhaus ! Ça fait vendre ! Mais qu'est-ce qu'ils en savent du Bauhaus ! Il n'y a jamais eu de style Bauhaus ! C'est exactement ce que nous ne voulions pas, le style. Si nous avions voulu du style, nous aurions recopié des bergères et des guéridons ! Avec des anges et des bouquets de fleurs ! Nous n'avons jamais fait d'objets de décoration, nous faisions…

Il s'était échauffé, il respirait fort. Je me suis sentie un peu visée. J'avais été très contente, après la mort de mon père, de trouver chez un antiquaire cette fameuse lampe de Wilhelm Wagenfeld à globe de verre, et aussi ces deux fauteuils Wassily que l'on m'avait assuré être authentiques. Mes amies avaient dit : « Oh ! Tu as refait la déco ? Classy ! » *Classy.* Ça ne devait pas être le bon mot.

— Je comprends…

— La vie. C'est la vie qui comptait.

Justement. C'était le sujet qui m'intéressait. La vie. Les gens. Ce qu'il était advenu des membres du Bauhaus. Je savais ce que je cherchais. Il répondait à mes questions avec un curieux mélange de méfiance et d'orgueil. Il était heureux de raconter l'école, tout ce qui avait été fait, mais il avait du mal à aborder les sujets plus intimes. J'ai fini par le mener où je voulais.

— Et ceux qui sont partis en Russie ? M. Feininger m'a parlé d'un de vos camarades, un certain Holger, je crois. Vous êtes restés en contact ?

Il a hoché la tête. Surtout ne pas prononcer le mot disparu, ne pas laisser entendre que je savais une partie de l'histoire.

Il s'est levé avec difficulté, a fait quelques pas vers son bureau. Il a sorti d'un tiroir une vieille boîte en carton dont les filets d'argent étaient tout écornés. À l'intérieur, sous un papier de soie, il y avait des lettres, il m'en a tendu une. L'enveloppe était froissée, plusieurs fois raturée, tachée, c'était un peu dégoûtant.

— Vous lisez l'allemand ?

— Un peu, quand ce n'est pas trop difficile.

D'un geste, il m'a encouragée à la lire.

Birobidjan, septembre 37

Theo, mon frère choisi,

Je vais confier cette lettre à un ami qui pourra la faire poster de Genève. Les choses se passent mal ici. Le chantier s'est embourbé dans les hivers trop rudes et les problèmes de subventions. Il n'y a plus d'argent, il n'y a plus de bois. C'est risible, n'est-ce pas, d'attendre désespérément du bois ! Nous, les champions du métal et du verre ! Je pense que Staline s'est désintéressé de ce projet, que tout cela ne fait pas partie du nouveau plan. Le plan, le plan… ce mot que l'administration nous envoie à la figure, comme si c'était une explication à lui tout seul. Le peuple ne veut pas de notre modernisme. Il veut la même chose que les riches, les riches d'avant. Il veut ce qui en impose. Hannes l'avait compris, il est reparti depuis longtemps. Je n'aurais pas dû revenir, je n'aurais pas dû m'acharner sur ce projet. Theo, il se passe des choses bizarres ici. Aljiocha a été muté, je ne sais pas où. Des gens ont été arrêtés. Des bons communistes ! Arrêtés. On ne les a plus revus. Des types sont venus m'interroger, ils voulaient savoir quelles étaient mes opinions, pourquoi j'étais venu… ils me font peur, Theo, je commence à avoir peur. Tu te souviens d'Isaak Butkow ? Notre ange rouge, comme nous l'appelions au Bauhaus ! Il travaillait à Moscou. Ils l'ont arrêté, pour espionnage.

Peine de mort. Isaak ! Je ne comprends plus rien. Je ne sais où aller. En Allemagne, je dois être fiché depuis longtemps. Communiste ! Retraverser toute la Russie me semble impossible, je vais essayer de rejoindre Vladivostok, et de là, trouver un bateau. Ou de passer par la Chine. La frontière n'est qu'à trente kilomètres. Il faut que je sorte de ce piège. Ne dis rien à Clara. Je ne veux pas les inquiéter. Mais promets-moi de t'occuper d'elle et de mon fils. Prends soin d'eux, fais ce qu'il faut, s'il faut partir, partez, emmène-les avec toi, je te les confie. Je sais que beaucoup d'Allemands partent vers la France et en Amérique. S'il le faut, partez, je vous retrouverai.

Je me suis trompé, Theo. Peut-être nous sommes-nous tous trompés. Peut-être avons-nous pris la mauvaise direction. Peut-être n'y a-t-il pas de bonne direction.

J'ai cru qu'il n'y avait que le temps, le temps dont nous avions manqué. Nous voulions l'Homme nouveau. Je doute qu'il existe un jour.

Holger

Il me fallait d'abord renaître dans une autre langue. Les mots du Bauhaus n'étaient qu'un autre langage, et celle d'ici n'est sans doute pas plus honnête, mais j'ai appris à combler mes silences. Non, cela ne me suffisait pas de savoir qu'elle m'aimait.

Ici, j'ai gravé son nom dans chaque poutre, dans chaque solive. CLARA.

— Quand j'ai reçu cette lettre, j'avais déjà quitté l'Allemagne.

De l'index il a désigné les dernières lignes.

— Je n'ai jamais rien dit. J'avais promis.

Il est resté un long moment le visage tourné vers la fenêtre. Un léger tremblement agitait sa joue. Puis ses yeux se sont posés sur moi. Il a regardé mes genoux, mes mains croisées sur mon calepin, et il m'a fixée dans les yeux.

— Vous pourriez faire quelque chose pour moi ?

— Avec plaisir.

— Poster une lettre ?

— Oui, sans aucun problème.

Il est retourné vers le bureau, s'est assis. Il a sorti une grande enveloppe blanche, a glissé la lettre d'Holger à l'intérieur, a encore hésité un instant, puis a fermé l'enveloppe.

Il lui a fallu du temps pour écrire l'adresse, il s'appliquait.

J'ai compris qu'il aurait du mal à se relever, alors je me suis approchée. Il m'a tendu la lettre. Il l'adressait à :

Madame Clara Burg
Berliner Ensemble
Berlin
Allemagne

— On la lui fera suivre, je suppose, a-t-il murmuré. Le temps n'est plus à la censure…

Le monde de Clara

Josef **Albers** (1888-1976). Allemand. Peintre et enseignant de l'art, élève puis enseignant au Bauhaus de 1920 à 1933. S'exile aux États-Unis, fonde avec son épouse le Black Mountain College et enseigne à Yale. Précurseur de l'op art.

Anni **Albers**, née Fleischmann (1899-1994). Allemande. Élève au Bauhaus, puis membre majeur de l'atelier tissage de 1922 à 1933, s'exile avec son mari aux États-Unis et poursuit une importante carrière de designer, lithographe et théoricienne de l'art.

Gertrud **Arndt**, née Hantschk (1903-2000). Allemande. Tisserande puis photographe. Élève au Bauhaus de 1923 à 1927, elle y revient avec son mari en 1929 et réalise ses célèbres autoportraits.

Alfred **Arndt** (1896-1976). Allemand. Architecte. De 1921 à 1927, étudie le décor mural au Bauhaus de Weimar puis de Dessau. Il revient en 1929 au Bauhaus pour y enseigner l'ensemble des disciplines liées à l'architecture intérieure jusqu'en 1932. Il adhère au Parti national-socialiste en 1937. Poursuit sa carrière d'architecte à Jena et à Darmstadt.

Herbert **Bayer** (1900-1985). Autrichien/américain. Élève du Bauhaus, en devient en 1925 le premier professeur de graphisme publicitaire et de typographie. Il y crée son propre alphabet de linéales sans majuscules, l'Universal. Quitte le Bauhaus en 1928. S'exile aux États-Unis en 1938 et crée les premières œuvres environnementales.

Lotte **Stam-Beese** (1903-1988). Germano-néerlandaise. Architecte, urbaniste et photographe. Première élève architecte au Bauhaus de 1926 à 1928, travaille ensuite à Berlin avec Hannes Meyer et le rejoint en 1930 à Moscou. En 1935 elle s'installe avec Mart Stam à Amsterdam et participe après la guerre à sa reconstruction.

Anita **Berber** (1899-1928). Actrice allemande. Icône scandaleuse du Berlin des années vingt, bisexuelle affichée, célèbre pour ses spectacles érotiques et expressionnistes. Elle vit aux frontières de la délinquance et meurt de ses excès de drogue et d'alcool.

Otti **Berger** (1898-1944). Tisserande et designer textile hongroise. Élève au Bauhaus de 1926 à 1930 puis chef adjointe de l'atelier tissage jusqu'en 1932, elle en est une des personnalités les plus marquantes. Elle ouvre ensuite son atelier à Berlin puis, menacée en tant que juive, s'exile en Angleterre où sa surdité l'empêche de maîtriser assez l'anglais pour poursuivre une carrière. Elle rentre en Hongrie. Déportée à Auschwitz avec sa famille, elle meurt en 1944.

Marianne **Brandt** (1893-1983). Allemande. Peintre, sculptrice et designer. Élève du Bauhaus en 1923, elle prend la suite de Moholy-Nagy et est la seule femme à avoir été maître de l'atelier métal du Bauhaus. Quitte le Bauhaus en 1933 et ne reprend l'enseignement qu'en 1953. Ses créations, à base de formes géométriques, sont encore éditées aujourd'hui.

Bertolt **Brecht** (1898-1956). Dramaturge et écrivain allemand. Figure incontournable du théâtre allemand, marxiste, il crée de nombreuses œuvres engagées politiquement et socialement. Menacé dès 1933 par les nazis, Brecht ne rejoint les États-Unis qu'en 1941, après avoir résidé en Suède, puis en Finlande. Il opte pour la Californie, travaille comme scénariste à Hollywood. Confronté au maccarthysme, il rejoint Berlin-Est en 1947, où il fonde avec son épouse Helene Weigel le Berliner Ensemble. Lors des émeutes ouvrières de 1953, il se retrouve en porte à faux entre le Parti et les ouvriers, et meurt peu après.

Marcel **Breuer** (1902-1981). Hongrois. Architecte et designer de mobilier. Un des premiers élèves au Bauhaus Weimar, il revient à Dessau en 1925 et enseigne au département d'architecture. En s'inspirant du cadre de son vélo, il invente la chaise B3 (*Wassily Chair*) à tubulure métallique. Les prototypes sont réalisés dans les usines Junkers. Il rejoint Gropius à Londres puis aux États-Unis en 1938. En 1953, il construit le bâtiment de l'UNESCO à Paris.

Isaak **Butkow** (1909-1938). Architecte polonais. Élève au Bauhaus de 1928 à 1932. Membre de la cellule communiste du Bauhaus, il est exclu de l'école en 1932. Émigre en Russie. Arrêté en 1937, il est accusé d'espionnage et fusillé en 1938.

Christopher et Jean : Christopher **Isherwood** (1904-1986), écrivain britannique auteur de *Adieu à Berlin*, et Jean **Ross** (1911-1973), qui servira de modèle au personnage de Sally Bowles. Bob Fosse adaptera cette œuvre au cinéma dans le film *Cabaret* (1972).

Lyonel **Feininger** (1871-1956). Peintre et caricaturiste germano-américain. Professeur dès 1919 au Bauhaus et conseiller de Gropius. Retourne en 1936 avec sa famille aux États-Unis.

Lux **Feininger** (1910-2011), fils du précédent. Germano-américain. Élève et photographe de la vie du Bauhaus. Membre du Bauhaus Kapelle. Retourne en 1936 avec sa famille aux États-Unis et se consacre à la peinture.

Valeska **Gert** (1892-1978). Danseuse, humoriste et chanteuse allemande. Ses spectacles caricaturaient férocement la bourgeoisie allemande.

Walter **Gropius**, « Gropi », « Pius » (1883-1969). Architecte et urbaniste allemand. Fondateur en 1919 et premier directeur du Bauhaus de Weimar, puis de Dessau dont il construit en 1926 le bâtiment et les maisons des maîtres. Démissionne en 1928 et reprend ses activités d'architecte. En 1937, s'exile d'abord en Angleterre, puis aux États-Unis où il enseigne à Harvard et fonde en 1946 le TAC : The Architects Collaborative. Ses œuvres les plus célèbres sont l'usine Fagus, les bâtiments de Dessau et le Pam Am Building à New York.

Ise **Gropius**, « Mme Bauhaus », « Pia » (1897-1983). Allemande. Seconde épouse de Walter Gropius, abandonne une carrière de journaliste pour se consacrer aux projets de son mari auprès duquel elle joue un rôle important en tant que conseillère et responsable des relations publiques.

Karla **Grosch** (1904-1933). Danseuse allemande. Professeur de gymnastique féminine au Bauhaus de 1928 à 1932, elle interprète certaines pièces de Schlemmer. Elle s'installe en Palestine avec son compagnon Franz « Bobby » Aichinger, architecte formé au Bauhaus. Elle meurt d'une crise cardiaque durant une baignade.

Ludwig **Hilberseimer** (1885-1967). Architecte et urbaniste allemand, il enseigne au Bauhaus de 1929 à 1933. S'exile aux États-Unis en 1938 et travaille avec Mies van der Rohe, notamment à Chicago.

Hubert **Hoffmann** (1904-1999). Architecte et urbaniste autrichien-allemand. Élève au Bauhaus de 1926 à 1929. Après la guerre, urbaniste à Dessau, il tente de sauvegarder les bâtiments du Bauhaus et de faire revivre l'institution, mais il est dénoncé par le parti au pouvoir et obligé de fuir à l'Ouest. Il ne pourra retourner à Dessau pour un colloque qu'en 1983.

Friedrich **Holländer** (1896-1976). Compositeur allemand. Célèbre auteur de chansons pour les revues berlinoises et de musiques de films, dont *L'Ange bleu*, avec Marlene Dietrich. De confession juive, il s'exile aux États-Unis où il compose plus de cent musiques de films.

Hugo **Junkers** (1859-1935). Ingénieur allemand et pionnier de la construction aéronautique. Fonde en 1895 la société Junkers & Co. Le « Tante Ju » est le premier avion en métal. Allié important du Bauhaus à Dessau, il y soutient également la réalisation de nombreux projets sociaux. Il est chassé et dépossédé de ses usines en 1933 par les nazis.

Ernst **Kállai** (1890-1954). Journaliste hongrois. Rédacteur dans plusieurs revues d'art, il rejoint le Bauhaus Dessau de Hannes Meyer en tant que rédacteur en chef du magazine *bauhaus* entre 1928 et 1929. Interdit de publication en 1933, il rentre en Hongrie et enseigne l'histoire de l'art.

Paul **Klee** (1879-1940). Germano-suisse. Peintre et figure majeure du Bauhaus, il y enseigne de 1921 à 1931. Persécuté en tant qu'« artiste dégénéré » par les nazis, il retourne en Suisse en 1933. La figure de l'ange ainsi qu'un profond désespoir habitent ses dernières œuvres.

Zarah **Leander** (1907-1981). Chanteuse d'opérette suédoise. Égérie du cinéma national-socialiste, statut que Marlene Dietrich avait refusé. Sa voix grave et son physique sculptural servent ses rôles dans les mélodrames romantiques.

Refusant l'ordre de Goebbels de ne pas fréquenter ses amis juifs et homosexuels, elle retourne en suède en 1942. Accusée d'espionnage pour le compte de la Russie, elle ne revient en Allemagne qu'après la guerre où elle retrouve un public.

Lotte **Lenya** (1898-1981). Autrichienne/américaine. Actrice et chanteuse. Interprète des œuvres conjointes de son mari Kurt Weill et de Bertolt Brecht. Le couple divorce, émigre à Paris puis aux États-Unis, puis se remarie. Après la mort de Weill, elle crée la Kurt Weill Foundation for Music, continue de chanter à Broadway et obtient plusieurs rôles au cinéma, dont celui d'un agent du Spectre dans *Bons baisers de Russie.*

Margo **Lion** (1899-1989). Chanteuse et actrice. Bien que née française, c'est à Berlin qu'elle devient célèbre et mène jusqu'en 1932 une éblouissante carrière, avant de la poursuivre en France presque jusqu'à sa mort.

Erich **Mendelsohn** (1887-1953). Architecte allemand. D'abord connu pour ses bâtiments expressionnistes, il se tourne vers le fonctionnalisme qu'il applique au consumérisme de l'époque. Spolié par les nazis, il fuit à Londres, puis s'installe aux États-Unis en 1945 où il se consacre à des projets liés aux communautés juives.

Hannes **Meyer** (1889-1954). Suisse. Architecte et urbaniste. Premier professeur d'architecture au Bauhaus en 1927 et deuxième directeur du Bauhaus de Dessau de 1928 à 1930. Communiste convaincu, il émigre en Union soviétique en 1930 et travaille à Moscou en tant qu'urbaniste au réaménagement de plusieurs villes. Il rentre en Suisse en 1936 puis émigre au Mexique en 1939, travaille pour le gouvernement mexicain et retourne en Suisse en 1949.

Ludwig **Mies van der Rohe** (1886-1969). Architecte allemand. Troisième directeur du Bauhaus de 1930 à 1933. Adepte du verre et de l'acier, prônant le minimalisme, célèbre mondialement pour le pavillon allemand de l'Exposition internationale de Barcelone en 1929, il tente de sauver le Bauhaus à Berlin. Il émigre en 1938 aux États-Unis. Outre ses fonctions à l'Institut de technologie de l'Illinois, il construit de nombreuses villas et plusieurs buildings de prestige, dont le Seagram Building. En 1957, la Neue Nationalgalerie est le premier et le dernier bâtiment qu'il construit à Berlin après la guerre.

Etel **Mittag**, née Fodor (1905-2005). Photographe et graphiste hongroise. Étudie la publicité et la photographie au Bauhaus entre 1928 et 1930. Elle épouse Ernst **Mittag**, architecte, élève au Bauhaus. Communistes actifs, ils travaillent un temps à Berlin, puis à Budapest, avant de s'exiler en 1939 en Afrique du Sud.

László **Moholy-Nagy** (1895-1946). Hongrois, naturalisé américain en 1946. Peintre, photographe plasticien et théoricien de la photographie. Professeur au Bauhaus de 1923 à 1928. En 1937, il fonde le New Bauhaus à Chicago, institution qui prendra ensuite d'autres noms.

Lucia **Moholy-Nagy** (1894-1989). Photographe tchèque. Au Bauhaus de 1923 à 1928, elle photographie les objets et les bâtiments de Dessau pour les publications du Bauhaus et réalise les portraits des maîtres et des personnalités amies du Bauhaus. Elle expérimente diverses techniques dont le photogramme. Elle travaille ensuite pour une agence de presse à Berlin, enseigne, se sépare de son mari, émigre à Londres *via* Prague, Vienne et Paris. Gropius récupère ses films laissés à Berlin et les utilise sans la créditer. Son travail pour le Bauhaus reste longtemps officiellement attribué à son mari, et elle n'en retrouve la possession qu'à l'issue d'un procès, en 1961.

Georg Wilhelm **Pabst** (1885-1967). Réalisateur, scénariste et producteur autrichien. Pionnier du cinéma allemand, représentant du courant réaliste et social. Ses œuvres seront souvent soumises à la censure (*La Rue sans joie*, *Loulou*). En 1933, il part travailler en France puis aux États-Unis, mais rentre malencontreusement en Autriche en 1939. Bien qu'engagé à gauche et pacifiste, il se compromet avec deux films sous le régime nazi qui terniront la suite de sa carrière.

Gret **Palucca** (1902-1993). Allemande. Danseuse, chorégraphe et pédagogue, célèbre pour la modernité de sa danse et ses sauts.

Lilly **Reich** (1985-1947). Designer et architecte allemande. Déjà réputée pour ses diverses créations, elle se voit confier par Mies van der Rohe en 1927 l'aménagement d'un des appartements du Weissenhofsiedlung à Stuttgart. En tant qu'architecte d'intérieur et créatrice de meubles, elle collabore à ses projets, dont le pavillon de Barcelone en 1929, et le rejoint au Bauhaus en 1932 en tant que directrice du département textile. Lorsqu'il émigre, elle reste à Berlin, malgré les difficultés dues à la politique puis à la guerre.

Walter **Ruttmann** (1887-1941). Allemand. Cinéaste pionnier du « cinéma absolu ». *Berlin, symphonie d'une grande ville* (1927) et *Mélodie du monde* (1929) sont ses œuvres phares. Collabore plus tard à des œuvres nationales-socialistes, comme *Les Dieux du stade* de Leni Riefenstahl.

Xanti **Schawinsky** (1904-1979). Peintre et scénographe suisse, designer et graphiste. Élève de Schlemmer à Dessau en 1924, y devient son assistant. Membre essentiel du

Bauhaus Kapelle, travaille ensuite à Magdebourg, puis s'exile en Italie avant de rejoindre les Albers aux États-Unis à Black Mountain. S'installe ensuite à New York, avant de rentrer en Suisse en 1966.

Oskar **Schlemmer** (1888-1943). Allemand. Peintre, décorateur de théâtre et scénographe de ballet. Enseigne au Bauhaus de 1923 à 1929, et organise les fêtes les plus importantes de l'école. Sa création la plus célèbre est le *Ballet triadique.*

Arieh **Sharon**, né Ludwig Kurzmann (1900-1984). Architecte israélien. Chargé de l'aménagement de kibboutz en Palestine, vient étudier au Bauhaus de 1926 à 1929. Épouse Gunta Stölzl en 1929 et travaille à Berlin avec Hannes Meyer. Divorce et retourne à Tel-Aviv. Applique les principes modernistes dans la construction de la Ville blanche, puis gère le développement de Jérusalem et d'autres territoires israéliens. Son œuvre, en tant qu'architecte et urbaniste, est reconnue et honorée par les Nations unies.

Gunta **Stölzl** (1897-1983). Allemande. Tisserande. Élève au Bauhaus Weimar, puis première femme maître au Bauhaus Dessau. En 1931 s'installe en Suisse et crée son propre atelier de design textile.

Bruno **Taut** (1880-1938). Architecte et urbaniste allemand. Lié à Gropius, il construit à Berlin un certain nombre de logements sociaux et de cités-jardins, dont le plus célèbre est le Hufeisensiedlung (la cité du fer à cheval) en 1925. Adepte de la couleur, il produit une architecture joyeuse. Au milieu des années trente, un départ forcé le mène à travailler au Japon puis à Istanbul.

Ivana **Tomljenović**, dite Koka (1906-1988). Graphiste et photographe yougoslave/croate. Élève au Bauhaus de 1929 à 1930. Membre de la cellule communiste du Bauhaus, elle quitte l'école par solidarité avec Hannes Meyer. Elle séjourne à Berlin, Paris, Prague, avant de rentrer à Zagreb où elle enseigne jusqu'à sa retraite.

Kurt **Tucholsky** (1880-1935). Journaliste et écrivain allemand. Membre important de la société culturelle berlinoise, il signe ses chroniques de différents pseudonymes. Il écrit également des chansons pour le cabaret, notamment pour Claire Waldoff. Observateur critique de l'Allemagne, antimilitariste, il n'arrive pas à concilier l'amour de son pays et l'avenir qu'il voit se dessiner. Installé en Suède dès 1924, il finit par se suicider en 1935.

Vkhoutemas. École russe fondée en 1920 à Moscou sous l'impulsion de Lénine, foyer des mouvements d'avant-garde : constructivisme, rationalisme et suprématisme. Elle partage certaines caractéristiques avec le Bauhaus. Elle est fermée en 1930 après avoir subi des pressions politiques et internes pendant toute son existence.

Claire **Waldoff** (1884-1957). Chanteuse de cabaret allemande, célèbre pour sa gouaille berlinoise et ses chansons à sous-entendus sexuels et lesbiens.

Helene **Weigel** (1900-1971). Comédienne autrichienne/est-allemande. Épouse de Bertolt Brecht et interprète de ses œuvres, elle le suit en exil puis fonde avec lui le Berliner Ensemble à Berlin-Est. Elle dirige le théâtre jusqu'à sa mort et reste une inspiration pour les comédiennes brechtiennes.

Kurt **Weill** (1900-1950). Compositeur allemand/américain. À mi-chemin entre le théâtre et l'opéra, son œuvre rapproche musique atonale, airs populaires et jazz symphonique. *L'Opéra de quat'sous* lui apporte une renommée internationale. Menacés par le nazisme, Kurt Weill et sa femme Lotte Lenya s'installent d'abord à Paris, où le compositeur, bien accueilli, édite et fait jouer de nouvelles œuvres. L'antisémitisme gagnant l'opinion française, il s'exile aux États-Unis en 1935 et compose avec succès des comédies musicales pour Broadway.

Hans **Wittwer** (1894-1952). Architecte suisse. Assistant et collaborateur d'Hannes Meyer au Bauhaus de 1927 à 1928, il enseigne ensuite à l'école de Burg Giebichenstein. Démis de toutes ses fonctions en 1933, il rentre en Suisse et cesse de pratiquer l'architecture.

En hommage à tous les *Bauhaüsler*, de Weimar, de Dessau et de Berlin, à ceux qui ne sont pas mentionnés dans cet ouvrage, connus, reconnus, oubliés ou disparus, qui m'ont, par-delà le temps, raconté leurs histoires et ont prêté leur amitié à mes personnages.

Mes remerciements

À Claire, Dominique et Véronique qui ont suivi l'élaboration de ce projet.

À Paul, Colombe et Catherine qui l'ont soutenu au fil des jours.

À ma mère, qui a éclairé ma jeunesse de sa curiosité et de ses enthousiasmes.

À Werner, pour ses souvenirs de Brecht et de la Weigel.

À Florence, dont le profil a inspiré celui de Clara.

À tous les auteurs et chercheurs français, anglais, allemands et américains qui m'ont permis d'approfondir mes connaissances et d'être fidèle à la vérité du Bauhaus.

Et toute ma gratitude à Anne-Charlotte Sangam, Sarah Rigaud et Juliette Malzieu des Éditions Les Escales.

Ainsi qu'à Olivia de Dieuleveult, mon agent.

Cet ouvrage a été composé et mis en page
par Nord Compo à Villeneuve-d'Ascq

Imprimé en France par CPI
en juillet 2022
N° d'impression : 3048898

Pocket – 92 avenue de France, 75013 PARIS

S31893/01